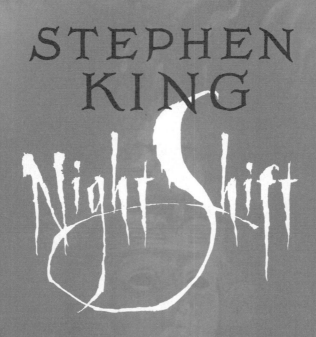

5

STEPHEN KING

Night Shift

스티븐 킹 단편집

5

STEPHEN KING

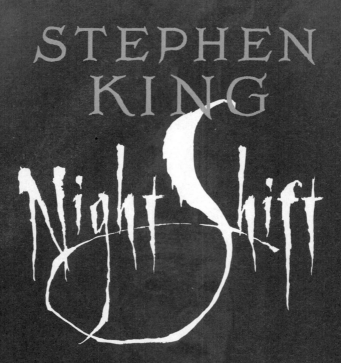

Night Shift

스티븐 킹 단편집

김현우 옮김

황금가지

차 례

스티븐 킹
마르지 않는 샘 같은 작가

　종종 파티에서(가능하면 참석을 피하는 편이지만) 만면에 미소를 가득 담은 채 아주 명랑한 목소리로 "아시겠지만 저도 항상 글을 쓰고 싶었습니다."라고 말하는 사람들과 악수할 때가 있다.

　그런 경우에는 최대한 예의 바르게 대답하려고 노력했다.

　최근 들어서는 나 역시 밝은 목소리로 다음과 같이 대답해 준다.

　"아시겠지만, 저는 항상 뇌 전문 외과 의사가 되고 싶었습니다."

　사람들은 알 수 없다는 표정을 짓지만, 별 문제는 아니다. 요즘에는 알 수 없다는 표정으로 돌아다니는 사람들을 어디서든 볼 수 있으니까.

　글을 쓰고 싶다면, 쓰면 된다.

　글쓰기를 배우는 유일한 방법은 써 보는 것뿐이다. 물론 뇌 전문 외과 의사가 되기 위해서 직접 뇌 수술을 해 볼 수는 없겠지만.

　스티븐 킹이 바로 항상 글을 쓰고 싶어했고, 그래서 직접 쓰는 사람이다.

　그렇게 그는 『캐리』를 썼고, 『세일럼스 롯』과 『샤이닝』을 썼다.

거기다 이 책에 실린 훌륭한 단편들은 물론, 출판하기에는 적합하지 않았던 짧은 글과 단상, 시, 에세이, 딱히 뭐라 분류하기 어려운 글까지 계산하면 실로 어마어마한 양의 글을 썼다.

글이란 바로 그렇게 씌어지는 것이다.

다른 방법은 없다. 단 하나도.

의식적으로 부지런해지는 것으로 충분하다고 할 수 있겠지만, 그것만으로 다 되는 것은 또 아니다. 말에 대한 관심이 있어야 한다. 욕심이라고 할 수도 있겠다. 말 속에 파묻혀 지내고 싶어하는 마음이 있어야 하며 다른 사람이 쓴 글을 많이 읽어야 한다.

깊은 존경심을 가지고 읽을 때도 있고 견딜 수 없을 정도로 경멸감을 느끼며 읽을 때도 있다. 경멸감은 대부분 적절한 말을 찾지 못한 채 길게만 쓰는 사람, 복잡한 문장이나 애매모호한 상징을 쓰는 사람, 이야기 전개나 속도감, 그리고 인물에 대한 감각이 없는 사람의 글을 읽을 때 느낄 것이다.

그러면 자신을 알아 가는 동시에 다른 사람들도 알아 가기 시작할 것이다. 나의 일부분은 내가 매일 만나는 다른 사람들의 모습이기도 하다.

좋다. 그럼, 대단한 부지런함과 말에 대한 애정, 거기에 공감이 더해지면 고통스러운 과정을 거쳐서 비로소 객관성이 생겨난다.

하지만 모든 것을 포괄하는 그런 객관성은 아니다.

지금, 이 글을 타자기로 치고 있는 조심스러운 시간에 내가 찾고 있는 의미나 방향은 분명히 알겠지만 잘하고 있는지에 대해서는 확신이 서지 않는다.

스티븐 킹보다 한 두 배쯤 더 오래 작가 생활을 한 나로서는,

자기 작품에 대해서 스티븐 킹보다는 조금 더 객관적으로 말할 수 있을 거라고 생각한다.

그러한 객관적 인식은 아주 고통스럽게, 그리고 아주 천천히 생긴다.

세상에 책을 내놓고 나면 그 책에 담긴 생각을 벗겨내기는 지극히 어렵다. 책은 마치 말을 안 듣는 아이들처럼 우리가 쳐 놓은 장애물들을 넘어 자기가 갈 길을 가게 마련이다. 할 수만 있다면 그 책들을 다시 다 불러들여서 마지막으로 다시 한번 방향을 바꿔 보고 싶다. 한 장 한 장, 다듬고 또 다듬으면서, 깨끗하게 손질해서 깔끔하게 다시 내놓고 싶은 마음이다.

스티븐 킹은 삼십대 때의 필자보다, 아니 어쩌면 사십대 때의 필자보다도 훨씬 뛰어난 작가이다.

그러한 점 때문에 그가 미울 때도 있는 것이 사실이다.

그리고 나는 그가 지금 가는 길 앞에 놓인 위험도 잘 안다. 그에게 경고를 해 줄 수도 있지만, 그건 아무 소용이 없다. 그는 위험을 극복하든지, 아니면 그 위험에 굴복할 것이다.

사정은 이렇게 간단하다.

그러면 여기까지는 다들 동의한 것으로 보고.

근면, 말에 대한 욕심, 공감을 통해 생기는 객관성, 그리고 그 다음엔?

이야기. 이야기. 바로 빌어먹을 이야기다!

이야기란 당신이 관심을 가지게 된 누군가에게 생기는 일이다. 이야기는 신체적인 면, 정신적인 면, 영적인 면, 모든 관점에서 일어날 수 있으며, 때로는 둘 이상이 섞여서 이루어지기도 한다.

여기에 저자의 간섭이 있어서는 안 된다.

저자의 간섭이란 우선 "세상에, 어머니, 제가 쓴 글이 얼마나 훌륭한지 한번 보세요."라고 말하는 것이다.

다른 종류의 간섭은 좀 복잡한데, 내가 자주 인용하는 예는 지난해에 베스트셀러를 기록했던 어떤 작품에 나오는 다음과 같은 묘사이다. '그의 시선이 그녀의 드레스 앞부분을 천천히 훑어 내렸다.'

저자의 간섭이란, 부적절함의 도가 지나쳐서 독자로 하여금 자신이 책을 읽고 있다는 사실을 갑자기 깨닫고 이야기에서 한 걸음 물러서게 만드는 그런 구절을 말한다. 놀란 독자가 이야기에서 발을 빼 버리게 되는 것이다.

또 다른 종류의 간섭은 이야기 형식을 빌려서 강의를 하려는 것인데, 이는 내가 가장 많이 저지르는 실수이기도 하다.

이미지는 예상치 못한 곳에서, 이야기 흐름을 해치지 않는 범위 내에서도 깔끔하게 제시될 수 있다. 이 책에 수록된 작품 중 「트럭」이란 작품에서, 스티븐 킹은 트럭 휴게소에서 벌어진 긴장된 장면에서 사람들을 다음과 같이 묘사하고 있다. "그는 외판원이었고, 홍보 자료가 담긴 가방을 잠든 애완견처럼 옆에 꼭 두었다."

나는 이런 묘사가 깔끔한 것이라고 생각한다.

또 다른 이야기에서 그는 훌륭한 귀를 가지고 있다는 것을, 그러니까 매우 정확하고 진솔하게 대화를 전달하는 능력을 보여 준다. 한 남자가 아내와 함께 긴 여행을 떠난다. 둘은 시골길을 달리고 있는데, 그때 여자가 말한다. "좋아요, 버트, 우리가 지금 네브래스카에 있다는 것은 알겠어요. 하지만 버트, 도대체 지금 우

리가 어디 있는 거예요?" 남자가 대답한다. "지도책 있잖아. 한번
봐. 지도 볼 줄 몰라?"

좋다. 아주 간단해 보인다. 마치 뇌 수술처럼. 어떤 칼에든 날
은 있게 마련이다. 그 칼을 꼭 쥐고 잘라 나가면 되는 것이다.

우상 파괴자라는 비난을 받을 각오를 하고 말한다면, 나는 스
티븐 킹이 전문적으로 다루는 분야에 대해서는 열광적인 환호를
보낼 생각이 없다. 어떤 작가가 유령이나 마법, 천장에서 미끄러
지는 이야기 등을 다루는 것에서 즐거움을 느낀다는 사실은 그에
대한 평가를 할 때 그다지 중요하게 고려해야 할 점은 아니다.

스티븐 킹의 작품에는 미끄러지는 장면도 많고, 미친 듯이 달
려들며 나를 두렵게 하는 선반 기계, 2월의 어느 일요일 디즈니
월드를 가득 채우는 말 안 듣는 아이들도 있다. 하지만 정작 중요
한 것은 이야기이다.

이 부분은 좀 주의해서 볼 필요가 있다.

이 점을 분명히 해 두자. 글을 쓰기가 가장 어려운 분야가 바로
유머와 신비스러운 소재를 다루는 분야이다. 어설픈 작가를 만나
면 유머는 장례식 송가가 되고 신비스러운 소재를 다룬 글도 웃
긴 이야기가 되고 만다.

하지만 일단 글 쓰는 방법을 익히고 나면 분야는 그리 중요하
지 않다.

스티븐 킹도 지금 자신이 관심을 가지고 있는 분야에만 머물지
않을 것으로 보인다.

이 책에서 가장 큰 울림을 가진 매력적인 이야기는 「사다리의
마지막 단」이다. 보석 같은 작품이라고 할 수 있을 것이다. 불필

요한 잡음도 없고 다른 세계가 끼어들 틈도 없는 작품이다.

끝으로 한마디 더.

그는 독자를 즐겁게 해 주려고 글을 쓰는 사람은 아니다. 그는 자신이 즐거우려고 쓴다. 나 역시 내가 즐거우려고 쓴다. 쓰는 사람이 즐겁다면 독자 역시 그 작품을 좋아하게 마련이다. 이 책에 실린 작품들은 스티븐 킹을 즐겁게 했고 나를 즐겁게 한 작품들이다.

공교롭게도 이 글을 쓰는 바로 오늘, 스티븐 킹의 『캐리』와 내 책 『콘도미니엄』이 동시에 베스트셀러 목록에 올랐다. 우리는 서로 경쟁 상대가 아니다. 내가 보기에 우리 두 사람의 경쟁 상대는, 자신의 기술을 익히기 위해 진정으로 고민해 본 적도 없이 부적절하고 가식적이며 감각적이기만 한 책을 써 대는 몇몇 유명 작가들이다.

이야기에 관해서, 그리고 즐거움에 관해서만 말하자면 스티븐 킹은 마르지 않는 샘 같은 작가이다.

이 글까지 다 읽은 독자라면 시간은 충분한 사람일 거라고 믿는다. 이미 많은 이야기를 읽었고, 또 읽는 중인 사람들일 것이다.

존 D. 맥도널드

서문

한번 말해 보자. 여러분과 내가. 그러니까 두려움에 대해서 한번 말해 보자.

이 글을 쓰는 현재 우리 집은 비어 있다. 바깥에는 차가운 겨울비가 내리고, 밤이다. 가끔 지금처럼 바람이 불 때면 전기가 나갈 때도 있다. 지금은 괜찮지만. 아무튼 두려움에 대해서 한번 솔직하게 말해 보도록 하자. 광기의 가장자리까지……, 어쩌면 그 경계 너머까지 한번 가 보자.

내 이름은 스티븐 킹이다. 나에게는 아내와 아이 셋이 있다. 나는 그들을 사랑하고, 그들 역시 그러할 거라고 믿는다. 직업은 글쓰기인데, 그 직업이 아주 마음에 든다. 『캐리』, 『세일럼스 롯』, 『샤이닝』 같은 작품들이 성공을 거둔 덕에 전업 작가로 지낼 수 있는 여유도 생겼다. 그리고 적어도 지금 단계에서 보면 비교적 건강한 편이다. 지난해에는 열여덟 살부터 피웠던 필터 없는 담배를 니코틴과 타르가 적은 담배로 바꾸었고, 언젠가는 끊을 수 있기를 기대한다. 나와 가족은 메인 주에 있는 비교적 오염이 덜 된 호수 근처의 쾌적한 집에서 산다. 지난가을에는 아침에 일어나서 뒷마당의 야외 식탁 옆에 선 사슴을 본 적도 있다. 우리는 잘 살고 있다.

그래도……, 두려움에 대해서 한번 말해 보자. 목소리를 높이거나 소리를 지르지는 말고, 나와 함께 이성적으로 얘기해 보도록 하자. 왜 잘 짜여서 돌아가던 것들이 가끔씩, 그것도 아주 갑자기 놀라운 일이 되어 버리는지, 바로 그러한 변화의 방식에 대해서.

어떤 밤에는 불을 끄고 나서도 내 다리가 이불 밑에서 잘 있을 것이라는 사실을 도저히 확신하지 못한 채 잠자리로 향할 때가 있다. 이제 어린아이도 아닌데도……, 아직도 나는 한쪽 다리를 이불 바깥으로 내놓고 자는 것을 싫어한다. 침대 밑에서 올라온 차가운 손에 발목을 잡혀 비명을 지르는 일이 생길 것 같아서이다. 죽은 이들을 깨우는 비명을. 물론 그런 일은 일어나지 않을 것이고 우리 모두 그 점을 잘 안다. 이 책에 실린 이야기에서 여러분들은 밤의 온갖 피조물을 만나게 될 것이다. 흡혈귀, 악마 숭배자, 다락방에 숨어 사는 괴물……. 그 밖에 다른 두려운 것들까지. 하지만 그것들은 현실이 아니다. 내 발목을 잡으려고 침대 밑에 숨은 괴물도 현실이 아니다. 그 점은 나도 알고 있다. 하지만 나는 다리를 이불 밑에 꼭 두고 있으면 녀석이 내 발목을 잡을 수 없다는 것도 안다.

글쓰기나 문학에 관심이 있는 사람들 앞에서 강연을 하는 경우가 종종 있는데, 질의 응답 시간에 다음과 같은 질문을 하는 사람들이 꼭 있다.

"왜 그렇게 무시무시한 소재들을 선택하십니까?"

나는 보통은 다음과 같이 되물어본다.

"다른 선택이 있었다고 생각하십니까?"

글쓰기는 손에 잡히는 대로 일해야 하는 종류의 직업이다. 사람들은 모두 정신 안에 어떤 망을 가지고 있는데, 망의 크기나 촘촘한 정도는 사람마다 다르다. 나의 망에는 걸린 것이 여러분의 망은 그냥 통과할 수도 있고, 여러분의 망을 통과한 것이 나의 망에는 걸릴 수도 있다. 그걸 걱정할 필요는 없다. 사람은 또한 자신의 망에 걸린 침전물을 파헤쳐야만 하는 어쩔 수 없는 의무가 있는데, 거기서 찾은 것이 한 개인을 가두는 일종의 한계가 된다. 사진을 찍는 공인 회계사나 동전을 수집하는 우주 비행사가 있듯이 목탄으로 열심히 탁본을 뜨는 선생님도 있을 수 있다. 정신의 망에 걸린 침전물, 그냥 통과되지 못하는 그 대상들은 종종 한 개인의 강박 관념이 되는데, 문명 사회에서는 암묵적인 합의하에서 그러한 강박을 '취미'라고 한다.

가끔씩은 그 취미가 직업이 되기도 한다. 우주 비행사가 어느날 사진 찍는 일만으로도 가족을 먹여 살릴 수 있다는 것을 알게 되고, 선생님이 탁본 전문가가 되어 순회 강연을 다닐 수도 있다. 그리고 취미로 시작된 일이, 그 일만 해서도 생활할 수 있게 된 후까지 그대로 취미로 남아 있을 수도 있다. 하지만 '취미'라는 단어가 지나치게 평범하고 개인적인 것으로 들리기 때문에, 사람들은 역시 암묵적인 합의하에 직업적인 취미를 '예술'이라고 부른다.

그림, 조각, 작곡, 노래, 연기, 악기 연주, 글쓰기. 이 일곱 가지 분야에 대해 씌어진 책을 모으면 초호화 여객선 수십 척을 가라앉힐 만큼은 될 것이다. 이렇게 쏟아지는 책들 속에서, 한 가지 분명한 점은 진솔한 마음으로 예술을 행하는 사람이라면 노력에 대한 대가가 주어지지 않더라도 그 일을 계속할 것이라는 점이다. 그 노력이 비판받거나 욕을 먹어도 마찬가지이고, 심한 경우에는 감옥에 가거나 목숨을 잃는 상황에서도 그만두지 못한다. 적어도 내가 보기에는 그러한 행동이 강박적인 행동에 대한 정확한 정의이다. 이러한 정의는, 평범한 취미는 물론 우리가 '예술'이라고 부르는 공상적 취미에도 적용된다. 자동차에 '나한테서 총을 뺏으려면 내가 죽은 후에 뻣뻣해진 손가락을 방아쇠에서 빼내는 수밖에 없습니다.' 라고 적힌 스티커를 붙이고 다니는 총기 수집광을 본 적이 있다. 또 '버스 등교 반대'¹⁹⁷⁰년대 초 미국 일부 지역에서 인종 차별 완화를 목표로 학생들을 집 근처 학교가 아니라 일부러 먼 지역에 배정하는 정책에 반대했던 정치적인 시위를 말한다. 가 한창이던 시기에 비로소 정치적인 실천을 몸소 체험했던 보스턴 외곽 지역의 주부들 중에는 '우리 아이를 먼 지역에 보내려면, 먼저 나를 감옥에 보내라.' 라고 적은 스티커를 붙이고 다니는 사람들도 있었다. 마찬가지로 동전 수집이 불법이 된다고 해서 우주 비행사가 그동안 모았던 동전들을 순순히 내놓는 일은 기대하기 어렵다. 대신 그는 동전들을 곱게 싸서 화장실 물탱크에 넣어 두었다가 깊은 밤에 몰래 꺼내 볼 것이다.

두려움이라는 주제에서 조금 벗어난 듯하지만, 사실 그렇게 멀리 벗어난 것은 아니다. 내 정신의 망에 걸린 침전물은 종종 두려움에 관한 것이다. 나는 무시무시한 것에 대한 강박관념이 있다.

나는 돈을 벌기 위해 글을 쓰지는 않는다. 물론 이 책에 실린 글들 중 몇 편은 이전에 잡지에 실린 적이 있고, 원고료를 안 받은 적은 한 번도 없다. 내가 강박적이기는 하지만 그렇다고 미친 것은 아니니까. 다시 말하지만, 나는 돈을 벌기 위해서 글을 쓰는 것이 아니다. 그런 이야기를 써야겠다는 생각이 있었기 때문에 쓴 것이다. 말하자면 나는 장사가 되는 강박관념을 가지고 있는 셈이다. 정신 병원에 있는 사람들은 나보다 운이 좋지 못한 사람들일 뿐이다.

나는 대단한 예술가는 아니지만 글을 써야 한다는 의무감을 항상 느끼고 있다. 그래서 매일 나의 침전물을 새로 거르는 것이다. 버려진 조각들을 꼼꼼히 살피는 것은 물론, 관찰하고 기억하고 생각했던 것들을 다듬으며 망을 통과하지 못한 채 무의식으로 떨어져 버릴 대상들에서조차 무언가를 얻어 내려고 노력한다.

서부 소설 작가인 루이 라무르와 내가 콜로라도의 어느 작은 호숫가에 나란히 서 있다고 가정해 보자. 아마 우리는 같은 생각을 할 것이다. 우리 둘 다 자리를 잡고 앉아서 그 생각을 글로 표현하고 싶은 충동을 느낀다. 그가 쓸 이야기는 아마도 가뭄에 물을 사용할 권리에 관한 것이겠지만, 내가 쓰는 이야기는 고요한 수면 아래에서 튀어나온 무시무시한 괴물이 양을 잡아가고, 말을 잡아가고, 마침내 사람들을 잡아가는 이야기가 될 것이다. 루이 라무르의 '강박관념'은 미국 서부 지역의 역사에 집중된 반면에, 나는 별빛 아래 유유히 미끄러지는 괴물에 더 끌리기 때문이다. 그래서 그는 서부 소설을 쓰고 나는 두려움에 관해 쓰는 것이다. 우리는 둘 다 어느 정도는 꼴통들이라고 할 수 있겠다.

예술은 강박적이고, 강박적인 것은 위험하다. 그것은 정신의 칼이라고 할 수 있다. 몇몇 경우에 그 칼은 자신을 다듬어 준 주인을 향하기도 한다. 딜런 토머스가 우선 떠오르고 로스 록리지와 하트 크레인과 실비아 플라스도 생각난다. 국소적인 질병이라고 할 수 있는 예술은 보통 큰 해를 끼치지 않으므로 창의력이 높은 사람은 대개 오래 산다. 하지만 종종 끔찍할 만큼 해로운 것이 되기도 한다. 칼은 자신이 누구를 찌르고 있는지 모르기 때문에, 쓰는 사람이 조심하는 수밖에 없다. 현명한 사람은 매우 조심스럽게 침전물을 거른다⋯⋯. 침전물 안에 아직 죽지 않은 무언가가 섞였을 수도 있기 때문이다.

'왜 그렇게 무시무시한 소재들을 선택하십니까?'라는 질문을 이렇게 해결하고 보니 다음 질문이 떠오른다. '사람들은 왜 그런 이야기를 읽을까? 그런 책이 팔리는 이유는 뭘까?' 이 질문에는 한 가지 전제가 깔려 있는데, 그 전제란 다름이 아니라 두려움에 관한 이야기 또는 공포에 관한 이야기는 건강하지 못한 취미라는 가정이다. 독자들이 나에게 보내는 편지 중에는 다음과 같이 시작하는 편지들이 꽤 있다. "이상하게 생각하시겠지만『세일럼스롯』이 정말 마음에 듭니다." 또는 "내가 정상이 아니라서 그렇겠지만『샤이닝』의 한 장 한 장이 정말로 좋습니다⋯⋯." 등.

《뉴스위크》의 영화 비평란을 보다가 이러한 생각의 핵심이 무엇인지 알 수 있었다. 썩 좋다고는 할 수 없는 공포 영화에 대한 평이었는데, 거기에 다음과 같은 말이 있었다. "가던 길을 멈추고 사고 난 차를 지켜보기를 즐기는 사람들이 좋아할 영화." 참 멋진 말인데, 가만히 생각해 보면 모든 공포 영화나 공포 소설에 적용될 수 있는 말이라는 것을 알 수 있다. 인육을 먹거나 어머니를 죽이는 장면이 등장하는 「살아 있는 시체들의 밤(*The Night of the Living Dead*)」 같은 영화는 확실히 가던 길을 멈추고 사고 난 차를 지켜보기를 즐기는 사람들이 좋아할 만한 영화이다.

영화 「엑소시스트」에서 목사님에게 수프를 잔뜩 토해 대는 여자 아이는 또 어떤가? 오늘날의 공포 영화와 자주 비교되는(이는 당연한 일이다. 이 작품은 프로이트의 정신분석학적 함의를 최초로 숨김없이 표현한 작품이다.) 브람 스토커의 『드라큘라』에는 렌필드라는 광인이 등장하는데, 이 사람은 파리나 거미, 결국에는 새까지 게걸스럽게 먹어 댄다. 그는 깃털 하나 남기지 않고 새를 먹어 치운 다음 그걸 토한다. 뿐만 아니라 이 소설에는 젊고 아름다운 여인을 고문(어떤 사람은 성스러운 기운의 침투라고 말하겠지만)하거나 아기와 어머니를 함께 죽이는 장면도 등장한다.

초자연적인 현상을 다룬 위대한 문학에서도 종종 '잠깐 멈추고 사고 구경 좀 해 보자.'라는 생각을 발견할 수 있다. 그렌델의 어머니를 죽이는 베오울프, 백내장을 앓는 자신의 은인을 죽인 다음 사지를 갈기갈기 찢어서 마루 밑에 숨기는 「고자질하는 심장(*The Tell-Tale Heart*)」의 화자, 톨킨의 『반지의 제왕』 마지막 편에서 거미 실롭과 처절한 싸움을 벌이는 호빗 샘까지.

이런 생각에 강하게 반발하는 사람들도 있을 것이다. 그들의 주장인즉슨, 헨리 제임스는 자동차 사고 장면 없이도 『나사못의 회전(*The Turn of the Screw*)』을 썼고, 너새니얼 호손이 쓴 「영 굿맨 브라운(*Young Goodman Brown*)」이나 「목사님의 검은 베일

(*The Minister's Black Veil*)」같은 섬뜩한 이야기가 『드라큘라』보다는 훨씬 읽을 만하다는 이야기다. 하지만 이런 주장은 말이 되지 않는다. 위의 작가들 역시 자동차 사고를 보여 준다. 실제 차량만 없다 뿐이지, 우리는 그 작품들에서도 엉망으로 찌그러진 차체와 피로 얼룩진 내부를 볼 수 있다. 어떻게 보면 「목사님의 검은 베일」 같은 작품에서 느껴지는 치밀함이나 멜로드라마적인 요소의 결여, 이성적이고 차분한 어조가 러브크래프트의 양서류 괴물이나 포의 「함정과 진자(*The Pit and the Pendulum*)」에 나오는 이교도 화형식 장면보다 훨씬 더 끔찍하다고 할 수도 있다.

대부분의 사람들은 인정하겠지만, 경찰차에 둘러싸인 자동차 잔해나 밤에 고속도로에서 불타는 자동차를 그냥 지나칠 수 있는 사람은 거의 없다. 나이 드신 분들은 종종 아침에 신문을 펴면 부고란부터 살피며 자기보다 먼저 죽은 사람이 누군지 확인하곤 한다. 사람들은 댄 블로커^{미국의 영화 배우}나 프레디 프린스^{미국의 코미디 배우}, 제니스 조플린^{미국의 록 가수}이 죽었다는 소식을 들었을 때 잠깐 그 자리에 얼어붙은 듯이 멈춰 버린다. 또 폭풍우가 심한 날 어떤 여자가 작은 도시에 있는 공항에서 비행기 프로펠러에 빨려 들어가 버렸다는 뉴스나 동료의 조작 실수로 한 남자가 공장용 혼합기에 들어가서 흔적 없이 가루가 되어 버렸다는 뉴스를 라디오에서 들을 때는 무서움과 함께 이상한 종류의 환희를 느끼기도 한다.

명백한 사실을 일부러 매도하지는 말자. 삶은 크고 작은 온갖 종류의 두려움으로 가득 차 있다. 그중에 작은 두려움은 사람들이 큰 문제 없이 감수할 수 있는 것인데, 그런 것들로부터 우리를 지켜 주는 것이 도덕이라고 할 수도 있다.

두려움에 대한 우리의 관심을 부정할 수 없다고 해도, 그에 대해 거부감을 가지는 것 또한 사실이다. 그 둘은 조금 불편하게 섞여 있는데, 그 결과로 생기는 것이 바로…… 죄책감이다. 성에 눈을 떴을 때 드는 것과 조금 비슷한 죄책감.

죄책감을 느끼지 않아도 된다고 말하려는 것은 아니지만, 나는 내가 쓴 소설과 이 책에 나오는 짧은 이야기들을 정당화해야 하는 입장이다. 여기서 우리는 성과 두려움 사이에 재미있는 유사점을 볼 수 있다. 성 관계를 하게 되면서, 그에 대한 우리의 관심도 깨어난다. 그리고 그 관심은, 변태적으로 발전하지 않는 한 자연스럽게 성행위와 종의 보존으로 이어지게 마련이다. 한편, 우리는 죽음이라는 피치 못할 숙명을 알고 나서 두려움이라는 감정을 알게 된다. 성행위가 자신의 보존으로 이어진다면, 모든 두려움은 죽음에 대한 이해로 이어진다는 것이 나의 생각이다.

장님 일곱 명이 코끼리를 만지는 광경을 그린 오래된 우화가 있다. 한 명은 자신이 뱀을 만지고 있다고 생각했고, 다른 한 명은 커다란 종려나무 잎을, 또 다른 사람은 돌기둥을 만지고 있다고 생각했다고 한다. 장님들은 한자리에 모여서야 비로소 자신들이 만진 것이 코끼리였다는 결론을 얻을 수 있었다.

두려움은 우리를 눈멀게 하는 감정이다. 우리는 얼마나 많은 것을 두려워하는가? 우리는 젖은 손으로 불을 끄는 것을 두려워하고, 플러그를 뽑지 않은 상태에서 토스터에 칼을 넣어 달라붙은 머핀을 꺼내는 것을 두려워한다. 건강 검진을 마치고 나서 의사가 무슨 말을 할지 두려워하고, 비행기가 갑자기 대기 위로 솟아오를 때도 두려움을 느낀다. 뿐만 아니라 기름이 떨어질까 두려워하고, 맑은 공기와 맑은 물, 건강한 삶이 사라지지나 않을까 두려워한다. 11시까지 들어오겠다고 했던 딸아이가 12시 30분이 다 돼도 돌아오지 않는데 진눈깨비는 마른 모래처럼 창문을 두드리고, 토크쇼를 보는 둥 마는 둥 하면서 울리지 않는 전화기를 흘긋 쳐다볼 때, 우리는 우리를 눈멀게 하는 감정, 사고력을 서서히 갉아먹는 감정을 느낀다.

두려움을 모르던 존재인 갓난아기는 아무리 울어 봐도 엄마가 나타나 젖을 물리지 않을 때 처음으로 두려움을 느낀다. 아장아장 걷기 시작한 아기의 경우에는 쾅 하고 닫히는 문이나 뜨거운 화덕, 후두염이나 홍역에 따라오는 열 따위가 고통스럽다는 것을 알게 된다. 아이들은 두려움을 빨리 배운다. 화장실에서 알약이나 면도칼을 든 자신들의 모습을 본 부모님의 놀란 표정에서 아이들은 두려움을 간파해 낸다.

두려움은 우리를 눈멀게 만들고, 그때 우리는 자신의 관심에 따라 그것을 더듬어 본다. 수백 개나 되는 부분을 종합해 하나의 전체를 만들어 보려는 것이다. 마치 장님 코끼리 만지듯.

그런 식으로 우리는 두려움의 실체를 알아 간다. 아이들은 쉽게 그 느낌을 간파하지만, 곧 잊어버리고는 어른이 되어 다시 배운다. 그제야 어렴풋이 더듬었던 그 느낌이 무엇인지 알게 된다. 그것은 이불에 덮인 어떤 형체와 비슷하다. 우리가 느낀 두려움이 하나하나 모여 커다란 전체적인 두려움이 된다. 팔, 다리, 손가락, 귀. 우리는 이불 밑에 있는 그 무엇을 두려워한다. 우리의 일부이기도 한 그 무엇을.

이 분야는 그동안 그리 높은 평가를 받지 못했다. 오랜 시간 동안 에드거 앨런 포와 러브크래프트의 동료는 모두 프랑스인들 뿐이었는데, 그들은 어떤 식으로든 성과 죽음을 인정해 왔다. 하지만 포와 러브크래프트의 동시대 미국인들은 그러한 주제를 용납하지 않았다. 미국인들은 철도를 건설하기에 바빴고, 포와 러브크래프트는 빈털터리로 세상을 떠났다. 중간 대륙을 다룬 톨킨의 환상 소설은 인기를 얻기 전에 20년 동안 이리저리 굴러다녀야만 했고, 죽음 연습이라는 주제를 다룬 책을 많이 썼던 커트 보네거트는 줄곧 비판에 시달려야 했는데, 그러한 비판들 중에는 히스테리에 가까울 만큼 핏대를 올린 것이 대부분이다.

아마도 공포 소설 작가는 항상 나쁜 이야기를 전하기 때문일 것이다. 그는 "당신은 죽게 될 거야."라고 말한다. 그는 또 "좋은 일이 생길 거야."라고 노래하는 오럴 로버츠 따위는 잊어버리라고 말한다. 왜냐하면 나쁜 일이 생길 테니까. 그 나쁜 일이 암이든, 심장 마비든, 자동차 사고든, 어쨌든 일어날 것이라고 공포 소설 작가는 말한다. 그는 당신의 손을 잡고 어떤 방으로 끌고 가 시트에 덮인 물체 위에 슬그머니 내려놓고…… 이곳저곳 만져 보라고 말한다. 여기……, 그리고 여기도…….

물론 죽음과 두려움이라는 소재는 공포 소설 작가만 다루는 영역은 아니다. 이른바 '주류'로 불리는 작가들 중 많은 작가들 역시 매우 다양한 방식으로 이 주제를 다루어 왔다.

도스토예프스키의 『죄와 벌』에서 에드워드 올비의 『누가 버지니아 울프를 두려워하랴?』까지, 그리고 로스 맥도널드의 루 아처 이야기까지. 두려움은 항상 큰 주제였고, 죽음도 큰 주제였다. 이 둘은 인간의 삶과 함께하는 것이다. 하지만 지금까지는 공포 소설이나 초자연적인 것을 다룬 작품을 쓰는 작가들만이 그러한 소재를 총체적으로 보게 하고, 거기서 카타르시스를 느낄 수 있게 해 주었다. 이 분야에서 일하는 작가라면, 그리고 그가 자신이 하는 일을 조금이라도 이해하는 사람이라면, 두려움이나 초자연적인 대상을 다루는 분야는 의식과 무의식 사이에 있는 일종의 여과막임을 알 것이다. 공포 소설은 인간 정신의 중앙역 같은 것이다. 우리가 안전하게 내면화할 수 있는 파란색 노선과, 어떤 식으로든 피해야만 하는 빨간색 노선이 교차하는 중앙역.

공포 소설을 읽으면서 그 내용을 그대로 믿는 사람은 없을 것이다. 흡혈귀나 늑대 인간, 운전사도 없이 저절로 달려 나가는 트럭을 믿는 사람은 없다. 우리가 정말 믿는 두려움은 도스토예프스키나 올비, 맥도널드가 보여 주는 종류의 두려움이다. 증오, 소외, 사랑받지 못한 채 늙어 가는 것, 아직 성숙하지 못한 상태에서 험한 세상에 내던져지는 것. 매일매일의 실제 생활에서 우리는 희극이나 비극에 등장하는 가면을 쓰곤 한다. 겉으로는 웃으면서 속으로 인상을 찌푸리는 것이다. 그 두 가면이 만나는 지점 어딘가에 기차의 노선을 바꾸는 스위치가 연결되어 있다. 그리고 바로 그 지점을 공포 소설은 짚어 낸다.

공포 소설 작가는 사랑하는 사람이 먹던 음식을 먹음으로써 그의 죄악까지 그대로 넘겨받는 연쇄 살인범 같은 존재이다. 괴물이나 공포에 관한 이야기는 각종 공포증이 가득 담긴 채 느슨하게 닫힌 바구니와 같다. 작가가 지나갈 때, 사람들은 그가 상상으로 만들어 낸 공포 중 하나를 그 바구니에서 꺼내고 그 자리에 자신들의 실제 공포를 대신 넣어 둔다. 적어도 얼마 동안은 그렇게 두게 된다.

1950년대에는 거대한 벌레들을 다룬 영화들이 마구 쏟아졌다. 「괴물들」, 「종말의 시작」, 「죽음의 사마귀」 등이 모두 그때 나온 영화들이다. 이 영화들 속에서, 크고 징그러운 변종 괴물들은 거의 예외 없이 뉴멕시코 주나 태평양의 산호섬에서 있었던 핵폭탄 실험의 결과로 나타난 것들이었다. (좀더 최근의 예를 들자면, '비치 블랭킷 아마게돈' 이라는 부제가 붙은 「공포의 해변 파티」라는 영화에서는 원자로에서 나온 폐기물이 원인이 되었다.)

모든 것을 종합해 볼 때, 거대한 벌레가 나오는 영화는 모두 하나의 부인할 수 없는 유형을 보이는데, 그것은 맨해튼 프로젝트^{2차} 세계 대전 중 원자폭탄 제조를 위해 추진된 프로젝트를 통해 새로 열린 시대에 대한 나라 전체의 집단적 공포였다. 1950년대 후반에 이르러서는 일련의 '십대' 공포 영화가 등장했는데, 「십대 늑대 인간」을 시작으로 「외계에서 온 십대들」을 거쳐 아직 수염이 나기 전의 스티브 매퀸이 동기생들을 지키기 위해 푸딩 반죽 같은 변종 괴물에 맞서 싸우는 영화 「얼룩」에서 절정을 이루었다. 거의 모든 주간지에서 매주 청소년 탈선에 관한 기사를 써 대던 시기에, 십대 투사들이 나오는 영화는 아직 완전히 모습을 드러내지도 않았던 십대 혁명에 대한 나라 전체의 불편한 심기를 표현한 것이었다. 마이클 랜든이 고등학생 재킷을 입은 채로 늑대 인간으로 변하는 장면에서, 스크린 위의 환상과 딸아이가 만나고 다니는 웬 고물 차를 모는 놈팡이가 서로 연결되는 것이다. 십대 당사자들에게는(당시 십대였던 나로서는 경험에서 우러나오는 말이다), 아메리칸 인터내셔널 스튜디오 1950년대 B급 공포 영화나 에로 영화를 주로 만들었던 미국의 영화 스튜디오에서 만들어진 괴물들은 자신들보다 더 추한 괴물들도 있다는 것을 확인시켜 주는 대상이었다. 「나는 십대 프랑켄슈타인이었다」에 나오는 십대 피투성이 괴물에 비하면 얼굴에 난 여드름 몇 개는 아무것도 아니었다. 십대 괴물 영화 붐은 또한 어른들로부터 부당하게 대접받고 있다는 십대들의 감정을 대변하는 것이기도 했다. 부모님은 '이해를 못 한다'는 것이다. 당시 영화들에는 일정한 공식이 있었는데(영화든 소설이든 공포물에는 나름대로 공식이 있다), 이 공식이 분명히 보여 주는 것은 십대들 전체의 편집증이었다고 할 수 있다. 물론 이 편집증은 부분적으로는 부모님 세대가 즐겨 보는 잡지에서 부풀려 보도한 것이었다. 끔찍한 혹을 단 괴물이 엘름빌이라는 마을을 쑥대밭으로 만들어 버리는 영화가 있었다. 아이들이 주로 연애를 하는 길에 비행접시가 떨어졌기 때문에, 마을의 십대들은 괴물의 존재를 알고 있다. 영화의 시작 부분에서 괴물이 먼저 트럭을 타고 가던 노인을 죽인다(이 노인 역은 절대 실패하지 않는 배우 엘리사 쿡 주니어가 맡았다). 영화가 전개되면서 아이들은 괴물이 정말 마을 주변을 돌아다닌다고 어른들을 설득하고 다닌다. 하지만 그들이 듣는 대답은 "귀가 시간 어긴 걸로 방에 가두어 버리기 전에 얼른 나가!"였고, 엘름빌의 경찰서장은 괴물이 대로에 나타날 때까지 여기저기 쓰레기를 버리며 투덜대기만 했다. 결국 머리 회전이 빠른 한 소년이 괴물을 끝장내고는 자신만의 은신처로 가서 초콜릿 음료를 마시며 무슨 음악을 들으며 춤을 추는 장면으로 영화는 끝난다.

이것이 바로 특정한 유형의 영화들을 보며 느끼는 다양한 카타르시스이다. 대부분 열흘 안에 급히 만들어지는 저예산 영화치고 그리 나쁜 결과는 아니다. 이는 해당 영화의 작가나 프로듀서, 또는 감독들이 그런 일이 생기기를 원했기 때문에 나타난 결과라기보다는 공포 이야기가 바로 의식과 무의식의 연결점에 자연스럽게 자리 잡기 때문에, 이미지나 비유가 가장 자연스럽게, 그리고 가장 효과적으로 발생하는 바로 그 지점을 건드리기 때문에 나타나는 결과이다. 「십대 늑대 인간」과 스탠리 큐브릭의 「시계태엽장치 오렌지」는 직접적인 관련이 있으며, 「십대 괴물」과 드 팔마의 영화 「캐리」도 마찬가지다.

훌륭한 공포 소설은 대부분 우화적이다. 조지 오웰의 『동물 농장』이나 『1984』처럼 의도적인 우화가 사용될 때도 있고 그냥 우화로서만 그칠 때도 있다. 톨킨은 모르도르의 제왕은 환상의 옷을 걸친 히틀러가 아니라는 점을 수도 없이 강조했지만, 그러한 생각을 발전시킨 논문이나 평론은 수없이, 끝없이 쏟아져 나오고 있다……. 아마 보브 딜런이 노래했듯이, 칼과 포크를 들고 있으면 뭐라도 잘라야 하기 때문일 것이다.

에드워드 올비나 스타인벡, 카뮈, 포크너 등의 작품도 두려움이나 죽음, 심지어 공포를 다루지만, 이러한 주류 작가들은 일반적으로 그 주제를 평범하고 실제 생활에 가까운 방식으로 다룬다. 그들의 작품은 이성적 세계의 틀 안에서 일어나는 '있을 수 있는' 이야기이다. 현실 세계를 달리는 열차인 셈이다. 반면 제임스 조이스나 포크너의 작품 중 일부, T. S. 엘리엇이나 실비아 플라스, 앤 섹스턴 같은 시인들의 작품은 상징적인 무의식의 세계를 배경으로 하고 있다. 이들의 작품은 우리의 내면 세계를 달리는 열차라고 할 수 있겠다. 하지만 공포 소설을 쓰는 작가들은,

적어도 제대로 쓰는 작가라면 항상 두 열차가 교차하는 지점에서 작업한다. 공포 소설 작가가 솜씨를 최고로 발휘한 부분을 읽다 보면 사람들은 종종 깨어 있는 것도 아니고 그렇다고 잠든 것도 아닌 기묘한 상태를 체험하게 된다. 시간이 한없이 늘어나고 어긋난 것 같은 느낌이 드는 상태, 어떤 목소리가 들리는 것 같은데 무슨 말을 하고 있는지 내용은 알 수 없는 상태, 꿈이 실재처럼 느껴지고 실재가 꿈 같은 상태.

그것이 바로 낯설면서도 놀라운 교차역이다. 거기가 바로 언덕 위의 집' The Haunting of Hill House. 셜리 잭슨의 공포 소설 제목 이고, 열차가 양 방향으로 달려 나가는 지점이다. 문은 꼭 닫혀 있고, 노란 벽지를 바른 방에 갇힌 여인이 기름 낀 벽의 희미한 무늬에 머리를 비비며 바닥을 기어다니고, 프로도와 샘을 협박하는 괴물이 사는 곳이 거기다. 뿐만 아니라 피크먼의 모델이나 웬디고, 노먼 베이츠와 그녀의 끔찍한 어머니가 사는 곳이기도 하다.

이 교차역에서는 깨어 있는 것도 꿈꾸는 것도 없이 그저 작가의 목소리만 있을 뿐이다. 낮고 차분한 목소리는 잘 짜여서 돌아가던 것들이 가끔씩, 그것도 아주 갑자기 놀라운 일이 되어 버리는 변화의 방식에 대해 이야기한다. 작가는 자동차 사고를 보고 싶지 않느냐고 당신에게 물어본다. 그렇다. 그의 말이 옳다. 당신은 원한다. 전화기에서 죽은 사람의 목소리가 들리고……, 낡은 집의 벽 뒤에서는 쥐 소리보다는 분명히 더 큰 소리가 들리고……, 천장에서 뭔가 움직이는 게 느껴지고. 공포 소설 작가는 이 모든 것을 당신에게 보여 주고 싶어한다. 거기에 그치지 않고 그는 시트에 덮인 그것을 만져 보라고 이끈다. 당신이 그걸 만지고 싶어하기 때문에. 그렇다.

내가 느끼기에는 이러한 점들이 공포 소설이 하는 일들이다. 하지만 여기에 한 가지를 덧붙여야 하는데, 이 점이 다른 무엇보다도 중요하다. 공포물은 소설을 읽는 사람이나 이야기를 듣는 사람의 눈과 귀를 얼마 동안 잡아 둘 수 있어야만 한다. 지금까지 존재한 적도 없고, 앞으로도 존재하지 않을 그 세계에 말이다. 결혼식 하객으로 참가했다가 난데없이 유령 이야기를 시작하는 사람이어야만 한다.

평생을 작가로 살면서 나는 소설에선 읽을 만한 이야기를 만들어 내는 것이 작가의 다른 어떤 재주보다도 더 중요한 것이라는 확신을 지켜 왔다. 인물이나 주제, 분위기 등이 아무리 좋아도 이야기가 재미없으면 아무것도 아니다. 이야기가 정말 독자를 끌어들이기만 한다면 다른 것은 모두 잊혀 버린다. 이런 점에서 내가 가장 좋아하는 말은 에드거 라이스 버로가 한 말이다. 그는 아무도 위대하다고 여기지 않는 작가이지만, 적어도 이야기의 중요성만은 완전히 파악하고 있는 작가이다. 그가 쓴 『시간이 잃어버린 땅(*The Land That Time Forgot*)』의 첫 장에서 작중 화자는 병 안에 든 편지를 발견한다. 이 편지가 소설의 나머지 부분이 되는데, 거기서 화자는 이렇게 말한다. "첫 장을 읽는 순간, 나는 사라져 버릴 것이다." 버로는 끝까지 이 약속을 지켰다. 그보다 위대한 작가로 추앙받는 많은 작가들도 지키지 못한 약속을.

마지막으로, 아주 대범한 작가들마저도 이를 갈게 만드는 진실이 하나 있는데, 그것은 소수 독자를 제외하고는 아무도 서문을 읽지 않는다는 것이다. 여기서 예외라 함은 첫째, 저자의 가까운 친척들(주로 아내나 어머니)이고, 둘째는 저자의 법적인 대변인들 (책을 편집한 사람들이나 여기저기 흩어진 관련자들)인데, 이들의 주된 관심사는 저자가 두서없이 글을 쓰는 동안 혹시 누군가를 비방하는 내용을 쓰지는 않았는지를 살피는 것이다.

그리고 셋째는 저자가 글을 쓰는 데 도움을 주었던 사람들인데, 이들은 서문을 읽으면서 저자가 너무 거만해져 마치 모든 일을 자기 혼자 해낸 것으로 생각하는 것은 아닌지 확인하고 싶어한다.

그 밖에 독자들은, 그들이 그렇게 생각하는 것도 당연하지만, 저자의 서문은 장황한 말잔치일 뿐인 것으로, 저자가 자기 자랑만 늘어놓는, 잡지에 넘치는 담배 광고보다 더 유해한 것이라고 생각한다. 대부분의 독자들은 무대 감독의 인사가 아니라 연극 자체를 보러 오는 관객들과 비슷하다. 물론 이런 기대도 그들로서는 당연한 것이다.

이제 나는 물러날 시간이 된 것 같다. 곧 쇼가 시작된다. 문제의 그 방으로 들어가서 시트 아래에 있는 그것을 만질 때가 된 것이다. 하지만 사라지기 전에 마지막으로 몇 분 동안 위에서 말한 세 부류의 사람들에게, 그리고 마지막 네 번째 부류의 사람들에게도 감사의 말을 전해야겠다. 인사말을 하는 동안 조금만 더 참아 주기 바란다.

우선 나의 아내 태비사에게 감사의 말을 전한다. 가장 신랄한 최고의 비평가이도 한 그녀는 작품이 좋다고 느껴지면 그렇다고 말해 주지만, 내가 실수하고 있다는 생각이 들 때면 되도록 친절하고 부드러운 목소리로 참 난처하게 만들곤 한다. 우리 아이들 나오미, 조, 오언은 아래층 방에서 이상한 일에 빠져 있는 아버지를 잘 이해해 주었다. 그리고 1973년에 돌아가신 어머니도 빠뜨릴 수 없다. 이 책은 어머니께 바치는 책이다. 항상 흔들림 없이 꾸준하게 용기를 주셨고, 책을 받기 위해 항상 반송용 봉투가 들어 있는 편지를 보내시곤 했다. 그리고 내가 마침내 '떴을 때'는 나 자신보다 더 기뻐하셨다.

두 번째 부류의 사람들 중에는 우선 내 책의 편집자인 더블데이 출판사의 윌리엄 G. 톰슨에게 특별히 감사한다. 그는 참을성을 가지고 나와 함께 일해 주었다. 매일 전화해서 괴롭힐 때마다 힘을 내라고 이야기해 주었고, 몇 년 전까지 아무도 몰라 주었던 젊은 작가를 친절하게 대해 주면서 지금까지도 변함없이 함께 일하고 있다.

세 번째 부류의 사람들은 내 책을 제일 먼저 사 준 사람들이다. 로버트 A. W. 론디스 씨는 내가 처음 팔아 본 두 이야기를 사 주었다. 또 더전트 출판사의 더글러스 앨런과 나이 월든은 전기 회사에서 "서비스에 지장이 있을 수 있습니다."라는 친절한 말이 적힌 편지를 보내기 직전에야 원고료를 보내 주던 힘든 시기에도 『기병대』와 『겐트』이후의 작품들을 잘 사 주었다.

뉴 아메리칸 라이브러리의 일레인 가이거와 허버트 슈널, 캐롤라인 스트롬버그, 《펜트하우스》의 제라드 반 데 레온과 《코즈모폴리탄》의 해리스 다인스트프리에게도 모두 감사의 말을 전한다.

마지막으로 감사의 말을 전하고 싶은 사람들이 있다. 그것은 내가 쓴 책을 사려고 지갑을 열어 준 모든 독자들이다. 여러분이 없었다면 이 책은 없었을 것이므로, 어떤 식으로든 이 책은 여러분의 책이다. 감사를 드리는 바이다.

지금 내가 있는 곳은 아직 어둡고 비가 내린다. 이런 이야기를 하기에 적당한 밤이다. 여러분에게 보여 주고 싶은 것이 있다. 여러분에게 한번 만져 보게 해 주고 싶은 그것. 멀지 않은 곳, 사실은 바로 다음 장에 그것이 있다.

이제 정말 가 볼까?

메인 주, 브라이튼에서
1977년 2월 27일
스티븐 킹

스티븐 킹 단편집
NIGHT SHIFT

예루살렘 롯

Jerusalem's Lot

1850년 10월 2일

친애하는 본스,

끔찍한 마차 때문에 온 뼈마디가 다 쑤신 상태로 춥고 외풍이 심한 이곳 채플웨이트의 거실에 들어섰네. 오줌을 얼마나 참았는지 터질 것 같은 불알을 쥐고 이제 좀 쉴 수 있겠다 싶었을 때 문 옆에 있는 체리 나무로 만든 오래된 테이블에 아무도 흉내낼 수 없는 자네만의 글씨체로 적힌 편지가 놓인 것을 보고 얼마나 기분이 좋았는지 모르네. 우선 급한 볼일부터 해결하고 나서 편지를 읽기 시작했어.(아래층에 있는 욕실이 얼마나 추운지, 내 입김이 올라오는 걸 볼 수 있을 지경이었지.)

오랫동안 자네의 폐를 괴롭히던 그 독이 이제 다 나았다는 이야기를 들으니 우선 기쁘지만, 다른 한편으로 자네가 택한 치료

35

방법의 도덕적인 문제에 대해서는 나도 우려를 표시하는 바이네. 노예들이 득실대는 플로리다의 뜨거운 햇볕 아래서 몸이 아픈 노예폐지론자가 치료를 받았단 말이지! 하지만 본스, 역시 어두운 그늘을 헤매는 친구로서 하는 말인데, 몸이 좋아질 때까지는 매사추세츠로 돌아가는 생각은 접어 두고 건강에만 신경 쓰게. 몸이 건강하지 않다면 자네의 명철한 정신과 정확한 펜도 아무 소용이 없을뿐더러, 남쪽의 기후가 건강에 도움이 된다면, 그것만으로도 시적일 수 있을 거라는 생각도 드네.

그래, 이 집은 내 사촌의 유언 집행자가 이야기해 줬던 대로 괜찮지만, 조금 사악한 기운이 있는 것이 사실이야. 팔머스에서부터는 5킬로미터 정도, 포틀랜드에서는 14킬로미터 정도 북쪽에 우뚝 솟은 땅의 꼭대기에 자리잡은 곳이라네. 집 뒤로는 5,000평 정도의 대지가 있는데, 상상을 초월할 정도로 야생적인 상태라고 보면 되겠네. 향나무와 무성한 덤불, 잡목들, 이름을 알 수 없는 잡풀들이 마을과 경계를 이루는 그림 같은 돌담 사이로 자라고 있어. 그리스 조각을 끔찍하게 모방한 석상들이 작은 언덕들 사이로 폐허가 되어 버린 땅을 내려다보는데, 마치 지나가는 사람을 곧 덮칠 것만 같은 느낌이네. 내 사촌 스티븐의 취향은 용납될 수 없는 것에서부터 노골적으로 끔찍한 것까지 참 다양하더군. 주홍빛 옻나무에 덮여 버리다시피 한 여름 별장에다, 한때는 정원으로 쓰였던 땅 한가운데에는 기괴한 해시계도 하나 있어. 전체 건물의 광적인 분위기를 마무리하는 것이랄까.

하지만 전망 하나만은 이 모든 것을 다 용서할 만큼 좋아. 채플웨이트 헤드는 물론 대서양까지 아찔한 풍경이 이어지지. 이 풍경이 내다보이는 커다랗고 불룩 튀어나온 창과, 그 옆에 선 크고 두꺼비 같은 책상. 오래전부터(하도 오래돼서 이제 지겨운 생각이 들 정도지만) 얘기했던 그 소설의 시작으로 괜찮을 것 같군.

오늘은 가끔씩 비가 흩뿌리면서 하루 종일 흐렸지. 바깥에 있는 모든 것이 회색 풍경에 잠겨 생각에 빠진 것만 같았어. 시간 자체만큼이나 오래되고 닳은 바위들, 하늘, 그리고 무엇보다도 바다가 그랬네. 뾰족한 바위에 와서 부서지는 파도 소리는 엄밀히 말하자면 소리가 아니라 울림이었어. 내가 글을 쓰는 지금도 발밑으로 파도가 느껴지는데, 불쾌하지만은 않은 느낌이었네.

혼자 있는 것을 좋아하는 나의 취향을 좋지 않게 생각한다는 거 아네, 친애하는 본스. 하지만 지금은 행복하다고 말할 수 있을 것 같군. 캘빈이 같이 있어. 여전히 말없이 큰 도움이 되는, 의지할 만한 친구지. 이번 주 안에 둘 사이의 일을 정리하고 마을에서 필요한 물건들을 가지고 올 계획이야. 그리고 가정부를 시켜 집 안 청소도 시작할 걸세.

이제 그만 마쳐야겠네. 아직 봐야 할 것도 많고, 이리저리 살펴볼 방이나, 꼼꼼히 감상해야 할 가구가 수없이 널려 있어서 말이야. 자네 편지가 전해 준 친근함과 나에 대한 끊임없는 걱정에 다시 한번 감사하네.

자네 아내에게도 안부 전해 주게. 두 사람 모두에게 깊은 애정을 담아.

── 찰스

1850년 10월 6일

이곳은 정말 놀라운 곳이라네!

끊임없이 나를 놀라게 하는군. 근처 마을에 사는 사람들의 반응도 그렇다네. 프리처스 코너라는 그림 같은 마을이 있는데, 캘빈이 거기서 매주 음식을 받아오기로 계약하고, 겨울에 쓸 땔감도 그쪽에서 해결하기로 했지. 그런데 하루는 가게에서 돌아오는 캘빈의 표정이 안 좋았어. 내가 무슨 문제가 있냐고 물어보자, 우울한 목소리로 대답하더군.

"사람들이 당신이 미쳤다고들 합니다, 분 선생님."

나는 웃으며, 아마 사라가 죽은 후에 내가 앓았던 뇌질환에 관해서 들은 모양이라고 이야기했지. 자네도 잘 알다시피 당시에 내가 좀 미친 소리를 하기는 했으니까.

하지만 캘빈 이야기로는 마을 사람들은 사촌 스티븐을 통해서만 나를 알고 있다는 거야. 스티븐도 생필품을 그 마을에서 해결했을 테니까. "사람들 이야기로는 말입니다, 선생님. 채플웨이트에 사는 사람들은 미쳤거나 미칠 것을 각오한 사람들이라는 겁니다."

상상이 되겠지만, 나는 이 말에 참 혼란스러워져서 누가 그런 놀랄 만한 이야기를 했는지 물어보았네. 톰슨이라는 약간 무뚝뚝해 보이는 술 취한 벌목꾼한테 들었다고 하더군. 50만 평 정도 되는 땅에 소나무와 자작나무, 가문비나무 등을 키우는 사람인데, 아들 다섯과 함께 일하면서 그 나무를 포틀랜드에 있는 공장에 팔고 부근의 가정집에도 판다고 들었네.

그 남자의 이상한 편견을 몰랐던 캘빈이 나무를 좀 보내 달라고 했더니, 톰슨은 입을 약간 삐쭉거리더니 아들을 시켜서 보내 주겠다고 했다더군. 단, 환한 대낮에 뱃길로 말이야.

놀라는 나를 보고 기분이 상한 걸로 생각한 캘빈은 얼른 남자 입에서 값싼 위스키 냄새가 나더라, 그리고 남자가 곧 외딴 마을 과 사촌 스티븐에 대해 말도 안 되는 소리를 늘어놓더라 하더군. 무슨 벌레 이야기도 하더라고 했네. 캘빈은 남자의 아들과 땔감 이야기를 마무리지었다고 했는데, 내 생각엔 그 아들이라는 사람 은 아버지에 비해 정신이 멀쩡하고 술도 안 먹은 것 같았어. 그 남자만 그런 것이 아니라, 캘빈이 주인과 이야기하기로는 프리처 스 코너에 이런저런 이야기가 나도나 봐. 그냥 남몰래 속삭이는 헛소문일 뿐인지도 모르지만 말이야.

이런 일들 땜에 신경이 쓰이지는 않네. 시골 사람들이 근거 없 는 소문이나 전설 같은 걸로 재미없는 삶을 달래려고 한다는 건 익히 아니까. 아마 스티븐과 그 가족들이 희생양이 된 거겠지. 캘 빈한테도 이야기했지만, 자기 집 현관에서 넘어져 죽은 남자도 이야기가 되려면 되는 법이잖는가.

집 자체도 놀라움의 연속이라네. 방이 스물세 개나 돼, 본스! 위층이나 초상화 전시실 벽에 곰팡이가 좀 피기는 했지만 아직은 튼튼해. 죽은 사촌의 2층 침실에 서 있으면 벽 뒤에서 쥐 소리가 들리는데, 꽤 큰 놈인 것 같더군. 소리만 놓고 보면 무슨 사람이 걸어 다니는 것 같기도 한데, 밤에 마주치면 기분이 별로 안 좋을 것 같아. 하기는 낮에 마주쳐도 좋을 일은 없겠지. 그런데 쥐구멍 이나 쥐똥은 아직 못 봤다네. 이상하지.

위층의 전시실에는 액자에 든 초상화들이 죽 걸려 있는데, 값이 좀 나갈 것 같아. 내가 기억하는 스티븐과 닮은 그림도 몇 점 있고, 헨리 삼촌이나 주디스 숙모님의 그림은 확실히 알아보겠어. 나머지는 내가 잘 모르는 사람들이야. 아마 그중에는 그 악명 높은 로버트 할아버지도 있겠지만, 스티븐 쪽 친척들은 도무지 알 수가 없군그래. 그 점에 대해서는 참 마음이 아프기도 하다네. 비록 잘 그린 초상화라고는 할 수 없지만, 그래도 그림들에서는 나나 사라에게 보낸 편지에서 느껴지던 스티븐의 성품이나 지성이 그대로 전해진다네. 한 가문이 참 바보 같은 이유로 몰락하기도 하지! 책상 너머로 권총을 겨누면서까지 형제가 서로 험한 말을 하며 싸워 대더니, 삼대가 지난 지금 죄 없는 후손들도 그만 서먹서먹해지고 말았네. 내가 사라를 따라가려고 했을 때 자네와 존 페티가 스티븐과 연락하는 데 성공한 것은 행운이었다는 생각이 드는군. 물론 그와 직접 대면할 기회를 놓친 것은 불운이지만 말이야. 아무튼 조상들의 기념품이나 가구들을 이렇게 잘 보관해 놓은 게 고마울 뿐이네.

하지만 이곳에 있는 물건들이 그렇게 형편없는 것만은 아니야. 스티븐의 취향이 나랑 맞지 않는 것은 사실이지만, 그가 모아 놓은 물건들 중에는(상당수가 위층에 있는 방에서 먼지가 소복이 묻은 채로 처박혀 있었는데) 실로 걸작이라고 할 만한 것도 있어. 침대와 탁자, 소용돌이 무늬가 짙게 들어간 티크와 마호가니재 가구는 물론, 침실이나 접객실, 위층의 서재와 응접실에도 장중한 매력이 있다네. 또 소나무로 된 바닥에서는 깊고 은밀한 빛이 나지. 위엄이 느껴져. 위엄과 시간의 무게 말이야. 아직 여기를 좋아한다고 말할 수는 없지만, 그래도 존중은 하지. 이곳 북쪽 지역의 날씨가 좋아지면 변할 집의 모습을 보고 싶다네.

이런, 두서없이 길게 썼군. 답장 곧 해 주게, 본스. 자네 상태가 얼마나 좋아졌는지랑, 페티나 나머지 동료들의 소식도 좀 전해 주게. 그리고, 새로 사귄 남부 사람들에게 자네 생각을 '억지로' 강요할 생각은 아예 말게. 모든 사람이 점잖게만 반응하지는 않을 테니까. 장황하기로 유명한 우리 친구 칼훈 씨를 생각해 봐.

　　　　　　　　　　　　　　　　　——사랑하는 친구, 찰스

1850년 10월 16일

친애하는 리처드,

잘 지내나? 이곳 채플웨이트에 자리를 잡고부터 종종 자네 생각을 하곤 하네. 자네한테 연락이 오기를 조금은 기다렸는데, 본스가 보낸 편지를 보고 나서야 내가 클럽에 주소를 남기지 않고 왔다는 것을 알았어. 그래도 어쨌든 정기적으로 편지를 쓰기는 했을 걸세. 내가 세상에 남길 건 진실하고 믿을 수 있는 친구들뿐이라고 생각하니까 말이야. 그건 확실하게 말할 수 있네. 모두들 참 이리저리 뿔뿔이 흩어져 버렸군. 자네는 보스턴에서 《리버레이터》에 꼬박꼬박 글을 쓰고 있고(잡지사에는 나도 가끔씩 안부를 전한다네), 핸슨은 영국에 나들이 가고 없고, 또 불쌍한 본스는 폐병 때문에 말 그대로 사자 굴로 기어 들어갔지.

여기서는 예상했던 대로 참 잘 지내네, 딕. 바깥에서 있었던 일들이 좀 정리되고 나면 차근차근 다 이야기해 줌세. 이곳 채플웨이트에서 있었던 일을 들으면 자네의 법적인 호기심이 꽤나 발동할 거라 믿네.

그 전에, 자네만 괜찮다면 내가 먼저 하나 물어볼 게 있어. 클래리 씨의 자선 기금 마련을 위한 파티에서 나한테 소개해 줬던 역사학자 기억나나? 이름이 비글로였던 것 같은데. 어쨌든 그 사람이 지금 내가 있는 이 지역의 옛날 복식을 수집하는 취미가 있다고 했던 게 생각나서 말이야. 그래서 내 부탁은 다름이 아니라, 그 사람을 만나면 로열 강 언저리에 프리처스 코너라는 마을이 있는데, 그 마을 근처에 예루살렘 롯이라는 외딴 지역에 대해서 아는 게 좀 있는지 물어봐 주게. 사실도 좋고, 민담이나 사람들 사이에 도는 소문 등 아무거나 말일세. 로열 강은 앤드로스코긴의 지류인데, 채플웨이트 근처의 유수지 위로 18킬로미터 정도 흐르다가 본류와 합류한다네. 알아봐 주면 대단히 고맙겠네만 더 중요한 건 조금 급하기도 하다는 걸세.

편지를 다시 읽어 보니 자네 이야기는 적군, 딕. 진심으로 미안하네. 머지 않아 다시 설명할 기회가 있을 거야. 그때까지, 아내와 두 아이들, 그리고 자네한테도 따뜻한 안부를 전하는 바일세.

　　　　　　　　　　　　　　　—사랑하는 친구, 찰스

1850년 10월 16일

친애하는 본스,

오늘은 캘빈이나 내가 보기에는 조금 이상했던(조금 혼란스럽기까지 했다네) 이야기를 하나 해 줌세. 자네 생각은 어떨는지 궁금하군. 특별한 생각이 안 들 수도 있겠지만, 적어도 할 일이 없을 때 흥미거리 정도는 될 거라 생각해.

지난 편지를 보내고 나서 이틀 후에, 공격적으로 느껴질 만큼 단호한 표정의 클로리스 부인이라는 사람이 젊은 여인 네 명과 함께 집에 들렀네. 집 정리도 좀 하고, 걸을 때마다 콧물을 훌쩍이게 하는 먼지도 좀 치우려고 마을에서 불렀어. 여인들은 모두 일을 하는 동안 신경이 좀 예민해 보였는데, 한 명은 내가 2층 응접실에 들어설 때 작은 소리로 비명을 지르기까지 했어.

그래서 클로리스 부인에게 이유를 물어보았지. (부인은 머리에 낡은 손수건을 두르고 아래층 거실을 청소하고 있었어. 그 표정이 어찌나 엄해 보이던지 자네가 봤으면 아마 많이 놀랐을 거야.) 부인이 나를 돌아보더니 단호한 어조로 말했어. "이 집이 싫은 거죠, 뭐. 저도 좋아하지는 않습니다. 선생님, 이 집은 항상 불길한 집이었으니까요."

예상치 못했던 그녀의 말에 내가 많이 놀라자 부인은 조금은 누그러진 목소리로 계속 이야기를 하더군. "스티븐 분 씨가 좋은 사람이 아니었다는 이야기는 아니에요. 좋은 분이셨어요. 여기에 계시는 동안 제가 2주에 한 번씩 목요일에 와서 청소를 해 드렸죠. 그분 아버지이신 랜돌프 분 선생님이 사실 때도 그랬어요. 1816년에 부인과 함께 사라지기 전까지요. 스티븐 씨는 착하고 친절하신 분이었어요. 선생님도 그래 보이네요. 제가 세련되게 말하는 재주가 없는 거는 이해해 주세요. 하지만 다른 말이 생각이 안 나서요. 하지만 이 집은 불길하고, 지금까지 죽 그랬답니다.

그러니까 선생님의 할아버지 되시는 로버트 씨와 동생 필립 씨가 (여기서 그녀는 잠깐 말을 멈추었네. 죄 지은 듯한 표정이었어) 1789년에 도둑맞은 물건 때문에 싸우신 이후로, 이 집에서 산 분 일가 중 행복하게 산 사람이 없었어요."

마을 사람들은 그런 기억을 가지고 있었네, 본스!

클로리스 부인이 계속 얘기하더군.

"불행 속에 지어졌고, 또 불행 속에서 사람들이 살았죠. 마루에 피가 흥건히 고인 적도 있고(자네가 아는지 모르겠지만, 랜돌프 삼촌이 살 때 지하실 계단에서 사고가 있었어. 그 사고로 삼촌의 딸 마르셀라가 그만 죽어 버렸고 죄책감에 시달리던 삼촌마저 자살했다네. 나는 스티븐의 편지로 그 소식을 접했는데, 죽은 동생의 생일날 쓴 편지였지), 실종이나 이런저런 사고가 계속 있었으니까요.

저는 계속 이 집에서 일했는데요, 분 선생님. 저도 장님이나 귀머거리는 아니잖아요? 벽에서 나는 끔찍한 소리를 들은 적이 있어요, 선생님. 정말 끔찍한 소리예요. 뭔가 쿵 하고 떨어지는 소리 같기도 하고, 부서지는 소리 같기고 하고, 웃는 소리가 반쯤 섞인 울음소리 같기도 한데, 아무튼 그 소리를 들을 때면 피가 굳는 것 같았어요. 음산한 곳이죠, 선생님."

여기까지 말하고 나서 그녀는 잠깐 쉬더군. 자기가 말을 너무 많이 한 게 아닌지 두려웠던 것 같아.

나는 말이야, 상처를 받았는지 놀랐는지, 호기심이 생겼는지 아니면 그냥 무미건조하게 받아들였는지 잘 모르겠네. 아무래도 호기심이 좀 발동했던 것 같아. "그래서 부인은 그게 뭐라고 생각하시오? 귀신이 장난이라도 치는 걸까요?"

그녀가 나를 이상하다는 듯이 쳐다보더군. "귀신일지도 모르죠. 하지만 벽 속에 갇힌 귀신은 아니에요. 저주받은 듯이 울고 짜고 어둠 속으로 사라지는 그런 귀신이 아니라고요. 그건⋯⋯."

"말해 봐요, 클로리스 부인." 나는 다그쳤네. "이왕 여기까지 말했으니까, 마무리를 지어야죠."

순간 그녀의 얼굴에 공포와 분노, 그리고 맹세컨대 종교적인 경외감이 뒤섞인 표정이 스쳐 지나가더군. "사라지지 않는 것도 있어요." 그녀가 속삭였어. "어떤 것들은 황혼 녘의 그늘에 숨어 살며 모시는 거죠⋯⋯, '그'를."

그게 끝이었어. 얼마 동안 집요하게 물어보았지만, 점점 더 완고해지면서 아무 말도 안 하더군. 결국 내가 물러나고 말았네. 더 했다가는 청소고 뭐고 때려치우고 짐 싸서 가 버릴 것만 같아서 말이야.

그렇게 소동은 정리됐는데, 저녁에는 또 다른 일이 생겼다네. 캘빈은 아래층에서 땔감을 정리하고 나는 거실에 있었어. 커다란 창문 옆에서 비바람 소리를 들으며 《인텔리젠서》를 읽다가 반쯤 잠이 들던 참이었지. 바깥은 온통 비참하지만 실내는 따뜻하고 온화한, 그런 밤에만 느낄 수 있는 편안함을 즐기고 있는데, 잠시 후 캘빈이 문 앞에 나타나더군. 조금 흥분한 것 같기도 하고 불안해하는 것 같기도 했어.

"주무십니까, 선생님?"

"거의. 무슨 일이지?" 내가 대답했네.

"위층에서 뭘 발견했는데. 선생님도 보셔야 될 것 같아서요." 아직 조심스러운 흥분이 가시지 않은 목소리로 대답하더군.

자리에서 일어나서 그를 따라갔네. 넓은 계단을 오르면서 캘빈이 말했어. "위층 서재에서 책을 읽는데요, 이상한 말이지만, 벽에서 무슨 소리가 들렸어요."

"쥐겠지. 그게 전분가?"

그가 층계참에서 멈추더니 굳은 표정으로 나를 쳐다보았어. 들고 있던 등이 어두운 커튼과, 미소를 짓는 게 아니라 비웃는 것처럼 보이는, 반쯤만 보이는 초상화 속의 인물에게 무시무시하고 어두운 그림자를 비추었지. 바깥에서는 바람소리가 비명처럼 울렸다가 못마땅하다는 듯이 가라앉았네.

"쥐가 아닙니다." 칼이 말했어. "책장 뒤에서 뭔가 쿵 하고 떨어지는 것 같은 소리가 나더니, 꿀럭꿀럭 하는 무서운 소리가 났어요. 무서운 소리요, 선생님. 뭔가 긁히는 소리도 났어요, 마치 벽에서 나오려고……, 저를 덮치려고 하는 것 같았다니까요!"

내가 얼마나 놀랐는지 상상할 수 있겠나, 본스? 캘빈은 제멋대로 상상하면서 히스테리나 부리는 친구가 아니라네. 이 집에 뭔가 수상한 점이 있는 것이 분명하다는 생각이 들기 시작하더군. 그것도 아주 추한 무언가가 말이야.

"그래서?" 내가 물었네. 거실을 지나니 서재의 불빛이 전시실에 새어 나오는 것이 보이더군. 불빛을 보는 순간 몸이 떨렸어. 더 이상 편안한 밤이 아니었네.

"긁히는 소리가 멈추더니, 잠시 후에 쿵쿵거리며 발을 끄는 소리가 다시 들렸어요. 이번에는 제 쪽에서 멀어지는 것 같았습니다. 한번 멈추는 것 같더니, 이건 맹세할 수 있는데요, 아주 작은 웃음소리가 들리지 뭡니까! 저는 곧장 책장으로 달려가서 벽을 밀고 당겨 봤습니다. 분명히 무슨 칸막이나 비밀 통로가 있을 거라고 생각했어요."

"그래서 찾았나?"

캘빈은 서재 문턱에서 멈췄네. "아뇨. 대신 이걸 찾았습니다."

안으로 들어가 보니 왼쪽에 검은 구멍이 하나 보이더군. 자리만 차지하는 책들이 놓인 쪽이었는데, 캘빈이 찾았다는 것은 다름이 아니라 작은 은신처였네. 안에도 불을 비춰 봤지만 수십 년은 된 것 같은 먼지만 잔뜩 쌓였고 아무것도 없었어.

"이것뿐이었습니다." 캘빈이 조용히 말하며 노랗게 바랜 종이 한 장을 내밀었네. 거미줄처럼 가는 검은색 잉크로 그린 지도였어. 무슨 마을을 그린 것 같더군. 건물이 일곱 채 있는데, 그중 눈에 띄게 뾰족하게 그린 한 건물 옆에 "타락한 벌레"라고 적혀 있었어.

그리고 왼쪽 윗부분, 그러니까 지도에 있는 마을의 북서쪽 방향에 화살표가 그려져 있고, 그 밑에 채플웨이트라고 씌어져 있었네.

캘빈이 말했어. "마을에서는 말입니다, 선생님. 예루살렘 롯이라는 외딴 마을에 대한 미신 같은 것이 있어요. 사람들이 될 수 있으면 근처에 가지 않으려고 하는 곳입니다."

"그렇다면 이게?" 지도의 첨탑 아래에 있는 글씨를 가리키며 내가 물었지.

"모르겠어요."

클로리스 부인의 얼굴이, 씩씩하면서도 뭔가 두려워하던 그 얼굴이 떠오르더군. "벌레라……." 내가 중얼거렸네.

"뭔가 알고 계신 건가요, 선생님?"

"아무래도……, 내일쯤 이 마을을 한번 둘러보는 것도 재미있을 것 같은데, 자네 생각은 어떤가, 캘빈?"

그가 고개를 끄덕였네. 눈이 반짝반짝하더군. 거의 한 시간 동안 칼이 찾은 은신처 뒤에 무슨 틈이라도 있나 찾아보았지만 허사였네. 캘빈이 말했던 소음도 다시 들리지 않고 말이야.

그날 밤에는 그 정도만 하기로 했네.

다음 날 아침 캘빈과 나는 숲으로 길을 나섰지. 지난밤에 내렸던 비는 멈추었지만, 아직 하늘은 어둡고 낮았네. 캘빈이 걱정스럽다는 눈으로 쳐다보기에, 혹시 내가 지쳐 보이는지 아니면 우리가 너무 멀리 왔다고 생각하는지 얼른 물어보았어. 그 정도에서 일을 멈추고 싶지는 않았네. 집을 나설 때는 도시락과 훌륭한 나침반, 그리고 물론 그 오래된 예루살렘 롯 지도도 챙겼지.

조금 이상하고 언짢은 기분이 드는 날씨였네. 깊고 어두운 소나무 숲을 가로질러 남동쪽으로 내려가는 동안 새울음 소리도 들리지 않았고, 돌아다니는 짐승도 없었어. 들리는 소리라고는 우리의 발소리와 해안에 부서지는 대서양의 파도소리뿐이더군. 자연의 것이라는 생각이 들지 않을 만큼 부담이 되는 바다 냄새만이 계속 우리와 함께했네.

3킬로미터 정도 걸어갔을 때 잡풀이 무성하게 자란 길이 나타났는데, 한때 "통나무 길"이라고 불린 길이었지. 우리가 가는 방향으로 이어지는 길이었기 때문에 서둘렀어. 말은 거의 하지 않았네. 그날의 침묵과 불길한 기운이 우리 머리를 너무 무겁게 짓누르고 있었어.

11시 정도 되었을 때, 어디서 물 흐르는 소리가 들리더군. 저 앞에서 길은 왼쪽으로 꺾어지고, 바로 그곳, 작지만 급경사에 물살이 센 시냇물 건너편에 마치 유령처럼 예루살렘 롯이 나타났어!

시냇물은 폭이 2미터 50센티미터 정도 돼 보였고, 이끼가 잔뜩 낀 다리가 하나 있었네. 그 다리 너머에 본스, 사람이 머릿속에 그릴 수 있는 한 가장 완벽한 작은 마을이 있더군. 버려진 시간 동안 낡아 버린 것은 어쩔 수 없겠지만, 그래도 놀랄 만큼 잘 보존돼 있었어. 청교도적인 것으로 유명한 준엄하고 위압적인 양식의 집이 가파른 둑 옆에 몇 채 모여 있고, 잡초가 무성하게 자란 큰길 옆으로 이전에는 상점이었던 듯한 건물들이 늘어서 있었네. 그리고 그 건물들 너머로 지도에 표시된 교회의 첨탑이 회색 하늘로 솟은 것이 보였어. 벗겨진 칠이며 색이 바랜 채 기울어진 십자가가 말로 할 수 없을 만큼 오싹하더군.

"이름 한번 제대로 붙였네요." 뒤에서 캘빈이 조용히 말했네.

우리는 마을로 들어가 본격적으로 살펴보기 시작했어. 지금부터 놀라운 이야기가 펼쳐질 걸세, 본스. 자네도 마음의 준비를 하는 게 좋을 거야!

건물들 사이를 지나는데 공기가 참 답답했네. 이런 표현이 괜찮다면 참 무겁게 느껴졌어. 건물은 무너져 갔지. 문짝은 떨어져 나가고, 눈의 무게를 이기지 못한 지붕은 내려앉고, 먼지가 가득한 창은 한쪽으로 기울어져 있었네. 어두운 그림자와 뒤틀린 창틀까지도 사악함 속에 깊이 빠진 것만 같았어.

오래돼 보이는 선술집부터 살펴보기로 했네. 사람들이 은퇴 후에 조용히 지내고 싶어서 들어왔을 일반 주택을 침입하는 것은 왠지 옳지 않은 일일 거라는 생각이 들어서 말이야. 부서진 문 위에 걸린 낡은 간판을 보니 옛날에는 '멧돼지 머리 여인숙'이라고 불렸나 봐. 그나마 남은 경첩이 삐걱거리는 소리를 들으며 우리는 어두운 실내로 들어섰지. 썩은 냄새와 곰팡이 냄새가 진동을 하다 못해 실내를 완전히 압도하는 것 같았네. 뿐만 아니라 바닥에서는 더 심한 냄새가 났어. 뭔가 끈적끈적하고 감염된 듯한 냄새, 굳이 말하자면 세월의 냄새, 세월이 썩는 냄새라고나 할까. 부패한 시신이 든 관이나 파헤친 무덤에서 나는 악취 같았어. 손수건을 꺼내서 코를 막았고, 캘빈도 똑같이 하더군. 그렇게 우리는 그곳을 살펴보았네.

"세상에, 선생님……." 캘빈이 기어 들어가는 듯한 목소리로 말했어.

"그동안 아무도 손대지 않았군." 내가 대신 말을 마쳤지.

과연 그동안 아무도 들르지 않았던 것 같더군. 탁자나 의자는 시간을 지키는 유령 파수꾼처럼 여기저기 서 있었는데, 뉴잉글랜드 지방 특유의 큰 일교차 때문에 많이 닳고 먼지도 많이 앉았지만, 그 점만 빼고는 거의 완벽했어. 마치 그 긴 침묵의 수십 년 동안 이미 죽은 사람들이 다시 들어와서 술을 시키고 카드 놀이를 하고 담배에 불을 붙이기를 기다리는 것만 같았다네. 가게에서 지켜야 할 사항들을 적어 놓은 판 옆에 있는 작은 사각형 거울도 깨지지 않고 그대로였어. 이 모든 게 무슨 의미인지 알겠나, 본스? 원래 아이들이란 낯선 곳을 아무렇게나 가 보는 것으로 유명하지 않나? 이른바 '귀신이 들렸다'는 집들은 말이야, 귀신이 아무리 무서워도 창문 하나 깨지지 않고 멀쩡하게 남는 법이 없거든. 귀신이 나온다는 무덤의 비석도 마찬가지로 말썽꾸러기 아이들이 뒤집어 놓고 말이야. 예루살렘 롯에서 고작 3킬로미터 정도 떨어진 프리처스 코너에도 분명 말썽꾸러기 아이들은 있었겠지. 하지만 술집 주인의 거울(주인에게는 상당히 귀한 물건이었을 게 분명한데)은 그대로였네. 깨지기 쉬운 다른 물건들도 마찬가지였어. 예루살렘 롯은 자연적인 손상만 입은 상태였네. 그렇다면 한 가지는 분명해지지. 예루살렘 롯은 확실히 금지된 곳이라는 거야. 왜일까? 짐작이 가기는 하지만, 먼저 우리의 방문부터 마저 이야기해야겠지.

객실로 올라가니 가지런히 정리된 침대 옆에 백랍으로 만든 물 주전자까지 놓여 있었네. 부엌도 시간의 먼지와 그 무거운 부패의 냄새를 제외하고는 아무것도 침범하지 않은 상태였어. 선술집 자체가 골동품상의 천국이더군. 부엌에 있는 이상한 화덕만 해도 보스턴의 경매장에서 꽤 비싸게 팔릴 것 같았어.

"자네 생각은 어떤가, 캘빈?" 희미한 햇빛 속에 그의 모습이 보이기에 물었네.

"안 좋은 일이라고 생각합니다, 분 선생님." 캘빈이 음울한 목소리로 대답하더군. "그래도 알아보려면 좀더 봐야겠지요."

다른 가게들도 살펴보았네. 피혁류를 팔던 가게에는 모양을 잡기 위해 걸어 놓은 가죽들이 아직도 그대로 걸렸고, 그 밖에도 잡화점과 참나무나 소나무가 그대로 쌓인 창고와 대장간도 있었네.

마을 한가운데 있는 교회에 가기까지 두 집을 더 살펴보았지. 둘 다 완벽하게 청교도적인 양식으로 지어진 집이었는데 수집가들이 탐낼 물건들로 가득 차 있었어. 거기도 사람이 드나든 흔적은 없고, 마찬가지로 부패한 냄새가 났네.

마을 전체에서 살아서 움직이는 것은 우리 둘밖에 없는 것 같았어. 벌레나 새는 고사하고 창문 모서리에 있을 법한 거미줄조차 찾을 수가 없더군. 온통 먼지뿐이었어.

마침내 교회에 도착했네. 우리를 환영하지 않는다는 듯이 머리 위로 엄숙하고 차갑게 우뚝 솟아 있더군. 어두운 그림자 때문에 창문은 검은색을 띠고, 신성이라든가 성스러운 면모는 오래전에 사라지고 없었네. 그 점은 분명히 말할 수 있을 것 같아. 계단을 오르고 문의 커다란 철제 손잡이를 잡을 때, 내 표정은 아마도 경직되고 어두웠던 것 같네. 캘빈도 마찬가지였고 말이야. 현관문을 열었어. 얼마 만에 사람 손이 닿은 걸까? 적어도 최근 오십 년 동안에는 내 손이 처음이라는 것만은 자신 있게 말할 수 있네. 어쩌면 더 오래되었을 수도 있지. 문을 열 때 먼지가 잔뜩 낀 경첩이 요란한 소리를 내더군. 부패한 냄새가 손에 잡힐 듯 엄습했네. 캘빈은 자기도 모르는 사이에 구역질을 하며 밖으로 고개를 돌려 버렸어.

"선생님, 정말 확신하시는……." 그가 말했네.

"나는 괜찮아." 대답은 차분하게 했지만, 전혀 차분하지 않았네, 본스, 이 글을 쓰고 있는 지금만큼도 차분하지 않았어. 나는 모세와 예레보암, 인크리스 매더,_{17세기 미국의 신학자.} 그리고 우리의 친구 핸슨(철학적인 기질을 잃어버리기 전의 그를 말하는 걸세)과 마찬가지로, 영적으로 사악한 장소가 분명 있다고 생각하네. 우주의 자양분이 상해 버리는 그런 곳 말이야. 이 교회가 바로 그런 장소였네. 그것만은 맹세할 수 있을 것 같아.

우리는 먼지가 잔뜩 앉은 외투 보관대와 성가집이 놓인 선반이 늘어선 긴 복도를 걸어갔네. 창문이 없는 복도였어. 여기저기 벽감에 기름 램프가 있을 뿐이었지. 눈에 띌 만한 것은 없다고 생각하는데, 갑자기 캘빈의 다급한 숨소리가 들려, 그가 있는 쪽을 돌아보았네.

외설이었네.

정성껏 액자를 꾸민 그 그림에 대해서 이 이상은 말을 못 할 것 같네. 루벤스의 육감적인 양식을 모방한 작품이라는 것. 성모 마리아와 아기 예수를 희화화한 그림이라는 것. 그리고 그림 배경에 반쯤 그림자에 가린 정체를 알 수 없는 무언가가 웅크리고 있다는 것 정도만 밝혀 두기로 하지.

"주여." 나는 중얼거렸네.

"이런 곳에 주님이 계실 리가 없습니다." 캘빈이 말하더군. 그의 말이 그냥 허공에 걸린 듯한 느낌이었어. 교회 본당으로 들어가는 문을 열자 냄새는 도저히 견딜 수 없을 독기가 되었네.

오후의 희미한 빛을 받은 긴 의자가 귀신처럼 제단을 향해 늘어서 있고, 제단 위에는 참나무로 만든 높은 설교대와 반쯤 그림자에 가린 채 엷은 금빛으로 빛나는 배랑(拜廊)이 있더군.

캘빈은 반쯤 흐느끼며 독실한 개신교도답게 성호를 그었고, 나도 얼른 따라했네. 배랑의 금빛은 아름답게 만들어진 커다란 십자가에서 나왔네. 그런데 그 십자가는 거꾸로 매달려 있었어, 사탄의 미사를 상징하는 것이지.

"침착해야 돼." 나도 모르는 사이에 말이 나왔네. "침착해야 하네, 캘빈, 침착해야 돼."

하지만 배랑의 그림자 안으로 막상 들어서니 지금까지 느껴 보지 못했던 두려움이 엄습하더군. 나는 죽을 고비에 처했다가 빠져나온 후로 그보다 더 어두운 곳은 없을 거라고 생각했지. 그러나 그런 곳이 있었네. 있었어.

복도를 따라 내려가는 동안 우리 발소리가 천장과 벽에 반사돼 울리더군. 제단에도 음침한 예술품이 하나 있었는데, 거기에 대해서는 다시 생각하고 싶지도 않네.

나는 설교대로 올라가기 시작했어.

"안 됩니다, 선생님!" 캘빈이 갑자기 소리쳤네. "혹시……."

그래도 올라가고 말았어. 커다란 책이 펼쳐진 채 놓여 있었어. 라틴어와 함께 알아보기 힘든 신비로운 문자가 적혀 있었는데, 전문가가 아닌 내 눈에는 드루이드 문자나 고대 켈트 문자로 보였네. 기억이 날 듯 말 듯한 몇 가지 상징들이 있는 그 장을 덮었어.

책을 덮고는 가죽으로 된 표지에 적힌 문구를 살펴보았네. 데 베르미스 미스테리스(De Vermis Mysteriis). 내 라틴어 실력이 그리 좋다고 할 수는 없겠지만, 그래도 그 정도를 번역하기에는 충분했지. 벌레의 신비.

내가 손을 대자, 그 저주받은 교회와 캘빈의 창백한 얼굴이 내 앞에서 흔들거리더군. 낮게 속삭이는 목소리를 들은 것 같았어. 끔찍하지만 조금은 절박한 그 소리 밑에 지구의 중심을 울리는 다른 소리도 있는 것 같았다네. 환청이었겠지만, 그 점을 의심하지는 않지만, 그때 교회 안이 지극히 현실적인 소리로, 내 발 밑에서 커다랗고 무시무시한 뭔가가 돌아간다고밖에 표현할 수 없는 소리로 가득 찼네. 손을 대고 있던 설교대도 떨리고 벽에 걸린 뒤집힌 십자가도 흔들렸어.

우리는 함께 나왔네, 그곳은 어둠 속에 그대로 둔 채로 말이야. 시냇물의 널빤지 다리를 지날 때까지는 우리 둘 다 뒤를 돌아볼 엄두도 내지 못했어. 달림으로써, 쭈그리고 미신에 사로잡힌 야만에서 벗어나 위로 오르기 위해 인간이 소비한 1900년을 폄하할 생각은 없었네. 그래도 우리가 한가히 거닐었다고 한다면 거짓말일 걸세.

여기까질세. 나의 병이 다시 도진 것은 아닌지 하는 쓸데없는 걱정으로 자네의 회복이 더뎌지는 일이 없었으면 하네. 여기 쓴 이야기에 대해서는 캘빈이 증인이야, 처음부터 끝까지, 그 무시무시한 소리까지 말일세.

이만 줄이겠네. 자네를 보고 싶은 마음과(자네를 보면 이 혼란스러운 마음이 금세 정리될 것만 같아), 영원히 자네의 친구로 남을 거라는 말을 전하네.

—— 찰스

1850년 10월 17일

수고하십니다.

귀사에서 발행한 최신(1850년 여름판) 가정용품 목록에서 쥐약을 봤습니다. 2킬로그램짜리를 목록에 적힌 가격(30달러)에 샀으면 합니다. 회송용 우표를 동봉합니다. 다음 주소로 보내 주세요. 메인 주, 컴벌랜드 카운티, 프리처스 코너, 채플웨이트, 캘빈 매칸.

편지 읽어 주셔서 감사합니다.

기다리겠습니다.

　　　　　　　　　　　　　　　　　　　　　　— 캘빈 매칸

1850년 10월 19일

친애하는 본스,

불안한 마음이 더욱 심해지고 있네.

집에 소음이 점점 더 커지는데, 벽 뒤에서 움직이는 게 쥐가 아닐 거라는 생각이 굳어지고 있어. 캘빈과 함께 다시 한번 숨겨진 틈이나 통로가 있나 찾아봤지만 아무것도 없었네. 레드클리프 부인_{미국의 소설가}의 소설에 나오는 주인공 같았어. 캘빈이 아무래도 지하실에서 소리가 나는 것 같다고 해서 내일은 거기를 한번 살펴볼 예정이네. 스티븐의 여동생이 불행한 최후를 맞은 곳이라는 점이 좀 찜찜하기는 해.

그 여동생의 초상화가 위층 화랑에 걸려 있지. 화가의 솜씨가 정확하다면, 마르셀라 분은 참 슬픈 인상의 미녀군. 그녀가 결혼한 적이 없다는 것은 나도 알고 있어. 가끔은 클로리스 부인의 말이 맞다는 생각이 들기도 해. 이 집이 불길한 집이라는 것 말이야. 이 집에 살았던 사람들은 모두 어떤 어두운 구석을 가지고 있었던 셈이니까.

이 존경하는 클로리스 부인에 대해서 할 얘기가 또 있네. 오늘 두 번째로 이야기를 나누었거든. 지금까지 만나 본 마을 사람들 중에 가장 사리 분별이 분명한 사람이야. 그래 오늘 오후에 그녀를 찾아갔네. 지금부터 이야기할 이 불쾌한 일을 겪은 후에 말이야.

아침에 주문한 땔감이 도착할 예정이었는데, 정오가 지나고 오후가 다 가도록 오지를 않는 거야. 그래서 내가 직접 마을로 내려가 보기로 했지. 톰슨 씨, 그러니까 캘빈이 거래를 약속했다는 사람을 한번 만나 볼 생각이었네.

날씨가 참 좋았지. 밝은 가을의 시원함으로 가득 찬 그런 날이었네. 톰슨 씨의 집에 도착할 때까지(캘빈은 스티븐의 서재를 좀 더 살펴보기 위해 집에 남았는데, 가는 길은 제대로 알려 주었더군) 최근 며칠간 가장 기분이 좋았고, 톰슨 씨가 나무를 보내지 않은 것도 다 용서해 줄 수 있을 것 같았지.

톰슨의 집은 무성한 잡초에 파묻히고, 다 쓰러질 지경에 칠도 좀 새로 해야 할 형편이었어. 헛간 왼쪽에는 11월이 되면 잡아먹힐 커다란 돼지 한 마리가 진흙탕에서 꿀꿀거리고, 잡동사니가 널브러진 본채와 바깥채 사이 마당에서 남루한 옷을 걸친 여인이 닭들에게 모이를 주고 있었네. 내가 부르자 그녀가 창백하고 생기 없는 얼굴을 들더군.

얼이 빠진 것처럼 허전하던 그녀의 표정이 갑자기 극심한 두려움으로 바뀌는 것은 참 볼 만했네. 나를 스티븐으로 착각했는지, 손가락으로 악마의 눈을 상징하는 시늉을 하며 소리를 지르더군. 앞치마에 담긴 닭 모이가 흩어지고 닭들이 소리를 내며 흩어졌어.

내가 무슨 말을 하기도 전에 집에서는 덩치가 크고 우락부락한 남자가 속옷만 걸친 채 한 손에는 소총을, 다른 손에는 주전자를 들고 어슬렁어슬렁 걸어 나왔네. 벌건 눈이나 불안한 걸음걸이를 보니 그 사람이 바로 벌목꾼 톰슨인 모양이더군.

"분!" 그가 소리를 질렀어. "그 빌어먹을 눈빛!" 그 역시 들고 있던 주전자를 놓고 부인과 같은 시늉을 했네.

"내가 온 것은……." 그런 상황에서도 최대한 침착한 태도를 유지하려고 애쓰며 말을 꺼냈지. "나무가 아직 오지 않아서요. 내 친구와 맺은 계약에 따르면……."

"당신 친구도 마찬가지야." 처음으로 그의 엄포와 위협 아래 깔린 극심한 두려움을 느꼈어. 흥분해서 정말로 나에게 총을 쏠지도 모른다는 생각이 들기 시작했네.

조심스럽게 이야기를 시작했지. "호의의 표시로 말이오, 선생……."

"호의고 나발이고 때려치워!"

"좋소. 그럼." 나는 최대한 예의 바르게 말하려고 노력했네. "조금 진정되실 때까지 그럼 안녕히 계시오." 그 말을 남기고는 몸을 돌려 마을로 향하는 길을 다시 내려오고 말았어.

"다시는 오지 마!" 그가 내 등에 대고 소리치더군. "그 사악한 집에 그냥 처박혀 있으라고. 저주! 저주! 저주받은 그 집에 말이야!" 그가 던진 돌에 나는 어깨를 맞았네. 피하거나 하는 짓은 하지 않았어.

그래서 클로리스 부인을 찾아가서 적어도 톰슨 씨의 적대감에 대한 의문점을 풀어야겠다고 생각한 거야. 부인은 과부가 된 이후로 해변의 아주 매력적인 작은 집에서 혼자 살고 있더군. (쓸데없는 생각은 말기 바라네. 나보다 열다섯 살 정도는 많은 여인이고, 나도 이제 마흔을 넘긴 나이라는 것만 말하겠네.) 내가 도착했을 때

빨래를 너는 중이었는데, 진심으로 나를 반기는 눈치였어. 참 마음이 놓이더군. 아무 이유도 없이 기피 인물로 찍힌 것이 말할 수 없이 괴로웠거든.

"분 선생님." 가볍게 인사하며 그녀가 말했어. "빨래 때문에 오신 거라면, 지난 9월부터 일을 전혀 못 하고 있어요. 관절염이 심해져서 제 빨래도 못하고 있는걸요."

"빨래 때문에 온 거라면 좋겠군요. 도움이 필요해서 왔어요, 클로리스 부인. 채플웨이트나 예루살렘 롯에 대해서 했던 이야기를 좀 자세히 알고 싶소. 그리고 왜 마을 사람들이 나를 그렇게 의심스럽고 두려운 눈으로 보는지도!"

"예루살렘 롯! 그럼 선생님도 이제 거기에 대해서 아시는 거군요."

"그래요, 내 친구와 함께 일주일 전에 직접 가 보기까지 했소."

"세상에!" 그녀는 얼굴이 우유처럼 하얘지면서 비틀거렸네. 내가 손을 내밀어 넘어지려는 그녀를 받쳐 줘야 했지. 몹시 눈이 떨려서, 잠시 동안 나는 그녀가 기절하는 줄만 알았어.

"클로리스 부인, 미안합니다. 내가 무슨……."

"안으로 들어오세요." 그녀가 말했네. "아셔야 할 게 있어요. 세상에, 사악한 날이 다시 시작되는 거야."

햇빛이 비치는 부엌에서 향이 강한 홍차를 끓이는 동안 그녀는 아무 말도 하지 않았네. 차를 앞에 놓고서도 얼마 동안은 그저 바다를 물끄러미 바라볼 뿐이었어. 그녀와 나는 함께 채플웨이트 헤드의 툭 튀어나온 벼랑을 쳐다보았지. 집 한 채가 물을 내려다보는 그 벼랑을. 서쪽으로 기울어 가는 햇빛을 받은 커다란 창문은 다이아몬드처럼 반짝였네. 풍경은 아름다웠지만, 이상하게도 불안정한 느낌이었어. 그녀가 갑자기 고개를 돌리며 단호하게 말하더군.

"분 선생님, 지금 당장 채플웨이트를 떠나 주세요!"

나는 깜짝 놀랐네.

"선생님이 이곳에 정착하신 후로 사악한 기운이 감돌아요. 지난주, 그러니까 선생님이 그 저주받은 집에 발을 들여놓으신 날부터 불길한 징조와 조짐이 나타났어요. 달에 그늘이 진다든지, 묘지에 쏙독새 떼가 나타난다든지, 기형아가 태어난다든지 하는 일들 말입니다. 선생님이 떠나야 해요!"

나는 정신을 차리고 되도록 부드러운 목소리로 말했네. "부인, 그런 일들은 다 공상일 뿐이오. 그걸 아셔야죠."

"바버라 브라운이 눈 없는 아이를 낳은 것이 공상입니까? 클립턴 브로킷이 채플웨이트 뒤쪽의 숲에서, 모든 것이 하얗게 세어버린 그곳에서 커다란 발자국을 발견한 것은 또 어떻고요? 그래, 선생님은 직접 예루살렘 롯에 다녀오시고 나서도 거기에 아무것도 살지 않는다고 말씀하실 수 있나요?"

대답할 수 없었네. 그 음침한 교회의 장면이 눈앞에 떠올랐어.

그녀가 떨리는 두 손을 모으며 진정하려고 애쓰더군. "어머니와 할머니한테 들은 이야긴데요. 선생님은 선생님 가문이 채플웨이트에서 어떻게 받아들여지는지 아시나요?"

"대충은 압니다." 내가 말했네. "1780년 경부터 필립 분의 직계 가족이 살았죠. 내 조부이자 필립의 형이었던 로버트 할아버지는 도둑맞은 서류 사건 이후로 매사추세츠에 정착하셨고요. 나는 필립 할아버지 쪽 가계에 대해서는 거의 아는 것이 없소. 아버지에서 아들로, 그리고 손주들에게까지 불행의 그림자가 드리웠다는 것 말고는 거의 몰라요. 마르셀라가 비극적인 사건으로 죽었고, 스티븐도 죽었죠. 내가 채플웨이트로 와서 살았으면 하고 생각한 것도 스티븐이었소. 그렇게 엉망이 된 가문이 다시 자리를 잡기를 바랐던 거요."

"절대로 그렇게는 안 될 겁니다." 그녀가 낮게 속삭였네. "최초의 싸움에 대해서는 전혀 모르시나요?"

"로버트 분 할아버지가 동생의 책상 앞에서 권총을 겨누었다는 이야기 말이오?"

"필립 분은 미친 사람이었어요." 그녀가 말했네. "부정한 귀신이 들었지요. 로버트 분 씨가 없애려고 했던 건 옛날 문자로 씌어진 사악한 성경이었습니다. 라틴어, 드루이드 문자, 뭐 이런 거요. 지옥의 책이었어요."

"드 베르메스 미스테리스."

그녀가 한 대 맞은 것처럼 몸을 움츠리더군. "그걸 아세요?"

"봤소…… 만지기도 했고요." 그녀가 다시 기절하는 줄만 알았네. 비명이 나오려는 것을 참으려는 듯 손을 입으로 가지고 가더군. "예, 예루살렘 롯에서 그랬소. 타락과 신성 모독으로 가득 찬 그 교회의 설교대에서."

"아직 거기 있군요, 거기 있어요." 이제 그녀는 의자에 앉은 채로 몸을 부들부들 떨기까지 하더군. "신께서 그 물건을 지옥에 던져 버리셨을 거라고 생각했는데."

"필립 분과 예루살렘 롯이 도대체 무슨 상관이오?"

"피로 맺어진 관계죠." 그녀가 어두운 목소리로 말했네. "그 사람은 짐승의 표(mark of the Beast, 요한 계시록에 등장하는 악마를 숭배하는 자들의 표지임──옮긴이)를 지닌 자였어요. 비록 양처럼 차려입고 다니기는 했지만 말입니다. 1789년 10월 31일에 필립 분은 사라졌고……, 그와 함께 그 마을 사람들도 전부 없어졌어요."

그녀는 더 이야기를 할 수도 있었을 거야. 정확히 말하자면 아는 게 조금 더 있었다는 이야기일세. 하지만 그녀는 더 이상 말하는 대신 계속 나한테 떠나 달라고만 했어. "피는 못 속인다"느니, "지켜보는 이와 지키는 이"에 대해 뭐라고 웅얼거리면서 말이야. 저녁 무렵이 되자 더 불안해하는 것 같더군. 그녀를 진정시키기 위해서 나는 그녀의 부탁을 진지하게 고려해 보겠다고 말했네.

점점 더 길어지는 어두운 내 그림자를 쳐다보며 집으로 돌아왔네. 좋았던 기분은 어디로 사라져 버리고, 머릿속에서는 나를 괴롭히는 질문이 떠나지를 않았어. 집에 도착하니 캘빈이 벽에서 나는 소음이 더 심해졌다고 하더군. 그건 사실이었네. 쥐소리일 뿐이라고 나 자신을 설득하려 했지만, 그때 두려움에 떠는 순진한 클로리스 부인의 얼굴이 떠올랐어.

지금 바다 위에 달이 떠 있네. 완전히 둥근 핏빛 보름달이 바다를 사악한 기운으로 물들이는 것만 같아. 지금 나는 다시 그 교회를 생각하네. 그리고

(이 부분에 한 줄이 지워져 있다)

하지만 자네는 그것을 볼 수 없을 거야, 본스. 완전히 미친 짓이야. 이제 자야겠네. 자네가 많이 생각나.

──잘 지내게, 찰스가

1850년 10월 20일

오늘 아침에 책에 붙어 있던 자물쇠를 풀었다. 분 선생님이 일어나기 전에 일을 치러야 했다. 하지만 아무런 소득도 없었다. 책은 암호로 씌어져 있었다. 단순한 암호처럼 보였다. 자물쇠를 열었던 것만큼 쉽게 풀 수 있을 것 같은 암호였다. 분명히 일기로 보이고, 필체는 분 선생의 글씨체와 비슷하다. 누구의 책이기에 서재에서 가장 으슥한 한쪽 구석에 놓여 있었을까? 오래되어 보이기는 하지만 정확히는 알 수 없다. 자물쇠 때문인지 책의 보관 상태는 꽤 양호했다. 나중에 시간이 있을 때 자세히 봐야겠다. 분 선생님은 이제 지하실을 살펴보자고 하신다. 이런 끔찍한 일 때문에 아직 완전히 회복되지 않은 선생님의 건강이 다시 나빠질까 걱정된다. 선생님을 설득해 봐야겠다…….

선생님이 오신다.

1850년 10월 20일

본스,

쓸 수가 없네 아직은 이것을 쓸 수가 업서(원문 그대로임) 나는 나는 나는

1850년 10월 20일

우려했던 대로 선생님의 건강이 악화되었다…….

하느님, 하늘에 계신 아버지!

그것만 머리에 떠오르면 참을 수가 없다. 하지만 뇌리에 박혀버린 그것이 머릿속을 태우는 것만 같다. 지하실에서 느꼈던 그 두려움이!

지금은 혼자다. 8시 30분, 집은 침묵에 싸여 있다. 하지만…….

책상 위에 쓰러진 선생님을 발견했다. 지금은 주무시고 계시지만. 내가 깜짝 놀라서 부들부들 떨고 있는 동안 선생님께서 얼마나 용감하게 행동하셨는지!

이제 선생님은 피부도 매끄럽고 열도 내린 것 같다. 하느님께 감사할 일이다. 선생님을 옮겨 드리거나 그냥 두고 마을로 내려갈 용기가 나지 않는다. 내가 간다고 한들 누가 나와 함께 돌아와서 도와주려 할까? 누가 이 저주받은 집에 오려고 할까?

아, 그 지하실! 지하실에 있는 그것이 온 집 안의 벽을 차지하고 있다!

1850년 10월 22일

친애하는 본스,

이제 다시 나로 돌아왔네, 서른여섯 시간 동안 의식을 잃었기 때문에 몸이 좀 쇠약해진 건 어쩔 수 없겠지만⋯⋯, 나로 돌아온 다는 것⋯⋯, 참 우울하고 씁쓸한 말이로군. 어쩌면 다시 이전의 나로 돌아가는 것은 불가능할 것 같네. 절대로. 인간의 표현을 넘어선 광기와 공포를 직접 마주쳐야 했고, 아직 끝난 것도 아니야.

캘빈이 없었다면, 이번 사건으로 목숨을 잃었을 걸세. 그는 이 광기의 바다에서 온전한 정신을 잃지 않고 있는 유일한 친구라네.

지금부터 그 이야기를 할 참이네.

지하실을 살펴보기 위해서 촛불을 준비했지. 촛불의 불빛은 적당한 것 같았어. 적당하게 음침했다는 이야길세. 캘빈은 나를 말리더군. 최근에 앓았던 일을 들먹이면서, 기껏해야 벽을 긁는 몸집이 큰 쥐나 찾을 거라고 말했어.

그래도 나는 가 봐야겠다고 고집을 피웠지. 캘빈은 한숨을 내쉬더니 답했네. "꼭 그래야만 하겠다면, 가야죠, 뭐. 분 선생님."

지하실로 가려면 부엌 바닥에 있는 입구를 열고 내려가야 하는데(캘빈은 자기가 널빤지로 단단하게 막아 놓았다고 하더군), 있는 힘을 다해서 간신히 열 수 있었네.

왠지 적대적으로 느껴지는, 주변을 압도하는 악취가 어둠 속에서 올라왔는데, 로열 강 건너편에 있는 버려진 마을에서 나던 냄새와 그리 다르지 않았어. 들고 있던 촛불 빛에 어둠 속으로 이어지는 경사가 급한 계단이 보이더군. 관리 상태가 엉망이었어. 심지어 계단의 발판이 아예 떨어져 나간 데도 있었는데, 이런 곳에서 최후를 맞이한 마르셀라가 얼마나 불행했을지는 쉽게 짐작이 갔네.

"조심하세요, 선생님." 캘빈이 말했어. 개죽음을 당할 생각은 없다고 말하고 나서 함께 내려갔네.

바닥은 흙이고 벽은 튼튼한 대리석이었는데 습기는 거의 없었어. 쥐들의 피신처로 보이지는 않았네. 쥐가 숨어들 만한 오래된 상자나 버려진 가구, 종이 뭉치 따위가 전혀 보이지 않았으니까. 초를 높이 들어 보았지만, 그래도 잘 보이지는 않았어. 약간 기울어진 듯한 바닥은 거실과 식당 쪽으로, 말하자면 서쪽으로 이어지는 것 같았고, 우리도 그 방향을 따라 걸었네. 주위는 온통 고요했어. 공기 중의 냄새는 점점 더 심해지고 어둠은 무거운 옷처럼 우리를 짓누르는 것 같았네. 마치 오랜 시간 동안 지하실을 지배하다가 갑자기 촛불 때문에 방해받게 된 것을 시기하는 듯했어.

끝 부분에서 대리석 벽은 목재 벽으로 바뀌었는데, 칠흑같은 검은색에 아무것도 반사되지 않는 나무벽이었네. 거기가 지하실의 끝이었어. 골방처럼 생긴 공간이 지하실과는 별도로 마련되어 있는데, 꺾여 있어서 그곳을 살펴보려면 모퉁이를 돌아야 했지.

우리는 모퉁이를 돌았네.

마치 이 집의 불행했던 과거의 썩은 유령들이 우리 앞에 다시 일어선 것만 같았네. 골방에는 의자만 하나 놓여 있고, 그 위에는 밧줄로 만든 올가미가 천장의 대들보에 묶인 채 매달려 있었어.

"여기서 목을 맸던 거군요." 캘빈이 중얼거렸네. "세상에."

"그래……. 딸의 시체가 뒤쪽 계단 밑에 놓인 채로 말이야."

캘빈은 무슨 말을 하려다가 내 뒤쪽을 흘긋 살피더니 갑자기 비명을 질렀네.

우리 눈앞에 펼쳐졌던 장면을 어떻게 묘사하면 좋을까, 본스? 이 집의 벽에 숨어 살던 그 무시무시한 것을 어떻게 자네한테 설명하지?

벽이 뒤로 물러나더니 어둠 속에서 얼굴이 하나 떠올랐네. 지옥의 강처럼 어두운 눈에, 이빨이 다 빠져 버린 입을 벌린 채 불쾌하게 웃고 있는 얼굴이. 노랗게 썩어 문드러진 손을 우리 쪽으로 향하고 있었네. 소름 끼치는 소리로 흐느끼며 우리 쪽으로 휘청거리며 다가왔어. 나는 들고 있던 양초를 던졌고……

유령의 목에 묶인 밧줄이 불타는 것을 보았네.

뒤쪽에서는 뭔가 다른 것이 움직이고 있었다네. 죽을 때까지 꿈에 나타날 것 같은 무언가가. 썩어 문드러진 창백한 얼굴에 시체 같은 미소를 띤 소녀. 머리는 미친 사람처럼 축 늘어진 소녀였네.

그들은 우리를 노리고 있었어. 난 그걸 알았어. 내가 초를 던지지 않았더라면, 그리고 곧장 올가미 밑에 있던 의자를 던지지 않았더라면 우리를 어둠 속으로 끌고 들어가 그들의 노예로 만들었겠지.

그러고는 온통 혼란스러운 어둠뿐이었네. 정신이 혼미해졌고, 좀전에 말했듯이, 깨어나 보니 캘빈이 지키는 내 방이었어.

떠날 수만 있다면 잠옷을 펄럭이면서라도 곧장 이 공포의 집을 벗어나고 싶네. 하지만 그럴 수가 없어. 이제 나는 이 깊고 암울한 이야기의 한 부분이 되고 말았거든. 그걸 어떻게 아느냐고는 묻지 말게. 그냥 그런 느낌이 들어. 피는 못 속인다는 클로리스 부인의 말이 옳아. 지켜보는 이와 지키는 이라는 말도 무서울 만큼 그대로 맞아들었어. 지난 오십 년 동안 음침한 세일럼 마을에서 잠자던 어두운 힘을 내가 깨운 것만 같아서 두려운 생각이 드네. 나의 조상들을 죽이고, 그들에게 노스페라투, 즉 죽지 않은

귀신이라는 굴레를 씌워 버린 힘을 말이야. 하지만 이보다 더 큰
두려움이 있네, 본스. 아직 그 모습을 완전히 드러내지 않는 그
두려움. 알 수만 있다면……, 도대체 무슨 일인지 알 수만 있다면
좋겠어.

— 찰스

추신. 이 편지는 나 자신을 위해 쓴 편지일세. 프리처스 코너에
서 우리는 완전히 따돌림을 받고 있어서, 아무도 나의 흔적이 묻
은 이 편지를 부쳐 주려 하지 않아. 그래도 캘빈은 내 곁을 떠나
지 않을 거야. 신께서 선하시다면, 어떤 방법으로든 이 편지가 자
네에게 전해질 수 있겠지.

C.

캘빈 매칸의 주머니에서 나온 메모

1850년 10월 24일

오늘은 선생님이 조금 나아지셨다. 지하실에서 봤던 유령에 대
해서도 잠깐 이야기했는데, 그것들이 환영이거나 영매들이 불러
내는 그런 것이 아니라, 실제로 존재하는 것들이라는 데 둘 다 동
의했다. 분 선생님도 나와 마찬가지로 그것들이 사라졌다고 생각
하시는 걸까? 아마도 그럴 것이다. 소음은 사라졌지만, 아직은 모
든 것이 불길하고, 아직 모든 것이 어둠의 장막에 가려져 있다. 태
풍의 눈 안에 갇힌 듯한 기분……

위층 침실의 오래된 책상 서랍 안에서 종이 뭉치를 발견했다.

편지와 각종 영수증을 보니 그 방은 로버트 분이 쓰던 방이었던 것 같다. 신사용 모자 광고지 뒤에 아무렇게나 적은 흥미로운 메모가 있었다. 맨 위에는 다음과 같이 적혀 있었다.

순종하는 자에게 축복이 있으리라
(Blessed are the meek)

그 아래에는, 다음과 같이 말이 안 되는 문자들이 적혀 있었다.

b k e d s h d e r m t h e s e a k
e l m s o e r a r e s h a m d e d

이것이 서재에 있는 암호 책을 볼 수 있는 단서인 것 같다. 이 암호는 독립 전쟁 때 사용했던 '울타리' 라는 오래된 암호이다. 별 의미가 없는 두 번째 글자들을 제외하고 나면 다음 글자들만 남는다.

b e s d r t e e k
l s e a e h m e

이제 이 글자들을 왼쪽에서 오른쪽으로 읽는 대신 아래위로 읽으면 예수님이 말씀하신 '여덟 가지 행복' 에서 인용한 문장이 된다는 것을 알 수 있다.

이것을 분 선생님에게 보여 드리기 전에, 책의 내용부터 살펴봐야 할 것 같다.

1850년 10월 24일

친애하는 본스,

놀라운 일이 벌어졌네. 확신이 선 후에야 비로소 입을 여는(참
보기 드물게 훌륭한 성격이지) 캘빈이 로버트 할아버지의 일기를
발견했어. 암호로 적힌 글을 그가 풀어냈다네. 캘빈은 겸손하게
도 우연히 알아낸 것이라고 말했지만, 인내심을 가지고 열심히
작업 했던 것임에 틀림없어.

어찌 됐든, 이곳에서 벌어진 알 수 없는 일들에 대해서 희미하
게나마 실마리가 생겼다네.

일기는 1789년 6월 1일부터 같은 해 10월 27일, 그러니까 클로
리스 부인이 말했던 그 실종이 일어나기 나흘 전까지 적혀 있었
지. 점점 더 깊어 가는 강박 관념, 아니, 광기라고 해야 할 것에
대한 기록이었는데, 작은 할아버지 필립과 예루살렘 롯, 그리고
그 신성 모독적인 교회에 있는 책의 관계도 적혀 있었네.

로버트 분 할아버지에 따르면 그 마을은 1782년에 만들어진 채
플웨이트나 프리처스 코너(당시에는 프리처스 레스트라고 불렸는
데, 1741년부터 조성된 마을이지)보다 먼저 세워진 마을이었다고
하네. 청교도 집단의 한 분파가 1710년부터 마을을 건설했는데,
제임스 분이라는 광신자가 이끄는 분파였다고 해. 시작부터 등장
하는 이 이름을 보고 내가 얼마나 놀랐겠나? 이 분이라는 작자와
우리 일가의 관계는 의심의 여지가 없겠지.화자의 성은 영어로 Boone. 여기 등장
하는 광신자의 성은 Boon으로 발음이 동일함. 이 사건에서 가계의 혈통을 그렇게 강
조했던 클로리스 부인의 미신은 조금도 틀리지 않은 셈이야. 필

립과 예루살렘 롯의 관계에 대해서 물었을 때 "피로 맺어진 관계"라고 했던 그녀의 대답이 떠올라 또 한 번 두려웠네. 사실이 그런 것 같아서 말이야.

분이 설교하고 재판을 열기도 했던 교회를 중심으로 마을이 형성되기 시작했네. 나의 할아버지 역시 마을의 여인 아무하고나 사통했는데, 그것이 신의 뜻이고 그에게 다가가는 길이라고 설명했다는 거야. 그 결과 마을은 아직 마녀에 대한 믿음과 성처녀의 출산에 대한 믿음이 공존했던 부정한 시대에나 가능했을 법한 무법천지가 되어 버렸지. 성경과 드 고지의 사악한 책 『악마의 집』을 함께 복음으로 사용했던 반쯤 미친 전도사가 지배하는 잡종 종교 집단이 된 거란 말일세. 귀신을 쫓는 의식이 정기적으로 행해지는 공동체, 근친상간과 신성 모독, 그리고 그러한 죄악에서 종종 파생하는 신체적 결함이 만연한 공동체였네. 나는 분의 후손 중 한 명이 자신의 운명을 개척하고자 예루살렘 롯을 떠나 남쪽으로 가서 지금의 우리 가계를 이룬 것이 아닐까 생각했네(아마 로버트 분 자신도 그렇게 믿었을 거야). 지금까지는 가족들에게 들은 이야기대로, 최근에 메인이라는 별도의 주로 독립한 매사추세츠의 한 부분에서 우리 가문이 시작된 것이라고 생각했지. 증조부이신 케네스 분은 당시에 번창하던 가죽 사업으로 부자가 되었고, 시간이 지나면서 그 돈이 불어나자 그의 사후인 1763년에 이 집을 지을 수 있게 되었던 거야. 그의 아들 로버트와 필립이 채플 웨이트를 건설했고. 피는 못 속인다고 클로리스 부인이 그랬지. 케네스 분은 제임스 분의 아들이었을까? 그는 아버지의 광기와 아버지가 세운 마을을 도망쳐 나왔지만, 결국 아무것도 몰랐던 두 아들은 분이 일을 벌이기 시작한 곳에서 3킬로미터도 떨어져 있지 않은 곳에 자신들의 집을 지었단 말일세. 만일 사실이라면, 어떤 보이지 않는 거대한 손이 우리 가문을 이곳으로 끌어들였던 것은 아닐까?

　로버트 할아버지의 일기에 따르면, 1789년 당시에 제임스 분은 이미 늙은이였네. 당연히 그렇겠지. 마을이 생겼을 때 그의 나이가 스물다섯이었다고 가정해도, 이미 백네 살이었을 테니 말이야. 놀랄 만한 나이지. 다음은 로버트 분의 일기에서 그대로 인용한 걸세.

　1789년 8월 4일
　오늘 처음으로 동생이 바람직하지 못하게 따르는 그 사람을 만났다.

　이 분이라는 사람에게서 풍기는, 사람을 빨아들이는 듯한 이상한 기운이 대단히 불안했다. 굉장히 늙은 사람이었는데, 흰 수염에 검은색 사제복을 입은 모습이 어쩐지 외설적으로 느껴졌다. 하지만 더 충격적이었던 것은 그가 여자들 사이에 파묻혀 있다는 사실이었다. 마치 하렘에 둘러싸인 술탄 같은 모습이었다. 필립은 노인이 여든이 넘었지만 아직도 여인과 잠자리를 가질 수 있다고 나에게 말했다…….

　마을 자체는 전에도 한 번 와 본 적이 있지만, 아마 앞으로는 절대로 오지 않을 것 같다. 조용한 거리는 노인이 자신의 설교대에서 강조한 두려움으로 가득 차 있었는데, 유유상종이라고 거리에서 마주친 얼굴들이 모두 비슷비슷한 것 같아서 조금 무서웠다.

어디를 봐도 노인의 얼굴이 있는 것 같았고……. 전부 안색이 나빴다. 사람들은 생기란 생기는 모두 빠져나간 눈을 하고 있었고, 눈이나 코가 없는 아이들, 아무 이유 없이 하늘을 쳐다보며 우는 여인도 보였고, 성경에 나오는 악마에 관한 이야기를 중얼대는 소리도 들렸다…….

필립은 기다렸다가 예배를 보고 가라고 했지만, 그 사악한 노인이 설교대에 서서 마을의 오합지졸들을 앞에 놓고 연설하는 장면을 생각하니 역겨워져서 나오고 말았다…….

이 글의 앞뒤에 있는 일기는 제임스 분에게 점점 더 빠지는 필립에 관한 이야기였네. 1789년 9월 1일, 필립은 분의 교회에서 세례를 받았는데, 거기에 대해 그의 형은 다음과 같이 적었어. "놀라움과 두려움으로 입을 다물 수가 없다. 동생이 나의 눈앞에서 딴사람이 되다니. 심지어 생김새까지 그 사악한 인간을 닮아 가는 것만 같다."

책에 대해서는 로버트 할아버지의 7월 23일 일기에 짧게 등장하더군. "오늘은 필립이 좀 지친 얼굴로 작은 마을에서 돌아왔다. 잠자리에 들 때까지 아무 말도 없더니, 갑자기 분이 『벌레의 신비』라는 제목의 책에 대해 물어봤다고 했다. 필립을 기쁘게 해 주려는 마음에, 나는 존스 앤드 굿펠로 서점에 한번 물어봐 주겠다고 약속했다. 필립은 좋아서 어쩔 줄을 몰랐다."

8월 12일의 일기에는 또 다음과 같이 적혀 있네. "우체국에서 편지 두 통을 받아왔다……. 하나는 보스턴의 존스 앤드 굿펠로 서점에서 온 것이었다. 필립이 관심을 가졌던 책에 대한 답변이었다. 전국을 통틀어 다섯 권 있다고 했다. 편지는 조금 냉담했다. 헨리 굿펠로를 알고 지낸 지 수년이 되었음을 생각하면 정말 이상한 일이다."

8월 13일
굿펠로의 편지를 본 필립은 흥분해서 정신을 못 차렸는데, 이유는 말해 주지 않았다. 분이 그 책을 대단히 가지고 싶어한다는 말만 할 뿐이다. 제목만 봐서는 아무런 해도 끼치지 않는 정원 가꾸기 책 같은데, 이유를 모르겠다.

필립이 걱정된다. 하루하루 지날수록 점점 더 낯선 사람이 되어 가는 것 같다. 채플웨이트로 돌아오지 말았어야 했다는 생각이 자주 든다. 이번 여름은 덥고 무겁고, 불길한 징조로 가득하다.

로버트 할아버지의 일기에서 이 악명 높은 책에 대해서 두 번 더 언급하고 있네. (아마 최후의 순간까지도 이 책이 얼마나 중요한지 모르고 있었던 것 같아.) 9월 4일에는 다음과 같이 적었네.

잘하는 일이라는 생각은 들지 않았지만, 필립을 대신해서 책을 좀 구매해 달라고 부탁하는 편지를 굿펠로에게 보냈다. 이제 와서 말리는 것이 무슨 소용이 있겠는가? 동생에겐 돈이 없었으니, 내가 거절해야 했을까? 대신 필립으로부터 그 야단스러운 신앙을 그만두겠다는 약속을 받아냈지만……, 동생은 거의 광적으로 거기에 빠져 지낸다. 이제 동생을 믿을 수가 없다. 이 문제에 관해서는 아무것도 할 수 없는 절망적인 상황이다…….

마지막으로, 9월 16일의 일기.

오늘 책이 도착했다. 나와는 더 이상 거래를 안 했으면 좋겠다
는 굿펠로의 편지도 함께……. 필립은 비정상적일 정도로 홍분해
서는 내가 들고 있던 책을 낚아채듯이 가져갔다. 라틴어와 고대
북유럽 언어로 씌어진 것 같았는데, 나로서는 전혀 이해할 수 없
는 말들이었다. 손을 댔을 때 책에서 약간의 열기가 느껴졌고, 마
치 거대한 힘을 가진 것처럼 가볍게 떨리기까지 했다……. 필립에
게 신앙을 버리겠다고 했던 약속을 상기시켰으나, 동생은 미친 사
람처럼 추하게 웃으며 내 눈앞에서 책을 흔들어 보였다. 그리고
계속 소리를 질러 댔다. "드디어 가졌어! 드디어 가졌어! 벌레! 벌
레의 신비!"
동생은 어디론가 사라졌다. 아마도 그 미친 은인에게 갔을 것이
다. 그날은 동생을 더 보지 못했다.

책에 관해서는 여기까지가 전부이지만, 이후에 있었을 법한 몇
가지 일을 추측해 볼 수는 있었네. 첫째, 클로리스 부인이 말했듯
이 그 책이 로버트와 필립 사이의 불화의 원인이 되었다는 것. 둘
째, 그 책은 성스럽지 못한 주술들을 모아 놓은 책이라는 것. 아
마도 드루이드에게서 유래한 주술들이겠지. (로마의 브리튼 점령
기에, 학술 연구라는 명목하에 드루이드의 피의 의식 중 많은 것들이
잘 정리되고 보존되었지. 이런 지옥의 기록들 대부분은 전 세계적으

로 금서에 속한다네.) 셋째, 분과 필립은 이 책을 자신들의 최후를 위해 사용하려고 했다는 것. 어떻게 보면 그들이 좋은 의도를 가지고 있었는지도 모르지만, 그렇게 믿고 싶지는 않아. 나는 그들이 오래전부터 우리가 아는 세계 바깥에 존재하는 알려지지 않은 힘에 종속되고자 한 것이라고 믿네. 시간의 틀 자체를 벗어난 힘 말이야. 로버트 분의 마지막 일기를 보면 이런 짐작이 틀리지 않았다는 것을 알 수 있다네, 직접 한번 보게.

1789년 10월 26일

프리처스 코너에서 끔찍한 이야기를 들었다. 대장장이 프롤리가 나를 잡더니 "도대체 당신 동생과 미친 적그리스도가 무슨 꿍꿍이를 꾸미는 겁니까?"라고 다짜고짜 물었다. 구디 랜달은 끔찍한 재앙이 임박했다는 신호를 하늘에서 봤다고 주장했다. 암소가 머리가 둘 달린 송아지를 낳았다고도 했다.

나로 말하자면, 무슨 일이 닥칠지 도무지 알 수가 없다. 아마도 동생이 미쳤기 때문일지도 모른다. 하룻밤 사이에 머리가 거의 다 세어 버렸고, 핏빛으로 번득이는 눈에서는 성스러운 평화의 빛이 사라졌다. 음흉한 미소를 띠거나 혼잣말을 하는가 하면, 예루살렘 롯에 가지 않고 집에 있을 때는 지하실을 들락거리기 시작했다.

집과 정원에 쏙독새가 모여들었다. 안개 속에서 새들이 내는 울음소리가 바다 소리와 섞이면서 나는 비명 같은 소리 때문에 잠을 잘 수가 없다.

1789년 10월 27일

오늘 저녁에는 들키지 않을 만큼 거리를 유지하면서 예루살렘 롯으로 가는 필립을 뒤쫓아 보았다. 죽음을 생각나게 하는 빌어먹을 쏙독새들의 울음소리가 숲 속을 가득 채우고 있었다. 다리를 건널 용기가 나지 않았다. 마을은 교회만 제외하고는 암흑에 잠겼는데, 건물에서 새어 나오는 무시무시한 붉은 빛 때문에 높은 곳에 붙은 교회의 창문이 마치 지옥의 눈처럼 보였다. 악마의 연도 (連禱)를 드리는 목소리가 높아졌다 낮아졌다 했는데, 때때로 웃는 소리나 흐느끼는 소리도 섞여 들었다. 발을 디디고 선 땅도, 마치 엄청난 무게를 견디지 못하겠다는 듯이, 솟아오르며 신음하는 것만 같았다. 나는 놀라움과 두려움에 휩싸여 그곳을 빠져나왔다. 그림자가 길게 늘어선 숲 속을 달리는 동안 지옥에서 들려오는 듯한 쏙독새의 울음소리가 귓전을 떠나지 않았다.

모든 상황이 절정을 향해 치닫고 있지만, 그것이 무엇인지는 아직 알 수 없다. 꿈이 무서워서 잠들 수도 없고, 광기의 공포가 가지고 올 결과가 무서워 깨어 있을 수도 없다. 끔찍한 소리로 가득한 이 밤이 두렵다…….

하지만 다시 가 봐야만 할 것 같은 느낌이 든다, 가서 지켜봐야 한다. 봐야만 한다. 필립은 물론, 그 늙은이와 새들까지 나를 부르고 있는 것 같다.

저주, 저주, 저주

로버트 분의 일기는 여기서 끝났네.

하지만 한 가지 주의할 점이 있네, 본스. 끝에, 필립이 자기를 부르는 것 같았다는 부분 말이야. 앞에서 말했던 나의 결론도 이 부분을 읽고 나서 내린 거야. 클로리스 부인이나 다른 사람들의 이야기를 들어 봐도 그렇고, 무엇보다도 지하실에서 본 끔찍한 형상들, 죽었는지 살았는지도 알 수 없는 그 형상들 때문에 그렇게 생각한 거라네. 우리 가문은 여전히 불행한 가문일세, 본스. 사라지지 않는 저주가 있어. 그 저주가 이 집과 그 마을의 어둠 속에 여전히 숨쉬고 있네. 새로운 주기가 다시 다가오는 것이 느껴져. 아마 내가 분 일가의 마지막 사람이 되겠지. 이미 예정된 일이고. 내가 건전한 상식 너머의 사악한 시도로 넘어가는 단계에 서 있다는 것이 너무 두렵네. 만성절 날 모든 것이 밝혀질 거야. 앞으로 일주일 남았군.

어떻게 해야 하지? 자네가 옆에서 이야기를 듣고 나를 도와줄 수만 있다면 얼마나 좋겠나? 자네만 옆에 있다면!

나는 알아야만 하겠네. 다시 그 금지된 마을로 들어가야만 해. 신의 가호가 나와 함께하기를 빌 뿐이네!

—— 찰스

캘빈 매칸의 주머니에서 나온 메모

1850년 10월 25일

분 선생님은 하루 종일 주무시기만 한다. 얼굴이 많이 창백해졌고 야위셨다. 열병이 다시 도지는 것 같아 두렵다.

선생님의 물병을 정리하다가 플로리다에 있는 그랜슨 선생님께 쓴 부치지 않은 편지 두 통을 발견했다. 예루살렘 롯에 다시 들어가시려는 모양이다. 가시게 내버려 두는 건 그분을 돌아가시게 만드는 것이나 마찬가지다. 프리처스 코너에 가서 마차라도 빌려와야 하는 걸까? 그것도 좋겠지만, 그 사이에 선생님이 깨어나시면 어쩌지? 마차가 도착했을 때 이미 사라지셨으면?

벽에서 다시 소리가 나기 시작했다. 선생님이 주무시고 계신 것이 그나마 다행이다. 이런 일들이 무슨 의미일까를 생각하면 온몸이 떨린다.

얼마 후.

저녁을 가져다 드렸다. 나중에 일어나실 모양이다. 선생님은 숨기려고 애쓰지만, 어떤 계획을 가지고 계신지 알 것 같다. 프리처스 코너에 가야만 한다. 지난번에 아프실 때 복용하시던 수면제가 아직 좀 남았다. 선생님은 아무것도 모르고 아까 차와 함께 한 알을 드셨다. 다시 잠이 드셨다.

벽 뒤에 있는 괴물들과 함께 선생님을 두고 간다는 것이 무섭다. 비록 단 하루지만, 선생님을 이 집에 계속 머무르게 해야만 한다는 사실이 너무 두렵다. 선생님 방의 문은 밖에서 잠갔다.

신이시여, 마차를 가지고 돌아왔을 때도 선생님이 방 안에 그대로 계시게 도와주소서!

훨씬 더 지난 후.

나에게 돌을 던졌다. 마치 미친 들개에게 하듯이 사람들이 나에게 돌을 던져 댔다. 괴물 같은, 악마 같은 사람들! 그러고도 인간이라고 할 수 있을까? 우리는 꼼짝없이 갇힌 신세였다……

새들이, 쏙독새들이 다시 모여든다.

1850년 10월 26일

친애하는 본스,

해 질 녘이 되어서야 일어났네. 거의 스물네 시간을 내리 잔 셈이군. 캘빈은 모른 척하지만, 아마 내 의도를 알아차리고는 차에 수면제를 탄 것 같아. 착하고 믿음직한 데다, 항상 최선을 다하는 친구이기 때문에 나도 별다른 말은 하지 않기로 했네.

하지만 내 결심은 확고해. 내일이 바로 운명의 날이군. 지금 마음도 차분하고 별로 흔들리지도 않지만, 열은 좀 나는 것 같네. 그래도 해야 한다면, 내일이라야 해. 오늘 밤이면 더 좋겠지만, 지옥의 불로도 이 어둠 속에서 길을 밝히기에는 부족할 것 같네.

이제 자네에게 편지를 못 쓰게 될지도 모르겠군. 신의 축복과 가호가 항상 자네와 함께하기를 빌겠네, 본스.

—— 찰스

추신. 새들이 울기 시작했고, 끔찍한 발소리도 다시 들리는군. 캘빈은 내가 못 들을 거라고 생각하겠지만, 나는 다 듣고 있네.

C.

1850년 10월 27일

새벽 5시

선생님은 도무지 말을 듣지 않으신다. 좋다. 나도 함께 간다.

1850년 11월 4일

친애하는 본스,

몸은 아프지만 정신은 멀쩡하네. 날짜가 정확한지는 모르겠지만, 바닷물의 움직임이나 해가 뜨고 지는 것을 계산해 봤을 때 아마 맞을 것 같아. 지금 책상에 앉아 있네. 채플웨이트에 와서 자네에게 처음 편지를 썼던 바로 그 책상이지. 마지막 빛이 빠르게 사라져 가는 어두운 바다를 내다보고 있네. 다시는 볼 수 없겠지. 이 밤은 나의 밤일세. 이제 다가올 어둠이 무엇이든 거기에 나를 맡길 생각이야.

파도가 바위에 부서지네. 어두워지는 하늘을 향해 부서지는 파도에, 지금 앉아 있는 바닥까지 떨리는 것 같군. 창문에 비친 나의 모습을 보네. 흡혈귀처럼 창백한 얼굴. 10월 27일 이후로 제대로 먹지를 못했어. 그날 캘빈이 침대 옆에 물병을 준비해 두지 않았더라면 물도 먹지 못했을 거야.

오, 캘빈! 이제 그는 없네, 본스. 캘빈이 내 대신 죽었어. 지금 어두운 창문에 비친 이 인간, 앙상한 팔다리와 해골 같은 얼굴의

이 인간을 대신해서 말이야. 그 친구가 그렇게까지 비참하게 될 이유는 없었는데. 요 며칠 동안 악몽에 시달린 건 나지 캘빈이 아니거든. 정신을 잃은 상태에서 이어진 악몽에서는 뒤틀린 형상들이 우글거렸네. 그 생각만 하면 지금도 손이 떨려. 편지에 잉크를 엎질렀구먼.

그날 아침, 몰래 나가려고 할 때 캘빈과 마주쳤네. 지금 생각해도 참 영리하게 말했던 것 같아. 나는 이곳을 떠나기로 결심했다고 말하며, 캘빈에게 16킬로미터쯤 떨어진 탠드럴로 가서 마차를 하나만 빌려올 수 있겠냐고 물어보았네. 그곳에는 아직 우리 소문이 안 퍼졌을 테니까 말이야. 그도 떠나는 데 동의했고, 곧 바닷가를 따라 난 길을 나섰네. 캘빈이 더 이상 보이지 않을 만큼 멀리 간 것을 확인하고는 외투와 목도리를 챙겨 들고 나설 준비를 했지. (날씨가 차가워졌어. 그날 아침의 차가운 바람에서 겨울이 시작되려는 것을 느낄 수 있었네.) 총이 있으면 좋겠다는 생각을 잠깐 했지만, 곧 웃음이 나더군. 이런 문제에 총이 도대체 무슨 소용이겠나?

식품 창고 뒤쪽으로 난 길을 나서며 마지막으로 하늘과 바다를 한번 보았네. 곧 맞닥뜨릴 썩는 냄새에 대비해 신선한 공기를 마셨고, 구름 아래서 먹잇감을 찾는 갈매기도 보았어.

나는 돌아섰네. 캘빈 매칸이 길을 막고 있더군.

"혼자는 못 가십니다." 그가 말했네. 지금까지 봤던 표정 중에서 가장 단호한 표정을 짓고 있더군.

"하지만 캘빈……." 나는 말을 시작했네.

"안 됩니다. 아무 말도 마세요! 같이 가서 할 일을 하는 거예요, 아니면 힘으로라도 선생님을 다시 집 안에 눕혀 놓을 겁니다. 지금 몸이 안 좋으세요. 혼자는 절대로 못 갑니다."

그때 겪은 마음의 갈등은 말로 설명할 수가 없네. 혼란, 분노, 고마움……, 하지만 그중에서 제일 큰 것은 그에 대한 애정이었지.

우리는 아무 말 없이 여름 별장과 해시계, 잡초가 무성한 화단을 지나 숲으로 들어갔네. 모든 것이 죽은 듯이 조용했지. 새 한 마리 울지 않았고 귀뚜라미의 찌르륵대는 소리도 없었어. 마치 온 세상이 침묵의 장막 안에 갇혀 버린 것만 같았네. 언제나 맡을 수 있는 짠 바다 냄새와 멀리서 희미하게 전해지는 나무 타는 냄새뿐이었지. 숲은 형형색색으로 이글거렸지만, 내 눈에는 주황색으로만 보였네.

곧 바다 냄새는 사라지고 대신 좀더 기분 나쁜 냄새가 나기 시작했지. 전에도 말한 적이 있는 썩는 냄새. 로열 강을 가로지르는 다리에 이르렀을 때는, 캘빈이 다시 한번 말려 주기를 은근히 바라기도 했네. 그는 아무 말도 안 하더군. 캘빈은 잠깐 멈추더니 마치 하늘을 조롱하듯이 치솟은 교회의 첨탑을 올려다보고는, 다시 나를 한번 돌아다봤어. 우리는 계속 갔네.

우리는 제임스 분의 교회를 향해 두려운 발걸음을 재촉했네. 문은 먼젓번 왔을 때 반쯤 열어 놓고 나온 그대로였고, 교회 안의 어둠이 우리를 노려보는 듯했지. 계단을 오를 때는 마치 가슴속에서 무슨 악기가 울리는 것만 같았네. 손잡이를 잡아당길 때는 손이 마구 떨리기까지 했어. 냄새는 더 심해져서 그 어느 때보다도 더 지독했네.

어둑어둑한 대기실에 들어선 우리는 지체 없이 곧장 본당으로 들어갔네.

아수라장이었네.

뭔가 엄청난 일이 벌어졌던 모양인지, 많은 것이 파손되었더군. 뒤집힌 의자들이 짚단처럼 여기저기 널브러져 있었네. 사악한 십자가는 동쪽 벽면에 떨어졌는데, 벽에 톱니 모양으로 금이 간 걸로 봐서 누가 힘껏 집어던졌던 모양이야. 높이 붙었던 등도 떨어졌는데, 거기서 새어 나온 고래 기름 냄새가 온 마을을 뒤덮은 악취와 섞여서 진동했다네. 유령 신부가 지나가면 어울릴 가운데 복도에는 알 수 없는 검은 액체가 불길한 핏줄기와 같이 흘렀어. 그 액체가 설교단까지 이어졌는데, 본당 안에서 멀쩡하게 남은 물건은 그 설교단밖에 없었어. 그 위에서, 신의 이름을 더럽힌 그 책 너머 불타는 듯한 눈으로 우리를 내려다보는 것은 바로 도살당한 양의 시체였네.

"주여." 캘빈이 속삭였어.

끈적이는 바닥을 조심조심 피하며 그리로 다가갔네. 우리의 발소리가 커다란 웃음소리가 되어 울리는 것만 같았어.

배랑에 함께 올라갔지. 양의 시체에는 갈기갈기 찢긴 흔적이라든가, 누군가 먹어 치운 흔적은 없었네. 그보다는 혈관이 모조리 터질 때까지 누가 쥐어짠 것 같았어. 책을 놓은 부분에 피가 보기 흉하게 떨어졌는데, 그 밑에는……, 이상하게도 책 위에 떨어진 피는 투명했고, 마치 유리를 댄 것처럼 그 아래의 알 수 없는 문자들이 그대로 보였네.

"이걸 만져야 하는 건가요?" 캘빈이 물었어. 조금도 떨리지 않는 목소리였네.

"응. 내가 해야만 해."

"어떻게 하실 건데요?"

"육십 년 전에 했어야만 했던 일이지. 이 책을 파괴해야 돼."

양의 시체를 책에서 치웠네. 바닥에 떨어져 구르면서 끔찍한 소리를 내더군. 피가 묻었던 책은 비로소 원래의 붉은색으로 돌아왔어.

귀가 울리면서 무슨 소리가 들리기 시작했네. 낮게 흥얼거리는 소리는 벽에서 나오는 것 같았어. 캘빈의 얼굴이 일그러졌던 걸 보면 그도 같은 소리를 들었던 모양일세. 우리가 선 바닥이 떨리는 것이, 이 교회에 익숙해져 있던 손님들이 이제 우리를 덮치려는 것 같았네. 그들만의 장소를 지키기 위해서 말이야. 정상적인 시공간의 틀이 뒤틀리고 깨지는 것만 같았어. 유령으로 가득 찬 교회는 지옥의 영원한 차가운 불로 타오르는 것 같았네. 제임스 분을 직접 보는 것 같았어. 반듯이 누운 여인들에 둘러싸인 음산하고 불행했던 그 사람을. 필립 할아버지도 보였어. 모자가 달린 검은색 사제복을 입고 칼과 물병을 든 복사 차림이었네.

"데움 보비스쿰 마그나 베르미스."

앞에 펼쳐진 책에서 단어들이 요동치며 뒤틀리더니 제물의 피에 스며들었어. 우주 너머에 존재하는 생명체를 부르려는 걸까?

예배에 모여든 장님이나 기형아들, 근친상간으로 태어난 불행한 아기들이 공허한 악마 찬양에 동요했네. 굶주림과 맹신으로 가득 찬 일그러진 얼굴들이었지……

라틴어는 어느새 알아들을 수 없는 고대어로 바뀌었네. 아직 이집트에서 피라미드가 세워지지도 않았던 고대, 지구가 완전히 형태를 갖추지 못하고 아직 불타는 기체 덩어리였던 과거에나 썼을 법한 말이었어.

"기야긴 바르다르 요그소고스! 베르미니스! 기야긴! 기야긴! 기야긴!"

설교단이 산산이 부서지면서 위로 치솟기 시작했네.

캘빈은 비명을 지르며 손을 들어 얼굴을 가렸어. 배랑 전체가 마치 파도에 휩쓸린 배처럼 심하게 흔들리더군. 나는 책을 집어들었는데, 얼마나 뜨거웠던지 손을 데고 눈이 멀어 버리는 줄만 알았네.

"도망가요!" 캘빈이 소리쳤지. "도망가!"

하지만 나는 그 자리에 얼어붙어 버렸고, 낯선 존재가 나를 채웠네. 마치 수년을, 아니 수 세기를 기다려 온 고대의 사제가 된 듯했어.

"기야긴 바르다르." 내가 소리쳤네. "요그소고스의 종, 이름 없는 이여! 우주 너머에서 온 벌레! 별을 먹는 이여! 시간을 넘어선 존재! 베르미니스! 이제 나를 채우고 세상에 나오소서! 베르미니스! 알리야! 알리야! 기야긴!"

캘빈이 나를 밀치는 바람에 넘어졌지. 온 교회가 내 눈앞에서 어지럽게 회전하고, 나는 바닥에 굴렀어. 뒤집힌 의자에 이마를 찧을 때는 머리가 온통 불타는 것 같았는데, 이상하게도 머릿속이 깨끗이 비는 것처럼 느껴지더군.

가지고 온 성냥을 찾아보았네.

하계(下界)의 천둥이 그곳을 가득 채우고, 흔들리는 첨탑의 종도 악마의 음악을 퍼뜨리는 것만 같았지.

성냥을 켜고 책에 비춰 보려고 할 때 설교단이 다시 한번 폭발하면서 바닥이 드러나고 그 아래 나락이 검게 입을 벌렸네. 캘빈이 그 나락의 가장자리에서 비틀거리며 손을 내미는 것이 보였어. 그의 얼굴은 차마 내지르지 못한 비명으로 일그러졌네. 나는 평생 그 소리에 시달릴 거야.

그리고 회색의 떨리는 살덩어리들이 몰려왔지. 냄새가 악몽처럼 밀려들었어. 끈적끈적한 화농성 젤리가 쏟아졌는데, 마치 지구의 뱃속에서부터 거품이 치솟는 것만 같았네. 그때 갑자기, 지금까지 세상의 그 누구도 이해하지 못했던 두려운 깨달음을 얻었지. 나는 그것이 이 저주받은 교회 아래의 어둠 속에서 수십 년을 살아온 괴물 벌레의 작은 한 부분에 지나지 않는다는 것을 알았네!

책이 내 손에서 불타고, 괴물은 머리 위에서 소리 없는 비명을 질렀어. 무언가 번쩍하더니 캘빈이 목이 부러진 인형처럼 교회 저쪽으로 나가떨어졌지.

모든 것이 가라앉고, 괴물도 사라졌네. 산산히 부서진 채 테두리에 알 수 없는 검은 액체만 남긴 채 큰 구멍이 휑하니 뚫려 있고, 비명인지 울음인지 알 수 없는 소리가 조금씩 멀어져 갔어.

아래를 내려다보았더니 책은 이미 재가 되어 버렸더군.

나는 바보처럼 웃다가, 곧 짐승처럼 흐느끼고 말았네.

제정신이 아니었어. 관자놀이에 피를 흘리며 바닥에 털썩 주저앉았네. 신성 모독으로 가득 찬 교회의 어둠을 향해 비명과 함께 알 수 없는 소리를 내질렀지. 반대쪽 구석에서는 캘빈이 두려움에 가득 찬 번득이는 눈으로 나를 쳐다보며 축 늘어져 있었네.

그런 상태로 얼마나 있었는지는 기억나지 않아. 말로 할 수 있는 게 아니겠지. 정신을 차려 보니 어둠은 물러나고 어느새 희미한 빛이 주변에 비치더군. 뭔가 움직이는 게 보였어. 배랑의 부서진 바닥 밑에서 뭔가 움직였네.

부서진 판자 사이로 손이 하나 올라왔어.

미친 사람의 웃음소리 같던 나의 웃음이 목안으로 잦아들었어. 공포와 불안 때문에 온몸의 피가 다 빠져나가는 느낌이었네.

어둠 속에서 몸이 엉망이 된 형체 하나가 두려울 만큼 느리게 모습을 드러내더니, 반쯤은 해골이 된 얼굴이 나를 응시했어.

살점이라고는 찾아볼 수 없는 이마에는 벌레들이 기어다녔고, 해어진 사제복은 앙상한 쇄골에 비스듬히 걸쳐져 있었지. 그래도 눈은 살아 있었네. 단순한 광기라고 치부해 버릴 수만은 없는 빛을 내며 나를 응시하던 붉은 눈. 그 눈은 우주의 테두리를 넘어선 곳에 있는 길 없는 황야의 공허한 삶을 보여 주는 것만 같았어.

어둠 속으로 나를 데려가려고 나타난 녀석이었네.

나는 도망쳤네. 평생 친구의 시체를 그 끔찍한 곳에 그냥 버려둔 채, 비명을 지르며 달렸어. 허파와 머리에서 뭔가 터질 것만 같은 느낌이 들 때까지 멈추지 않고 뛰었지. 귀신이 있다는 이 불길한 집에 도착해서 방에 들어선 다음에는 죽은 사람처럼 쓰러졌고 오늘까지 계속 잠만 잔 거야. 그처럼 제정신이 아닌 상태에서, 이미 죽었지만 아직 움직이는 그 엉망이 된 형체 앞에서 도망치듯 달렸던 것은, 가족에게서 느껴지는 익숙함을 그곳에서 느꼈기 때문이네. 필립이나 로버트 할아버지를 말하는 게 아냐. 두 할아버지의 얼굴은 위층 초상화를 통해 이미 알고 있었으니까. 썩어 문드러진 제임스 분의 얼굴, 벌레를 지키는 그 사람의 얼굴을 말하는 거라네.

지금도 그는 예루살렘 롯과 채플웨이트 아래의 뒤틀린 어둠 속에 살아 있어. 그리고 녀석도 살아 있네. 책이 불타 버려서 문제가 좀 되기는 하겠지만, 어딘가에 다른 판본이 있을 테니까.

나는 일종의 통로이고 분 일가의 마지막 사람이네. 전 인류의 평온을 위해서 나는 죽어야만 해…… 그렇게 해서 이 사슬을 끊어 버려야겠네.

지금 바다로 가려 하네, 본스. 내 이야기와 함께 나의 여정도 끝을 맺겠지. 항상 신께서 자네를 보살피사 평화가 가득하길 바라네.

— 찰스

이 이상한 글들은 모두 편지의 수신인인 에버릿 그랜슨에게 그대로 전해졌다. 사람들은 1848년 부인이 사망한 후 처음 발병했던 찰스 분의 불행한 뇌 질환이 재발하면서, 그가 이성을 잃은 상태에서 동료이자 평생의 친구였던 캘빈 매칸 씨를 살해한 것으로 생각했다.

매칸 씨의 주머니에서 나온 쪽지 일기는 찰스 분이 자신의 편집증적인 환상을 충족시키기 위해 완벽하게 위조해 낸 것이 분명하다.

적어도 두 가지 면에서 찰스 분의 잘못이 증명되었다. 첫째, 예루살렘 롯이 '재발견'(역사적인 용어를 사용하기로 한다)되었을 때, 배랑의 바닥에는 폭발이나 큰 충격이 있던 흔적을 전혀 찾아

볼 수 없었다는 점. 오래된 예배용 장의자들이 뒤집혀 있고, 창문 몇 장이 깨진 것은 사실이었지만, 그 정도의 손상은 인근 마을 부랑자들의 소행으로 짐작된다. 프리처스 코너와 탠드럴에 오래 산 주민들 중에는 아직도 예루살렘 롯에 관한 불길한 소문을 믿는 사람들이 있는데(아마도 찰스 분의 정신 상태를 극단으로 몰고 간 것도 당시에 돌아다니던 이러한 소문이었을 것이다), 연관성은 거의 없어 보인다.

둘째, 찰스 분은 일가의 마지막 사람이 아니었다. 그의 할아버지였던 로버트 분에게는 적어도 둘 이상의 사생아가 있었다. 그 중 한 명은 아직 아기일 때 죽었지만, 둘째는 분이라는 이름을 달고 로드아일랜드의 센트럴폴이라는 마을에 정착해 살았다. 나는 이 분 일가 방계의 마지막 자손이고, 비록 세 세대 동안 잊혀져 지내기는 했지만 찰스 분과는 먼 사촌뻘이 된다. 위의 문서들은 십 년 동안 내가 위탁 보관하고 있었다. 이번에 채플웨이트에 있는 분 일가의 오래된 저택에 들어와 살게 되면서, 책을 내 볼까 하는 생각에 공개하게 된 것이다. 그를 통해 독자들이 불쌍한 찰스 분의 영혼에 동정심을 가져 주기를 바라는 마음이다. 지금까지 살펴본 결과 찰스 분은 적어도 한 가지 면에서는 옳았다. 집에 벌레들이 너무 많다.

벽 안에는 커다란 쥐도 한 마리 있는 것 같다. 소리가 들린다.

제임스 로버트 분
1971년 10월 2일

철야 근무

■

Graveyard Shift

금요일 새벽 2시.

홀은 엘리베이터 옆에 있는 벤치에 앉아 있었다. 워윅이 온 이후로 3층에서 근무자가 담배를 피울 수 있는 곳은 그곳뿐이었다. 그는 워윅을 보는 것이 달갑지 않았다. 철야 근무 시간에 감독이 3층에 나타날 일은 없었다. 감독은 지하에 있는 사무실에 앉아서 책상 옆에 있는 커피 주전자에서 커피를 따라 마시고 있을 것이다. 뿐만 아니라 날씨도 무척 더웠다.

게이트폴의 6월 날씨로는 기록적이라 할 수 있을 만큼 더운 날씨였는데, 엘리베이터 옆에 있는 온도계는 새벽 3시에 34.5도를 기록하기도 했다. 오후 3시부터 11시까지 근무하는 사람들의 상황은 생각만 해도 끔찍했다.

홀이 담당한 실 뽑는 기계는 지금은 망해 버린 클리블랜드의 어떤 회사가 1934년에 제작한 고장 잘 나는 기계였다. 그는 지난

4월부터 이 공장에서 일했다. 따라서 아직은 시간당 1.78달러의 최저 임금을 받지만, 그걸로 충분했다. 아내나 정기적으로 만나는 여자 친구도 없고 지급할 위자료도 없었다. 떠돌이였던 그는 지난 3년간 버클리(대학생)에서 타호 호수(주방 잡일), 갈브스턴(하역 인부), 마이애미(즉석 요리점 요리사), 월링(택시 기사와 접시 닦기)까지 돌아다녔고, 이곳 메인의 게이트폴에 와서는 실 뽑는 기계를 만진다. 눈이 올 때까지는 어디 다른 곳으로 갈 생각이 없었다. 그는 고독한 사람이었고, 11시부터 7시까지 공장 전체의 흐름이 차분하게 가라앉은 그 시간이 좋았다. 덥지 않은 것은 말할 것도 없었다.

마음에 들지 않는 것은 쥐뿐이었다.

3층은 사람이 그리 많지 않은 길게 생긴 공간이었고, 조명이라고는 틱틱 소리를 내는 형광등이 전부였다. 공장의 다른 층과 달리, 이곳은 비교적 조용했고 일하는 인원도 적은 편이었다. 적어도 사람의 숫자만 놓고 보면 그랬지만, 쥐를 생각하면 이야기가 달라진다. 3층에 있는 기계는 실 뽑는 기계가 전부였고, 나머지 공간은 홀이 담당한 그 기계로 정리해야 할 40킬로그램짜리 섬유 뭉치로 가득 차 있었다. 줄줄이 이어진 소시지처럼 늘어선 섬유 뭉치 중에는 수년 동안 방치되어서 회색 공장 먼지가 잔뜩 쌓인 것들도 있었다(특히 생산이 중단된 멜턴 섬유나 더 이상 주문이 들어오지 않는 기타 소재들이 그랬다). 쥐가 살기에는 안성맞춤인 셈이었다. 이곳의 쥐는 덩치가 크고 배가 나온 데다가 미친 듯한 눈빛을 하고는 벼룩이나 다른 해충을 잔뜩 달고 이리저리 뛰어다닌다.

홀은 쉬는 시간에 쓰레기통에서 음료수 깡통을 모으는 버릇이 생겼다. 일이 바쁘지 않을 때 그걸로 쥐를 잡다가, 쉬는 시간에 다시 모으는 것이다. 이번에만 감독에게 들켰다. 감독은 엘리베이터를 타지 않고 계단을 오르는 모습이 사람들이 말하는 것처럼 영락없는 비열한 개새끼였다.

"지금 뭘 하는 거지, 홀?"

"쥐요." 홀이 말했다. 쥐들이 다 쥐구멍 속으로 들어가고 난 지금 그런 말을 하는 것이 어색하게 들리겠구나 하는 생각이 들었다.

"쥐를 보면 이 캔을 던지거든요."

워윅은 짧게 고개를 끄덕였다. 머리를 짧게 자른 뚱뚱한 남자였다. 셔츠의 소매를 걷어붙이고 넥타이는 반쯤 풀어헤쳤다. 그가 홀을 쳐다봤다. "쥐한테 깡통이나 던지라고 월급을 주는 게 아니라고, 아저씨. 나중에 다시 줍는다고 해도 마찬가지야."

"해리가 이십 분째 아무것도 내려보내지 않았습니다." 홀이 대답했다. 속으로는 그냥 사무실에서 커피나 마시지 뭐 하러 올라왔냐고 생각했다. "그러면 실 뽑는 기계에서는 할 일이 없어요."

워윅은 더 이상 관심이 없는 듯 건성으로 고개를 끄덕였다.

"올라가서 위스콘스키도 한번 살펴보도록 하지. 아마 할 일을 잔뜩 쌓아 놓기만 하고 잡지나 읽고 있을 거야."

홀은 아무 말도 하지 않았다.

워윅이 갑자기 저쪽을 가리켰다. "저기 한 마리 있네. 잡아!"

홀이 들고 있던 깡통을 잽싸게 던졌다. 오버핸드 모션이었다. 섬유 뭉치 위에서 총알 같은 밝은 눈으로 두 사람을 내려다보던 쥐는 찍 소리를 내며 나가떨어졌다. 홀이 캔을 주우러 가는 동안 워윅은 고개를 젖히고 정신없이 웃어 댔다.

"사실은 다른 일로 왔네." 워윅이 말했다.

"그러셨어요?"

"다음 주가 독립기념일 주간이잖아." 홀이 고개를 끄덕였다. 월요일부터 토요일까지 공장 문을 닫아야 했다. 일 년 이상 다닌 근속자들에게는 특별 휴가, 일 년이 안 된 사람들에게는 그냥 일시적인 휴무인 셈이었다. "일하고 싶나?"

홀은 어깨를 으쓱해 보이며 물었다. "무슨 일인데요?"

"지하실 전체를 청소할 거야. 12년 동안 아무도 손대지 않았거든. 거의 아수라장이 됐는데, 호스를 써서 제대로 한번 쓸어야겠어."

"도시 계획 위원회와 감독자 회의 사이가 괜찮나 보죠?"

워윅은 아무 말 없이 홀을 쳐다보았다. "할 건가 말 건가? 시간당 2불이고 나흘째는 두 배야. 철야 시간에만 작업을 진행하네, 그 시간이 좀 시원하니까."

홀은 계산을 해 보았다. 세금을 떼고 나면 75달러 정도 생기게된다. 한 푼도 못 버는 것보다는 훨씬 좋았다.

"좋습니다."

"그럼 다음 주 월요일에는 염색 건물 옆으로 출근해."

홀은 그가 계단을 다시 내려가는 것을 지켜보았다. 워윅은 중간쯤에서 멈추더니 돌아보며 홀에게 말했다. "대학에 다닌 적이 있다고 했지? 맞나?"

홀은 고개를 끄덕였다.

"좋아, 대학생이란 말이지. 기억해 두겠어."

워윅이 갔다. 홀은 앉아서 담배를 한 대 더 피워 물고는 한 손에 깡통을 든 채 쥐를 찾았다. 지하실이 어떨지 한번 상상해 보았다. 정확히 말하자면 반 지하, 염색 건물 밑에 있는 반 지하였다. 습기 차고 어둡고, 거미와 썩은 천 조각이나 강에서 흘러든 찌꺼기가 가득한 곳. 거기에 쥐까지. 어쩌면 박쥐가 있을지도 몰랐다. 날아다니는 설치류라니, 세상에.

홀은 깡통을 힘껏 내던졌다. 그때 위층에서 희미하게 들리는, 해리 위스콘스키를 야단치는 워윅의 목소리에 그는 혼자 웃음을 지었다.

'좋아, 대학생이란 말이지. 기억해 두겠어.'

그는 웃음을 멈추고 담배꽁초를 비벼 껐다. 얼마 후 위스콘스키가 거친 나일론 뭉치를 내려보내기 시작했다. 그리고 뒤에 잔뜩 쌓인 섬유 뭉치 위에는 쥐가 나타나 검은 눈을 깜빡이지도 않고 그를 내려다보았다. 쥐들이 마치 재판관이라도 되는 것처럼 느껴졌다.

월요일 밤 11시.

워윅이 낡은 청바지에 고무장화까지 신고 나타났을 때, 서른여섯 명의 직원이 그를 기다리고 있었다. 홀은 해리 위스콘스키의 말을 듣고 있었다. 해리는 대단히 뚱뚱하고 게으르고 또 굉장히 음울한 남자였다.

"난장판이 될 거야." 감독이 왔을 때 위스콘스키는 열심히 떠들던 중이었다. "어디 한번 두고 봐, 집에 갈 때는 페르시아의 암흑보다 더 시커메져서 돌아가게 될 거니까."

"좋아!" 워윅이었다. "전구를 여섯 개 달아 놨으니까, 자기가 무슨 일을 하고 있는지는 잘 볼 수 있을 거야, 친구들." 그는 건조대에 비스듬히 기대선 직원들을 향해 말했다. "자네들은 저쪽에 있는 호스를 집수관까지 끌어오는 일을 하게 될 걸세. 계단으로 내리면 돼. 한 명당 8미터 정도 맡는데, 동료에게 물을 뿌리는 장난은 안 치는 게 좋을 거야. 병원 신세를 질 수도 있으니까 말이야. 물살이 장난이 아니거든."

"누군가 다칠 거야." 위스콘스키가 퉁명스럽게 말했다. "두고 보라고."

"자네들은 말이야." 워윅은 이번에는 홀과 위스콘스키가 포함된 쪽을 보며 말했다. "우선 오늘 밤에는 쓰레기부터 좀 치워 주게. 두 명이 한 조가 되어서 운반차를 한 대씩 맡아. 오래된 사무실 집기와 섬유 뭉치, 못 쓰게 된 기계, 뭐 이런 것들 말이야. 서쪽 끝에 있는 승강기까지 옮기면 돼. 운반차 운전할 줄 모르는 사람 있나?"

아무도 손 들지 않았다. 운반차는 배터리로 작동하는, 작은 덤프 트럭 같은 기계였다. 너무 오래 사용해서 머리 아픈 냄새가 났는데, 홀은 그게 꼭 전선이 탈 때의 냄새와 비슷하다고 생각했다.

"좋아." 워윅이 말했다. "지하실을 몇 구역으로 나누었는데, 목요일까지는 아마 마칠 수 있을 거야. 금요일에는 쓰레기를 밖으로 꺼낼 계획이네. 질문 있나?"

질문은 없었다. 홀은 감독의 얼굴을 가까이서 관찰하다가, 갑자기 뭔가 이상한 일이 닥칠 것을 예감했다. 그런 생각에 잠깐 기분이 좋아졌다. 그는 워윅을 그다지 좋아하지 않았다.

"됐어." 워윅이 말했다. "시작하자고."

화요일 새벽 2시.

홀은 피곤했고, 끊임없이 쏟아지는 위스콘스키의 불평을 듣는 데도 질려 버렸다. 위스콘스키를 한 대 친다고 해서 효과가 있을까? 없을 것 같았다. 그냥 불평거리를 하나 더 만들어 주는 꼴일 뿐이다.

그다지 유쾌한 일이 아닐 거라는 점은 이미 짐작했던 바였다. 하지만 이건 거의 살인적이었다. 우선, 냄새를 견딜 수가 없었다. 썩은 강의 냄새가 부패한 섬유나 흙덩어리, 썩어 가는 풀 냄새와 섞여 있었다. 일을 시작한 한구석에서, 홀은 부서진 시멘트 덩어리에 떼 지어 자라는 하얀 독버섯을 발견했다. 녹슨 기어를 잡아당길 때 손이 그 독버섯에 닿았다. 그는 이상할 정도의 열을 느꼈고, 마치 수종증에 걸린 사람의 피부처럼 살이 부풀어 오르는 것 같은 느낌을 받았다.

작업용으로 매달아 놓은 전구는 12년이나 된 어둠을 몰아내기에 역부족이었다. 어둠을 약간 밀어내고는 엉망이 된 지하실 위로 아픈 듯한 노란빛을 뿜어내는 것이 고작이었다. 지하실은 신성한 기운이라고는 다 빠져 버린 채 폐허가 된 교회의 본당 같았다. 높은 천장과 절대로 옮길 수 없을 것처럼 보이는 버려진 거대한 기계들, 축축한 벽에는 노란 이끼가 가득 자라고 호스에서 뿜어져 나오는 물소리만이 무미건조한 성가처럼 울리는 곳. 그 물들은 반쯤은 막힌 하수도망을 따라 폭포 아래의 강으로 흘러 들어갈 것이다.

그리고 쥐가 있었다. 어찌나 큰놈들인지, 거기에 비하면 3층에 있는 녀석들은 난쟁이나 다름없었다. 이 아래에서 뭘 먹고 그렇게 몸집이 커졌는지 도무지 알 수가 없었다. 쥐들이 판지나 섬유 뭉치를 끊임없이 헤집고 다니자, 찢어진 신문 조각 같은 커다란 보금자리가 모습을 드러냈다. 쥐들은 일꾼들이 쓰레기 더미를 이리저리 헤집고 다니는 모양을 경멸하듯이 지켜보았다. 커다란 눈은 어둠 속에서 생활하는 동안 멀어 버린 것 같았다.

"쉬고 담배나 한 대 피우자고." 위스콘스키가 말했다. 숨이 찬 듯한 목소리였는데, 홀로서는 이유를 알 수가 없었다. 밤새 빈둥거리기만 했는데. 하지만 좀 쉴 시간이 되기도 했고 마침 주변에는 아무도 없었다.

"좋아요." 그는 운반차의 한쪽 모서리에 기대며 담배에 불을 붙였다.

"워윅의 말을 듣지 말걸 그랬어." 위스콘스키가 우울한 목소리로 말했다. "사람이 할 일이 아니잖아. 하지만 며칠 전 밤에 4층에서 내가 빈둥거리는 걸 보고 감독은 정신이 나갔어. 세상에, 완전히 미쳤었다고."

홀은 아무 말도 하지 않았다. 그는 워윅에 대해서 생각하고, 그리고 쥐에 대해서 생각했다. 이상한 일이었다. 어떻게 둘이 서로 연관되어서 떠오를 수가 있지? 공장 지하에서 오랫동안 살면서 쥐들은 인간에 대해서는 까맣게 잊어버린 것처럼 보였다. 조심성이라고는 조금도 없었고 아무것도 두려워하지 않았다. 심지어 그 중 한 마리는 홀이 한 발짝 정도 되는 거리까지 다가갔을 때 마치 다람쥐처럼 앞발을 들더니 그의 부츠에 앉아 가죽을 물어뜯기까지 했다. 수백, 아니면 수천 가지? 이런 어두운 진창에서 쥐들이 옮길 수 있는 병이 얼마나 될지 알 수가 없었다. 그리고 워윅이 생각났다. 그에 관한 무언가가…….

"돈이 필요하기는 해." 위스콘스키가 말했다. "하지만 세상에, 이봐, 이건 사람이 할 일이 아니잖아. 저 쥐 좀 보라고." 그는 두려운 듯이 주변을 둘러보았다. "마치 생각을 하고 있는 것 같아. 쥐가 우리보다 큰 동물이라면 어떻게 될지 한번 상상해 봐……."

"입 좀 다물어요." 홀이 말했다.

위스콘스키가 그를 쳐다보았다. 상처를 받은 것 같았다. "미안하네, 친구. 그냥……." 목소리가 조금 잦아들었다. "세상에, 뭐 이런 구역질나는 곳이 다 있어!" 이번에는 소리를 질렀다. "사람이 할 만한 일이 아니야!" 운반차를 타고 오르던 거미 한 마리가 그의 팔에 앉았다. 위스콘스키는 역겹다는 듯이 한숨을 쉬며 거미를 훔쳐 냈다.

"그만 좀 해요." 홀이 꽁초를 버리며 말했다. "빨리하면 그만큼 빨리 나가는 거잖아요."

"그렇겠지." 위스콘스키가 비참한 목소리로 말했다. "그렇겠지."

화요일 새벽 4시.

식사 시간이다.

홀과 위스콘스키는 서너 명의 다른 인부들과 함께, 공업용 세제로도 씻겨질 것 같지 않은 검은 손으로 샌드위치를 먹었다. 홀은 음식을 먹으면서 유리로 된 감독의 작은 사무실을 바라보았다. 워윅은 커피를 마시며 아주 맛있다는 듯한 표정으로 식은 햄버거를 먹고 있었다.

"레이 업슨은 집에 갈 수밖에 없었어." 찰리 브로슈가 말했다.

"토했어?" 누군가 물었다. "나도 토할 뻔했는데."

"아니, 레이는 뭘 먹든 토하거나 할 사람은 아니지. 쥐한테 물렸어."

워윅을 면밀히 관찰하고 있던 홀은 고개를 들었다. "그랬어요?" 그가 물었다.

"응." 브로슈가 고개를 설레설레 저었다. "그 친구랑 같이 일했는데, 세상에 그런 놈은 첨 봤어. 오래된 섬유 뭉치에서 갑자기 튀어나오는데, 고양이만 했어. 그 친구의 손에 뛰어올라서 물어뜯기 시작했지."

"세상에." 인부들 중 누군가가 얼굴이 새파랗게 질려서 탄식했다.

"그래." 브로슈가 말을 이었다. "레이는 여자처럼 소리를 질렀는데, 뭐라고 하지도 못했어. 돼지처럼 피를 흘렸거든. 녀석이 떨어져 나갔냐고? 무슨 소리. 널빤지로 너댓 번을 내려친 후에야 겨우 떨어지더구먼. 레이는 거의 제정신이 아니었어. 털 뭉치만 남을 때까지 녀석을 짓밟아 댔으니까. 세상에 그런 쥐는 또 처음 봤네. 워윅이 손에 붕대를 감아 주고 집에 돌려보냈어. 내일 병원에 한번 가 보라고 하면서 말이야."

"재수 없는 새끼." 누군가 말했다.

마치 그 말을 들었다는 듯이, 워윅이 사무실에서 나와서 기지개를 켜더니 인부들을 향해 말했다. "다시 들어갈 시간이야."

인부들은 천천히 자리에서 일어났다. 먹을 수 있는 만큼 양껏 먹고, 차가운 물을 마시고, 사탕까지 챙기고 일어났다. 그리고 다시 아래로 내려갔다. 발을 질질 끌면서 계단의 철제 발판을 무심하게 밟고 내려갔다.

워윅이 지나가면서 홀의 어깨를 툭 쳤다. "어때? 대학생?" 그는 홀이 대답도 하기 전에 지나가 버렸다.

"가요." 홀은 구두끈을 고쳐 매고 있는 위스콘스키를 향해 인내심을 가지고 이야기했다. 둘은 함께 밑으로 내려갔다.

화요일 아침 7시.

홀과 위스콘스키는 함께 밖으로 나왔다. 홀은 자신이 점점 더 폴란드 출신의 이 뚱뚱한 남자와 비슷해지는 것 같았다. 위스콘스키는 지저분한 모습도 우스꽝스러웠다. 땀에 전 살찐 얼굴은 방금 동네 불량배들에게 실컷 두들겨 맞은 아이의 얼굴 같았다.

"태워 줄까?" 위스콘스키가 주저하며 물었다.

"감사합니다."

밀 가를 지나 다리를 건널 때까지 그들은 말이 없었다. 아파트 앞에 홀을 내려줄 때 몇 마디 인사말을 나누었을 뿐이다.

홀은 곧장 샤워를 했다. 워윅에 대한 생각이 떠나지 않았다. 감독의 어떤 면이 자기를 끌어당기는 건지 찾아내려 애썼다. 어떤 식으로든 그들 둘이 연결되어 있다는 느낌을 지울 수가 없었다.

눕자마자 잠이 들었지만, 깊이 잠들지는 못했다. 쥐가 나오는 꿈을 꿨다.

수요일 새벽 1시.

호스를 끄는 일은 조금 나았다.

쓰레기를 치우는 팀이 일을 마치기 전에는 호스를 들일 수가 없었는데, 한 구역을 마치고 나서도 아직 다음 구역이 치워지지 않는 경우가 종종 있었다. 담배 피우는 시간인 셈이었다. 홀이 기다란 호스의 끝 부분을 잡았고, 위스콘스키는 이리저리 물을 튀기며 왔다 갔다 하면서 호스가 얽히지 않게 한다거나 물을 틀었다 잠그고 장애물을 치우는 일을 맡았다.

일의 진도가 처지자 워윅은 조바심을 냈다. 지금 상태로 봐서는 목요일까지 끝내기가 어려울 것 같았다.

이제 한쪽 구석에 아무렇게나 쌓인 19세기식 사무실 집기를 치우는 중이었다. 접이식 뚜껑이 달린 책상, 곰팡이가 낀 장부, 서류 다발, 부서진 의자 등. 그야말로 쥐의 천국이었다. 수십 마리씩 떼를 지어 찍찍 울어 대며 집기가 쌓인 어둡고 복잡한 틈새를 헤집고 다녔는데, 인부 둘이 물린 이후로는 다른 사람들도 일을 못 하겠다고 해서, 워윅이 어쩔 수 없이 사람을 시켜 두꺼운 고무장갑을 가져오게 했다. 염산을 다뤄야 하는 염색 쪽 직원들에게만 지급되는 장갑이었다.

홀과 위스콘스키가 호스를 쥔 채 대기하고 있을 때, 욕하는 소리가 들리더니 갈색 머리에 목이 굵은 카마이클이라는 인부가 장갑 낀 손으로 가슴을 치며 나왔다.

갈색 줄무늬가 있는 흉하게 생긴 쥐 한 마리가 찢어진 셔츠에 붙은 채 눈을 번득이며 뒷발로 카마이클의 배를 치고 있었다. 카마이클은 마침내 주먹으로 녀석을 내리쳐서 떨어뜨렸지만, 커다란 구멍이 난 셔츠 안 한쪽 젖꼭지 위에 피가 가늘게 한 줄기 흘러내렸다. 그제야 그의 얼굴에서 분노가 사라지더니, 돌아서며 구역질을 해 댔다.

홀은 호스를 쥐가 있는 쪽으로 돌렸다. 나이가 든 녀석인지 움직임이 둔했는데, 입에는 아직도 카마이클의 셔츠를 물고 있었다. 물살에 쓸려 간 쥐는 반대편 벽에 부딪히더니 축 늘어져 버렸다.

워윅이 나타났을 때, 그는 입가에 이상하게 긴장한 미소를 띠고 있었다. 워윅이 홀의 어깨를 치며 말했다. "작은 놈들한테 깡통을 던지는 것보다는 훨씬 볼 만하구먼, 안 그래, 대학생?"

"작은 놈이라고요?" 위스콘스키가 말했다. "사람 발만 한 놈인데요."

"저쪽으로 호스 좀 돌려 봐." 워윅이 집기가 쌓인 곳을 가리키며 말했다. "이봐, 거기 좀 비켜 봐!"

"기꺼이 그러죠." 누군가 중얼거렸다.

카마이클이 워윅에게 다가갔다. 병든 것처럼 잔뜩 일그러진 얼굴이었다. "보상 좀 받아야겠습니다. 그러니까……"

"물론이지." 워윅이 미소를 지으며 말했다. "젖꼭지를 물렸으니 말이야. 우선은 물살에 쓸려 가기 전에 좀 비켜 줘야겠는걸."

홀은 호스 끝을 잡고 물살을 내뿜었다. 하얗게 뿜어진 물살이 책상을 부수고, 의자 두 개를 조각조각 박살 내 버렸다. 여기저기서 쥐들이 튀어나왔다, 지금까지 본 어떤 쥐보다도 큰 놈들이었다. 놈들이 흩어지면서 인부들은 역겨움과 두려움에 질려 비명을 질러 댔다. 커다란 눈에, 윤기 있고 통통한 쥐 떼.

그중에 태어난 지 6주쯤 되는 건강한 강아지만 한 놈도 눈에 띄었다. 홀은 한 마리도 보이지 않을 때까지 계속 물살을 뿌렸다.

"좋았어." 워윅이 소리쳤다. "이제 치우자고!"

"해충 치우는 일을 해야 된다는 말은 없었잖아!" 사이 입스턴이 반항적인 투로 말했다. 일주일쯤 전에 홀과 이야기를 한 적이 있는 직원이었다. 얼룩이 묻은 야구 모자에 티셔츠를 입은 젊은 친구였다.

"자넨가, 입스턴?" 워윅이 다정한 어투로 물었다.

입스턴은 조금 불안한 표정을 보이긴 했지만, 곧 한 발 앞으로 나왔다. "예. 이 쥐새끼들 일은 더 이상 하고 싶지 않습니다. 청소하라고 해서 한 거지, 광견병이나 장티푸스, 뭐 이런 병에 걸릴 생각은 없습니다. 저는 빼 주십시오."

입스턴의 말에 동의하는 수군거림이 여기저기서 들렸다. 위스콘스키는 홀의 눈치를 살폈지만, 홀은 손에 든 호스 끝을 살필 뿐이었다. 45구경 총구 같은 꼭지가 달린 호스에서 나오는 물을 맞으면 사람도 6미터는 날아갈 것 같았다.

"그만하고 싶다고, 사이?"

"그럴 생각입니다." 입스턴이 대답했다.

워윅은 고개를 끄덕였다. "좋아. 자네를 포함해서 그만두고 싶은 사람은 그만둬. 하지만 이건 노조하고는 아무 상관 없는 일이고, 지금까지도 그랬어. 그러니까 한번 빠지면 다시 못 들어오는 거야. 명심하라고."

"대단한 사람이야." 홀이 중얼거렸다.

워윅이 돌아봤다. "뭐라고 했나, 대학생 친구?"

홀은 무표정한 얼굴로 대답했다. "그냥 목에 뭐가 걸려서요, 감독님."

워윅이 웃었다. "뭐 찝찝한 거라도 있나?"

홀은 아무 말도 하지 않았다.

"좋아, 이제 치우자고!" 워윅이 소리쳤다.

인부들은 다시 일을 시작했다.

목요일 새벽 2시.

홀과 위스콘스키는 다시 운반차로 쓰레기를 치우는 일을 맡게 되었다. 서쪽 승강기 옆의 쓰레기 더미는 그동안 잔뜩 늘어났고 아직 반도 다 치우지 못한 상태였다.

"4층이 좋았어." 일을 멈추고 담배를 피우면서 위스콘스키가 말했다. 북쪽 벽 근처에서 작업하고 있었는데, 계단에서는 꽤 떨어진 구역이었다. 불빛은 희미했고, 가끔씩 들리는 소리로 짐작컨대 다른 인부들은 수 킬로미터 떨어진 것처럼 느껴졌다.

"고마운 일이죠." 홀이 담배를 깊이 들이마시며 말했다. "오늘은 쥐가 안 보이네요."

"본 사람이 없어." 위스콘스키가 말했다. "어디 숨었나 보지."

둘은 장부와 서류 다발, 낡은 섬유 뭉치, 그리고 구형 직조기 두 대 사이로 구불구불 만들어진 통로 끝에 서 있었다. "카악!" 위스콘스키가 침을 뱉으며 말했다. "거, 워윅은 참……."

"쥐들은 다 어디로 사라졌을까요?" 홀이 물었다. 거의 혼잣말처럼 들렸다. "벽으로 들어가지는 않았을 테고……." 그는 커다란 받침돌을 둘러싼 축축하고 낡은 벽을 훑어보았다. "다 익사했을 거야. 강물이 밀려 들어왔을 테니까."

갑자기 검은 무언가가 퍼덕거리며 그들을 덮쳤다. 위스콘스키가 비명을 지르며 머리 위로 손을 올렸다.

"박쥐." 팔을 휘젓는 위스콘스키를 보고 있던 홀이 말했다.

"박쥐다, 박쥐!" 위스콘스키는 정신이 나간 듯이 소리쳤다. "지하실에 박쥐가 왜 있는 거야? 나무나 처마 밑에, 뭐 그런 데 있어야 되는 거 아냐……."

"큰놈이네요." 홀이 부드러운 목소리로 말했다. "그냥 날개 달린 쥐일 뿐이잖아요."

"세상에." 위스콘스키가 신음에 가까운 목소리로 말했다. "도대체 어떻게……."

"어떻게 들어왔냐고요? 뭐, 쥐가 나간 구멍으로 들어왔겠죠."

"거기 무슨 일인가?" 워윅이 뒤에서 소리쳤다. "어디야?"

"신경 쓰지 마세요." 홀이 부드러운 목소리로 말했다. 어둠 속에서 그의 눈이 반짝였다.

"자넨가, 대학생?" 워윅이 불렀다. 좀더 가까이서 들렸다.

"별일 아닙니다." 이번에는 홀도 크게 말했다. "정강이가 조금 까졌어요."

워윅의 짧은 웃음소리가 들렸다. "훈장이라도 줘야겠군."

위스콘스키가 홀을 쳐다보며 말했다. "왜 그렇게 말했어?"

"보세요." 홀은 무릎을 꿇으며 성냥을 켰다. 축축하고 낡은 시멘트 한가운데 네모난 구멍이 있었다. "한번 만져 봐요."

위스콘스키는 시키는 대로 했다. "나무잖아."

홀이 고개를 끄덕였다. "지지대의 끝 부분이에요. 이 근처에서도 몇 개 본 적이 있습니다. 이 지하실 밑에 다른 공간이 또 있다는 거죠."

"세상에." 위스콘스키가 역겹다는 듯이 말했다.

목요일 새벽 3시 30분.

그들은 동북쪽 모퉁이에 있었고, 뒤에서 입스턴과 브로슈가 호스로 물을 뿜으며 따라왔다. 홀이 멈추고 말했다. "저기, 지나온 것 같아요."

홀이 가리킨 곳에는 나무로 된 문이 있었고, 문 가운데에는 오래된 고리형 철제 나사가 보였다.

홀은 입스턴에게 다가가 말했다. "잠깐만 잠가 봐요." 호스에서 물이 멎자 그는 큰 소리로 말했다. "이봐요, 워윅! 여기 한번 와 보실래요?"

번개처럼 나타난 워윅은 예의 그 긴장한 미소를 띤 채 홀을 바라보았다. "구두끈이라도 풀렸나, 대학생?"

"보세요." 홀이 발로 나무 문을 툭툭 치며 말했다.

"한 층 더 있어요."

"그래서 뭐?" 워윅이 물었다. "지금은 쉬는 시간이 아니라고, 대학……."

"여기에 쥐가 있다고요." 홀이 말했다. "이 밑에 살아요. 위스콘스키와 저는 전에 박쥐까지 봤어요."

어느새 주위에 모여든 다른 인부들이 나무 문을 쳐다봤다.

"신경 쓸 것 없어." 워윅이 말했다. "작업은 지하실만 하면 되는 거야. 다른……."

"다 잡으려면 한 스무 명쯤 필요할 겁니다. 그것도 훈련받은 사람들로 말이에요." 홀이 말했다. "회사 입장에서도 비용이 만만찮게 들 겁니다. 안 좋은 일이죠."

누군가 웃는 소리가 들렸다. "설마 그럴 리가."

워윅은 유리병에 갇힌 벌레를 보듯 홀을 쳐다봤다. "대단한 친구로군, 자네." 재미있다는 듯한 목소리였다. "그 아래에 쥐가 몇 마리나 있는지 내가 신경이나 쓸 거라고 생각하나?"

"어제하고 오늘 오후에 도서관에 갔다 왔습니다." 홀이 말했다. "감독님이 자꾸 대학생이라고 부르시는 바람에 옛날 버릇이 나왔나 봅니다. 도시 구획에 관한 조례를 봤어요. 워윅 감독님, 1911년에 정해진 조례더군요. 그러니까 이 공장이 구획 위원회와 같이 일을 꾸밀 수 있을 정도로 커지기 전에 제정된 건데요, 제가 거기서 뭘 찾았는지 아십니까?"

워윅의 눈빛이 싸늘하게 변했다. "그만 나가 주게, 대학생. 자네는 해고야."

"뭘 찾았느냐 하면요." 홀은 워윅의 말은 들은 척도 하지 않고 계속했다. "게이트폴의 도시 구획 조례에는 해로운 동물에 관한 규정이 있더군요. '해,로,운,동,물'이라고 분명히 적혀 있어요. 그러니까 박쥐나 스컹크, 허가 받지 않은 개, 쥐 등 질병을 옮기는 동물을 뜻합니다. 특히 쥐. 조례는 두 문단인데, 거기 '쥐'라는 단어는 열네 번이나 나오더군요, 감독님. 잘 들으세요. 지금 제가 퇴근부를 찍고 나가면 곧장 도시 계획과로 가서 이곳 상황이 어떤지 있는 그대로 말하겠습니다."

그는 잠시 말을 멈추고는 분노로 가득 찬 워윅의 얼굴을 즐기듯이 바라보았다. "저랑 계획과 직원, 그리고 도시 계획 위원회가 함께 이곳에 대한 명령서를 작성하게 되겠죠. 이번 주 토요일보다 더 오래 폐쇄해야 될 겁니다. 감독님. 사장님이 보시고 무슨 말을 하실지는 안 봐도 뻔하네요. 실업 보험은 들었죠? 워윅?"

워윅이 주먹을 불끈 쥐었다. "너, 이 버르장머리 없는 새끼. 내가……." 그는 나무 문을 한번 쳐다보더니 다시 미소를 지었다. "다시 고용된 걸로 생각해, 대학생."

"알아들으신 걸로 생각하겠습니다."

워윅이 고개를 끄덕였다. 여전히 이상한 미소를 띤 채였다. "아주 영리한 친구로군. 자네가 직접 내려가 보는 게 어때, 홀? 그래 대학 교육까지 받은 사람이 뭔가 제대로 된 의견을 내놓지 않겠어? 자네랑 위스콘스키가 말이야."

"저는 아닙니다!" 위스콘스키가 소리쳤다. "저는 아니에요, 저는……."

워윅이 그를 노려봤다. "자네는 뭐?"

위스콘스키는 입을 다물었다.

"좋습니다." 홀이 밝은 목소리로 말했다. "손전등 세 개가 필요합니다. 사무실에서 배터리가 여섯 개 들어가는 걸 본 것 같은데. 있죠?"

"다른 사람도 데리고 가려는 건가?" 워윅이 다 들어주겠다는 투로 말했다. "좋지. 아무나 골라 봐."

"당신이오." 홀이 부드러운 목소리로 말했다. 그의 얼굴에 다시 이상한 표정이 떠올랐다. "관리자 쪽에서도 대표로 누가 가야 하는 거 아닙니까? 그렇게 생각하지 않으세요? 저랑 위스콘스키가 내려가서 보니 생각만큼 쥐가 많지 않으면 어떡하죠?"

누군가(아마 입스턴인 것 같았다) 큰 소리로 웃었다.

워윅은 인부들을 차근차근 둘러보았다. 인부들은 신발 끝만 쳐다봤다. 결국 그는 브로슈를 지목했다. "브로슈, 사무실에 가서 손전등 세 개 가지고 와. 경비한테는 내가 들어가랬다고 말하면 돼."

"왜 나를 끌어들이는 거야?" 위스콘스키가 신음하는 듯한 투로 홀에게 물었다. "싫어하는 거 알잖아, 그……."

"내가 그런 게 아니에요." 홀이 워윅 쪽을 보며 말했다.

워윅도 고개를 돌리고 홀을 쳐다봤다. 두 사람 모두 눈길을 거두지 않았다.

목요일 새벽 4시.

브로슈가 손전등을 가지고 다시 왔다. 하나는 홀, 하나는 위스콘스키, 하나는 워윅에게 돌아갔다.

"입스턴! 호스를 위스콘스키에게 넘겨." 입스턴은 시키는 대로 했다. 폴란드 인의 손에서 호스 끝이 가볍게 떨렸다.

"좋아." 워윅이 위스콘스키에게 말했다. "자네가 가운데 서. 쥐가 보이면 처치하는 거야."

'아무렴.' 홀은 생각했다. 쥐가 있어도 워윅은 일부러 못 본 척할 것이다. 위스콘스키도 마찬가지였다. 그의 월급 봉투엔 아마한 10달러쯤 더 들어가게 될 것이다.

워윅이 인부 둘을 가리키며 말했다. "들어 올려."

인부 중 한 명이 몸을 숙이고는 고리 나사를 당겼다. 잠시 동안홀은 문이 열리지 않을 것이라고 생각했지만, 얼마 후 문은 뭔가 부서지는 듯한 이상한 소리를 내며 열렸다. 당기는 것을 도와주려고 문 아래로 손을 집어넣었던 인부가 비명을 지르며 얼른 손을 빼냈다. 그의 손에는 아주 커다랗고 눈먼 딱정벌레 한 마리가 엉겨붙어 있었다.

고리 나사를 잡고 있던 인부는 토할 것 같은 소리를 내며 문을 완전히 젖혀 버렸다. 문의 아래쪽 면은 검은색이었고, 홀이 지금까지 본 적 없는 이상한 곰팡이가 피어 있었다. 딱정벌레는 암흑 속으로 떨어졌거나, 문 아래 깔려서 으깨져 버렸을 것이다.

"보세요." 홀이 말했다.

문의 아래쪽에 지금은 깨진, 낡은 자물쇠가 붙어 있었다. "아래쪽에 있으면 안 되잖아." 워윅이 말했다. "위쪽에 있어야 정상인데. 왜……."

"이유야 많겠죠." 홀이 말했다. "이쪽에서 열지 못하게 하려고 그랬을 수도 있고, 그러니까 자물쇠가 아직 낡지 않았을 때 말입니다. 아니면 저쪽에서 아무것도 못 나오게 하려고 그랬을 수도 있죠."

"도대체 누가 잠갔다는 거야?" 위스콘스키가 물었다.

"아하." 홀은 워윅을 쳐다보며 조롱하는 투로 말했다. "그건 알 수 없지."

"들어 봐." 브로슈가 속삭였다.

"오, 하느님." 위스콘스키는 흐느꼈다. "나 안 들어갈래!"

아주 부드러운 소리, 어쩌면 기다리던 바로 그 소리였다. 수천 개의 발이 재빨리 움직이는 소리, 찍찍대는 쥐 소리.

"개구리일지도 몰라." 워윅이 말했다.

홀은 큰 소리로 웃었다.

워윅이 손전등으로 아래를 비춰 보았다. 흰 나무 계단이 돌로 된 바닥까지 이어졌다. 쥐는 한 마리도 보이지 않았다.

"계단이 못 버틸 것 같은데." 워윅이 단호하게 말했다.

브로슈가 앞으로 나서더니 첫 번째 계단에 발을 대 보았다. 계단은 삐걱거리는 소리를 내기는 했지만 내려앉을 것처럼 보이지는 않았다.

"시키지도 않은 짓을 하고 있군." 워윅이 말했다.

"레이가 쥐한테 물렸을 때 못 보셨죠?" 브로슈가 나지막이 말했다.

"가시죠." 홀이 말했다.

워윅은 주위를 빙 둘러싼 인부들을 향해 마지막으로 비웃는 듯한 표정을 지어 보이고는 홀과 함께 입구 가장자리에 섰다. 위스콘스키도 마지못해 둘 사이에 끼어들었다. 그들은 차례대로 내려갔다. 홀, 위스콘스키, 워윅 순이었다. 손전등 불빛이 바닥을 비추었다. 작은 구릉과 골이 수백 개는 돼 보이는 울퉁불퉁한 바닥이었다. 위스콘스키가 든 호스가 어설프게 만든 뱀처럼 툭 떨어졌다.

바닥에 내려서자 워윅이 손전등으로 주변을 비춰 보았다. 썩어 가는 상자와 알 수 없는 통들, 그 밖에 잡동사니들이 널려 있었다. 강에서 흘러든 것으로 보이는 물이 곳곳에 부츠가 발목까지 잠길 만한 깊이의 웅덩이를 만들어 놓았다.

"이제 아무 소리도 안 들리는데." 위스콘스키가 속삭였다.

입구에서부터 천천히 걷기 시작했다. 진창 때문에 걷기가 불편했다. 홀은 걸음을 멈추고 흰 글씨가 적힌 커다란 나무 상자에 손전등을 비춰 보았다. "엘리아스 바니." 그는 글씨를 소리내 읽었다. "1841년. 그때도 공장이 있었습니까?"

"아니." 워윅이 말했다. "1897년에 지어졌어. 무슨 차이지?"

홀은 대답하지 않았다. 그들은 다시 앞으로 나아갔다. 지하는 예상했던 것보다 훨씬 길었다. 그렇게 보였다. 악취가 심했는데, 뭔가 부패하고 썩는 냄새, 묻어 버린 어떤 물건들을 연상시키는 냄새였다. 들리는 소리라고는 동굴에서처럼 멀리서 희미하게 들리는 물 떨어지는 소리뿐이었다.

"저건 뭐죠?" 홀이 60센티미터 정도 툭 튀어나온 콘크리트 뭉치를 손전등으로 가리키며 물었다. 그 너머로 암흑이 이어졌는데, 홀은 아마도 거기서 소리가 나는 것이라고 생각했다. 몹시 은밀한 소리였다.

워윅이 그쪽을 흘긋 쳐다보았다. "저건……. 아니, 그럴 리 없지."

"공장 외벽이죠, 그렇죠? 그러니까 이 위에……."

"돌아가야겠어." 워윅이 갑자기 돌아서며 말했다.

홀이 거칠게 그를 붙잡았다. "아무 데도 못 갑니다. 감독님."

워윅이 돌아보았다. 어둠 속에서 그의 미소가 번득였다. "자네 미쳤군, 대학생 양반. 그렇지? 완전히 미쳤어."

"다른 사람한테 미루면 안 되죠. 안 그래요? 계속 갑시다."

위스콘스키가 죽는 소리를 했다. "홀……."

"이리 줘요." 홀이 호스를 잡았다. 워윅을 놓아주면서 호스로 그의 얼굴을 겨누었다. 위스콘스키는 황급히 돌아서며 입구 쪽으로 내달렸다. 홀은 그쪽은 돌아보지도 않았다. "앞장서시죠. 감독님."

워윅이 앞으로 나섰다. 머리 위로 공장이 끝나는 지점을 지났다. 홀은 손전등으로 주변을 비춰 보고는 차가운 만족감을 느꼈다. 예감이 적중한 셈이었다. 죽은 듯이 숨을 죽인 쥐들이 어느새 그들을 둘러싸고 있었다. 겹겹으로 늘어선 쥐들이 빽빽하게 모여 있었다.

홀보다 조금 늦게 쥐를 본 워윅은 그대로 멈춰 버렸다.

"온통 쥐들에 둘러싸였잖아. 대학생." 아직 차분하고 감정을 자제하는 목소리였지만, 조금 떨리는 것까지는 어쩔 수 없었다.

"그러네요." 홀이 말했다. "계속 가시죠."

그들은 호스를 질질 끌며 계속 걸어갔다. 홀이 돌아보니 어느새 쥐들이 그들 뒤의 통로를 가로막고 두꺼운 천으로 된 호스를 갉아 대고 있었다. 한 마리가 마치 비웃는 것처럼 보이는 얼굴을 들었다가 다시 내렸다. 이제 박쥐도 보였다. 대충 마감한 천장에 까마귀만큼이나 큰 녀석들이 모여 있었다.

"저것 좀 봐." 워윅이 1.5미터 정도 앞을 비추며 말했다. 퍼렇게 곰팡이가 낀 해골이 그들을 향해 웃고 있었다. 그 너머로는 팔뚝뼈와 골반, 그리고 갈비뼈도 보였다. "계속 가요." 홀이 말했다. 자신의 몸속에서 뭔가 터질 것만 같았다. 뭔가 광적인 것, 어떤 색깔을 가진 어둠의 느낌. '당신이 나보다 먼저 터질 거요, 감독. 오, 신이시여.'

뼈를 지나갔다. 쥐 떼는 그들을 몰아붙이지는 않았다. 일정한 거리를 유지하는 것처럼 보였다. 그때 한 마리가 그들이 가는 길 앞을 지나쳤다. 그림자에 가리기는 했지만, 홀은 전화선만큼이나 굵은 분홍색 꼬리를 분명히 볼 수 있었다.

저 앞에서 바닥이 급하게 치솟았다가 다시 꺼졌다. 홀은 뭔가 은밀하게 움직이는 소리, 꽤 큰 소리를 들었다. 살아 있는 인간은 절대로 들은 적이 없는 소리 같았다. 미친 듯이 이곳저곳을 떠돌 아다녔던 지난 시간 동안, 어쩌면 이런 일이 일어나기를 기대했 던 것인지도 모른다는 생각이 들었다.

쥐 떼가 몰려들었다. 쥐들은 배로 바닥을 기면서 앞으로 나아 갔다. "저것 봐." 워윅이 차갑게 말했다.

홀은 워윅이 가리키는 쪽을 봤다. 뒤쪽에 있는 쥐들이 이상했 다. 태양 아래서는 도저히 불가능할 것 같은 뭔가 끔찍한 돌연변 이가 일어났다. 자연 세계에서는 금지된 일이겠지만, 이 아래에 서는 자연이 소름 끼치는 다른 얼굴을 드러냈다.

쥐들은 엄청나게 거대해서 키가 1미터나 되는 녀석도 있었다. 뒷다리는 어느새 사라졌고, 두더지나 날개 달린 자기들 사촌처럼 눈이 먼 것 같았다. 그런 상태에서 열심히 몸을 앞으로 밀어 댔다.

워윅이 고개를 돌려 홀을 쳐다봤다. 얼굴에는 억지로 미소를 띠고 있었다. 그 점만은 존경해 줘야 할 것 같았다. "이제 더 갈 수 없어, 홀. 이것 좀 보라고."

"쥐들은 당신한테 볼 일이 있는 것 같은데요, 제 생각에는." 홀 이 말했다.

워윅은 마침내 자제력을 잃었다. "제발." 그가 말했다. "제발."

홀은 미소를 지어 보였다. "계속 가시죠."

워윅은 홀의 어깨 너머를 살폈다. "호스를 물어뜯고 있어. 호스 가 끊어지면 돌아갈 수 없다고."

"압니다. 계속 가시죠."

"제정신이 아니로군……." 쥐가 워윅의 신발 위로 지나가고 그는 비명을 질렀다. 홀은 웃으며 손전등으로 앞을 가리켰다. 이제 완전히 쥐에 둘러싸였고, 제일 가까운 놈은 30센티미터도 안 되는 곳까지 나와 있었다.

워윅은 다시 걷기 시작했다. 쥐 떼가 물러났다.

작은 구릉을 올라가서는 아래를 내려다보았다. 워윅이 먼저 도착했는데, 홀은 그의 얼굴이 하얗게 질리는 것을 볼 수 있었다. 워윅의 입가에 침까지 흘렀다. "오, 신이시여. 세상에."

워윅은 뒤돌아 달렸다.

홀은 호스의 마개를 열었고, 강력한 물살이 워윅의 가슴에 가서 맞았다. 워윅은 보이지 않는 곳까지 날아가 버렸다. 물살을 따라 긴 비명이 들렸고 바닥에 떨어지는 소리가 났다.

"홀!" 신음소리가 들렸다. 음침한 흐느낌이 온 지구를 채울 것처럼 크게 들렸다.

"홀, 제발……."

갑자기 축축한 것이 찢어지는 소리가 났다. 다시 비명이 들리다가 잦아들었다. 뭔가 거대한 것이 움직이며 돌아서는 것 같았다. 홀은 뼈가 부서질 때 나는 소리를 분명히 들을 수 있었다.

다리 없는 쥐, 일종의 음파를 감지하며 움직이는 것으로 보이는 놈이 홀을 덮쳐서 물어뜯기 시작했다. 놈의 몸은 푹신하고 따뜻했다. 거의 무의식적으로 홀은 호스를 놈에게 돌렸고 놈은 곧 떨어져 나갔다. 이제 물살은 많이 약해져 있었다.

홀은 구릉을 올라가서 아래를 내려다보았다. 사악한 무덤 같은 구덩이 끝까지 쥐들이 가득했다. 울렁거리는 듯한 회색에 몸집이 커다랗고 눈과 다리가 없는 놈들이었다. 홀이 손전등으로 비추자 음침한 울음소리를 냈다. 대모(大母)처럼 보이는 녀석이 있었다. 이름도 없이 몸집만 커다란 놈의 자손은 아마 날개가 달려 있을지도 모를 일이었다. 놈의 몸집 때문에 워윅의 시신이 상대적으로 더 작게 보였는데, 그건 아마도 환영이었을 것이다. 송아지만 한 쥐를 본 충격 때문에 그랬을지도 모른다.

"잘 가요, 워윅." 홀은 말했다. 쥐들이 앞다투어 감독의 몸을 덮치더니 흐느적거리는 한쪽 팔부터 물어뜯었다.

뒤돌아선 홀은 빨리 달리기 시작했다. 호스로 쥐 떼를 막아 보았지만 물살은 점점 더 약해졌다. 몇 마리가 물살을 뚫고 그의 다리에 달려들어서는 장화 바로 윗부분을 물었다. 그중 한 마리는 끈질기게 달라붙어서 그의 코르덴 바지를 찢었다. 홀은 주먹으로 녀석을 내리쳤다.

입구까지 4분의 1 정도 남겨 놓았을 때 갑자기 소용돌이치는 소리가 어둠 속에 울렸다. 머리를 들어 보니 뭔가 거대한 날짐승이 날아가다가 그의 얼굴을 덮쳤다.

돌연변이 박쥐였지만 아직 꼬리는 그대로 있었다. 홀의 목 언저리에 붙은 놈은 부드러운 살점을 찾아내려고 징그럽게 이리저리 더듬었다. 놈이 몸을 꿈틀거리며 무슨 막처럼 느껴지는 날개를 퍼덕거리자 그의 셔츠가 갈가리 찢어졌다.

홀은 호스의 앞부분을 닥치는 대로 위로 들어 올리며 놈의 몸을 떨쳐 내려 했다. 놈이 떨어지고 홀은 발로 놈을 마구 짓이겼다. 자기가 비명을 지르고 있다는 것을 홀도 어렴풋이 인식했다. 쥐떼가 밀물처럼 그의 발에 모여들었고, 곧 다리를 타고 올라왔다.

그는 비틀거리며 달렸고, 그 와중에 몇 마리가 떨어져 나가기도 했다. 다른 녀석들은 이제 그의 배와 가슴을 물어뜯었다. 한 마리는 어깨까지 올라와 더듬거리며 주둥이를 귀에다 갖다 댔다.

두 번째 박쥐가 덮쳤다. 놈이 머리 위에 자리를 잡나 싶더니 찍찍 소리를 내며 홀의 머리 가죽을 한 조각 뜯어냈다.

몸이 나른해지는 것 같았다. 귀에는 쥐가 긁어 대는 소리와 찍찍대는 소리만 들릴 뿐이었다. 마지막으로 한번 힘을 쓰면서 털이 수북한 놈을 떨쳐 내려 해 보았지만 힘없이 무릎을 꿇고 말았다. 그는 웃었다. 아주 높은, 비명 같은 웃음이었다.

목요일 새벽 5시.

"누가 내려가 보는 게 좋겠어." 브로슈가 망설이며 말했다.

"나는 못 가." 위스콘스키였다. "나는 못 가."

"당신이 가라는 이야기가 아냐, 이 뚱보 같으니." 입스턴이 경멸조로 말했다.

"그럼, 한번 가 볼까?" 브로건이 다른 호스를 잡으며 말했다. "나랑 입스턴이란 데인저필드, 그리고 네도가 가지 뭐. 이봐, 스티븐슨, 사무실에 가서 손전등 더 가져와."

입스턴이 생각에 잠긴 듯한 표정으로 어둠을 내려다보았다. "그냥 담배 한 대 피우려고 잠깐 멈춘 건지도 몰라." 그가 말했다. "쥐 몇 마리 때문에, 도대체 이게 뭐야."

스티븐슨이 손전등을 가지고 왔다. 잠시 후 그들은 아래로 내려갔다.

밤의 파도

■

Night Surf

그 남자가 죽고, 시체가 타는 냄새가 퍼져 나갔고 우리는 해변으로 돌아갔다. 코리는 서류 가방 크기의, 건전지 마흔 개는 족히 들어가고 테이프 재생과 녹음이 가능한 트랜지스터 라디오를 들었다. 소리가 좋다고는 할 수 없어도 확실히 큰 소리가 났다. 'A6' 전의 코리는 부자였지만 그런 것은 더 이상 중요하지 않았다. 하긴 그의 커다란 라디오 카세트 플레이어도 보기에만 그럴싸한 폐물 이상은 아니었다. 들을 수 있는 라디오 방송이라고는 두 개뿐이었으니 말이다. 그중 하나는 종교에 미친 촌구석 디제이가 나오는 포츠머스의 WKDM이었다. 그는 페리 코모의 노래를 틀고, 기도를 하고, 마구 소리 지르다, 자니 레이의 노래를 틀고, 시편(에덴의 동쪽에 나오는 제임스 딘처럼 '셀라'라는 히브리 어 후렴구까지 전부)을 읽고, 다시 소리를 지르곤 했다. 그런 식의 즐거운 시간. 한번은 쉰 목소리에 따분한 음조로 찬송가 「새벽부터 우리」를 불러서 니들스와 나는 배꼽을 잡았었다.

매사추세츠의 방송이 더 나았지만 밤에나 들을 수 있었다. 거기에는 아이들이 여럿 나왔다. 모두가 떠나거나 죽어 버린 WRKO나 WBZ의 송출 시설을 그 아이들이 접수한 것은 아닐까 하는 생각이 든다. 그들은 WDOPE, KUNT, WA6나 그 비슷한 우스운 호출 부호를 만들어 냈다. 어찌나 우스운지 웃다 죽을 지경이었다. 해변에 가면서 들은 것도 그 방송이었다. 나는 수지의 손을 잡고 있었다. 켈리와 조앤이 우리 앞에 있었고, 니들스는 벌써 곶에 솟은 언덕을 넘어 버렸는지 보이지 않았다. 코리는 라디오를 흔들며 뒤를 따랐다. 롤링 스톤스의 「앤지」가 나왔다.

"날 사랑해?" 수지가 물었다. "내가 알고 싶은 건 그것뿐이야. 날 사랑해?" 수지에겐 지속적인 확인이 필요했다. 나는 그녀에게 곰 인형 같은 존재였다.

"아니." 내가 말했다. 그녀는 점점 살이 찌고 있었고, 그럴 것 같진 않았지만 만약 오래 산다면, 그녀의 몸은 정말이지 푹 퍼질 터였다. 그녀의 목소리가 벌써 커져 있었다.

"더러운 자식." 그녀가 말했다. 그러고는 손을 얼굴로 가져갔다. 매니큐어를 칠한 그녀의 손톱이 한 시간 전에 떠오른 반달빛에 희미하게 반짝였다.

"또 울 거야?"

"시끄러워!" 다시 울려는 듯한 목소리였다, 어쩔 수 없지.

우리는 언덕마루를 넘어섰고 나는 멈췄다. 언제나 나는 그렇게 멈춰야 한다. A6 전에 이곳은 유명한 해수욕장이었다. 관광 온 사람들과, 소풍 온 사람들과, 코흘리개 아이들과, 팔꿈치까지 햇빛에 그을린 뚱뚱한 할머니들. 모래사장의 사탕 껍질과 하드 막대, 비치 타월 위에 뒤엉킨 미남미녀들, 주차장에서 흘러나오는 뒤섞인 배기가스의 고약한 냄새, 해초와 자외선 차단 오일.

하지만 이제 쓰레기는 온데간데없다. 바다가 쓰레기를, 과자 먹듯이 간단하게 모두 먹어치워 버렸다. 이제 이곳을 다시 찾아 더럽히는 사람은 없었다. 아직 우리가 남았지만, 우리만으로는 그런 난장판을 만들 수 없었다. 우리 또한 이 해변을 사랑했다고 생각한다. 우리는 이 해변에 이제 막 제물을 바치지 않았던가? 수지마저도, 뚱뚱한 엉덩이에 체리 빛 나팔바지를 입은 나쁜 년 수지마저도.

모래는 하얗게 사구를 이루었고, 만조 때 만들어진 엉킨 해초와 부목 쪼가리들이 뒤섞여 늘어선 선만이 두드러졌다. 달빛이 수놓은 초승달 모양의 새까만 그림자가 만물을 감쌌다. 공동 샤워장에서 15미터쯤 떨어진 곳에는 버려진 망루가 하늘을 가리키는 손가락 뼈처럼 하얀 골격을 드러낸 채 서 있었다.

그리고 파도가, 밤의 파도가 엄청난 거품을 쏟아내며 우리 눈이 허락하는 저 먼 곳으로부터 끊임없이 밀려들어 부서졌다. 아마도 그 바닷물은 어제 이맘때쯤 영국으로 가는 바다 한가운데 있었을 것이다.

"롤링 스톤스의 「앤지」였습니다." 코리의 라디오에서 쉰 목소리가 흘러나왔다. "여러분들 좋으셨을 거라 생각해요. 좋았던 시절, 옛날 노래가 전해 주는 충격, 그루브한 느낌이 그대로 살아 있는, 그야말로 대단한 앨범이었습니다. 전 보비입니다. 오늘은 원래 프레드가 나왔어야 하는데, 프레드가 독감에 걸렸습니다.

지금은 퉁퉁 부었죠." 그 말을 듣고 수지가 키득거렸는데, 속눈썹에 눈물이 아직 맺혀 있었다. 나는 그녀의 말이 듣기 싫어 해변을 향해 좀더 잰걸음을 걸었다.

"기다려!" 코리가 외쳤다. "버니? 이봐, 버니, 기다리라니까!"

라디오의 그 녀석은 지저분한 글귀를 읽었고, 그의 뒤에서 여자가 맥주를 어디에 두었냐고 물었다. 그가 뭐라고 대답할 때쯤 우리는 해변에 있었다. 나는 고개를 돌려 코리가 어쩌고 있는지 살폈다. 그는 늘 그렇듯이 엉덩이로 미끄러져 내려왔는데, 그 모습이 우스워 약간 측은한 마음까지 들었다.

"같이 뛰자." 수지에게 말했다.

"왜?"

궁둥이를 찰싹 때리자 그녀가 꺅 소리를 질렀다. "뛰면 기분 좋잖아."

우리는 달렸다. 뒤처진 그녀가 지친 말처럼 헐떡거렸고 좀 천천히 가자고 했지만 나는 그녀를 머리에서 지워 버렸다. 바람이 귀를 스쳤고, 앞머리가 이마 뒤로 날렸다. 바람에서 톡 쏘듯 짜릿한 소금 냄새가 났다. 파도가 거세졌다. 물결은 검은 유리 거품 같았다. 나는 고무 샌들을 벗어 던지고 맨발로 모래 위를 쿵쿵 내디뎠다. 날카로운 조개 껍데기에 더러 찔리는 것은 개의치 않았다. 피가 났다.

달개 지붕 밑으로 니들스가 이미 들어갔고 켈리와 조앤이 그 옆에 서서 손을 잡고 바다를 바라보았다. 나는 모래 위를 구르며 셔츠 속으로 흘러 들어오는 모래를 느끼다 켈리의 다리에 걸려 멈췄다. 그는 내 위를 덮쳐 얼굴을 모래 범벅으로 만들었고 그 모습에 조앤이 웃었다.

우리는 일어서 서로를 보며 씩 웃었다. 수지는 달리기를 포기하고 우리 쪽으로 터벅터벅 걸어왔다. 그녀를 코리가 거의 따라 잡았다.

"대단한 불이었어." 켈리가 말했다.

"그 사람 정말 뉴욕에서 여기까지 온 걸까, 자기 말대로?" 조앤이 물었다.

"모르지." 그게 중요한 문제는 아니라고 생각했다. 처음 그를 봤을 때 그는 커다란 고급 자동차의 운전대를 잡고 반쯤 정신이 나간 채 헛소리를 해 대고 있었다. 머리는 축구공만 하게 부풀었고 목은 마치 소시지 같았다. '캡틴 트립'에 걸린 그는 그리 오래 갈 것 같지 않았다. 그래서 우리는 해변이 내려다보이는 곳으로 끌고 가 그를 불태웠다. 이름은 앨빈 색하임이라고 했다. 그는 연신 할머니를 불러 댔다. 수지가 자기 할머니인 줄 알았나 보다. 그녀는 재미있어 했는데, 그 이유를 누가 알 수 있을까? 이상한 일일수록 수지는 즐거워한다.

그를 불태우자는 것은 코리의 생각이었지만 그 시작은 농담이었다. 그는 대학 때 마법과 흑마술에 관한 책을 열심히도 읽었는데, 앨빈 색하임의 자동차 옆에 서서 어둠의 신에게 제물을 바치면 그 영혼이 A6로부터 우리를 지켜 준다고 우리를 종용했다.

물론 그 말도 안 되는 소리를 믿는 사람은 없었지만 이야기는 점점 진지해졌다. 그것은 전혀 새로운 일이었고, 마침내 우리는 그 일을 해치우고 말았다. 먼저 그를 10센트를 넣으면 맑은 날 포틀랜드 헤드라이트까지 볼 수 있는 관광용 망원경에 묶었다. 허리띠를 풀어 묶은 후, 덤불을 파헤쳐 마른 나뭇가지와 부목을 끌어 모았는데 새로운 종류의 술래잡기를 하는 아이들 같았다. 그러는 동안 앨빈 색하임은 가만히 자기 할머니에게 중얼거릴 뿐이었다. 수지는 눈을 반짝이며 가쁜 숨을 내쉬었다. 정말 흥분한 모양이었다. 수지와 내가 반대편 언덕에 내려섰을 때 그녀는 나에게 기대섰고 입을 맞췄다. 수지가 립스틱을 너무 짙게 발라서 기름 낀 접시에 입을 대는 기분이었다.

내가 밀어내자 그녀는 곧바로 뾰로통해졌다.

우리는, 그러니까 우리 모두는, 다시 올라가 죽은 나뭇가지를 앨빈 색하임의 허리까지 쌓아 올렸다. 니들스가 라이터로 나무 무더기에 불을 붙였고, 불은 빠르게 번졌다. 마침내 머리에 불이 붙으려 하는 순간, 그가 소리를 지르기 시작했다. 달콤한 중국식 돼지요리 비슷한 냄새가 났다.

"담배 있어, 버니?" 니들스가 물었다.

"네 뒤에 쉰 갑 정도 있어."

그는 씩 웃다가 팔 근처를 날아다니던 모기를 때려잡았다. "움직이기 싫어."

나는 그에게 담배를 주고 바닥에 앉았다. 수지와 나는 니들스를 포틀랜드에서 만났다. 그는 주립극장 앞 차도에 걸터앉아 어디서 그냥 집어온 것이 분명한 커다란 구식 기타로 리드벨리의 곡을 연주하고 있었다. 그 소리가 콩그레스가 여기저기에 울려 퍼지는 것이 마치 콘서트 홀에서 하는 연주 같았다.

우리 앞에 멈춰선 수지는 여전히 숨을 헐떡이고 있었다. "버니, 넌 더러운 놈이야."

"그만해, 수지. 음반 좀 뒤집어. 그쪽 면은 지겨워."

"개자식, 멍청하고 감정도 없는 자식, 지긋지긋한 자식!"

"저리 가. 안 가면 맞는다, 수지. 안 그러나 봐!"

수지가 다시 울기 시작했다. 그녀는 정말 잘 울었다. 코리가 다가와 그녀를 감싸 주려 했다. 그녀는 코리의 가운데를 팔꿈치로 내리쳤고 그는 그녀의 얼굴에 침을 뱉었다.

"죽여 버릴 거야!" 그녀는 흐느끼고 소리 지르고 손을 프로펠러처럼 휘두르며 그에게 다가갔다. 코리는 뒤로 물러서다 거의 넘어질 뻔했고 그러다 꼬리를 보이며 달아났다. 수지는 욕설을 마구 퍼부어 대며 그를 쫓아갔다. 니들스는 고개를 돌리고 웃었다. 코리의 라디오에서 나오는 소리가 파도 너머 희미하게 들렸다.

켈리와 조앤은 멀리서 걸었다. 물가에 서 있는 그들의 모습이 보였는데, 서로의 팔을 허리에 둘렀다. 여행사 창문에 붙어 있는 '샌로르카로 오세요' 따위의 광고 사진 같았다. 괜찮았다. 그들에겐 그런 좋은 면이 있었다.

"버니?"

"왜?" 나는 앉아서 담배를 피우며 니들스가 라이터 뚜껑을 열고, 톱니바퀴를 돌려 원시인처럼 쇠와 부싯돌로 불을 내던 모습을 떠올렸다.

"나 걸렸어." 니들스가 말했다.

"그래?" 나는 그를 올려보았다. "정말이야?"

"확실해. 머리 아프지, 배 아프지, 오줌 눌 때도 아파."

"그냥 홍콩독감일거야. 수지도 홍콩독감에 걸렸더랬어. 성경 좀 달라더군." 나는 웃었다. 그것은 우리가 아직 대학에 있을 때,

완전히 폐교하기 일주일 전, 덤프 트럭으로 시체를 실어다 적하기로 거대한 묘지에 파묻기 한 달 전의 일이었다.

"이것 봐." 그는 성냥에 불을 붙여 턱 아래쪽에 갖다 댔다. 처음으로 나타나는 삼각형 모양의 얼룩, 처음으로 나타나는 종기가 보였다. 그래, A6였다.

"그래." 내가 말했다.

"기분이 썩 나쁘진 않아. 그러니까, 정신은 말짱한 것 같아. 근데, 너 말이야. 넌 의식하고 있어, 확실히 그래."

"아니야." 거짓말이었다.

"그렇다니까. 오늘 밤 그 녀석처럼 말이지. 너도 의식하고 있다고. 그 녀석에겐 도움이 됐을 수도 있지, 네가 그 일을 해치웠을 때 말이야. 그 녀석은 그런 일이 일어나는 줄도 몰랐던 것 같아."

"알고 있었어."

그는 어깨를 으쓱하고는 돌아섰다. "뭐, 중요한 일은 아니지."

우리는 담배를 피웠고 나는 파도가 밀려왔다 밀려 나가는 것을 바라보았다. 니들스가 캡틴 트립에 감염됐다. 그 사실이 모든 것을 다시 현실로 돌려놓았다. 벌써 8월 하순이었고, 한두 주 후면 차가운 가을 바람이 슬며시 다가올 것이었다. 어디든 안으로 들어가야 하는 시간. 겨울. 어쩌면 크리스마스까지는 죽을지도 모른다, 우리 모두. 누군가의 방에서, 코리의 비싼 라디오 카세트 플레이어가 《리더스 다이제스트》 축약본이 가득한 책꽂이 위에 있고, 가냘픈 겨울 햇빛이 카펫 위에 의미 없는 창유리 무늬를 드리운 그런 곳에서.

그 모습이 너무나 또렷해 나는 몸서리쳤다. 8월에는 겨울을 생각해선 안 된다. 그것은 거위가 자기 무덤 위를 걸어가는 것과 같다.

니들스가 웃었다. "그것 봐. 너 분명히 의식하고 있잖아?"

무슨 말을 할 수 있을까? 나는 일어섰다. "수지나 찾아봐야겠어."

"우리가 마지막 남은 사람들일 수도 있어, 버니. 그런 생각해 본 적 없어?" 희미한 달빛 아래 그는 눈 밑의 그림자와 핏기 없이 연필처럼 움직이지 않는 손가락 때문에 반쯤 죽은 사람처럼 보였다.

나는 바닷가로 내려가 바다 저편을 보았다. 끊임없이 움직이는 물결, 그 위에 미세한 거품의 소용돌이 말고는 보이는 것이 없었다. 천둥 같은 파도 소리는 실로 대단했는데, 마치 세상 전부보다 더 큰 것 같았다. 폭풍 속에 서 있는 기분이었다. 나는 눈을 감고 맨발로 서서 몸을 천천히 흔들어 보았다. 모래는 차갑고 축축하고 단단했다. 우리가 마지막이라면. 그래서 어쩌란 말인가? 바다를 끌어당기는 달이 있는 한 이 파도는 계속될 것이다.

수지와 코리는 바닷가에 있었다. 수지는 코리가 야생마라도 되는 것처럼 등에 올라타 끓어오르듯 부글거리는 물속에 그의 머리를 처박았다. 코리는 허우적대며 첨벙거렸다. 둘 다 흠뻑 젖었다. 나는 걸어 내려가 발로 그녀를 밀어냈다. 코리는 첨벙거리며 기어나가 뭐라 지껄였다.

"넌 지긋지긋해!" 수지가 소리를 질렀다. 그녀의 입은 검게 웃는 초승달이었다. 요술의 집 입구 같았다. 어렸을 때 엄마는 우리를 데리고 해리슨 주립 공원에 가곤 했는데, 거기에 커다란 광대 얼굴을 한 요술의 집이 있었고, 우리는 광대의 입을 통해 안으로 들어갔다.

"이리 와, 수지. 일어서, 내 강아지." 나는 손을 내밀었다. 그녀는 의심스럽다는 듯 손을 잡고 일어섰다. 그녀의 블라우스와 몸에 젖은 모래가 엉겨 있었다.

"밀지 않아도 됐잖아, 버니. 다시는 그렇게……."

"그만 좀 해." 그녀는 주크박스와는 사뭇 달랐다. 동전을 넣을 필요도 없었고 작동을 멈추는 일도 없었다.

우리는 해변을 거슬러 올라 상가 건물을 향해 걸었다. 그곳 주인이 위층에 조그만 살림집을 가지고 있는데, 거기 침대가 하나 있었다. 수지에게 침대는 과분했지만, 니들스가 그 점에서는 옳았다. 그런 것은 중요하지 않았다. 경기를 기록하는 사람은 이제 아무도 없었다.

계단은 건물 옆으로 났지만, 나는 잠시 멈춰 서서 깨진 창문 안으로 누구도 훔쳐가려 하지 않아 먼지가 까맣게 앉은 물건들을 바라보았다. (앞쪽에 하늘과 파도와 앤슨 해수욕장이 그려진) 티셔츠, 손목을 초록색으로 물들일 반짝이는 팔찌, 빛나지만 시시한 귀걸이, 비치볼, 더러운 기념 우편 엽서, 조악한 칠을 한 사기 성모상, 구토물 모형(정말 똑같다! 집에서 한번 써먹어 보라!), 독립 기념일에는 한번도 쓰인 적 없는 독립 기념일 폭죽, 백 개도 넘는 휴양지 이름 가운데에 비키니를 입은 관능적인 여자가 서 있는 비치 타월, 페넌트(앤슨 공원 해수욕장 기념품), 풍선, 수영복. 그 앞에는 "특별 조개부침 맛보세요."라는 문구가 붙은 매점이 있었다.

고등학교 다닐 때에는 앤슨 해수욕장에 자주 왔다. A6가 발생하기 7년 전의 일인데, 당시에는 모린이라는 여자 아이와 만나고 있었다. 덩치가 컸던 그녀는 분홍색 체크무늬 수영복을 가지고 있었는데, 내가 식탁보 같다고 놀리곤 했다. 우리는 그 앞 판잣길을 맨발로 걸었다. 바닥은 뜨거웠고 발밑에는 모래가 밟혔다. 특별 조개부침을 먹어 보지는 않았다.

"뭘 보고 있는 거야?"

"아니야. 가자."

나는 진땀 나는, 끔찍한 앨빈 색하임 꿈을 꾸었다. 그가 반짝이는 노란색 운전석에 기대앉아 할머니 이야기를 하고 있었다. 잔뜩 부풀어 오른 검은 머리에 검게 그을린 해골의 모습을 한 그에게서 탄내가 났다. 그는 계속해서 이야기를 했고, 한참 동안 나는 한마디도 할 수 없었다. 깊은 숨을 내뱉으며 깨어났다.

수지는 창백하고 부은 모습으로 내 허벅지 위에 뻗어 있었다. 시계는 3시 50분에 멈추었다. 밖은 아직 깜깜했고 파도가 세게 쳤다. 높아진 바다. 4시 15분으로 하자. 머잖아 새벽. 침대를 빠져나와 현관으로 갔다. 더운 몸에 부딪히는 바닷바람이 좋았다. 그 모든 것들에도 불구하고 나는 죽고 싶지 않았다.

구석으로 가 맥주를 집었다. 맥주가 서너 상자 벽 쪽에 쌓여 있었다. 맥주는 따뜻했다, 전기가 들어오지 않았으니까. 그래도 나는 다른 사람들처럼 따뜻한 맥주라고 가리지 않았다. 거품이 좀더 생길 뿐이다. 맥주는 맥주니까. 나는 층계참으로 돌아가 앉아 뚜껑을 따고 맥주를 마셨다.

그래서 우리는 여기까지 왔고, 전 인류가 죽어 나갔다. 핵무기, 생화학전, 공해, 그런 거창한 것들이 아닌, 독감 하나 때문에. 나

는 어딘가에, 아마도 본빌 소금 평원에 거대한 명판을 새겨 놓고
싶다. 청동으로 만든 한쪽 길이가 5킬로미터쯤 되는 명판을. 거기
돋을새김으로 커다랗게 적어 놓을 것이다, 그곳에 착륙하는 외계
인을 위해, '독감 하나 때문에'라고.

나는 맥주 캔을 한쪽으로 던졌다. 캔은 건물 주위에 난 시멘트
보도에 희미한 덜그덕 소리를 내며 떨어졌다. 달개 지붕은 모래
위에 새겨진 삼각형 얼룩 같았다. 나는 니들스가 깨어 있는지 궁
금했다. 내가 깨어 있는지 궁금했다.

"버니?"

그녀는 내 셔츠를 입고 현관에 서 있었다. 나는 그러는 걸 싫어
한다. 그녀는 돼지처럼 땀을 흘린다.

"너 이제는 날 많이 좋아하지 않아. 그렇지, 버니?"

나는 아무 말도 하지 않았다. 아직은 모든 것들에 안타까운 느
낌을 가질 시간이 있었다. 내가 그녀에게 어울리지 않는 것처럼
그녀도 더 이상 나에게 어울리지 않았다.

"옆에 앉아도 돼?"

"둘 다 앉을 만큼 넓을 것 같지 않은데?"

그녀는 목멘 딸꾹질 소리를 내며 안으로 다시 들어가려 했다.

"니들스 말이야, A6에 걸렸어." 내가 말했다.

그녀는 멈춰 서서 나를 바라보았다. 굳은 얼굴이었다. "농담하
지 마, 버니."

나는 담배에 불을 붙였다.

"그럴 리 없어! 니들스는……"

"그래, A2에 걸렸었지. 홍콩독감 말이야. 너처럼, 나처럼, 코

리, 켈리, 조앤처럼."

"하지만 그 말은 니들스도……."

"면역이 안 된 거지."

"그래. 그럼 우리도 걸릴 수 있다는 말이겠네."

"A2에 걸렸다고 한 게 거짓말일 수도 있지. 우리랑 같이 오려고 말이야." 내가 말했다.

그녀의 얼굴에 안도의 빛이 떠올랐다. "그래, 그거야. 나라도 거짓말했을 거야. 혼자 있고 싶은 사람은 없잖아?" 그녀는 머뭇거렸다. "좀더 잘래?"

"좀 있다가."

그녀는 안으로 들어갔다. 그녀에게 A2가 A6에 대한 면역을 보장해 주는 것은 아니라고 말할 필요는 없었다. 그녀도 알았다. 그저 벽을 쳐 놓았을 뿐이다. 나는 앉아서 파도를 보았다. 정말 높았다. 몇 년 전, 앤슨 해수욕장은 이 주에서 유일하게 웬만큼 서핑을 할 수 있는 곳이었다. 이 곳은 하늘을 향해 난, 어둡고 툭 튀어나온 언덕이었다. 나는 언덕 위의 전망대를 볼 수 있다고 생각했지만, 그것은 상상뿐이었을지 모른다. 때로 켈리는 조앤을 데리고 언덕을 올랐다. 오늘은 오르지 않았던 것 같다.

나는 얼굴에 손을 가져다 대고 꽉 누르며 피부와 살결을 느껴보았다. 얼굴은 빠르게도 쪼그라들었고, 정말 초라했다. 인간의 존엄성이라고는 없었다.

파도가 밀려오고, 밀려오고, 밀려왔다. 끝없이. 맑고 깊게. 우리, 모린과 나는 여름에, 고등학교를 졸업한 여름에, 대학에 입학해 현실에 눈뜨기 전에, 동남아시아로부터 A6가 퍼져 관보처럼

온 세상을 덮기 전에, 7월에 여기 왔었고 피자를 먹었고 그녀의
라디오를 들었고 그녀의 등에 오일을 발라 주었고 그녀는 내 등
에 오일을 발라 주었고 공기는 뜨거웠고, 모래는 반짝였고, 태양
은 불타는 유리 같았다.

나는 통로이다

■

I Am the Doorway

리처드와 나는 만으로 이어지는 모래언덕을 바라보며 현관에 앉아 있었다. 그가 문 담배의 연기가 부드럽게 퍼지면서 모기가 몰려드는 것을 막아 주었다. 바다는 차가운 청록색이었고 하늘은 본연의 깊은 파란색이었다. 보기 좋은 색의 대비였다.

"자네가 통로였단 말이지." 리처드가 생각에 잠긴 채 되뇌었다. "자네가 그 소년을 죽인 게 확실해? 그냥 꿈이 아니었을까?"

"꿈은 아니었어. 하지만 내가 그 소년을 죽인 것도 아니지. 말했잖아. 그들이 그랬다고. 나는 통로 역할을 했을 뿐이야."

리처드가 한숨을 쉬었다. "자네가 묻었지?"

"그렇지."

"어딘지는 기억이 나나?"

"응." 나는 상의 주머니에서 담배를 꺼냈다. 붕대를 감은 탓에 손이 마음대로 움직이지 않았다. 미칠 듯이 가려웠다. "보려면 모래사장용 자동차가 필요해, 이걸…….” 나는 내가 앉은 휠체어를 가리키며 말했다. “모래 위에서 밀고 다닐 수는 없잖아.” 리처드의 모래사장용 자동차는 베개만 한 타이어가 달린 1959년식 폭스바겐이었다. 그는 그 차를 이용해 부목(浮木)을 모으고 다녔다. 메릴랜드의 부동산 회사에서 은퇴한 후로 리처드는 키캐롤라인에 살면서 부목을 이용한 조각품을 만들어서 겨울에 그곳을 찾는 관광객들에게 터무니없는 가격에 팔곤 했다.

그는 담배 연기를 뿜으며 다시 만을 내려다보았다. “아직은 아니야. 다시 한번만 이야기해 주게.”

한숨을 쉬며 담배에 불을 붙이려고 애썼다. 그가 성냥을 받아서는 직접 불을 붙여 주었다. 나는 두 번 연기를 내뿜었다가 깊게 들이마셨다. 손가락이 가려워서 미칠 것만 같았다.

“좋아.” 내가 말했다. “어젯밤 7시에 여기에 있었어, 지금처럼 담배를 피우면서 만을 바라봤지, 그리고…….”

“그전부터 해 줘.” 그가 독촉했다.

“그전?”

“우주 탐사 때부터 이야기해 봐.”

나는 고개를 가로저었다. “리처드, 하고 또 했던 이야기잖아. 더 이상…….”

리처드의 주름 많고 얽은 얼굴은 그가 조각하는 부목과 비슷했다. “기억이 날 거야. 이제 기억이 날 거야.”

“그렇게 생각하나?”

“그렇다고 봐. 이야기를 다 듣고 나면 그때 무덤을 찾아보도록 하지.”

"'무덤'이라." 내가 말했다. 그 말이 가지는 공허하고 오싹한 울림이 그 무엇보다 음침하게 느껴졌다. 코리와 내가 5년 전에 겪었던 끔찍한 바다보다 더 어두웠다. 어둠, 어둠, 어둠.

나는 붕대에 가려진 그 어둠을 새로운 눈으로 바라보았다. 몹시 가려웠다.

코리와 나는 새턴 16호를 타고 궤도에 들어섰다. 새턴 16호는 엠파이어 스테이트 빌딩 같은 비행선이란 평가를 받고 있었는데, 거기에 비하면 새턴 1호는 평범한 벽돌 건물처럼 보였다. 지하 200미터 지점에서 발사되는데, 이륙 시에 케이프 케네디 기지를 충격으로부터 보호하기 위해서라도 그래야만 했다.

우리는 지구 둘레를 돌며 시스템을 점검한 후에 본래 계획된 궤도로 접어들었다. 금성이 목적지였다. 상원에서 좀더 깊은 원거리 우주 탐사를 위한 법안을 놓고 치열한 싸움이 벌어지는 상황에서 우리는 떠났고, 나사 측 사람들은 우리가 뭐든, 그게 뭐가 됐든 뭔가를 찾아오기를 기대했다.

"뭔지는 중요하지 않아." 제우스 프로젝트의 천재 책임자인 돈 러빈저는 기회만 있으면 떠벌리는 것을 좋아하는 사람이었다. "필요한 기계는 물론이고, 다섯 대의 텔레비전 카메라와 멋들어진 망원경, 그리고 수많은 렌즈, 필터를 가지고 가니까. 황금이나 보석을 찾아와도 좋고, 잘생기고 조금 멍청한 파란 생명체라도 좀 잡아 오면 더 좋지. 연구하고 조사해 보니 우리보다 열등한 생명체더라고 말할 수 있게 말이야. 뭐든지 좋아. 하물며 텔레비전에 나오는 무슨 유령 같은 것이라도 시작치고는 나쁘지 않겠지."

코리와 나는 할 수만 있다면 그의 뜻을 따르고 싶었다. 원거리 우주 탐사 프로그램은 전혀 진전이 없었다. 68년에 보면, 앤더스, 로벨이 달을 탐사하고 거기서 더러운 모래사장 같은 텅 빈 세상을 발견했을 때부터 11년 후 화성에 갔던 마크핸과 잭스가 얼음 같은 모래와 약간의 이끼류가 있을 뿐인 황량한 황무지를 발견할 때까지, 원거리 우주 탐사는 거액의 예산을 축내기만 하는 사업이었다. 게다가 사상자까지 나왔다. 페더슨과 레더러는 영원히 태양 주위를 도는 신세가 되고 말았다. 마지막 탐사 계획 바로 전의 비행에서 아폴로 호가 일순간 완전히 작동을 멈췄던 것이다. 존 데이비스의 경우에는 타고 있던 작은 궤도 관측선이, 천 번에 한 번 꼴로 일어나는 유성체 충돌 때문에 구멍이 나 버렸다. 우주 계획은 그렇게 삐걱거렸다. 일이 돌아가는 것을 볼 때, 금성 탐사가 아마 지금까지 있었던 실패의 대미를 장식할 것 같았다.

16일 동안 나가 있어야 했다. 우리는 농축 음식을 먹고, 카드 게임을 하고, 차가운 침대에서 이리저리 뒤척이며 자야 했다. 기술적인 면에서 보자면 아주 간단한 비행이었다. 사흘째 되던 날 공기 중 습도 전환기를 잃어버려서 예비용으로 바꾼 일은 있었지만, 이런저런 작은 일을 제외하고는 돌아올 때까지 그게 전부였다. 작은 별에 지나지 않던 금성이 동전만큼, 다시 우윳빛 수정 구슬만큼 점점 커지는 것을 지켜봤고, 통제소와 농담을 주고받았고, 바그너와 비틀스의 테이프를 들었고, 또 태양풍에서부터 우주 항해에 이르기까지 거의 모든 것을 측정하는 자동기계를 살폈다. 중간에 두 번 궤도를 수정했는데, 둘 다 무시해도 좋을 만큼의 수정이었고, 아흐레째에 코리가 밖으로 나가서 제대로 작동할 때까지 데사

(DESA)를 두들긴 일이 있었다. 특별한 일은 없었다. 그 일이…….

"데사." 리처드가 말했다. "그게 뭐지?"

"실패한 실험인데. 나사에서 원거리 우주 안테나(Deep Space Antena)를 줄여서 부르는 말이지. 우리는 고주파로 파이(pi, π)를 방송했어. 누구든 들을 수 있게 말이야." 바지에 대고 손가락을 문질러 보았지만 별로 나아지지 않았다. 오히려 더 나빠졌다. "웨스트버지니아에 있는 무선 망원경과 같은 거야. 알지? 우주에서 나는 소리에 귀를 기울이는 그거. 우리는 듣는 대신에 송출한 거지, 주로 멀리 있는 목성, 토성, 천왕성 같은 행성을 향해서 말이야. 외계에 지능을 갖춘 생명체가 있다면 알아들을 거야."

"코리만 밖으로 나갔다고 했지?"

"그래. 만약 그 일 때문에 그가 행성과 행성 사이의 재앙을 불러일으킨다면, 원격 측정기로도 알아낼 수가 없을 거야."

"하지만……."

"별로 중요한 문제가 아냐." 나는 리처드의 말을 잘랐다. "지금, 여기가 중요한 거지. 어젯밤에 소년이 죽었어, 리처드. 보기에 좋은 일은 아니잖아. 기분도 안 좋고. 머리가……, 터졌잖아. 마치 누가 뇌를 덜어 내고 손으로 마구 휘저어 놓은 것 같았어."

"이야기를 마저 해 주게." 그가 말했다.

나는 허탈하게 웃었다. "도대체 무슨 이야기를?"

우리는 행성 주위의 이심 궤도로 접어들었다. 가로 515킬로미터, 세로 122킬로미터짜리 타원을 그리며 도는 아주 빠른 운행이었다. 첫 번째 운행이 그랬고, 두 번째 운행에서 우리는 더 큰 타원을 그리며 돌았다. 최대 네 번까지 돌 수 있었는데, 우리는 네 번을 다 채웠다. 금성이 잘 보이는 위치도 찾았고, 600장의 스틸 사진과 얼마나 되는지 알 수도 없을 만큼의 동영상을 찍었다.

구름막에는 메탄과 암모니아, 먼지, 그리고 떠다니는 쓰레기가 골고루 있었다. 행성 전체가 풍동風洞. 항공기 모형 시험용 바람 터널 속에서 보는 그랜드캐니언처럼 보였다. 코리는 행성 표면의 풍속이 시속 965킬로미터 정도 되는 것 같다고 했다. 우리가 탄 탐사선은 경고음을 내며 아래로 내려가다가 크게 흔들리며 멈췄다. 식물이라든지 다른 생명체의 흔적은 없었다. 분광기에는 광물의 흔적만 나타났다. 그게 금성이었다. 조금 무섭다는 것만 빼면 아무것도 아니었다. 우주 한가운데서 흉가 주변을 맴도는 기분이었다. 비과학적으로 들린다는 것도 잘 알지만, 그곳을 빠져나올 때까지 두려움을 떨칠 수가 없었다. 우주선이 고장이라도 났다면, 아마 거기서 스스로 목을 따 버렸을 것이다. 달이랑은 또 달랐다. 홀로 떨어지기는 달도 마찬가지였지만, 달은 어떤 식으로든 안전하다는 생각이 있다. 우리가 보고 온 그곳은 지금까지 보아 왔던 그 어떤 곳과도 비슷하지 않았다. 구름막이 있다는 건 어쩌면 다행이었다. 그것은 마치 깨끗하게 닦아 놓은 해골 같았다. 아마 나의 느낌을 그나마 가장 비슷하게 표현하는 말인 것 같다.

귀환하는 길에 상원에서 우주 탐사 예산을 절반으로 삭감했다는 소식을 들었다. 코리는 "돌아가면 다시 기상 위성이나 만지작거려야겠구먼. 안 그래, 아서?"라고 했다. 하지만 나는 기뻤다. 저쪽 바깥은 우리의 영역이 아닌 것인지도 몰랐다.

12일 후에 코리는 죽었고 나는 평생 불구로 지내게 되었다. 그 모든 사건이 착륙 도중에 일어났다. 낙하산이 제대로 작동하지 않았던 것이다. 삶이란 정말 알 수 없었다. 한 달이 넘도록 우주에 나가 지금까지 누구도 가 본 적이 없는 먼 곳에 다녀왔는데, 그 모든 것이 한 승무원이 쉬는 시간만 기다리다가 전선 몇 개를 손보지 않았다는 이유로 끝장나다니.

우리는 경착륙할 수밖에 없었다. 헬리콥터에서 그 광경을 지켜본 어떤 사람은 마치 거대한 갓난아기가 태반을 매단 채 하늘에서 떨어지는 것만 같았다고 했다. 땅에 부딪히는 순간 나는 의식을 잃고 말았다.

사람들이 포틀랜드 호 밖으로 끄집어냈을 때에야 다시 정신이 들었다. 미리 깔아 두었던 붉은 카펫을 치울 겨를도 없었다. 나는 피를 흘리고 있었다. 그렇게 피를 흘리면서 어디에서도 본 적이 없을 만큼 붉은 카펫을 지나 병원으로 실려 갔다……

"베데스다에 2년 머물렀지. 나라에서는 명예 훈장과 막대한 보상금, 그리고 이 휠체어를 주더군. 그리고 다음 해에 이곳으로 이사왔어. 로켓이 이륙하는 걸 보는 게 좋아서 말이야."

"알아." 리처드가 말했다. 잠시 후 그가 말을 이었다. "손 좀 보여 줘 봐."

"안 돼." 아주 급하고 날카로운 대답이었다. "녀석들이 눈을 뜨게 해선 안 돼. 말했잖아."

"벌써 5년이나 지난 일이야." 리처드가 말했다. "왜 아직도 안 된다는 건가, 아서? 이유나 좀 말해 줘."

"나도 몰라, 모른다고! 아마 자릴 잡는 데 오래 걸리나 보지.

아니면 누구 말처럼 우주에서 전염돼서 온 건지도 모르고 말이
야. 로더데일 기지에서 걸렸을 수도 있고, 어쩌면 바로 이 집에서
걸린 걸 수도 있어. 내가 아는 건 그게 전부야."

리처드는 한숨을 쉬며 바다를 내다보았다. 바다는 이제 저무는
햇빛을 받아 붉게 물들어 있었다. "나도 노력하고 있네. 아서, 나
는 자네가 제정신이 아니라고 생각하고 싶지는 않아."

"보여 줘야만 한다면, 내 보여 주겠네." 내가 말했다. 쉽지 않
은 말이었다. "꼭 보여 줘야만 한다면 말이야."

리처드가 일어서며 자기 지팡이를 찾았다. 늙고 허약해 보였
다. "모래 자동차를 가지고 올게. 소년을 찾아야지."

"고맙네, 리처드."

그가 자기 집으로 이어지는 바큇자국이 난 길로 걸었다. 커다
란 모래 언덕 때문에 그의 집은 지붕만 겨우 보였다. 키캐롤라인
전체만큼이나 길게 늘어선 모래 언덕이었다. 만으로 이어지는 바
다 위로 하늘은 이제 칙칙한 포돗빛으로 변했고 천둥소리가 희미
하게 귀에 울렸다.

소년의 이름은 몰랐지만, 해 질 녘에 체를 들고 바닷가를 걷는
모습은 종종 보았다. 햇볕에 피부는 새까맣게 탔고, 항상 데님 반
바지를 입었다. 키캐롤라인의 끝에는 해수욕장이 있었는데, 운이
좋은 날에는 모래사장에서 체질을 해서 찾은 동전이 5달러 정도
될 때도 있었다. 가끔 내가 손을 흔들면 소년도 꼭 손을 흔들어
주었다. 우리는 둘 다 뭐라 말하기 어려운, 낯설지만 형제 같기도
한 사이였다. 캐딜락을 몰고 돈을 쓰러 온 사람들이 시끄럽게 떠

드는 해변, 나와 소년은 그 해변에서 일 년 내내 살고 있는 사람들이었다. 나는 소년이 800미터쯤 아래쪽, 우체국 옆에 다닥다닥 붙은 작은 마을에 살 거라고 생각했다.

그날 저녁 소년이 지나갈 때, 나는 이미 한 시간째 현관 앞에서 꼼짝 않고 바깥 구경을 하고 있었다. 붕대는 벌써 풀어 버린 상태였다. 가려움이 참을 수 없을 정도로 심할 때, 녀석들의 눈을 틔워 주면 좀 덜했다.

세상 어떤 것과도 다른 느낌이었다. 마치 내가 하나의 문이 된 듯한 느낌, 삐죽이 열린 그 문틈 사이로 놈들은 자신들이 미워하고 두려워하는 세상을 엿보는 것 같았다. 하지만 제일 나쁜 것은 어떤 식으로든 나 역시 그 모든 것을 봐야 한다는 것이었다. 파리 몸속으로 들어갔다고 한번 상상해 보라. 파리는 수천 개의 눈으로 당신의 얼굴을 들여다본다. 이제 내가 아무도 없을 때에도 붕대를 풀지 못하는 이유를 짐작할 수 있을 것이다.

모든 일이 마이애미에서 시작됐다. 해군에서 나온 크레스웰이라는 조사원을 만나기로 되어 있었다. 일 년에 한 번씩 나를 만나 상황을 확인하는 것이 그의 일이었다. 나는 우리의 우주 계획을 통해 얻은 비밀 정보들에 가장 근접한 인물이었던 것이다. 나는 그가 찾고 있는 것이 무엇인지 알 수 없었다. 눈에서 비치는 수상쩍은 빛일 수도 있었고, 아니면 이마에 있는 주홍색 반점일 수도 있었다. 이유는 모르겠지만, 내가 묵는 숙소는 쑥스러울 만큼 큰 저택이었다.

크레스웰과 나는 그의 호텔방 테라스에 앉아서, 음료수를 홀짝거리며 미국 우주 계획의 미래에 대해 이야기했다. 3시 15분 정도 되었을 때 손가락이 가렵기 시작했다. 조금씩 가려워지는 것이 아니라, 전기가 들어왔다 안 들어왔다 하는 것 같았다. 크레스웰에게도 그 증세에 대해 이야기했다.

"그 부스럼투성이 작은 섬에서 독초를 만지셨군요." 그가 미소를 지으며 말했다.

"키캐롤라인에 있는 유일한 식물은 야자수입니다." 내가 말했다. "옴인지도 몰라요." 내 손을 내려다보았다. 그냥 평범한 손이었다. 하지만 가려웠다.

그날 오후에 항상 보는 그 서류에 서명을 하고("나는 어떠한 정보를 받거나 누설하지 않을 것임을……, 엄숙히 맹세합니다.") 차를 타고 돌아왔다. 손으로 작동할 수 있는 가속기와 브레이크가 달린 오래된 자동차가 있었는데, 그 차를 타면 나에게도 아쉬울 것이 없다는 느낌이 들었기 때문에 좋았다.

1번 도로를 따라 돌아오는 길은 꽤나 멀었고, 대로에서 빠져 키캐롤라인으로 들어가는 출구에 이르렀을 때는 거의 제정신이 아니었다. 손이 미친 듯이 가려웠다. 깊게 벤 상처나 수술한 자리가 아물 때의 가려움을 겪어 본 사람이라면, 나의 가려움을 조금이나마 이해할 수 있을 것이다. 살 속에서 어떤 생명체가 이리저리 기어다니며 괴롭히는 것만 같았다.

해가 져 버렸기 때문에 자동차 불빛에 비춰 가며 손을 유심히 살펴보았다. 손가락 끝이 빨갰는데, 아주 작은 빨간색 동그라미가 지문이 있는 거기, 그러니까 기타를 칠 때 굳은살이 박히는 그 지점에 있었다. 모든 손가락의 첫 번째 마디와 두 번째 마디 사이, 그리고 두 번째 마디와 마지막 마디 사이의 살갗에도 빨갛게 감염된 흔적이 보였다. 오른손 손가락을 입에 갖다 댔다가 급히 내렸다. 갑자기 구역질이 날 것만 같았다. 말문이 막힐 것 같은 두려움이 목구멍을 타고 울렁거렸다. 빨간 점이 생겼던 부분에 열이 나면서 점점 뜨거워지더니 살이 흐물흐물해졌다. 마치 썩기 시작한 사과 같았다.

남은 길을 달리면서 정말로 독초를 만져서 그런 것이라고 계속해서 나 자신을 설득했다. 하지만 한편으로는 다른 끔찍한 생각을 거둘 수가 없었다. 어렸을 때, 인생의 마지막 십 년을 다락방에 갇힌 채 세상을 등지고 살았던 이모가 있었다. 어머니가 음식을 갖다 주었는데, 이모에 대한 이야기는 금기 사항이었다. 나중에서야 그녀가 한센병, 즉 문둥병을 앓고 있다는 것을 알았다.

집에 도착해서 본토에 있는 플랜더스 선생에게 전화했다. 자동 응답기만 자꾸 나왔다. 플랜더스 선생은 낚시 여행을 가고 없었지만, 그건 응급 상황이었다. 발랜저 선생에게 말했다.

"플랜더스 선생님은 언제 돌아오십니까?"

"늦어도 내일 오후에는 오실 겁니다. 괜찮……."

"알겠습니다."

나는 천천히 전화를 끊고는, 리처드에게 전화했다. 벨소리가 열 번도 더 울릴 때까지 들고 있다가 수화기를 내렸다. 잠시 동안 마음을 정하지 못하고 앉아 있었다.

가려움이 더 심해졌다. 점점 더 퍼지는 것 같았다.

휠체어를 밀며 책장 앞으로 가서는 몇 해 전에 산 의학 사전을 찾았다. 책에는 온통 애매모호한 말뿐이었다. 아무 병이나 다 될 수도 있고, 아무 병도 아닐 수도 있었다.

등을 기대고 눈을 감았다. 건너편 벽 선반에 놓인 선원용 시계가 똑딱거리는 소리가 들렸다. 마이애미로 가는 비행기의 높고 희미한 소리, 그리고 나의 숨소리도 들렸다.

나는 계속 책을 보았다.

갑자기 상황을 파악하자 이내 두려움이 덜컥 일었다. 눈을 감았는데도 여전히 책을 보았다. 보이는 것은 얼룩투성이에다가 괴물처럼 심하게 뒤틀린, 4차원적인 책의 영상이었지만, 분명히 책이었다.

그 영상을 보는 것은 나 혼자가 아니었다.

심장이 죄어 드는 것을 느끼며 눈을 떴다. 두려움이 조금 잦아들기는 했지만 완전히 사라지지는 않았다. 나는 책에 적힌 글자와 표를 내 눈으로 다시 한번 보았다. 지극히 평범하고 일상적인 영상이었다. 그리고 그것과는 다른, 조금 낮은 위치에서 다른 눈으로도 보았다. 책이 아니라 처음 보는 낯선 물건을 보는 눈, 그 눈에는 사악한 내용물을 담은 괴물 같은 형상으로 보였다.

손을 천천히 올렸다. 거실이 흉가로 변하는 섬뜩한 영상이 스쳐 지나갔다.

나는 비명을 질렀다.

손가락 사이의 갈라진 살갗 틈새로 나를 쳐다보는 눈이 있었다. 눈이 아무 생각 없이 피부 바깥으로 나왔다 들어갔다 하는 것에 따라서 피부가 벌어졌다 오므라드는 것이 그대로 보였다.

단지 그것 때문에 비명을 지른 것은 아니었다. 그 눈을 통해서 본 내 얼굴이 괴물의 얼굴이었던 것이다.

모래차의 앞부분이 언덕 너머로 보이더니 잠시 후 리처드가 현관 앞에 차를 댔다. 모터가 시끄러운 소리를 내며 힘겹게 털털거렸다. 나는 계단 옆으로 난 경사면을 따라 휠체어를 움직였고, 리처드의 도움으로 차에 올랐다.

"좋아, 아서. 자네가 주인공이야. 어디로 갈까?"

나는 커다란 모래 언덕이 희미해지는 바다 쪽을 가리켰다.

리처드는 고개를 끄덕였다. 뒷바퀴가 모래를 일으키며 우리는 출발했다. 평소에는 리처드의 운전 솜씨를 놀려 대곤 했지만, 오늘 저녁에는 귀찮게 하지 않았다. 그것 말고도 생각하거나 느낄 거리가 너무 많았다. 녀석들은 어두운 것을 싫어했는데, 붕대 사이로 어떻게든 바깥을 보려고 기를 쓰고 있다는 것을 느낄 수 있었다. 내가 붕대를 벗겨 주기를 기대하면서.

모래차는 덜컹거리는 소음을 내며 모래사장을 가로질러 바다로 향했다. 그 모양이 마치 모래 언덕 끝에서 이륙하려는 것처럼 보였다. 왼쪽으로는 핏빛으로 이글거리는 태양이 지고 있었고, 바다 건너 정면에는 폭풍우를 담은 구름이 우리를 향해 밀려오고 있었다. 번개가 물 위로 갈라지는 것이 보였다.

"오른쪽." 내가 말했다. "저기, 기울어진 집 옆에 말이야."

리처드는 모래를 일으키며 기울어진 채 허물어져 가는 폐가 옆에 차를 세우더니, 뒤쪽으로 가서 삽을 꺼냈다. 삽을 보자 나는 얼굴을 찌푸렸다. "어디지?" 리처드가 무표정한 얼굴로 물었다.

"바로 거기." 나는 그 장소를 가리켰다.

차에서 내린 리처드는 모래를 지나 천천히 그곳으로 걸어가더니, 잠시 멈췄다가 삽으로 모래를 퍼내기 시작했다. 삽질을 해 본

지 꽤 된 것 같았다. 그가 어깨 너머로 퍼 넘기는 모래는 축축하게 젖어 있었다. 소나기구름이 높고 어둡게 떠 있고, 그 그림자 아래에서 견딜 수 없이 화가 난 것처럼 보이는 바다가 석양을 반사했다.

그가 삽질을 멈추기 훨씬 전부터 나는 그가 소년을 찾을 수 없을 것임을 알고 있었다. 그들이 옮겨 놓은 것이다. 어젯밤에는 붕대를 감지 않았기 때문에, 녀석들도 볼 수 있었을 것이고 따라서 조치를 취할 수도 있었을 것이다. 나를 이용해서 소년을 죽인 것이라면, 역시 나를 이용해서 시체를 옮길 수도 있는 일이었다. 비록 내가 잠자는 동안이라고 해도.

"없잖아, 아서." 그가 더러워진 삽을 차에 던져 넣으며 지친 듯이 차에 걸터앉았다. 폭풍우가 몰려오면서 모래 위에 초승달 같은 그림자를 서서히 드리웠다. 바람이 불면서 모래가 낡은 차체에 날아와 부딪혔다. 손가락이 가려웠다.

"나를 이용해서 옮긴 거야." 나는 느릿느릿 말했다. "그들은 한 수 위야, 리처드. 아주 조금씩만 문을 열어. 하루에도 수십 번씩 나는 주걱이나 사진, 심지어 통조림 같은 아주 익숙한 물건을 앞에 두고는 왜 그 물건을 꺼냈는지 이유도 모른 채 멍하니 서 있곤 하네. 그러고는 손을 내밀어서 녀석들에게 보여 주지. 녀석들의 눈으로 그 물건들을 보는 거야. 아주 역겨운 영상, 뒤틀리고 기괴한……."

"아서." 그가 말했다. "아서, 그만, 그만 좀 하게." 희미해지는 저녁 빛을 받은 그의 얼굴에는 동정심이 가득했다. "물건 앞에 서 있고, 소년의 시체를 옮겼다고 말했나? 하지만 자네는 걸을 수도

146

없잖아, 아서. 자네 허리 아래는 완전히 죽었다고."

나는 모래차의 계기반을 만지작거렸다. "이것도 죽은 거라고 할 수 있지. 하지만 자네가 운전을 하면 움직이게 할 수 있잖아. 이걸 이용해서 사람을 죽일 수도 있지. 그리고 이 차가 원한다고 해서 자네를 멈추게 할 수 있는 것도 아니고." 내 목소리가 신경질적으로 높아지는 것을 들을 수 있었다. "나는 통로란 말이야, 이해 못하겠나? 놈들이 소년을 죽였단 말이야, 리처드! 소년을 옮긴 것도 놈들이야!"

"의사를 만나 보는 게 좋을 것 같군." 그가 차분하게 말했다. "돌아가세, 돌아⋯⋯."

"찾아봐! 소년을 한번 찾아보란 말이야. 그러면. 어디 한번⋯⋯."

"소년의 이름도 모른다고 했지?"

"마을에서 올라온 게 틀림없어. 작은 마을이니까, 가서⋯⋯."

"모래차를 가지러 갔을 때, 모드 해링턴이랑 통화했네. 마을에서 일어나는 일을 그녀보다 더 잘 알고 있는 사람은 없으니까. 혹시 어제저녁에 집에 돌아오지 않은 소년이 있냐고 물어보았지만 없다고 하던걸."

"그 애는 그 마을 애였어. 분명 그래."

리처드가 손을 뻗어 시동을 걸려고 하기에 그를 막았다. 그가 나를 돌아보았고 나는 붕대를 풀기 시작했다.

만에서 천둥이 사납게 울부짖었다.

의사에게 가지도 않았고 리처드에게 다시 전화를 걸지도 않았다. 외출할 때만 붕대로 손을 가려 가며 3주를 보냈다. 그 3주 동안 그것들이 사라지기만 기다렸다. 이성적인 행동은 아니었다. 그 점은 나도 인정한다. 휠체어를 타지 않아도 되는 건강한 사람이었다면, 평범한 직업을 가지고 평범하게 살아가는 사람이었다면 아마 곧장 플랜더스 선생이나 리처드를 찾아갔을 것이다. 이모에 대한 기억만 없었더라도, 사실상 죄수나 마찬가지로 갇힌 채 썩어 가는 자신의 살 때문에 서서히 죽어 간 이모에 대한 기억만 없었더라도 그렇게 했을지 모른다. 그런 이유로 나는 절박한 마음으로 아무에게도 말하지 않고, 아침에 일어났을 때 그 모든 것이 사악한 꿈이었을 뿐이라고 이야기할 수 있게 해 달라고 기도했다.

하지만 조금씩조금씩, 그들의 존재가 느껴지기 시작했다. 그들. 아직 알려지지 않은 지적 생명체. 그들이 어떻게 생겼는지, 또 어디서 왔는지는 조금도 궁금하지 않았다. 다 쓸데없는 얘기였다. 나는 그들의 통로이자 세상을 향해 난 창이었다. 그들이 역겨움과 두려움을 느끼고 있다는 것, 이 세계가 그들의 세계와 많이 다르다는 것은 나도 알 수 있었다. 이 세상에 대한 그들의 맹목적인 증오도 충분히 느꼈다. 하지만 지금까지도 그들은 지켜보고만 있다. 그들의 몸이 나 자신의 몸과 하나가 되어 버렸다. 그들이 나를 이용하고 있다는 것, 사실상 마음대로 조종하고 있다는 것을 깨닫기 시작했다.

소년이 언제나처럼 손을 흔들며 우리들만의 암묵적인 인사를 하고 지나갈 때, 나는 막 자신의 해군 사무실에 있는 크레스웰과 통화하려던 참이었다. 리처드는 적어도 한 가지 면에서는 옳았다. 나를 사로잡은 것이 무엇이든 간에, 녀석은 우주 깊은 곳에서, 아니면 내가 금성 주위의 이상한 궤도를 돌 때 내 안으로 들어왔다는 확신이 섰다. 해군에서 나를 조사하겠지만, 나를 마약 중독자로 여기지는 않을 것이다. 크레스웰에게 털어놓고 나면 더 이상 삐걱거리는 어둠 속에서 비명을 지르며 눈 뜨는 일은 없을 것이다. 그들이 보고 있다는 것을 느꼈을 때 지르는 비명을.

손을 소년 쪽으로 내밀 때, 붕대를 감지 않았다는 사실을 알았다. 잦아드는 햇빛 속에서 그 눈들을 볼 수 있었다. 잔뜩 부풀어 오른 눈은 황금빛 광채까지 뿜었다. 한번 연필로 눈 하나를 찔러 본 적이 있는데, 팔이 빠질 것 같은 고통이 뒤따랐다. 무엇보다도 나머지 눈이 모두 합심이라도 한 듯이 보내는 증오의 눈길을 더 견딜 수 없었다. 이후로 다시는 찌르지 않았다.

그 녀석들이 지금 소년을 보고 있었다. 의식이 흐릿해지는 느낌이 들더니 곧 통제력을 완전히 잃고 말았다. 문이 열리고, 나는 모래사장을 가로질러 비틀거리며 소년에게 다가갔다. 그런데도 다리는 제대로 움직였는데, 그 모양이 마치 죽은 나뭇가지 같았다. 나 자신의 눈은 감은 채 오직 그 낯선 눈으로만 보고 있었다. 거대한 보라색 하늘 아래 흰 괴물 같은 바다, 알 수 없는 식인 괴물의 시체처럼 보이는 기울어진 오두막, 나무에 철사를 엮어 만든 도구를 들고 가다 쉬다를 반복하는 역겨운 생물체, 그 도구는 기하학적으로 불가능해 보이는 구도로 되어 있었다.

그의 생각이 궁금했다. 체를 든 채 주머니에는 모래사장에서 주운 관광객의 동전을 가득 담고 다니는 초라하고 이름 없는 소년. 현관 앞에 서서 미친 오케스트라를 향해 손을 들어 올리는 눈먼 지휘자 같은 나를 보고 무슨 생각을 했을까? 곧 사라져 버릴 햇빛을 받은 나의 손, 눈이 잔뜩 달린 채 활짝 펼쳐진 나의 빨간 손을 보며 무슨 생각을 했을까? 이 손이 갑자기 허공을 가로지르며, 그의 머리를 깨기 직전에는 무슨 생각을 했을까?

나는 내가 무엇을 생각했는지 안다.

나는 내가 우주의 테두리 바깥에서, 그리고 지옥의 불을 통해 보고 있다고 생각했다.

바람에 날리는 붕대는 가느다란 리본처럼 보였다. 석양의 하늘에 점처럼 구름이 떠 있고, 어두운 모래 언덕에는 그림자가 드리워졌다. 머리 위로 움직이는 구름이 천천히 끓어오르는 것 같았다.

"한 가지만 약속해 주게, 리처드." 심해지는 바람을 맞으며 내가 말했다. "만약 내가 자네를……, 해치려고 하면 도망가야 해. 무슨 말인지 알겠나?"

"알겠네." 목이 트인 그의 셔츠가 바람에 펄럭였다. 리처드는 굳은 표정이었지만, 초저녁의 어둠 속에서 그의 눈만은 전구처럼 컸다.

마지막 붕대가 흘러내렸다.

나는 리처드를 보았고, 그들도 리처드를 보았다. 나는 지난 5년 동안 알고 지내면서 좋아하게 된 친구의 얼굴을 보았다. 그들은 왜곡된 형태의 살아 있는 기둥을 보았다.

"보이지." 내가 쉰 목소리로 말했다. "이제 보이지."

그가 자기도 모르는 사이에 뒤로 물러섰다. 믿을 수 없을 정도의 공포로 그의 얼굴이 굳어졌다. 하늘에서 번개가 쳤다. 구름 사이로 천둥이 울리고 바다는 저승의 강처럼 검게 변했다.

"아서……."

그의 모습이 너무 추악해 보였다. 어떻게 지금까지 그와 이야기하며 가까이 지낼 수 있었을까? 그는 생명체가 아니라 해충이었다. 그는…….

"도망가! 도망가! 리처드!"

리처드가 달렸다. 허겁지겁 급하게 발걸음을 옮겼다. 희미한 어둠 속에서 그의 골격만이 비쳤다. 내 손이 올라갔다. 비명을 지르는 듯이 머리 위로 손이 치솟았고, 손가락은 이 악몽 같은 밤에 유일하게 익숙한 대상을, 구름을 가리켰다.

구름이 화답했다.

세상의 종말처럼 보이는 푸르스름한 큰 번개가 내렸다. 번개가 리처드를 치고 삼켜 버렸다. 내가 마지막으로 기억하는 것은 전기에 타는 듯한 오존 냄새와 불타는 살점이었다.

정신이 들었을 때 나는 커다란 모래 언덕을 보며 현관 앞에 차분하게 앉아 있었다. 폭풍은 지나가고 공기도 기분 좋게 시원했다. 희미한 은빛 달이 있고, 모래사장은 깨끗했다. 리처드의 흔적도, 모래차가 지나간 흔적도 찾아볼 수 없었다.

손을 내려다보았다. 눈이 떠져 있기는 했지만 눈빛이 조금 흐릿했다. 그들도 지친 모양이었다. 그들은 졸고 있었다.

내가 해야 할 일을 분명히 알았다. 문이 더 크게 열리기 전에 잠가야만 했다. 영원히. 이미 손 자체에 구조적인 변화가 일어나고 있음을 감지한 터였다. 손가락이 점점 짧아지면서……, 변화가 일어나고 있었다.

거실에 작은 화로가 있었는데, 나는 철이 되면 습기 찬 플로리다의 추위에 맞서기 위해 종종 불을 피우는 습관이 있었다. 불을 지피고 일을 서둘렀다. 언제 그들이 깨어나서 내가 하는 일을 볼지 모를 일이다.

불길이 제대로 일어나고, 나는 기름통이 있는 곳으로 가서 양팔을 적셨다. 얼른 깨어난 놈들이 고통으로 비명을 질러 댔다. 자칫하면 거실로 돌아가 불을 붙이지 못할 뻔했다.

하지만 결국 해냈다.

지금까지 이야기가 7년 전의 일이다.

나는 여전히 이곳에서 로켓이 이륙하는 것을 지켜보며 지낸다. 요즘 들어서는 이륙이 잦았다. 우주에 대해 나름대로 생각이 있는 행정부였다. 유인 금성 탐사선에 대한 이야기도 다시 나오는 모양이었다.

소년의 이름은 알아냈지만, 그건 중요한 문제가 아니었다. 내 생각대로 마을에서 온 소년이었다. 소년의 어머니는 아들이 본토에 있는 친구 집에서 자고 오는 줄 알았고, 그 다음 주 월요일이 되어서야 소식을 들었다고 했다. 그리고 리처드. 모두들 리처드를 이상한 늙은이라고만 여겼기 때문에, 그가 메릴랜드로 돌아갔거나 어떤 여자랑 눈이 맞아 떠났을 거라고 생각했다.

내 얘기를 하자면, 비록 괴팍한 사람이라고 소문이 나기는 했어도 그럭저럭 지낸다. 워싱턴에 새 행정부가 들어설 때마다 우주 탐사 계획에 들어가는 예산을 다른 좋은 일에 쓰는 게 나을 것이라고 편지를 쓰는 전직 우주 비행사는 그리 많지 않을 것이다.

의수로 생활하는 것도 할 만하다. 첫해에는 많이 아팠지만, 사람의 몸이란 어떤 상황에도 적응하는 모양이었다. 이젠 의수로 면도도 하고 신발 끈도 직접 묶을 수 있었다. 보면 알겠지만 내 신발 끈 매듭은 꽤 그럴듯하다. 총구를 입에 물고 방아쇠를 당기는 일도 아무 문제 없을 것 같다. 역시 보면 알겠지만, 3주 전부터 다시 시작되었다.

가슴에 열두 개의 황금빛 눈이 완벽한 원을 이루고 있다.

맹글러

■

The Mangler

구급차가 막 떠날 때쯤 헌튼 경관은 세탁소에 도착했다. 구급차는 사이렌이나 비상등도 켜지 않은 채 천천히 떠났다. 불길한 징조였다. 건물 안에는 사람들이 모였는데, 대부분 말이 없었고 그중 몇 명은 흐느꼈다. 작업장은 텅 비었다. 반대편에 있는 커다란 세탁기마저도 꺼진 채였다. 헌튼은 섬뜩한 기분이 들었다. 사람들은 사고가 났을 때 사무실이 아니라 현장에 있었던 것이 틀림없다. 항상 그런 식이었다. 인간이란 동물은 잔해를 확인하고 싶어하는 타고난 본능을 가지고 있으니까. 그래도 그건 아주 나쁜 본능이었다. 나쁜 사고를 다룰 때 언제나 그렇듯이, 이번에도 위장 수축을 느꼈다. 14년 동안이나 고속도로, 큰길, 빌딩 사이의 골목길에서 시체 찌꺼기 치우는 일을 해 왔지만, 뱃속의 작은 반응은 그대로였다. 뭔가 사악한 것이 거기 자리 잡은 듯했다.

흰 셔츠를 입은 사람이 헌튼을 보고는 못마땅하다는 듯이 다가

왔다. 들소 같은 거한이었는데, 머리는 어깨 사이를 억지로 비집고 나온 듯했고 고혈압 때문인지 맥주를 너무 많이 마신 탓인지 콧잔등과 볼에는 핏줄이 솟아 있었다. 남자는 적당한 말을 찾으려고 애썼지만 한두 번 웅얼거릴 뿐이었고 결국 헌튼이 말을 잘랐다.

"사장님이신가요? 선생님이 가틀리 씨 맞습니까?"

"아뇨……, 아니, 저는 스태너라고 합니다. 감독이죠. 세상에, 이런……."

헌튼은 노트를 꺼냈다. "사고 현장을 좀 보여 주십시오. 스태너 씨. 당시 상황도 말씀해 주시고요."

스태너는 더욱 창백해졌다. 콧잔등과 볼의 얼룩은 태어날 때부터 있었던 모양이다. "꼬, 꼭 해야 하는 겁니까?"

헌튼이 미간을 찌푸렸다. "예, 그래야 할 것 같습니다. 전화로는 꽤 큰일이라고 하던데요."

"큰일이죠……." 스태너는 역겨움을 참느라 애쓰는 것 같았다. 잠시 동안 그의 목젖이 막대기에 매달린 원숭이처럼 오르내렸다. "프롤리 부인이 죽었습니다. 세상에, 사장님이 계셔야 했는데."

"일이 어떻게 된 겁니까?"

스태너가 말했다. "이쪽으로 와서 보시죠."

그는 헌튼을 이끌고 다림질하는 구역과 셔츠 접는 구역을 지나 세탁물 표시 기계 앞에 멈췄다. 그가 손으로 이마를 닦았다. "여기서부터는 혼자 보십시오, 경관님. 저는 다시 못 보겠습니다. 이걸 다시……, 도저히 못하겠습니다. 죄송합니다."

헌튼은 남자에게 약간 경멸감을 느끼며 기계 주위를 돌아보았다. 그들은 방만하게 세탁소를 운영했다. 어떻게든 돈을 안 쓰려고 했고, 대충 만든 파이프에 증기가 흘러나가게 내버려 두고, 적당한 안전장치도 없이 위험한 세탁용 화학 약품을 사용했다. 그리고 마침내 사람이 다쳤다. 죽었다. 그러고선 이제 와 못 보겠다고 한다. 그들은……

헌튼은 그 광경을 보고야 말았다.

기계는 아직도 돌아가고 있었다. 아무도 끄지 않았던 것이다. 나중에 기계의 명칭을 정확하게 알게 되었다. 해들리왓슨 다림질 및 접이 기계 6번 모델. 멍청하게도 긴 이름이었다. 이곳에서 수증기와 물에 흠뻑 젖어 가며 일하는 사람들이 부르는 이름이 그래도 조금 나았다. 사람들은 그 기계를 맹글러 '주름을 펴는 것' 이라는 뜻 라고 불렀다.

헌튼은 굳은 얼굴로 오랫동안 지켜보았다. 그리고 집행관으로 일한 지 14년 만에 처음하는 일을 했다. 그는 돌아서서 손가락을 입에 집어넣고, 토했다.

"잘 못 먹네?" 잭슨이 말했다.

여자들은 안에서 설거지를 하고 아이들을 돌봤고, 존 헌튼과 마크 잭슨은 마당의 바비큐 근처에 있는 의자에 앉아 있었다. 헌튼은 잭슨의 조심스러운 말에 가볍게 웃었다. 그는 아무것도 먹지 못했다.

"오늘은 참 안 좋은 사건이었어. 최악이었지."

"교통사고?"

"아니, 산업재해야."

"끔찍해?"

헌튼은 금방 대답하지 않았지만, 얼굴은 자기도 모르는 사이에 괴로움으로 찡그려졌다. 그는 둘 사이에 있는 상자에서 맥주를 꺼낸 다음, 따서는 단숨에 반을 마셔 버렸다. "자네 같은 대학교수는 세탁 공장에 대해서는 전혀 모르지?"

잭슨은 소리 내 웃었다. "거기는 잘 알지. 학부에 다닐 때 여름이면 세탁 공장에서 일하곤 했으니까."

"그럼 고속 다림질기라고 부르는 기계 알겠군?"

잭슨이 고개를 끄덕였다. "물론이지. 축축한 세탁물을 펼쳐 넣는 건데, 대부분 침대보나 식탁보를 주로 넣잖아. 아주 크고 긴. 그 기계 알지."

"맞아." 헌튼이 말했다. "블루 리본 세탁소라는 데서 아델 프롤리라는 여자가 거기에 꼈어. 바로 빨려 들어갔더라고."

잭슨이 갑자기 불편한 표정을 지었다. "하지만……, 그런 일은 일어날 수가 없어, 조니. 안전대가 있거든. 세탁물을 넣는 여자의 손이 사고로 꼈다면, 안전대가 올라오고 기계는 바로 멈추게 돼 있어. 적어도 내가 기억하기로는 그래."

헌튼이 고개를 끄덕였다. "주에서 정한 법은 그렇지. 하지만 사고는 일어났어."

헌튼이 눈을 감자 어둠 속에서 오후에 봤던 해들리왓슨 고속 다림질기가 다시 떠올랐다. 기다란 직사각형으로 생겼는데, 가로 2미터에 길이는 10미터 정도 돼 보였다. 투입구 끝에 천으로 된 벨트가 안전대 밑으로 조금 올라갔다가 다시 내려오면서 움직였다. 벨트를 통해서 반쯤 마른 구겨진 천을 끊임없이 넣으면 본체 안에 있는 실린더 열여섯 개가 그것들을 다리게 된 기계였다. 위로 여덟 개, 아래로 여덟 개씩 나누어진 실린더가 천을 너무 구운 빵 사이에 낀 햄처럼 밀어내는 것이다. 실린더 내부의 온도는 건조를 위해 150도 정도에 맞춰져 있다. 주름을 펴기 위해 벨트 위의 천에 가해지는 압력은 한 평당 10톤이 넘었다.

프롤리 부인이 사정이야 어찌 됐든 그 기계 안으로 끌려 들어간 것이다. 강철에 석면 덮개가 있는 압축 실린더는 창고에 쓰는 페인트처럼 붉은색이었고, 기계에서 뿜어지는 증기에는 역겨운 피냄새가 가득했다. 그녀가 입었던 흰 블라우스와 파란 바지, 심지어 브래지어와 팬티 조각까지 갈기갈기 찢긴 채 10미터 앞 기계의 반대쪽에 흩어져 있었다. 좀더 큰 옷감은 핏자국이 선명하게 남은 채 주름 하나 없이 펴져서 자동 접이 기계에 단정하게 접혀 있었다. 하지만 그것도 최악의 광경이라고 할 수는 없었다.

"모든 걸 다 접어 버리는 기계더군." 헌튼은 신물이 올라오는 것을 느끼며 잭슨에게 말했다. "사람은 천이 아니잖아, 마크. 내가 본 건……, 그러니까 남은 시첸데……." 운이 나빴던 감독 스태너처럼 그도 말을 끝낼 수가 없었다. "시체를 바구니에 담아서 내보냈다고 하더군." 그가 낮게 말했다.

잭슨이 '휴우' 하고 숨을 내쉬었다. "처벌은 누가 받는 거지? 세탁소야, 아니면 주 감독관이야?"

"아직은 모르겠어." 헌튼이 말했다. 끔찍한 영상이 아직도 눈앞에 어른거렸다. 맹글러가 쉭쉭 소리를 내며 쿵쿵 찧어 대고, 기다란 녹색 캐비닛을 타고 내린 피가 배수로를 따라 흐르고, 그녀가 타면서 나는 악취가……. "빌어먹을 안전대를 어떤 상황에서 누가 허가해 줬는지에 달렸지."

"만약 관리자 쪽 잘못이면, 어떻게 피해 갈 방법은 있고?"

헌튼은 웃음이 났다. "사람이 죽었어, 마크. 가틀리와 스태너가 고속 다림질기 관리에 소홀했다면 감옥에 가야 돼. 시 평의회에 있는 어느 누구랑 친분이 있더라도 안 돼."

"그 사람들이 관리를 소홀히 했다고 생각해?"

헌튼은 블루 리본 세탁소를 생각했다. 조명이 어둡고, 축축한 바닥은 미끄럽고, 기계들 중 몇 기는 믿을 수 없을 만큼 오래되고 낡았다. "그런 것 같아." 그가 조용히 말했다.

그들은 일어나서 함께 집으로 향했다. "어떻게 된 일인지 이야기 좀 해 줘, 존." 잭슨이 말했다. "왠지 관심이 가는걸."

맹글러에 대한 헌튼의 생각은 틀렸다. 기계는 아주 깨끗했다.

배심원 심리에 앞서 여섯 명의 주정부 조사관이 부품 하나하나까지 자세하게 조사했지만, 결과는 아무것도 없었다. 배심원들의 심리 결과는 사고사였다.

어안이 벙벙해진 헌튼은 증언이 있은 후에 조사관 중의 한 명이었던 로저 마틴을 붙잡고 물어보았다. 키가 크고 위스키 잔 바닥만큼 두꺼운 안경을 쓴 마틴은 물을 마시던 참이었다. 그는 헌튼의 질문에 대해 볼펜을 만지작거리며 안절부절못했다.

"아무것도 없다고요? 기계는 완전히 깨끗했단 말입니까?"

"아무것도 없었습니다." 마틴이 말했다. "물론, 안전대가 주된 관심사였죠. 규정에 맞게 완벽하게 작동했어요. 질리언 부인의 증언 들으셨죠? 프롤리 부인은 손을 너무 깊이 밀어 넣었던 것 같아요. 아무도 본 사람은 없습니다. 다들 자기 일에 매달려 있었으니까요. 그녀가 비명을 질렀죠. 손은 이미 잘려 나간 상태였고, 팔이 기계 속으로 빨려 들어가고 있었습니다.

사람들은 기계를 끄는 대신 그녀를 당겨 내리려고 했습니다. 모두들 제정신이 아니었어요. 키니 부인이라는 또 다른 여인은, 자기가 기계를 꺼 보려고 했다고 했죠. 하지만 정신이 없는 상황에서 정지 버튼 대신 작동 버튼을 눌렀을 가능성이 있습니다. 어쨌든 그때는 너무 늦어 버리기는 했지만요."

"그렇다면 안전대가 작동하지 않았다는 말 아닙니까?" 헌튼이 단조로운 투로 말했다. "손을 안전대 아래가 아니라 위로 넣은 것이라면 말입니다."

"그건 불가능합니다. 안전대 위에는 스테인리스로 된 외장재가 붙어 있으니까요. 안전대 자체는 작동을 했어요. 기계 본체와 연결되어 있기 때문에, 안전대에 문제가 있다면 기계도 멈췄을 겁니다."

"그렇다면 도대체 어떻게 그런 사고가 생긴 겁니까?"

"모르겠어요. 저와 제 동료들은 프롤리 부인이 고속 다림질기에 끼어서 사고를 당하려면 위로부터 떨어져서 들어가는 수밖에 없다고 생각하는데, 사고가 났을 때 그녀는 분명 두 발을 땅에 붙이고 있었단 말입니다. 거기에 대해서는 증인이 수십 명 있어요."

"지금 불가능한 사고가 있었다고 말씀하시는 겁니까?"

"아뇨, 이해할 수 없는 사고죠." 그가 잠시 말을 멈추더니, 망설이다가 계속했다. "한 가지 알려 드리죠, 헌튼 씨. 이 사건에 꽤 관심이 많으신 것 같으니까요. 만일 다른 사람한테 이야기하면 저는 그 내용을 모르는 걸로 하겠습니다. 어쨌든, 저는 그 기계가 싫어요. 그러니까 마치……, 우리를 조롱하듯이 보이더란 말입니

160

다. 지난 5년 동안 정기적으로 고속 다림질기를 열두 대 정도 검사했죠. 그중 몇 대는 상태가 어찌나 안 좋은지, 불안해서 주변에 강아지도 못 풀어 놓을 정돕니다. 주 정부 규정이 그렇게 허술해요. 하지만 그런 상태라고 해도 어쨌든 기계일 뿐이죠. 하지만 이번 기계는……, 유령이에요. 이유는 모르겠지만, 그렇습니다. 한 가지라도 기술적인 문제를 발견했더라면 폐기 처분하라고 요청했을 겁니다. 이상하죠? 그렇지 않습니까?"

"저도 비슷하게 느꼈습니다." 헌튼이 말했다.

"2년 전 밀턴에서 있었던 사고를 말씀드리죠." 조사관이 계속 이야기했다. 그는 안경을 벗어서 조끼에 대고 천천히 닦았다. "한 남자가 오래된 아이스박스를 뒷마당에 뒀답니다. 어떤 여자가 우리한테 전화를 해서는 자기 집 개가 박스 안에 갇혀서 질식했다는 거예요. 우리는 경찰에 연락해서 박스를 쓰레기 하치장으로 보내게 했죠. 남자는 괜찮은 사람이었는데, 개 일은 안됐죠. 남자는 박스를 자기 픽업에 실어서 다음 날 아침 하치장에 보냈습니다. 그런데 그날 오후에 이웃에 사는 여인이 자기 아들이 실종됐다고 신고를 했어요."

"저런." 헌튼이 말했다.

"아이스박스는 하치장에 그대로 있었고, 안에서 소년이 발견됐습니다. 죽었죠. 어머니 말을 들어 보면 똑똑한 아이였다고 하더군요. 낯선 사람 차를 얻어 타면 탔지, 빈 아이스박스에 들어갈 아이는 아니라고 했어요. 어쨌든 소년은 박스에 들어갔습니다. 우리는 그렇게 보고를 했고. 사건이 종결됐을까요?"

"그랬겠죠." 헌튼이 말했다.

"아닙니다. 다음 날. 쓰레기 치우는 사람이 물건을 해체하려고 갔죠. 공공 쓰레기 하치장 관리에 관한 조례 58조에 따른 조치였습니다." 마틴은 무표정한 얼굴로 그를 쳐다봤다. "박스 안에 새 여섯 마리가 죽어 있었습니다. 갈매기와 제비, 종달새였죠. 인부의 말에 따르면, 아이스박스의 문은 단단히 닫혀 있었다더군요, 있는 힘을 다해서 겨우 열 수 있었다고요. 블루 리본에 있는 맹글러도 비슷한 느낌입니다. 헌튼 씨. 마음에 안 들어요."

텅 빈 심리실에서 두 사람은 아무 말 없이 서로를 쳐다보았다. 여섯 블록 떨어진 곳에서는 해들리왓슨 다림질 및 접이 기계 6번 모델이 정신없이 돌아가는 세탁소 한복판에서 천 위로 증기를 내뿜고 있었다.

고만고만한 경찰 일에 쫓겨 다니는 일주일 동안 그 사건은 잊어버리고 있었다. 맥주 마시며 게임이나 하러 마크 잭슨의 집에 들렀을 때 그 사건이 다시 화제가 되었다.

잭슨의 인사말이 시작이었다. "나한테 이야기했던 그 세탁소 기계에 귀신이 든 거라는 생각은 안 드나, 존?"

헌튼은 무슨 말인지 알 수가 없어서 눈만 깜빡거릴 뿐이었다. "무슨 소리야?"

"블루 리본 세탁소의 고속 다림질기 말이야, 이번에는 신고가 안 들어왔나 보지?"

"무슨 신고?" 헌튼이 물었다. 관심이 생기기 시작했다.

잭슨이 석간신문을 넘겨주며 2면 하단의 기사를 가리켰다. 기사에 따르면 블루 리본 세탁소의 고속 다림질기에 있는 증기 파이프가 터져서 일하던 여성 여섯 명 중 세 명이 사망했다고 했다. 사고는 오후 3시 45분경에 일어났고, 원인은 세탁소 보일러의 압력이 높아졌기 때문이라고 전했다. 여인들 중 한 명, 바로 아네트 질리언 부인이 현재 시립 병원에서 2도 화상으로 입원해 있었다.

"재미있는 우연의 일치군." 그가 말했다. 그때, 텅 빈 심리실에서 마틴 조사관과 주고받았던 대화가 갑자기 생각났다.

귀신이 들렸다고……. 버려진 아이스박스에 갇힌 개와 소년과 새도 생각났다.

그날 저녁엔 카드 게임이 유난히 안 풀렸다.

헌튼이 4인용 병실에 들어섰을 때, 질리언 부인은 한쪽 팔에서 목까지 붕대를 감은 채 침대에 앉아 《스크린 시크릿》을 읽는 중이었다. 방 안의 다른 환자인 창백한 얼굴의 젊은 여인은 자고 있었다.

질리언 부인은 푸른색 제복을 보고 눈을 깜빡이다가 조금 어색하게 웃어 보였다. "체르니코프 부인을 만나러 오신 거라면 나중에 다시 오셔야 될 거예요. 방금 약을 주는 것 같던데."

"아닙니다. 부인을 뵈러 온 겁니다. 질리언 부인." 그녀의 얼굴에서 미소가 가시는 듯했다. "저는 비공식적으로 온 겁니다. 그러니까 세탁소에서 일어난 사고에 관심이 있어서요. 존 헌튼이라고 합니다." 그가 손을 내밀었다.

제대로 이야기한 것 같았다. 질리언 부인이 다시 밝게 웃으며 다치지 않은 손으로 엉거주춤하게 그의 손을 잡았다. "뭐든 말씀드리죠, 헌튼 씨. 세상에, 우리 앤디가 요즘 학교에서 또 문제를 일으켰나 했지요."

"도대체 어떻게 된 겁니까?"

"천을 넣는데 갑자기 다림질기가 폭발한 거예요. 적어도 그렇게 보였답니다. 저는 집에 가서 개 데리고 산책이나 할까 생각하는데, 갑자기 '꽝' 하는 소리가 들렸어요. 폭탄처럼 말입니다. 온 천지에 김이 가득하고 또 쉭쉭거리는 그 소리……, 끔찍했어요." 그녀의 미소가 가늘게 떨리다가 거의 사라졌다. "마치 다림질 기계가 숨을 쉬는 것 같았어요. 용처럼 말이에요. 알베르타, 그러니까 알베르타 키니가 뭔가 폭발한다고 소리쳤고 나머지 사람들은 모두 비명을 지르며 도망쳤죠. 그리고 지니 제이슨이 자기 몸에 불이 붙었다고 소리쳤어요. 저는 도망가다 넘어졌고요. 그때까지도 그렇게 상황이 나쁜 줄 몰랐어요. 세상에, 알고 보니 그보다 더 나쁜 상황도 없더군요. 마구 뿜어져 나오는 증기가 150도였어요."

"신문에서는 증기가 지나다니는 관이 터졌다고 하던데요. 그게 무슨 말입니까?"

"위쪽에 있는 파이프가 기계로 들어가는 좀더 유연한 관을 건드린 거죠. 조지, 그러니까 스태너 씨가 말하기로, 보일러나 그런 데서 증기가 급격하게 몰려왔던 것 같대요. 관이 완전히 갈라져서 벌어질 정도였으니까."

더 이상 물어볼 말이 생각나지 않았다. 헌튼이 자리에서 일어나려 할 때, 질리언 부인이 생각에 잠긴 듯이 입을 열었다.

"전에는 그 기계에서 이런 일이 없었어요. 모두 최근의 일입니다. 증기관 폭발이오. 그 끔찍한, 프롤리 부인의 끔찍한 사고가 있었죠. 그녀에게 신의 가호가 있기를. 그 외에 작은 사고들도 있었어요. 에시의 드레스가 체인에 낀 적이 있는데, 바로 찢어 내지 않았다면 위험했을 거예요. 나사가 빠진 적도 있어요. 허브 디멘트가, 이 사람이 세탁기 정비 담당인데, 고치느라고 애먹었죠. 투입구에 천이 걸리기도 했어요. 조지는 표백제를 너무 많이 써서 그렇다고 했지만, 전에는 그런 일이 없었거든요. 이제 직원들도 거기서 일하기를 싫어해요. 이시는 아직 아델 프롤리의 몸 일부가 기계 안에 남아서, 함부로 건드리면 안 되는 거라고까지 이야기할 정돕니다. 저주가 서려 있다는 거예요. 이게 다 셰리가 꺾쇠에 손을 벤 다음부터 생긴 일이에요."

"셰리라고요?" 헌튼이 물었다.

"셰리 울레트라고 있어요. 아주 예쁜 앤데, 막 고등학교를 졸업했죠. 일도 잘했지만, 조금 둔한 구석이 있어서. 젊은애들이 어떤지 아시잖아요?"

"그 친구가 손을 베었습니까?"

"뭐 그게 그렇게 이상한 일은 아니에요. 투입구에 벨트를 단단하게 조여 주는 꺾쇠가 있거든요. 무거운 천을 넣을 때는 셰리가 거기에 맞춰서 적당하게 조절해 주는데, 아마 남자 생각이라도 했던 모양이에요. 손을 베어서는 온 천지에 피를 흘리고 다녔죠." 질리언 부인은 의아하다는 표정을 지었다. "그 일이 있고 나서부터 나사들이 하나 둘씩 빠지기 시작하는 거예요. 아델은……, 아시겠지만……, 일주일쯤 지나서 사고를 당한 겁니다. 마치 기계가 피 맛을 보고 나서 피를 좋아하게 된 것처럼 말입니다. 여자들이 참 황당한 생각을 하죠, 힌튼 씨?"

"헌튼입니다." 그는 여인의 머리 위 텅 빈 공간을 멍하니 쳐다 보며 말했다.

공교롭게도 두 집의 중간쯤에 있는 동전 세탁소에서 다시 마크 잭슨을 만났다. 경찰과 영문과 교수가 관심사를 나누기에는 그만 한 장소도 없었다.

그들은 볼품없는 플라스틱 의자에 나란히 앉았고, 앞에 있는 동전 세탁기 안에서는 옷가지들이 빙글빙글 돌아갔다. 잭슨이 질 리언 부인에 관한 이야기를 듣는 동안 그가 들고 온 밀턴 선집은 한쪽 옆에 내팽개쳐져 있었다.

헌튼이 이야기를 마치자 잭슨이 말했다. "전에 맹글러에 귀신 이 씐 게 아니냐고 물어본 적이 있었지. 그때는 반쯤은 농담이었 는데 말이야. 지금 다시 한번 물어보게 되는군."

"아니." 헌튼이 불편한 듯이 대답했다. "바보 같은 생각이야."

잭슨은 생각에 잠겨서 돌아가는 옷가지들을 쳐다보았다. "귀신 들렸다는 말은 좋은 말이 아닌 것 같군. 영혼이 깃들였다고 하지. 사악한 기운을 내쫓는 주문만큼이나 불어넣는 주문도 많다네. 프 레이저의 『황금가지』에는 그런 주문들이 가득해. 드루이드나 아 스텍에 관한 책을 봐도 마찬가지지. 이집트 시대까지 거슬러 올 라가는 오래된 주문들도 있고 말이야. 그런데 그 주문들이 전부 놀랄 만큼 평범한 것들이었어. 제일 흔한 것은 물론 처녀의 피였 지." 그가 헌튼을 쳐다봤다. "질리언 부인이 셰리 울레트가 피를 흘린 다음부터 사건이 벌어지기 시작했다고 했지?"

"에이, 그만해." 헌튼이 말했다.

"그 여자 말이 아주 전형적이라는 건 인정해야지." 잭슨이 말했다.

"지금 당장 그 집에 가 봐야겠군." 헌튼이 가볍게 웃으며 말했다. "가서 알아봐야지. '울레트 양, 존 헌튼 경관입니다. 사악한 기운이 깃들인 다림질기에 대해서 조사하고 있는데요, 당신이 처녀인지 아닌지를 좀 알아야겠습니다.' 아마 샌드라와 아이들한테 작별인사도 못하고 정신병원에 실려가지 않을까?"

"그런 비슷한 말을 해야 하는 상황이 올 거라고 봐." 잭슨은 진지한 표정으로 말했다. "나는 심각하네, 존. 그 기계 때문에 너무 무섭다고, 아직 본 적도 없는 그 기계 때문에 말이야."

"말이 나왔으니까 이야긴데." 헌튼이 말했다. "자네가 말하는 그 흔한 주문들에는 또 어떤 게 있나?"

잭슨이 어깨를 으쓱거렸다. "연구를 좀더 해 봐야겠지만, 대부분의 앵글로색슨 마법 공식은 무덤가의 흙이나 두꺼비 눈 같은 걸 언급하지. 유럽에서는 영광의 손 교수형당한 죄인의 왼손(오른손이라는 설도 있다)을 잘라 의식을 베푼 후, 촛대로 사용한 것 이 자주 나오는데, 죽은 사람의 실제 손일 수도 있고, 악마의 연회와 관련되어 등장하는 환영을 말하는 것일 수도 있어. 일반적으로는 벨라도나나 시로시빈 둘 다 환각 효과가 있는 식물의 일종 을 먹은 후에 보이는 환영이었겠지. 다른 것들도 있어."

"그래, 자네가 보기에는 그런 것들이 블루 리본에 있는 다림질기에 있단 말이지? 세상에, 마크. 주변 800킬로미터 안에서는 벨라도나를 찾아볼 수가 없다는 데 내기를 걸지. 아니면 어떤 나쁜 놈들이 사형수의 손을 가지고 다니다가 투입구에 떨어뜨린 거라고 생각하는 건가?"

"원숭이 700마리가 700년 동안 타자를 치다 보면?"

"그중 하나는 셰익스피어 작품이 나온단 말이지." 헌튼은 빈정대듯이 말했다. "그만하게. 상점에 가서 섬유 유연제나 사 와."

조지 스태너가 맹글러에서 팔을 잃은 사건은 어떻게 보면 조금 어이가 없었다.

월요일 아침 7시, 세탁소에는 스태너와 기계 관리인 허브 디멘트밖에 없었다. 두 사람은 7시 30분에 세탁소의 일과가 시작되기 전에 일 년에 두 번 하는 맹글러의 베어링에 기름칠하는 일을 하고 있었다. 뒤쪽 끝에서 디멘트가 최근에 이 기계 때문에 기분이 안 좋다고 생각하면서 기름칠을 하고 있을 때, 갑자기 기계가 움직이기 시작했다.

아래쪽에 있는 모터에 다가가려고 천으로 된 네 개의 배출구 벨트를 잡고 있는데, 갑자기 벨트가 디멘트의 손을 빨아들였다. 손바닥이 찢기고 몸이 끌려 들어갔다.

벨트에 손이 완전히 빨려 들어가기 직전에 그가 토할 듯이 신음하며 팔을 빼냈다.

"세상에, 조지!" 디멘트가 소리쳤다. "이 빌어먹을 기계 좀 꺼요."

그때 조지 스태너가 비명을 질렀다.

아주 높게 울부짖는, 피에 물든 소리가 세탁소를 채웠고, 세탁 기계의 강철 표면에, 으르렁거리는 증기 프레스의 투입구에, 공업용 건조기의 텅 빈 눈에도 울렸다. 스태너는 크게 숨을 들이켜고 나서 다시 소리를 질렀다. "세상에, 내가 끼었어, 내가 끼었어……."

롤러에서 증기가 솟아오르기 시작했다. 섬유를 접는 기계도 씩씩 소리를 내며 움직였다. 베어링과 모터는 자신들만의 숨겨진 생명으로 울부짖는 것 같았다.

디멘트는 기계 반대편으로 내달렸다.

첫 번째 롤러는 이미 붉은색으로 변해 있었다. 디멘트는 목에서부터 올라오는 신음을 토했다. 맹글러는 씩씩거리며 계속 울부짖는 소리를 냈다.

귀가 먹은 사람이 이 광경을 봤다면 스태너가 그냥 조금 엉뚱한 자세로 기계에 몸을 구부리고 있는 것으로 생각했을지도 모른다. 하지만 귀가 먹은 사람이라고 하더라도 눈이 튀어나올 것만 같은 표정의 창백한 그의 얼굴과 비명으로 뒤틀린 입은 볼 수 있을 것이다. 안전대 밑으로 빨려 들어간 팔은 이미 첫 번째 롤러에 끼어 사라지고 없었다. 입고 있던 셔츠는 어깨 봉합선에서 틀어졌고, 피가 계속 흐르는 팔뚝은 괴기하게 벌어졌다.

"꺼!" 스태너가 소리쳤다. 팔꿈치가 부러지면서 그의 목소리가 꺾였다.

디멘트가 단추를 눌렀다.

맹글러는 계속 소리를 내며 돌았다.

믿을 수가 없었다. 그는 버튼을 주먹으로 내리치고 또 쳤다. 아무 일도 일어나지 않았다. 스태너의 팔이 빛을 받으며 팽팽해졌다가 롤이 누르는 압력을 못 견디고 이내 터지고 말았다. 아직 스태너는 의식을 잃지 않고 계속 비명을 질러 댔다. 디멘트의 악몽에 등장했던 모습, 증기 롤러에 눌려서 그림자만 남은 채 평평하게 눌려 버린 사람의 모습이 생각났다.

"퓨즈……." 스태너가 외마디 소리를 냈다. 몸이 앞으로 끌리면서 머리가 처졌다.

디멘트는 몸을 돌리고는 보일러실을 향해 달렸고, 스태너의 비명이 미친 귀신처럼 그를 뒤따랐다. 자욱한 수증기와 함께 피 냄새가 진동했다.

왼쪽 벽에 세탁소 전기를 연결하는 모든 퓨즈가 든 회색 상자가 있었다. 박스를 힘껏 당겨 연 디멘트는 긴 실린더처럼 생긴 퓨즈를 미친 사람처럼 당겨서 어깨 뒤로 뽑아 버렸다. 천장의 불이 나가고, 다음엔 공기 압축기, 마지막으로 보일러실 전체의 전원이 죽음의 신음소리를 내며 나갔다.

그래도 맹글러는 계속 돌았다. 스태너의 비명은 이제 거품을 문 신음으로 잦아들었다.

스태너의 눈에 소화전에 들어 있는 도끼가 들어왔다. 그는 홀쩍이며 그 물건을 집어 들고는 뒤돌아 달렸다. 스태너의 팔은 이미 어깨 부근까지 없어진 상태였다. 몇 초만 지나면 그의 구부러진 목이 안전판 밑으로 들어갈 판이었다.

"못 해." 디멘트가 도끼를 든 채 더듬거렸다. "오, 하느님, 조지, 난 못 해, 난 못 해. 난……."

기계는 이제 도살장이나 다름없었다. 섬유 접는 부분에서는 찢어진 옷가지와 살점, 손가락이 튀어나왔다. 스태너는 단말마와 같은 큰 비명을 내질렀고, 디멘트는 도끼를 들어 올렸다가 그늘진 세탁소의 희미한 어둠을 향해 내리쳤다. 두 번. 거듭해서.

스태너가 쓰러졌고, 파랗게 질린 채 완전히 의식을 잃어버린 그의 어깨 아래 절단된 부위에서 피가 쏟아졌다. 맹글러는 자기에게 떨어진 살덩어리를 마저 빨아들이고는……, 그제야 멎었다.

디멘트는 훌쩍이면서 벨트를 풀어 지혈대를 만들기 시작했다.

헌튼은 조사관 로저 마틴과 전화로 이야기했다. 잭슨은 세 살 난 패티 헌튼에게 이리저리 공을 굴려 주면서, 전화하는 헌튼을 지켜봤다.

"퓨즈를 다 뽑았다고요?" 헌튼이 물었다. "그런데 정지 버튼이 말을 듣지 않았다는 거죠, 예? 다림질기는 폐쇄했죠? ……예. 좋습니다. 좋아요. 예? ……아뇨, 공식적인 것은 아닙니다." 헌튼이 인상을 찌푸리더니 잭슨을 흘긋 봤다. "아이스박스 이야기를 생각하고 계십니까, 로저 씨? ……예. 저도 마찬가집니다. 그만 들어가세요."

그는 전화를 끊고 잭슨을 쳐다봤다. "가서 그 여자를 한번 만나 보세, 마크."

그녀는 자기 아파트가 따로 있었다(조금 망설이는 듯하다가 이쪽에서 용건을 밝힌 다음에야 과시하듯 안내하는 모습을 보고 헌튼은 산 지 얼마 안 된 집일 거라고 짐작했다). 그녀는 세심하게 장식하고 엽서를 여기저기 붙인 거실에 불안한 자세로 그들과 마주 앉았다.

"저는 헌튼 경관이라고 하고, 이쪽은 제 동료인 잭슨입니다. 세탁소에서 있었던 사고에 관해 물어볼 게 있어서요." 그는 이 어둡고 수줍음 많은 예쁜 아가씨를 상대하는 게 너무나도 불편했다.

"끔찍했어요." 셰리 울레트가 우물거리며 말했다. "제가 처음 일한 곳이에요. 가틀리 씨가 제 삼촌이거든요. 그 때문에 이 집이랑 친구들을 가질 수 있었기에 참 좋아했어요. 하지만 지금은……, 너무 무시무시해요."

"연방 안전 위원회가 철저한 조사를 위해 다림질기를 폐쇄했습니다." 헌튼이 말했다. "알고 계셨나요?"

"물론이죠." 그녀가 불안한 듯 한숨을 내쉬었다. "앞으로 어떻게 해야 할지 잘 모르겠어요……."

"울레트 양." 잭슨이 끼어들었다. "다림질기에서 사고를 당한 적이 있죠? 손을 베었다고 하던데, 제가 듣기로는 말입니다."

"예, 손가락을 베었어요." 갑자기 그녀의 얼굴이 어두워졌다. "그게 시작이었죠." 그녀가 두려운 듯이 그들을 쳐다봤다. "때론 동료들이 저를 예전만큼 좋아하지 않는 것 같아요……. 마치 제 잘못으로 일이 이렇게 됐다고 생각하는 것 같아요."

"조금 불편한 질문이 될지도 모르겠습니다만." 잭슨이 천천히 말했다. "기분이 나쁠 수도 있어요. 아주 개인적인 질문이고 이 사건과 별 관계가 없는 것으로 들릴 수도 있지만, 제 생각에는 관계가 없다고만 할 수도 없습니다. 대답을 기록하거나 하지는 않겠습니다."

그녀는 두려워하는 것 같았다. "제, 제가 무슨 잘못을 한 건가요?"

잭슨은 웃으며 고개를 가로저었다. 그녀도 조금은 마음을 놓는 것 같았다. '고맙네, 마크.' 헌튼은 생각했다.

"한마디 덧붙이자면, 대답 여하에 따라서 이 멋진 집에서 계속 살면서 일자리도 다시 찾을 수가 있어요. 예전처럼 세탁소에서 다시 일할 수 있게 되는 거죠."

"그렇다면 어떤 질문에도 대답할 수 있어요."

"셰리 양, 아직 처녀이신가요?"

그녀는 갑자기 어안이 벙벙해졌다. 방금 성찬식을 거행했던 신부님이 갑자기 돌변해서 한 대 내리친 것 같은 충격이었다. 잠시 후 그녀는 고개를 들고, 깔끔하게 정리된 아파트를 가리키는 시늉을 했다. 그곳이 갑자기 언약의 장소가 되어 버린 것을 믿을 수 없다는 듯한 동작이었다.

"남편 될 사람을 위해서 아직 간직하고 있습니다." 그녀는 간결하게 대답했다.

헌튼과 잭슨은 말없이 서로를 쳐다봤다. 짧은 시간이었지만, 헌튼은 모든 것이 사실이라는 것을 알았다. 생명이 없던 맹글러의 철판과 톱니바퀴, 기어에 악마가 들어가서는 기계에 그 자신만의 생명을 넣어 준 것이다.

"감사합니다." 잭슨이 차분하게 말했다.

"이제 어떡하지?" 차를 타고 돌아오면서 헌튼이 씁쓸한 투로 물었다. "귀신을 쫓을 성직자라도 불러와야 되는 건가?"

잭슨은 콧방귀를 뀌었다. "정신병자들이랑 통화하면서 자네한테는 쓸데없는 계약서나 읽어 보라고 하는 인간들뿐이야. 우리가 직접 나서야 해, 존."

"우리가 할 수 있을까?"

"모르지. 문제는 뭐냐 하면 말이야, 우리는 맹글러 안에 뭔가 있다는 것은 알지만, 그게 정확히 뭔지는 모른다는 거야." 헌튼은 한기를 느꼈다. 마치 살점 없는 손가락이 와 닿는 느낌이었다. "악마에는 여러 가지가 있지. 지금 우리가 이야기하는 게 부바스티스고대 이집트의 여신일까, 아니면 판상반신은 사람의 모습이고 염소의 다리와 뿔을 가진, 그리스 신화의 목신일까? 혹시 바알고대 시리아 셈 족 고유의 남신이나 우리가 사탄이라고 부르는 기독교의 악령일지도 모르지. 우리는 몰라. 만일 악마가 의도적으로 들어선 거라면 사정이 좀 낫겠지만, 이번 사건은 그냥 무작위로 깃든 것 같아."

잭슨이 머리를 쓸어 올렸다. "처녀의 피란 말이지, 좋아. 하지만 그렇다고 해서 범위가 좁아지는 건 아냐. 확실해야 해, 확실해야 한다고."

"왜?" 헌튼이 무뚝뚝하게 물었다. "여러 가지 귀신 쫓는 주문을 갖고 와서 하나씩 해 보는 건 어때?"

잭슨의 표정이 싸늘하게 변했다. "이건 무슨 도둑잡기 게임이 아냐, 존. 이런, 그렇게 쉽게 생각하지 마. 귀신 쫓는 의식은 대단히 위험한 일이야. 어떻게 보면 정밀하게 조절해야 하는 핵실험 같은 거라고. 자칫 실수하면 우리도 가는 거야. 악마는 그 기계 안에 갇혀 있어. 하지만 일단 기회를 한번 줘 보면……."

"밖으로 나오는 건가?"

"몹시 나오고 싶어할 거야." 잭슨이 음침한 목소리로 말했다. "그리고 인간들을 죽이려 하겠지."

다음 날 저녁 잭슨이 들렀을 때, 헌튼은 아내와 딸을 영화관에 보내 놓은 상태였다. 거실에는 둘밖에 없었는데, 헌튼은 그 점이 좀 안심되기는 했다. 아직도 그는 자기가 빠져 든 이 사건을 믿을 수가 없었다.

"수업을 취소했지." 잭슨이 말했다. "자네가 본 적도 없는 괴상한 책들을 읽었어. 오늘 오후에만 악마를 부르는 주문을 한 서른 개 정도 살펴본 것 같아. 공통적인 요소를 몇 개 찾아봤는데, 수가 의외로 적더군."

그는 헌튼에게 목록을 보여 주었다. 처녀의 피, 무덤가의 흙, 영광의 손, 박쥐의 피, 밤 이끼, 말발굽, 두꺼비 눈.

그 밖에 제2요소로 분류된 대상들이 몇 개 더 있었다.

"말발굽이라." 헌튼이 생각에 잠긴 듯이 말했다. "재미있군……."

"아주 평범한 물건이지. 사실……."

"이런 대상들은, 그러니까 여기 적힌 것들 말이야, 폭넓게 해석해도 되는 건가?" 헌튼이 끼어들었다.

"밤에 비슷한 지의류를 발견하면 그걸 밤 이끼로 해석해도 되냐는 거지? 예를 들면?"

"그렇지."

"그럴 가능성이 있어." 잭슨이 말했다. "마법의 주문은 종종 모호하고 유연하게 적용되거든. 마법은 항상 창의적인 요소가 들어갈 여지를 남겨 두는 법이니까."

"말발굽 대신에 젤리 과자는 어때." 헌튼이 말했다. "요즘 도시락에 그걸 넣어 다니는 사람이 많잖아. 프롤리 부인 사고가 있던 날 다림질기 밑에 젤리 과자 포장이 떨어져 있는 걸 봤거든. 젤라틴이 원래 말발굽으로 만드는 거잖아."

잭슨이 고개를 끄덕였다. "뭐 다른 건 없었나?"

"박쥐 피라……, 글쎄, 꽤 큰 장소라서. 불이 안 들어오는 쪽에 구석진 곳이나 갈라진 틈이 꽤 많았으니까. 박쥐가 있을 것 같기도 해, 뭐 관리자들 입장에서는 인정하지 않겠지만 말이야. 그중 한 마리가 맹글러에 끼었을 수도 있지."

잭슨이 머리를 뒤로 젖히더니 갑자기 충혈된 눈을 들었다.

"맞아……. 말이 되네."

"그래?"

"어. 영광의 손은 일단 젖혀도 될 것 같아. 내 생각은 그래. 프롤리 부인이 죽기 전에 누가 손을 먼저 떨어뜨려 놓지는 않았을 테니까. 또 벨라도나도 이 근방에서는 찾기 힘들겠지."

"무덤가의 흙은?"

"어떻게 생각해?"

"그랬다면 정말 우연의 일치겠지." 헌튼이 말했다. "가장 가까운 묘지는 플레전트 힐인데, 블루 리본에서는 8킬로미터쯤 떨어져 있으니까."

"좋아." 잭슨이 말했다. "아는 컴퓨터 전문가가 한 명 있는데 말이야(이 친구는 내가 핼러윈 파티 준비를 하는 걸로 알지), 이 친구가 목록에 있는 제1요소와 제2요소를 조합하는 걸 도와줬어. 그 결과 중에서 아무 의미 없는 조합 열 몇 개를 버리고 나니까, 나머지는 아주 분명히 구분이 되더군. 우리가 방금 맞춰 본 게 그중에 있어."

"그게 뭐지?"

잭슨이 미소 지었다. "쉬운 거야. 남미에 있는 신환데, 카리브 해 연안에도 비슷한 게 있어. 부두교랑 관련 있는 것 같기도 하고. 내가 본 책에서는 이런 작은 귀신들은 악마의 안식제나 '이름 지을 수 없는 이(He-Who-Can-Not-Be-Named)' 같은 제대로 된 악령에 비해서는 비중이 그리 크지 않은 것으로 다루고 있더군. 기계 안에 있는 귀신도 아마 동네 양아치처럼 내뺄 거야."

"어떻게 하면 되는데?"

"성수와 약간의 성찬이 필요해. 그걸 갖다 놓고 「레위기」에 나오는 구절을 읽으면 돼. 엄격히 그리스도교적인, 선의의 마법이라고 할 수 있지."

"더 나빠지지 않는 건 확실하지?"

"어떻게 될지는 몰라." 잭슨이 생각에 잠긴 듯 말했다. "그 영광의 손이 걸리기는 해. 그건 진짜 사악한 주문이거든. 마법의 힘도 아주 강하고."

"그건 성수로도 막을 수가 없는 건가?"

"영광의 손으로 불러낸 악령은 성서도 밥 먹듯이 해치운다는 설이 있어. 그런 일이 생기면 정말 우리도 큰일 나는 거지. 하지만 그건 제쳐 둬도 될 것 같아."

"좋아, 아무튼 확실한 거지?"

"아니, 그래도 어느 정도 분명하기는 해. 모든 것이 너무 잘 맞아떨어지니까."

"언제 할까?"

"빠를수록 좋아." 잭슨이 말했다. "근데 어떻게 들어가지? 창문을 깨고 가나?"

헌튼은 웃으며 주머니에서 열쇠를 꺼내 잭슨의 얼굴 앞에 흔들어보였다.

"어디서 난 거야? 가틀리 씨한테서 받은 건가?"

"아니." 헌튼이 말했다. "마틴이라는 연방 조사원."

"그 사람도 우리 계획을 알고 있어?"

"대충 짐작은 하는 것 같아. 몇 주 전에 재미있는 이야기를 해 주더라고."

"맹글러에 대해서?"

"아니." 헌튼이 말했다. "아이스박스 이야기였어. 그만 가 보지."

아델 프롤리는 결국 죽었다. 장의사가 끈기를 가지고 꿰맨 시신이 관 안에 누워 있었다. 하지만 그녀의 영혼 중 일부는 아마도 기계 안에 남았을지도 모른다. 만약 정말로 영혼이 남아 있었으면 소리를 질렀을 것이다. 그리고 모든 것을 알게 된 그녀는 사람들에게 경고를 했을 것이다. 소화 불량에 시달리던 그녀는 젤리 형태의 위장약을 복용했다. 아무 약국에서나 79센트에 쉽게 구할 수 있는 약이었다. 포장지 측면에는 경고 문구가 적혀 있었다. 활성 성분이 상태를 악화시킬 수 있기 때문에 녹내장이 있는 환자는 복용을 삼가라는 내용이었다. 불행하게도, 아델 프롤리는 녹내장이 없었다. 어쩌면 그녀는, 셰리 울레트가 손가락을 다치기 며칠 전에, 자신의 위장약을 통째로 맹글러 옆에 떨어뜨린 일은 기억하고 있었는지도 몰랐다. 어쨌든 지금 그녀는 죽었고, 소화 불량에 시달리던 속을 달래 주던 그 활성 성분이 벨라도나에서 추출한 성분으로 제조되었다는 사실까지는 몰랐다. 유럽 몇몇 나라에서 영광의 손과 같은 것으로 여겨지는 그 약초로.

블루 리본 세탁소의 유령이 나올 것만 같은 적막 속에서 갑자기 뭔가 퍼덕이는 소리가 들렸다. 박쥐가 다림질기 위의 절연재에 새로 마련한 보금자리로 들어가려고 눈먼 얼굴로 날개를 움직여 댔다.

마른기침 같은 소리였다.

맹글러가 갑자기 삐걱거리며 움직였다……. 어둠 속에서 벨트가 움직이고 톱니바퀴의 이가 맞물리며 돌았다. 무거운 분쇄기가 달린 롤러도 계속 돌아갔다.

놈은 그들을 맞이할 준비를 하고 있었다.

헌튼이 주차장에 차를 댔을 때는 자정을 조금 넘긴 시각이었고 달은 움직이는 구름에 가려 있었다. 그는 브레이크를 밟으며 라이트를 끄는 것을 한 동작에 끝냈다. 하마터면 잭슨이 이마를 대시보드에 부딪힐 뻔했다.

시동을 끄고 나니 쿵쿵 내려찧는 소리가 더 크게 들렸다. "맹글러야." 헌튼이 천천히 말했다. "맹글러가 저절로 돌아가고 있는 거야, 한밤중에."

잠시 동안 그들은 다리에서부터 타고 올라오는 두려움을 느끼며 말없이 앉아 있었다.

헌튼이 말했다. "좋아, 해 보자고."

그들은 차에서 내려 건물을 향해 걸었다. 맹글러의 소리가 점점 커졌다. 문의 자물쇠에 열쇠를 꽂으면서 헌튼은 기계가 정말 살아 있는 듯한 소리를 낸다고 생각했다. 뜨거운 숨을 내쉬며 쉰 목소리로 냉소적인 혼잣말을 지껄이는 것 같았다.

"갑자기 경찰이랑 같이 있다는 게 좋구먼." 잭슨이 말했다. 그는 들고 있던 갈색 가방을 다른 손으로 옮겨 들었다. 가방 안에는 기름종이로 싼 성수 단지와 성서 한 권이 들어 있었다.

안으로 들어서면서 헌튼이 문 옆에 있는 스위치를 올려 불을 켰다. 차가운 실내에 형광등이 깜빡거렸다. 그와 동시에 맹글러가 멈췄다.

뿜어져 나오던 증기의 흔적이 롤러 위에 남았다. 새로 깃든 사악한 침묵 속에서 기계는 그들을 기다렸다.

"세상에, 지독한 놈이로군." 잭슨이 속삭였다.

"자, 시작하지." 헌튼이 말했다. "긴장이 풀리기 전에."

그들은 기계를 향해 걸어갔다. 기계 안으로 들어가는 벨트 위로 안전대가 내려져 있었다.

헌튼이 손을 내밀었다. "충분히 가까이 온 것 같아, 마크. 물건들 이리 주고 어떻게 해야 하는지 얘기해 줘."

"하지만……."

"이것저것 따질 시간이 없어."

잭슨이 가방을 건네자 헌튼은 받아서 기계 앞에 있는 세탁물 탁자에 내려놓았다. 성서는 잭슨에게 다시 넘겨주었다.

"내가 읽을게." 잭슨이 말했다. "내가 자네를 가리키면, 손으로 성수를 기계에 뿌리면 돼. 그런 다음에 이렇게 말하게. '성부와 성자와 성신의 이름으로 이르노니, 너 사악한 귀신은 이곳을 떠나라, 불결한 존재여.' 알겠지?"

"알았어."

"내가 두 번째로 가리키면, 성찬을 부러뜨리면서 같은 말을 하는 거야."

"제대로 된 건지는 어떻게 알 수 있지?"

"알게 될 거야. 밖으로 나가면서 창문이란 창문은 모조리 깰 테니까. 처음 시도에서 안 되면 될 때까지 해야 돼."

"무서워 죽을 지경이야." 헌튼이 말했다.

"사실은 말이야, 나도 그래."

"만약 영광의 손을 잘못 해석한 거라면……."

"잘못됐을 리가 없어." 잭슨이 말했다. "자, 가자고."

그가 시작했다. 텅 빈 세탁소에서 그의 목소리가 유령 소리처럼 울렸다. "너희는 우상을 숭배하지 말고, 스스로 성상을 만들지 말지어다. 나는 여호와 하느님이니라……." 침묵 속에 돌멩이처럼 뚝뚝 떨어지던 단어들이 갑자기 기어다니는 듯하더니 세탁소 안이 무덤처럼 차가워졌다. 형광등 아래서 맹글러는 아직 조용했는데, 헌튼은 놈이 조롱하고 있다고 느꼈다.

"그리하여 땅이 그것을 더럽힌 죄로 너를 토해 낼 것이며, 너의 앞에 온 나라를 토해 내는 것과 같을지어다." 잭슨은 위를 올려다봤다. 그는 굳은 얼굴을 들고 손가락을 펴 가리켰다.

헌튼이 성수를 투입구 벨트에 뿌렸다.

갑자기 고문을 당하는 것 같은 강철의 비명이 들렸다. 성수가 떨어진 부분에서 연기가 나면서 불타는 듯한 붉은 반점이 생겼다. 맹글러가 다시 깨어난 것이다.

"잡았어!" 잭슨이 커지는 소음 속에서 소리쳤다. "놈이 도망가는 거야."

그는 다시 성경을 읽었다. 기계 소리 사이에서 그의 목소리도 높아졌다. 그가 다시 헌튼을 가리켰고, 헌튼은 이번에는 성찬을 뿌렸다. 그때 뼈가 얼어붙을 것만 같은 공포를 느꼈다. 뭔가 잘못되어 간다는 느낌, 그들의 꼼수를 알아차린 기계가 더 강해졌다는 느낌이 너무 생생하게 느껴졌던 것이다.

잭슨의 목소리는 점점 더 높아지면서, 이제 절정을 향했다. 주모터와 보조 모터 사이에 불꽃이 이리저리 튀었다. 적갈색의 뜨거운 피 냄새 같은 오존 냄새가 가득했다. 이제 주 모터에서는 연기까지 나고 있었다. 맹글러는 미친 듯한 속도로 움직였다. 중앙 벨트에 손가락만 갖다 대도 온몸을 빨아들여 5초 만에 갈기갈기 찢어서 흩뿌릴 것 같았다. 기계 아래의 콘크리트 바닥이 떨리며 툭툭 소리를 냈다.

주 베어링이 보라색 섬광을 내며 타올랐고, 번개가 내리쳤을 때와 비슷한 냄새가 났다. 아직도 맹글러는 돌아갔다. 점점 더 빠르게. 그런 속도로 돌아가다가는 벨트와 롤러는 물론 톱니바퀴까지 모두 함께 녹아서 변신을⋯⋯.

무언가에 홀린 것처럼 멍하니 서 있던 헌튼이 갑자기 뒤로 물러섰다. "도망가!" 시끄럽게 울리는 소음 사이로 그가 소리쳤다.

"거의 다 잡았어!" 잭슨도 소리쳤다. "왜⋯⋯."

갑자기 뭔가 갈라지는 소리가 들리더니 콘크리트 바닥의 갈라진 틈이 그들을 향해 밀려오며 점점 더 크게 벌어졌다. 오래된 콘크리트 조각이 사방으로 튀었다.

잭슨이 맹글러를 보며 비명을 질렀다.

놈이 콘크리트 바닥에서 일어나려고 애쓰는 중이었다. 마치 진흙탕에서 벗어나려고 애쓰는 공룡 같은 모습이었다. 이제 더 이상 다림질 기계가 아니었다. 놈은 흐느적흐느적 녹아내리며 아직 변신 중이었다. 550볼트짜리 전선이 떨어지며 파란 불꽃이 튀었고, 롤러 속으로 이내 빨려 들어갔다. 얼마 동안 두 개의 불똥이 희미한 눈처럼 빛나는 것이 보였다. 극심한 굶주림에 시달린 눈이었다.

콘크리트 바닥이 점점 더 크게 벌어졌다. 맹글러가 그들을 향해 몸을 기울였다. 발목을 잡고 있던 콘크리트 바닥에서 거의 자유로워진 것 같았다. 놈이 허기진 눈으로 그들을 쳐다봤다. 안전대는 이미 위로 올려진 상태였고, 헌튼은 그 안에서 증기로 가득 찬 굶주린 아가리를 보았다.

그들이 도망가려고 뒤돌았을 때 발밑으로 콘크리트가 또 한 번 갈라졌다. 뒤에서는 완전히 자유로워진 놈이 으르렁거리는 소리가 들렸다. 헌튼은 가까스로 피했지만, 잭슨은 넘어지면서 바닥에 엎어져 버렸다.

헌튼이 도와주려고 돌아섰을 때 형체를 분간할 수 없는 거대한 그림자가 형광등 불빛을 가리며 그를 덮쳤다.

그림자는 등을 바닥에 대고 누운 채 두려움으로 가득 찬 눈으로 아무 말도 못하는 잭슨 위에 버티고 섰다. 희생양으로는 완벽했다. 지극히 혼란스러운 그 상황에서 헌튼은 뭔가 검은 물체가 그들 위로 아주 높게 서서 움직였다는 것, 축구공만 한 번득이는 전깃불 눈이 보였다는 것, 그리고 천으로 된 혀를 낼름거리는 아가리가 한껏 벌어졌다는 것 정도만 희미하게 알 수 있었다.

헌튼은 달렸다. 죽어 가는 잭슨의 비명소리가 뒤로 들렸다.

잠자리에서 일어나 문을 열어 주러 나갈 때까지 로저 마틴은 잠이 덜 깬 상태였다. 하지만 헌튼이 들어서자 그 충격 때문에 한 대 맞은 사람처럼 얼른 정신을 차렸다.

헌튼의 눈은 미친 사람처럼 휘둥그렜고, 마틴의 잠옷을 붙잡는 손도 무슨 갈고리처럼 느껴졌다. 볼에는 진물이 흐르는 상처가 있고, 얼굴에는 회색 시멘트 가루를 잔뜩 뒤집어쓴 몰골이었다.

머리는 완전히 하얗게 세 버렸다.

"좀 도와주십시오……. 세상에, 도와줘요. 마크가 죽었습니다. 잭슨이 죽었어요."

"침착하세요." 마틴이 말했다. "일단 안으로 들어오시죠."

헌튼은 개처럼 힝힝거리는 소리를 내며 따라 들어왔다.

마틴이 위스키를 따라 주자 헌튼은 두 손으로 받아 들고는 껵 껵거리며 들이켰다. 술잔이 바닥에 떨어졌고, 헌튼은 다시 배회 하는 유령 같은 손으로 마틴의 허리춤을 잡았다.

"맹글러가 마크 잭슨을 죽였습니다. 놈이……, 놈이……. 오, 하느님, 놈이 빠져나왔어요! 빠져나오게 해서는 안 되는 거였는 데 말입니다. 어떻게 해 볼 수가 없었어요……. 우리는……, 오……." 그는 비명을 지르기 시작했다. 미친 듯 울부짖는 소리가 주기적으로 높아졌다 낮아지기를 반복했다.

마틴이 위스키를 한 잔 더 주려 했지만 헌튼은 거절했다. "태워 버려야 합니다. 놈이 밖으로 나오기 전에 태워 버려야 해요. 오, 놈이 나오면 어떡하지? 오 세상에, 만약……." 그의 눈이 깜빡이 더니 갑자기 희번덕거리며 돌아갔고, 헌튼은 그 자리에 쓰러지고 말았다.

현관 앞에 서 있던 마틴 부인이 잠옷으로 입을 막으며 물었다.

"누구예요, 로그? 이 사람 미친 거예요? 내가 보기엔……." 그녀는 몸을 부르르 떨었다.

"미친 것 같지는 않은데." 남편의 얼굴에 떠오른 두려움의 그림자를 보고 부인은 갑자기 무서워졌다. "맙소사, 빨리 제정신으로 돌아와야 할 텐데."

전화기가 있는 곳으로 가 수화기를 집어 들던 마틴은 그 자리에 얼어붙은 듯이 멈춰 버렸다. 동쪽으로부터 뭔가 다가오는 소리가 희미하게 들렸다. 헌튼이 왔던 방향이었다. 규칙적으로 덜그럭거리는 소리가 점점 더 커졌다. 거실 창문이 반쯤 열려 있었는데, 마틴은 그 열린 틈으로 뭔가 음침한 냄새를 맡았다. 오존……, 또는 피 냄새였다.

수화기를 계속 들고 있었지만, 점점 더 커지는 소음 때문에 전화기는 무용지물이었다. 씩씩거리며 뜨거운 김을 내뿜는 뭔가가 바깥에 있었다. 역겨운 피 냄새가 집 안을 가득 채웠다.

그는 들고 있던 수화기를 떨어뜨렸다.

놈이 이미 밖으로 나온 것이다.

부기맨

The Boogeyman

"내 이야기를 하고 싶어 왔습니다." 하퍼 박사 사무실 소파에 누운 사람이 말했다. 커네티컷 주 워터베리 출신의 레스터 빌링스였다. 비커스 간호사의 기록에 따르면, 그는 스물여덟 살이었고 뉴욕의 어느 기업체 직원이었으며 이혼했고 세 아이의 아버지였지만 아이는 하나도 남지 않았다.

"가톨릭 신자가 아니니까 신부님한테 갈 수도 없고, 변호사와 상의할 일을 한 것도 아니라서 변호사에게 갈 수도 없었어요. 무슨 일인가 하면 아이들을 죽였어요. 한 번에 한 녀석씩. 전부 다요."

하퍼 박사는 녹음을 시작했다.

빌링스는 소파 위에 막대기처럼 누워 있었는데, 여유라곤 조금도 찾을 수 없는 모습이었다. 다리는 뻣뻣하게 소파 밖으로 뻗어 있고, 피할 수 없는 굴욕을 감내하는 한 남자의 모습. 손은 죽은 사람처럼 가슴에 가지런히 올려져 있었다. 얼굴은 딱딱했다. 평

186

범한 무늬의 흰색 천장을 보는데, 마치 영화가 상영되는 스크린을 보는 듯한 시선이었다.

"선생이 실제로 아이들을 죽였다는 말씀이십니까, 아니면······."

"아니오." 불안하게 떨리는 손. "하지만 내 책임이지. 1967년에 데니, 1971년에 셜, 올해 앤디까지. 그 얘기를 하고 싶은 겁니다."

하퍼 박사는 아무 말도 하지 않았다. 다만 빌링스가 초췌한 것이 나이 들어 보인다는 생각을 했다. 머리숱은 줄었고 낯빛은 창백했다. 그의 눈을 보면 그가 얼마나 술에 절어 사는지 알 수 있었다.

"아이들은 살해됐다고요, 알아요? 아무도 믿지 않지만 말입니다. 그 사실만 믿어 준다면, 괜찮을 거라고요."

"어째서 그렇죠?"

"왜냐하면 말이죠······."

빌링스는 말을 멈추고 급히 일어나 팔꿈치를 괴고 앉아 방 건너편을 쏘아보았다. "저게 뭐야?" 그가 소리 질렀다. 그의 눈길이 어두운 틈새로 모였다.

"뭐 말씀이십니까?"

"저 문 말이야!"

"벽장 말씀입니까?" 하퍼 박사가 말했다. "우비와 장화를 넣어 두는 곳입니다만."

"열어 보세요. 좀 봐야겠어."

하퍼 박사는 말없이 일어나 방 건너편으로 걸어가 벽장문을 열었다. 네댓 개의 옷걸이 중 하나에 갈색 우비가 걸려 있었다. 밑에는 고무장화가 반짝거렸다. 한쪽 장화에는 《뉴욕 타임스》를 구겨 넣었다. 그게 다였다.

"됐나요?" 하퍼 박사가 말했다.

"됐어요." 빌링스는 괴고 있던 팔꿈치를 다시 펴 예의 그 자세로 돌아갔다.

"선생 말씀은……." 하퍼 박사가 의자에 앉으며 말했다. "아이들이 살해되었다는 사실이 밝혀지면, 당신이 처한 어려움도 끝날 것이다라는 건데요. 왜 그렇죠?"

"감옥에 갈 테니까요." 빌링스의 대답이 곧바로 이어졌다. "죽을 때까지요. 그러면 감옥 안에 있는 방을 몽땅 볼 수 있겠죠. 몽땅 말입니다." 그는 알 수 없는 미소를 지었다.

"당신 아이들은 어떻게 살해되었죠?"

"재촉하지 마요!"

빌링스가 발끈하며 악의에 찬 눈초리로 바라보았다.

"말할 테니까 걱정하지 마요. 배나 내밀고 어슬렁거리면서 나폴레옹인 척하거나, 엄마한테 사랑받지 못해 마약을 한다고 우기는 당신 환자들하고는 다르니까. 날 믿을 거라고 생각하지는 않아요. 상관없지. 이러나저러나. 이야기하는 걸로 족하니까."

"좋습니다." 하퍼 박사가 파이프를 꺼내 들었다.

"리타와 결혼한 게 1965년입니다. 나는 스물한 살, 집사람은 열여덟이었어요. 임신 중이었습니다. 데니였죠." 그의 입술이 파르르 떨리며 섬뜩한 미소를 지었지만 눈 깜짝할 사이였다.

"학교를 그만두고 일자리를 구해야 했지만 상관없었어요. 아내와 아이를 사랑했으니까요. 우리는 아주 행복했어요.

데니가 나고 얼마 지나지 않았는데 또 임신을 했고, 1966년 겨울에 셜을 낳았어요. 앤디는 1969년 여름에 태어났는데 데니는 이미 죽은 뒤였고. 앤디는 실수였다는 게 리타 입에서 나온 소리였지. 리타 말로는 피임약이란 게 간혹 듣지 않는다더군요. 난 실수가 아니라고 생각했어. 아시다시피 아이는 남자에게 구속이잖아요? 여자들은 그 상황을 좋아하지만 말씀이지. 특히나 남자가 여자보다 더 잘났을 때는. 정말 맞는 말이지 않아요?"

하퍼는 뭐라 말하지 못하고 끙 소리만 냈다.

"뭐, 상관없어요. 어쨌든 난 그 아이를 사랑했으니까." 아내에게 분풀이라도 하기 위해 그 아이를 사랑했다는 듯, 거의 악의에 찬 어조였다.

"누가 아이들을 죽였지요?" 하퍼가 물었다.

"부기맨." 말이 떨어지기 무섭게 레스터 빌링스가 대답했다. "부기맨이 아이들을 모두 죽였어. 벽장에서 나와 아이들을 죽였어." 그는 뒤를 돌아보며 히죽 웃었다. "미친 줄 아시겠지, 좋아요. 얼굴에 다 씌어져 있지만 상관없어. 내 이야기만 좀 하고 사라져 드리지."

"듣고 있습니다." 하퍼가 말했다.

"데니는 두 돌이 다 되고 셜은 아직 아기일 때였어요. 리타가 데니를 자리에 누이면 울기 시작하더라고. 집에 침실이 두 개 있었거든요. 알아요? 셜은 우리 방 아기 침대에서 자고 있었고. 처음에는 젖병을 물리고 재우지 않아서 그런 줄 알았어요. 리타는 별 문제 될 게 없다, 그냥 주자, 쥐도 알아서 버리고 잔다고 했거든. 하지만 나쁜 버릇은 그렇게 드는 거니까. 이것저것 다 해 주면 아이를 망쳐요. 결국에는 부모 가슴에 못이나 박지. 아무 여자

자나 넘어뜨리고 다니고 말이죠, 아니면 마약을 하거나, 호모가 돼 버린다니까. 어느 날 일어나서 봤더니 자기 아이가, 아니 자기 아들이 호모다, 어떻겠어요?

한동안 계속 그러기에, 내가 직접 재워 보겠다고 나섰지. 계속 울면 한 대 때려 주기라도 할 작정이었죠. 그런데 리타 말이 아이 가 '빛'이라는 말을 계속 한다는 거야, 난 잘 모르겠던데. 그렇게 조그만 아이가 무슨 말을 하는지 어떻게 알아들을 수 있겠나? 엄마나 돼야 무슨 말인지 알지.

리타는 밤에 쓰는 전등을 달자고 했어요. 벽에다 매달아 놓는 거 있어요, 미키 마우스나 허클베리 하운드 같은 게 그려진 거 말이에요. 허락하지 않았죠. 어릴 때 어두운 걸 무서워하는 버릇을 들이지 않아야 커서도 무서워하지 않을 테니까.

어쨌든 그 아이는 셜이 태어난 해 여름에 죽었어요. 밤에 아이를 침대에 누이는데 곧바로 아이가 울기 시작하는 거예요. 그때는 무슨 말을 하는지 들렸어요. 아이가 벽장을 정확하게 가리키면서 '부기맨.' 이러는 거예요. '아빠, 부기맨.'

그냥 불을 끄고 우리 방으로 가서 왜 그런 말이나 가르치는 거냐고 리타를 나무랐지. 따귀라도 한 대 올려붙이고 싶었지만 그러지는 않았어요. 그런 말 가르쳐 준 적이 전혀 없다는 거야. 어디서 거짓말이나 하고 있냐고 야단 좀 쳤죠.

나한테는 참 괴로운 여름이었소, 알아요? 펩시콜라 트럭에 짐 싣는 일밖에 못 얻어서 허구한 날 피곤했지. 셜은 툭하면 잠자다 말고 일어나 울지, 리타도 그런 아이를 들쳐 안고 훌쩍거리지. 진짜로 말이죠, 둘 다 창 밖으로 던져 버리고 싶을 때가 있었다니까. 거 참. 어쩔 땐 아이들 때문에 미친다고요. 죽이고 싶지요.

또……, 그 아이는 꼭 새벽 3시에 깬다고요. 시간도 정확하지. 비몽사몽 중에 화장실에 가는데, 리타가 데니 좀 한번 봐 달라고 하데요. 당신이 보라고 말하고는 다시 누워 버렸죠. 거의 잠이 드는가 싶었는데 비명을 지르더라고요.

일어나서 가 봤죠. 아이가 바로 누운 채 죽어 있었어요. 백지장처럼 하얗더군요. 피가, 그러니까……, 피가 스며든 데 빼고는. 다리 밑이랑 머리, 음……, 엉덩이 밑에. 눈은 떴고. 그게 제일 안 좋았지. 부릅뜨긴 했는데 초점은 없는 게, 벽난로 위에 걸어 놓은 커다란 사슴 눈 같더라고. 베트남 사진에서 본 동양 아이들 눈 같기도 하고. 미국 아이들은 그런 눈을 하지 않는데. 바로 누운 채 죽어 있었죠. 기저귀를 차고. 죽기 전 몇 주는 다시 오줌을 못 가렸거든. 끔찍했죠. 그 아이, 사랑했는데 말이야.”

빌링스는 고개를 천천히 가로젓더니 섬뜩한 미소를 다시 지어 보였다. “리타는 목이 찢어져라 비명을 질러 댔어요. 집사람은 데니를 일으켜 흔들어 보려고 했지만 못하게 했죠. 경찰은 증거물을 만지는 걸 싫어하거든. 나도 알고는…….”

“그때 벌써 그것이 부기맨 짓이라는 걸 알고 있었나요?” 하퍼가 나직이 물었다.

“아, 아니요. 그때는 몰랐지. 하지만 한 가지는 확실해요. 그때는 별 의미가 없다 싶었는데 어떻게 머릿속에 남았나 봐요.”

“그게 뭐였죠?”

“벽장 문이 열려 있었어요. 많이는 아니고, 살짝. 근데 난 벽장은 꼭 닫아 놓는단 말입니다. 알아요? 벽장 속에 드라이클리닝 커버가 있으니까요. 애들이 그런 걸 갖고 놀게 되면 꼭 일이 생기죠. 질식사. 알죠?"

"그래서요. 그 다음에는요?"

빌링스는 어깨를 으쓱했다. "아이를 묻었죠." 그는 세 개의 자그마한 관에 흙을 뿌려 덮은 자신의 손을 음울하게 바라보았다.

"검시는 했나요?"

"그럼요." 조소하는 눈빛이 빌링스의 눈에 비쳤다.

"멍청한 놈의 시골 의사가 말이지, 청진기 둘러메고 검은 가방 속에는 주니어 민트 사탕이랑 어디 이름도 없는 대학교 졸업장이나 넣어 다니는 자식이……, 유아돌연사랍디다, 그 의사 말씀이! 어디서 그런 쓰레기 같은 망발을……. 아이는 세 살이나 먹었는데 말이야!"

"유아돌연사는 태어난 첫해에 발생하는 경우가 많습니다." 하퍼가 조심스레 말했다. "하지만 그런 진단은 다섯 살 먹은 아이까지 무언가의 결핍에 따른 사망에……."

"집어치워!" 빌링스의 말투가 거칠어졌다.

하퍼는 파이프에 다시 불을 붙였다.

"장례식을 치르고 한 달이 지나 셜을 데니의 방에서 지내게 했어요. 리타는 결사적으로 안 된다고 했지만 나도 양보하지 않았지. 나도 마음이 아팠다고요, 정말 그랬어요. 아이와 같이 자는 걸 얼마나 좋아했는데. 하지만 과보호는 안 되지. 아이를 무능하게 만드는 길이니까. 어렸을 때 어머니랑 해수욕장에 가곤 했는데 어머니는 목이 쉬도록 소리를 질렀어요. '그렇게 멀리 가면 안 돼! 거기 가지 마! 거긴 물살이 세잖아! 밥 먹은 지 한 시간밖에 안 됐잖아! 위험한 짓이야, 하지 마!' 심지어 상어 조심하라는 말까지 했다니까, 세상에. 그래서 어떻게 됐을까요? 지금은 물가 근처에도 못 가게 됐어요. 진짭니다. 바닷가에만 가면 경련이 일어나는 거야. 데니가 살아 있을 때 다 같이 놀이 공원에 간 적이 있어요. 난 거의 병든 닭이었지. 무슨 말인지 아시겠어요? 과보호는 안 돼요. 스스로에게도 나약해선 안 되고. 앞으로 살아야 할 날이 많으니까. 셜을 곧바로 데니의 침대에서 자게 했죠. 하지만 쓰던 매트리스는 버렸어요. 딸에게 이상한 병균이 옮는 건 바라지 않았거든요.

그렇게 일 년이 갔습니다. 그러다 어느 날 밤 셜을 침대에 눕히는데 마구 울기 시작하더라고요. '부기맨, 아빠, 부기맨이야. 부기맨!'

깜짝 놀랐어요. 데니랑 똑같았으니까. 벽장 문이 떠오르더라고. 데니가 죽었을 때 살짝 열려 있던 것 말이오. 그날 밤 아이를 우리 방에서 재우려고 했지."

"그렇게 하셨나요?"

"아니요." 빌링스는 떨리는 자신의 손과 얼굴을 보았다. "어떻게 리타에게 내 잘못을 인정할 수 있겠어? 난 강해야 했어. 집사람은 너무 물러 터졌거든⋯⋯. 결혼 전에 얼마나 쉽게 같이 자게 됐는지, 그것만 봐도 알 수 있죠."

"반대로 당신이 얼마나 쉽게 같이 자게 됐는지 생각해 보시죠." 하퍼가 말했다.

빌링스가 손을 만지작거리다 멈추고는 고개를 돌려 하퍼를 바라보았다. "지금 날 훈계하려는 거요?"

"절대 그렇지 않습니다." 하퍼가 말했다.

"그러시다면 내 얘기를 하게 좀 두쇼." 빌링스가 재빨리 말을 끊었다. "난 가슴속 응어리를 풀어 버리려고 왔어요. 이야기를 좀 하려고. 그런 이야기를 바라셨는지 모르겠지만, 성생활 따위 이야기는 내가 안 하지. 리타와 난 지극히 정상적인 성생활을 하긴 했지만. 변태 짓은 하지 않아. 그런 식으로 몰아 가면 섹스에 대한 이야기를 할 수밖에 없다는 걸 알고 있어. 하지만 난 다르다고."

"알겠습니다." 하퍼가 말했다.

"좋아요." 빌링스의 말에서 어색한 오만이 느껴졌다. 그는 사고를 연결시켜 주는 끈을 놓친 것 같았고 그의 눈은 불안하게 벽장 문을 훑었지만 문은 꼭 닫혀 있었다.

"문 좀 열어 둘까요?" 하퍼가 물었다.

"아니!" 빌링스가 재빨리 대답했다. 그는 초조한 웃음을 흘렸다. "장화는 봐서 뭐하게요?"

그는 기억을 되살리려는 듯 앞머리를 손으로 쓸어 넘겼다. "부기맨이 그 아이도 죽였어요. 한 달 후의 일이었지. 하지만 그전에 무슨 일이 있었어. 이상한 소리가 났거든. 그러고는 딸아이가 비명을 질렀지. 난 문을 재빨리 열었어요. 전등이 켜져 있고……, 딸아이는 침대에 앉아 울고……, 무언가가 움직였어요. 벽장 옆, 어두운 쪽에서요. 미끄러지듯 움직였어요."

"벽장문은 열려 있었나요?"

"약간. 살짝 열려 있었어요." 빌링스가 입술에 침을 발랐다. "셜은 부기맨이라면서 비명을 질렀어요. 그리고 '갈퀴'라나 그 비슷한 말을 하더라고요. 사실은 '가지'라고 했을 거야. 어린애들은 발음을 잘 못하잖아. 리타가 뛰어 올라와 무슨 일이냐고 하더 군요. 천장에 비친 나뭇가지가 흔들려서 놀랐을 뿐이라고 말해 줬죠."

"가지라고요?" 하퍼가 물었다.

"에?"

"가지……, 가지가 비친 벽장. 모르긴 몰라도 '벽장'을 말하려 던 건 아닐까요?"

"그럴지도 모르지." 빌링스가 말했다. "그걸지도 모르겠네. 하 지만 난 그렇게 생각하지 않아. 그냥 나뭇가지가 '갈퀴' 같다고 말 하려 했던 것 같아." 그의 눈이 다시 벽장을 찾았다. "갈퀴, 그냥 갈퀴야." 그의 목소리가 속삭이듯 잦아들었다.

"벽장 속은 보셨나요?"

"어……, 예." 빌링스는 손을 깍지 낀 채 가슴에 찰싹 붙였다. 어찌나 힘을 줬는지 깍지 낀 손마디가 하얗게 도드라졌다.

"그 안에 뭐 없던가요? 그러니까……."

"아무것도 못 봤다니까!" 빌링스가 갑작스레 소리를 질렀다. 그러고는 그의 영혼 바닥에 구멍이라도 난 것처럼 말들이 쏟아져 나왔다. "딸아이는 죽은 뒤였다고. 그 아이는 까맸어. 온통 까맸 어. 혀는 말려 올라가고 분장한 검둥이처럼 새까맸고 눈은 나를 봤어. 그 눈이 말이지, 박제한 동물 눈처럼 무시무시하게 반짝이 는 게 살아 있는 구슬 같았는데, 이렇게 말하고 있었어. 아빠, 아 빠가 절 죽게 했어요, 절 죽였어요, 절 죽게 내버려 뒀어요……." 그의 말이 사그라졌다. 커다란 눈물 한 방울이 조용히 그의 한쪽 뺨에 흘러내렸다.

"뇌신경 발작이라더군, 알아요? 아이들에겐 간혹 일어나는 현상이라는데, 뇌에서 이상 신호가 생기는 거라고. 하트퍼드 병원에서 검시를 했는데 발작 때 혀가 말려 질식했다더라니까. 리타는 진정제를 맞고 있어서 집에는 혼자 돌아왔지. 아내는 넋이 빠졌거든. 혼자서 집에 돌아오는데 발작이 그냥 일어나는 건 아니라는 생각이 들었지. 놀라게 하면 발작이 일어날 수 있는 거니까. '그놈'이 있는 집으로 돌아와 있을 수밖에 없었어요."

나지막이 그가 말했다. "전 소파에서 잠들었어요. 불은 켜 놓고."

"아무 일 없었나요?"

"꿈을 꾸었지." 빌링스가 말했다. "난 어두운 방에 있었고 잘 보이지는……, 잘 보이지는 않았지만 벽장 속에 뭔가 있긴 있었어. 소리가 들렸는데……, 철벅거리는 소리. 어렸을 때 읽은 만화책이 떠오르더군요. 『지하실 괴담』이라는 건데, 기억나세요? 와, 진짜, 그레이엄 잉글스라는 사람이었는데, 이렇게 무서운 게 있을까 싶을 정도로 잘 그렸지. 어쨌든, 그 책에 보면 주인공 여자가 자기 남편을 물에 빠뜨려 죽이거든, 알아요? 발에 시멘트 덩어리를 묶어서 물에 빠뜨리는데, 남편이 돌아오잖아. 남편 몸은 온통 썩어 검은 초록색이고 눈 한쪽은 물고기가 파먹어 없어졌고 머리에는 해초들이 덕지덕지 붙어 있고. 돌아와서 여자를 죽였지. 자다 깼을 때 그 남자가 날 내려다보는 줄 알았어. 갈퀴……, 커다란 갈퀴 손을 하고 말이야."

하퍼 박사는 책상 위 디지털 시계를 바라보았다. 레스터 빌링스는 거의 삼십 분째 이야기 중이었다. 박사가 말했다. "부인께서 돌아오시고 선생을 대하는 태도가 어떻던가요?"

"여전히 날 사랑했지." 빌링스의 말에는 자신감이 넘쳤다. "내가 시키는 대로 하려 했어. 그게 아내라는 자리 아니겠어요? 여성운동이니 뭐니 하는데 다 지겨운 이야기일 뿐이잖아? 삶에서 가장 중요한 건 자신의 자리를 잘 아는 거야. 그러니까……, 자신의……, 어……."

"삶의 본분이오?"

"그렇지!" 빌링스가 맞장구를 쳤다.

"바로 그거요. 아내는 남편의 뒤를 따라야 하거든. 아, 집사람은 한 너댓 달은, 말하자면 생기가 없었어요. 집 안을 어기적거리며 다니지 않나, 노래를 부르길 하나, 텔레비전도 안 보고 웃는 일도 없었지. 난 집사람이 이겨 내리라는 걸 알았다고. 아이가 너무 어리면 그렇게 집착하게 되지 않거든. 조금만 지나면 책상 서랍을 열고 사진을 꺼내야 아이들이 어떻게 생겼는지 기억할 수 있을 정도니까. 아이를 하나 더 가졌으면 하더군요."

그는 우울한 어조로 말을 이었다.

"난 좋은 생각이 아니라고 했지. 아, 절대 낳지 않겠다는 건 아니지만, 당분간은 말이지. 지난 일은 잊고 서로에게 충실할 때라고 말해 줬어요. 우리에겐 그럴 기회가 없었거든. 영화라도 보려고 하면 보모 불러다 실랑이해야지, 처가 쪽에서 아이를 맡아 주지 않으면 뉴욕 메츠 야구 경기도 못 보러 가요. 우리 어머니는 우리랑 관련된 일은 뭐든 안 해 주려 하거든. 결혼하고 데니가 너무 일찍 태어났어요, 알아요? 어머니는 아내를 두고 창녀라고, 흔해 빠진 길거리 여자라고 했지. 길거리 여자……, 어머니는 창녀를 그렇게 불렀지요. 우습지 않아요? 한번은 날 앉혀 놓고 길……, 창녀들한테 가면 어떤 병이 생기는지 말씀해 주시더라고요. 거기……, 네 성기에 상처가 조금만 생겨도 다음 날이면 바로 썩어 문드러지기 시작한다고 말이에요. 결혼식에도 안 오려고 했다니까."

빌링스가 손가락으로 가슴을 톡톡 쳤다.

"리타를 봐 주는 산부인과 의사한테서 IUD Intrauterine Devise. 자궁내 피임 장치라고, 자궁에 넣는 기구를 하나 샀어요. 의사 말로는 확실하다고 하더라고. 여자의 음……, 그곳에다 그 기구를 집어넣는 건데, 그게 끝이야. 그 기구를 넣어 두면 난자가 수정을 할 수 없게 된답디다. 뭐가 들어 있는지 전혀 느낄 수도 없는데 말이지."

그는 천장을 보고 어두운 미소를 지었다. "아무도 거기 그런 게 있는지 모르지. 그런데 1년이 지나자 리타가 다시 임신했어요. 꽤나 확실하더군."

"피임에 완벽한 건 없습니다." 하퍼가 말했다. "경구용도 성공률이 98퍼센트밖에 안 됩니다. IUD는 경련이 일어나거나, 생리량이 많거나, 흔한 경우는 아니지만 배설에 의해서 빠져나오기도 합니다."

"그렇지요. 아니면 자기가 끄집어내거나."

"그것도 가능합니다."

"그래서 그 다음은? 뜨개질도 하고, 샤워하다 노래도 부르고, 피클도 미친 듯이 먹어 대는 거지. 무릎을 베고 누워 신의 뜻이 어떻다는 둥 이야기하고. 망할."

"셜이 죽은 해 연말에 아이가 생긴 건가요?"

"그렇지. 아들이오. 아내는 앤드루 레스터 빌링스라고 이름을 지었어요. 난 이름 짓는 일엔 상관하지 않으려 했으니까, 최소한 처음에는요. 내가 내린 결론은 아내가 망쳐 놓았다, 그러니 알아서 하도록 두자였거든. 말이 좀 그렇다는 건 알지만, 내가 무슨 일을 겪었는지 알잖소.

하지만 그 아이에게 마음이 끌리더라고요, 그런 거 아시죠? 우선, 그 아이는 셋 중에 유일하게 날 닮았으니까. 데니는 엄마를 닮았고 셜은 누굴 닮았는지 모르겠더라고, 제 할머니를 좀 닮았을까? 하지만 앤드루는 나를 쏙 뺐지.

일 마치고 집에 오면 제 노는 자리에서 같이 놀곤 했지. 그 녀석은 내 손가락 하나를 잡고 웃기도 하다 소리도 지르다 했죠. 태어나서 9주밖에 안 된 녀석이 자기 아빠를 보면 항상 웃었지. 믿어지세요?

게다가 언젠가는 집 앞 가게에서 아기 침대 위에 걸어 줄 모빌을 사들고 나왔어요. 내가 말입니다! 아이들은 감사하다는 말을 할 나이가 되기 전엔 선물 같은 건 소용없다, 그게 내가 늘 하던 말이었는데……. 그런데 절 좀 보세요. 한심한 장난감을 든 날 보고 문득 세상에서 그 아이를 가장 사랑하는구나 라는 걸 깨닫게 됐지. 그때는 직장도 다녔는데, 꽤 괜찮았어요. 드릴 부품을 파는 일이었죠. 난 그 일을 아주 잘했고 말이지. 앤디가 한 살이 되고 워터베리로 이사를 했어요. 살던 집은 나쁜 기억이 너무나도 많아서.

벽장도 너무나도 많았지요.

그 다음 해는 나한테는 최고의 해였어요. 그런 시절을 다시 맞을 수만 있다면 무슨 짓이라도 하겠어요. 뭐, 베트남 전쟁은 계속

됐고. 히피는 벌거벗은 채 여기저기 뛰어다니고, 검둥이들도 시
끄럽게 떠들어 대긴 했지만 우리에겐 전혀 방해가 되지 않았지.
우리는 괜찮은 이웃이 있는 조용한 동네에 살았고, 행복했어요."

그는 간단하게 요약했다.

"한번은 리타에게 걱정되지 않느냐고 물어봤어요. 왜 있잖아
요, 호사다마라고. 리타는 우린 예외라고 하더군요. 앤디는 특별
한 아이라고. 신께서 보살피는 아이라나."

빌링스는 슬픔에 찬 표정으로 천장을 보고 있었다.

"작년은 그리 좋지 않았어요. 집이 약간 달라지기 시작한 거야.
장화를 복도에 그냥 두기 시작했어요. 벽장 문을 열기 싫었거든.
이런 생각이 떠나질 않더라고. 저기, 이 안에 그놈이 있으면 어쩌
지? 몸을 웅크리고 있다가 문을 열자마자 튀어나오는 건 아닐까?
그러다가 철벅거리는 소리가 들리는 것 같았어요, 마치 시커먼
몸에서 물이 뚝뚝 떨어지는 그 녀석이 벽장 안에서 움직이는 것
처럼.

리타는 나더러 일을 너무 힘들게 하는 것 아니냐고 했고 난 그
녀를 쏘아붙이기 시작했어요, 다시 옛날처럼. 둘만 그렇게 남겨
두고 일을 하러 나오는 게 아주 맘에 걸렸지만, 한편으론 집을 나
오는 게 즐겁기도 했죠. 정말이지, 즐거웠다니까. 이사를 오고 우
리는 그놈에게서 도망치는 데 성공했구나 안도하기 시작했지. 그
놈은 사냥감을 찾아 밤거리를 헤매거나 하수구 속을 기어다녔을
거야. 우리 냄새를 어디서 맡을 수 있을까 하고 말이지. 1년이 걸
렸지만 결국 그놈이 우리를 찾아냈어요. 그놈이 돌아온 거요. 그
놈은 앤디를 원했고, 날 원했어. 어떤 일을 너무 오래 생각하거

나, 깊게 믿으면 곧 현실이 된다는 생각을 하게 됐어요. 어릴 때 무서워했던 프랑켄슈타인, 늑대 인간, 미라 같은 괴물들도 어쩌면 진짜일지 모르는 거야. 구덩이에 빠져 죽거나 호수에 빠져 죽거나 아니면 발견이 안 되는 아이들도 사실은 그놈들이 죽인 걸지도 몰라. 아마……."

"빌링스 씨, 뭔가 말씀을 피하는 게 있으신가요?"

빌링스는 한동안 말이 없었다. 디지털 시계로는 그 사이 2분이 흘렀다. 그러다 갑자기 그가 말했다. "2월에 앤드루가 죽었어요. 리타는 없었고요. 장인에게서 전화를 받았어요. 장모가 설 다음 날 교통사고를 당했는데 살아날 가망이 없었어요. 집사람은 그날 버스를 탔어요.

장모는 죽지 않았어요. 하지만 오랫동안 중환자실에 있었지. 두 달 동안. 낮에 앤디를 보살펴 주는 아주머니가 있었는데 아주 잘 봐 줬어요. 밤에는 우리가 집에 있었고. 벽장 문은 닫아도 계속 열렸어요."

빌링스가 입술을 축였다.

"아이는 나랑 잤어요. 우습죠. 아이가 두 살이 되고 리타는 다른 방에 재우는 게 어떻겠냐고 물었어요. 돌팔이 의사 놈들은 아이가 부모랑 같이 자는 게 좋지 않다고 말하지. 섹스에 대한 트라우마나 뭐 그런 걸 줄 수 있다나? 하지만 우리는 아이가 자지 않으면 섹스를 하지 않았어요. 그리고 아이를 다른 방에 재우고 싶지도 않았고. 데니랑 셜을 그렇게 보내고 나니 그러기가 두렵기도 했지."

"하지만 아이를 다른 방에 재우셨죠? 그러지 않으셨나요?" 하퍼 박사가 물었다.

"그랬지." 빌링스가 말했다. 그는 어딘가 어색한, 겁에 질린 미소를 지었다. "그랬어요."

다시 침묵이 이어졌다. 빌링스는 침묵과 싸웠다.

"그럴 수밖에 없었다고!" 결국 그렇게 외쳤다. "그럴 수밖에 없었어! 리타가 있을 때는 그런 일이 없었지만 리타가 집을 비우기만 하면 그놈은 더욱 대담해졌어. 그놈은……." 그의 눈동자가 이리저리 구르다 하퍼를 찾았고 이빨을 드러낸 그의 웃음은 잔혹한 모습을 띠었다.

"아, 날 믿지 않는구나. 무슨 생각하는지 다 알아. 또 이렇게 미친놈이 있었다, 이렇게 기록할 거지? 다 알아. 하지만 당신은 거기 없었잖아! 남의 머릿속이나 들여다보는 멍청한 의사 놈아!

어느 날 밤에는 집 안에 문들이 모두 활짝 열려 있어. 어느 날 아침 일어나 보면 외투 걸어 두는 벽장이랑 현관 사이 복도에 흙이며 먼지가 잔뜩 앉아 있고. 그놈이 나간 걸까? 아니면 들어온 걸까? 모르겠어. 하늘에 맹세코, 정말 모르겠어. 레코드는 마구 긁히고, 진득진득한 게 묻고, 유리는 다 깨지고……. 그리고 소리가……, 소리가……."

그는 머리를 쓸어 넘겼다. "새벽 3시에 일어나 깜깜한 방 안을 보면 '그냥 시계소리겠지.' 하겠지만, 자세히 들어 보면 뭔가 몰래 움직이는 소리를 들을 수 있었어. 진짜 몰래는 아니지. 그놈은 자기가 움직이는 소리를 오히려 들어 줬으면 하니까. 부엌 하수구에서 나온 것같이 뭔가 미끄러지는 소리 말이야. 아니면 기다란 갈퀴로 계단 난간을 가볍게 긁는 것 같은 찰칵거리는 소리. 안 듣는 게 낫다는 걸 아니까 그냥 눈을 감는 거지. 하지만 그걸 직접 보게 되면…….

그러다 소리가 멈추면 두려움에 떨게 되지. 그러면 얼굴 바로 위에서 웃음소리가 들리면서 퀴퀴한 음식 냄새가 나는 숨결을 느끼게 되고, 그리고 그놈의 손이 목을 짓누르기 시작할 거야."

빌링스는 창백한 얼굴에 부들부들 떨고 있었다.

"그래서 난 아이를 다른 방에 재웠던 거야. 그놈이 아이를 찾아올 거라는 것도 알고 있었어. 알아? 아이가 나보다 약하니까. 그리고 그놈이 왔어. 방을 옮긴 첫날 밤 아이가 한밤중에 비명을 질렀어. 떨리는 맘을 다잡고 용기를 내 방에 들어가 보니까 아이가 침대에 서서 소리를 지르는 거야. '부기맨, 아빠……, 부기맨이야. 아빠랑 갈래, 아빠랑 갈래." 빌링스의 목에서 어린아이처럼 가는 소리가 나왔다. 그의 눈이 얼굴 전체를 덮고 몸이 소파 위에 바짝 오그라드는 듯했다.

"하지만 그럴 수 없었어." 어린아이처럼 가는 소리가 이어졌다. "그럴 수 없었어. 한 시간 후에 다시 비명을 들었어. 숨 넘어가는 소리가 끔찍했어. 내가 아이를 얼마나 사랑하는지 알 수 있었어. 난 달렸어, 들어가서, 불을 켤 겨를도 없이, 달리고, 달리고, 또 달렸는데, 아, 하느님, 그놈이 아이를 해치고 있었어. 그놈은 아이를 잡아 흔들고 있었어. 셰퍼드가 천 조각을 물고 흔들어 대듯 아이를 흔들어 대고, 구부정한 어깨와 산발한 머리가 보였고, 콜라 병에 들어있는 죽은 쥐 냄새가 났고, 그리고 소리가……."

그의 목소리가 잦아들면서 어른의 목소리로 돌아왔다. "앤디의 목이 부러지는 소리를 들었어요." 빌링스의 목소리가 차갑게 식

어 있었다. "겨울에 시골 연못에서 스케이트 탈 때 얼음이 쪼개지
는 소리 같았어요."

"그래서 어떻게 됐죠?"

"아, 전 도망쳤어요." 빌링스의 목소리는 여전히 차갑게 식어
있었다. "24시간 레스토랑에 들어갔어요. 겁쟁이가 뛰어 들어가
기에 더없이 좋은 장소잖아요? 24시간 레스토랑에 도망쳐 들어가
커피를 여섯 잔 마셨어요. 그리고 집으로 돌아왔어요. 벌써 새벽
이었어요. 위층에 올라가지도 않고 경찰을 불렀어요. 아이는 바
닥에 누워 절 쳐다봤어요. 절 나무랐어요. 한쪽 귀로 피가 흘러나
와 있었어요. 한 방울이나 될까, 정말 조금이었어요. 벽장 문은
열려 있었어요, 살짝."

이야기가 멈췄다. 하퍼는 디지털 시계를 보았다. 50분이 지났
다.

"간호사에게 예약하세요." 그가 말했다. "여러 번 오셔야겠습
니다. 화요일, 목요일 어떠세요?"

"난 단지 내 이야기를 하고 싶어 온 거예요." 빌링스가 말했다.
"응어리를 좀 털어내 보려고요. 경찰서에서도 거짓말을 했어요.
아기가 밤중에 침대에서 나오려다가 떨어진 것 같다고. 곧이곧대
로 믿더군요. 정말 그랬죠. 정말 그렇게 보였거든요. 사고였어요,
흔히 일어나는 사고와 전혀 다를 게 없는. 하지만 리타는 알고 있
었어요. 리타가 결국……, 알게 됐어요."

그는 오른팔로 눈을 가리고 흐느끼기 시작했다.

"빌링스 선생, 할 이야기가 많이 있습니다." 가만히 보고 있던
하퍼가 말했다. "선생이 짊어지고 있는 죄의식을 좀 씻어 드릴 수

있을 거라고 믿습니다. 하지만 우선은 선생께서 그 짐을 덜어 버리고 싶다는 마음을 가지셔야 합니다."

"내가 그렇지 않은 것 같소?" 빌링스는 눈을 가리던 팔을 내렸지만 여전히 울었다. 눈은 빨갛게 충혈되어 있었고 쓸린 상처가 나 있었다.

"아직은요." 하퍼의 대답이 빨랐다. "화요일과 목요일 어떠십니까?"

한동안 침묵이 흐르다 빌링스가 중얼거렸다. "이런 망할 놈의 의사 같으니. 알았어요. 알았다고요."

"간호사에게 가셔서 예약하시고요, 빌링스 씨. 좋은 하루 되십시오."

빌링스는 허탈하게 웃은 뒤 뒤도 돌아보지 않고 사무실을 빠져나왔다. 간호사 자리는 비어 있었다. 데스크에 조그만 메모가 붙어 있었다. "곧 돌아옵니다."

빌링스는 돌아서 박사의 사무실로 도로 들어갔다. "의사 선생, 간호사가……."

사무실도 비어 있었다.

하지만 벽장문은 열려 있었다. 살짝.

"아주 좋아." 벽장에서 소리가 들렸다. "아주 좋아." 썩은 해초를 입에 가득 물고 내는 소리 같았다.

벽장 문이 활짝 열리자 빌링스는 그 자리에 얼어붙었다. 그는 어렴풋이 바짓가랑이가 따뜻해지는 걸 느꼈다. 오줌을 지린 것이다.

"아주 좋아." 부기맨이 발을 질질 끌며 나왔다. 갈퀴 모양을 한, 썩어 문드러진 그의 손에 하퍼 박사의 마스크가 들려 있었다.

회색 물질

■

Gray Matter

일주일 내내 사나운 북풍이 불 거라는 예보가 나왔는데, 목요일쯤에 드디어 닥쳤다. 신문에 날 만한 강풍에, 오후 4시에 적설량이 이미 20센티미터가 넘었고 그칠 기미도 보이지 않았다. 항상 자리를 지키는 대여섯 명이 헨리의 가게 '나이트 아울'에 모여 있었다. 뱅고어 주변에서 그 시간에 문을 여는 가게는 거기뿐이었다.

대부분은 대학생들에게 맥주나 포도주를 파는 것이 고작인 크지 않은 가게였지만 헨리는 그럭저럭 꾸려 나가는 편이었고, 그 가게는 우리처럼 연금으로 사는 노인네들이 모여서 최근에 누가 죽었고, 세상이 얼마나 끔찍하게 변해 가는지 이야기하기에는 적당한 장소였다.

오늘 오후에 헨리는 계산대를 지키고 있었다. 빌 펠럼, 버티 코너스, 칼 리틀필드, 그리고 나까지 네 명은 난로 옆 귀퉁이에 모여 있었다. 가게 밖 오하이오 가에는 차가 한 대도 보이지 않았고, 제설차만 힘겹게 지나갈 뿐이었다. 강한 바람이 공룡 등뼈처럼 황량한 길 건너편을 때렸다.

오후에는 손님이 세 명뿐이었다. 그것도 장님 에디까지 포함해서. 에디는 일흔 정도 되었는데, 완전히 눈이 먼 것은 아니었지만 항상 여기저기 부딪히고 다녔다. 일주일에 한두 번 가게에 들러서는 외투 밑으로 빵 한 덩어리를 숨겨 나가면서 얼굴에 '거기 바보 같은 새끼들, 이번에도 속았지?' 하는 표정을 짓곤 했다.

언젠가 버티가 왜 에디를 잡지 않느냐고 헨리에게 물어본 적이 있었다.

"이야기를 해 주지." 헨리가 말했다. "몇 년 전에 공군에서 새로 계획하는 항공기 모델을 위해 2000만 달러가 필요하다고 한 적이 있었어. 그런데 나중에 보니 돈은 7500만 달러가 들어가고 이 빌어먹을 물건은 날지도 못하는 거야. 십 년 전에도 똑같은 일이 있었지. 그때 에디와 나는 그나마 젊은 편이었는데, 나는 그 법안을 제출한 여자한테 찬성표를 던졌고, 에디는 반대했어. 그때부터 저 친구 빵은 내가 사기로 한 거야."

버티는 이야기를 전부 이해하지는 못했지만, 의자에 몸을 묻고 곰곰이 생각해 보는 것 같았다.

문이 다시 열리고 차가운 회색 바람과 함께 어린 학생이 신발에 묻은 눈을 털며 들어왔다. 누군지 금방 알 수 있었다. 리치 그리나딘네 아이였는데, 무슨 황당한 일이라도 겪은 모양새였다. 목젖이 아래위로 들썩거렸고 오래된 기름 천처럼 얼굴에 얼룩이 묻었다.

"퍼말리 선생님." 그가 헨리에게 말했다. 눈이 휘둥그레져서 어쩔 줄 모르는 표정이었다. "우리 집에 좀 와 보세요. 가서 맥주 좀 그만 드시게 하고 모셔 와야 할 것 같아요. 저는 다시 못 가겠어요. 무서워요."

"자, 침착해야지." 헨리가 앞치마를 풀고 모퉁이를 돌아 나오며 말했다. "뭐가 문제지? 아버지가 또 술 마시니?"

최근에 리치가 들르지 않는다는 이야기를 들었을 때 이미 어느 정도는 짐작했다. 보통 그는 하루에 한 번씩 꼭 들러서 그날 가장 싼 맥주를 한 상자씩 사 가곤 했다. 리치는 덩치가 크고 턱살은 돼지 볼기 같고 팔뚝은 소 다리만 했지만, 클리프턴의 제재소에서 일하는 데는 문제가 없었다. 그러다가 펄프 제조업자가 나쁜 재료를 쓴 건지, 아니면 리치가 그렇게 일을 꾸민 건지 무슨 일인가 생겨서 제재소를 그만두었고, 그때부터는 빈둥빈둥 놀면서 제재소에서 나오는 보상금으로 지냈다. 뭔가를 숨기고 있는 것이 분명했다. 아무튼 그는 지독하게 뚱뚱했다. 최근에는 가게에 들르지 않았는데, 가끔 아들을 시켜서 저녁에 마실 술을 사 오게 하는 경우는 있었다. 착한 아이였다. 아버지가 시켜서 하는 일이라는 것을 알기 때문에 헨리도 순순히 맥주를 내어주곤 했다.

"술을 드시는 건 맞는데요." 소년이 말했다. "문제는 그게 아니거든요. 그러니까……, 그게……. 오, 하느님, 정말 끔찍해요."

소년이 울음을 터뜨리려는 것을 보고 헨리는 서둘러 말했다. "칼, 잠시만 가게 좀 봐 줄 수 있지?"

"그럼."

"자, 티미, 이제 창고에 가서 차근차근 이야기해 줄래?"

그가 소년을 데리고 사라지자, 칼은 계산대 뒤로 가서 헨리의 의자에 앉았다. 얼마 동안은 모두 말이 없었다. 창고에서의 말소리가 그대로 들렸다. 낮고 느린 헨리의 목소리와 티미 그리나딘의 높고 빠른 목소리. 드디어 소년이 울기 시작했고, 빌 펠럼은 헛기침을 한 번 하고 나서 파이프에 담배를 채웠다.

"그러고 보니 몇 달 동안 리치를 못 본 것 같네." 내가 말했다.

빌도 중얼거렸다. "아쉬울 건 없지, 뭐."

"그러니까……, 맙소사, 10월 말에 보고 못 본 거잖아." 칼이 말했다. "핼러윈쯤이었을 거야. 그때 맥주 한 상자를 사 갔는데, 살이 엄청 쪘더랬지."

그러고 나서는 더 할 말이 없었다. 소년은 계속 울었지만 중간중간 이야기를 계속해 나갔다. 밖에서는 바람이 휘몰아쳤고, 라디오에서는 아침까지 15센티미터가 더 내릴 거라고 했다. 지금은 1월 중순이었고, 나는 갑자기 10월 이후에 리치를 본 사람이 있는지 궁금해졌다. 그러니까 그의 아들을 제외하고 말이다.

이야기가 조금 더 이어지더니 마침내 헨리와 소년이 다시 나왔다. 소년은 외투를 벗은 채였지만, 헨리는 입고 있었다. 소년은 가슴 주위를 가볍게 떨었는데 최악의 순간은 지난 듯했다. 하지만 아직도 눈은 빨갛게 충혈되었고, 눈이 마주칠 때면 바닥으로 고개를 숙여 버렸다.

헨리는 근심스러운 듯이 보였다. "티미를 2층으로 올려 보내서 마누라한테 구운 치즈나 그런 거 좀 만들어 주라고 해야 될 것 같아. 자네들 중 두어 명은 나랑 같이 리치한테 가 보는 게 좋겠어. 티미 말로는 아버지가 맥주를 마시고 싶어한대. 나한테 돈을 좀 보냈구먼." 그는 웃으려고 애썼지만, 너무 힘들어서 이내 포기해 버렸다.

"그러지 뭐." 버티가 말했다. "무슨 맥주? 내가 가져올게."

"해로 슈프림." 헨리가 말했다. "뒤에 가면 상자가 있을 거야."

나도 함께 자리에서 일어났다. 버티와 내가 가는 거였다. 칼은 이런 날씨에는 관절염이 심해져서 안 되고, 빌 펠럼은 오른손을 거의 쓸 수 없는 상태였다.

버티가 가지고 온 여섯 병들이 해로를 상자에 넣는 동안 헨리는 소년을 이층으로 데리고 갔다.

그는 아내에게 아이를 맡긴 다음 내려오면서 2층 문이 제대로 잠겼는지 어깨 너머로 확인했다. 빌리가 위를 보며 거의 소리 지르다시피 말했다. "무슨 일이야? 리치가 애를 패기라도 한 건가?"

"아니." 헨리가 말했다. "아직은 아무 얘기도 안 하는 게 좋을 것 같아. 미친 소리처럼 들릴 테니까. 대신 보여 줄 게 있네. 아이가 맥주 값으로 가지고 온 돈인데 말이야." 그가 주머니에서 4달러를 꺼냈다. 지폐의 끄트머리만 잡았는데, 그럴 만도 했다. 지폐에는 싸구려 잼 위에 끼는 곰팡이 같은 회색 점액질이 가득 묻어 있었다. 그는 바보 같은 웃음을 띤 채 지폐를 계산대에 내려놓으며 칼에게 말했다. "아무도 못 만지게 해. 아이가 하는 말이 좀 황당하기는 하지만 말이야."

그는 정육 판매대 뒤에 있는 개수대로 가서 손을 씻었다.

나는 자리에서 일어나 외투와 목도리를 걸친 다음 단추를 채웠다. 차를 가지고 가는 것은 좋은 생각이 아니었다. 리치는 커브 가에 있는 아파트에 살고 있는데, 도시 계획법에 가까스로 걸리지 않을 만큼 경사진 곳에 있었기 때문에 제설차가 지나갔을 리가 없었다.

우리가 나가려고 할 때, 빌 펠럼이 뒤에서 불렀다. "조심해!"

헨리는 고개만 끄덕이고 맥주 상자를 문 옆의 작은 손수레에 실었다. 우리는 수레를 밀며 길을 나섰다.

바람이 톱날처럼 파고들었고, 나는 얼른 목도리를 귀까지 끌어 올렸다. 버티가 장갑을 끼는 동안 현관 앞에서 잠시 기다려야 했다. 고통스러운 듯이 약간 인상을 찌푸리는 것을 보니 지금 그의 기분이 어떤지 짐작할 만했다. 젊은 친구들이라면 하루 종일 스키를 타고 밤에 또 스노모빌을 타는 것이 가능할 것이다. 하지만 일흔을 넘기고 나면, 북서풍이 가슴속까지 파고드는 것만 같다.

"놀라게 하고 싶지는 않네, 친구." 헨리가 입가에 여전히 그 알 수 없는 불쾌한 미소를 띠고 말했다. "하지만 이야기를 안 할 수가 없구먼. 가면서 소년이 한 이야기를 그대로 해 줌세……. 자네들도 알아야 될 것 같으니까 말이야. 자, 이것 보게!"

그는 45구경 권총을 외투 주머니에서 꺼냈다. 1958년에 하루 종일 가게 문을 열기 시작할 때부터 줄곧 계산대 밑에 두던 총이었다. 어디서 났는지 나는 알 수 없었지만, 언젠가 강도 앞에서 진짜로 쏜 적이 있다는 것은 알았다. 강도는 그 자리에서 뒤돌아서는 문 밖으로 그대로 줄행랑쳤다. 헨리는 그렇게 시원시원해서 좋았다. 한번은 가게에 와서 수표를 현금으로 바꿔 달라며 귀찮게 하는 대학생을 집어던진 적도 있었다. 나가떨어진 대학생은 엉덩이에 뭐가 낀 것처럼 엉거주춤 걷다가 결국엔 기어서 나가야만 했다.

지금으로서는 헨리가 나나 버티가 자신이 하려는 일을 알아주기를 바란다는 것 정도로만 정리하면 될 것 같다. 사실 우리도 알고 싶었다.

그렇게 우리는 출발했다. 세탁소의 작업부처럼 허리를 잔뜩 구부린 채, 헨리는 손수레를 비틀비틀 밀고 가며 소년의 이야기를 전했다. 헨리의 말소리가 미처 귀에 들리기도 전에 바람에 날아가 버리는 것 같았지만, 그래도 대부분은 알아들을 수 있었다. 어떤 말은 안 듣는 것이 더 좋을 뻔했지만. 아무튼 헨리가 외투 주머니에 권총을 챙겨 온 것은 아주 잘한 일이었다.

소년은 맥주가 문제일 거라고 말했다. 불량품은 항상 있게 마련이었다. 김이 빠졌다든가, 냄새가 난다든가, 촌놈 속옷에 있는 오줌 자국 같은 얼룩이 떠 있는 경우가 허다했다. 박테리아가 스며드는 데는 아주 작은 구멍만 있으면 된다는 이야기를 들은 적이 있다. 맥주가 한 방울도 흘러내리지 않을 만큼 작은 구멍이라도 박테리아가 들어가기에는 충분하다고 했다. 벌레 중에는 맥주를 특히 좋아하는 놈들이 몇 종류 있었다.

아무튼, 소년은 지난 10월에 리치가 평소와 다름없이 맥주 한 상자를 들고 들어와서는 자기가 숙제를 하는 동안 앉아서 캔을 해치웠다고 했다.

티미가 숙제를 마치고 잠자리에 들려고 할 때 리치가 말했다. "망할, 이게 아니잖아."

티미가 물었다. "왜 그러세요, 아빠?"

"이 맥주 말이야. 지금까지 먹어 본 것 중에 최악이야."

그렇게 맛이 안 좋은데 왜 마셨을까 궁금해하는 사람들도 있겠지만, 그런 사람들은 대부분 리치 그리나딘이 맥주를 마시는 것을 본 적이 없는 사람들이다. 나는 윌리의 가게에서 그가 내기하는 것을 본 적이 있다. 그는 일 분 만에 맥주 스무 잔을 마실 수 있다고 내기를 걸었다. 동네 사람들은 아무도 나서지 않았지만 몬트필리어에서 온 장사꾼 하나가 20달러를 걸었고, 리치는 그 사람을 보기 좋게 눌러 버렸던 것이다. 비록 걸어 나갈 때 바람에 휘날리는 돛처럼 휘청거리기는 했지만, 아무튼 스무 잔을 다 해치우고 나서도 7초나 시간을 남겼다. 아마도 리치는 맥주를 뱃속에 거의 다 부어 넣고 나서야 맛이 이상하다는 생각을 했을 것이다.

"토할 것 같아." 리치가 말했다. "조심해."

하지만 미처 술이 오르기도 전에 증세는 사라졌고, 그것이 끝이었다. 소년은 자기가 캔 냄새를 직접 맡아 보았다고 했다. 뭔가 그 안에서 슬금슬금 기어다니다 죽어 버린 듯한 냄새가 났고, 주둥이 주변에는 작은 회색 거품도 있었다고 했다.

이틀 후에 소년이 학교에서 돌아와 보니 리치는 빛이 하나도 들지 않게 해 놓고는 어둠 속에서 텔레비전 앞에 앉은 채 눈물이나 짜내는 드라마를 보고 있었다.

"웬일이에요?" 티미가 물었다. 리치는 9시 전에 들어오는 일이 거의 없었다.

"텔레비전 본다. 오늘은 나가고 싶은 생각이 없어서 말이다."

티미가 개수대 위의 불을 켜자 리치가 소리를 질렀다. "불 꺼!"

티미는 시키는 대로 했다. 어두운 데서 숙제를 어떻게 하느냐고는 물어보지도 않았다. 리치가 기분이 안 좋을 때는 아무것도 물어보지 않는 편이 나았다.

"가서 술 좀 사와라. 돈은 식탁 위에 있다." 리치가 말했다.

아이가 돌아왔을 때, 아버지는 여전히 어둠 속에 앉아 있었고 이제는 바깥도 어두워졌다는 것만 달랐다. 텔레비전도 꺼져 있었다. 아이는 엉금엉금 기어야 했다. 어쩔 수가 없었다. 아무것도 보이지 않는 어둠 속에서 한쪽 구석에는 아버지가 떡하니 버티고 있다면, 기어가는 수밖에 없었다.

티미는 맥주가 너무 차면 아버지가 좋아하지 않는다는 것을 알았기 때문에 그냥 탁자 위에 올려놓았다. 아버지에게 다가갈 때 뭔가 썩는 냄새가 났다. 누군가 모르고 그냥 내버려 둔 오래된 치즈 냄새랑 비슷했다. 그래도 욕을 하거나 화를 내지는 않았다. 원래 아버지는 깨끗하게 생활하는 사람이라고는 할 수 없었다. 대신 그는 자기 방으로 들어가 문을 닫고 숙제를 했다. 잠시 후 텔레비전이 켜지고 리치가 그날 저녁의 첫 번째 맥주를 따는 소리가 들렸다.

그러고 나서 2주 동안은 아무 일 없이 지나갔다. 아이는 아침에 일어나서 학교를 갔고, 저녁에 돌아와 보면 리치는 항상 텔레비전 앞에 앉아 있었고, 식탁 위엔 맥주 값이 놓여 있었다.

냄새는 점점 더 심해졌다. 리치는 계속 빛을 들이지 않았고, 11월 중순이 넘어서는 티미가 자기 방에서 숙제도 못하게 했다. 문 밑으로 새어 나오는 빛을 견딜 수 없다는 이유였다. 그래서 티미는 아버지에게 맥주를 사 드린 다음에 한 블록 떨어진 친구 집에 가서 숙제를 해야 했다.

그러던 어느 날, 티미가 학교에서 돌아왔을 때 리치가 말했다. 오후 4시 정도밖에 안 되었지만 벌써 날은 어둑어둑했다. 리치가 말했다. "불 켜라."

리치가 개수대 위의 불을 켜 보니 리치는 담요를 둘둘 말고 있었다.

"한번 봐라." 리치가 말하자 담요 밑에서 손이 하나 슬금슬금 기어 나왔다. 그건 손이 아니었다. 아이가 헨리에게 말한 바로는 '회색 덩어리'였다. "전혀 손처럼 보이지 않았어요. 그냥 회색 덩어리였어요."라고 아이는 말했다.

아무튼 티미 그리나딘은 겁이 났다. "아빠, 어떻게 된 거예요?"

"모르겠다. 하지만 해롭지는 않아. 기분이……, 기분이 좋아."

"웨스트페일 선생님을 모셔올게요."

그때 회색 담요가 부르르 떨리기 시작했다. 마치 그 밑에서 뭔가 끔찍한 것이 몸부림치는 것 같았다. 리치가 말했다. "그러지 마라. 전화를 걸면 내가 건드리게 되고, 그러면 너도 똑같이 될 거야." 그는 잠깐 얼굴 옆으로 담요를 슬그머니 치웠다.

우리는 할로커브 가의 모퉁이에 도착했고, 그때쯤엔 헨리의 가게를 나설 때보다 훨씬 더 춥게 느껴졌다. 그런 이야기를 믿고 싶어하는 사람은 하나도 없을 테지만, 아직도 세상엔 그렇게 신기한 일들이 벌어졌다.

뱅고어 시의 공공 사업 부서에서 근무하던 조지 켈소라는 친구가 있었다. 15년을 수도관이나 전력선 따위를 고치면서 지냈는데, 어느 날 갑자기 그 일을 그만둬 버렸다. 은퇴를 2년밖에 남겨 두지 않은 상황이었다. 잘 알고 지내던 프랭키 핼드먼의 이야기에 따르면 조지는 평소와 마찬가지로 에섹스 구역의 하수관을 타고 내려갔다가, 15분 후에 백발이 되어서는 지옥이라도 본 것 같은 놀란 눈으로 다시 올라왔다고 했다. 그는 즉시 공공 사업부의 차량으로 가서 퇴근 도장을 찍더니 곧장 윌리의 가게로 가서 맥주를 마시기 시작했다. 그러고는 2년 동안 술만 마시다가 죽어 버렸다. 프랭키가 그 일에 관해 이야기해 보려고 시도한 적이 있는데, 조지는 딱 한 번 무슨 이야긴가 했다고 한다. 곤드레만드레 취한 상태에서였다. 의자를 빙글빙글 돌리면서 조지는 프랭키에게 개만 한 거미를 본 적이 있냐고 물었다. 거미줄에는 고양이들이 잔뜩 걸린 광경을 본 적이 있느냐고. 무슨 대답을 할 수 있겠는가? 그 말이 사실일 거라고 생각하지는 않지만, 세상의 어느 한구석에서는 직접 보고 나면 인간이 미쳐 버리는 일들이 있다는 이야기를 하려는 것이다.

그렇게 우리는 모퉁이에 잠시 서 있었다. 바람이 점점 더 거세졌다.

"애가 본 게 뭘까?" 버티가 물었다.

"자기 아버지인 건 분명했대." 헨리가 대답했다. "그런데 아버지가 무슨 회색 젤리에 덮인 것 같았다는 거라……. 한데 엉켜서 말이지. 옷이 이리저리 엉겨 붙었는데, 마치 몸이랑 한 덩어리가 돼 버린 것 같았다고 하데."

"세상에." 버티가 말했다.

"그러고 나서는 다시 담요를 덮어쓰더니 불을 끄라고 소리를 질렀다는구먼."

"효모처럼 말이지." 내가 말했다.

"그렇지." 헨리가 말했다. "그런 종류야."

"권총은 잘 챙기고 있지." 버티가 말했다.

"그래. 걱정하지 마." 그 말과 함께 우리는 커브 가를 올라가기 시작했다.

리치 그리나딘이 살고 있는 아파트는 언덕의 끝자락에 있었다. 세기 초에 제지 회사에서 지은 괴물 같은 빅토리아 양식의 건물 중 하나였는데, 지금은 거의 다 아파트로 사용되고 있었다. 버티가 숨을 고르면서 리치는 눈썹처럼 튀어나온 박공 지붕 바로 아래 3층에 산다고 했다. 나는 그 틈을 타서 소년에게는 다음에 무슨 일이 생겼는지 물어보았다.

11월 셋째 주 정도 됐을 때였다. 오후에 아이가 학교에서 돌아와 보니 리치는 그냥 불을 끄고 있는 정도가 아니었다. 아예 못으로 창문이란 창문에 모두 담요를 박아 버린 상태였다. 물론 냄새도 더욱더 심해졌는데, 눅눅한 냄새, 이스트를 넣어서 과일을 푹 익힐 때 나는 냄새와 비슷했다.

그로부터 일주일 정도 지났을 때, 리치는 아이를 시켜서 맥주를 난로에 데우게 했다. 상상하기도 싫은 장면이었다. 아파트에서 아이 혼자서, 아버지는 점점……, 그러니까 어떻게인지 변하는 상태에서……, 아버지에게 줄 맥주를 데우고, 그걸 꿀꺽꿀꺽 마시는 소리를 들어야만 하는 장면, 노인네가 잡탕죽 먹는 소리 같은 그 소리를……. 상상만 해도 끔찍했다.

바로 오늘까지 일이 그렇게 진행돼 왔던 것이다. 눈바람 때문에 학교가 일찍 마친 오늘까지. 헨리가 말했다.

"애는 오늘도 바로 집으로 갔대. 2층 거실에 불빛이 전혀 안 보이더라는 거야. 아버지가 다 꺼 버린 걸로 생각했대. 아무튼 애는 엉금엉금 기어서 자기 방으로 갔지.

그런데 어둠 속에서 뭔가 움직이는 소리가 들리더래. 그때 아버지가 하루 종일 뭘 하고 지내는지 모르겠다는 생각이 퍼뜩 든 거야. 근 한 달 동안 그 의자를 벗어나는 걸 본 적이 없단 말이지. 사람이 잠도 자고 화장실도 가고 그래야 하는데.

원래는 문 가운데에 구멍이 하나 있어서 안쪽에서 당겨서 잠글 수 있게 되어 있는데 자기들이 이사 오고 나서 잘 쓰지는 않았대. 아무튼 아이는 문까지 어려움 없이 기어가서는 손가락으로 구멍을 살짝 열고 눈을 갖다 댔지."

우리는 집 앞 계단에 다다랐다. 건물은 3층의 창문이 무슨 눈이라도 되는 양 거대하고 흉측한 얼굴처럼 우리 위에 버티고 서 있었다. 위를 올려다보니 과연 그 창문들은 칠흑처럼 어두웠다. 누군가 담요로 막았거나 칠을 해 버린 것이 분명했다.

"안이 너무 어두워서 얼마 후에야 적응이 됐겠지. 그런데 그 안에서 애가 어마어마한 회색 덩어리를, 도무지 사람이라고는 할 수 없는 뭔가가 마루 위에 퍼진 것을 본 거라. 뒤에는 미끌미끌한 회색 꼬리를 단 채 말이야. 그놈이 한쪽 팔……, 그게 팔인지 아닌지는 모르겠지만, 팔을 뱀처럼 꿈틀거리면서 벽이나 선반 따위를 더듬더라는 거야. 그러더니 고양이를 한 마리 찾아냈다고 하데." 헨리는 잠깐 말을 멈추었다. 버티는 두 손을 연신 비벼 댔고 길거리는 미칠 듯이 추웠지만, 아직 아무도 올라갈 준비가 되지 않은 것 같았다. "죽은 고양이였어." 헨리가 다시 시작했다. "썩은 고양이 시체, 애 말로는 이미 흥건하게 축 늘어졌고……. 하얀 점 같은 것들이 스멀스멀 기어 다녔다는군……."

"그만." 버티가 말했다. "이런 제기랄."

"아버지가 그걸 먹더래."

헛구역질이 나올 것처럼 입안이 거북했다.

"그때 티미는 구멍을 닫아 버렸지." 헨리가 마무리를 했다. "그러고는 우리한테 달려온 거야."

"나는 못 갈 것 같아." 버티가 말했다.

헨리는 아무 말도 없었다. 그냥 버티와 나를 번갈아 쳐다볼 뿐이었다.

"그래도 가 보는 게 좋을 것 같아." 내가 말했다. "리치 맥주를 가지고 왔잖아."

버티는 거기에 아무 말도 덧붙이지 않았고, 그렇게 우리는 계단을 올라가 현관문을 열었다. 금방 냄새가 났다.

여름에 사과 양조장 냄새를 맡아 본 적이 있는지 모르겠다. 사과 냄새라고는 찾아볼 수가 없다. 가을이 되면 코가 확 뚫릴 만큼 강하고 자극적인 냄새를 맡을 수 있지만, 여름에는 그냥 악취만 날 뿐이다. 바로 그 냄새랑 비슷했다, 조금 더 심하다는 것만 빼면 말이다.

아래층 거실에는 등이 하나만 켜져 있었다. 반투명 갓에서 희미한 노란빛이 새어 나오고, 위층으로 올라가는 계단은 어둠 속으로 이어졌다.

헨리는 손수레를 멈추었다. 그가 맥주를 꺼내는 동안 나는 계단 옆에 있는 스위치를 올리고 2층 거실의 등을 켰다. 등은 깨져 있었다. 소년이 말한 대로였다.

버티가 떨리는 목소리로 말했다. "맥주는 내가 들 테니까, 자네는 그 권총이나 잘 챙겨."

헨리는 아무 말도 하지 않았다. 그는 상자를 버티에게 넘기고 위로 올라갔다. 헨리가 앞장서고 내가 다음, 그리고 맥주 상자를 꼭 껴안은 버티가 맨 뒤였다. 2층에 다 오르기도 전에 악취가 진동했다. 썩은 사과, 완전히 발효한 냄새, 어쩌면 그보다 더 지독한 냄새였다.

르반에 살 때 개를 한 마리 기른 적이 있다. 이름이 렉스이고 아무튼 착한 녀석이었는데, 도무지 차 무서운 줄을 몰랐다. 결국 어느 날 오후에 내가 일하러 나간 사이에 차에 치였는데, 녀석이 집 밑으로 기어 들어가서는 거기서 죽어 버렸다. 세상에, 그 냄새란. 결국 내가 직접 들어가서 작대기로 끄집어내야 했다. 지금 냄새도 그만큼 지독했다. 파리가 들끓고 썩은 반죽 같은 지저분한 냄새.

2층에 올라설 때까지만 해도 나는 모든 것이 그저 장난일지도 모른다고 생각했지만, 직접 보니 그게 아니었다. "세상에, 이웃들은 도대체 뭐 하고 있었던 거야?"

"이웃이 어디 있다고 그래?" 헨리가 물었다. 그는 다시 그 불길한 미소를 띠고 있었다.

주변을 둘러보니 거실은 먼지가 가득 앉은 것이 오랫동안 비었던 것 같았고, 2층의 방문 세 개는 모두 굳게 닫힌 채 잠겨 있었다.

"집주인이 누구지?" 맥주 상자를 내려놓고 숨을 고르며 버티가 말했다. "게토 아닌가? 이 인간을 쫓아내지 않은 게 신기하군."

"누가 올라가서 끄집어내겠나?" 헨리가 물었다. "자네는 할 수 있겠어?"

버티는 아무 말도 하지 않았다.

이제 두 번째 계단을 올라야 한다. 첫 번째 것보다 훨씬 좁고 가파른 계단이었다. 뿐만 아니라 점점 더 더워졌다. 건물 안의 온풍기가 모두 쉭쉭 소리를 내는 것 같았다.

계단 끝에 작은 거실이 있고, 작은 구멍이 있는 문이 보였다.

버티가 작게 탄성을 지르며 속삭였다. "지금 우리가 어디에 있는지 한번 봐."

아래를 보니 거실 바닥에 미끌미끌한 점액질이 여기저기 흥건하게 고여 있었다. 카펫을 깔던 자리인 것 같기는 한데, 지금은 그 회색 물질이 다 먹어 치운 모양이었다.

헨리가 문을 향해 걸어갔고, 우리는 뒤를 따랐다. 버티가 어쩌고 있는지는 알 수 없었으나 나는 다리가 후들후들 떨릴 지경이었다. 하지만 헨리는 조금도 주저하지 않았다. 그는 총을 꺼내 들고는 문 쪽을 겨냥한 채 앞으로 나아갔다.

"리치?" 그가 불렀다. 두려움이라고는 조금도 느껴지지 않는 목소리였지만 얼굴은 꽤 창백해 보였다. "나이트 아울의 헨리 퍼말릴세. 맥주 가지고 왔어."

일 분 정도 아무 대답이 없다가 이윽고 목소리가 들렸다. "티미는 어딨소? 우리 애는?"

하마터면 도망칠 뻔했다. 그건 인간의 목소리가 아니었다. 괴기하고 낮고 뭔가 끓는 듯한 목소리, 누군가 고기 기름을 입안에 잔뜩 담은 채 이야기하는 것 같았다.

"애는 우리 가게에 있네." 헨리가 말했다. "제대로 된 식사를 하고 있지. 애가 바짝 곯아서 말이야, 리치."

잠시 동안 아무 일이 없더니 끔찍한 소리가 들렸다. 마치 고무장화를 신은 사람이 진흙탕을 걷는 것 같았다. 이윽고 그 부패한 목소리가 문 바로 앞에서 말했다.

"문 열고 맥주 좀 넣어 주쇼." 목소리가 말했다. "좀 따서 넣어 줘요. 나는 못 하니까."

"잠깐만 기다리게. 도대체 어찌된 건가, 리치?" 헨리가 말했다.

"신경 쓰지 마쇼." 목소리가 말했다. 매우 다급한 목소리였다. "맥주나 넣어 주고 가요!"

"그냥 고양이 시체만 있는 게 아니지, 그렇지?" 헨리가 말했다. 조금 슬픈 목소리였다. 이제 총을 겨누지도 않았다. 우선은 이 일이 더 급했다.

갑자기, 지금 헨리가 무슨 생각을 하고 있는지 알 것 같았다. 어쩌면 티미의 이야기를 들었을 때부터 그는 그 생각을 하고 있었는지도 모른다. 그 기억이 되살아나면서 썩는 냄새가 더욱 더 강하게 느껴졌다. 지난 3주 사이에 젊은 여자 두 명과 구세군 한 명이 실종됐다. 모두 밤에 일어난 일이다.

"안 넣어 주면 내가 나가서 뺏을 거요." 목소리가 말했다.

헨리가 뒤로 물러서라고 손짓했다. 우리는 시키는 대로 했다.

"맘대로 하게, 리치." 그가 총을 다시 겨누었다.

아무 일도 없을 것 같은 상태가 그리 오래가지는 못했다. 솔직히 그렇게 모든 것이 끝날 줄 알았다. 그러다 갑자기 문이 부서졌다. 어찌나 세게 열렸는지, 벽에 닿기도 전에 문짝이 산산 조각나고 말았다. 그리고 리치가 밖으로 나왔다.

겨우 몇 초 만에, 정말 몇 초 만에 버티와 나는 어린 학생들처럼 계단을 네다섯 개씩 건너뛰며 문 밖으로 나와 눈밭에 미끄러져 뒹굴었다.

내려오는 동안 헨리가 총을 세 방 쏘는 소리를 들었다. 꼭꼭 막아 놓은 거실과 저주받은 텅 빈 집 전체에 총성이 귀를 찢을 듯 시끄럽게 울렸다.

그 짧은 일이 초 동안 본 광경은 죽을 때까지 지울 수가 없을 것 같다. 죽기까지 얼마나 남았는지는 모르겠지만. 회색 젤리의 거대한 파도 같았다. 뒤에 끈적끈적한 자국을 남기며 밀려오는 사람 모양의 젤리.

하지만 그게 끝이 아니었다. 노랗게 흥분된 녀석의 눈에서는 인간적인 모습이라고는 조금도 찾아볼 수 없었다. 게다가 두 개가 아니었다. 눈이 네 개였는데, 그 가운데, 그러니까 두 쌍의 눈 사이에 흰 섬유 같은 줄이 보이고, 거기 돼지 배의 갈라진 흉터 같은 틈 사이로 보라색 살점이 꿈틀거렸다.

놈은 분리 중이었다. 눈앞에서, 둘로 분리되는 중이었다.

가게로 돌아오는 동안 버티와 나는 한마디도 하지 않았다. 친구가 무슨 생각을 하고 있는지는 알 수 없었지만, 내 머릿속은 분명했다. 나는 곱셈을 외면서 왔다. 2×2는 4, 2×4는 8, 2×8은 16, 2×16은…….

그렇게 돌아왔다. 칼과 빌 펠럼은 자리에서 일어나며 이것저것 물어 댔다. 우리는 대답하지 않았다. 둘 다 아무 대답도 하지 않았다. 그냥 자리에 앉아서 헨리가 눈을 헤치고 돌아오기만 기다렸다. 32,768 곱하기 2까지 하고 그만두었다. 그러고는 맥주를 마시며 누군가 문을 열고 나타나기만 기다렸다. 그렇게 계속 앉아 있을 뿐이었다.

나는 들어오는 것이 헨리이기를 바랐다. 정말로 바랐다.

전장

■

Battleground

"렌쇼 씨?"

엘리베이터로 걸어갈 때 뒤에서 데스크 직원이 부르는 소리가
들렸다. 렌쇼는 황급히 돌아서며 여행 가방을 다른 손에 바꿔 들
었다. 코트 주머니에 20달러와 50달러짜리 지폐로 가득한 봉투가
묵직하게 느껴졌다. 일도 괜찮았고, 조직에서 15퍼센트를 수수료
로 제하고 난 금액임을 감안하더라도 보수는 꽤 훌륭했다. 이제
뜨거운 물에 샤워하고 진 토닉 한잔 한 다음에 푹 자기만 하면 원
이 없을 것 같았다.

"뭐죠?"

"소폽니다, 선생님. 여기 서명 좀 해 주십시오."

렌쇼는 서명을 마치고 직사각형 소포를 물끄러미 쳐다보았다.
고무풀로 붙인 꼬리표에 왼쪽으로 기울여서 적은 자신의 이름과
빌딩의 주소는 어딘가 낯익었다. 그가 인조 대리석으로 된 안내

224

데스크에서 바로 포장을 뜯자, 안에서 뭔가 가볍게 절그렁거리는 소리가 났다.

"사람을 시켜서 올려보내 드릴까요? 렌쇼 씨?"

"아뇨, 제가 들고 가죠." 길이는 45센티미터 정도 됐는데, 조금 거북하기는 했지만 겨드랑이 밑에 끼고 갈 만했다. 그는 물건을 엘리베이터 바닥에 내려놓고 일반 버튼 위에 있는 펜트하우스 칸에 열쇠를 넣어 돌렸다. 엘리베이터는 부드럽고 조용하게 움직였다. 눈을 감고 머릿속으로 그 일을 다시 한번 죽 정리해 보았다.

시작은, 언제나 그랬듯이 칼 베이츠가 전화를 했다. "지금 가능한가, 조니?"

그는 일 년에 두 번 그 일을 했고, 보수는 최소 1만 달러였다. 일을 썩 잘하고 믿을 만한 사람이기도 했지만, 고객들이 그를 찾는 이유는 절대 실패하지 않는 그의 해결사 자질 때문이었다. 존 렌쇼는 인간 독수리였는데, 타고난 기질이나 자라 온 환경이 모두 두 가지 일을 아주 훌륭하게 해낼 수 있는 인간이었다. 사람 죽이는 일과 살아남는 일.

베이츠에게서 전화가 온 후, 렌쇼의 우편함에 황갈색 봉투가 배달되었다. 이름과 주소, 사진이 든 봉투였다. 그 정보들을 기억한 다음에 쓰레기장으로 가서 봉투와 내용물은 모두 태워 버린다.

이번에는 모리스 장난감 회사의 창업자이자 현 소유주인 한스 모리스라는 마이애미의 사업가였다. 모리스를 제거하고 싶어하는 누군가가 조직을 찾아간 것이다. 조직에서는 캘빈 베이츠를 통해 존 렌쇼에게 연락하고. 빠방. 장례식에 화환은 사절합니다.

문이 열리고, 그는 소포를 집어 들고 나왔다. 스위트룸을 열고 안으로 들어섰다. 이 시간쯤, 그러니까 오후 3시쯤이면 널찍한 거실은 4월의 햇살로 빛난다. 그는 잠시 멈춰 서서 그 햇빛을 즐기고는 소포를 문 옆에 놓인 탁자 끝에 내려놓고 타이를 풀었다. 그때 소포 위에 있던 봉투가 떨어졌지만 그는 그냥 테라스를 향해 걸어갔다.

유리문을 열고 밖으로 나갔다. 날씨는 아직 추웠고, 얇은 외투 사이로 칼 같은 바람이 서늘하게 파고들었다. 그는 그렇게 서서 새로운 점령지를 훑어보는 장군처럼 도시를 내려다보았다. 거리에는 벌레 같은 차들이 몰려다니고, 저 멀리, 오후의 금빛 햇살에 가린 베이 브리지가 미친 사람 눈에 보이는 신기루처럼 번쩍였다. 동쪽으로는 번화가의 고층 건물 뒤로 빼곡하게 들어선 지저분한 집들 위에 텔레비전 안테나가 줄줄이 늘어서 있었다. 여기 위가 훨씬 나았다. 빈민굴보다는 여기가 더 나았다.

다시 안으로 들어온 그는 문을 닫고 욕실로 가서 아주 오랫동안 뜨거운 물로 샤워를 했다.

40분 후에 한 손에 마실 것을 들고 소포를 확인하러 나왔을 때는, 자주색 카펫 위로 그늘이 반쯤 드리워졌고 가장 좋은 오후 시간은 이미 지나가 버린 후였다.

'이건 폭탄이다.'

물론 그것은 폭탄이 아니었지만, 그는 마치 폭탄을 다루듯 물건을 다루었다. 바로 그런 자세 덕분에 다른 청부업자들이 죽어서 실업자가 되는 와중에도 그에게는 계속 일이 들어오는 것이었다.

만약 폭탄이라면, 시계 장치가 없는 종류였다. 아주 조용한 물건이었다. 평범해서 종잡기 어려운 물건. 요즘에는 플라스틱 폭탄이 더 많이 쓰이지만, 아무튼 웨스트클록스나 빅 벤에서 만든 시계 장치보다는 덜 민감한 놈이었다.

렌쇼는 우편 소인을 확인했다. 마이애미, 4월 15일. 닷새 전이다. 결국 시한 폭탄은 아닌 셈이다. 그대로 둔다면 호텔에서 폭발할 일은 없다.

마이애미라, 그렇지. 그리고 그 왼쪽으로 기울여 쓴 필체. 창백한 마이애미 사업가의 책상에는 사진이 든 액자가 있었다. 혈색이 안 좋은 쪼그랑할멈이 스카프를 두르고 찍은 사진이었다. 사진 아래 기울어진 글씨체로 다음과 같이 적혀 있었다. "최고의 조언자 — 어머니로부터."

도대체 이건 또 무슨 조언입니까, 어머니? 무슨 자살 도구라도 되는 겁니까?

그는 팔짱을 낀 채 미동도 않고 소포를 유심히 쳐다보았다. 도대체 모리스의 어머니는 어떻게 그의 주소를 알았을까 같은 사소한 의문점들은 떠오르지 않았다. 그건 나중에 칼 베이츠에게 확인해 보면 되는, 현재로서는 그다지 중요하지 않은 문제였다.

갑자기, 거의 눈에 띄지 않는 동작으로 그는 지갑에서 필름으로 된 달력을 꺼내 갈색 포장지 사이의 틈에 능숙하게 끼워 넣었다. 한쪽 끝에 늘어진 테이프 밑으로 필름을 밀어 넣자 접합 부분이 느슨해지면서 틈이 벌어졌다.

그는 동작을 멈추고 소포를 보더니 몸을 기울여 냄새를 맡아 보았다. 판지와 종이, 끈이었다. 다른 것은 없었다. 쪼그리고 앉은 자세로 상자 주위를 여러 번 돌았다. 황혼의 저녁 빛이 아파트에 스며들면서 손가락에 그늘이 떨어졌다.

접합 부분이 완전히 벌어지면서 그 아래 녹색 상자가 보였다. 금속이었고 경첩도 붙어 있었다. 주머니칼을 꺼내 끈을 잘랐다. 끈이 흘러내리고, 칼끝으로 몇 번 더 헤집고 나니 상자가 완전히 드러났다.

검은색 문양이 들어간 녹색 상자였는데, 앞쪽에 흰색 글씨로 다음과 같이 적혀 있었다. G. I. 조 베트남 전쟁 세트. 보병 20명, 헬리콥터 10대, 기관총 사수 2명, 바주카포 사수 2명, 의무병 2명, 지프 4대. 부대 마크 판박이. 그 아래로 한쪽 구석에 '모리스 장난감 회사, 마이애미, 플로리다'라고 적혀 있었다.

그는 손을 내밀어 만져 보고는 얼른 손을 뗐다. 사물함 안에서 뭔가 움직였다.

자리에서 일어난 렌쇼는 천천히 부엌과 거실 쪽으로 물러났다. 그는 불을 켰다. 상자가 흔들리면서 밑에 놓인 갈색 포장지가 떨렸다. 갑자기 상자가 균형을 잃으면서 카펫 위로 툭 쓰러졌다. 경첩이 달린 뚜껑이 5센티미터 정도 열렸다.

키가 4센티미터 정도 되는 가는 다리의 보병이 기어 나왔다. 렌쇼는 눈을 똑바로 뜨고 그 모습을 지켜봤다. 눈앞에 벌어지는 광경이 현실인지 아닌지는 중요하지 않았다. 그는 자신이 살아남을 수 있을지 여부만 생각했다.

병사들은 자그마한 군복에 헬멧은 물론 군장까지 갖추고, 어깨에는 작은 소총까지 제대로 멨다. 그들 중 두 명이 렌쇼가 있는 방을 재빨리 살폈다. 연필심만 한 작은 눈이 깜빡거렸다.

병사들은 다섯에서 열, 열두 명이 되더니 마침내 스무 명이 다

나왔다. 그중 한 명이 이런저런 동작을 취하며 지휘하는 것이 보였다. 벌어진 상자의 뚜껑 뒤에 나란히 선 병사들이 뚜껑을 밀기 시작했다. 이내 벌어진 틈이 넓어졌다.

렌쇼는 안락의자 옆에 놓인 베개를 집어 들고 그들을 향해 다가갔다. 지휘관이 뒤를 돌아보며 손짓을 했다. 다른 군인들이 쏟아져 나오며 소총을 끌렀다. 무언가 튀어 오르는 듯한 소리가 미세하게 들렸고, 렌쇼는 벌에게 쏘인 것 같은 따끔함을 느꼈다.

그는 베개를 던졌다. 병사들의 대열이 흐트러지면서 상자가 완전히 열렸다. 무슨 벌레처럼, 진드기 소리 같은 높고 가는 소리를 내며 짙은 녹색의 헬리콥터 무리가 상자에서 쏟아져 나왔다.

'팟', '팟' 하는 소리가 들리더니 헬리콥터의 문 옆에 달린 바늘 같은 총구에서 불꽃이 튀었다. 바늘이 그의 배와 오른 팔뚝, 그리고 목에 와서 꽂혔다. 손을 내밀어 하나를 잡았다. 손가락이 아프면서 피가 났다. 헬리콥터 날개가 손가락을 치면서 보라색 자국과 함께 뼈가 보일 만큼 깊은 상처가 생겼다. 나머지 헬리콥터가 뒤로 물러서더니 말파리처럼 그의 주위를 뱅뱅 맴돌았다. 잡힌 헬리콥터는 털털거리다 이내 멈춰 버렸다.

갑자기 발이 너무 아파서 그는 소리를 질렀다. 보병 중 한 명이 그의 신발 위에 올라서서 발목에다 대검을 마구 찔러 대고 있었다. 작은 얼굴이 그를 올려다보았다. 헐떡이면서도 묘한 미소를 띤 얼굴이었다.

렌쇼가 발길질을 하자 그 작은 몸뚱아리가 방을 가로질러 날아가 벽에 부딪혀 으깨졌다. 피가 나는 대신 역겨운 보라색 얼룩이 생겼다.

아주 작은 기침소리 같은 폭발음이 들리더니 이번에는 허벅지에 견딜 수 없을 만큼 고통이 느껴졌다. 바주카포 사수 하나가 상자 바깥에 나와 있었다. 그가 들고 있는 포에서 작은 연기가 피어올랐다. 다리를 내려다보니 바지에 동전만 한 검은 구멍이 생기고 그 아래 살이 그을렸다.

'이 조그만 놈이 나를 쐈잖아.'

렌쇼는 돌아서서 거실을 지나 침실로 달려갔다. 헬리콥터 한 대가 윙윙거리며 목을 스쳤다. 프로펠러가 바쁘게 돌았다. 자동소총 소리가 들리더니 이내 멀어져 갔다.

침대 밑에 숨겨 둔 총은 매그넘 44구경, 뭘 쏘든 주먹 두 개가 들어갈 만한 구멍을 만들어 놓는 물건이었다. 렌쇼는 뒤돌아서며 두 손으로 총을 쥐었다. 그는 자기가 겨누는 것이 기껏해야 작은 전구만 하다는 사실을 잘 알았다.

헬리콥터 두 대가 침실로 들어왔다. 침대에 앉은 렌쇼는 방아쇠를 당겼다. 한 대가 흔적도 없이 사라졌다. '두 대였지.' 두 번째 헬리콥터를 겨누고, 방아쇠를 당기려는 순간……

'갈지자로 움직여! 빌어먹을, 갈지자로 움직이고 있어!'

헬리콥터가 프로펠러를 앞으로 향한 채 미친 듯한 속도로 달려들었다. 문 앞에 기관총 사수 한 명이 웅크린 것이 보였다. 연사음이 들리고 눈앞이 번쩍하더니 그는 쓰러져서 바닥을 뒹굴었다.

'눈, 이 새끼가 눈을 쏘다니!'

그는 등을 벽 쪽으로 향한 채 일어나 앉으며 가슴 높이에서 총을 겨누었다. 헬리콥터는 물러났다. 잠시 쉬면서 렌쇼가 가진 화기가 훨씬 뛰어나다는 점을 곰곰이 생각하는 것 같았다. 잠시 후 헬리콥터는 다시 거실로 완전히 물러났다.

렌쇼는 바닥에서 일어났다. 다친 다리에 체중이 실릴 때는 얼굴을 찌푸렸다. 피가 계속 흘렀다. 당연한 일이었다. 웃음이 났다. '바주카 포를 맞고도 살아남은 사람이 얼마나 될까?'

모리스의 어머니는 과연 최고의 조언자였다. 아니, 그 이상이었다.

렌쇼는 베갯잇을 벗겨 다리를 동여맨 다음, 서랍장에서 면도용 거울을 꺼내 들고 거실 문으로 다가갔다. 그는 거기서 무릎을 꿇고 카펫 위에 거울을 세워 밖을 살폈다.

놈들은 상자 옆에 진을 치고 있었다. '빌어먹을.' 장난감 병정들이 여기저기 뛰어다니며 텐트를 칠 준비를 했다. 5센티미터 높이의 지프가 부산하게 움직였고, 의무병은 렌쇼가 찬 군인을 치료 중이었다. 남은 헬기 여덟 대는 커피 탁자 높이에서 경계 비행을 돌았다.

거울을 눈치 챘는지 한순간 보병 셋이 무릎을 꿇고 사격을 시작했다. 몇 초 후 거울이 네 조각 났다. '됐어. 좋아, 이만하면.'

렌쇼는 다시 방으로 들어와서 잡동사니들이 담긴 마호가니 상자를 찾았다. 크리스마스에 린다가 준 것이었다. 그는 상자를 한 번 들어 보고는 고개를 끄덕이며 문으로 재빨리 달려갔다. 몸을 뒤로 젖히며 직구를 던지는 투수처럼 상자를 힘껏 던졌다. 날렵한 곡선을 그리며 날아간 상자가 꼬마 인간들을 볼링 공처럼 쓰러뜨렸고 지프 한 대는 두 바퀴나 나뒹굴었다. 거실 문으로 다가간 렌쇼는 거기 퍼진 병사를 한 명 발견하고 박살을 내 버렸다.

병사들 중 몇몇은 금방 회복했다. 무릎을 꿇고 다시 사격을 시작하는 놈들도 있고, 숨을 곳을 찾는 놈들도 있었다. 그중 몇 명은 다시 사물함 속으로 들어가 버렸다.

벌침을 맞는 것 같은 느낌이 다리와 몸통에 느껴졌지만, 가슴 위로 올라오는 것은 없었다. 그 높이까지는 사정권에 들지 않는 모양이다. 문제될 것은 없었다. 그는 물러서지 않았다. 끝장을 봐야 했다.

놈들이 너무 작아서 두 번째 총알은 빗나갔지만, 세 번째로 또 한 명을 보낼 수 있었다.

헬리콥터가 그를 향해 미친 듯이 날아들었다. 작은 총알들이 얼굴에 날아들었다. 주로 눈 주변이었다. 그는 제일 앞에 있는 헬리콥터와 다음 헬리콥터를 손으로 잡았다. 눈이 찢어질 듯 아프더니 시야가 흐려졌다.

남은 여섯 대의 헬리콥터가 두 편대로 갈라지며 물러났다. 그는 얼굴에 흐르는 피를 팔뚝으로 닦았다. 다시 총을 쏠 준비를 했다. 그때 사물함 속으로 들어갔던 병사들이 무슨 물건을 꺼냈다. 생긴 것이 꼭……

눈부신 화염이 일더니 왼쪽 벽에서 목재와 벽감이 부서졌다.

'로켓 발사대!'

렌쇼는 그 물건을 향해 한 발을 쐈다. 총알이 빗나갔고, 그는 이리저리 구르며 복도 끝에 있는 화장실로 달려갔다. 문을 닫고 잠갔다. 화장실 거울에는 인디언 한 명이 놀란 눈으로 그를 쳐다본다. 고추씨만 한 상처에서 가느다란 핏줄기가 흐르는, 전투에 미친 인디언의 얼굴. 한쪽 볼에는 떨어진 살점이 덜렁거렸고, 목 언저리에 푹 팬 상처가 보였다.

'내가 밀리잖아!'

떨리는 손으로 머리를 가다듬었다. 현관문은 막혔다. 전화도 불통이었고 부엌 내선도 마찬가지였다. 놈들은 로켓을 가지고 있고, 거기에 맞으면 머리통이 날아갈 수도 있었다.

'씹할, 상자에 적혀 있지도 않은 물건을!'

깊은 숨을 마셨다가 내뱉으려 할 때 화장실 손잡이 부근의 목재가 부서지며 시커멓게 그을었다. 뚫린 구멍 언저리에서 가는 연기가 피어오르고, 놈들이 또 한 발 발사하는지 눈부신 화염이 일었다. 나무 문이 부서지며 불타는 파편들이 화장실 바닥 장판에 흩어졌다. 그가 발로 불을 끄는 동안 헬리콥터 두 대가 뚫린 구멍으로 들어왔다. 그의 가슴에 기관총 탄환이 와서 박혔다.

분노를 참지 못한 그는 맨손으로 그중 한 대를 때려잡았다. 손바닥에 깊은 상처가 생겼다. 그 와중에 어떻게 생각했는지, 그는 이번에는 수건을 집어 들고 나머지 한 대를 내려쳤다. 헬리콥터가 바닥에 떨어졌고, 그는 그걸 발로 무자비하게 짓밟았다. 숨이 차올랐다. 한쪽 눈에서 계속 피가 흘렀다. 뜨겁고 역겨운 피. 그는 피를 닦아 냈다.

'잠깐만, 이런 빌어먹을, 잠깐만 있어 봐. 놈들도 생각을 달리 하겠지.'

사실이었다. 병사들도 작전을 다시 짜는 모양이었다. 15분 동안 아무 일도 일어나지 않았다. 렌쇼는 욕조 끝에 걸터앉아 머리를 쥐어짰다. 이런 막다른 곳에서도 벗어날 길은 있는 법이다. 그래야만 했다. 만일 측면에서 공격할 수 있다면……

고개를 돌려 욕조 옆에 있는 창문을 봤다. 방법이 있었다. 물론 방법이 있었다.

의약품 선반 위에 라이터 기름이 보였다. 손을 뻗어 잡으려 할 때 뭔가 움직이는 소리가 들렸다.

그는 뒤돌아서며 권총을 겨누었다……. 부서진 문 틈으로 종이 한 장이 삐죽이 들어와 있었다. 녀석들이 들어오기에도 틈이 너무 좁다고 렌쇼는 쓴웃음을 지으며 생각했다.

종이 위에 글씨가 적혀 있었다.

항복하라

렌쇼는 웃으며 라이터 기름을 가슴 주머니에 넣었다. 옆에 연필도 보였다. 그는 종이 위에 대답을 적어서 문 밑으로 다시 밀어 넣었다.

바보 같은 놈들

갑자기 로켓탄이 쏟아졌고 렌쇼는 뒤로 물러났다. 로켓은 문의 뚫린 구멍으로 날아 들어와 수건걸이 위의 파란 타일에 가서 맞았다. 우아한 분위기의 화장실 벽이 엉망이 되어 버렸다. 렌쇼는 날아드는 파편을 피하기 위해 손을 들어 눈을 가렸다. 가슴이 불타는 듯 뜨거웠고 등은 따가웠다.

렌쇼는 폭격이 멈출 때를 기다렸다가 천천히 이동했다. 욕조 위로 걸어가 창문을 열었다. 별빛이 차갑게 비쳤다. 좁은 창문이었고, 그 뒤엔 역시 좁은 창살이 쳐져 있었다. 하지만 그런 데 신경 쓸 겨를이 없었다.

몸을 밀어 넣자, 엉망이 된 얼굴에 와 닿는 밤공기가 차가웠다. 한 손으로 중심을 잡으며 몸을 내밀어 아래를 내려다봤다. 40층 아래를. 이 높이에서 보면 건물 앞의 거리도 아이들의 장난감 기차 레일만큼 좁아 보였다. 도시의 환한 불빛이 버려진 보석처럼 그의 눈 밑에서 반짝거렸다.

체조로 단련된 몸으로, 렌쇼는 무릎을 창문 아래쪽으로 꺼냈다. 그 말벌만 한 헬리콥터가 뚫린 문으로 들어와서 엉덩이에 한 방 쏘기라도 하면 그대로 끝장날 참이었다.

그런 일은 일어나지 않았다.

렌쇼는 몸을 비틀어 한쪽 다리를 밖으로 밀어내고 머리 위로 손을 돌려 건물의 처마를 붙잡았다. 잠시 후 그는 창문 밖 난간에 간신히 설 수 있었다.

아래로 떨어지는 끔찍한 일이나 헬리콥터가 윙윙거리며 그를 쫓아오는 일 따위는 생각하지 않으려고 노력하면서, 렌쇼는 조심조심 건물의 모퉁이를 향해 걸음을 옮겼다.

열다섯 걸음……, 열 걸음……, 세 걸음……, 드디어 도착했다. 그는 가슴을 벽에 댄 채 거친 벽면을 손으로 꼭 붙잡고 쉬었다. 주머니에 있는 라이터 기름과 허리춤에 찬 권총이 묵직하게 느껴졌다.

이제 모퉁이만 돌면 된다.

부드러운 동작으로 한쪽 발을 돌리고 체중을 옮겨 실었다. 건물의 모퉁이가 면도칼처럼 정확하게 그의 가슴과 복부 가운데 걸쳤다. 새들의 배설물이 말라붙은 흔적이 바로 눈앞의 돌벽에 가

득했다. '씹할.' 그는 생각했다. '새들이 이렇게까지 높이 날 줄
은 몰랐지.'

왼쪽 발이 미끄러졌다.

시간도 느낄 수 없는 섬뜩한 한순간, 그는 가장자리에서 발버
둥을 쳤다. 오른손을 미친 듯이 휘저으며 균형을 잡으려고 휘젓
다가 애인을 껴안듯이 건물 벽을 힘껏 부둥켜안았다. 얼굴이 단
단한 모서리에 부딪히고 숨이 거칠어졌다.

조심조심 다른 발도 움직였다.

서른 걸음 정도 앞에 거실 테라스가 보였다.

숨소리를 낮추고 그쪽을 향해 움직였다. 심한 바람에 몸이 휘
청거리는 바람에 중간에 두 번 멈춰야 했다.

마침내 테라스에 도착한 그는 장식용 철제 난간을 붙잡았다.

소리 없이 난간을 넘었다. 유리문 뒤의 커튼을 반만 쳐 놓았기
때문에 조심스럽게 안을 정탐할 수 있었다. 놈들은 그가 바라던
대로 등을 보이고 있었다.

병사 넷과 헬리콥터 한 대가 상자를 지키고 나머지는 화장실
문 앞 로켓 발사대 주변에 모여 있었다.

됐어. 기습 공격으로 들어가서, 사물함 옆에 있는 놈들을 해치
운 다음 현관으로 나가는 거야. 택시를 타고 곧장 공항으로 가는
거지. 마이애미로 가서 모리스 사의 최고의 조언자를 찾아야겠
어. 그녀를 만나면 화염 방사기로 얼굴을 태워 버릴 생각이었다.
그야말로 권선징악이 될 것이다.

셔츠를 벗어서 한쪽 소매를 뜯었다. 나머지는 그냥 바닥에 펄
럭이게 내버려 둔 채, 라이터 기름통의 뚜껑을 열었다. 소매의 양

쪽 끝을 유리문에 끼우고 15센티미터 정도만 남겼다.

라이터를 꺼내고 깊은 숨을 한 번 들이켠 다음에 불을 댕겼다. 옷감에 불을 붙이는 것과 동시에 유리문을 열어젖히며 안으로 돌진했다.

헬리콥터가 즉각 반응을 보였다. 거실을 가로지르는 그를 향해 가미카제 특공대처럼 날아들며 총탄을 마구 쏴 댔다. 렌쇼는 헬리콥터 날개에 살이 찢기는 아픔도 아랑곳하지 않고 팔을 들어 헬기를 정면으로 막았다.

작은 병사들이 상자 속으로 우르르 들어갔다.

나머지는 아주 빨리 진행됐다.

렌쇼는 라이터 기름을 던졌다. 용기에 불이 붙으면서 금방 화염이 일었다. 그는 몸을 돌려 현관문을 향해 달렸다.

그때 그를 친 것이 무엇이었는지 그는 전혀 알 수 없었다.

상당한 높이에서 떨어진 철제 금고에 맞으면 비슷한 느낌이 들지도 모르겠다. 하지만 이 물건은 고층 아파트의 벽을 뚫고, 철제 구조를 소리굽쇠 두드리듯 두드리며 날아간다는 점이 달랐다.

충격에 날아간 펜트하우스의 문이 반대쪽 벽에 부딪혀 박살이 났다.

건물 아래에서 손을 잡고 걸어가던 연인 한 쌍이 마침 커다란 흰색 섬광이 폭발하는 광경을 목격했다. 마치 수백 대의 플래시가 동시에 터지는 것 같았다.

"누가 퓨즈를 터뜨렸나 봐." 남자가 말했다. "내가 보기엔……."

"저게 뭐야?" 여자가 물었다.

웬 천 쪼가리가 펄럭거리며 그들 앞에 떨어졌다. 남자가 팔을 뻗어 집었다. "세상에, 남자 셔츠야. 구멍투성이에, 피까지 묻었잖아."

"이런 거 싫어." 여자가 신경질적으로 말했다. "택시를 부를까, 랠프? 위에 무슨 일이 생긴 거라면 경찰한테 알려야 하잖아. 근데 나 지금 자기랑 있는 거 알려지면 안 되는데."

"그럼, 안 되지."

주변을 살피던 남자가 택시를 발견하고 소리내어 불렀다. 택시가 멈추자 그들은 달려갔다.

그들 뒤로, 잘 보이지도 않는 작은 종이쪽지가 존 렌쇼의 셔츠 조각 근처에 떨어졌다. 거기에 꼬장꼬장한 글씨체로 다음과 같이 적혀 있었다.

베트남 전쟁 세트에만 들어 있는 특별 선물!
(한정 수량)
로켓 발사대 1기
"트위스터" 지대공 미사일 20문
수소폭탄 1문

트럭

■

Trucks

그 남자의 이름은 스노드그래스. 뭔가 미친 짓을 할 것 같은 낌
새가 보였다. 점점 커지는 그의 눈에는 이제 싸울 준비가 된 개처
럼 흰자위만 두드러져 보였다. 낡은 퓨리를 타고 주차장으로 미
끄러져 들어온 애송이가 말을 걸려 했지만 그는 다른 소리를 듣
는지 머리를 곧추세웠다. 엉덩이가 약간 반질거리는 좋은 양복을
입었는데, 배 쪽이 좀 빵빵해 보였다. 그는 외판원이었고 홍보 자
료가 담긴 가방을 잠든 애완견처럼 옆에 꼭 두었다.

"라디오 좀 다시 켜 보시죠?" 카운터에 앉은 트럭 운전사가 말
했다. 즉석요리를 만드는 주방장이 어깨를 으쓱하더니 라디오를
켰다. 주파수를 맞추려 했지만 너무 급히 돌려 칙 소리만 흘러나
왔다.

"너무 빨리 돌렸잖아요." 운전사가 항의했다. "놓쳤다고."

"에이." 주방장이 말했다. 늙은 흑인이었는데 미소만은 최고였

다. 그는 트럭 운전사를 보고 있지 않았다. 통유리로 된 창 너머로 주차장을 내다보고 있었다.

대형 트럭 일고여덟 대가 묵직한 엔진 소리를 내며 주차장에 서 있었다. 사자가 그르릉대는 소리 같았다. 맥 두 대, 헤밍웨이 한 대, 레오가 네댓 대였다. 앞에는 번호판이 여러 개 있고, 뒤에는 커다란 안테나를 단 트레일러 트럭, 장거리 수송용 대형 트럭이었다.

애송이가 탔던 퓨리는 기다란 바퀴 자국을 남기고 주차장 어딘가에서 깨져 나온 푸석푸석한 돌덩이들과 함께 거꾸로 처박혀 있었다. 그건 재생 불가능한 폐차가 되어 버렸다. 트럭 휴게소 입구에는 번개라도 맞은 듯한 캐딜락이 있었다. 차 주인은 내장 튀어나온 물고기처럼 온통 잘게 금이 간 앞유리 너머를 지그시 보았다. 뿔테 안경이 한쪽 귀에 겨우 걸려 있었다.

주차장을 반쯤 가로지른 곳에 분홍빛 드레스를 입은 여자가 엎어져 있었다. 이대로는 가망 없겠다 싶어 캐딜락에서 뛰어내렸던 여자였다. 그녀는 냅다 달렸지만 행운의 여신은 그녀의 편이 아니었다. 차에 친 얼굴은 볼 수 없었지만 실로 최악이라고 할 수 있었다. 엎드린 그녀 주위에 파리 떼가 득실거렸다.

건너편 도로에는 구형 포드 스테이션왜건이 난간을 들이받고 서 있었다. 한 시간 전의 일이었다. 그때는 그쪽으로 사람이 다니는 시간이 아니었다. 창문으로는 고속도로 쪽이 보이지 않았고 전화마저 불통이었다.

"너무 빨리 돌렸잖아요." 운전사가 항의했다. "아저씨 말이야……"

그 순간 스노드그래스가 폭발했다. 벌떡 일어난 그는 탁자를 뒤집어엎고, 커피잔을 내동댕이치고, 설탕통을 휘둘러 댔다. 전에 없이 거친 눈빛에 입을 축 늘어뜨리고 주절주절 중얼거렸다. "여기서나가야해, 여기서나가야해, 여기서나가……"

애송이는 소리를 질렀고 그의 여자 친구는 비명을 질렀다.

스노드그래스는 출입구 옆 의자에 앉아 있던 내가 셔츠를 잡았지만 옷을 찢어 버리고 문을 나섰다. 만반의 준비가 된 것 같았다. 은행 금고 문이라도 뚫고 나갈 기세였다.

문을 박차고 나선 그는 자갈길을 가로질러 왼쪽의 하수관을 향해 내달았다. 흑갈색 디젤 찌꺼기를 하늘로 쏘아 올리며 트럭 두 대가 그를 향해 돌진했다. 커다란 뒷바퀴에 튕겨 나온 자갈이 꼭 기관총에서 쏟아져 나온 총알 같았다.

주차장으로 겨우 대여섯 발자국 들어서서 그는 뒤를 돌아보았다. 얼굴에 두려움이 비쳤다. 다리가 꼬여 휘청하며 넘어질 뻔했다. 다시 균형을 찾았지만 때는 이미 늦었다.

트럭 한 대가 길을 터 주자 다른 한 대가 그를 덮쳐 버렸다. 햇빛을 받은 트럭의 전면 그릴이 잔혹하게 빛났다. 스노드그래스는 찢어질 듯 가는 비명을 질렀지만 그마저도 레오의 묵직한 디젤 엔진 소리에 파묻혀 버렸다.

깔아뭉개지는 않았다. 결과를 보면 차라리 깔리는 편이 나았을지 모른다. 축구 선수가 공을 냅다 차듯, 트럭은 그를 높이, 그리고 멀리 날려 보냈다. 뜨거운 오후 태양 아래 떠오른 그의 모습이 허수아비처럼 비쳐졌고, 잠시 후 하수구에 처박혔다.

거대한 트럭의 앞바퀴를 채우는 브레이크 소리가 용의 거친 숨

소리처럼 들렸고, 주차장의 자갈을 파내며 미끄러지다 차체가 완전히 접히기 직전에야 멈춰 섰다. '미친놈.'

가건물에 앉아 있던 여자가 비명을 질렀다. 양손으로 볼을 감싸 쥐고 힘을 줘 잡아당기는 바람에 얼굴이 마녀처럼 변했다.

무언가 깨지는 소리가 들렸다. 고개를 돌리자 트럭 운전사가 컵을 세게 움켜쥐어 부숴 버리는 모습이 보였다. 본인은 의식하지 못하는 것 같았다. 우유와 함께 핏방울이 카운터에 흘렀다.

흑인 주방장은 앞치마를 손에 쥔 채 놀란 표정으로 라디오 옆에 꼼짝 못하고 서 있었다. 이빨 부딪히는 소리가 들렸다. 얼마간은 시계 돌아가는 소리와 레오가 자기 무리로 돌아가며 내는 엔진 소리만 들렸을 뿐이다. 잠시 후 그 여자의 울음소리가 들렸지만 상관없었다. 아니, 오히려 그 편이 나았다.

내 차는 한쪽 구석에 있었고, 다른 차들과 마찬가지로 완전히 부서져 있었다. 아직 할부금이 남은 1971년식 카마로였지만, 지금 할부금이 문제가 아니었다.

트럭에는 아무도 타고 있지 않았다.

빈 운전석으로 태양빛이 쏟아져 내렸다. 바퀴는 저절로 굴렀다. 너무 깊게 생각하는 건 좋지 않다. 너무 깊게 생각하면 미쳐 버릴지도 모른다. 스노드그래스처럼.

두 시간이 지났다. 태양이 저물기 시작했다. 밖에는 트럭들이 서서히 돌아 8자를 그리며 경계를 늦추지 않았다. 미등이 켜졌고 전조등도 들어왔다.

나는 다리가 결려 카운터 앞을 두 번이나 왔다 갔다 하다 기다란 정면 창 옆 부스에 앉았다. 고속도로 옆에 위치한 이 휴게소는 가솔린과 디젤을 모두 취급했고 장거리 트럭 운전자들을 위한 서비스 시설을 갖춘 평범한 휴게소였다. 트럭 운전사들은 이곳에 들러 커피와 파이를 먹는다.

"선생님?" 머뭇거리는 목소리가 들려왔다.

고개를 돌려 보았다. 퓨리를 타고 온 애송이였다. 열아홉 살쯤 되어 보였다. 머리가 길었고 턱수염도 어느 정도 기른 상태였다. 여자 친구는 더 어려 보였다.

"예?"

"무슨 일이 있으셨나요?"

나는 어깨를 으쓱했다. "펠슨 가는 고속도로를 타고 있었지. 트럭이 뒤에 오고 있었어. 먼 데서부터 거울로 보였는데 엄청난 속도로 달리더라고. 소리가 얼마나 큰지 1킬로미터 밖에서도 들릴 정도였다니까. 폭스바겐 비틀 한 대는 트럭이 치고 지나가는 바람에 도로 밖으로 튀어나가 버렸지. 책상 위의 탁구공을 손가락으로 쳐내는 것 같다고나 할까? 트럭도 어디 부딪힐 줄 알았어. 트레일러를 그렇게 휘두르면서 운전할 수 있는 사람은 없으니까. 한데 트럭은 멀쩡하더군. 폴크스바겐은 예닐곱 번 구르더니 폭발해 버렸고. 트럭은 또 다른 차 하나를 그렇게 날려 버리더라고. 그러고는 내 차에 달려들었고 난 급하게 고속도로를 벗어났지." 가벼운 웃음을 보였지만 속은 그렇지 않았다. "하필이면 트럭 휴게소에 들어오다니, 다른 데 다 놔두고 말이야. 불똥 피하려다 불 속으로 뛰어든 격이지."

여자 친구는 긴장한 듯 침을 삼켰다. "우리는 그레이하운드가 역주행하는 걸 봤어요. 차 사이로……, 쟁기질이라도 하는 것처럼……. 결국 폭발해 버렸지만 그때까진 학살을 했어요."

그레이하운드 버스라. 새로운 이야기였다. 그리고 좋지 않은 소식이었다.

식당 밖, 갑자기 전조등이 동시에 켜졌고 으스스한 빛이 주차장에 가득 들어찼다. 트럭들은 으르렁거리며 앞으로 나아가다 뒤로 물러서다를 반복했다. 전조등은 그들에게 눈이 있는 것 같은 착각을 불러일으켰고, 밀려오는 어둠에 검게 보이는 트레일러 박스는 선사시대 거인의 딱 벌어진 어깨 같았다.

주방장이 말했다. "불을 켜는 게 안전하겠소?"

"켜세요." 내가 말했다. "어떤지 한번 보죠."

스위치를 올리자 파리가 덕지덕지 붙은 천장의 전구가 일제히 켜졌다. 외부의 네온사인도 서서히 살아났다. '맛 좋은 코난트 트럭 휴게소'. 아무 일도 일어나지 않았다. 트럭은 계속해서 순찰을 돌았다.

"이해가 안 되네." 트럭 운전사가 말했다. 그는 키 큰 의자에서 내려와 서성거리고 있었고 손목에는 트럭 운전사들이 하는 손수건을 두르고 있었다. "내 차에는 문제가 없었거든. 오래됐지만 괜찮은 놈이었는데. 1시 좀 지나 스파게티나 먹을까 하고 들렀는데 이런 일이 일어나 버렸군그래." 팔을 흔들자 손수건이 팔락거렸다. "내 차가 지금 저 밖에 있다고, 지금. 왼쪽 후미등이 약한 놈 말이지. 육 년째 저놈을 몰고 있는데. 하지만 저 문을 열고 나갔다가는……."

"이제 시작일 뿐이야." 주방장이 말했다. 지그시 감은 그의 눈이 까맸다. "라디오마저 안 나왔으면 어쩔 뻔했을까? 이제 시작일 뿐인데."

여자 친구는 힘이 빠져 사색이 되어 있었다. "걱정하지 마세요." 주방장에게 내가 말했다. "아직은 말입니다."

"저놈들 왜 저러는 거야?" 트럭 운전사가 걱정스레 말했다. "전자 폭풍이라는 건가? 아님 핵실험? 도대체 뭐지?"

"그냥 미쳐 버린 걸 수도 있죠." 내가 말했다.

7시쯤 나는 주방장에게 다가갔다. "여기 지내기는 어떻습니까? 그러니까, 당분간 여기 있어야 한다면요?"

그는 미간을 찌푸렸다. "나쁘진 않소. 어제가 물건 들어오는 날이라. 햄버거 고기가 한 이삼백 개 되고, 깡통 과일에다가 야채, 시리얼에다가 달걀…… 우유는 냉장고에 있는 게 전부고, 그치만 우물에서 물은 나와요. 여기 있으면, 우리 다섯이서 한 달은 있을 수 있을걸?"

트럭 운전사가 다가와 눈을 깜빡이며 말했다. "담배 없으면 난 끝이야. 자판기가 있으니까……."

"그건 우리 게 아니에요." 주방장이 말했다. "안 됩니다."

트럭 운전사는 뒤쪽 창고에서 장도리를 내왔다. 그러고는 자판기에 매달려 일을 벌이기 시작했다.

애송이는 불빛이 반짝이는 주크박스로 다가가 25센트짜리 동전을 넣었다. 존 포가티 ^{1930~1940년대에 활동했던 가수}가 호숫가의 삶에 대한 노래를 시작했다.

나는 자리에 앉아 창 밖을 바라보았다. 좋지 않은 모습이 눈에 들어왔다. 세비 픽업 트럭이 순찰하는 무리에 끼어 있었다. 종마들 틈에 낀 당나귀 같았다. 캐딜락을 타고 왔던 여자를 밟고 지나가는 모습에는 고개를 돌릴 수밖에 없었다.

"만든 건 우리잖아요!" 여자 친구가 안타까운 어조로 외쳤다. "트럭이 어떻게!"

남자 친구가 가만히 있으라고 말했다. 트럭 운전사는 담배 자판기를 열어젖히고 여섯 갑에서 여덟 갑 정도를 챙겨 넣었다. 주머니 여기저기에 담배를 쑤셔 넣고는 한 갑을 뜯었다. 그의 표정은 강한 결의에 차 있어, 나는 그가 담배를 피울 것인지, 먹어 치울 것인지 알 수 없었다.

주크박스에서는 다른 노래가 흘러나왔다. 8시였다.

8시 30분에 전원이 꺼졌다.

불이 나가자 여자 친구는 소리를 질렀지만, 남자 친구가 손으로 입을 막아 버렸는지 그 울음소리도 한순간에 멈췄다. 주크박스도 축 늘어지는 소리를 내며 꺼졌다.

"이런 망할!" 트럭 운전사가 말했다.

"주방장 아저씨! 양초 없어요?" 내가 말했다.

"있을 텐데. 어디 보자……, 어. 여기 몇 개 있네."

나는 일어서서 양초를 받아들었다. 우리는 양초에 불을 붙여 여기저기 세워 놓았다. "조심하세요." 내가 말했다. "불이라도 나면 기다리던 저승사자가 쳐들어올 테니까."

그는 침울한 웃음을 흘렸다. "잘 알지."

양초를 모두 자리에 놓고 보니, 애송이와 여자 친구는 부둥켜안았고 트럭 운전사는 뒷문 옆에 앉아 대형 트럭 여섯 대가 주유기 사이를 들락날락하는 것을 보고 있었다. "상황이 달라지겠어요, 그렇죠?" 내가 말했다.

"그렇지, 게다가 전기가 다시 들어오지 않는다면 말이지."

"얼마나 안 좋을까요?"

"햄버거는 사흘이면 상할 테고. 다른 고기나 계란도 마찬가지 아니겠소? 깡통이야 괜찮겠지만, 마른 음식도 괜찮을 것이고. 하지만 문제는 그게 아니지. 펌프 없으면 물이 안 나오니까."

"얼마나 갈까요?"

"물 없이 말인가? 일주일 정도?"

"빈 통 있으면 채워 두세요. 공기만 나올 때까지 계속 퍼 담으세요. 화장실 어디죠? 수조에 쓸 만한 물이 있을 텐데."

"직원용 화장실이 뒤쪽에 있소. 하지만 남자 화장실, 여자 화장실은 밖으로 나가야 하는데."

"저 건너편 건물 쪽으로요?" 그건 안 될 일이었다. 아직 그 정도로 위급한 상황은 아니었다.

"아니. 옆문으로 나가면 바로 위에 있소."

"양동이 몇 개 좀 주세요."

그는 양철통 두 개를 찾아 주었다. 애송이가 서성였다.

"지금 뭐하시죠?"

"물을 구해야 해. 될수록 많이."

"그럼 양동이 하나 주세요."

애송이에게 양동이 하나를 주었다.

"제리!" 여자 친구가 소리쳤다. "너……."

그가 쳐다보자 그녀는 더 이상 말을 꺼내지 않았다. 냅킨을 뽑아 들고 눈가의 눈물을 훔치기 시작했을 뿐. 트럭 운전사는 담배를 하나 더 피워 물고 바닥에 앉아 실실 웃었다. 그는 아무 말도 하지 않았다.

그날 오후 식당으로 들어섰던 바로 그 옆문으로 다가갔다. 거기 잠시 서서 트럭이 앞뒤로 움직임에 따라 그림자가 커졌다 작아지는 모습을 들여다보고 있었다.

"지금 갈까요?" 애송이가 말했다. 그의 팔이 나의 팔을 스칠 때 긴장한 상태라는 것을 느낄 수 있었다. 누군가 그를 툭 밀었다면 그는 바로 황천행이었을 것이다.

"긴장 풀어." 내가 말했다.

그는 미소를 살짝 지어 보였다. 억지로 꾸민 듯했지만, 그래도 미소라서 나왔다.

"자, 지금."

우리는 살짝 빠져나왔다.

밤공기가 차가웠다. 풀밭에서는 귀뚜라미가 울고 하수구에서는 개구리가 울었다. 밖에 나오니 트럭이 으르렁거리는 소리는 훨씬 커졌고, 훨씬 위협적이었으며, 괴물의 소리에 가까웠다. 안에서 영화처럼 느껴지던 풍경이 밖에서는 엄연한 현실이었다. 목숨을 빼앗길 수도 있는 상황이었다.

우리는 타일벽에 붙어 미끄러지듯 이동했다. 삐죽 튀어나온 지붕이 그림자를 만들어 주었다. 나의 애마 카마로는 건너편 바람막이 벽에 내동댕이쳐져 있었고, 고속도로 표지판의 희미한 불빛이 부서진 차체와 기름 웅덩이를 비추었다.

"넌 여자 화장실로 가." 낮은 소리로 내가 말했다. "화장실 수조에서 물을 퍼 담고 기다려."

멈추지 않는 엔진 소리. 알 수 없는 소리. 트럭이 다가오는 소리인가 싶지만, 사실은 빌딩 벽에 반사되는 소리였다. 고작 6미터 떨어져 있는 화장실은 훨씬 멀리 있는 것처럼 보였다.

애송이는 여자 화장실 문을 열고 들어갔다. 나는 거기를 지나 남자 화장실 안으로 들어갔다. 긴장된 근육이 풀리고 깊은 숨이 터져 나오는 것을 느낄 수 있었다. 거울에 비친 내 모습을 언뜻 보았다. 하얗지만 그을린 얼굴에 검은 눈.

나는 사기로 된 수조 뚜껑을 열고 양동이에 물을 가득 채웠다. 물이 튀는 걸 방지하기 위해 물을 약간 덜어 내고 문 앞에 가서 섰다. "이봐!"

"예." 그가 숨을 내쉬었다.

"준비됐지?"

"예."

우리는 다시 밖으로 나섰다. 여섯 걸음 정도를 뛰었을 때 불빛이 우리 얼굴에 쏟아졌다. 자갈 밟는 소리도 나지 않게, 그들이 조용히 다가왔던 것이다. 가만히 기다리다가 헤드라이트를 미친 듯이 희번덕거리며, 거대한 크롬 그릴이 이빨을 드러내며 이제 우리를 덮치려 했다.

애송이는 움직이지 못했다. 얼굴에는 공포가 그대로 드러나고 눈은 풀리고 동공은 커졌다. 나는 담은 물의 반이 쏟아질 만큼 세게 그를 밀어냈다.

"뛰어!"

벼락 같은 엔진 소리가 갑자기 찢어질 듯 크게 들렸다. 애송이의 어깨를 붙들고 문을 확 잡아당기려 했지만, 그러기 전에 문이 안쪽으로 열려 버렸다. 애송이가 안으로 뛰어들었고 나도 그의 뒤를 따랐다. 고개를 돌려 보니 트럭이, 커다란 피터빌트가 벽에 붙은 채 달려들며 외벽에 붙은 타일을 우수수 떨어뜨리고 있었다. 귀를 찢는 소리가 났다. 거대한 손톱으로 칠판을 긁는 소리 같았다. 오른쪽 진흙받이와 그릴의 한쪽 구석이 열린 문을 강타하자 유리가 산산이 부서져 나갔고, 쇠로 만든 경첩은 화장지처럼 구겨졌다. 밤공기를 가르며 공중에 붕 뜬 문짝은 흡사 달리의 그림에 나오는 장면 같았다. 트럭은 기관총을 쏘듯 배기가스를 내뿜으며 정면 주차장을 향했다. 실망한, 한편으로는 화가 난 듯한 소리를 냈다.

애송이는 양동이를 내려놓고 여자 친구의 품에 쓰러져 덜덜 떨었다.

나는 가슴이 격하게 벌렁거렸고 다리에 맥이 탁 풀렸다. 물은 양동이 하나를 채우고 4분의 1 정도 되는 양이 남아 있었다. 목숨을 걸 만한 일은 아니었다.

"저 문에 뭘 쳐 놓으면 좋겠는데요." 주방장에게 말했다. "뭐가 좋을까요?"

"글쎄⋯⋯."

트럭 운전사가 끼어들었다. "왜요? 저런 큰 트럭은 바퀴도 못 들어올 텐데."

"걱정하는 건 큰 트럭이 아니란 말이오."

트럭 운전사는 다시 담배를 빼물었다.

"창고에 널빤지가 좀 있기는 한데." 주방장이 말했다. "부탄 가스 재 놓을 창고를 짓는다고 사장이 갖다 놓은 거지."

"그걸로 일단 막아 놓고 칸막이 몇 개로 받쳐 놓기로 하죠."

"그거 괜찮겠네." 트럭 운전사가 말했다.

작업에는 한 시간 정도가 소요되었고 모든 사람들, 애송이의 여자 친구까지 함께 일했다. 꽤 탄탄했다. 물론 최고 속력으로 밀어붙이는 것까지 막아낼 만큼 탄탄한 것은 아니었다. 트럭들도 그 사실을 알고 있을 것 같았다.

커다란 창을 따라 칸막이를 친 자리가 세 개 남아 있었다. 나는 그중 하나에 들어가 앉았다. 카운터 뒤편에 있는 시계는 8시 32분에서 멎어 있었다. 10시는 된 것 같았다. 밖에는 트럭이 으르렁거리며 서성댔다. 알 수 없는 임무를 수행하느라 몇 대는 자리를 떠났고 몇 대는 새로 들어왔다. 이제 세 대로 늘어난 픽업 트럭이 큰 형님들 중간을 빙빙 돌았다.

나는 양을 세는 대신 트럭을 세다가 꾸벅꾸벅 졸기 시작했다. 이 주에는, 또 미국에는 얼마나 많은 트럭이 있을까? 트레일러 트럭, 픽업 트럭, 평판 트럭, 대형 운송 트럭, 스리쿼터, 수만 대의 군용 트럭, 그리고 버스. 시내 버스가 등장하는 악몽. 두 바퀴는 도랑에, 두 바퀴는 인도에 걸친 채 큰 소리를 지르며 달리다가 비명 지르는 사람을 볼링핀 쓰러뜨리듯 치고 지나가는 모습.

나는 고개를 저었고 가벼운, 편치 않은 잠에 빠져들었다.

이른 새벽쯤이었던 것 같다, 스노드그래스의 비명이 들려온 것은. 가느다란 초승달이 떠올라 빠른 속도로 날아가는 높은 구름 사이로 차가운 빛을 흘렸다. 철커덕거리는 소리가 추가되었다. 커다란 트럭이 내는 게으른 쉰 소리를 더욱 두드러지게 하는 소리였다. 무슨 소린가 내다보았는데, 불 꺼진 광고탑 아래를 유유히 도는 트랙터였다. 달빛이 날카로운 트랙터의 집재기를 살짝 비췄다.

비명소리가 다시 들려왔다. 분명히 하수구에서 나오는 소리였다. "도와……줘……."

"무슨 소리지?" 애송이의 여자 친구였다. 어두운 구석에 앉아 있던 그녀의 눈이 커다래졌고 극심한 공포에 휩싸인 듯했다.

"아무것도 아냐." 내가 말했다.

"도와……줘……."

"살아 있어." 나지막이 그녀가 말했다. "아, 하느님. 살아 있어."

직접 볼 필요도 없었다. 너무나 뻔했다. 스노드그래스는 하수구에 반은 처박혔을 테고, 허리와 다리는 부러졌을 테고, 정성껏 다림질한 양복은 진흙 범벅이 됐을 테고, 하얀 얼굴은 무심한 달빛 아래에서 헐떡거릴 터였다.

"난 아무 소리도 안 들려. 뭐가 들려?" 내가 말했다.

그녀는 나를 빤히 쳐다보았다. "어떻게 그럴 수가 있어요? 어떻게?"

"그럼 그 녀석을 깨워 봐." 나는 엄지손가락으로 애송이를 가리키며 말했다. "녀석도 그 소리를 듣겠지. 그럼 하수구까지 나갈 테고. 좋을 것 같나?"

그녀의 얼굴이 바늘에라도 찔린 것처럼 실룩거렸다. "아무것도." 그녀가 뇌까렸다. "밖엔 아무것도 없어."

그녀는 남자 친구 옆으로 돌아가 그의 가슴에 얼굴을 파묻었다. 그는 잠결에도 그녀를 감싸 안았다.

아무도 깨어나지 않았다. 스노드그래스는 한참을 울부짖다, 흐느끼다, 비명을 지르다 결국에는 아무 소리도 내지 않았다.

새벽.

트럭 한 대가 들어왔다. 차를 운반하는 커다란 운반대가 있는 평판 트럭이었다. 불도저도 함께였다. 나는 겁에 질렸다.

트럭 운전사가 다가와 내 팔을 잡아끌었다. "이리 와 봐요." 들뜬 목소리였다. 다른 사람들은 아직 잠들어 있었다. "이리 와 이 것 좀 봐요."

나는 그를 따라 창고에 들어갔다. 열 대가량의 트럭이 순찰을 돌고 있었다. 특별히 달라진 점이 있는 것 같지는 않았다.

"저거 보여요?" 손가락으로 한쪽을 가리키며 그가 말했다. "저기요."

보였다. 픽업 트럭 한 대가 멈춰 서 있었다. 위험한 느낌이라고는 찾아볼 수 없는 그저 고철덩어리에 지나지 않았다.

"기름이 떨어진 건가?"

"바로 그거요. 그렇다고 자기들이 직접 넣을 수도 없는 거고. 이제 된 거야. 기다리기만 하면 돼요." 희색이 만면한 그가 담배를 찾아 더듬거렸다.

시간은 9시경이었고 나는 어제 남은 파이 한 조각으로 아침을 대신했다. 그때 경적이, 머릿속을 흔들어 대는 길고 격한 소리가 울렸다. 우리는 창문가로 가 밖을 내다보았다. 트럭들이 아무런 움직임 없이 제자리에 서 있었다. 트레일러 트럭 한 대가, 빨간색의 거대한 레오가 식당과 주차장 사이의 잔디까지 딱 붙어 섰다.

이 정도 거리에서는 전면 그릴이 아주 커 보였고 살기까지 느낄 수 있었다. 타이어는 사람 가슴팍까지 올라왔다.

경적이 다시 울렸다. 강하고 굶주린 듯한 소리가 그대로 뻗어 나왔다가 벽에 반사되어 퍼졌다. 그 소리에는 일정한 형식이 있었다. 때로는 짧게, 때로는 길게, 장단이 있었다.

"모스 부호예요!" 애송이 제리가 급하게 외쳤다.

트럭 운전사가 그를 바라보았다. "어떻게 알지?"

애송이 얼굴이 약간 발갛게 달아올랐다. "보이스카우트에서 배웠어요."

"네가?" 트럭 운전사가 말했다. "네가 말이냐? 대단한걸?" 그는 머리를 가로저었다.

"신경 쓰지 마." 내가 말했다. "자세히 기억할 수 있겠니? 그러니까……."

"그럼요. 좀 들어 볼게요. 연필 있어요?"

주방장이 연필을 가져다주었고 애송이는 냅킨에 글자를 적어 넣기 시작했다. 잠시 후 그가 쓰기를 멈췄다. "'주목'이라는 말을 반복하고 있어요. 기다려 봐요."

우리는 기다렸다. 길고 짧은 경적 소리가 적막한 아침 공기를 갈랐다. 그러다 소리의 패턴이 바뀌었고 애송이는 다시 받아 적기 시작했다. 우리는 애송이 어깨 너머로 고개를 빼고 무슨 말인지 보려 했다. "'기름을 넣어라. 해치지 않겠다. 기름을 남김없이 넣어라. 지금 해야 한다. 나와서 기름을 넣어라.'"

경적 소리는 계속되었지만 애송이는 받아 적기를 그만두었다. "다시 주목이라는 말을 반복하네요."

트럭은 똑같은 메시지를 계속해서 보냈다. 냅킨에 정자로 쓴 글자 모양이 마음에 들지 않았다. 따뜻함을 느낄 수 없는, 기계 같은 느낌이었다. 트럭의 말에 협상이 있을 수 없었다. 그렇게 하든지, 그렇게 하지 않든지 둘 중 하나였다.

"자. 어떻게 하죠?" 애송이가 말했다.

"그냥 있어." 트럭 운전사가 말했다. 얼굴에는 흥분한 기색이 역력했다. "그냥 기다리면 돼요. 저놈들 전부 기름이 떨어졌을 거야. 저쪽에 조그만 놈은 벌써 죽어 버렸다고. 그러니까 그냥……"

경적이 멈췄다. 레오는 뒤로 물러서 무리에 합류했다. 트럭들은 반원을 그린 채 서서, 우리에게 전조등을 비추었다.

"저기 불도저가 있어." 내가 말했다.

제리가 나를 바라보았다. "저놈들이 여기를 깔아뭉갤 거라고 보시는 건가요?"

"응."

그는 주방장에게 눈길을 돌렸다. "그렇게는 못 하겠죠, 그렇죠?"

주방장은 어깨를 으쓱했다.

"투표합시다." 트럭 운전사가 말했다. "공갈은 치지 말고, 망할. 기다리기만 하면 된다니까." 같은 말을, 마치 주문이라도 외는 것처럼 세 번째 반복했다.

"좋아요." 내가 말했다. "투표합시다."

"기다려 봐." 트럭 운전사가 틈을 주지 않고 말했다.

"제 생각엔 연료를 넣어 주어야 할 것 같아요." 내가 말했다. "더 좋은 기회가 있을 거예요. 주방장님은요?"

"여기 있어야지." 주방장이 말했다. "저놈들 노예가 되고 싶은가? 결국 그렇게 되는 거야. 저놈들 경적만 울리면 얼른 달려가 오일 필터나 갈아 주면서 평생을 살고 싶은가? 난 그렇게 못 해." 그는 우울한 눈길을 창문 너머로 던졌다. "굶어 죽으라 하지, 뭐."

나는 애송이와 여자 친구 쪽을 보았다.

"주방장님 말이 맞는 것 같아요." 애송이가 말했다. "저놈들을 막을 수 있는 유일한 방법이잖아요. 우리를 구해 줄 사람이 있다면 벌써 구해 주지 않았겠어요? 다른 곳에서 무슨 일이 벌어지는지 어떻게 알겠어요?" 애송이의 여자 친구는 스노드그래스 생각을 떨쳐 버리지 못한 채 고개를 끄덕이고 애송이에게 한 발짝 다가섰다.

"그럼 됐군요." 내가 말했다.

나는 담배 자판기로 가 무슨 담배인지 보지도 않고 한 갑을 집어 들었다. 담배를 끊은 지 일 년이 되었지만 다시 담배를 피우기 좋은 상황인 것 같았다. 폐까지 밀려든 담배 연기가 불편했다.

20분이 흘렀다. 정면에 선 트럭들은 움직임이 없었다. 뒤쪽에서는 트럭들이 주유기 앞에 늘어섰다.

"그냥 허풍이었던 것 같아." 트럭 운전사가 말했다. "그러니까 그냥……."

그때 더욱 크고 사납게 몰아치는 소리가 들렸다. 급하게 가속하는 엔진 소리, 잠시 가라앉는 소리, 다시 가속하는 소리. 불도저였다.

덜커덕거리는 불도저는 태양빛을 받아 빛나는 모습이 흡사 말벌 같았다. 우리 쪽으로 돌아서는 불도저에서 검은 연기가 뿜어져 나왔다.

"달려들 건가 봐." 트럭 운전사가 말했다. 놀라움이 그의 얼굴에 넘쳤다. "달려들 건가 봐."

"물러서." 내가 말했다. "카운터 뒤로 가."

불도저는 여전히 엔진 소리가 요란했다. 기어가 저절로 움직였다. 위로 솟은 배기구가 뜨거운 기운에 어른거렸다. 불도저는 마른 흙이 덕지덕지 묻은 묵직한 강철 날을 들어 올렸다. 그리고 한순간, 터질 듯한 엔진 소리와 함께 우리를 향해 돌진하기 시작했다.

"카운터!" 나는 트럭 운전사의 등을 떠밀었고, 그와 함께 모두가 움직이기 시작했다.

주차장과 잔디밭 사이에는 작은 콘크리트 경계석이 있었지만 불도저는 그마저도 깨부수고, 집재기를 잠시 들어 올리는가 싶더니 식당 정면 벽에 강하게 부딪혔다. 폭발이라도 일어난 것처럼 유리가 안쪽으로 산산이 깨져 들어왔고, 나무로 만든 창틀도 힘없이 조각조각 부러졌다. 천장에 있던 전구 하나도 떨어져 바닥에 유리 조각만 늘어났다. 사기 그릇이 선반에서 떨어졌다. 애송이의 여자 친구는 비명을 질러 댔지만 계속되는 불도저의 육중한 엔진 소리에 거의 들리지 않았다.

불도저는 방향을 바꿔 쑥대밭이 된 잔디밭을 거슬러 나가다가 다시 식당 쪽으로 달려들어 남은 좌석을 산산조각 내 버렸다. 카운터에 있던 파이 진열대가 떨어져 바닥 여기저기 파이가 굴러다녔다.

주방장은 눈을 질끈 감은 채 바닥을 기었고 애송이는 여자 친구를 꽉 붙들었다. 트럭 운전사는 공포에 질려 눈을 동그랗게 뜨고 있었다.

"그만두게 해야 돼." 넋 나간 그가 말했다. "한다고 해. 뭐든 한다고."

"좀 늦지 않았나요?"

불도저가 뒤로 돌아가 또 한 번의 공격을 준비했다. 앞 날에 생긴 홈이 햇빛을 받아 반짝였다. 놈이 굉음과 함께 기우뚱거리며 앞으로 돌진해 오자 이번에는 창문이 있던 곳 왼쪽의 지지대가 쓰러졌다. 그쪽 지붕이 주저앉으며 부서져 버렸다. 석회 가루가 뿌옇게 퍼졌다.

불도저는 식당의 잔해를 남김없이 쓸어내 버렸다. 트럭들이 뒤에서 기다리는 것이 보였다.

나는 주방장을 붙잡았다. "기름통 어딨어요?" 요리용 스토브는 부탄가스를 연료로 했지만 난로의 환기통을 본 기억이 있었다.

"창고 뒤쪽에 있는데." 주방장이 말했다.

나는 애송이를 붙잡았다. "이리 와."

우리는 일어나 창고로 내달렸다. 불도저의 공격이 이어졌고 건물 전체가 흔들거렸다. 두세 번만 더 쳐들어온다면 카운터까지 와 커피라도 한잔 할 수 있을 것 같았다.

돌려 따는 마개에 연결 호스가 달린 200리터짜리 드럼 두 통이 있었다. 뒷문 옆에 빈 케첩병 열 개도 있었다. "가져와, 제리."

제리가 병을 가져오는 동안, 나는 셔츠를 벗어 갈기갈기 찢었다. 불도저의 공격은 계속해서 이어졌고, 부서지는 소리는 점점 커졌다.

나는 케첩병 네 개에 기름을 채운 후 셔츠 쪼가리를 병에 꽂아 넣었다. "미식축구 좀 해 봤나?" 그에게 물었다.

"고등학교 때요."

"좋아. 골대까지 5미터 남았다고 생각해."

우리는 식당으로 돌아왔다. 정면 벽은 뻥 뚫려 하늘이 다 보였다. 흩날리는 잔디가 다이아몬드처럼 반짝였다. 벽이 없어진 정면에 커다란 빛 한 줄기가 옆으로 떨어졌다. 불도저가 뒤로 물러서고 있었다. 이번 공격으로 키 큰 의자를 모두 밀어내고 카운터까지 쓰러뜨릴 기세였다.

우리는 무릎을 꿇고 앉아 케첩병을 꺼내 들었다. "불을 붙이세요." 트럭 운전사에게 말했다.

그는 성냥을 꺼냈지만 손이 심하게 떨려 놓치고 말았다. 주방장이 집어 들어 불을 붙이자, 기름진 셔츠 조각이 활활 타올랐다.

"서둘러." 내가 말했다.

우리는 달렸다. 애송이가 약간 앞에서 뛰었다. 발밑으로 유리 부서지는 소리가 났다. 공기 중엔 뜨거운 기름 냄새가 퍼졌다. 천지가 밝았고, 매우 시끄러웠다.

불도저가 공격해 왔다.

애송이가 환한 빛 속으로 빠져나가, 잔뜩 화난 불도저의 날 앞에 선 모습이 흐릿하게 보였다. 나는 오른쪽으로 나섰다. 애송이의 첫 공격은 약간 짧았다. 두 번째 공격은 날을 맞히고 불꽃이 타오르긴 했지만 별 효과는 없었다.

애송이가 돌아오려 했지만 파괴력의 화신, 4톤 무게의 강철 덩어리 불도저가 그를 덮쳤다. 손을 높게 쳐들었지만 그는 그대로 불도저 궤도 아래 사라졌다.

나는 케첩병을 내려놓고 하나는 열린 운전석에, 두 번째는 엔진을 향해 던졌다. 그 둘이 커다란 폭발음을 내며 함께 타올랐다.

불도저의 엔진이 내는 분노와 고통의 외침이 마치 사람의 소리 같았다. 불도저는 미친 듯이 반원을 그리며 돌았고, 식당의 왼쪽 구석을 무너뜨리고 하수구를 향해 비틀거리며 굴러갔다.

궤도는 피로 얼룩졌고 애송이가 있던 자리에 구겨진 타월처럼 보이는 것이 있었다.

엔진 커버에서, 그리고 운전석에서 솟아나는 불길에 휩싸인 불도저는 결국 하수구에 거의 다다라 폭발해 버렸다.

나는 비틀거리며 뒷걸음질치다 폐허 더미 위에 고꾸라질 뻔했다. 뜨거운 기운이 올라왔는데 기름 냄새는 아니었다. 머리가 타는 냄새였다. 내 머리가 타고 있었다.

나는 식탁보를 가져다 머리에 뒤집어쓰고, 카운터 뒤로 달려가 바닥에 구멍이라도 낼 듯한 기세로 개수대에 머리를 처박았다. 여자가 목이 찢어져라 애인의 이름을 불렀다.

고개를 돌려 정면을 보니 거대한 차량 운반 트럭이 무방비 상태의 식당 앞으로 천천히 다가오고 있었다.

트럭 운전사는 비명을 지르더니 옆문 쪽으로 달아났다.

"안 돼!" 주방장이 말했다. "안 돼, 그러면……."

하지만 트럭 운전사는 밖으로 이미 나가 버렸고 하수구를 향해, 그 너머 자유의 들판을 향해 달리고 있었다.

옆문 밖 보이지 않는 곳에서 '왕 즉석 빨래방'이라는 상호가 찍힌 트럭 한 대가 보초라도 서고 있었던 듯했다. 눈 깜짝할 사이에 튀어나와 그를 덮쳤다. 트럭은 가고 운전사만 남아 자갈밭을 뒹굴었다. 그는 신발까지 벗겨진 채 쓰러졌다.

차량 운반 트럭은 콘크리트 경계석을 넘어 잔디밭으로, 애송이의 잔해가 있는 곳으로 천천히 다가오다 엄청난 소음을 식당 안으로 밀어넣으며 멈춰 섰다.

난데없는 경적 소리가 나더니, 다시 경적 소리, 또다시 경적 소리…….

"그만해!" 애송이의 여자 친구가 흐느꼈다. "그만. 제발 좀 그만해." 하지만 경적은 오랫동안 울려 댔다. 경적 소리의 패턴을 이해하는 데 일 분이나 걸렸다. 전과 같은 소리였다. 자신에게, 다른 트럭들에게 기름을 넣으라는 이야기였다.

"내가 가겠어." 내가 말했다. "주유기 열려 있죠?"

주방장이 고개를 끄덕였다. 그는 쉰 살이었다.

"안 돼!" 그녀가 나에게 달려들며 외쳤다. "저놈들을 막아주셔야 해요! 저놈들, 불태우고, 부숴 버려야 해요……." 그녀의 목소리는 떨렸고 슬픔과 상실감으로 가득 차 있었다.

주방장이 그녀를 말렸다. 나는 카운터를 돌아 나와 폐허를 넘어 창고를 향했다. 따뜻한 태양 아래 나서자 가슴이 심하게 쿵쾅거렸다. 담배를 피우고 싶었지만 주유기 근처에서 피울 수는 없었다.

트럭들은 여전히 줄을 선 채 기다리고 있었다. 세탁소 트럭은 사냥개처럼 기분 나쁘게 으르렁거리면서 내 주위의 자갈밭을 빙빙 돌았다. 잘못 움직였다가는 바로 덮치겠지. 태양이 유리가 깨져 없어진 앞쪽 창을 비추었고 나는 몸서리쳤다. 바보 천치의 얼굴을 보는 것 같았다.

나는 주유기를 작동시키고 호스를 끌어냈다. 첫 번째 트럭의 주유구를 열고 기름을 넣기 시작했다.

첫 번째 탱크의 기름을 다 쓰는 데 30분이 걸렸다. 두 번째 주유기로 옮겼다. 가솔린과 디젤을 번갈아 주유했다. 트럭의 행렬은 끝없이 이어졌다. 그제야 사태를 이해했다. 전국의 사람들이 모두 이렇게 기름을 넣거나, 트럭 운전사처럼 자기 몸에 커다란 바퀴 자국을 남긴 채 죽거나 둘 중 하나였다.

두 번째 탱크도 바닥이 나자 세 번째 주유기로 옮겼다. 태양은 망치처럼 나를 내리쳤고 거기다 기름 냄새까지 더해 머리가 아팠다. 엄지와 검지 사이에는 물집이 생겼다. 트럭이 이를 알 리 없었다. 연료가 샌다든지, 개스킷이 좋지 않다든지, 조인트가 추위로 막혔다든지 하는 문제는 알 테지만, 물집이나 일사병이나 소리를 지를 수밖에 없는 상황 따위는 알 턱이 없었다. 그들은 그들이 거둔 승리에 대해서 단 한 가지만 알면 충분했고, 이미 알았다. 인간은 피를 흘린다.

마지막 탱크가 동나자 나는 급유 호스를 바닥에 던져 버렸다. 트럭은 아직 많이 남아 코너를 돌아 줄을 서 있었다. 목이 아파 고개를 돌리다가 그만 보고 말았다. 줄은 주차장을 넘어 진입로로, 그 너머 보이지 않는 곳까지 이어졌고, 그것도 두세 개 차선으로 서 있었다. 출퇴근 시간의 L. A. 고속도로처럼 악몽 같은 순간이었다. 지평선이 냄새 나는 탄소화합물 가득한 트럭의 배기가스로 아른거렸다.

"안 돼." 내가 말했다. "기름 없어. 다 줬다니까, 애들아."

지금까지보다 더 큰 소리가 들려왔다. 묵직한 저음에 이가 달달거릴 정도였다. 거대한 은빛 트럭, 탱크로리가 다가왔다. 탱크 옆에 이렇게 씌어져 있었다. "필립스 66으로 넣으세요— 제트포트 정유."

커다란 호스가 뒤쪽에서 툭 떨어졌다.

나는 뒤로 돌아가 그것을 집어 들고 첫 번째 탱크를 열고 호스를 부착했다. 트럭이 기름을 뿜어내기 시작했다. 석유 냄새가 나를 괴롭혔다. 타르 갱에 빠진 공룡도 이런 고약한 냄새 때문에 죽어 갔으리라. 나머지 탱크 두 개를 다 채우고 나는 다시 작업에 들어갔다.

의식이 점점 희미해져 시간도 트럭도 잊어버릴 지경이었다. 주입구를 열고, 구멍에 호스를 끼워 넣고, 뜨겁고 무거운 액체가 흘러넘칠 때까지 넣다가, 뚜껑을 닫아 주고, 그게 다였다. 물집이 터져 손목에 고름이 뚝뚝 떨어졌다. 이라도 썩은 것처럼 머리가 지끈거렸고 탄화수소의 고약한 냄새 때문에 속이 울렁거렸다.

모든 것이 희미해졌다. 그렇게 희미해지다 그렇게 끝나는 것이겠지. 놓칠 때까지 기름을 넣으리라.

그러다 어깨에 올라온 손을 느꼈다. 주방장의 까만 손이었다. "들어가쇼." 그가 말했다. "좀 쉬라고. 저녁때까진 내가 할 테니까. 잠이나 좀 자쇼."

나는 주유기를 그에게 넘겼다.

하지만 잠은 잘 수 없었다.

여자는 자고 있다. 식탁보를 베개 삼아 구석에서 대자로 누워 깊이 자고 있었지만 찌푸린 미간은 풀어지지 않았다. 시간도 나이도 모르는 마녀의 얼굴 같았다. 나는 그녀를 깨울 것이다. 이제 저녁 어스름이었고, 주방장은 다섯 시간째 밖에 저렇게 서 있다.

아직도 트럭은 밀려들고 있다. 부서진 창문 너머로 내다보니 짙어지는 어둠 속에 밝게 빛나는 노란 사파이어처럼 전조등의 행렬이 1킬로미터도 넘게 이어진다. 고속도로까지, 아니면 더 멀리까지 밀렸을 것이다.

여자가 기름을 넣을 차례였다. 어떻게 하는지 내가 가르쳐 줄 것이다. 잘 못하겠다고 하겠지만, 결국 할 것이다. 그녀도 살고 싶을 테니까.

"저놈들 노예가 되고 싶은가?" 주방장이 말했더랬다. "결국 그렇게 되는 거야. 저놈들 경적만 울리면 얼른 달려가 오일 필터나 갈아 주면서 평생을 살고 싶은가?"

도망칠 수도 있을 것이다. 하수구를 따라 나가는 것은 쉬울 것 같았다. 들판을 달려, 트럭이 그 옛날 마스토돈처럼 파헤쳐 놓을 습지를 건너, 계속해서…….

다시 동굴로.

석탄으로 그림을 그리겠지. 이것이 달의 신이다. 이것이 나무다. 이것이 천하무적의 사냥꾼 맥트럭이다.

그 정도까지는 아닐지도 모른다. 세상에는 포장된 길이 너무나도 많다. 심지어 운동장까지 포장되어 있다. 들판과 습지와 깊은 숲에도 탱크와 반 무한궤도식 차량과 평판 트럭이 레이저와 메이저와 열추적 레이더를 갖추고 있다. 그리고 조금씩 그들이 원하는 세상을 만들어 갈 수 있을 것이다.

오케페노키 습지에 모래를 쏟아 붓는 거대한 트럭의 행렬이, 국립공원이나 황무지를 갈아엎어 평평하게 다져 거대한 평야를 만들어 내는 불도저가 보인다. 천막 포장 트럭도 들어올 것이다.

하지만 그들은 기계다. 그들에게 무슨 일이 생기든, 그들에게 어떤 집단의식을 심어 주었든, 그들은 재생산할 수 없다. 오륙십 년이 지나면 그들은 어떤 위협도 주지 못하는 고철, 부동의 시체가 되어 자유로운 인간들이 마음껏 돌을 던지고 침을 뱉을 수 있게 될 것이다.

눈을 감으면 디트로이트와 디어본과 영스타운과 매키낙의 자동차 생산 라인이 떠오른다. 작업복 입은 노동자들이 새 트럭을 조립한다. 그들은 이제 출근부에 도장을 찍지 않는다. 탈락하면 대체될 뿐이다.

주방장이 약간 비틀거린다. 그도 늙었으니까. 여자를 깨워야겠다.

비행기 두 대가 어둑어둑해지는 동쪽 지평선에 은빛 비행운을 남기며 날아간다.

저 비행기에 사람이 타고 있다면 좋겠다.

가끔 그들이 돌아온다

Sometimes They Come Back

2시부터 남편을 기다렸던 짐 노먼의 아내는 아파트 건물 앞에 차가 멈추는 것을 보고 그를 맞이하러 나갔다. 상점에 가서 기념일에나 먹을 만한 요리도 준비했다. 스테이크, 포도주 한 병, 양상추에 사우전드아일랜드 드레싱까지 마련했다. 이제 차에서 내리는 남편을 보면서 그녀는 뭔가 축하할 일이 생기기를 진심으로 (그날 그런 기분이 처음 든 것도 아니었다) 기대하고 있었다.

그는 새로 마련한 서류 가방과 책 네 권을 든 채 인도에 올라섰다. 제목이 보였다. 『문법 입문』. 남편의 어깨에 팔을 두르며 물었다. "어땠어?"

그가 미소를 지었다.

하지만 그날 밤에, 그는 오랫동안 꾸지 않았던 예전의 악몽을 다시 꾸었고, 땀에 흠뻑 젖은 채 비명을 지르며 깨어났다.

노먼은 헤럴드 데이비스 고등학교의 교장과 영어과 주임 앞에서 면접을 치렀다. 그의 신경쇠약 문제가 나왔다. 예상한 바였다.

대머리에 귀신처럼 창백한 얼굴을 한 펜턴 교장은 의자에 등을 기댄 채 천장을 응시했다. 영어과 주임인 시먼스는 파이프에 불을 붙였다.

"당시에는 주변으로부터의 압박이 심했습니다." 짐 노먼이 말했다. 무릎을 쥔 손이 자꾸 근질근질했지만 참아야 했다.

"이해합니다." 펜턴이 미소를 지으며 말했다. "선생님을 곤란하게 할 의도는 절대 아닙니다만, 애들 가르치는 일도 꽤나 압박이 심할 텐데요, 특히 고등학생의 경우에 말입니다. 하루 일곱 시간 중에 적어도 다섯 번은 수업을 해야 하는데, 요즘 아이들은 상당히 거칠거든요. 바로 그 이유입니다." 그는 약간 자만감에 찬 목소리로 말을 마쳤다. "선생님들 중에는 다른 어떤 직업보다 위궤양을 앓는 분들이 많습니다. 항공 관제사 다음이라죠, 아마."

짐이 말했다. "신경쇠약까지 일으켰던 그 압박은……, 매우 극단적인 것이었습니다."

펜턴과 시먼스는, 동의할 수는 없지만 계속해 보라는 식으로 고개를 끄덕였다. 시먼스는 라이터를 켜고 파이프에 다시 불을 붙였다. 갑자기 사무실이 아주 빽빽하고 비좁아지는 것 같았다. 짐은 누군가 자신의 목 뒤에 불덩이를 갖다 댄 것 같은 이상한 느낌이 들었다. 자신도 모르게 손가락이 떨리는 것을 억지로 붙잡았다.

"대학교 졸업반이었고, 그때 이미 가르치는 일도 했습니다. 그전해 여름에 어머니가 돌아가셨습니다. 암이었는데, 어머니와 마지막으로 이야기할 때 저더러 공부를 마치라고 하셨습니다. 그리고 형이 하나 있었는데요, 우리 둘 다 아직 어렸을 때 그만 죽고 말았습니다. 형도 선생님이 되고 싶어했는데, 어머니 생각에는……."

그들의 눈을 보니 자기가 갈피를 못 잡고 있다는 것을 알 수 있었다. '이런, 지금 엉망으로 하고 있잖아.'

"어머니 말씀대로 했습니다." 어머니와 웨인 형, 불쌍하게 살해당한 웨인 형, 그리고 자신의 얽힌 사연은 접어 두고 그냥 그렇게만 말했다. "교생 실습이 2주째 접어들었을 때는 약혼녀가 뺑소니 사고를 당했습니다. 요란하게 치장한 차를 타고 다니는 어린 놈이었는데……, 결국 못 잡았습니다."

시먼스는 계속해 보라는 듯 작은 소리를 냈다.

"그래도 공부를 계속했습니다. 다른 이유는 없었던 것 같습니다. 약혼녀는 다리가 심하게 부러지고 갈비뼈 네 개가 나가서 대단히 고통스러워하기는 했지만 목숨이 위험한 상황은 아니었으니까요. 제가 느꼈던 압박이 무엇이었는지 제자신도 정확하게는 잘 모르겠습니다."

'조심해야 돼. 지금부터가 진짜 위기니까.'

"그리고 센터 스트리트 직업 고등학교에서 교생 실습을 했습니다." 짐이 말했다.

"말도 못할 곳이지." 펜턴이 말했다. "사물함에 휴대용 나이프, 오토바이 장화, 심지어 총까지 들어 있는가 하면, 도시락 사 먹을 돈까지 서로 뜯어먹고, 거기 학생들 셋 중 하나는 마약을 파는 놈이고, 나머지 둘은 그 마약을 사는 놈들이거든. 직업학교에 대해서는 내가 좀 알지."

"맥 짐머만이라는 학생이 있었습니다." 짐이 말했다. "감성이 풍부한 소년인데, 기타를 쳤죠. 제 작문 수업을 들었는데, 꽤나 소질이 있어 보였습니다. 그런데 어느 날 수업을 들어가 보니 두 놈이 그 친구를 붙잡고 다른 학생 하나가 기타를 벽에다 대고 내리치고 있었습니다. 제가 다가가니 저까지 두들겨 패더군요." 짐은 어깨를 으쓱해 보였다. "그런 곳이었습니다. 거기서 신경쇠약을 일으킨 겁니다. 구석에서 훌쩍이거나 말도 못 하고 웅크리는 그런 녀석들은 못 견디는 곳이죠. 그 학교에 다시 갈 엄두가 안 났습니다. 직업학교 근처에만 가면 가슴이 죄어 드는 것 같았으니까요. 숨도 똑바로 못 쉬고 식은땀이 나고 그랬습니다……."

"그건 저도 마찬가집니다." 펜턴이 다정한 목소리로 말했다.

"상담을 받았죠. 보건소에서요. 정신과 의사에게 갈 돈은 없었습니다. 치료 결과는 좋았고 샐리와 결혼도 했습니다. 약간 다리를 절고, 또 흉터도 남았지만, 그것 말고는 완전히 다 나았어요." 그는 두 면접관을 당당하게 쳐다봤다. "선생님들도 직접 보면 제 말에 동의하실 겁니다."

펜턴이 말했다. "그래서 교생을 마친 곳은 코르테즈 고등학교인 걸로 알고 있는데요."

"거기도 쉬운 곳이 아니기는 마찬가지죠." 시먼스가 말했다.

"저는 좀 거친 학교를 원했습니다." 짐이 말했다. "코르테즈로 가기로 돼 있던 친구와 바꾼 겁니다."

"지도교수는 물론 현장의 감독 선생님도 A를 줬군요." 펜턴이 말했다.

"4년 동안 평균 학점은 3.88입니다. 거의 올A에 가까운 성적입니다. 대학에서 공부하는 게 즐거웠습니다."

펜턴과 시먼스가 서로를 쳐다보더니 자리에서 일어났다. 짐도 따라 일어섰다.

"연락을 드리지요, 노먼 씨." 펜턴이 말했다. "다른 지원자들이 면접을 기다리니까 이만……."

"예, 알겠습니다."

"제 생각을 말씀드리자면, 선생의 대학 성적이나 솔직한 성품이 참 인상적입니다."

"그렇게 말씀해 주셔서 감사합니다." ·

"심, 노먼 씨가 가시기 전에 커피나 한 잔 대접하지 그래요?"

두 면접관은 서로 악수했다.

로비에서 시먼스가 말했다. "선생님만 원하시면 일하실 수 있을 것 같습니다. 아직 어디 가서 말씀하시면 안 됩니다."

짐은 고개를 끄덕였다. 면접에서도 모든 걸 다 말한 것은 아니었다.

데이비스 고등학교는 최신 설비를 갖춘 위압적인 석조 건물이었다. 과학 과목과 관련해서만 지난해에 150만 달러의 예산 지원을 받았다고 한다. 공공 사업 촉진청 WPA. 미국 뉴딜 정책 하의 실업 구제 추진 기관. 인부들과, 그 건물에서 처음 공부했던 전후 세대의 흔적이 그대로 남은 듯한 교실에는 현대식 책상과 칠판이 깔끔하게 정리되어 있었다. 학생들은 깨끗하고, 좋은 옷을 입고, 활기 있고, 모든 것이 풍족해 보였다. 상급반 학생 열 명 중에 여섯은 자기 차를 가지고 다녔다. 어떤 면으로 보든 매우 좋은 학교였다. '불황의 칠

십년대'에 일하기에는 그만한 곳도 없어 보였다. 이곳에 비하면 센터 스트리트 직업학교는 아프리카 오지나 다름없었다.

하지만 아이들이 집에 가고 나면 오래된 무언가가 현관과 텅 빈 교실에 자리를 잡고 속삭이는 것만 같았다. 검고 사악한 그 짐 승은 절대로 눈에 띄지는 않았다. 가끔 한 손에 서류 가방을 든 채 주차장으로 이어지는 4번 복도를 걸어가면서, 짐 노먼은 놈의 숨소리를 들은 것 같은 생각이 들 때가 있었다.

10월 말에 그 꿈을 다시 꾸었고 이번에도 비명을 질렀다. 허우적대며 잠에서 깨어나 보니 샐리가 침대맡에 일어나 앉은 채 그의 어깨를 꼭 쥐고 있었다. 그때까지도 가슴이 쿵쾅쿵쾅 뛰었다.

"이런." 그가 손으로 얼굴을 문지르며 말했다.

"괜찮아?"

"어. 내가 비명을 지른 것 같은데, 맞지?"

"그래. 나쁜 꿈 꿨어?"

"어."

"애들이 친구 기타 부줬던 때 일이야?"

"아니. 그보다 훨씬 전 일이야. 가끔 생각이 나곤 하는데, 그뿐이야. 땀은 안 흘렸네."

"정말 괜찮아?"

"괜찮아."

"우유 한 잔 갖다 줘?" 아내의 눈에 근심이 가득했다.

그는 그녀의 어깨에 입을 맞췄다. "아냐. 그냥 자."

아내가 불을 껐다. 그는 다시 자리에 누우며 어둠을 응시했다.

새로 부임한 것치고 수업 배정은 좋았다. 1교시는 수업이 없었다. 2교시와 3교시는 1학년 작문이었는데, 한 반은 좀 지루했고, 나머지 한 반은 재미있었다. 4교시가 최고였다. 대학 진학반의 미국 문학 수업이었는데, 학생들은 하루에 한 시간씩 옛날 대가들의 글을 익혔다. 5교시는 학생들의 개인적인 문제나 학업과 관련된 문제를 들어 주는 '상담 시간'이었다. 개인적인 고민이든 학업과 관련된 문제든 아이들은 별 문제가 없는 것 같았고(아니면 그와 상담하기 싫었던 것인지), 그는 대개 좋은 소설을 읽으며 그 시간을 보냈다. 6교시는 문법 시간, 지루한 시간이었다.

7교시가 문제였다. '문학과 함께하는 삶'이라는 수업이었는데, 3층에 있는 작은 교실에서 했다. 가을이 시작되고 나서도 매우 더운가 하면, 겨울이 시작되기 전부터 추워지는 교실이었다. 학교 안내책자에서 좋은 말로 '배움이 더딘 학생들'이라고 부르는 아이들을 모아 놓고 하는 수업이었다.

짐의 수업에는 스물일곱 명의 '더딘 학생들'이 있었는데 대부분 운동 선수였다. 수업에 관심이 없는 애들은 그나마 양호한 편이었고, 몇몇 학생은 노골적으로 적대적인 태도를 보였다. 하루는 수업에 들어갔더니 칠판에 야하고 잔인한 모습으로 그려진 자기 얼굴 밑에 '노먼 선생님'이라고 친절하게 적혀 있었다. 그는 말없이 그림을 지우고는 아이들의 비웃는 소리를 무시한 채 수업을 진행했다.

그는 재미있는 수업 계획을 세웠다. 시청각 자료를 동원하고 매우 흥미롭고 이해하기 쉬운 작품을 선정했지만, 아무 소용이 없었다. 수업 분위기는 통제가 불가능할 만큼 소란스럽거나 아니면 어색한 침묵만 흘렀다. 11월 초에 『생쥐와 인간』을 수업하는 동안 두 학생이 싸웠다. 짐은 싸움을 말리고 두 학생 모두 교무실로 보냈다. 다시 수업을 시작하려고 책을 펼칠 때 "조져 버려."라는 소리가 들렸다.

그 문제에 대해 시먼스 선생과 이야기했다. 시먼스는 파이프에 불을 붙이며 어깨를 으쓱할 뿐이었다. "해결할 방법이 없어요, 짐. 그 수업은 항상 그렇습니다. 또 몇 명은 선생님 수업에서 D를 받으면 더 이상 운동을 할 수 없게 돼요. 게다가 다른 영어 수업도 들어야 하기 때문에 선생님 수업은 참 지겨워할 겁니다."

"그건 저도 마찬가집니다." 짐이 우울한 목소리로 말했다.

시먼스는 고개를 끄덕였다. "진지하게 대한다는 인상을 계속 주세요, 그러면 애들도 마음을 열 겁니다. 자기들도 운동을 계속해야 하니까요."

하지만 7교시는 목의 가시처럼 계속 그를 괴롭혔다.

'문학과 함께하는 삶'의 최고 문제아는 칩 오스웨이라는 덩치 큰 녀석이었다. 12월 초, 미식축구 시즌이 끝나고 농구 시즌은 아직 시작되지 않은 짧은 휴식 기간 동안(오스웨이는 두 종목 모두 뛰었다) 짐은 녀석의 부정행위를 발견하고 교실에서 쫓아냈다.

"낙제시키면 가만 두지 않을 거야, 이 개새끼야!" 오스웨이는 침침한 3층 복도를 걸어가며 소리쳤다. "알아들었어?"

"그냥 가라." 짐이 말했다. "쓸데없이 힘 빼지 말고."

"가만 두지 않을 거라고, 두고 봐!"

짐은 책상에서 채점표를 꺼내서는 '문학과 함께하는 삶'이라고 표시된 부분을 찾아서 칩 오스웨이의 이름 옆에 'F'라고 적었다.

그날 밤 또 꿈을 꾸었다.

그 꿈은 항상 잔인할 만큼 천천히 진행되었다. 모든 것을 다 보고 느낄 수 있었다. 절벽을 향해 달려가는 자동차에 꼼짝 못하고 갇힌 사람처럼 아무것도 할 수 없는 상태에서, 이미 알고 있는 결말을 향해 차근차근 진행되는, 되살아난 사건들이 두려움을 더욱더 가중시켰다.

꿈에서 그는 아홉 살, 웨인 형은 열두 살이었다. 둘은 코네티컷 스트라트포드의 브로드 가를 걷고 있다. 도서관에 가는 길이었다. 짐이 빌린 책의 반납 기한이 이틀 지났기 때문에, 연체료를 내기 위해 선반 위의 항아리에서 4센트를 꺼내 왔다. 여름 방학 중이었다. 방금 풀을 자른 냄새가 나고 건물의 창문으로는 야구 중계하는 소리가 들렸다. 8회 초 현재 양키스가 레드삭스를 6대 0으로 앞선 상황에서 타석에는 테드 윌리엄스 ^{1939년부터 60년까지 선수로 뛰며 활} _{약한 메이저리그 강타자}가 들어섰다. 날이 어두워지면서 거리에 드리운 고층 건물의 그림자가 조금씩 길어졌다.

테디의 상점을 지나면 굴다리였는데, 건너편 주유소 옆에는 종종 동네 양아치 몇 명이 기웃거렸다. 가죽 점퍼와 징이 박힌 청바지를 입은 대여섯 명의 아이들이었다. 짐은 그들을 지나치는 게 싫었다. 안경잡이라고 놀리고, 이상한 신발을 신고 다닌다고 놀리고, 돈을 뜯는가 하면 한 번은 반 블록이나 쫓아온 적도 있었다. 하지만 웨인은 일부러 돌아가려 하지는 않았다. 그건 바보 같은 짓이라고 생각했기 때문이다.

꿈속에서 굴다리가 조금씩 가까워지고 목에서 뭔가가 걸리는 듯한 두려운 느낌이 엄습했다. 모든 것이 선명하게 보였다. 방금 들어온 건물의 네온이 깜빡거리고, 굴다리 위로 먼지가 휘날리고, 레일 밑에는 깨진 유리가 반짝이고, 선로 옆에는 부서진 자전거 바퀴가 있다.

그는 웨인 형에게 이전에도 이런 일을 겪은 적이 있다고 이야기하려 한다. 수백 번도 더 겪었다고. 이번에는 주유소 옆에 양아치들이 없다. 오늘은 버팀다리 아래 숨어서 기다린다. 아직 모습을 드러내지 않고 있을 뿐이다. 피할 방법이 없다.

건널목을 지날 때 그림자를 보고 녀석들을 알아차렸다. 키가 큰 금발 하나가 웨인을 벽에 밀어붙이며 말했다. '돈 좀 내놔라.'

'건드리지 마.'

도망가려고 애써 보지만 검은 머리가 잡아서 형 옆에 몰아 세웠다. 왼쪽 눈을 치켜뜬 녀석이 말했다. '이봐 꼬마야, 돈 얼마 있나?'

'4센트.'

'씹할 놈이 거짓말하고 있어.'

웨인이 몸을 비틀며 벗어나려고 했지만, 이상한 적황색 머리를 한 녀석이 금발을 도와 그를 붙잡았다. 왼쪽 눈을 치켜뜬 녀석이 갑자기 입 주변을 한 대 쳤다. 사타구니가 묵직해지면서 입고 있던 청바지가 축축해졌다.

'어이 비니, 이 새끼 오줌 쌌어.'

미친 듯이 발버둥치던 웨인이 거의 빠져나오자 이번에는 국방색 반바지에 흰 티셔츠를 입은 녀석이 다시 그를 밀쳤다. 뺨에 주근깨가 있는 녀석이었다. 돌로 된 굴다리가 조금씩 떨리는 것이 느껴졌다.

대들보에 그 진동이 그대로 전해졌다. 기차가 오고 있었다.

누군가 들고 있던 책을 빼앗았고, 주근깨가 있는 녀석이·진창에 차 넣어 버렸다. 웨인이 갑자기 오른발을 힘껏 내찼고, 앞에 있던 눈을 치켜뜬 녀석이 비명을 지르며 거꾸러졌다.

'비니, 이 새끼 도망가!'

눈을 치켜뜬 녀석은 사타구니를 붙잡고 비명을 계속 질렀지만, 그 소리는 흔들리며 다가오는 기차 소리에 묻혔다. 기차가 머리 위로 지나갈 때는 온 세상이 기차 소리로 가득 차는 것 같았다.

주머니칼이 반짝이는 것이 보였다. 금발과 주근깨가 각각 하나씩 꺼냈다. 웨인이 말하는 소리를 들을 수는 없었지만, 입 모양은 볼 수 있었다.

'도망가, 지미, 도망가.'

무릎을 꿇으며 붙잡혀 있던 손에서 벗어난 다음 다리 사이로 개구리처럼 뛰었다. 녀석이 손을 뻗으며 엉덩이를 잡으려고 했지만 그것도 피할 수 있었다. 뒤돌아서서 온 길을 힘껏 달렸다. 끔찍할 만큼 느리게 진행되는 꿈속에서. 뒤를 돌아다보니……

어둠 속에서 잠이 깼다. 옆에서 샐리는 평화로운 모습으로 자고 있었다. 비명이 나오려는 것을 억지로 참으며 다시 누웠다.

뒤를 돌아보았을 때, 굴다리 밑 어둠을 다시 보았을 때, 금발과 주근깨가 형에게 칼을 휘두르고 있었다. 금발은 갈비뼈 부근을, 주근깨는 형의 사타구니 주변을 직접 겨냥했다.

그는 숨을 거칠게 내쉬며 어둠 속에 누워 있었다. 9년째 꾸고 있는 유령 같은 악몽이 지나가기를, 그냥 깊은 잠에 빠지기를 기다렸다.

시간이 얼마나 흘렀을까. 그는 다시 잠이 들었다.

시내 학교에서는 크리스마스 휴가와 동시에 학기가 끝나는데, 방학이 한 달 가까이 되었다. 처음에 두 번 그 꿈을 꾼 이후로 다시 꾸지는 않았다. 그는 샐리와 함께 버몬트에 있는 처형을 만나러 갔고, 스키를 많이 탔다. 그들은 행복했다.

탁 트인 곳에서 맑은 공기를 접하며 지내다 보니 '문학과 함께하는 삶' 수업 문제는 그다지 중요하지 않게 생각되었다. 짐은 겨울답지 않게 그을린 피부에 기분 좋고 안정된 상태로 학교에 돌아왔다.

2교시 수업을 위해 나갈 때 시먼스가 잡으며 서류철을 하나 건넸다. "새로 온 학생입니다. 7교시고, 이름은 로버트 로슨입니다. 전학 왔네요."

"선생님, 지금도 스물일곱 명이나 됩니다. 넘친다고요."

"스물일곱 명 그대롭니다. 빌 스턴스가 크리스마스 지나고 화요일에 죽었어요. 교통사고였는데, 뺑소니라고 하더군요."

"빌리가요?"

머릿속에서 졸업 사진 같은 흑백의 얼굴 하나가 떠올랐다. 윌리엄 스턴스, 지역 봉사 1, 미식축구 1, 2, 작문 2. '문학과 함께하는 삶' 수업에서 몇 안 되는 좋은 학생이었다. 조용하고 시험에서는 항상 A나 B를 받았다. 먼저 손을 드는 일은 거의 없었지만, 시켜 보면 항상 정답을(그것도 재치 있는 말을 덧붙여 가며) 말하곤 했다. 그런데 죽었다고? 이제 겨우 열다섯인데. 자기 역시 그렇게 갑자기 죽을지도 모른다는 생각이, 문 밑으로 새어 드는 찬바람처럼 뱃속에서 울렸다.

"세상에, 안됐군요. 어떻게 된 일인지 자세히 아십니까?"

"경찰이 조사하고 있어요. 크리스마스 선물을 교환하러 시내에 나갔나 봅니다. 램파트 가를 건너는데 세단 승용차가 와서 치었답니다. 등록 번호를 본 사람은 없고 '뱀 눈'이라는 글씨가 문짝에 적혀 있었대요……. 왜 아이들이 하고 다니는 거 있잖습니까."

"세상에." 짐이 다시 말했다.

"종 쳤네요."

시먼스는 황급히 사라졌다. 식수대 옆 아이들이 몰려 있는 곳에서 잠깐 멈추었다가 아이들을 교실로 보내고 다시 걸어갔다. 짐은 허탈한 심정으로 교실로 향했다.

수업이 없는 시간에 로버트 로슨의 서류를 훑어봤다. 첫 번째 장은 밀퍼드 고등학교의 녹색 표지였다. 들어 본 적이 없는 학교였다. 두 번째 장은 학생 생활기록부였다. 아이큐 78, 손재주가 좀 있지만 대단하지는 않음. 바넷허슨 성격 테스트에서는 반사회적인 성향을 보임. 학교 생활에 적응하지 못함. 짐은 이 녀석도 항상 '문학과 함께하는 삶'을 들어야만 하는 그런 학생이라고 짐작했다.

다음 장은 처벌 기록이 적힌 노란 종이였다. 밀퍼드에서는 그냥 흰 종이에 검은색 줄이 쳐진 용지를 사용했던 모양인데, 빈 칸이 없을 정도로 빽빽하게 처벌 기록들이 적혀 있었다. 로슨은 셀 수도 없이 사고를 치고 다녔다.

다음 장을 넘기고, 로버트 로슨의 사진을 흘긋 보고는, 다시 한 번 쳐다봤다. 갑자기 두려움이 뱃속으로 들어와 거기에 자리 잡고 무슨 소리를 내는 것만 같았다.

로슨은 카메라를 뚫어지게 노려보고 있었다. 학교 사진사가 아니라 경찰서의 무슨 범인용 카메라를 쳐다보는 것 같았다. 로슨의 볼에 희미한 주근깨 자국이 있었다.

7교시가 될 때까지 그는 최대한 이성적으로 생각하려고 노력했다. 볼에 주근깨 자국이 있는 애들은 수도 없이 많다고, 16년 전에 형을 찔렀던 빌어먹을 놈은 지금쯤 적어도 서른둘이 됐을 거라고 스스로에게 말했다.

하지만 3층으로 올라갈 때까지 불안은 가시지 않았고 거기에 다른 두려움까지 더해졌다. '이게 바로 무너지기 직전의 느낌이야.' 입에서 미치기 직전의 그 맛이 느껴졌다.

늘 보던 아이들이 33호실 앞에 서성거렸고, 몇몇은 짐이 오는 것을 보고 안으로 들어갔다. 나머지 아이들은 계속 문 밖에서 낮은 목소리로 뭔가 중얼거렸다. 새로 왔다는 학생이 칩 오스웨이 옆에 서 있는 것이 보였다. 로버트 로슨은 청바지에 노란색 오토바이 부츠를 신었다. 올해 대유행이었다.

"칩, 들어가자."

"명령입니까?" 녀석이 머리 위에서 웃으며 말했다.

"그럼."

"시험에서 낙제시켰습니까?"

"그럼."

"그랬군요, 그러니까……." 나머지는 그냥 웅얼거리는 말이라서 들리지 않았다.

짐은 로버트 로슨 쪽을 돌아봤다. "거기 새로 온 친구, 수업이 어떻게 진행되는지 이야기해 주지."

"그럼요, 노먼 선생님." 오른쪽 눈 옆에 작은 흉터가 있었다. 짐이 익숙히 알고 있는 흉터였다. 틀림없었다. 미친 짓이고 정신 나간 짓이었지만, 또한 사실이었다. 16년 전에 바로 이놈이 형을 칼로 찔렀던 것이다.

수업 방식과 지켜야 할 것을 이야기하는 자신의 목소리가 아주 멀리서 들리는 것만 같았다. 로버트 로슨은 군용 허리띠에 손가락을 걸친 자세로 히죽히죽 웃으며 들었고 가끔씩 고개를 끄덕였다. 마치 오래된 친구처럼.

"짐?"

"으음?"

"어디 안 좋아?"

"괜찮아."

"'문학과 함께하는 삶'이라는 수업 아이들이 요즘도 속 썩여?"

대답이 없었다.

"짐?"

"아냐."

"오늘은 좀 일찍 잘까?"

짐은 그럴 수 없었다.

그날 밤 꿈은 지독했다. 볼에 주근깨 자국이 있는 놈은 형을 찌르며 짐에게 소리쳤다. "다음엔 너야, 꼬마야. 배를 푹 찔러 버릴 거야."

그는 비명을 지르며 깨어났다.

그 주에는 『파리 대왕』에 대해 수업했다. 상징주의에 대해 설명할 때 로슨이 손을 들었다.

"로버트, 왜 그러지?" 그는 차분한 목소리로 물었다.

"왜 저를 계속 노려보십니까?" 짐은 깜짝 놀라서 입안이 바짝 타들어 갔다.

"제가 만만해 보이는 겁니까? 아니면 지퍼라도 열렸습니까?"

아이들이 키득키득 웃는 소리가 들렸다.

짐은 차분한 목소리로 대답했다. "널 노려본 게 아냐, 로슨. 랠프와 잭이 서로 의견을 달리하는 이유를 말해 보겠니……?"

"노려봤잖아!"

"교장 선생님한테 가고 싶나?"

로슨은 잠깐 생각하는 것 같았다. "아뇨."

"좋아. 그럼 랠프와 잭이……."

"안 읽었습니다. 재미없는 책이라서."

짐은 조금 경직된 표정으로 미소를 지어 보였다. "지금이라도 읽어 봐라. 사람이 책을 평가하기도 하지만, 책도 사람을 평가하는 거니까. 자, 야수가 있는지 없는지에 대해 두 사람 의견이 서로 다른 이유를 말해 볼 사람?"

캐시 슬라빈이 손을 들었다. 로슨이 그녀를 흘긋 쳐다보고는 칩 오스웨이에게 무슨 말인가 했다. 입술을 보니 '가슴이 끝내 주는데.'라고 하는 것 같았다. 칩이 고개를 끄덕였다.

"캐시?"

"잭이 그 야수를 사냥하고 싶어해서가 아닐까요?"

"잘했다." 그는 돌아서서 칠판에 적을 준비를 했다. 그가 등을 돌릴 때, 머리 옆 칠판에 포도 한 알이 날아와 으깨졌다.

그는 얼른 뒤를 돌아보았다. 몇몇 아이들이 키득키득 웃었지만, 오스웨이와 로슨은 아무 일 없었다는 듯한 표정으로 짐을 쳐다볼 뿐이었다.

짐은 잠시 멈추고 포도를 집어 들었다. "어떤 녀석인지는 모르지만……" 그가 교실을 돌아보며 말했다. "이건 먹으라고 있는 거다."

캐시 슬라빈은 숨을 헐떡였다.

그는 포도를 쓰레기통에 버리고 다시 칠판 쪽으로 돌아섰다.

커피를 홀짝거리며 아침 신문을 보는데 중간쯤에 있는 머리기사가 눈에 들어왔다. "세상에!" 아내의 대수롭지 않은 아침 이야기를 듣던 중에 저도 모르게 탄식이 나왔다. 아랫배가 갑자기 작은 가시들로 가득 차는 것 같았다.

십대 소녀 추락사.

헤럴드 데이비스 고등학교에 다니는 올해 열일곱 살인 캐서린 슬라빈 양이 어제저녁 시내에 있는 자신의 아파트에서 추락사했다. 스스로 뛰어내린 것인지 누가 민 것인지는 아직 밝혀지지 않았다. 어머니의 말에 따르면, 옥상에서 비둘기를 키우던 슬라빈 양은 모이를 주러 올라갔다고 한다. 경찰 조사에서, 이웃의 개발 지역에 살고 있는 한 여인이 저녁 6시 45분경, 그러니까 슬라빈 양이 떨어진 지 몇 분 후에 아파트 옥상 위로 세 명의 남학생이 달려가는 것을 목격했다고 말했다. (3면에 계속)

"짐, 자기가 가르치는 학생이야?"

그는 아무 말 없이 아내를 쳐다볼 수밖에 없었다.

2주 후, 점심 시간에 시먼스가 한 손에 서류철을 든 채 그를 찾았다. 짐은 아랫배가 미칠 것처럼 아팠다.

"새 학생입니까." 그는 무심한 투로 시먼스에게 말했다. "문학과 함께하는 삶이죠?"

시먼스가 눈을 크게 뜨며 물었다. "어떻게 알았습니까?"

짐은 어깨를 으쓱하며 서류철을 받아 들었다.

"수업은 해야죠." 시먼스가 말했다. "과목별 주임 선생님들이 수업 평가를 하는 중입니다. 요즘 좀 처진 것처럼 보이는데, 몸은 괜찮은 겁니까?"

'괜찮습니다, 조금 기운이 없을 뿐이죠. 빌리 스턴스처럼.'

"예, 괜찮습니다." 그가 말했다.

"다 그런 거죠, 뭐." 시먼스가 어깨를 툭 치며 말했다.

그가 가고 나서, 짐은 마치 한 대 맞을 사람처럼 미리부터 인상을 찌푸리며 서류철 안의 사진을 들여다봤다.

하지만 사진 속의 얼굴은 익숙한 얼굴이 아니었다. 그저 평범한 학생 사진이었다. 전에 본 것 같기도 하고 아닌 것 같기도 했다. 데이비드 가르시아라는 이 학생은 조금 우락부락한 생김새에 짙은 머리, 흑인 같은 입술에 졸린 듯한 검은 눈이었다. 노란 종이를 보니 이 녀석도 밀퍼드에서 전학 온 모양인데, 그랜빌 소년원에서 2년 지낸 경력도 있었다. 자동차 절도였다고 한다.

서류철을 덮는 짐의 손이 가볍게 떨렸다.

"샐리?"

아내는 다림질하다 말고 그를 쳐다봤다. 그는 텔레비전 농구 중계를 보는 둥 마는 둥 하고 있었다.

"아무것도 아니야. 신경 쓰지 마." 그가 말했다.

"거짓말."

그는 그냥 웃으며 다시 텔레비전 쪽으로 고개를 돌렸다. 하마터면 말할 뻔했다. 하지만 그럴 수 없었다. 차라리 그냥 미쳐 버리는 것이 나을 것 같았다. 어디서부터 이야기한단 말인가? 꿈에서부터? 신경쇠약으로 쓰러졌던 일부터? 로버트 로슨이 등장하는 데서부터?

'아니지, 웨인 형 이야기부터지, 형 이야기부터.'

하지만 아직 아무에게도 그 이야기를 한 적이 없었다. 심지어 정신과 상담을 할 때도. 데이비드 가르시아 생각이 났다. 복도에서 처음 마주쳤을 때 닥쳤던 그 악몽에서와 똑같은 두려움이. 사진으로 볼 때는 어디선가 본 듯한 그저 그런 얼굴일 뿐이었다. 사진에서는 움직이지도 않았고……, 씰룩거리지도 않았다.

가르시아는 로슨과 칩 오스웨이 옆에 서 있었다. 짐 노먼이 오는 것을 보더니 녀석이 웃었고 한쪽 눈이 치켜 올라갔다. 짐의 머릿속에서 희미하게 어떤 목소리가 들렸다.

'이봐 꼬마야, 돈 얼마 있냐?'

'4센트.'

'씹할 놈이 거짓말하고 있어……. 어이 비니, 이 새끼 오줌 쌌어.'

"짐? 무슨 말 했어?"

"아냐." 대답은 그렇게 했지만, 자기가 말을 했는지 안 했는지 그도 알 수 없었다. 점점 더 무서워졌다.

2월 초 방과 후에 누가 교무실 문을 두드렸다. 짐이 열어 보니 칩 오스웨이가 서 있었다. 조금 겁먹은 표정이었다. 시간은 4시 10분 정도였고, 마지막까지 함께 있던 다른 선생님은 이미 한 시간 전에 자리를 뜬 상태였다. 짐은 미국 문학 숙제를 검사하는 중이었다.

"칩?" 그가 차분한 목소리로 말했다.

칩은 다리를 후들후들 떨고 있었다. "잠깐 얘기 좀 할 수 있을까요, 노먼 선생님?"

"물론이지. 하지만 성적 이야기라면 시간 낭비일 뿐……."

"그 이야기가 아니거든요. 근데, 여기서 담배 피워도 될까요?"

"그래."

칩은 떨리는 손으로 담배에 불을 붙였다. 한 일 분쯤 아무 말도 없었다. 차마 말을 못 꺼내는 것처럼 보였다. 입술이 움찔움찔하고 손은 가지런히 모은 채 눈을 가늘게 뜬 게, 적당한 표현을 찾아내려고 애쓰는 모습이 역력했다.

그가 갑자기 말문을 터뜨렸다. "녀석들이 정말로 한다고 해도 저랑은 상관없는 일입니다! 저는 모르는 놈들입니다. 아주 기분 나쁜 놈들이에요."

"누구 얘길 하는 거냐, 칩?"

"로슨이랑 가르시아라는 놈 말입니다."

"걔들이 나를 어떻게 할 계획이라도 세우고 있나?" 오래된 악몽이 다시 살아나는 것 같았다. 그는 이미 답을 알았다.

"처음엔 저도 녀석들이 좋았어요." 칩이 말했다. "같이 돌아다니면서 맥주도 사먹고 그랬는데, 그러다가 선생님이 성적 안 준 거를 좀 씹었거든요. 어떻게 복수를 할지도 얘기하고요. 그냥 말만 그렇게 했거든요! 정말로."

"그래서?"

"녀석들이 계속 다그치더라고요. 선생님이 몇 시에 학교에서 나가는지, 차는 뭘 타고 다니는지 이런 거요. 그래서 제가 너네가 선생님한테 그럴 이유가 뭐가 있냐고 물었더니 가르시아 말이 오래전부터 선생님을 알고 있었대요……. 선생님, 왜 그러세요?"

"그 담배." 그가 가라앉은 목소리로 말했다. "이제 익숙해질 때도 됐는데, 가끔 이러네."

칩은 담배를 비벼 껐다. "도대체 언제부터 알았냐고 했더니, 보브 로슨이 제가 기저귀를 차고 다닐 때부터였다고 하데요. 녀석들도 같은 열일곱 살인데 말이에요. 나랑 똑같은데."

"그리고?"

"그게, 가르시아가 선생님이 몇 시에 학교에서 나가는지도 모르면서 어떻게 조질 수 있겠냐고 했어요. 계획이 있냐고요. 그래서 내가 타이어에 불을 붙인 다음에 완전히 보내 버리겠다고 했어요. 내가 그렇게 말한 건……."

"무서워서 그랬겠지." 짐이 조용히 말했다.

"예, 지금도 무섭거든요."

"네 생각을 듣고 걔들이 뭐라고 하더냐?"

칩은 몸을 부르르 떨었다. "보브 로슨이오, 정말 그렇게 할 수 있냐고, 너 같은 겁쟁이가 정말 할 수 있겠냐고 했어요. 그래서 얕보이기 싫어서, 난 할 수 있다고, 그러면 너네는 어떻게 할 거냐고 물었어요, 정말 보내 버릴 수 있냐고. 그때 가르시아가 눈을 치켜뜨면서 주머니에서 뭘 꺼내는데 칼이더라고요. 그걸 보고 도 망쳤거든요."

"그게 언제 일이냐, 칩?"

"어제요. 이제 그 새끼들하고 같이 있기만 해도 무서워요, 노먼 선생님."

"됐다." 짐이 말했다. "괜찮아." 채점 중이던 답안지 쪽으로 고 개를 돌렸지만 아무것도 눈에 들어오지 않았다.

"어떻게 하실 건데요?"

"모르겠다. 정말 모르겠다."

월요일 아침까지도 어떻게 해야 할지 알 수가 없었다. 우선 드 는 생각은 샐리에게 모두 말하는 것이었다. 16년 전에 있었던 형 의 죽음부터 모든 것을. 하지만 불가능한 일이었다. 물론 진심 어 린 동정심을 보이겠지만, 믿지는 못하고 두려워만 할 것이다.

시먼스? 역시 불가능했다. 시먼스는 그가 미쳤다고 생각할 것 이다. 어쩌면 정말 미친 것인지도 몰랐다. 집단 치료 프로그램에 서 만났던 어떤 사람은 신경쇠약이란, 깨진 꽃병을 다시 풀로 붙이는 일과 비슷하다고 했다. 다시 그 꽃병을 만져도 깨뜨리지 않을 수 있다고 자신할 수 없는 그런 상태. 그 꽃병엔 꽃을 꽂을 수도 없다. 꽃에 물을 주다 보면 깨진 조각을 붙인 풀이 녹아 버릴 테니까.

'그럼 내가 미친 건가?'

그가 미친 거라면 칩 오스웨이도 미친 셈이었다. 차에 오를 때 그런 생각이 들자, 그는 마치 전기가 통하는 것처럼 짜릿한 느낌이 들었다.

그렇지! 로슨과 가르시아는 칩 오스웨이가 있는 자리에서 공공연히 협박을 했다. 그런 걸로 법정에 세울 수는 없겠지만, 만약 오스웨이가 교장 선생님 앞에서 이야기한다면 두 놈을 정학시킬 수는 있을 것이다. 칩을 설득하면 그 정도는 가능할 것 같았다. 칩은 또 나름대로 두 놈을 피해야 할 이유가 있으니까.

주차장에 차를 세울 쯤에는 빌리 스턴스와 캐시 슬라빈 생각이 났다.

수업이 없는 시간에 서무과로 가서 등록 담당 직원을 찾았다. 그녀는 결석생을 확인하는 중이었다.

"칩 오스웨이 오늘 나왔나요?" 한번 가볍게 물어봤다.

"칩 누구요?" 그녀가 잘 모르겠다는 표정으로 그를 쳐다봤다.

"찰스 오스웨이 말입니다." 짐이 다시 말했다. "그냥 칩이라고들 부르거든요."

그녀가 서류 뭉치를 뒤적이다가 한 장을 집어서 내밀었다. "오늘 결석이네요, 노먼 선생님."

"그 학생 집 전화번호 좀 알 수 있을까요?"

· 서무과 직원이 연필로 머리를 긁으며 대답했다. "그럼요." 그녀가 서류에 있는 전화번호를 알려 줬다. 짐은 사무실 전화로 바로 걸어 보았다.

벨이 열 번도 넘게 울리도록 아무도 받지 않아서 끊으려고 할 때, 아직 잠이 덜 깬 것 같은 거친 목소리가 들렸다. "예?"

"오스웨이 씨?"

"배리 오스웨이는 6년 전에 죽었소. 나는 게리 덴킨저라는 사람이오."

"칩 오스웨이의 새아버지 되십니까?"

"녀석이 또 무슨 짓을 했는데요?"

"예?"

"도망갔우. 녀석이 무슨 사고를 쳤는지 나도 좀 압시다."

"지금까지는 아무 일도 없습니다. 제가 알기로는요. 그냥 아드님이랑 이야기할 게 좀 있어서 전화드린 겁니다. 혹시 어디 짐작이 가는 데라도 있으신가요?"

"몰라요, 나는 밤에 일하는 사람이라서. 친구도 전혀 모릅니다."

"그래도 혹시……."

"글쎄, 몰라요. 오래된 옷이랑, 그동안 자동차 부속이나 약 팔아서 모은 돈 50달러 챙겨 가지고 나갔어요. 뭐 샌프란시스코 가서 히피가 된다나 어쩐다나."

"혹시 연락이 오면 학교에도 좀 알려 주시겠습니까? 영어 가르치는 짐 노먼입니다."

"그러죠 뭐."

짐은 수화기를 내려놓았다. 서무과 직원이 올려다보다가 아무

뜻도 없이 그냥 웃어 보였다.

이틀 후에, 출석부의 칩 오스웨이 이름 옆에 '자퇴'라는 글씨
가 보였다. 짐은 시먼스 주임이 새 서류철을 들고 나타나기를 기
다렸다. 과연 일주일 후에 시먼스가 나타났다.

그는 바보처럼 사진을 쳐다봤다. 이번에도 틀림없었다. 짧았던
머리를 기르기는 했지만 여전히 금발이기는 마찬가지였다. 얼굴
도 똑같았다. 빈센트 코리. 친한 친구들은 비니라고 불렀다. 사진
속에서 녀석이 그를 보았다. 입가에 거만한 미소를 띤 채.

7교시 수업을 하러 가는 동안 가슴이 무겁게 뛰었다. 로슨과 가
르시아, 비니 코리는 교실 문 옆 게시판에 함께 서 있었다. 그가
다가가자 녀석들이 아는 척을 했다.

비니는 그 거만한 웃음을 지었지만, 눈은 얼음 조각처럼 차갑
고 싸늘했다. "노먼 선생님이시죠? 안녕하세요?"

로슨과 가르시아가 키득키득 웃었다.

"노먼이네." 짐이 말했다. 비니가 내민 손은 그냥 무시했다.
"기억하지?"

"그럼요, 기억할 겁니다. 형은 좀 어때요?"

짐은 그 자리에서 얼어붙는 것만 같았다. 아랫배에 힘이 빠지
고 아주 멀리서, 마치 머릿속 어딘가에 있는 긴 복도에서 울려 나
오는 소리처럼, 귀신의 목소리 같은 소리가 들렸다. '어이 비니,
이 새끼 오줌 쌌어.'

"우리 형님에 대해서 뭘 알지?" 탁한 목소리로 물었다.

"아무것도 모릅니다." 비니가 말했다. "많이는 몰라요." 녀석

들은 아무 뜻도 없는 위험한 미소를 지어 보였다.

종이 울리고 그들은 안으로 들어갔다.

같은 날 밤 10시, 상점 앞 공중전화.

"교환, 코네티컷 스트라트퍼드 경찰서 좀 부탁합니다. 아뇨, 번호는 모릅니다."

그 경찰관 이름은 넬 씨였다. 당시에 벌써 머리가 희끗희끗했는데 아마 오십대 중반은 돼 보였던 것 같다. 어릴 때라서 정확히 보지는 못했다. 짐과 형은 아버지가 없었는데, 넬 씨는 어떻게 그것까지 알고 있었다.

'그냥 넬 아저씨라고 불러라. 애들아.'

짐과 형은 매일 점심 시간에 만나서 스트라트퍼드 식당에서 어머니가 싸 준 도시락을 함께 먹었다. 어머니는 우유 사 먹으라고 각각 5센트씩 주셨다. 아직 학교에서 우유 급식이 없던 때의 이야기다. 가끔 넬 아저씨가 식당에 올 때가 있었는데, 아저씨가 매고 있는 가죽 벨트가 권총과 배 무게를 견디지 못해 출렁거렸다. 아저씨는 아이스크림 파이를 사 주곤 했다.

'녀석들이 형을 찌를 땐 어디 계셨나요? 넬 아저씨?'

전화가 연결되고 벨이 울렸다.

"스트라트퍼드 경찰섭니다."

"안녕하세요. 저는 제임스 노먼이라고 합니다, 경관님. 장거리 전화거든요. 혹시, 1957년경부터 근무하셨던 분 계시면 통화 좀 할 수 있을까요?"

"잠깐만 기다리십시오, 노먼 씨."

잠시 후에 다른 사람이 전화를 받았다.

"모턴 리빙스턴 경삽니다. 노먼 씨. 누굴 찾으시는 겁니까?"

"예, 그게……." 짐이 말했다. "어릴 때라서 그냥 넬 아저씨라고 불렀는데, 그걸로……."

"아하, 예. 돈 넬은 지금은 은퇴했습니다. 일흔셋이나 넷쯤 됐을걸요."

"아직 스트라트퍼드에 사시나요?"

"에, 배넘 가에 삽니다. 주소 알려 드릴까요?"

"예, 그리고 전화번호도 좀 부탁합니다. 알고 계시면요."

"그러죠, 돈을 아십니까?"

"스트라트퍼드 식당에서 저랑 형한테 아이스크림 애플 파이를 사 주시곤 했습니다."

"세상에, 십 년도 더 된 일일 텐데. 잠깐만 기다리십시오." 잠시 후 그가 주소와 전화번호를 불러 줬다. 다 받아 적은 짐은 고맙다는 인사를 하고 전화를 끊었다.

다시 0번을 누르고 교환에게 전화번호를 말한 다음 기다렸다. 벨이 울리자 갑자기 긴장되면서 몸을 앞으로 기댔다. 가게 앞에는 잡지를 읽는 여학생뿐이었지만 그는 본능적으로 몸을 돌렸다.

수화기가 들리고 음색이 풍부한 남자 목소리가 들렸다. 전혀 늙지 않은 것처럼 들렸다. "여보세요?" 첫 마디를 듣는 순간 오래된 기억들을 둘러싼 먼지가 싹 사라져 버렸다. 라디오에서 나오는 오래전에 녹음된 노래를 들으면 자동으로 일어나는 무슨 반사 작용 같았다.

"넬 선생님? 도널드 넬 씨 맞으십니까?"

"그런데요."

"저는 제임스 노먼이라고 합니다, 넬 선생님. 혹시 기억나시는 지요?"

"아." 금방 알아차린 듯했다. "아이스크림 파이. 자네 형이 죽 었지……. 칼에 맞아서. 부끄러운 일이야. 착한 아이였는데."

짐은 공중전화 유리에 몸을 기댔다. 갑자기 긴장이 풀리면서 고장난 장난감처럼 힘없이 쓰러질 뻔했다. 그대로 쓰러지려는 것 을 결사적으로 버텼다.

"넬 아저씨, 그 아이들은 결국 안 잡힌 거죠?"

"안 잡혔지." 넬이 말했다. "용의자는 몇 명 있었다. 내가 기억 하기로는 브리지포트 경찰서에 명단이 있어."

"제가 이름을 대면 아실 수 있겠어요?"

"아니. 경찰서에서는 들어오는 번호대로 일을 정리해서 말이 다. 근데 무슨 일이냐, 노먼?"

"그래도 제가 이름을 몇 개 대 볼게요. 혹시 사건과 관련된 이 름인지 궁금해서요."

"얘야, 나는……."

"꼭 생각해 내셔야 해요." 짐이 말했다. 점점 더 절박한 심정이 되어 갔다. "로버트 로슨, 데이비드 가르시아, 빈센트 코리. 이 셋 중에 혹시……."

"코리." 넬 아저씨가 차분한 목소리로 말했다. "그 친구가 기억 난다. 독사 비니. 그렇지, 그 사건 때문에 부른 적이 있어. 그 녀 석 엄마가 알리바이를 댔지. 로버트 로슨은 모르겠구나. 너무 흔 한 이름이라서. 하지만 가르시아는……, 무슨 관련이 있는 것 같기도 한데, 정확하게 뭔지는 모르겠다. 이런, 나이가 드니까, 원."

몸이 안 좋은 듯한 목소리였다.

"넬 아저씨, 이 애들 한번 확인해 볼 수 있으세요?"

"글쎄, 이제 애들은 아니겠지."

'그럴까?'

"이봐, 지미. 혹시 녀석들 중에 누가 나타나 괴롭히는 거냐?"

"모르겠어요. 요즘 들어 이상한 일들이 자꾸 생겨서요. 형이 칼에 찔린 사건과 관련된 일들이오."

"무슨 일인데?"

"넬 아저씨, 지금은 말씀드릴 수가 없어요. 제가 미쳤다고 생각하시나요?"

아저씨는 흥미롭다는 듯이 즉시 되물었다. "미치긴 했냐?"

짐은 잠깐 쉬었다가 대답했다. "아뇨."

"그래, 내가 스트라트퍼드 조사국에 가서 그 이름들을 한번 알아보마. 거긴 아직 아는 사람들이 좀 있으니까."

짐은 집 전화번호를 알려 줬다. "목요일 저녁에 걸면 있을 거예요." 사실 거의 매일 저녁 집에 있었지만, 목요일 저녁이면 샐리가 도자기 공예반에 나가는 때였다.

"요즘은 뭐하고 지내냐?"

"학교에서 애들 가르쳐요."

"좋네. 아마 며칠 걸릴 거다. 알겠지만. 지금은 은퇴를 해서 말이야."

"목소리는 그대로시네요."

"네가 내 꼴을 한번 봐야지!" 그가 기침을 했다. "아직도 아이스크림 파이 좋아하냐, 지미?"

"그럼요." 짐이 말했다. 거짓말이었다. 그는 아이스크림 파이를 싫어했다.

"그 말 들으니 반갑구나. 아무것도 못 건지면, 내가⋯⋯."

"하나 더요. 혹시 스트라트퍼드에 밀퍼드 고등학교라는 데가 있나요?"

"아니, 들어 본 적 없는데."

"그러니까 그게⋯⋯."

"근처에 밀퍼드라는 이름은 애시하이츠 가에 있는 밀퍼드 공동묘지뿐이다. 거기서는 아무도 졸업 못 하지." 아저씨가 마른기침을 뱉었다. 짐에게는 그 기침 소리가 관 속에 든 뼈가 덜그럭거리는 소리처럼 들렸다.

"고맙습니다." 자기가 말하는 소리가 들렸다. "안녕히 계세요."

넬 아저씨가 전화를 끊었다. 교환이 요금 60센트를 넣으라고 했고, 그는 시키는 대로 했다. 돌아서 보니 공중전화 유리에 두 손을 펼친 자세로 서 있는 무시무시한 얼굴이 보였다. 유리에 눌린 코끝과 손바닥이 하얗게 보였다.

비니가 그를 향해 웃고 있었다.

그는 비명을 질렀다.

다시 수업 시간.

'문학과 함께하는 삶' 아이들은 작문 중이다. 대부분은 종이를 앞에 놓고 진땀을 빼며 장작 패듯 어설프게 생각을 적어 내려가고 있다. 세 명만 제외하고. 빌리 스턴스의 자리에 앉은 로버트 로슨, 캐시 슬라빈의 자리에 데이비드 가르시아, 그리고 칩 오스웨이 자리에 비니 코리. 셋은 백지를 그냥 둔 채 짐만 쳐다본다.

종이 울리기 전에 짐이 부드러운 목소리로 말했다. "수업 끝나고 잠깐만 보자, 코리."

"그러죠, 노먼."

로슨과 가르시아는 키득키득 웃었지만 나머지 아이들은 조용했다. 종이 울리고 아이들은 작문을 내고 우르르 몰려 문으로 나갔다. 로손과 가르시아는 가지 않고 기다렸고 짐은 아랫배가 당기는 기분을 느꼈다.

'지금인가?'

그때 로슨이 비니를 향해 고개를 끄덕였다. "나중에 보자."

"어."

둘은 나가고 로슨이 문을 닫았다. 서리 낀 유리창 너머로 데이비드 가르시아가 갑자기 소리를 질렀다. "노먼, 없애 버려." 비니가 문을 흘긋 쳐다보고는 다시 짐을 쳐다봤다. 웃고 있었다.

비니가 말했다. "괜찮은지 궁금했습니다."

"정말이냐?" 짐이 말했다.

"공중전화 박스에서 놀라게 했던 것 같은데요, 맞죠, 꼰대?"

"요즘은 아무도 '꼰대'라는 말 안 쓴다, 비니. 유행이 아냐. 버디 홀리 1950년대 미국의 가수 때는 통했을지도 모르지만."

"내 맘대로 말할 겁니다." 비니가 말했다.

"또 한 명은 어디 있지? 바보 같은 빨간색 머리를 했던 그 친구 말이야."

"배신자." 일부러 무관심한 척했지만 짐은 비니의 말에서 약간의 불안을 느낄 수 있었다.

"살아 있는 거지? 그렇지? 그래서 여기 없는 거야. 지금 서른 둘이나 셋쯤 됐겠네, 너희도 만약……"

"'염색'은 항상 짐만 되는 놈이었지. 아무것도 아냐." 비니는 의자에 앉으며 책상에 팔을 내려놓았다. 눈이 반짝였다. "이봐, 그때 당신 모습이 어땠는지 다 기억해. 오래된 코르덴 바지에 오줌 쌌지? 나랑 데이비드를 쳐다봤던 것도 다 안다고. 그때 당신한테 마법을 건 거야, 우리가."

"그랬겠지." 짐이 말했다. "16년 동안 악몽에 시달리게 만들었지. 그걸로 충분하지 않나? 왜 하필 지금, 나한테 이러는 거지?"

비니는 영문을 모르겠다는 표정을 짓더니 다시 미소 지었다. "아직 할 일이 남아서겠지. 정리할 건 해야지, 안 그래?"

"어디 있었던 거지? 그동안?" 짐이 물었다.

비니의 입술이 얇아졌다. "그건 알 바 없어, 알았어?"

"사람들이 파묻었잖아, 안 그래, 비니? 땅속에. 바로 밀퍼드 공동묘지, 땅속에……"

"닥쳐!"

비니가 자리를 차고 일어났다. 책상이 넘어졌다.

"쉽게는 안 될 거야." 짐이 말했다. "나도 가만 있지는 않을 테니까."

"널 죽일 거야, 꼰대. 어디 한번 두고 보라고."

"그만 나가라."

"네 귀여운 마누라도 마찬가지야."

"손만 대면 끝장날 줄 알아……" 그는 정신없이 앞으로 뛰쳐

나갔다. 샐리를 들먹거리는 순간 흥분과 두려움이 몰려왔다.

비니는 비웃으며 문으로 걸어갔다. "침착하셔야지. 그냥 가만히 있으라고." 놈이 비꼬았다.

"아내한테 손대면 내 손에 죽는다."

비니의 미소가 커졌다. "죽인다고? 이봐, 당신도 아는 줄 알았는데. 난 벌써 죽은 몸이라고."

비니가 나갔다. 복도에 발소리가 길게 울렸다.

"자기, 뭐 읽어?"

짐은 읽던 책의 표지를 내밀었다. 『악마 불러내는 법』.

"저런." 그녀는 이내 고개를 돌리고는 거울을 보며 머리를 다듬었다.

"집에 올 때는 택시 타고 다니지?" 그가 물었다.

"겨우 네 블록인데 뭐. 그리고 좀 걷는 게 몸매 유지에 좋대."

"여학생 하나가 그러는데, 서머 가에서 누가 자기를 붙잡더라는 거야." 거짓말이었다. "강간하려고 그러는 것 같았대."

"정말? 누구야?"

"다이앤 스노라고 있어." 아무 이름이나 지어내서 말했다. "허풍이나 치는 아이는 아니니까, 자기도 택시 타고 와, 알았지?"

"그래." 아내가 그가 앉은 의자로 와서 무릎을 꿇고는 두 손으로 그의 볼을 감싸 쥐며 말했다. "왜 그래, 짐?"

"아무것도 아냐."

"아냐, 무슨 일 있는 게 분명해."

"내가 어떻게 할 수 있는 일이 아냐."

"혹시……, 자기 형님이랑 관계 있는 일이야?"

마치 방문이 열린 것처럼 두려움이 몰려들었다. "왜 그런 말을 하지?"

"어젯밤에 자면서 형님 이름을 불렀어. '웨인, 웨인.' 하고 말이야. '도망가, 웨인 형.' 이라고도 했어."

"아무것도 아냐."

아무것도 아닌 게 아니었다. 둘 다 알고 있었다. 그는 아내가 나가는 것을 지켜봤다.

넬 아저씨는 8시 15분에 전화했다. "그 친구들은 걱정할 것 없다. 전부 죽었어."

"그래요?" 그는 『악마 불러내는 법』의 읽다 만 부분을 만지작거리며 말했다.

"자동차 사고. 자네 형이 죽고 여섯 달 후에 일어났어. 경찰에게 쫓기는 중이었어. 프랭크 사이먼이란 경찰이 담당이었는데 지금은 시코스키에서 일하고 있네. 보수는 거기가 훨씬 낫지."

"그 사고로 녀석들이 죽은 거란 말이죠."

"시속 150킬로미터가 넘는 속도로 달리다가 도로에서 미끄러지면서 전봇대를 들이받았어. 전원을 내리고 애들을 꺼내 보니 완전히 다 익은 상태였다고 하더군."

짐은 눈을 감았다. "사고 경위서는 보셨나요?"

"내 눈으로 직접 봤어."

"차는 어떻게 됐죠?"

"뜨거운 고철 덩어리지, 뭐."

"무슨 차였는데요?"

"1954년형 검은색 포드. 옆에 '뱀 눈'이라고 적힌 건데, 뭐 결국 독사한테 물린 것처럼 완전히 갔어."

"따라다니던 친구도 하나 있었던 것 같은데요, 아저씨. 이름은 모르겠고, 그냥 '염색'이라고 부르던."

"아마 찰리 스폰더일 거야." 넬 아저씨는 주저 없이 말했다. "살충제로 머리를 염색했다는 친구. 기억이 나. 덕분에 흰 줄무늬가 생겼는데, 다시 염색을 해 놓고 보니까 이번에는 적황색으로 변해 버렸다지, 아마."

"지금 뭐하고 사는지 아세요?"

"군인이야. 동네 처녀를 임신시키고 나서 58년인가 59년에 입대했어."

"연락이 가능할까요?"

"어머니가 스트라트퍼드에 사니까, 거기 물어보면 되겠지."

"그 어머니 주소 좀 알려 주실 수 있으세요?"

"짐, 도대체 무슨 일 때문인지 이야기하면 알려 주마."

"지금은 말씀 못 드려요, 넬 아저씨. 제가 미쳤다고 생각하실 거예요."

"그러나, 안 그러나 한번 시험해 봐라."

"안 돼요."

"알겠다."

"알려 주실……." 갑자기 전화가 끊어졌다.

"빌어먹을." 짐이 수화기를 내려놓자마자 벨이 울렸다. 마치 전화기에 불이라도 난 것처럼 그는 몸을 뒤로 뺐다. 숨을 깊게 들이쉬며 전화기를 노려봤다. 세 번, 네 번 울렸다. 수화기를 들고 가만히 귀를 기울였다. 그리고 눈을 감았다.

병원으로 가는 도중에 경찰차가 그를 세웠다가 사정을 듣고는 오히려 사이렌을 울리며 앞에서 길을 터 주었다. 응급실에는 칫솔모 같은 수염을 기른 젊은 의사가 기다렸다. 의사는 감정 없는 짙은 눈으로 짐을 쳐다봤다.

"실례합니다. 제임스 노먼이라고 하는데요……."

"유감입니다. 노먼 씨. 오후 9시 4분에 사망하셨습니다."

기절할 것만 같았다. 눈앞의 세상이 멀어지면서 어지럽더니 귀에서 뭔가 웅웅거렸다. 생각 없이 주변을 돌아다보니, 녹색 타일로 된 벽과 형광등 아래 희끄무레한 환자 이송용 침대가 있고, 간호사들이 모자를 쓰고 이리저리 왔다 갔다 하는 것이 보였다. '이제 나갈 준비 해야 돼, 자기야.' 남자 간호사 한 명이 제1응급실 바깥 벽에 기대서 있었다. 피 묻은 간호사복을 입고 칼로 손가락을 다듬던 간호사가 고개를 들고 짐을 향해 웃어 보였다. 남자 간호사는 바로 데이비드 가르시아였다.

짐은 그대로 쓰러졌다.

장례식. 3막으로 구성된 춤곡 같았다. 집, 장례식장, 묘지. 알지도 못하는 얼굴들이 가까이 몰려왔다가는 다시 어둠 속으로 몰려갔다. 샐리의 어머니는 검은색 베일 뒤로 하염없이 눈물만 흘렸다. 샐리의 아버지는 충격으로 훨씬 더 늙어 버린 것 같았다. 시먼스도 왔고 그 밖에 다른 사람들도 있었다. 사람들은 자기들끼리 서로 악수하며 인사했다. 그도 고개를 끄덕이기는 했지만 사람들의 이름은 생각나지 않았다. 여자들이 음식을 날랐고, 어떤 부인이 애플 파이를 준비해 와서 사람들이 조금씩 맛보기도 했다. 부엌에 들어가 보니 먹다 만 파이가 놓여 있었다. 잘린 틈에서 선홍색 피 같은 사과즙이 흘러내렸다. '위에 바닐라 아이스크림을 잔뜩 얹어야 되는데……'

팔다리가 떨리면서 파이를 벽에 던져 버리고만 싶었다.

사람들이 가고, 그는 악수하고 인사하는 자기 모습을 지켜봤다. 마치 혼자 집에서 영화를 볼 때처럼. "감사합니다…… 그래야죠…… 감사합니다…… 그랬을 겁니다…… 감사합니다."

사람들이 가고 나서 비로소 다시 집은 그만의 것이 되었다. 벽난로 선반 위를 살펴봤다. 둘의 기념품이 가득 놓여 있었다. 신혼여행 갔던 코니 아일랜드에서 아내가 받아 온 보석이 박힌 강아지 인형. 가죽 장정한 그의 보스턴 대학 졸업장과 아내의 매사추세츠 대학 졸업장. 한두 해 전에 그가 포커 게임에서 16달러를 잃었을 때 아내가 장난으로 사 온 커다란 스티로폼 주사위. 작년에 클리블랜드의 만물상에서 아내가 사 온 얇은 도자기 잔. 선반 한가운데에는 둘의 결혼 사진이 놓여 있다.

그는 사진을 뒤집어 놓고는 의자에 앉아 텅 빈 텔레비전 화면을 응시했다. 서서히 한 가지 생각이 떠올랐다.

한 시간 후에 전화벨이 울리면서 그는 가벼운 낮잠에서 깨어났다. 수화기를 집어 들었다.

"다음엔 너야, 노먼."

"비니냐?"

"이봐, 당신 아내 말이야, 완전 사격 연습장에 있는 모형 비둘기 같았어. '퍽' 하면서 터져 버리던걸."

"오늘 저녁에 학교에 간다, 비니. 33호실에. 불은 안 켜는 게 좋겠지. 그러면 옛날 그 굴다리하고 비슷할 테니까. 마음만 먹으면 기차도 준비할 수 있을 것 같은데."

"끝장을 보고 싶다는 거군, 그렇지?"

"바로 그거야." 짐이 말했다. "너도 오겠지?"

"그건 두고 봐야지."

"올 거다." 짐은 짧게 말하고 끊었다.

학교에 도착했을 때는 어둠이 거의 내려앉아 있었다. 항상 주차하는 자리에 차를 대고 뒷문으로 들어가 우선 영어과 사무실이 있는 2층으로 갔다. 사무실에 들어간 그는 음반이 든 캐비닛을 열고 안을 살폈다. 쌓인 음반 사이에서 '음향 효과'라고 적힌 앨범을 발견하고 꺼내 보았다. A면 세 번째 트랙에 '화물 열차: 3:04.'라고 적혀 있었다. 사무실에 있는 전축에 앨범을 걸고는 주머니에서 『악마 불러내는 법』을 꺼냈다. 표시된 장에서 몇 구절을 읽고는 고개를 끄덕였다. 그리고 불을 껐다.

33호실.

전축을 켜고 두 개의 스피커를 최대한 멀리 떨어뜨려 놓고는 바늘을 '화물 열차'에 맞췄다. 아무 소리도 없던 곳에 천천히 무슨 소리가 들리더니 마침내 온 방이 철로 위를 달리는 찢어질 듯한 디젤 엔진 소리로 가득 찼다.

눈을 감으니 마치 자신이 정말로 옛날 브로드 가의 굴다리 아래에 있는 것 같은 기분이었다. 무릎을 꿇고, 그 끔찍한 드라마가 피할 수 없는 종말을 향해 다가가는 것을 지켜보면서…….

눈을 뜨고 전축을 잠시 멈췄다가 다시 켰다. 의자에 앉아서 『악마 불러내는 법』의 '사악한 귀신의 종류와 그들을 불러내는 방법'이라는 장을 펴고는, 잠시 쉬었다가 주머니에서 물건을 끄집어내 책상에 늘어놓았다.

첫 번째는 형과 함께 찍은 오래된 사진이었다. 브로드 가에 있던 그들의 아파트 정원에 서 있는 모습이었다. 똑같이 짧은 머리를 한 둘이 카메라를 보며 수줍게 웃고 있었다. 두 번째 물건은 작은 병에 든 피였다. 쓰레기통 주변에 돌아다니는 고양이를 잡아서 주머니칼로 목을 땄다. 세 번째 물건은 바로 그 주머니칼이었고, 마지막으로 오래된 야구모자에서 뜯어낸 땀받이 테가 있었다. 웨인 형이 쓰고 다니던 모자였다. 언젠가 샐리와 그 사이에서 아이가 생기면 그 모자를 씌워 주고 싶었다.

자리에서 일어난 그는 창가로 가서 밖을 내다봤다. 주차장은 텅 비어 있었다.

책상을 벽에 밀어붙이고 교실 가운데 둥그런 공간을 만들었다. 그러고는 책상 서랍에서 분필을 꺼내 모양과 치수를 정확하게 계산하면서 바닥에 팔각형을 그렸다.

숨이 거칠어졌다. 그는 불을 끄고 물건들을 한 손에 쥔 다음 주문을 외기 시작했다.

"어둠의 아버지시여, 제 영혼의 목소리를 들으소서. 저는 희생을 약속하는 자, 희생을 바치고 어둠의 은혜를 얻으려는 자, 잃어버린 왼손을 위해 복수하려는 자입니다. 희생의 약속을 이 피로 대신하려 합니다."

그는 병의 뚜껑을 열어 팔각형 안에 피를 뿌렸다.

그러자 어두운 교실에서 무슨 일이 벌어지기 시작했다. 딱히 뭐라고 짚어 말하기는 어려웠지만, 교실 안의 공기는 분명 무거워졌다. 목과 속을 회색 쇳덩어리로 채우는 것만 같은 뻑뻑함이 느껴졌다. 깊은 침묵이 보이지 않는 무언가를 향해 빨려드는 것만 같았다.

그는 오래된 의식에 따라 움직였다.

이제 대형 발전소에 학생들을 데리고 갔던 날과 같은 공기가 느껴졌다. 무섭게 진동하는 전기가 그대로 느껴지는 듯한 공기. 그리고 어떤 목소리가, 불쾌한 느낌의 낮은 목소리가 말했다.

"원하는 게 무엇인가?"

정말 그 목소리를 들은 것인지, 아니면 그렇게 생각한 것인지는 그로서도 알 수 없었다. 그가 말했다.

"아주 작은 은혜입니다. 무엇을 해 주실 수 있습니까?"

그는 두 단어를 말했다.

"둘 다." 목소리가 속삭였다. "오른쪽, 그리고 왼쪽. 동의하나?"

"예."

"그럼 나에게 바칠 것을 바쳐라."

주머니칼을 들고 오른손을 책상 위에 가지런히 펴고는 검지를 네 번 찍었다. 책상 위로 피가 튀었지만 하나도 아프지 않았다. 그는 잘린 손가락을 옆으로 치우고 이번에는 칼을 바꿔 쥐었다. 왼손 손가락을 자르는 것은 더 어려웠다. 손가락이 하나 없는 오른손은 서툴렀고, 칼은 자꾸 미끄러지기만 했다. 결국 답답함을 참지 못한 그는 칼을 던져 버리고는 뼈를 잡고 손가락을 뜯어내 버렸다. 그는 손가락 두 개를 집어 들어 팔각형 안으로 던졌다. 구식 사진관의 조명기가 터질 때처럼 빛이 번쩍였다. 하지만 연기는 나지 않았고 유황 냄새도 없었다.

"무얼 가지고 왔지?"

"사진입니다. 그리고 그의 땀이 묻은 천 조각이 있습니다."

"땀은 아주 귀한 것이지." 목소리가 말했다. 그 어조에 차가운 분노가 느껴져서 짐은 잠시 몸을 부르르 떨었다. "이리 달라."

짐은 물건들을 팔각형 안으로 던졌다. 다시 빛이 번쩍였다.

"좋군." 목소리가 말했다.

"놈들이 오면." 짐이 말했다.

아무 대답이 없었다. 목소리는 사라져 버렸다⋯⋯. 어쩌면 처음부터 없었던 것인지도 모르지만. 그는 팔각형 안을 들여다보았다. 형태는 그대로였지만 검게 그을어 있었다. 땀받이 테는 사라지고 없었다.

거리 쪽에서 무슨 소리가 들렸다. 희미하던 소리가 점점 커졌다. 요란한 머플러를 단 고물 자동차가 데이비스 가에 나타나서 점점 가까이 다가왔다. 짐은 차가 그냥 지나치는지 아니면 학교 안으로 들어오는지를 유심히 들으며 자리에 앉았다.

차는 안으로 들어왔다.

계단을 오르는 발소리가 울렸다.

로버트 로슨의 높은 웃음소리가 들렸고, 누군가 '쉿' 하는 소리, 다시 로슨이 웃는 소리가 들렸다. 발소리가 가까워지더니 계단 끝의 문이 열렸다.

"여어, 노먼!" 가르시아가 불렀다. 과장된 목소리였다.

"거기 있지, 노먼?" 로슨이 낮게 속삭였고 다시 웃음소리가 들렸다.

"거기 있냐고?"

비니는 아무 말도 하지 않았지만 현관을 가로질러 오는 동안 그림자가 보였다. 키가 제일 큰 비니는 한 손에 길쭉한 뭔가를 들고 있었다. '쩨깍' 하는 소리가 들리고 비니가 들고 있는 물건의 그림자가 더 길어졌다.

비니를 가운데 두고 그들이 문 옆에 섰다. 모두 칼을 들고 있었다.

"우리 왔다." 비니가 부드럽게 말했다. "너 만나러 왔다고."

짐은 전축을 틀었다.

"씹할!" 가르시아가 흠칫 놀라며 소리쳤다. "이건 뭐야?"

화물 열차가 달려오는 중이었다. 정말 벽이 흔들리는 것 같은 기분이 들었다.

이제 열차 소리는 전축의 스피커가 아니라 아래층 현관에서, 먼 시간의 먼 곳에서 이어진 궤도를 따라 전해지는 것 같았다.

"이 소리가 마음에 안 들어." 로슨이 말했다.

"이미 늦었어." 비니가 말했다. 그가 앞으로 나서며 칼을 들고 자세를 취했다. "돈 좀 있냐?"

'건드리지 마……'

가르시아가 움찔하며 말했다. "도대체……."

하지만 비니는 조금도 주저하지 않았다. 그는 친구들에게 옆으로 퍼지라는 신호를 보냈다. 그의 눈에 안도의 빛이 보였다.

"이봐 꼬마야, 돈 얼마 있냐?" 가르시아가 갑자기 물었다.

"4센트." 짐이 말했다. 사실이었다. 침실에 있는 동전 주머니에서 미리 챙겨 온 터였다. 가장 최근의 것이 1956년에 발행된 동전이었다.

"씹할 놈이 거짓말하고 있어."

'그냥 내버려 둬……'

어깨 너머로 뒤돌아보던 로슨의 눈이 휘둥그레졌다. 벽이 희미하게 형체가 없어지는 것 같더니 화물 열차가 울부짖었다. 브로드 가에 있던 고층 건물의 네온사인처럼 붉게 변한 가로등이 황혼의 저녁 하늘에 깜빡였다.

팔각형 안에서 무언가, 열두 살쯤 돼 보이는 소년의 얼굴을 한 무언가가 걸어 나왔다. 머리를 짧게 깎은 소년이었다.

가르시아가 앞으로 튀어나오며 짐의 턱을 갈겼다. 그의 숨에서 마늘과 페퍼로니 냄새가 났다. 그 모든 과정이 아주 천천히 진행되었고 전혀 아프지 않았다.

사타구니가 묵직해지면서 방광이 풀리는 기분이 들었다. 내려다보니 입고 있던 바지가 축축해졌다.

"어이 비니, 이 새끼 오줌 쌌어." 로슨이 소리쳤다. 그때 그 목소리였지만, 얼굴 표정에는 두려움이 묻어 있었다. 자신을 조종하는 줄이 있다는 것을 알아 버린 꼭두각시 인형의 표정이었다.

"그냥 내버려 둬." 웨인을 닮은 형상이 말했다. 하지만 웨인 형의 목소리는 아니었다. 그것은 팔각형에 나온 그 형상의 차갑고 분노에 찬 목소리였다. "도망가, 지미! 도망가! 도망가! 도망가!"

짐은 무릎을 꿇으며 손을 뒤로 뻗어 뭔가 잡으려 했다. 하지만 아무것도 잡히지 않았다.

고개를 들어 비니를 쳐다봤다. 증오에 가득 찬 표정으로 그는 웨인을 닮은 형상의 가슴 아래를 칼로 찔렀다……. 그가 비명을 질렀고, 얼굴이 내려앉으면서 까맣게 타더니 끔찍하게 변해 버렸다.

비니가 사라졌다.

가르시아와 로슨도 잠시 후 몸부림치며 괴로워하다가 새까맣게 그을어 사라졌다.

짐은 바닥에 누운 채 숨을 거칠게 내쉬었다. 화물 열차 소리가 멀어지고 있었다.

형이 자기를 내려다보고 있었다.

"형?" 그가 말했다.

그때 얼굴이 변했다. 얼굴의 각 부분들이 한데 녹아내려 어디론가 달려가는 듯했다. 눈이 노랗게 변하면서 무섭고 사악한 미소가 그를 내려다보았다.

"다시 돌아오지, 짐." 차가운 목소리가 속삭였다.

그리고 사라졌다.

천천히 일어나서 엉망이 된 손으로 전축을 껐다. 입을 만져 보니 가르시아에게 맞은 자리에서 피가 흘렀다. 교실을 가로질러 가서 불을 켰다. 교실은 텅 비어 있었다. 창 밖으로 주차장을 내다보니, 역시 텅 빈 주차장에는 버려진 휠 캡만이 달빛을 반사했다. 교실의 공기에서는 오래되고 썩은 냄새, 무덤의 냄새가 났다. 그는 바닥의 팔각형을 지우고 책상을 다시 정리했다. 손가락이 무척 아팠다……, 무슨 손가락? 의사한테 가 봐야 할 것 같았다. 문을 닫고 두 손을 가슴에 가지런히 모은 채 천천히 아래층으로 내려왔다. 반쯤 내려왔을 때, 무언가 그림자, 또는 그저 이상한 느낌 때문에 그는 뒤돌아섰다.

보이지 않는 무엇이 다시 나타난 것 같았다.

짐은 『악마 불러내는 법』에 적힌 경고가 생각났다. 무슨 일에든 위험은 따르게 마련이었다. 사악한 기운을 불러올 수도 있고 그들의 힘을 빌려 어떤 일을 해결할 수도 있고 심지어 완전히 제거해 버릴 수도 있었다.

하지만 가끔 그들이 돌아온다.

그는 다시 계단을 내려갔다. 이제 악몽이 완전히 끝난 것일까?

딸기봄

■

Strawberry Spring

스프링힐 잭…….

아침 신문에서 이 두 단어를 봤다. 세상에, 어떻게 나를 다시 생각해 냈을까. 벌써 8년이나 지난 일, 그것도 딱 이맘때쯤이었다. 한 번은 그 사건이 벌어지는 동안 텔레비전에, 월터 크롱카이트 ^{미국의 유명한 방송 진행자}가 진행하는 뉴스에 나온 적도 있었다. 기자 뒤로 바쁘게 지나가는 얼굴이 잡힌 것뿐인데도, 사람들은 즉시 전화를 해 댔다. 장거리 전화도 서슴지 않았다. 아버지는 사건에 대한 나의 생각을 물으셨다. 아버지는 약간 들뜨기는 했지만, 따뜻하고 시원시원하셨다. 어머니는 그냥 집으로 오라고만 하셨다. 하지만 집에 가기는 싫었다. 나는 완전히 매혹되어 있었다.

나는 안개 낀 그 어두운 딸기봄에, 그리고 8년 전 밤에 그곳을 지나간 사람들이 맞이한 비참한 죽음의 그림자에 빠져 있었다. 바로 스프링힐 잭의 그림자에.

뉴잉글랜드 지방에서는 그것을 딸기봄이라고 불렀다. 이유는 아무도 몰랐다. 그냥 옛날부터 그렇게 불렀을 뿐이다. 사람들은 8년이나 10년마다 사건이 발생한다고 했다. 뉴샤론 사범대학의 그해 딸기봄에 생긴 사건은……, 아마 거기에도 일정한 주기는 있을 테지만, 일단 그걸 알아낸 사람은 살아남지 못했다.

뉴샤론에서 딸기봄은 1968년 3월 16일에 시작됐다. 20년 만에 가장 추운 겨울이었다. 비가 오면 해변에서 30킬로미터 떨어진 곳에서도 바다 냄새를 맡을 수 있는 곳이었는데, 그날은 90센티미터나 내린 눈이 녹으면서 교정 안의 모든 길이 진창이 되어 버렸다. 영하의 날씨 때문에 두 달 동안 모양을 유지할 수 있었던 겨울 축제 때의 얼음 조각들이 마침내 녹아내리면서 흉하게 변해 버렸다. 남학생 교우회 건물 앞에 있던 린든 존슨의 조각상은 눈물을 흘렸고, 프래슈너 홀 앞에 있는 비둘기 조각도 얼음 깃털을 다 잃어버린 채 앙상한 나무 뼈대만 자리를 지켰다.

밤에는 안개가 끼었는데, 교정 안의 큰길을 따라 하얀 안개가 소리 없이 움직이는 것을 볼 수 있었다. 산책로의 나무들이 손가락처럼 안개 사이로 삐죽이 솟았고, 안개는 남북 전쟁 기념 구조물 옆에 있는 다리 밑으로 담배 연기처럼 떠다녔다. 안개 때문에 모든 것이 조금 풀어진 것처럼 낯설고 신비롭게 보였다. 신중하지 못한 학생이라면 시끄러운 음악이 나오는 학생 식당을 벗어나 겨울밤을 수놓는 별빛을 보고 싶은 마음에 밖으로 나왔다가……, 하얀 안개만 떠다니는 조용한 세상, 들리는 것이라고는 자기 발소리와 오래된 도랑을 흐르는 물소리밖에 없는 세상을 마주치게 될 것이다. 골룸이나 프로도 또는 샘이 급하게 어디론가 향하는 모습을 보거나. 갑자기 돌아봤더니 술집은 어디론가 사라져 버리고 그 자리에 안개가 자욱한 습지와 묘지 주변의 주목들만 가득 있는 광경이라든지, 고대 드루이드교도들의 집회나 눈부신 요정을 보게 될지도 모른다.

그해, 주크박스에서는 「러브 이스 블루」가 흐르고 있었다. 「헤이 주드」가 끝없이 흘러나오고 「스카보로 페어」도 나왔다.

그날 밤 11시 10분쯤, 존 댄시라는 3학년생이 기숙사로 돌아가는 길에 안개 속에서 비명을 질렀다. 수의학과 건물 주차장의 그늘진 구석에 쓰러진 여학생 시체의 축 늘어진 다리 사이에 책을 떨어뜨린 채. 여학생은 양쪽 귀까지 목이 완전히 잘렸지만, 눈은 재미있는 농담을 들었을 때처럼 환히 뜨고 있었다. 교육학 전공에 언어학을 부전공한 있던 댄시는 비명을, 계속 비명을 질러 댔다.

다음 날은 구름이 잔뜩 낀, 조금 음산한 날씨였다. 우리는 교실에서 정신없이 질문을 해 댔다. "누구야?", "왜 그랬을까?", "언제 발견했을까?" 마지막 질문은 항상 같았다. "그 여자 애 알아?", "그 여자 애 알아?"

"어, 미술사 수업 같이 들었어."

"어, 우리 룸메이트가 지난 학기에 사귀었어."

"어, 한 번은 술집에서 나한테 불 빌린 적 있어. 옆 테이블에 있었거든."

"맞아."

"응, 나도."

"맞아……, 그래……. 어, 맞아, 나도."

모두 그 여학생을 알고 있었다. 이름은 게일 커먼, 미술 전공이었다. 동그란 금테 안경을 꼈고 몸매가 훌륭했다. 친구가 많았는데, 기숙사 룸메이트는 그녀를 매우 싫어했다. 상대를 가리지 않기로 유명한 여학생 중의 하나였지만, 남자를 그렇게 많이 만나고 다니지는 않았다. 못생겼지만 귀여운 데가 있었다. 말을 많이 하지도 않고 자주 웃지도 않았지만 나름대로 활달했다. 그녀는 임신을 한 적도 있고 백혈병을 앓은 적도 있었다. 레즈비언이었기 때문에 남자 친구가 죽여 버린 거라는 이야기도 있었다. 딸기봄의 3월 17일 아침, 우리는 모두 그 여학생을 알고 있었다.

주 경찰국 소속의 경찰차 여섯 대가 교정에 들어왔다. 대부분 커먼이 생활했던 주디스 프랭클린 홀 앞에 서 있었다. 10시 수업을 들으러 그 앞을 지나갈 때 경찰이 학생증을 좀 보자고 했다. 나는 머리를 써서 뾰족한 어금니가 안 나온 사진이 붙은 학생증을 보여 줬다.

"혹시 칼 같은 거 가지고 다니십니까?" 경찰이 약삭빠르게 물었다.

"게일 커먼 사건 때문인가 보죠?" 내 물건 중에 제일 위험한 것은 토끼를 묶을 때 쓰는 사슬이라고 대답한 다음에 물었다.

"그건 왜 물어봅니까?" 그가 응수했다.

나는 수업에 5분 늦게 들어갔다.

때는 딸기봄이었고, 그날 밤 반쯤은 학구적이고 반쯤은 환상적인 교정에 혼자 돌아다니는 사람이라곤 찾아볼 수 없었다. 다시 안개가 끼었다. 바다 냄새가 나는, 조용하고 짙은 안개가.

9시쯤 룸메이트가 황급히 방으로 뛰어들었다. 나는 7시부터 계속 밀턴에 관한 보고서를 쓰느라 머리를 짜내던 중이었다. "잡았대." 친구가 말했다. "술집에서 들었어."

"누구한테 들었는데?"

"몰라, 누가 그러더라고. 남자 친구가 그런 거래. 칼 아말라라라는 녀석이라데."

나는 의자에 몸을 기댔다. 조금 안심이 되면서도 한편으로는 실망스럽기도 했다. 그런 이름이라면 분명 사실임에 틀림없었다. 결국 그렇고 그런 치정 사건일 뿐이었던 것이다.

"그래." 내가 말했다. "잘됐네."

친구는 다른 학생들에게도 소식을 전하기 위해 나갔고, 나는 다시 밀턴 보고서를 읽었다. 내가 무슨 말을 하고 싶었던 것인지 도무지 알 수가 없어서 그냥 찢어 버리고 다시 시작했다.

다음 날 신문에 기사가 실렸다. 아말라라의 사진은 범인 사진 답지 않게 말끔했다. 아마 고등학교 졸업 사진인 모양인데, 황갈빛 피부에 짙은 눈을 하고 코에는 마마 자국이 있는 조금 슬픈 표정의 소년이었다. 아직 자백한 것은 아니지만, 그에게 불리한 증거들이 많았다. 그와 게일 커먼은 지난달에 크게 싸웠고, 지난주에 헤어졌다. 아말라라의 룸메이트는 그가 '낙담한' 상태였다고 증언했다. 그의 침대 밑 사물함에서 경찰은 18센티미터짜리 사냥용 칼과 가위로 난도질한 여학생 사진을 발견했다.

아말라라의 사진 바로 옆에 게일 커먼의 사진도 실렸다. 강아지 한 마리와 털을 깎이고 있는 홍학 한 마리, 그리고 안경을 쓴 약간 까무잡잡한 여학생이 서 있는 사진이었다. 불편한 웃음에 입술이 약간 치켜 올라간 채 눈을 가늘게 뜨고, 한 손은 강아지의 머리 위에 얹혀 있었다. 사실인 것 같았다. 사실이어야 했다.

그날 밤에도 어김없이 안개가 끼었다. 그것도 땅 밑으로 얇게 깔린 것이 아니라 비정상적으로 보일 만큼 넓고 조용하게 퍼져 있었다. 그날 밤에 산책을 했다. 머리가 아파서 바깥 공기를 좀 쐬러 나간 참이었다. 축축한 봄 냄새가 아직 머뭇거리는 겨울의 눈을 쓸어 내고, 아직 새 풀이 돋지 않은 잔디밭이, 한숨짓는 할머니의 머리처럼 휑하니 그 모습을 드러냈다.

나에게 그 밤은 내 인생에서 가장 아름다웠던 밤 중 하나였다. 후광처럼 비치는 가로등 아래에서 마주쳤던 사람들은 모두 손에 손잡고 따뜻한 눈길을 주고받는 연인처럼 보였다. 녹은 눈이 끊임없이 산책로로 흘러내리고, 어둠 속에서 바다 소리가 떠밀려 왔다. 어두운 겨울 바다가 막 밀려가는 시간이었다.

거의 자정 무렵까지 온몸이 축축해질 정도로 걸었다. 많은 사람이 스쳐 지나갔고, 꼬불꼬불한 산책로를 꿈결처럼 걸어가는 발소리도 수없이 들었다. 그렇게 스쳐간 사람들 중에 나중에 '스프링힐 잭'으로 불리게 될, 사람인지 괴물인지 모를 인물이 있었을지도 모른다. 나로서는 알 수 없었다. 그렇게 그날 밤 스쳐 지나간 사람들 중에 얼굴을 제대로 본 사람은 하나도 없었으니까.

다음 날 아침, 현관에서 소란스러운 소리가 들려서 깼다. 나는 누가 또 사고를 쳤는지 알아보려고 양손으로 머리를 빗어 내리며 허둥지둥 밖으로 나왔다. 혀끝에 닿는 입천장이 바짝 말랐다.

"또 한 명 당했대." 누군가 말했다. 흥분한 얼굴에 핏기가 하나도 없었다. "이제 그 친구는 풀어 주겠네."

"누구 말이야?"

"아말라라!" 누군가 들뜬 목소리로 소리쳤다. "사건이 일어났을 때 유치장에 있었잖아."

"무슨 사건이 있었는데?" 나는 차분하게 물어보았다. 시간이 지나면 다 알게 될 일이었다. 확실했다.

"지난밤에 또 한 명 죽었어. 경찰들이 지금 찾고 난리야."

"뭘 찾아?"

창백한 얼굴이 다시 앞에 나타났다. "여자 머리. 범인이 누군지는 모르지만 시체 머리가 없어졌어."

지금도 뉴샤론은 그리 큰 학교가 아니지만, 당시에는 더 작았다. 홍보 담당자들은 그냥 친숙하게 '지역 대학'이라고 부르는 학교였는데, 아닌 게 아니라 하나의 작은 마을처럼 느껴지기도 했다. 적어도 당시에는 그랬다. 거의 모든 학생들이 서로 만나면 아는 척을 하는 그런 학교였다. 게일 커먼도 지나가면서 인사하는 여학생들 중 하나였다. 어디서 본 듯한 얼굴이라고 생각하게 되는 그런.

앤 브레이 역시 모두들 알고 있는 여학생이었다. 한 해 전 야외 축제에서 미스 뉴잉글랜드 2위를 차지하기도 했는데, 「헤이, 룩미 오버」라는 노래에 맞춰 불꽃 막대를 흔드는 것이 장기였다. 머리도 좋아서, 죽기 전까지는 학교 신문(일주일에 한 번씩 발행됐는데, 정치 만화와 과장된 활자체로 가득 찬 신문이었다)의 편집부에서 일하는가 하면, 연극반과 전국 여학생 봉사회 뉴샤론 지부의 회원으로도 활동했다. 뜨겁고 열정적이었던 신입생 시절에 나는 신문에 칼럼을 투고하면서 그녀에게 데이트 신청을 한 적이 있는데, 두 번 모두 거절당했다.

그랬던 그녀가 죽었다……, 아니 죽은 것보다 더 나빴다.

오후엔 다른 학생들과 함께 수업을 들으러 갔다. 걸어가다 아는 얼굴을 만나면 가볍게 목례하며 평소보다 조금 큰 목소리로 인사했다. 그들의 얼굴을 유심히 쳐다보는 것을 보상이라도 하려는 마음이었을까. 하지만 내 얼굴을 유심히 뜯어보기는 상대방들도 마찬가지였다. 사람들 사이에 뭔가 어두운 분위기가 감돌았다. 꼬불꼬불한 산책길과 체육관 뒤에 선, 백 년이나 되었다는 참나무 주변의 음침한 길도 유난히 어두워 보였고, 희미한 안개 사이로 보이는 남북 전쟁 기념물들도 그랬다. 우리는 서로의 얼굴을 살피며 그 얼굴들 중 한 얼굴 뒤에 있는 어둠을 읽어 내고 싶었다.

이번에는 경찰에서 아무도 잡지 못했다. 사흘 동안 파란 경찰차가 매일 밤 교정을 휘젓고 다녔고, 숲 속에서는 손전등이 미친 듯이 움직여 댔다. 학교에서는 학생들에게 밤 9시 이후에 외출을 금지시켰다. 테이트 동창회 건물 뒤의 숲 속에서 씩씩하게 연애 중이던 한 쌍이 뉴샤론 경찰서로 연행돼서 세 시간 동안이나 들들 볶이는 사건도 있었다.

20일에는 남학생 한 명이 게일 커먼의 시체가 있던 주차장에서 의식이 없는 상태로 발견되는 사건이 발생해서 사람들을 놀라게 했다. 횡설수설하는 경찰관이 학생을 순찰자 뒤에 태우고는 맥박도 확인하지 않은 채 근방 지역의 지도로 얼굴을 덮어서 곧장 지역 병원으로 향했다. 텅 빈 교정에 울리는 사이렌 소리가 죽음을 알리는 요정의 울음소리처럼 들렸다.

병원으로 가던 도중에 죽은 줄만 알았던 뒷자리의 학생이 귀신처럼 일어나서 "여기가 어디예요?"라고 물었고, 놀란 경찰관은 그 자리에서 도망쳐 버렸다. 죽은 줄 알았던 주인공은 도널드 모리스라는 학생이었는데, 감기에 걸려서 이틀 동안 누워 있었다고 했다. 그게 아시아 어느 지역에서 발생한 감기 바이러스였는지 어땠는지는 잘 기억나지 않는다. 아무튼 그 학생은 수프나 토스트 따위를 사 먹으러 학생 식당으로 가던 도중에 주차장에서 의식을 잃고 쓰러졌다고 했다.

따뜻하지만 구름이 잔뜩 낀 날씨가 계속됐다. 사람들은 이리저리 바쁘게 모였다 헤어지곤 했다. 똑같은 얼굴을 너무 오래 보다 보면 웃긴 생각이 들게 마련이다. 교정의 한쪽 구석에서 다른 곳까지 소문이 퍼져 나가는 것은 그리 오래 걸리지 않았다. 인기 있는 역사 교수가 작은 다리 위에서 혼자 웃다 우는 것을 봤다는 이야기, 게일 커먼이 수의학과 건물 주차장 아스팔트 위에 자신의 피로 알 수 없는 메시지를 써 놓았다는 이야기, 두 살인은 모두 정치적인 의도가 있는 살인이었다는 이야기, SDS^{신좌익적인 경향의 미국 학}^{생 단체}의 한 분파가 전쟁에 항의하는 뜻으로 저지른 제의적인 의미의 살인이라는 이야기도 있었다. 마지막 이야기는 정말 웃긴 이야기였다. 뉴샤론 SDS에는 회원이 일곱 명밖에 없어서 거기서 다시 지부를 만든다는 것은 조직의 와해나 다름없는 일이었기 때문이다. 어쨌든 그런 소문 때문에 우익 학생 단체는 물론 외부에서도 조직에 대한 비난이 쏟아졌다. 그렇게 따뜻했지만 어색했던 날들 동안 우리는 서로를 의심의 눈으로 쳐다보며 지냈다.

이번 사건은 '잭 더 리퍼 사건'^{희대의 연쇄 살인 사건으로 범임은 끝내 잡히지 않았다}

과 유사점이 많았지만, 변덕스러운 언론에서는 1819년에 있었던 사건과의 관계에는 관심이 없었다. 앤 브레이는 보도에서 4미터나 떨어진 축축한 땅에서 발견됐지만, 주변에 발자국은, 심지어 그녀 자신의 발자국마저도 찾을 수 없었다. 신기한 사건에 관심이 많았던 뉴햄프셔의 어떤 기자가 의학 도구로 다섯 명의 아내를 차례대로 살해한 악명 높은 존 호킨스 박사의 이름을 따서 범인에게 스프링힐 잭이라는 별명을 붙여 주었고, 발자국이 발견되지 않아서인지는 모르겠지만 그 이름이 그대로 굳어 버렸다.

21일에는 다시 비가 왔고, 산책로와 건물 앞 공터는 질퍽질퍽했다. 경찰에서는 사복 형사들을 교정 곳곳에 배치했다는 발표와 함께 순찰차를 절반 정도 철수시켰다.

학교 신문에서는 이 조치에 대해, 설득력이 조금 떨어지기는 했지만 강력히 항의하는 사설을 실었다. 요지인즉슨, 경찰들이 학생들하고 똑같은 행색을 하고 돌아다니면, 외부에서 다른 불순한 인물들이 들어오는 것도 막을 수 없다는 것이었다.

석양이 지고 그와 함께 안개가 무슨 생각이라도 있는 것처럼 건물들을 하나씩 지워 나갔다. 부드럽고 손에 잡히지 않는 안개였지만, 한편으로는 지울 수 없는 두려움을 주는 안개였다. 스프링힐 잭은 남자였다. 그 점을 의심하는 사람은 아무도 없었다. 하지만 그와 함께 다니는 안개는 여성적이었다…… 적어도 나는 그렇게 느꼈다. 우리 학교는 격렬하게 껴안는 두 연인 사이에 낀 형국이라고, 그리고 아마 그 결혼은 피로 완성되는 모양이라고. 자리에 앉아 담배를 피우며 어둠이 내리는 것을 지켜보자니 이제 그 모든 것이 지나간 것은 아닐까 하는 생각도 들었다. 룸메이트가 문을 조용하게 닫으며 들어왔다.

"눈이 올 것 같아." 그가 말했다.

나는 몸을 돌려 친구를 쳐다봤다. "라디오에서 그래?"

"아니. 일기 예보를 누가 듣냐? 딸기봄이라고 들어 봤지?"

"어, 옛날에. 할머니들이 이야기하는 거 들은 것 같은데, 맞지?"

친구도 옆으로 와서 밀려오는 어둠을 지켜봤다.

"딸기봄은 인디언 서머하고 비슷한 거야." 그가 말했다. "좀더 드물게 일어날 뿐이지. 인디언 서머는 이삼 년에 한 번씩은 보잖아. 그런데 지금 같은 날씨는 8년이나 10년 만에 한 번씩 나타난대. 잘못된 봄이고, 거짓말하는 봄인 셈이지. 인디언 서머가 잘못된 여름인 것처럼 말이야. 우리 할머니 말씀이 가장 심한 겨울 바람이 아직 가시지 않아서 생기는 거래. 이 기간이 길수록 그해 바람도 심하다는 거야."

"그냥 지어낸 이야기야. 나는 안 믿어." 나는 친구를 쳐다봤다. "그런데 좀 불안하기는 해. 넌 어때?"

친구는 미소를 지으며 창틀에 놓인 내 담뱃갑에서 한 개비를 꺼냈다. "나랑 너 말고는 다 의심이 가." 그가 말했다. 얼굴에서 미소가 사라졌다. "사실 가끔은 너도 의심해. 학생 회관에 가서 볼링이나 칠까? 10점 접어줄게."

"다음 주에 시험이 있어. 색연필이랑 노트 붙들고 있어야 돼."

친구가 나가고 나서도 한참 동안 창 밖만 바라보았다. 겨우 책을 펼치고 자리에 앉았지만, 나의 일부는 여전히 바깥을 배회하고 있었다. 어두운 기운이 충만한 바깥을.

그날 밤 아델 파킨스가 살해당했다. 경찰차 여섯 대와 학생처럼 옷을 입은 사복 경찰 열일곱 명(그중 여덟은 여자였는데, 보스턴에서 급하게 데려왔다고 했다)이 학교에 있었지만, 변함없이 학생들 틈에 숨어 있던 스프링힐 잭은 똑같은 방법으로 살인을 저질렀다. 잘못된 봄, 거짓말하는 봄이 그를 도와주었다. 범인은 그녀를 살해한 다음 시체를 승용차 운전석에 고정시켜 놓았는데, 다음 날 아침 뒷좌석과 트렁크에서도 시체의 일부가 발견되었다. 자동차 앞유리에는 피로 쓴 '하하'라는 두 글자가 적혀 있었다. 이번에는 소문이 아니라 사실이었다. 이 사건 이후로 학교 전체가 조금씩 미쳐 갔다. 모두 아델 파킨스의 이름을 들어 봤지만 제대로 알고 있는 학생은 하나도 없었다. 그저 그런 평범한 여학생, 6시부터 11시까지 학생 식당에서 일하면서 휴식 시간에 햄버거를 먹으러 도서관에서 몰려오는 학생들을 상대해야 하는 학생이었다. 안개가 심했던 지난 사흘 동안은 비교적 일이 쉬웠을 것이다. 통행금지가 엄격하게 지켜진 덕분에 9시 이후에 학생 식당에 손님이라고는 출출해진 경찰관과 일이 없어 신난 수위들뿐이었다. 건물이 텅 비자 수위들의 안 좋은 근무 태도가 더욱 나빠졌다.

별로 말할 것이 없었다. 학생들만큼이나 신경질적이 된 경찰은 궁지에 몰리면서 핸슨 그레이라는 사회학과의 죄없는 동성애자 대학원생을 체포하기도 했다. 지난 며칠 밤을 어디서 보냈는지 기억이 안 난다고 말한 것이 이유였다. 죄를 추궁하며 그를 못 살게 굴던 경찰은, 딸기봄의 마지막 날 마셔 커런이 산책로에서 살해당한 이후에야 그를 고향 뉴햄프셔로 황급히 돌려보냈다.

그녀가 왜 혼자 밤길을 나섰는지는 영원히 알 수 없게 되어 버렸다. 약간 통통했던 그녀는 시내에서 다른 여학생 세 명과 함께 아파트를 빌려서 지내는, 우울한 인상의 예쁜 여학생이었다. 스프링힐 잭만큼이나 소리 없이, 그리고 쉽게 그녀는 학교로 들어왔다. 왜였을까? 살인자만큼이나 그녀도 거부할 수 없는 깊은 동기가 있었을 것이다. 아마 따뜻한 밤과 안개, 바다 냄새, 그리고 차가운 칼날에 대한 절박하고 강렬한 낭만적 느낌 때문이었는지도 모른다.

그건 23일에 일어난 일이었다. 24일에 총장이 봄방학을 일주일 앞당긴다고 발표했고, 우리는 기쁜 마음이 아니라 폭풍우 앞에서 겁에 질린 양 떼처럼 흩어졌고, 경찰들과 어둠의 유령 한 명만 남은 텅 빈 교정을 떠났다.

차를 가지고 있었던 나는 친구 여섯 명과 그들의 짐을 가득 실은 채 길을 나섰다. 운전이 즐거울 리가 없었다. 모두의 짐작처럼 스프링힐 잭도 우리와 함께 떠났을 것이다.

그날 밤 기온이 영하 9도까지 떨어졌고, 뉴잉글랜드 북부 지역 전체에 진눈깨비와 눈을 동반한 강한 바람이 불었다. 눈을 치우던 노인네들 몇몇이 심장 발작으로 쓰러지기도 했다. 그러고 나서는 마치 마술처럼 봄이 찾아왔다. 산뜻한 봄비와 별이 빛나는 밤이 이어졌다.

사람들은 그것을 딸기봄이라고 불렀다. 이유는 아무도 몰랐지만, 뭔가 불길한 것, 8년이나 10년마다 한 번씩 찾아오는 비정상적인 시기라는 점은 분명했다. 스프링힐 잭은 안개와 함께 떠나고, 6월이 되자 학생들은 모병 반대를 주장하며, 네이팜 탄 제조사의 취업 설명회가 열리는 건물을 점거하고 시위하는 모습으로 돌아왔다. 그때까지 스프링힐 사건에 대해 이야기하는 것은 암묵적으로 금기시되었다. 적어도 큰 소리로 말하는 사람은 아무도 없었다. 개인적으로 두고두고 생각하면서, 광기로 가득 찬 그 사건을 이해할 수 있게 하는 어떤 실마리라도 찾아보려고 애쓴 학생들은 많았을 것이다.

나는 그해 학교를 졸업하고, 다음 해에 결혼했다. 그 지방의 좋은 출판사에서 일자리도 구할 수 있었다. 1971년에 우리 아이가 태어나고, 그 녀석이 지금 학교에 갈 나이가 되었다. 눈은 나를 닮고 입은 엄마를 닮은 녀석은 제법 영리하고 항상 이것저것 묻고 다닌다.

그리고 오늘 아침 신문이 왔다.

그 유령이 이곳에 왔다는 것을 알고 있다. 어제 아침 자리에서 일어나 하수관을 타고 눈 녹은 물이 흐르는 소리를 들었을 때, 그리고 현관 앞에서 15킬로미터나 떨어진 바다의 소금 냄새를 맡았을 때 알 수 있었다. 어젯밤에 일을 마치고 집으로 오면서 안개 때문에 전조등을 켜야 했을 때 딸기봄이 왔다는 것을 알았다. 알 수 없는 골짜기에서 밀려오는 안개는 건물들의 경계를 흐트러뜨리며 가로등 뒤로 신비한 느낌의 후광을 만들어 냈다.

조간 신문에 뉴샤론 교정의 남북 전쟁 기념 구조물 근처에서 여학생이 살해되었다는 기사가 났다. 어젯밤에 살해된 그녀는 눈이 녹은 둔덕에서 발견되었다. 그녀는……, 시체의 일부분은 발견되지 않았다.

아내는 분노했다. 어제저녁에 내가 어디에 있었는지 계속 물어

댔다. 나 자신도 아무 기억이 없었기 때문에 대답할 수가 없었다. 회사에서 나와 집으로 향했던 것, 그리고 아름답게 밀려드는 안개 때문에 전조등을 켰던 것까지는 생각났지만 그걸로 끝이었다.

나는 머리가 아파서 시원한 바람을 쐬러 나섰다가 형체도 없는 아름다운 그림자를 스쳤던 그 안개 낀 밤을 생각했다. 그리고 트렁크, 참 추한 말인 트렁크가 생각났다. 트렁크를 열기가 왜 그렇게 두려운지는 나도 도무지 알 수 없다.

이 글을 쓰는 동안에도 아내는 끊임없이 이야기를 했다. 그녀는 옆방에서 울고 있다. 아마 내가 어젯밤에 다른 여자와 같이 있었다고 생각하는 모양이다.

오, 하느님, 나도 그랬을 것이라고 생각한다.

벼랑

■

The Ledge

"보라니까." 크레스너가 다시 말했다. "가방 속을 보라고."

우리는 43층 아파트의 꼭대기, 그의 펜트하우스에 있었다. 카펫은 푹신했고 그을린 적황색이었다. 가운데에, 그러니까 크레스너가 앉아 있는 바스크 식 캔버스 의자와 아무도 앉지 않은 천연 가죽 소파 사이에 갈색 쇼핑백이 놓여 있었다.

"이거 먹고 떨어지라는 말씀이시라면, 관두시죠." 내가 말했다. "전 그녀를 사랑합니다."

"돈이긴 하지만 먹고 떨어지라는 말은 아니야. 보라고. 보라니까." 그는 오닉스 파이프에 터키 산 담배를 끼워 피웠다. 공기 정화기가 있어 마른 담배 연기 냄새만 조금 나다가 금방 사라져 버렸다. 그는 용이 새겨진 실크 드레싱 가운을 입고 있었다. 안경 너머로 보이는 눈은 침착하고 지적이었다. 그의 겉모습은 그가 어떤 사람인지 고스란히 드러냈다. 온몸 구석구석, 그야말로 진짜, 최고의 개새끼. 나는 그의 아내를 사랑했고, 그녀도 나를 사랑했다. 나는 그가 뭔가 좋지 않은 일을 벌일 것이라고 생각했고, 지금이 바로 그런 상황이라는 것도 알았지만, 정확하게 어떤 종류일지는 알지 못했다.

나는 쇼핑백 쪽으로 다가가 가방을 뒤집어 보았다. 현금 다발이 카펫 위로 쏟아졌다. 모두 20달러짜리였다. 돈 다발 하나를 집어 들고 세어 보았다. 한 다발에 열 장. 그런 다발이 여러 개였다.

"2만 달러야."라고 말하고 그는 담배 연기를 내뿜었다.

나는 일어섰다. "그래요."

"자네 거야."

"필요 없습니다."

"내 아내도 거기 얹어 주지."

나는 아무 말도 하지 않았다. 마샤는 분위기가 어떨지 미리 경고했다. 고양이 같은 남자라고 말했다. 비열함 넘치는, 노련한 수코양이. '그는 당신을 한 마리 쥐로 만들어 버릴 거야.'

"그래, 자네가 프로 테니스 선수라고?" 그가 말했다. "내가 이전에 프로 테니스 선수를 한번도 못 봤다는 게 믿어지지 않는군."

"탐정이 사진도 한 장 안 보여 주던가요?"

"아, 그래." 그는 무심히 담배 파이프를 흔들었다. "베이사이드 호텔에서 당신네 둘을 찍었던 비디오가 있지. 카메라가 거울 뒤에 있었어. 화질은 좀 차이가 나지, 그렇지 않나?"

"그렇다고 해두죠."

'방법을 계속 바꿔 가면서 공격할 거야.' 마샤가 말했다. '그런 식으로 사람들을 몰아붙여. 어쩌다 보면 그가 이끄는 곳에 가서 허둥대고 있을 테고. 그러다 또 다른 곳으로 끌려가고. 말은 되도록 아껴, 스탠. 그리고 기억해, 내가 당신을 사랑한다는 것 말이야.'

"자넬 이리 데려온 건 남자 대 남자로 할 얘기가 있어서야, 노리스 씨. 이성을 가진 두 인간이 나누는 즐거운 대화 말이야. 그중 하나가 다른 하나의 아내를 훔쳐 가긴 했지만 말이지."

나는 대꾸를 하려다가 그만두었다.

"산 쿠엔틴은 재미있었나?" 크레스너가 하릴없이 담배를 내뿜으며 말했다.

"별로요."

"거기서 3년을 보낸 걸로 아는데. 무단 침입으로 들어갔던가? 내가 제대로 알고 있다면 말이지만."

"마샤도 압니다."라고 말했지만 곧 그러지 말걸 싶었다. 나는 그의 농간에 말려들고 있었다. 마샤가 경고했던 대로. 그가 강한 스매시로 반격하기 좋게 쉬운 로브를 날리면서.

"사실은 내 맘대로 자네 차를 옮겨 놓았어." 저 멀리 방 반대쪽 창문 너머를 내다보며 그가 말했다. 창문이라고 하기에는 무리가 있었다. 벽 전면이 유리였으니까. 전면 유리 중간에 미닫이 유리문이 있었다. 그 너머로는 우표딱지만 한 발코니. 그 너머로는 천애의 낭떠러지. 문에는 약간 이상한 점이 있었다. 뭐라고 콕 찍어 이야기할 수는 없었지만.

"이 건물 참 좋지." 크레스너가 말했다. "보안 참 잘돼 있어. 폐쇄 회로 TV 같은 것 말이야. 자네가 로비에 나타났을 때, 난 전화를 걸었지. 내가 고용한 사람이 자네 차 시동을 걸고 여기 주차장에서 몇 블록 떨어진 공용 주차장으로 옮겨 놓았어." 그는 소파 위에 있는 햇살 모양의 시계를 올려다보았다. 8시 5분이었다. "8시 20분에 그 친구가 공중전화로 자네 차에 문제가 있다고 경찰에 전화할 거야. 늦어도 8시 30분에는 법 집행의 일선에 계신 양반들께서 자네 트렁크에 든 예비 타이어에서 헤로인 170그램을 발견하겠지. 노리스 씨, 그럼 자네를 꽤나 열렬히 쫓아다닐 거야."

음모였다. 나는 자신을 드러내지 않도록 최선을 다했지만 결국 부처님 손바닥 안이었다.

"그 친구에게 연락해서 전화 같은 건 필요 없게 됐다고 말하지 않는 이상 그렇게 될 거야."

"그럼 저는 마샤가 어디 있는지 말하기만 하면 되는 거군요." 내가 말했다. "거짓말 아니고요. 크레스너 씨, 정말 모릅니다. 당신 때문에 이렇게 하기로 한 거예요."

"우리 쪽 사람들이 아내를 미행했어."

"그렇지 않을 겁니다. 공항에서 놓쳤을걸요."

크레스너가 한숨을 쉬며, 크롬 재떨이 뚜껑을 밀어 열고 연기 나는 담배 파이프 재를 털었다. 언쟁도, 소란도 없었다. 피우다 버린 담배꽁초나 스탠 노리스나 그에게는 쉬운 상대였다.

"사실 말이지." 그가 말했다. "자네 말이 맞아. 화장실에서 사라지는 케케묵은 방법 말이야. 우리 탐정들께서 그런 고전적인 계략에 빠져 아주 답답해했지. 너무나도 고전적이라 그런 일이 벌어질 거라고는 생각도 못했던 모양이야."

나는 아무 말도 하지 않았다. 마샤는 공항에서 크레스너의 탐정을 따돌리고 나서, 도심으로 돌아오는 셔틀버스를 탔고 버스터미널로 갔다. 애초의 계획은 그랬다. 그녀에게는 내 통장을 탈탈 털어 준 200달러가 있었다. 200달러에 그레이하운드 버스면 이 나라 어디든 갈 수 있었다.

"원래 그렇게 대화에 관심이 없나?" 크레스너가 물었다. 정말 궁금해서 하는 질문 같았다.

"마샤의 충고를 따르는 겁니다."

그의 말이 약간 더 날카로워졌다. "그렇다면, 경찰에 잡혀갈 때 자기 권리는 제대로 챙겨 먹겠군. 그리고 다음에 만날 때 아내는 나이 좀 먹어 흔들의자에 앉아 있는 할머니가 되어 있을 테고 말이야. 그런 생각 안 해 봤나? 헤로인 170그램이면 40년은 족히 나온다고 알고 있는데."

"그런다고 마샤가 돌아오진 않습니다."

그는 엷은 미소를 지었다. "그러니까 요점은 그거란 말이군, 그런가? 우리가 지금 어디까지 와 있는지 다시 이야기해야 하나? 자네와 아내는 사랑에 빠졌어. 불륜에 빠진 거야……. 싸구려 모텔에서 같이 잤던 일련의 행위를 불륜이라고 한다면 말이지. 아내는 나를 버렸어. 하지만 나는 자네를 가졌어. 자네는 말하자면 곤경에 빠진 거지. 정확하게 정리가 되나?"

"왜 마샤가 당신이 싫어졌는지 알 수 있을 것 같군요."

그가 고개를 젖히고 웃었는데, 의외였다. "이봐, 나 자네가 좋아지고 있어, 노리스 씨. 자네는 좀 천박하기도 하고 소심해 보이기도 하는데, 그래도 마음은 좋군그래. 마샤도 그렇게 말했지, 난 의심스러웠지만. 아내는 사람을 잘 볼 줄 모르거든. 하지만 자네 말이야……, 기백이 있어. 그래서 이런 식으로 자넬 끌어들였던 거야. 내가 거래를 좀 좋아한다고 마샤가 말하지 않던가?"

"들었습니다." 이제야 유리벽 중간의 문이 어떤 것인지 알 수 있었다. 이런 한겨울에 43층 발코니에 앉아 차를 마시고 싶은 사람은 없을 것이다. 발코니의 가구가 치워져 있었다. 문을 가린 병풍도 치워 놓았다. 크레스너는 왜 이렇게 만들어 놓았을까?

"아내를 그렇게 좋아하는 건 아니야." 크레스너가 파이프에 담배를 조심스럽게 끼워 넣으며 말했다. "비밀이랄 것도 없지. 자네한테도 이 정도 이야기는 이미 했겠지? 자네 정도 경험이 있는 사람이라면 자기 생활에 만족하는 여자가 라켓 좀 휘두르다 기다렸다는 듯이 테니스 클럽 프로와 누워 버리는 일은 없다는 것 알고 있을 거야. 내가 보기에 마샤는 말이지, 잔소리 많고 허연 얼굴로 얌전이나 빼고 불만 덩어리에다가 눈물이나 질질 짜고 말썽 깨나 부리고……."

"그 정도면 됐습니다." 내가 말했다.

그가 차가운 미소를 지었다. "미안하네. 자네가 사랑하는 사람에 대해 이야기 중이라는 걸 자꾸 까먹는단 말이야. 8시 16분이군. 초조한가?"

나는 어깨를 으쓱했다.

"어려운 순간이 왔군." 그는 담배에 불을 붙였다. "어찌 됐건 마샤를 그렇게 싫어한다면 왜 놓아주지 않느냐, 이해하기 어려울지도 모르지."

"아니, 어렵지 않습니다."

그가 미간을 찌푸렸다.

"당신은 이기적이고 탐욕스럽고 자기중심적인 사람이니까. 그래서죠. 당신이 가진 걸 다른 사람에게 빼앗길 수는 없으시겠죠.
당신한테는 필요 없는 거라도."

그는 얼굴이 벌게지더니 웃음을 터뜨렸다. "잘했어, 노리스 씨.
아주 좋아."

나는 다시 어깨를 으쓱했다.

"거래를 하나 제안하지. 자네가 이기면 돈, 여자, 자유를 가지
고 여기를 뜨는 거야. 반대로 자네가 지면 생명을 잃는 거고."

나는 시계를 쳐다보았다. 어쩔 수가 없었다. 8시 19분이었다.

"좋습니다." 달리 무슨 방법이 있을까? 적어도 시간은 벌 수
있었다. 돈을 가지고 나가느냐의 문제가 아니라 일단 여기서 빠
져나가는 방법을 생각해야 할 시간이었다.

크레스너가 뒤편에 있는 전화를 들고 번호를 눌렀다.

"토니? 2번 계획. 그래." 전화를 끊었다.

"2번 계획이 뭐죠?" 내가 물었다.

"15분 후에 토니에게 전화를 하면, 자네 차에 있는……, 위험한
물건을 치우고 차를 다시 여기 가져다 놓을 거야. 전화를 하지 않
으면 경찰에 전화를 할 것이고."

"쉽게 믿음이 가지 않는군요, 안 그런가요?"

"이성적으로 생각하게, 노리스 씨. 여기 당신과 나 사이에 2만
달러가 있어. 하지만 이 도시에서는 2달러 때문에 살인이 일어난
다고."

"어떤 내기죠?"

그는 말 그대로 고통스러운 표정을 지었다. "거래, 노리스 씨,
거래라네. 점잖은 사람은 거래를 하지. 야만스러운 사람들이나

내기를 하는 거야."

"뭐가 됐든지."

"훌륭하군. 자네 발코니를 보고 있던데."

"병풍이 치워져 있더군요."

"그래. 오후에 치워 놓았지. 이렇게 하면 돼. 건물 벽, 이 펜트하우스의 바닥쯤 되는 높이에 붙은 갓돌을 딛고 건물을 한 바퀴 돌면 되는 거야. 일주에 성공하면, 대박을 잡는 거지."

"미쳤군요."

"그렇지 않아. 12년 동안 이 아파트에서 여섯 명과 여섯 번 거래를 시도했어. 여섯 명 중에 세 명은 운동선수였고. 자네처럼 말이야. 패스는 못하면서 텔레비전 광고로 유명한 쿼터백도 있었고, 야구 선수도 하나 있었고, 연봉은 꽤 받지만 이혼한 아내한테 부양 자금이라고 뺏기는 통에 좀 괴로운 기수도 있었지. 나머지 셋은 평범한 사람들이었는데 직업은 다르지만 두 가지 공통점이 있더군. 돈은 필요했고 몸은 건강했지." 담배 연기를 깊게 내뿜은 그가 말을 이어 갔다. "다섯 번은 그 자리에서 거절당했지. 한 번은 받아들여졌고. 조건은 2만 달러를 갖거나 6개월을 내 밑에 있는 거였어. 내가 이겼지. 그 녀석 발코니 끝을 내다보더니 거의 기절하려 하더군." 크레스너는 약간 흥분한 듯 보였고 경멸 띤 표정을 지었다. "아래 있는 게 너무나도 작아 보였다고 하더라고. 그게 문제였던 거야."

"왜 내가 내기를 할 거라고……."

그는 화가 난 듯 손을 휘두르며 말을 끊었다. "질질 끌지 말게, 노리스 씨. 달리 방도가 없으니 받아들일 것 아닌가? 거래를 하느냐 아니면 산쿠엔틴에서 40년을 썩느냐야. 내 고매한 인격 덕분에 돈과 아내를 쉽게 얻을 수 있게 되지 않았나?"

"이기면 말씀대로 해 주겠다는 걸 어떻게 보장할 수 있죠? 성공했는데 토니에게 전화해서 하고 싶은 대로 할 수도 있지 않느냐는 말입니다."

그가 한숨을 내뱉었다. "편집증이 있군그래, 노리스 씨. 난 아내를 사랑하지 않아. 아내를 잡아 둔다고 나 자신에게 도움되는 건 없어. 2만 달러면 나한텐 작은 돈이야. 일주일에 경찰에게 상납하는 것만 그 돈의 네 배야. 거래로 말하자면 말이지……." 그의 눈이 반짝였다. "그건 돈으로 따질 수 있는 게 아니지."

나는 생각에 빠졌고, 그는 자리를 떴다. 그는 목표를 통해 자기 자신을 확인할 수 있다는 사실을 알고 있는 것 같았다. 나는 서른여섯 살, 테니스밖에 모르는 촌놈이었고, 마샤와 그런 일이 있었을 때 클럽은 나를 내보내려 했다. 내가 아는 직업이라고는 테니스밖에 없었고 테니스 말고는, 하다 못해 화장실 청소도 쉬운 일이 아니었다. 특히 전과가 있을 때는. 어릴 때 일이었지만, 정작 사람을 쓰는 쪽에서는 그렇게 생각하지 않는다.

그리고 재미있는 것은 마샤 크레스너를 정말 사랑했다는 것이다. 9시 교습 두 번에 나는 사랑에 빠져 버렸고, 그녀도 나만큼 사랑에 빠졌다. 그래, 그것이 스탠 노리스에게 찾아온 행운이었다. 36년의 즐거운 총각 생활 후, 나는 '조직' 우두머리의 아내에게 우편물 가방처럼 폭삭 무너져 버린 것이다.

물론, 자리에 앉아 터키에서 들여온 담배를 뿜어 대는 저 노련한 수코양이도 이 사실을 모두 알았다. 그리고 그보다 더 많이 알

왔다. 거래를 받아들여 내기에서 이기더라도 그가 나를 잡아넣지 않는다는 보장이 없었지만, 거래를 받아들이지 않으면 10시까지는 철창에 갇히게 된다는 것을 나는 잘 알고 있었다. 다시 자유의 몸이 되는 것은 다음 세기나 되어야 가능한 일이었다.

"한 가지 알고 싶은 게 있습니다." 내가 말했다.

"뭘 알고 싶지, 노리스 씨?"

"저를 똑바로 보고 말해 보세요. 혹시 사기를 칠 건 아닌지."

그가 나를 똑바로 쳐다보았다. 그리고 조용히 말했다. "노리스 씨, 나는 사기 따위 치지 않아."

"좋아요." 내가 말했다. 선택의 여지가 없었다.

그가 기쁨에 넘쳐 벌떡 일어섰다. "훌륭해! 정말 훌륭해! 발코니 문으로 가 보자고, 노리스 씨."

우리는 함께 걸어갔다. 그의 표정은 수백 번 꿈에서 그리던 일이 실제로 일어나 한없이 즐거워하는 사람 같았다.

"갓돌은 폭이 13센티미터 정도 될 거야." 꿈꾸듯 그가 말했다. "직접 재 봤어. 사실 말이지, 거기 가서 서 보기도 했어. 물론 발코니는 잡고 있었지. 그냥 철제 난간을 넘어서 내려가면 되는 거야. 가슴 높이쯤 되겠군. 물론, 난간을 놓으면 잡을 게 없어. 갓돌을 따라서 조금씩 나가야 할 거야. 균형을 잃지 않으면서 말이야."

내 눈길이 창문 밖 다른 것에 모였다. 체온을 몇 도는 내려가게 할 것 같은……, 풍속계였다. 크레스너의 아파트는 호수에서 가까웠고 주위에 더 높은 빌딩이 없어 바람을 막아 줄 만한 게 아무것도 없었다. 바람은 찰 테고 살은 엘 것이다. 바늘은 꾸준히 10을 가리켰지만, 한바탕 거친 바람이 잠시나마 바늘을 25까지 올려

놓기도 했다.

"아, 풍속계를 보셨군." 크레스너의 반응이 유쾌했다. "사실 말이지, 진짜 바람을 맞는 곳은 반대편이야. 그쪽 바람이 약간 더 세다고. 하지만 오늘 바람은 잠잠한 편이야. 어느 날 저녁에는 풍속이 85까지 올라간 적도 있으니까…… 빌딩이 약간 흔들리는 걸 느낄 수 있을 거야. 배 위나 새집이라도 들어앉은 것 같을걸? 어쨌든 요즘은 바람이 잔잔한 계절이야."

그가 손으로 가리킨 곳, 왼쪽 은행 건물 꼭대기 전광판에 숫자가 보였다. 5도라고 표시되어 있었다. 하지만 이런 바람이라면, 체감 온도는 영하 5도 안팎이 되지 않을까 싶었다.

"외투 있으십니까?" 내가 물었다. 나는 얇은 재킷만 걸치고 있었다.

"저런, 없어." 은행 건물의 숫자가 이제 시간으로 바뀌었다. 8시 32분이었다. "지금 시작하는 게 좋겠군, 노리스 씨. 토니에게 전화해서 3번 계획이라고 말해 줘야 하거든. 좋은 녀석이긴 하지만 행동이 앞서는 놈이라서 말이야. 무슨 말인지 알 거야."

무슨 말인지 잘 알고 있었다. 너무나도 잘 알았다.

하지만 마샤와 함께 있게 된다는 생각에, 크레스너의 마수에서 벗어난다는 생각에, 많은 돈을 챙기고 새롭게 시작할 수 있다는 생각에 나는 유리문을 열고 발코니에 발을 들여놓았다. 공기는 냉랭했다. 바람에 머리카락이 날려 눈을 가렸다.

"봉 수아(Bon Soir)." 크레스너가 뒤에서 말했지만 나는 돌아보려 하지 않았다. 난간으로 다가갔으나 밑은 내려다보지 않았다. 아직은. 숨을 깊게 들이쉬었다.

이것은 육체의 문제라기보다는 자기 최면의 문제였다. 숨을 들이쉬고 내쉬면서, 잡념은 버리고 내 앞의 경기만 남겨 두어야 한다. 나는 한 번 숨에 돈을 버렸고 두 번 숨에 크레스너를 버렸다. 마샤는 좀 오래 걸렸다. 그녀의 얼굴이 자꾸 마음속에 나타나 어리석은 짓 하지 말라고, 그의 게임에 말려들지 말라고, 크레스너란 사람은 사기는 치지 않아도 피할 곳은 마련해 둔다고 말했다. 나는 듣지 않았다. 그럴 만한 상황이 아니었다. 경기에서 진다면, 나는 맥주를 시원하게 들이켤 수도 없고 내 갈빗대를 찾을 수도 없을 것이다. 디크맨 가 여기저기에 붉은 자취만 남기게 될 것이다.

마음을 다잡았다는 느낌이 들자 나는 아래를 내려다보았다.

빌딩은 석회 절벽처럼 저 아래 거리에서부터 비스듬히 솟아나 있었다. 차들은 5달러면 살 수 있는 성냥갑 크기의 모형처럼 보였다. 빌딩 옆을 지나는 차들에서는 작은 불빛만 보였다. 이렇게 높은 곳에서 떨어진다면 무슨 일이 일어날지 생각할 시간이 꽤 많을 것이다. 지구는 나의 등을 갈수록 빨리 잡아당기고, 옷은 갈수록 세차게 펄럭일 것이다. 시간은 많아 길고긴 비명을 지를 수 있을 것이다. 바닥에 떨어지면서 나는 소리는 잘 익은 수박이 떨어지는 소리 비슷할 것이다.

나는 왜 그 사람이 겁을 잔뜩 집어먹었는지 알 수 있었다. 하지만 그는 여섯 달만 참으면 될 뿐이었다. 눈앞에 마샤 없이 보내야 하는 40년의 우울한 세월이 떠올랐다.

선반을 바라보았다. 좁아 보였다. 지금처럼 13센티미터가 5센티미터 같아 보인 적이 없었다. 적어도 이 빌딩은 지은 지 얼마 되지 않았다. 빌딩이 무너져 나를 깔아뭉개는 일은 없을 것이다.

그러길 바랐다.

나는 난간을 기어 넘어 조심스럽게 내려가 갓돌에 섰다. 뒤꿈치가 갓돌 밖으로 걸쳐 있었다. 발코니 바닥은 가슴 높이였고, 나는 연철로 장식된 난간 사이로 크레스너의 펜트하우스 안쪽을 들여다보았다. 그는 담배를 피우며 서서, 실험용 쥐에 주사를 놓고 반응을 살피는 과학자의 눈길로 나를 보았다.

"전화." 난간에 매달린 채 내가 말했다.

"뭐?"

"토니에게 전화하라고요. 전화할 때까지 안 움직입니다."

그는 더없이 따뜻하고 안락해 보이는 거실로 가서 전화기를 들었다. 내 요구는 실제로 별 소용이 없는 것이었다. 이런 바람 속에서는 그의 말을 들을 수 없었다. 그는 전화를 끊고 돌아왔다. "처리했어, 노리스 씨."

"그래야죠."

"잘 가게, 노리스 씨. 그럼 조금 있다……, 보자고."

이제는 첫 발을 떼어야 했다. 이야기는 끝났다. 나는 마지막으로 한 번 마샤를 떠올리기로 했다. 연한 갈색 머리, 커다란 회색 눈, 아름다운 몸을 떠올려 보고 나는 그녀를 영원히 내 마음속에서 지워 버렸다. 아래를 쳐다보는 일도 없었다. 이런 높이에서 내려다보다가는 제정신을 잃기 십상이다. 그대로 얼어붙어 결국은 균형을 잃거나 두려움에 기절해 버리거나. 이제는 오직 한 가지만 생각해야 한다. 왼발, 오른발……, 그것에 온 정신을 집중해야 할 때였다.

나는 발코니 난간을 최대한 오래 붙잡으며 조금씩 오른쪽으로 움직이기 시작했다. 얼마 지나지 않아 테니스를 치면서 단련한 발목 근육의 힘을 최대한 이끌어 내야 한다는 사실을 알게 되었다. 이렇게 뒤꿈치가 난간 밖으로 나온 상황에서는, 그쪽 힘줄이 나의 몸무게를 고스란히 지탱해야 했다.

나는 발코니 끝을 잡았고, 잠시 이런 안전장치를 놓아 버릴 수 있을지 자신할 수 없었다. 하지만 어쩔 수가 없었다. 13센티미터라면, 그래, 꽤 넓은 공간이다. 갓돌이 120미터 높이가 아니라 땅바닥 바로 위에 붙어 있다면 만 4분의 기록으로 유유히 한 바퀴 돌 수 있을 거라고 자위했다. 그러니 땅바닥이라고 생각해 보자.

그래, 땅바닥 바로 위의 갓돌에서 떨어지면 욕 한번 해 주고 다시 올라서면 된다. 하지만 여기서는 단 한 번의 기회만 있을 뿐이다.

나는 오른발을 끌어 멀리 딛고 왼발을 다시 그 옆에 가져다 놓았다. 난간을 놓았다. 잡을 것이 없어진 두 손을 위로 뻗었다. 그리고 손바닥을 빌딩 벽에 얹어 의지했다. 벽을 감싸 안았다. 입맞춤이라도 하는 것 같았다.

갑자기 바람이 불어 재킷 깃이 얼굴을 후려쳤고, 갓돌에 의지한 몸이 크게 휘청거렸다. 심장이 목구멍으로 넘어오는 줄 알았다. 나는 바람이 가라앉을 때까지 그 자리에서 기다렸다. 좀더 강한 바람이었다면 나를 갓돌에서 끌어내 밤의 어둠 속으로 밀어넣었을 것이다. 그리고 빌딩 반대편에서는 더 강한 바람이 불 것이다.

나는 고개를 왼쪽으로 돌리고 볼을 벽면에 찰싹 붙였다. 크레스너가 발코니에 매달려 나를 바라보았다.

"잘되어 가나?" 상냥한 목소리로 그가 물었다.

그는 갈색 낙타털 외투를 입고 있었다.

"외투 없다고 했던 것 같은데요." 내가 말했다.

"거짓말이었어." 한결같은 어조로 대답했다. "난 여러 가지 거짓말을 하지."

"무슨 말이죠?"

"아냐……. 아무것도 아냐. 뜻이 있을 수도 있고. 약간의 심리전이라고나 할까, 노리스 씨? 그렇게 꾸물거리면 좋지 않아. 발목이 점점 당길 텐데 만약 힘이 떨어진다면 말이야……." 그는 주머니에서 사과를 꺼내 한 입 베어 물더니 난간 너머로 살짝 던졌다. 한동안 아무 소리도 들리지 않았다. 그러다 희미하게 들리는 소리. 크레스너가 키득거렸다.

그는 나의 집중력을 무너뜨렸다. 강철 이빨로 가슴을 물어뜯는 것 같은 고통을 느낄 수 있었다. 나는 물밀듯 밀려드는 두려움에 빠져 허우적거렸다. 나는 그에게서 고개를 돌려 깊은 숨을 들이쉬고 공포를 몰아내려 했다. 은행 꼭대기의 광고판이 눈에 들어왔다. '8시 46분, 뮤추얼에 투자할 시간입니다.'

은행 시계로 8시 49분이 되었을 무렵, 나는 다시 안정을 되찾을 수 있었다. 나를 움직이지 못하게 하려 한 크레스너의 의도를 알고 있다. 빌딩 한쪽 모퉁이를 향해 발을 내딛자 조롱하는 듯한 박수소리가 들려왔다.

나는 추위를 느끼기 시작했다. 호수는 바람의 끝을 더욱 날카롭게 만들었다. 차갑고 끈적끈적한 바람이 송곳처럼 살을 파고들었다. 걸음을 내딛자 얇은 재킷이 등 뒤로 펄럭거렸다. 춥거나 말

거나 나는 천천히 나아갔다. 천천히, 그리고 조심스럽게 나아가
야 했다. 서두르면 떨어질 것이다.

한쪽 모퉁이에 다다랐을 때 은행 시계는 8시 52분을 가리키고
있었다. 벽을 따라 모퉁이에도 갓돌이 잘 만들어져 있었고 문제
는 별로 없는 듯했다. 하지만 오른손으로 바람이 교차하는 것이
느껴졌다. 만약 기대선 방향이 잘못되었다면 벌써 깊은 나락으로
떨어지고 말았을 것이다.

바람이 잦아들기를 기다렸지만, 마치 크레스너의 편이라도 되
는 것처럼 오랫동안 좀처럼 수그러들지 않았다. 바람은 보이지
않는 심술궂은 손길로 나를 비집어 쑤시고 간질였다. 아주 강한
바람이 다시 불어닥쳤고 나는 발가락에만 의지해 한동안 흔들거
려야 했다. 바람은 한 치도 양보하지 않고, 나는 이 자리에서 영
원히 기다려야 할지도 모른다는 생각이 들었다.

그래서 바람이 약간 잦아들었을 때, 양쪽 벽에 한 손씩 올려놓
은 채 오른발을 다른 쪽 모퉁이로 옮겨 놓았다. 두 방향에서 동시
에 불어닥치는 바람에 나는 비틀거렸다. 그렇게 비틀거리는 몇
초 간, 이 거래의 승자는 크레스너라고 생각하기도 했다. 그러다
내 몸을 벽에 밀착시킬 수 있게 되었고 한 발을 더 내딛을 수 있
었다. 바싹 마른 목구멍 너머로 참았던 숨이 흘러나왔다.

귓가를 맴돌던 크레스너의 조소도 더 이상 들리지 않았다.

그러다 갑자기 균형을 잃어 깜짝 놀랐다. 벽을 손에서 놓쳐 균
형을 잡느라 팔을 마구 휘둘렀다. 양팔 중 하나라도 건물 벽에 스
쳤더라면 나는 떨어졌을 것이다. 영원과도 같은 시간이 지나고,
중력은 43층 아래 길바닥으로 나를 끌어 내리지 않고 놓아주며 벽

에 다시 붙어설 수 있도록 허락했다.

허파를 비집고 나오는 숨소리가 흐느끼는 듯했다. 다리는 팍팍해졌고 발목의 힘줄은 고압 전선처럼 팽팽해져 있었다. 지금처럼 죽음을 실감한 적이 없었다. 낫을 든 저승사자가 등 뒤에, 어깨 너머로 글자를 읽을 수 있을 만큼 가까이 다가와 있었다.

목을 꼬고 위를 올려다보니 크레스너가 1미터 위, 침실 창문에 매달려 있었다. 그는 오른손에 장난감 나팔을 들고 웃었다.

"발가락에 힘 주고 잘 매달리라고." 그가 말했다.

나는 숨을 흐트러뜨리지 않았다. 깩깩대는 소리 말고는 낼 수 있는 소리도 없었다. 심장은 미친 듯이 벌렁거렸다. 크레스너가 창문 밖으로 몸을 더 내밀고 나를 밀어 버리기라도 할까 싶어 대여섯 걸음을 옮겼다. 그러고 나서야 멈춰서 눈을 감고 심호흡을 하며 자세를 가다듬었다.

이제 나는 빌딩의 짧은 쪽 면에 있었다. 오른쪽으로는 시내에서 가장 높은 탑 하나만 우뚝 솟아 있었다. 왼쪽으로는 호수가 검은 원을 그렸고, 그 위를 작은 불빛이 떠다녔다. 바람은 끊임없이 불어닥쳤다.

두 번째 모퉁이에서는 교차하는 바람이 그렇게 심하지 않아 큰 어려움 없이 넘어설 수 있었다. 그때 무언가가 나를 물었다.

놀란 숨을 들이켰다. 몸이 움찔했다. 균형이 무너지자 두려움이 엄습해 왔다. 건물 벽에 몸을 밀착시켰다. 무언가가 다시 나를 물기 시작했다. 아니, 물린 것이 아니라 쪼인 것이다. 나는 밑을 내려다보았다.

갓돌 위에 비둘기가 있었다. 새가 반짝이는, 증오에 찬 눈을 치켜뜨고 있었다.

도시에서는 비둘기에 익숙해진다. 10달러짜리 거스름돈도 계산하지 못하는 택시 운전사들만큼 도시에는 비둘기가 흔하다. 비둘기는 날고 싶어하지 않는다. 보도가 원래 자기들 무단 점거자의 땅이라도 되는 양, 마지못해 바닥을 어슬렁거릴 뿐이다. 아, 그래, 그리고 차 지붕에는 그들의 흔적이 있게 마련이다. 눈여겨보지는 않았을 것이다. 우리를 내내 괴롭히는 것은 아니지만, 비둘기는 이 세상을 자기 멋대로 점거하고 있다.

하지만 나는 비둘기의 영토에 들어서 있었다. 나는 무방비 상태였고, 비둘기도 그 사실을 아는 것 같았다. 비둘기가 내 지친 오른쪽 발목을 다시 쪼았다. 고통이 다리 전체에 퍼져 나갔다.

"야이 씨." 나는 비둘기에게 으르렁거렸다. "저리 비켜."

비둘기는 끄떡도 하지 않고 다시 나를 쪼았다. 비둘기가 자기 집이라고 생각하는 곳에 발을 들여놓았던 것이다. 이쪽 갓돌에는 확실히 오래된 똥, 얼마 되지 않은 똥이 잔뜩 떨어져 있었다.

위에서 희미하게 들리는 삐약삐약 소리.

나는 목을 뺄 수 있는 만큼 길게 빼고 위를 올려다보았다. 새가 부리로 얼굴을 쪼는 바람에 뒷걸음질할 뻔했다. 그랬다면 이 도시 최초로 비둘기에 희생당한 사람이 되었을 것이다. 지붕 처마 밑에 있는 새끼들을 보호하던 엄마 비둘기였다. 키 큰 덕에 머리가 아니라 얼굴을 공격당하다니, 이럴 수가.

아빠 비둘기가 다시 나를 쪼아 댔고 이제 피가 흘러내렸다. 느낄 수 있었다. 나는 비둘기를 쫓아 버릴 수 있을까 싶어 조금씩 나아가 보았다. 하지만 전혀. 비둘기는 겁먹지 않았다. 도시 비둘기는 겁먹지 않는다. 차가 지나가도 어슬렁거리는 걸음이 약간 빨라질 뿐인 비둘기들인데, 높은 빌딩 난간에 선 사람 따위에 물러설 리가 없었다.

앞으로 나아가자 비둘기는 뒤로 물러섰지만, 날카로운 부리로 발목을 공격할 때 말고는 내 얼굴에 꽂힌 시선을 거두지 않았다. 그리고 고통은 더욱 심해졌다. 이 비둘기는 드러난 살을 쪼아 대며……, 그 살을 먹는 것 같았다. 내 생각은 그랬다.

나는 오른발로 비둘기를 걷어찼다. 그래 봐야 아주 약한 공격이었는데, 그 정도가 최대한 힘을 낸 것이었다. 비둘기는 잠깐 푸드덕거리더니 다시 돌아와 공격했다. 그러는 동안 어느덧 모퉁이에 다다랐다.

비둘기는 다시, 또, 계속해서 공격해 왔다. 강하게 몰아치는 차가운 바람에 나는 또다시 흔들렸고 가까스로 균형을 잡아 나갔다. 손가락 끝이 무심한 벽면에 긁혀 상처가 났다. 나는 왼쪽 뺨을 벽에 붙이고 깊은 숨을 몰아쉬며 잠깐 휴식을 취했다.

십 년을 연구한다고 해도 이보다 더한 고문을 생각해 낼 수 없을 것이다. 처음 쪼았을 때는 괜찮았다. 두 번째, 세 번째는 약간 심해졌지만, 그 망할 놈의 새는 아파트 반대편 난간에 이를 때까지 예순 번은 쪼아 댄 것 같다.

반대편 난간은 마치 천국에 이르는 문 같았다. 나는 차가운 창살을 부드럽게 감싸 쥐었다. 다시는 놓지 않으려는 듯 손에 힘이 들어갔다.

다시 쏟아지는 부리의 공격.

비둘기는 밝게 빛나는 눈으로 점잖게 나를 올려다보았다. 나의 무능과 자신의 무한한 능력을 뽐내기라도 하듯. 반대편 발코니에서 나를 안내했던 크레스너의 모습이 떠올랐다.

철제 난간을 좀더 꽉 틀어쥐고 강하게 발을 휘둘렀다. 비둘기에 정확하게 맞았다. 비둘기의 꽥꽥 소리가 대단히 만족스러웠다. 비둘기는 날개를 퍼덕거리며 하늘로 날아올랐다. 회색 깃털이 몇 가닥 떨어져 날렸다. 비둘기는 자기 자리로 돌아갔다. 아니면 이리저리 휘청거리며 어둠 속으로 날아갔거나.

나는 밭은 숨을 내쉬며 발코니를 기어올라 대자로 쓰러졌다. 날씨가 추웠는데도 몸에서는 땀이 흘렀다. 몸을 추스르자고 누워 있었는데, 그렇게 얼마나 지냈는지 모르겠다. 빌딩에 가려 은행 건물의 시계가 보이지 않았고, 나도 시계를 차고 오지 않았다.

나는 근육이 뻣뻣해지기 전에 일어섰다. 그리고 조심스럽게 양말을 내려 보았다. 오른쪽 발목이 찢겨 피가 흘렀지만 상처가 깊지는 않아 보였다. 그렇다고 해도, 이 자리에서 벗어나는 대로 치료는 해야 할 것 같았다. 비둘기가 어떤 질병을 옮기고 다니는지 누가 안단 말인가. 상처 난 살을 동여매야겠다고 생각했지만 곧 그러지 않기로 했다. 동여맨 매듭에 걸려 쓰러질지도 모를 일이다. 지금만 지나면 시간은 많을 것이다. 그때가 되면 2만 달러짜리 반창고도 붙일 수 있다.

일어서서 크레스너의 펜트하우스 반대편 어두운 문을 바라보았다. 황량하고, 텅 빈, 아무도 살지 않는 집. 강한 바람의 장막이 문 밖에 드리웠다. 이 문으로 뛰어 들어갈 수도 있다. 하지만 그것은 곧 내기에서 지는 것을 의미했다. 나에게는 돈 말고도 많은 것들이 걸려 있었다.

더 이상 지체할 수 없다는 생각이 들었다. 나는 난간을 넘어 갓돌에 다시 올라섰다. 낡아 빠진 깃털 몇 줌밖에 안 되는 비둘기가 새똥이 덕지덕지 붙은 둥지 바로 아래 앉아 증오에 찬 눈길로 나를 보았다. 하지만 나는 반대쪽으로 움직이는 중이었으니 나를 방해할 것이라는 생각은 들지 않았다.

움직이기 힘들었다. 크레스너의 발코니에서 출발할 때보다 훨씬 힘들었다. 머리는 가야 한다고 말했지만, 몸은, 특히 발목은 저런 안전한 곳을 떠나는 것은 바보 같은 일이라고 외쳐 댔다. 하지만 나는 다시 시작했다. 어둠 속에서 마샤의 얼굴이 나타나 그렇게 하라고 말했다.

나는 모퉁이를 돌아 두 번째 짧은 면에 들어섰다. 그리고 천천히 나아갔다. 끝이 보였기 때문에 서둘러야 한다는 생각을 떨치기가 힘들었지만 극복해야 했다. 서두르면 죽을 것이다. 나는 의식적으로 천천히 나아갔다.

네 번째 모퉁이에서는 양쪽에서 불어오는 바람에 거의 떨어질 뻔했다. 모퉁이를 돌아올 수 있었던 것은 기술이라기보다는 운이었다. 나는 빌딩에 기대 숨을 골랐다. 이제야 처음으로 성공할 수 있을 것 같다는, 내기에서 이길 수 있다는 생각이 들었다. 손은 냉동실에 넣어 놓은 고깃덩어리 같았고, 발목에는 불이라도 붙은 것 같았고(특히 비둘기에게 쪼인 오른쪽 발목이 그랬다), 땀방울이 흘러 자꾸 눈에 들어갔지만, 이제 됐다는 생각이 들었다. 빌딩 가운데, 크레스너의 발코니에서 따스한 노란 불빛이 흘러나왔다. 저 멀리 은행 건물의 간판이 귀환 환영 현수막처럼 보였다. 10시 48분이었지만, 13센티미터 너비의 갓돌에서 평생을 보낸 기분이었다.

크레스너가 사기를 치려 한다면 신께서 도와주시길. 서둘러야 한다는 생각이 사라졌다. 오히려 꾸물거리기까지 했다. 11시 9분에 오른손으로 발코니 철제 난간을 잡고 왼손으로도 잡았다. 나는 몸을 끌어올려 난간을 타고 넘어 다행히도 발코니 바닥에 쓰러졌다……. 그리고 차가운 총구가 관자놀이에 닿는 것을 느꼈다. 45구경 권총이었다.

위를 올려다보니 깡패 같은 놈이 있었다. 어찌나 못생겼는지 빅 벤도 놀라 멈출 듯했다. 그자가 씨익 웃었다.

"훌륭해!" 크레스너의 목소리가 안쪽에서 들렸다. "박수라도 쳐 주고 싶은걸, 노리스 씨?" 그가 정말 박수를 치면서 발코니 쪽으로 다가왔다. "데리고 들어와, 토니."

토니가 갑자기 나를 완력으로 일으켜 세우는 바람에 내 약한 발목이 접질릴 뻔했다. 나는 발코니 문을 잡고 비틀거리며 안으로 들어섰다.

크레스너는 어항만 한 잔에 담긴 브랜디를 홀짝거리며 거실 벽난로 옆에 서 있었다. 돈은 쇼핑백에 다시 담겨 있었다. 그을린 적황색 카펫 가운데, 그대로였다.

나는 방 반대편 유리에 비친 내 모습을 살짝 볼 수 있었다. 머리는 헝클어졌고, 얼굴은 양쪽 볼만 발그레할 뿐 나머지는 창백했다. 눈은 미친 사람의 눈 같았다.

스쳐 지나가듯 볼 수 있을 뿐이었다. 다음 순간 내 몸이 방을 가로질러 날아갔기 때문이다. 나는 바스크 식 의자에 부딪혀 떨어졌다. 의자가 내 위로 쓰러졌고 나는 숨을 쉬기가 어려웠다.

정신이 약간 돌아오자 나는 일어나 앉아 소리쳤다. "이 사기꾼 같으니. 애초에 이럴 생각이었지?"

"사실 그렇지." 크레스너가 브랜디를 벽난로에 조심스럽게 올려놓으며 말했다. "하지만 난 사기꾼은 아니야, 노리스 씨. 절대 그렇지 않아. 그저 아주 불쌍한 패자일 뿐이라고. 토니는 자네가 허튼짓 못 하게 불러온 것뿐이야……. 잘 못 알아듣긴 했지만." 그는 손가락을 턱 밑으로 가져가 킥킥 웃었다. 불쌍한 패자의 모습은 아니었다. 입 주위에 담황색 털이 난 고양이에 가까운 모습이었다. 나는 벌떡 일어섰지만, 갑자기 갓돌에 매달려 있을 때보다 지금이 더 두려워졌다.

"사기 쳤어." 내가 천천히 말했다. "어쨌든 당신 사기 쳤어."

"전혀 그렇지 않아. 자네 차에 있던 헤로인은 치웠어. 차도 주차장에 다시 갖다 놓았고. 돈은 저기 있지. 저걸 가지고 그냥 가도 되는 거야."

"좋아요." 내가 말했다.

토니는 지금 막 핼러윈을 치르다 걸어 나온 것 같은 행색을 하고 발코니 유리문 옆에 서 있었다. 손에는 45구경 권총이 있었다. 나는 쇼핑백으로 다가가, 그것을 집어 들고 욱신거리는 발목을 끌며 현관을 향해 걸어갔다. 당장에라도 총에 맞을 수 있다는 것 정도는 각오하고 있었다. 하지만 문을 열었을 때, 선반에 서서 네 번째 모퉁이를 돌았을 때와 똑같은 느낌이 들었다. 이제 된 거야.

크레스너의 목소리가, 느긋하면서도 들뜬 목소리가 나를 막아섰다.

"여자 화장실에서 빠져나가는 구식 전략에 속아 넘어가는 사람이 있다고 생각하는 건 아니겠지?"

나는 쇼핑백을 그대로 든 채 천천히 돌아섰다. "무슨 말이죠?"

"사기는 치지 않는다고 말했지. 그 말 그대로야. 자네는 세 가지를 얻었어, 노리스 씨. 돈, 자유, 내 아내. 앞의 두 가지는 가졌지. 세 번째는 시체 보관실에서 찾을 수 있을 거야."

나는 그를 물끄러미 쳐다보았다. 움직일 수 없었다. 청천벽력 같은 한마디에 그 자리에서 그대로 얼어붙었다.

"내가 아내를 순순히 놔줄 거라고는 생각하지 않았겠지?" 애석하다는 듯 그가 말했다. "아, 안 되지. 돈? 좋아. 자유? 좋아. 하지만 마샤는 아니야. 사기는 아니야. 시체를 얻을 뿐이지만……."

나는 그에게 다가가지 않았다. 지금은 아니었다. 그는 다음 차례였다. 나는 토니에게 걸어갔다. 약간 놀란 기색이었다. 크레스너가 별것 아니라는 투로 말했다. "쏴 버려."

나는 돈이 든 가방을 던졌다. 가방은 총을 든 손에 정확히, 그것도 세게 맞았다. 코트 밖에서는 팔과 손목을 쓰지 않는 나였지만 테니스 선수에게는 가장 자신 있는 부분이다. 그가 쏜 총알이 적황색 카펫에 박혔다. 나는 그를 제압했다.

그는 얼굴이 가장 흉했다. 나는 그의 손에서 권총을 잡아채 총신으로 콧날을 내리쳤다. 그는 흉한 외마디 비명을 지르며 쓰러졌다. 그 모습이 론도 헤이턴^{1930~1940년대에 활동했던 영화 배우. 못생긴 얼굴로 유명했다} 같았다.

크레스너가 문 밖으로 빠져나가려는 순간 나는 그의 어깨 위로 총을 한 방 쏘았다. "거기 그대로 서. 안 그러면 죽여 버린다."

그는 잠시 생각하는 듯하더니 그대로 멈춰 섰다. 돌아서는 모습이, 그 뻔하디뻔한 행동이 약간 거슬렸다. 바닥에 쓰러져 피를 흘리며 헐떡이는 토니를 보는 모습은 더 거슬렸다.

"죽지 않았어." 그가 재빨리 말했다. "오해를 풀어야지, 그렇지 않아?" 그는 지긋지긋한, 보기 싫은 미소를 흘렸다.

"난 나쁜 놈이야. 하지만 그렇게 나쁜 놈은 아니야." 내가 말했다. 목소리가 생기 없이 죽어 있었다. 왜 아니겠는가? 마샤는 나의 삶 자체였고, 이놈이 그녀를 검시대에 올려놓았다.

크레스너가 토니의 발 언저리에 뒹구는 돈을 가리켰다. 가리키는 손이 살짝 떨렸다. "저거 말이야." 그가 말했다. "저건 새발의 피야. 10만 달러를 주지. 아니, 50만 달러. 백만 달러는 어때? 전부 스위스 은행 계좌에 넣어 주겠어. 괜찮지 않아? 그러면……."

"내기를 하지." 천천히 내가 말했다.

그의 눈길이 총에서 내 얼굴로 옮겨졌다. "어……."

"내기." 반복해서 말했다. "거래가 아냐. 그냥 내기야. 이 건물 벽의 갓돌 위로 한 바퀴 돌지 못하는 쪽에 걸지."

그의 안색이 하얗게 질렸다. 나는 그렇게 그가 기절이라도 하는 줄 알았다. "너……." 그가 중얼거렸다.

"조건을 말하지." 죽어 가는 목소리로 내가 말했다. "네가 성공하면 놓아주겠어. 어때?"

"안 돼." 그가 중얼거렸다. 그는 눈을 커다랗게 뜨고 나를 바라보았다.

"좋아." 공이치기를 잡아당기며 내가 말했다.

"안 돼!" 그가 손을 내저으며 말했다. "안 돼! 제발! 아……알았어." 그는 입술에 침을 발랐다.

나는 총으로 발코니 쪽을 가리켰고 그는 그쪽으로 걸어갔다. "떨고 있군." 내가 말했다. "그럼 더 힘들어져."

"200만 달러." 쉰 목소리로 낑낑거리는 소리에 묻혀 그의 목소리가 잘 들리지 않았다. "무기명 채권으로 200만 달러 줄게."

"안 돼." 내가 말했다. "천만 달러라고 해도 안 돼. 성공하면 자유야. 진심이야."

일 분 후 그는 갓돌 위에 서 있었다. 그는 나보다 키가 작았다. 난간 너머로는 커다랗게 뜬 구차한 눈밖에 안 보였다. 철제 난간을 손마디가 하얘지도록 꽉 붙든 모양이 감옥 창살을 그러쥔 것 같았다.

"제발." 들릴 듯 말 듯 그가 말했다. "뭐라도 하겠어."

"그래 봐야 시간 낭비야. 발목만 더 아파져." 내가 말했다.

그는 움직이려 하지 않았다. 그의 이마에 총을 들이대고 나서야 오른쪽으로, 흐느끼며 움직이기 시작했다. 은행 시계를 흘깃 올려다보았다. 11시 29분이었다.

나는 그가 첫 번째 모퉁이까지 성공할 것이라고 생각하지 않았다. 그는 전혀 움직이려 하지 않았고, 정작 발을 떼고 보니, 어둠 속에서 드레싱 가운을 펄럭이며 휘청휘청 나아가는 것이 중력의 힘을 거스를 수 있을까 싶었다.

그는 모퉁이를 돌아 시야에서 사라졌다. 12시 1분이었고 40분 정도 전의 일이다. 교차하는 바람을 이기지 못하고 떨어지며 잦아드는 비명이라도 들어 보려고 귀를 기울였지만 그런 소리는 들리지 않았다. 바람에 떨어졌을지 모른다. 내가 거기 서 있을 때, 바람이 그의 편이 아닐까 생각했던 게 떠오른다. 아니면 운이 좋을지 모른다. 반대편 발코니에 가, 부들부들 떨며 더 이상 나아갈 엄두를 내지 못하고 있을지 모른다.

하지만 그도 알고 있을 것이다. 다른 쪽 펜트하우스에 들어가 그를 잡게 된다면 개 한 마리 쏘아 죽이듯, 주저 없이 총을 쏘게 되리라는 것을. 그리고 빌딩 반대편이라고 하면, 글쎄 그가 비둘기를 어떻게 상대하고 있을지 궁금하기도 하다.

이건 비명이었나? 모르겠다. 바람 소리였을지 모른다. 상관없다. 은행 시계는 12시 44분을 가리키고 있다. 조금만 있다가 건너편 아파트에 들어가 발코니를 확인해 봐야겠다. 하지만 지금은 크레스너의 발코니에 앉아 토니의 45구경 권총을 손에 들고 있다. 만약에라도 그가 등 뒤로 드레싱 가운을 휘날리며 마지막 모퉁이를 돌아올지도 모르니까.

크레스너는 내기에서 사기를 치지 않는다고 말했다.

하지만 나는 사기를 잘 치기로 유명하다.

정원사

The Lawnmower Man

　지난 몇 해 동안 헤럴드 파킷은 자기 집 정원을 매우 자랑스러워했다. 커다란 은색 잔디 깎는 기계를 가진 그는 아랫동네에 사는 소년에게 한 번에 5달러씩 줘 가며 잔디를 깎게 했다. 소년이 와서 잔디를 깎는 동안 헤럴드 파킷은 한 손에 맥주를 든 채 라디오에서 나오는 보스턴 레드삭스의 야구 중계를 들었다. 그럴 때면 천국에는 하느님이 계시고, 그의 정원을 포함해서 세상이 모두 제대로 돌아간다는 생각이 들곤 했다. 하지만 작년, 그러니까 10월 중순에 운명의 장난이 헤럴드 파킷을 괴롭혔다. 그해 마지막으로 소년이 잔디를 깎는데 캐스턴마이어네 개에게 쫓기던 스미스 부인의 고양이가 기계 밑으로 빨려 들어가 버린 것이다.

　헤럴드의 딸은 조금 전에 먹었던 체리 주스를 새로 산 옷에 토해 버렸고, 아내는 일주일 동안 악몽에 시달렸다. 사고가 난 후에 집에 돌아온 아내였지만, 마침 헤럴드와 새파랗게 질린 소년이 기계의 날을 청소할 때였다. 딸아이와 스미스 부인은 울면서 그 광경을 지켜보았다. 입고 있던 옷을 벗어 버린 알리샤는 청바지와 역겨운 색깔의 스웨터로 갈아입은 상태였다. 딸아이는 소년을 좋아하고 있었다.

일주일 동안 아내가 옆자리에서 신음하는 것을 듣다못한 헤럴드는 잔디 깎는 기계를 없애 버리기로 했다. 사실 꼭 필요한 물건은 아니라는 생각도 들었다. 올해는 소년만 불렀지만, 내년에는 소년과 기계를 같이 빌리면 되는 일이었다. 칼라는 자면서 흐느끼는 것을 그만둘 것이고, 아마 부부 관계도 다시 할 수 있을 것이다.

그래서 그는 잔디 깎는 기계를 필의 주유소로 가지고 갔다. 한참을 흥정한 후에 헤럴드는 깨끗한 새 타이어와 체인을 손에 들고 돌아왔고, 필은 은색 잔디 깎는 기계를 진열장 위에 올려놓고 그 앞에 '판매용'이라고 적어 놓았다.

그리고 올해, 헤럴드는 잔디 깎는 일을 자꾸 미루기만 했다. 마침내 작년의 그 소년을 다시 찾았지만, 소년의 어머니는 프랭크가 주립대학에 갔다고 전했다. 헤럴드는 이해할 수 없다는 듯이 고개를 설레설레 흔들며 냉장고로 가서 맥주를 한 병 꺼냈다. 확실히 시간은 흐르고 있었다. 그렇지 않은가? 세상에, 그랬다.

그는 5월이 될 때까지도 새로운 소년을 찾지 못했다. 그러는 사이에 6월도 지나가고 레드삭스는 계속 리그 4위에서 헤어나지 못했다. 주말이면 한번도 본 적 없는 웬 남학생들이 점점 더 예뻐지는 딸아이를 자동차 극장에 데리고 가는 것을 뚱하게 지켜봐야 했다. 정원의 무성한 풀은 대단히 빨리 자랐다. 풀이 자라기에는 더없이 좋은 날씨였다. 사흘 동안 햇빛이 비치고 하루는 비가 오는 날씨, 거의 시계처럼 정확했다.

7월 중순이 되자, 정원은 교외 주택가의 뒷마당이라기보다는 목초지에 가까웠고, 잭 캐스턴마이어는 온갖 짓궂은 농담을 했는데, 대부분은 올해 사료용 건초 시세와 관련된 것이었다. 그런가 하면, 돈 스미스의 네 살짜리 딸 제니는 아침에 오트밀이 나오거나 저녁상에 시금치가 올라오면 거기 와서 숨곤 했다.

7월 말의 어느 날, 헤럴드는 야구가 7회 말에 접어들었을 때 뒷마당에 나갔다가 길게 자란 잡초 사이에 마못 한 마리가 버티고 앉아 있는 것을 봤다. 때가 된 것이다. 그는 결심했다. 라디오를 끄고 신문을 집어 들고는 광고면을 폈다. 아르바이트 광고 중간쯤에 다음과 같은 광고가 있었다. '잔디 깎아 드립니다. 저렴한 가격. 전화 776-2390.'

헤럴드는 그 전화번호로 전화했다. 청소하던 아줌마가 아들을 소리쳐 부르는 상황을 예상했지만, 대신 씩씩하고 사무적인 목소리가 나왔다. "패스토랄 그리너리 서비스입니다. 무엇을 도와드릴까요?"

조심스럽게, 헤럴드는 필요한 일이 무엇인지 이야기했다. 언제 세상이 이렇게 바뀐 걸까? 잔디 깎는 사람들이 따로 사무실까지 얻어서 사업을 한다고? 그가 비용을 물어보자 목소리는 저렴한 가격을 말했다.

헤럴드는 불편한 느낌을 완전히 지우지 못한 채 전화를 끊고 다시 테라스로 나갔다. 자리에 앉아 라디오를 켜고, 토요일의 하늘 위로 토요일의 구름이 천천히 지나가는 것을 보며 정원을 물끄러미 응시했다. 칼라와 알리샤는 처가에 가고 집은 온통 그의 차지였다. 잔디를 깎을 소년이 그들이 돌아오기 전에 일을 마칠 수 있다면, 아내와 딸아이는 많이 놀랄 것이다.

그는 맥주 한 병을 따고, 레드삭스 팀 투수가 2루타를 맞고 다음 타자에게 몸에 맞는 볼을 던지자 한숨을 쉬었다. 풀이 무성한 뒷마당에 가볍게 바람이 불었고 멀리서 귀뚜라미 소리가 들렸다. 헤럴드는 투수에 대해서 투덜대다 그대로 잠들었다.

30분 후, 그는 초인종 소리에 잠이 깼다. 현관으로 가려다 맥주를 엎질렀다.

풀물이 든 작업복을 입은 남자가 이쑤시개를 입에 문 채 현관 앞 계단에 서 있었다. 남자는 뚱뚱했다. 색이 바랜 작업복 위로 배가 어찌나 튀어나왔던지 농구공을 삼킨 것은 아닌지 의심스러울 정도였다.

"예?" 헤럴드 파킷이 물었다. 아직 잠이 덜 깬 상태였다.

남자는 웃으며 물고 있던 이쑤시개를 입 한쪽 끝에서 다른 쪽으로 옮겨 물더니, 외투의 엉덩이 부분을 털며 쓰고 있던 녹색 야구 모자를 이마 위로 치켜올렸다. 모자 창에서 엔진 오일 냄새가 났다. 그렇게 그 남자는 풀 냄새와 흙냄새, 기름 냄새를 풍기며 헤럴드 파킷 앞에 웃으면서 서 있었다.

"패스토랄에서 보냈소, 친구." 그가 사타구니를 긁으며 쾌활한 목소리로 말했다. "당신이 전화했죠? 맞죠? 맞아, 그렇죠?" 그는 끝없이 히죽히죽 웃어 댔다.

"아, 정원. 그럼 아저씨가?" 헤럴드는 바보처럼 쳐다봤다.

"옙, 접니다." 정원사는 헤럴드의 잠이 덜 깬 얼굴 위로 웃음을 한바탕 쏟았다.

헤럴드가 아무것도 못 하고 서 있는 동안 정원사는 거실과 부엌을 지나 뒷마당으로 성큼성큼 걸어갔다. 이제 사람이 왔고 문제될 것은 없었다. 이런 종류의 사람들은 전에도 본 적이 있다. 시의 위생과나 고속도로 보수팀에서 일하는 사람들이랑 비슷했다. 일을 하다가도 종종 장비를 내려놓고 담배를 피우면서, 마치 자신이 세상에 꼭 필요한 사람이라는 듯한 표정으로 쳐다보곤 하는 사람들, 원하기만 하면 당신을 늘씬하게 때려눕힐 수도 있고, 당신의 아내를 겁탈할 수도 있다고 생각하는 사람들. 그는 이런 종류의 사람들을 약간 두려워했다. 항상 갈색으로 그을린 피부에, 눈가에는 주름이 있고 언제나 자신이 해야 할 일을 정확하게 아는 사람들.

"정원이 정말 엉망이거든요." 그가 남자에게 말했다. 자신도 모르는 사이에 목소리를 깔았다. "반듯하게 생겼고 별다른 장애물은 없지만 풀이 꽤 무성하게 자라 있습니다." 조금 떨리는 원래의 목소리로 돌아왔다. 그는 어느새 미안하다는 투로 말하고 있었다. "어쩌다 보니 그냥 내버려 뒀네요."

"괜찮습니다, 친구. 겁먹을 것 없어요. 괜찮아, 괜찮아." 정원사는 할 말이 많다는 듯한 눈으로 그를 보며 웃었다. "길면 좋지, 뭐. 땅이 좋다는 거 아뇨. 그게 키르케_{호메로스의 「오디세이아」에 등장하는 마녀}가 주신 선물이지. 항상 하는 말이지만."

'키르케가?'

정원사는 라디오 쪽으로 고개를 기울였다. 방금 타자가 삼진을 당했다. "레드삭스 팬인가 보죠? 나는 양키스 골수 팬입니다." 남자는 발소리를 울리며 다시 집으로 들어가 거실을 가로질렀다. 헤럴드는 찌푸린 얼굴로 그 모양을 지켜봤다.

다시 자리에 앉은 그는 쏟아진 맥주를 원망하듯 쳐다봤다. 식탁 아래에 맥주캔이 엎어져 있었다. 부엌에서 대걸레를 가지고 올까 생각도 했지만 곧 그만두었다.

'괜찮습니다, 겁먹을 것 없어요.'

신문의 경제면을 펴고 주식 시세를 유심히 살폈다. 공화당 지지자로서 그는 단정하게 정리된 그 숫자들을 작성한 월스트리트의 전문가들은 거의 신에 버금가는 존재들일 거라고 생각하고 있었다.

(키르케라고?)

그리고 몇 번이나 그 '말씀'을 더 잘 이해할 수 있기를 원했다. 산꼭대기에 숨겨진 석판에 적힌 말씀이 아니라 '몇 퍼센트 포인트'니, Kdk니, 2/3에 3.28 올랐다느니 하는 그런 수수께끼 같은 약자들 말이다. 한 번은 미드웨스트 들소버거라는 회사의 주식을 세 주 산 적이 있는데, 회사가 1968년에 망해 버렸다. 그는 투자했던 75달러를 고스란히 날려 먹었다. 지금 생각해 보니, 들소버거는 아직은 때가 아닌 미래에나 번창할 사업이었다. 이 일에 관해서 시내의 술집에 있는 바텐더 소니와 종종 얘기했는데, 소니는 5년 앞서 나간 것이 오히려 문제였다고 말했다. 그는……

갑자기 들린 야단스러운 소리에 그는 막 잠에 빠지려다가 깨 버렸다.

헤럴드는 의자를 넘어뜨리며 급하게 일어나 주변을 살폈다.

"잔디 깎는 기계?" 헤럴드 파킷은 부엌을 쳐다보며 중얼거렸다. "세상에, 이게 잔디 깎는 기계 소리라고?"

집 안을 가로질러 현관 앞으로 나갔다. 옆에 '패스토랄 그리너리'라고 적힌 낡은 녹색 밴밖에 없었다. 시끄러운 소리는 이제 뒷마당에서 들렸다. 헤럴드는 다시 집 안을 질러 뒷마당으로 가서는, 그대로 얼어붙어 버렸다.

외설적이었다.

조금 우스꽝스럽기도 했다.

뚱뚱한 남자가 가지고 온 오래된 붉은색 잔디 깎는 기계는 혼자 돌아가고 있었다. 미는 사람이 없었다. 사실 반경 1.5미터 안에 사람이 없었다. 미친 듯이 속도를 내며 마치 지옥에서 금방 뛰쳐나온 붉은 악마가 복수하듯이 헤럴드 파킷의 뒷마당에 자란 풀들을 마구 쳐 내는 중이었다. 비명 같은 소리를 내며 기름 냄새가 나는 푸른색 매연을 뿜어 내는 기세가, 마치 미친 기계를 보는 것같아 헤럴드는 두려운 생각이 들었다. 잘린 풀 냄새가 상한 포도주 냄새처럼 공기 중에 떠다녔다.

하지만 정말 외설적인 것은 바로 정원사였다.

정원사는 옷을 모두 벗어 버린 상태였다……, 실오라기 하나 남기지 않고. 옷은 뒷마당 가운데 있는 대야에 단정하게 개켜 있었다. 알몸에 풀물이 잔뜩 든 남자는 기계에서 1.5미터 정도 뒤처져 따라가면서 잘린 풀을 씹어먹었다. 남자의 볼을 타고 흐르는 초록색 풀물이 출렁거리는 배에 뚝뚝 떨어졌다. 기계가 모퉁이를 돌 때마다 남자는 일어나서 괴상한 뜀박질을 한 번 한 후에 다시 엎드렸다.

"그만!" 헤럴드 파킷이 소리를 질렀다. "그만해요!"

정원사는 꿈쩍도 하지 않았다. 그의 붉은색 기계도 조금도 속도를 늦추지 않았다. 아닌 게 아니라 점점 더 속도를 냈다. 사납게 울부짖는 기계의 금속판이 헤럴드를 비웃는 것 같았다.

두더지 한 마리가 보였다. 기계 앞의 덤불에서 두려움에 어쩔 줄 몰라 하며 숨어 있던 녀석은 곧 난도질당할 형편이었다. 두더지는 이미 기계가 지나간 자리를 지나 안전한 기둥 밑으로 내달렸다. 갈색 줄 하나가 미친 듯이 지나갔다.

기계가 방향을 바꾸었다.

요란스러운 소리를 내며 기계가 두더지를 덮치더니 이내 털이며 살점들이 튀어나왔다. 헤럴드는 스미스의 고양이를 생각했다. 두더지가 완전히 박살 나자 기계는 다시 방향을 바꾸어 다시 풀을 깎았다.

정원사는 바쁘게 기어다니며 풀을 먹었다. 헤럴드는 두려움으로 온몸이 마비되는 것 같았다. 주식이나 증권, 들소버거 생각은 완전히 사라졌다. 그의 눈에는 점점 더 불러 오는 출렁이는 남자의 배만 보였다. 정원사는 방향을 바꾸더니 두더지를 집어먹었다.

헤럴드 파킷는 더 이상 참지 못하고 고개를 돌려 백일홍 위에다 토했다. 세상이 잿빛으로 희미해지면서 그는 자신이 기절하고 있다는 것을 깨달았고, 곧 쓰러졌다. 뒤로 넘어진 그는 그대로 눈을 감았다…….

누군가 그를 흔들어 깨웠다. 칼라였다. 설거지도 안 해 놓고 쓰레기통도 비우지 않아서 아주 화가 많이 나 있었지만, 그래도 괜찮았다. 그를 깨워 준 이상, 방금의 그 끔찍한 꿈에서 깨어나게 해 주고 정상적인 세계로 돌아오게 해 준 이상, 싸구려 속옷에 뻐드렁니를 한 그녀도 괜찮았다.

뻐드렁니, 그래. 그런데 칼라의 뻐드렁니가 아니었다. 칼라의 뻐드렁니는 줄무늬다람쥐의 이빨처럼 힘없어 보이는 이빨인데. 지금 이 이빨은······.

털이 있었다.

뻐드렁니 중간중간에 녹색 털이 끼어 있었다. 마치······.

'풀?'

"이런 망할." 헤럴드가 말했다.

"기절한 것 같은데, 친구, 괜찮아요? 어?" 정원사가 몸을 숙인 채 그를 내려다보았다. 풀이 잔뜩 낀 이빨로 히죽히죽 웃으며. 입술과 볼에도 풀이 잔뜩 묻어 있었다. 온통 풀투성이에 온통 녹색이었다. 뒷마당에는 풀 냄새와 가스 냄새가 진동했고 갑작스러운 적막이 감돌았다.

헤럴드는 애써 일어나 앉으며 이제는 멈춘 기계를 쳐다봤다. 정원은 깔끔하게 정리되어 있었다. 갈퀴로 잘린 풀들을 정리할 필요도 없었다. 헤럴드는 병자처럼 그 광경을 쳐다봤다. 정원사가 한 줌 정도 실수로 흘린 게 있다고 해도 지금의 그로서는 볼 수가 없었다. 그는 비스듬히 정원사를 쳐다보며 인상을 찌푸렸다. 아직 알몸이었다. 여전히 뚱뚱했고 여전히 무서웠다. 녹색 물줄기가 입가에 흘렀다.

"도대체 어떻게 된 겁니까?" 헤럴드가 간청하듯 물었다.

남자가 보란 듯이 뒷마당을 가리켰다. "이거요? 글쎄, 우리 대장이 새로 선보인 겁니다. 정말 좋아요. 정말 좋다고, 친구. 일석이조라고 할 수 있지. 이 일도 완벽하게 하면서, 다른 사업도 번창할 수 있게 하는 셈이니까. 무슨 말인지 알겠소? 가끔 우리 방식을 이해하지 못하는 고객들도 물론 있지. 효율성을 인정 안 하는 사람들이 있잖소. 하지만 우리 대장은 그 정도 희생은 고려하고 있는 모양입디다. 항상 최상의 상태를 유지하려는 거죠, 내 말 알겠우?"

헤럴드는 아무 말도 하지 않았다. 한 단어가 그의 머리를 맴돌며 떠나지 않았다. '희생'이라는 단어. 머릿속에서는 털털거리는 붉은색 기계에서 튀어나오는 두더지의 모습이 떠올랐다.

그는 중풍이 든 노인네처럼 천천히 자리에서 일어났다. "물론입니다." 알리샤의 음반에서 흘러나오는 노래 가사가 생각났다. "풀들에게 자비를."

정원사는 여름 사과 빛으로 변해 버린 자기 허벅지를 치며 말했다. "좋아요, 친구. 좋은 일이지. 생각이 제대로 된 사람이군. 사무실에 돌아가서 그 말 적어 놔도 되겠소? 그러니까, 뭐 승진이나 이런 거에 도움이 될 것 같아서 말이지."

"물론이죠." 문 쪽으로 물러서면서 억지로 지은 미소를 유지하려고 애쓰며 헤럴드가 말했다. "어서 가서 일을 마치셔야죠. 저는 낮잠이나 좀……."

"아무렴, 친구." 생각에 잠긴 듯 일어나며 정원사가 말했다. 헤럴드는 남자의 엄지와 검지 발가락 사이가 지나치게 넓다고 생각했다. 마치……, 그래, 일부러 갈라 놓은 것 같았다.

"처음엔 이리저리 부딪히게 마련이지." 정원사가 말했다. "익숙해질 거요." 그가 문에 기대선 헤럴드를 영리하게 쳐다보며 말했다. "사실, 직접 한번 몰아 보고 싶어질 거요. 우리 대장은 새로운 재능을 알아보는 눈이 탁월하니까."

"대장이라고요?" 헤럴드는 기어 들어가는 목소리로 말했다.

정원사는 계단 밑에 앉아서 헤럴드를 올려다봤다. "글쎄, 뭐랄까, 그러니까 친구. 댁도 짐작하셨겠지만……, 풀들에게 자비를, 모두에게."

헤럴드가 머리를 조심스레 흔들자 정원사는 크게 웃었다.

"판, 판이 대장입니다." 그는 반쯤 뛰는 것 같은 동작으로 새로 깎인 풀더미로 숨어들더니 활기 차게 소리 지르며 집 주변을 이리저리 돌아다녔다.

"이웃들이……." 헤럴드는 무슨 말을 하려 했지만, 정원사는 손을 흔들며 그대로 사라져 버렸다.

저 앞에서 정원사가 소리 지르며 돌아다니고 있다. 헤럴드 파킷은 그 광경을 보기가 싫었다. 하지만 그렇게 돌아보지 않는다고 해서, 빌어먹을 민주당 지지자인 캐스턴마이어와 스미스가 놀라서 '내가 뭐랬어?' 하는 표정으로 쳐다보는 것까지 막을 수는 없었다.

그 광경을 쳐다보는 대신에 헤럴드는 전화기로 달려가서 옆에 붙은 비상시 전화번호표에서 경찰서 번호를 찾아 돌렸다.

"홀 경관입니다." 저쪽에서 목소리가 나왔다.

헤럴드는 수화기를 대지 않은 쪽 귀를 한 손으로 막은 채 말했다. "저는 헤럴드 파킷이라고 합니다. 이스트엔디콧 가 1421번지고요. 신고할 게……." 무엇을? 무엇을 신고하지? 지금 웬 남자가 내 정원을 강간하고 살해하려 한다고. 남자는 판이라는 작자 밑에서 일하고 발이 갈라졌다고?

"말씀하세요, 파킷 씨?"

갑자기 영감이 떠올랐다. "적절치 않은 노출이 있어서요."

"적절치 않은 노출이라." 홀 경관이 중얼거렸다.

"예. 남자 하나가 제 정원의 풀을 깎고 있는데요. 그 남자가,
그러니까…… 완전히 말입니다."

"그 남자가 발가벗고 있다는 말씀입니까?" 홀 경관이 물었다.
정중했지만 믿을 수 없다는 투였다.

"예, 발가벗고 있습니다." 헤럴드가 평정심을 잃지 않으려 안
간힘을 쓰며 말했다. "알몸으로 아무것도 안 입고 아랫도리를 다
내놓고 있습니다. 우리 집 정원에서요. 그러니까 누구 좀 보내 줄
수 있습니까?"

"주소가 웨스트엔디콧 1421번지라고 하셨나요?"

"이스트요!" 헤럴드는 소리를 질렀다. "이런 젠장……."

"그 사람이 발가벗고 있는 게 확실하죠? 그러니까 성기도 보인
다는 말씀이지요?"

헤럴드는 무슨 말을 하려 했지만, 거품만 물 뿐 말이 안 나왔
다. 미친 정원사가 내는 소리가 점점 더 커지면서 세상의 다른 소
리를 다 빨아들이는 것만 같았다. 토할 것 같았다.

"좀 크게 말씀해 주시겠습니까?" 홀 경관의 목소리가 귓전에
울렸다. "선생님 쪽 전화기에 잡음이 심해서……."

현관문이 부서졌다.

헤럴드가 주변을 돌아보니, 정원사의 단짝 기계가 문을 지나
안으로 들어오는 중이었다. 그 뒤로 정원사도 따라 들어왔다. 아

직도 완전히 벗은 상태였다. 정말 미친 것이 다가오는 것을 느끼며, 헤럴드는 남자의 국부에 난 털도 완전히 녹색인 것을 봤다. 그는 쓰고 있던 야구 모자를 손가락으로 빙빙 돌렸다.

"실수하는 거야, 친구." 정원사가 따지듯이 말했다. "'풀들에게 자비를'이라는 말에 충실해야지."

"여보세요, 여보세요? 파킷 씨……."

정원사가 다가오자 감각이 없어진 헤럴드의 손가락에 걸려 있던 전화기가 떨어졌다. 칼라가 새로 장만한 깔개의 보풀을 뜯어 버린 정원사는 갈색 실을 늘어뜨리며 다가왔다.

헤럴드는 그가 커피 탁자에 올 때까지 뱀 앞에 선 작은 새처럼 꼼짝 못하고 쳐다보기만 했다. 정원사가 탁자를 옆으로 물렸다. 탁자 다리가 부서지는 것을 보고 헤럴드는 의자 뒤로 몸을 돌린 다음, 의자를 끌며 부엌으로 물러섰다.

"아무 소용 없어, 친구." 정원사는 부드럽게 말했다. "지저분해질 뿐이야. 제일 잘 드는 부엌칼이 어디 있는지만 말해 줘, 그럼 아무 고통 없이 희생을 치를 수가 있으니까……. 대야도 괜찮기는 해……. 그러고 나면……."

헤럴드는 정원사를 향해 의자를 밀고 나서, 벌거벗은 남자가 주의를 딴 데 파는 동안 재빨리 옆으로 빠져나가 문을 향해 돌진했다. 정원사는 의자 뒤에서 고래고래 소리를 지르며 무슨 가스를 내뿜었다. 현관의 방충망 문을 부수고 계단을 뛰어 내려가는 동안, 헤럴드는 바로 뒤에서 그의 소리를 듣고 냄새를 맡고, 그를 느낄 수 있었다.

정원사는 계단 앞에서 마치 점프하는 스키 선수처럼 크게 소리쳤다. 헤럴드는 깔끔하게 정리된 정원을 가로질러 달렸지만, 맥주를 너무 많이 마셨고 낮잠을 너무 많이 잔 것이 화근이었다. 놈이 다가오는 것을 느낄 수 있었다. 바로 뒤에 다가왔는가 싶더니 뒤를 돌아보다가 헤럴드는 그대로 발이 엉키면서 쓰러지고 말았다.

헤럴드 파킷이 마지막으로 본 것은 잔디 깎는 기계의 번득이는 칼날이었다. 녹색 물이 든 그 칼날 위로, 정원사가 마치 꾸중이라도 하듯 살찐 얼굴을 설레설레 젓고 있었다.

"못해 먹겠구먼." 마지막 사진을 찍으며 굿윈 경감이 말했다. 흰 가운을 입고 있는 사람들에게 고갯짓을 해 보이자, 그들이 바구니를 들고 정원 이곳저곳을 돌아다니기 시작했다.

"두 시간 전에 자기 집 정원에 벌거벗은 사람이 있다고 신고했대."

"그래요?" 쿨리 순경이 물었다.

"어. 이웃 사람 중에 하나도 전화를 했어. 캐스턴마이어라는 사람인데. 그 사람은 파킷 씨 본인이 그러고 있는 줄 알았나 봐. 그랬을 수도 있지. 쿨리, 그랬을 수도 있다고."

"예?"

"더위를 먹었을 수도 있단 말이지." 굿윈 경감이 안경 다리를 만지작거리며 무거운 목소리로 말했다. "망할 정신 분열증."

"아, 예." 쿨리가 공손한 투로 대답했다.

"나머지 조각은 어디 있습니까?" 가운을 입은 사람들 중에 한 명이 물었다.

"대야." 굿윈이 말했다. 그는 하늘을 물끄러미 올려다봤다.

"대야라고 하셨습니까?" 가운 입은 남자가 다시 물었다.

"그랬네." 굿윈 경감이 말했다. 순찰관 쿨리는 대야를 들여다보고는 이내 하얗게 질려 버렸다.

"성도착자야." 굿윈 경감이 말했다. "틀림없어."

"지문은?" 쿨리가 거북한 듯이 물었다.

"발자국 찾는 게 더 쉬울 거야." 굿윈이 깔끔하게 정리된 정원을 가리키며 말했다.

쿨리 순경은 속이 많이 불편한지 계속 꺽꺽거렸다.

굿윈 경감은 주머니에 손을 넣은 채 구두 뒷굽을 굴렀다. "세상은 말이야." 그가 무거운 목소리로 말했다. "미친놈들이 가득하거든. 그걸 잊으면 안 돼, 쿨리. 정신 분열증 환자들. 조사관이 말하기로는 누군가 잔디 깎는 기계를 밀면서 거실까지 쫓아왔대. 상상이 되나?"

"안 됩니다, 경관님." 쿨리가 말했다.

굿윈은 단정하게 정리된 헤럴드 파킷의 정원을 쳐다봤다. "그렇지, 잘못 본 거겠지."

굿윈은 집 주변을 살폈고, 쿨리가 뒤를 따랐다. 그들 뒤로 방금 깎은 싱그러운 풀 냄새가 바람에 실려 왔다.

금연 주식회사

■

Quitters, Inc.

케네디 국제공항에서 교통 체증 때문에 늦어지는 누군가를 기다리는데, 익숙한 얼굴이 바 저쪽에서 모리슨이 앉아 있는 쪽으로 걸어왔다.

"지미? 지미 매칸?"

과연 그였다. 작년에 애틀랜타의 전시회에서 봤을 때보다 살이 좀 찐 것만 빼고는 그대로였다. 대학에 다닐 때는 마른 체구에 창백한 얼굴로 줄담배를 피워 대며 항상 뿔테 안경을 쓰고 다니던 친구였다. 지금은 콘택트렌즈를 하고 있었다.

"딕 모리슨?"

"어. 좋아 보이는군." 그가 손을 내밀자 둘은 악수했다.

"너도 마찬가지야." 매칸은 그렇게 말했지만, 모리슨은 거짓말이라는 것을 알고 있었다. 과로에 과식이었고 담배도 많이 피웠다. "뭐 마시냐?"

"버번 비터스." 모리슨이 말했다. 의자를 한쪽으로 돌리며 담배에 불을 붙였다. "누구 만나기로 한 거냐, 지미?"

"아니. 마이애미에 회의가 있어서. 중요한 고객이거든. 600만 달러짜리. 내년 봄에 큰 거 한 건 할 때까지는 붙잡고 있어야 할 사람이지."

"아직도 크레이저 앤 바턴에서 일하냐?"

"지금은 부사장이야."

"대단하네! 축하한다, 야. 언제 그렇게까지 된 거냐?" 뱃속에서 질투심이 벌레처럼 꿈틀거렸지만 위산 때문일 거라고 스스로 달랬다. 위산 제거제를 한 알 꺼내서 입에 털어 넣었다.

"8월에. 무슨 일이 생기면서 인생이 바뀐 거지." 그는 생각에 잠긴 듯이 모리슨을 쳐다보며 들고 있던 음료수를 살짝 들이켰다. "들어 보면 너도 재미있어할 거야."

'이런.' 모리슨은 속으로 인상을 찌푸렸다. 지미 매칸은 새로 종교를 가진 모양이었다.

"좋지." 그가 이제 막 도착한 칵테일을 들이켜며 말했다.

"그렇게 잘 지내지는 못했어." 매칸이 말했다. "샤론과 개인적인 문제도 있었고, 또 아버지가 돌아가시고……, 심장 마비였지. 또 나도 천식이 심해져서 말이야. 하루는 보비 크레이저가 사무실에 들러서 아버지처럼 자상하게 이야기를 해 주더군. 어떤 건지 알지?"

"알지." 모턴 에이전시로 옮길 때까지 모리슨도 열여덟 달 동안 크레이저 앤 바턴에서 일한 적이 있었다. "다시 일을 하든지 아예 나가든지 둘 중 하나잖아."

매칸은 웃었다. "그렇지. 거기에 하나 더 보태자면, 의사 말이 초기 위궤양 증세가 있다는 거야. 담배를 끊으라고 하더군." 매칸은 인상을 찌푸렸다. "차라리 죽으라고 하는 게 낫지."

모리슨도 어떤 심정인지 잘 안다는 듯이 고개를 끄덕였다. 비흡연자들은 담배를 피우지 않는다는 이유만으로도 자랑스러워해도 좋을 것이다. 그는 들고 있던 담배를 쳐다보고는 비벼 꺼 버렸다. 채 5분도 안 되어 다시 붙일 것을 알고 있었다.

"그래서 끊었나?" 그가 물었다.

"어, 끊었지. 처음에는 할 수 없을 거라고 생각했는데……, 사실 몰래 피운 적도 많았거든. 그러다가 어떤 사람이 46번가에 있는 사무실을 하나 알려 주더군. 전문가들이라고 말이야. 손해 볼 건 없겠다 싶어서 찾아갔지. 그때부터 끊은 거야."

모리슨은 눈이 번쩍 뜨였다. "뭐 하는 사무실인데? 무슨 약이라도 주나?"

"아니." 그는 지갑을 열어 뒤졌다. "여기 있네. 하나 가지고 다니거든." 친구는 탁자 위로 평범한 명함 한 장을 내밀었다.

금연 주식회사
담배로 목숨을 재촉하지 마세요!
이스트 46번가 237번지
전화로 예약 후 방문 요망

"필요하면 가져." 매칸이 말했다. "그 사람들이 치료해 줄 거야. 장담해."

"어떻게?"

"그건 지금 말 못 해." 매칸이 말했다.

"어? 왜 못 하지?"

"계약의 일부야. 어쨌든, 가서 면담을 한 번 하고 나면 그 사람들이 다 이야기해 줄 거야."

"계약서를 쓴다고?"

매칸이 고개를 끄덕였다.

"그러니까 계약서에 따라서……."

"그렇지." 그가 모리슨에게 웃어 보였다. 모리슨은 생각했다. '그랬군, 그런 일이 있었어. 짐 매칸이 비흡연자 무리에 들어갔단 말이지.'

"그렇게 효과가 좋으면 왜 일을 비밀스럽게 하지? 텔레비전이나 잡지 광고를 본 적이 없는 것 같은데……."

"직접 찾아와서 이야기하는 고객만 상대해."

"너도 일종의 홍보 직원인 셈이네, 지미. 인정하진 않겠지만."

"인정해." 매칸이 말했다. "금연 성공률이 98퍼센트나 돼."

"잠깐만." 모리슨이 말했다. 술을 한 잔 더 시키고 나서 담배에 불을 붙였다. "혹시 잡아다 묶어 놓고 토할 때까지 담배를 피우게 하는 건가?"

"아니."

"그럼 담배 피울 때마다 고통을 느끼게 되는 무슨 약이라도 주는 거야?"

"아니, 그런 게 아냐. 가서 직접 확인해 봐." 그가 모리슨의 담배를 가리키며 말했다. "너도 좋아서 피우는 건 아니지, 안 그래?"

"싫지, 하지만……."

"끊고 나니 모든 게 달라지더라고." 매칸이 말했다. "다른 사람
도 다 그럴 거라고 말은 못 하지만, 적어도 나한테는 말이야, 도
미노가 쓰러지듯이 한꺼번에 다 바뀌더라니까. 기분도 좋아지고
아내와 사이도 좋아졌어. 힘도 넘치고 일의 능률도 많이 올랐어."

"야, 사람 궁금하게 하지 말고, 그냥……."

"미안해, 딕. 정말 말하면 안 되거든." 단호한 목소리였다.

"몸도 좀 분 것 같은데?"

비록 잠시 동안이었지만 지미 매칸의 표정이 굳어졌다. "어. 사
실 좀 많이 쪘지. 그래도 다시 뺐어. 지금이 적당하다고 할 수 있
지. 이전에는 너무 말랐잖아."

"206번 비행기에 탑승하실 승객께서는 9번 출구 앞으로 와 주
시기 바랍니다." 스피커에서 시끄러운 소리가 났다.

"내가 탈 비행기야." 매칸이 자리에서 일어나며 말했다. 그는
탁자 위에 5달러를 놓았다. "생각 있으면 한 잔 더 해. 내 말 잘
생각해 보고, 딕. 정말이야." 말을 마친 그는 사람들 사이를 헤치
며 에스컬레이터로 사라졌다. 모리슨은 명함을 집어 들고 생각에
잠긴 듯 들여다보다가 지갑에 넣어 둔 채 그대로 잊고 지냈다.

한 달 후, 다른 술집에서 지갑을 꺼낼 때 명함이 떨어졌다. 사
무실에서 일찍 나와서 오후 시간을 보내려고 술이나 한잔하려던
참이었다. 모턴 에이전시에서 일은 잘 안 풀리고 있었다. 사실대
로 말하자면 끔찍했다.

바텐더 헨리에게 술값으로 10달러를 주고 나서 작은 명함을 들어 다시 한번 읽어 봤다. 이스트 46번가면 두 블록 거리였다. 바깥은 시원하고 화창한 10월 날씨였고, 어쩌면 그냥 소일거리 삼아 가 보는 것도…….

헨리가 잔돈을 가지고 오자 그는 잔을 비우고 자리에서 일어났다.

금연 주식회사는 한 달 임대료가 그의 일 년 치 봉급과 맞먹을 것 같은 신축 빌딩에 있었다. 입구에 있는 안내판을 보니 한 층을 통째로 빌려 쓰는 모양인데, 돈이 꽤 들 것 같았다. 꽤 많이.

엘리베이터를 타고 올라가 고급스러운 카펫이 깔린 로비에 들어섰다. 로비에서 접수부까지는 커다란 창문이 늘어서 있어 아래에 있는 도시가 내려다보였다. 남자 세 명과 여자 한 명이 벽을 따라 늘어선 의자에 앉아 잡지를 읽고 있었다. 모두 직장인들 같았다. 모리슨은 안내 데스크로 갔다.

"친구 소개로 왔습니다." 접수원에게 명함을 내밀며 말했다. "마치 자기 회사라도 되는 것처럼 이야기하던데요."

접수원은 웃으며 무슨 양식을 타자기에 끼웠다. "성함이 어떻게 되시죠, 선생님?"

"리처드 모리슨입니다."

타닥타닥타닥. 타자 소리가 조용했다. 타자기는 IBM이었다.

"주소는요?"

"뉴욕 주 클린턴 메이플 소로 29번지요."

"결혼하셨죠?"

"예."

"자녀 분은?"

"하나입니다." 앨빈을 생각하고는 잠깐 얼굴을 찌푸렸다. '하나'는 적절한 답이 아니었다. '절반'이라고 하는 게 더 나을 것 같았다. 정신 지체아인 아들은 뉴저지에 있는 특수학교에서 생활하고 있었다.

"누구 추천을 받고 오셨나요, 모리슨 씨?"

"학교 친구입니다. 제임스 매칸이라고."

"됐습니다. 잠깐 앉아서 기다려 주시겠어요? 오늘은 굉장히 바쁘네요."

"그러죠."

그는 간소한 푸른색 정장을 입은 여자와 오늬무늬의 재킷을 입고 세련된 구레나룻을 기른 관리직처럼 보이는 젊은 남자 사이에 앉았다. 담배를 꺼내고 주변을 살펴보았지만 재떨이가 하나도 보이지 않았다.

다시 담뱃갑을 집어넣었다. 그 정도는 참을 만했다. 도대체 어떤 회산지 알아보고 나서 돌아가면서 피워도 되는 일이었다. 너무 오래 기다리게 하면 로비의 적갈색 카펫에 담뱃재를 떨어 버릴 수도 있었다. 그는 옆에 있는 《타임》을 집어 들고 생각 없이 훑었다.

15분쯤 후에 푸른색 정장을 입은 여자 다음으로 그를 불렀다. 속에서는 니코틴이 필요하다고 난리였다. 그보다 뒤에 도착한 남자도 담뱃갑을 꺼냈다가 재떨이가 없는 것을 보고 다시 집어넣었다. 남자는 조금 미안해하는 것 같은 눈치였다고 모리슨은 혼자 생각했다. 기분이 조금 나아지는 것 같았다.

마침내 접수원이 환한 미소를 띠며 말했다. "들어가시죠, 모리슨 씨."

접수대 뒤에 있는 문을 열고 들어가 보니 간접 조명을 받는 복도였다. 체격이 좋고 희끗희끗한 머리의 사기꾼처럼 보이는 남자가 대뜸 악수하더니 사람 좋게 웃으며 말했다. "저를 따라오시죠, 모리슨 씨."

그는 모리슨을 이끌고 아무 표시도 없는 닫힌 문들을 지나더니 복도 중간쯤에 있는 문을 열쇠로 열었다. 흰색 코르크 벽감으로 장식한 간소한 방이었다. 가구라고는 책상 하나와 양쪽에 놓인 의자가 전부였다. 책상 뒤로 장방형의 작은 창이 있기는 했지만, 그나마 녹색 커튼으로 가려 놓았다. 모리슨이 서 있는 왼쪽으로 벽에 사진이 한 장 걸려 있었다. 회색 머리의 키가 큰 남자 사진이었다.

사진 속의 남자는 무슨 서류를 한 뭉치 들고 있었는데 이상하게 낯이 익었다.

"저는 빅 도내티라고 합니다." 체격이 좋은 남자가 말했다. "저희 프로그램에 참여하실 경우, 제가 선생님을 담당하게 됩니다."

"만나서 반갑습니다." 모리슨이 말했다. 담배가 피우고 싶어 미칠 지경이었다.

"앉으시죠."

도내티는 접수원이 작성한 양식을 탁자 위에 내려놓고 책상 서랍에서 또 다른 양식을 하나 꺼냈다. 그는 모리슨의 눈을 똑바로 쳐다봤다. "담배를 끊기를 원하십니까?"

모리슨은 헛기침을 한 번 하고 다리를 꼬면서 어떻게 하면 대충 얼버무릴 수 있을지 생각했다. 방법이 없었다. "예." 그가 말했다.

"그렇다면 여기에 서명해 주시겠습니까?" 그가 모리슨에게 양식을 내밀었다. 얼른 훑어봤다. '이곳에서 사용하는 방법이나 기술을 발설하지 않겠다……, 등등'의 내용이었다.

"좋습니다." 그가 대답하자 도내티가 펜을 넘겨줬다. 그가 서명을 마치고 그 아래 도내티도 서명했다. 잠시 후 서류는 다시 책상 서랍으로 들어갔다. '뭐.' 그는 엉뚱한 생각이 들었다. '이런 식으로 또 한 번 다짐을 하는구나.' 전에도 한 번 다짐을 한 적이 있었다. 비록 이틀 만에 깨지기는 했지만.

"됐습니다." 도내티가 말했다. "쓸데없는 광고는 안 하겠습니다, 모리슨 씨. 건강이니 비용이니 사회적인 영향이니 뭐 이런 이야기도 없습니다. 선생님이 왜 담배를 끊고 싶어하시는지 그 이유도 관심 없고요. 우리는 그냥 바로 들어갑니다."

"좋네요." 모리슨이 생각 없이 대답했다.

"약물은 사용하지 않습니다. 무슨 종교 지도자 같은 연설도 없고요. 식이요법도 없습니다. 그리고 비용은 일 년 동안 금연에 성공하신 후에 지불하시면 됩니다."

"세상에." 모리슨이 말했다.

"매칸 씨가 이야기하지 않던가요?"

"안 했습니다."

"그나저나 매칸 씨는 어떤가요? 잘 지내시죠?"

"그 친구는 잘 지냅니다."

"예, 다행이군요. 그럼……, 몇 가지 질문을 드리겠습니다, 모리슨 씨. 개인적인 질문이기는 한데 비밀은 철저하게 지켜 드립니다."

"예……." 모리슨은 동의할 수 없다는 투로 대답했다.

"사모님 성함이 어떻게 됩니까?"

"루신다 모리슨입니다. 처녀 때 성은 램지였죠."

"사랑하십니까?"

모리슨은 고개를 들고 도내티를 똑바로 쳐다봤다. 도내티는 무표정했다. "예, 물론입니다." 그가 대답했다.

"결혼 생활에 문제는 없었습니까? 이를테면 별거라든지?"

"그게 담배 끊는 거랑 무슨 상관이 있습니까?" 모리슨이 물었다. 자신이 의도했던 것보다 훨씬 더 화가 난 듯한 목소리였다. 담배가, 빌어먹을 담배가 필요했다.

"아주 많습니다." 도내티가 말했다. "참고 대답해 주세요."

"문제없습니다." 최근 들어 관계가 좀 냉랭해진 면은 있었다.

"자녀 분이 한 명밖에 없으시다고요?"

"예, 이름은 앨빈이고 사립학교에 다닙니다."

"무슨 학교죠?"

모리슨은 단호하게 대답했다. "그건 말씀드릴 수 없습니다."

"좋습니다." 도내티가 알겠다는 투로 대답했다. 그는 화를 풀라는 듯이 모리슨에게 웃어 보였다. "궁금하신 점에 대해서는 내일 첫 번째 치료에서 대답해 드리겠습니다."

"듣던 중 반가운 소립니다." 모리슨은 말을 마치고 일어났다.

"마지막 질문입니다." 도내티가 말했다. "한 시간 이상 담배를 안 피우셨는데, 지금 기분이 어떠신가요?"

"괜찮습니다." 모리슨은 거짓말을 했다. "괜찮아요."

"좋은 징조군요!" 도내티가 탄성을 질렀다. 그가 책상을 돌아 나와 문을 열어 주었다. "오늘 밤에 마음껏 피우십시오. 내일부터 다시는 피울 수 없게 될 테니까."

"그래요?"

"모리슨 씨." 도내티가 엄숙하게 말했다. "확실히 보장하겠습니다."

다음 날 3시 정각에 그는 금연 주식회사의 바깥 사무실에 앉아 있었다. 하루 종일 접수원이 정해 준 약속 시간을 무시해 버려야 할지, 아니면 노새처럼 우직하게 밀어붙이는 이 회사를 한번 믿어 봐야 할지 고민하면서 시간을 보냈다. '있는 힘껏 한번 부딪혀 봐, 친구.'

결국 지미 매칸이 했던 말, '인생이 완전히 달라졌어.'라는 말을 믿고 약속 시간에 나타났다. 그의 인생도 변하지 말란 법은 없었다. 게다가 도대체 어떤 방법을 쓰는지 궁금하기도 했다. 엘리베이터를 타기 전에 담배 한 대를 필터 부분까지 피웠다. 그 담배가 마지막이 될 수도 있다고 생각하니 기분이 안 좋았다. 맛이 없었다.

이번에는 바깥 사무실에서 그리 오래 기다리지 않았다. 접수원이 들어오라는 말을 했을 때, 이미 도내티가 기다렸다. 그는 손을 내밀며 미소를 지었다. 모리슨에게는 야수의 미소처럼 보였다. 조금씩 긴장되기 시작했고 동시에 담배를 피우고 싶어졌다.

"같이 가시죠." 도내티가 작은 방으로 이끌었다. 그가 다시 책상 뒤에 앉고 모리슨은 맞은편 의자에 앉았다.

"이렇게 와 주셔서 참 기쁩니다." 도내티가 말했다. "첫 번째 면담 후에 안 오시는 분들도 꽤 많아서요. 담배를 끊어야겠다는 생각이 절실하지 않은 분들이죠. 선생님과 함께 일하게 된 건 저한테는 기쁜 일입니다."

"치료는 언제 시작하는 겁니까?" 최면, 그는 생각했다. 최면을 거는 것임에 틀림없었다.

"아, 벌써 시작됐습니다. 복도에서 악수할 때부터요. 지금 담배 가지고 계십니까, 모리슨 씨?"

"예."

"저한테 주시겠어요?"

어깨를 으쓱하며 모리슨은 도내티에게 담뱃갑을 내밀었다. 어차피 두세 개비밖에 남아 있지 않았다.

도내티는 담뱃갑을 책상 위에 내려놓았다. 잠시 후, 그는 모리슨을 똑바로 쳐다보며 웃더니, 오른손 주먹을 쥐고 담뱃갑을 내리쳐서 완전히 납작하게 만들어 버렸다. 부러진 담배 끝 부분이 밖으로 비어져 나오고 담배 가루가 떨어졌다. 좁은 방 안에서 주먹으로 내리치는 소리는 크게 울렸다. 힘껏 내리치는 동안에도 그는 얼굴에 미소를 잃지 않았고 모리슨은 그 모습이 무서웠다. 나름대로의 효과를 노린 행동일 거라고 생각했다.

마침내 도내티가 내려치기를 멈췄다. 엉망이 되어 버린 담뱃갑을 들어 보이며 그가 말했다. "이게 얼마나 저한테 쾌감을 주는지 모르실 겁니다." 담뱃갑은 이내 휴지통에 떨어졌다. "이 일을 한

지도 3년이 지났지만 여전히 즐겁군요."

"치료치고는 좀 부족한 점이 있는 것 같은데요." 모리슨이 부드러운 목소리로 말했다. "1층의 신문 가판대에서 온갖 종류의 담배를 다 팔던데."

"말씀하셨듯이……" 도내티가 말했다. 어느새 손을 가지런히 모으고 있었다. "아드님 말입니다. 그러니까 앨빈 도스 모리슨 군은 패터슨 장애학교에 다니고 있더군요. 태어날 때부터 뇌에 손상이 있었고 지능지수는 46이네요. 학습이 불가능한 장애죠. 그리고 사모님은……"

"그걸 어떻게 알아냈죠?" 모리슨은 소리쳤다. 놀라고 화가 났다. "그렇게 내 생활을 파헤칠 권리는 없……"

"선생님에 대해서 많은 것을 압니다." 도내티가 유들유들하게 말했다. "하지만 말씀드렸듯이 비밀은 철저하게 지켜 드립니다."

"그만 가 보겠습니다." 모리슨이 약한 목소리로 말하고 나서 자리에서 일어났다.

"조금만 더 앉아 계시죠."

모리슨은 그를 똑바로 쳐다봤다. 도내티는 조금도 흥분하지 않았다. 사실대로 말하자면, 조금은 재미있어 하는 표정이었다. 이런 식의 반응을 수십 번, 아니 수백 번 봐 온 사람의 표정이었다.

"알겠습니다. 하지만 좀 좋게좋게 합시다."

"예, 걱정 마십시오." 도내티가 의자에 등을 기대며 말했다 "여기서는 실리적으로 일을 한다고 말씀드렸죠. 실리주의자로서 우리는, 담배 중독을 치료하는 것이 얼마나 어려운 일인지를 깨닫는 데서부터 출발합니다. 다시 빠질 확률이 거의 85퍼센트나 되니까요. 헤로인 중독자의 재발 확률보다도 높은 겁니다. 보통 문제가 아닌 셈이죠. 보통 문제가 아니에요."

모리슨은 휴지통을 내려다봤다. 비록 많이 구겨지긴 했지만 한 개비 정도는 피울 만한 것도 있었다. 도내티는 사람 좋은 웃음을 웃으며 휴지통으로 손을 뻗어 그 한 개비를 부러뜨려 버렸다.

"주 사법부에 누가 교도소에서 담배 배급을 없애자는 청원을 낸 적이 있었습니다. 그런 제안은 항상 거부당하게 마련이죠. 몇몇 주에서 통과되기도 했는데, 그때마다 교도소 내에서는 사나운 폭동이 일어났습니다. 폭동이었습니다, 모리슨 씨. 한번 상상해 보세요."

"그다지 놀랄 일도 아니네요." 모리슨이 말했다.

"그게 어떤 의미인지 생각해 보십시오. 감옥에 들어가면 정상적인 성생활이나 술, 정치적 활동은 물론 거주 이전의 자유도 없습니다. 그래도 그런 이유 때문에 폭동이 일어나지는 않죠. 있다손 치더라도 무시해도 좋을 정도고요. 그런데 담배를 못 피우게 하면……, 맙소사, 폭발하는 겁니다." 그는 강조하듯이 주먹으로 책상을 내리쳤다.

"1차 대전 중에 말입니다. 독일의 전선 부근에서는 아무도 담배를 구하지 못했는데, 그때는 귀족들도 쓰레기통에서 꽁초를 뒤졌다고 합니다. 그리고 2차 대전 때 담배를 구하지 못한 많은 미국 여성들이 파이프를 물었죠. 사정이 이 지경이니 실리주의자들로서는 그냥 지나칠 수 없는 문제 아니겠습니까? 모리슨 씨?"

"그만하고 이제 치료나 합시다."

"우선, 잠깐 이쪽으로 와 주시죠." 도내티는 자리에서 일어나서 녹색 커튼 옆에 섰다. 모리슨이 어제 봤던 커튼이었다. 도내티가 커튼을 젖히자 텅 빈 방을 비추는 창이 보였다. 다시 보니 아무것도 없지는 않았다. 토끼 한 마리가 접시에 담긴 먹이를 먹고 있었다.

"귀엽네요." 모리슨이 한마디했다.

"그렇죠. 잘 보십시오." 도내티가 창틀에 있는 단추를 눌렀다. 그러자 토끼는 먹기를 멈추고 미친 듯이 팔짝팔짝 뛰기 시작했다. 매번 더 높이 뛰는 것 같았다. 털이 꼿꼿하게 서고 눈에는 광기가 돌았다.

"멈춰요! 감전돼서 죽겠어요!"

도내티가 단추에서 손을 뗐다. "아닙니다. 바닥에는 미량의 전기가 흐를 뿐입니다. 토끼를 잘 보세요, 모리슨 씨!"

토끼는 모이가 놓인 접시에서 3미터 정도 물러나 앉았다. 잠시 후 코가 움찔하더니 갑자기 구석으로 훌쩍 뛰었다.

"먹이를 먹다가 전기에 감전되는 일을 몇 번 겪고 나면 둘 사이의 연관을 금방 알아차립니다. 식사에는 고통이 따른다는 것 말이에요. 그래서 먹지 않게 되는 거죠. 충격을 몇 번 더 주면 음식을 앞에 놓고도 그냥 굶어 죽습니다. 바로 혐오 훈련이라고 부르는 거지요."

모리슨은 뭔가 감이 잡히는 것 같았다.

"저는 사양하겠습니다." 그가 문 쪽으로 돌아섰다.

"잠깐만요, 모리슨 씨."

모리슨은 멈추지 않았다. 그는 손잡이를 잡고……, 손에 뭔가 걸리는 것이 느껴졌다. "여시죠."

"모리슨 씨, 잠깐만 앉아서……."

"이 문을 안 열면 경찰을 부르겠습니다."

"앉으시라니까요." 얼음처럼 차가운 목소리였다.

모리슨은 도내티를 쳐다봤다. 약간 흐린 듯한 갈색 눈이 두려웠다. 세상에, 그는 생각했다. '지금 이 방에 정신병자와 함께 갇힌 거잖아.' 입술을 적셨다. 지금까지 그 어느 때보다 담배를 피우고 싶었다.

"치료 방법을 좀더 자세히 설명해 드리죠." 도내티가 말했다.

"이해를 못 하시는군요." 모리슨이 인내심을 가진 척하며 말했다. "치료받고 싶지 않습니다. 이미 마음을 정했어요."

"그렇지 않습니다, 모리슨 씨. 이해를 못 한 건 당신입니다. 당신은 선택할 권리가 없어요. 아까 치료는 벌써 시작된 거라고 말했는데, 사실입니다. 당신도 이미 눈치 챘을 거라고 생각하는데요."

"미쳤군." 모리슨은 무슨 말인지 모르겠다는 투로 말했다.

"아니, 실리주의자일 뿐입니다. 치료에 대해서 다 말해 드리도록 하죠."

"맘대로 하쇼." 모리슨이 말했다. "하지만 내가 여기서 나가자마자 담배 다섯 갑을 사서 경찰서로 가는 길에 다 피울 거라는 것만 알아 두쇼." 그는 자신이 엄지손가락을 물어뜯고 있다는 것을 알아차리고 얼른 멈추었다.

"그건 선생님 자유입니다. 하지만 이야기를 다 듣고 나면 생각을 바꾸실 겁니다."

모리슨은 아무 말도 하지 않았다. 그냥 자리에 다시 앉아 팔짱을 꼈다.

"처음 한 달 동안, 우리 직원이 선생님을 지속적으로 감시하게 됩니다." 도내티가 말했다. "몇몇은 찾아낼 수도 있겠지만, 전부 다 찾을 수는 없을 겁니다. 그들은 항상 선생님과 함께합니다. 항상이오. 선생님이 담배를 피우는 것을 보면 그 친구들이 저한테 전화를 합니다."

"그러면 당신은 나를 불러들여서 아까 토끼한테 했던 것처럼 하겠죠?" 차갑게 비꼬는 투로 말하고 싶었지만 갑자기 끔찍한 두려움이 느껴졌다. 그건 악몽이었다.

"아닙니다." 도내티가 말했다. "부인께서 토끼방에 들어가시게 됩니다, 선생님이 아니라."

모리슨은 그를 가만히 쳐다봤다.

도내티는 미소를 지었다. "선생님, 조심하십시오."

도내티에게서 풀려난 후에 모리슨은 두 시간 동안이나 정신없이 거리를 헤맸다. 날씨가 좋았지만 그런 것도 알지 못했다. 괴물 같은 도내티의 미소가 다른 모든 것을 삼켜 버린 것만 같았다.

"아시겠지만," 도내티는 말했다. "실리적인 문제는 실리적인 해결책을 필요로 하는 겁니다. 우리로서는 선생님을 진정으로 도와주려 한다는 것을 알아주셨으면 합니다."

금연 주식회사는, 도내티의 말에 따르면 일종의 재단, 그러니까 벽에 있던 초상화의 주인공이 설립한 비영리 조직이었다. 그 신사는 슬롯 머신, 안마 시술소, 숫자 맞히기 도박_{신문 따위에 발표되는 숫자} _{를 알아맞히는 불법 도박} 같은 몇몇 가업과, 뉴욕과 터키의 밀수업 등을 통해 큰 성공을 거둔 모트 '세 손가락' 미넬리였다. 그는 하루에 세

갑 정도 피우는 대단한 골초였다고 한다. 초상화에서 그가 든 서류 뭉치도 의사의 진단서였다. 폐암. 모트는 1970년에 사망하면서 집안의 재산을 금연 주식회사에 기증했다.

"저희는 최소한의 이윤만 남기는 방침을 유지하고 있습니다." 도내티는 말했다. "이윤보다는 찾아오신 분들에게 도움이 되어 드려야 한다는 것이 더 중요합니다. 게다가 세금 문제도 있고 해서요."

치료는 아주 간단했다. 처음 약속을 어기면 도내티가 '토끼방'이라고 부르는 방에 아내가 들어간다. 두 번째는 모리슨 자신이 들어가고, 세 번째는 아내와 그가 함께 들어간다. 네 번째에 접어들면 꽤 심각한 문제로 인식되는데 여기서는 벌칙도 아주 강해진다. 회사에서 앨빈이 다니는 학교에 사람을 보내서 아이를 폭행한다는 것이다.

"한번 상상해 보십시오." 도내티가 미소를 띤 채 말했다. "아이가 얼마나 무서워할지 말입니다. 누군가 설명을 해 준다고 해도 선생님 아들은 이해를 못 하겠죠. 아버지가 나쁜 짓을 했기 때문에 자기가 고통을 받는다는 것밖에 모를 겁니다. 대단히 두려워하겠죠."

"나쁜 새끼." 모리슨이 힘없는 목소리로 말했다. 눈물이 나올 것만 같았다. "아주 더럽고 지저분한 새끼들이야."

"오해는 없었으면 합니다." 도내티가 말했다. 그는 이해한다는 듯한 미소를 띠고 있었다. "그런 일은 없을 겁니다. 지금까지 고객들 중의 40퍼센트는 아무런 벌칙도 받지 않았습니다. 또 세 번 이상의 벌칙을 받은 사람은 단 10퍼센트에 지나지 않고요. 확신을 가져도 좋을 만한 수치죠. 안 그렇습니까?"

모리슨은 그렇게 생각하지 않았다. 그저 두려울 뿐이었다.

"물론, 다섯 번째로 어기면……."

"무슨 말이지?"

도내티가 환하게 미소 지었다. "당신과 아내가 같이 방에 들어가고, 아이는 두 번째로 폭행을 당합니다. 그리고 이번에는 아내도 폭행을 당하게 되죠."

모리슨은 이성을 잃어버리고는 책상 너머의 도내티에게 달려들었다. 도내티는 방금 전까지 편안한 자세로 앉아 있던 사람이라고 믿어지지 않을 만큼 빠른 몸놀림으로 움직였다. 그는 재빨리 의자를 뒤로 물리며 두 발을 책상 위로 올려 모리슨의 배를 걷어찼다. 모리슨은 기침과 헛구역질을 하면서 뒤로 물러났다.

"자리에 앉으시죠, 모리슨 씨." 도내티가 부드러운 목소리로 말했다. "이성적으로 이야기합시다."

숨을 고른 다음에 모리슨은 시키는 대로 했다. 악몽은 언젠가 끝나게 마련이다. 그렇지 않은가?

이어진 도내티의 설명에 따르면, 금연 주식회사는 열 단계의 벌칙이 있다고 했다. 여섯 번째와 일곱 번째, 여덟 번째 벌칙은 다시 토끼방(전기를 좀더 세게 한다)과 심한 폭행이었다. 아홉 번째 벌칙으로는 아들의 팔을 부러뜨린다고 했다.

"그럼 열 번째는?" 모리슨이 물었다. 입이 바짝 말랐다.

도내티는 우울한 듯이 고개를 가로저었다. "거기까지 가면 우리도 포기합니다, 모리슨 씨. 갱생 불가능한 2퍼센트가 되는 거죠."

"정말 포기하는 겁니까?"

"말하자면 그렇다는 거지요." 도내티는 책상 서랍을 열고 소음기가 붙은 45구경 권총을 책상에 꺼냈다. 그가 모리슨의 눈을 똑바로 쳐다보며 웃었다. "하지만 갱생 불가능한 2퍼센트라고 해도 다시 담배를 피우는 일은 없습니다. 장담합니다."

금요일 밤의 텔레비전 영화는 「불리트」였다. 신디가 좋아하는 영화였지만, 한 시간째 안절부절못하며 중얼대는 모리슨 때문에 도무지 집중을 할 수가 없었다.

"도대체 왜 그래." 방송국 자체 광고가 나오는 시간에 그녀가 물었다.

"아무것도……, 아니 전부 다 문제야." 그가 불만스럽다는 듯이 말했다. "담배 끊기로 했어."

아내는 웃었다. "언제부터? 5분 전부터?"

"오늘 오후 3시부터."

"정말 그때부터 한 대도 안 피웠단 말이야?"

"안 피웠어." 엄지손가락 손톱을 물어뜯으며 그가 대답했다. 손가락은 살점 있는 부분까지 엉망이 되어 있었다.

"훌륭한데! 무슨 마음으로 끊을 생각을 다 했을까?"

"당신 때문에." 그가 말했다. "그리고……, 앨빈도."

아내의 눈이 휘둥그레졌다. 영화가 다시 시작됐지만 그쪽은 돌아보지도 않았다. 좀처럼 아이에 대해서는 말하지 않는 사람이었다. 아내는 가까이 다가와서 그의 옆에 놓인 텅 빈 재떨이를 흘긋 쳐다본 후에 그를 올려다봤다. "정말 끊으려는 거야, 당신?"

"정말이야." 그는 속으로 말했다. '내가 경찰에 신고하면 폭력

배들이 당신 얼굴을 엉망으로 만들어 버릴 거야, 신디.'

"너무 기뻐. 설사 못 지키게 되더라도, 그런 생각을 했다는 것만으로도 우리 둘한테는 너무 고마운 일이야."

"아냐, 할 수 있을 거야." 그가 말했다. 그의 배를 걷어찰 때 도내티가 보여 준 무시무시한 살인마 같은 얼굴이 떠올랐다.

그날 밤은 깼다 잠들었다를 반복하며 잠을 설쳤다. 새벽 3시경 완전히 잠이 깨 버렸다. 담배를 피우고 싶은 마음이 미열처럼 그의 곁을 떠나지 않았다. 아래층에 있는 서재로 갔다. 서재는 집 한가운데 있었다. 창문도 없었다. 맨 윗 서랍을 열어 보니 담배가 있어서 너무 반가웠다. 그는 주변을 살피며 입맛을 다셨다.

첫 달에는 항상 감시가 따라붙는다고 도내티는 말했다. 그 다음 두 달 동안은 하루 열여덟 시간. 하지만 몇 시부터 몇 시까지인지는 알 수 없었다. 넷째 달에는 고객이 방심하기 쉽기 때문에 '서비스'가 다시 하루 스물네 시간으로 늘어난다. 그 후로 일 년이 될 때까지 나머지 여덟 달 동안은 하루 열두 시간씩 감시가 붙는다. 그 다음엔? 평생 동안 비정기적으로 감시가 따른다.

평생 동안.

"격월로 감시할 수도 있고." 도내티는 말했다. "격일로 할 수도 있습니다. 아니면 일주일 또는 이 년 동안 계속 감시할 수도 있죠. 핵심은 '고객은 절대로 모르게 한다'라는 것입니다. 담배를 피우게 되면 도박을 하는 셈이죠. '그들이 보고 있을까?', '아내를 데려가거나 아들에게 사람을 보내는 걸까?'. 아름답지 않습니까? 숨어서 담배를 피더라도 맛이 아주 끔찍할 겁니다. 아들 피맛이랑 다를 게 없을 테니까."

하지만 그들이라고 해도 지금은 도저히 볼 수가 없을 것이다. 한밤중에, 자기 서재에서. 집 안은 무덤처럼 고요했다.

그는 담뱃갑을 2분 정도 물끄러미 쳐다봤다. 눈을 뗄 수가 없었다. 문으로 가서 텅 빈 거실을 살피고 돌아와서도 한동안 더 쳐다봤다. 끔찍한 장면이 떠올랐다. 남은 인생 동안 담배 없이 살아야 한다. 손가락 사이에 담배를 끼우지 않고 어떻게 도표나 수치를 설명하면서 소심한 고객에게 설명할 수 있단 말인가? 끝없이 이어지는 신디의 정원 일은 또 어떻게 볼 것이며, 무엇보다도 아침에 커피, 신문과 함께하는 담배 한 대 없이 어떻게 하루를 시작할 수 있을 것인가?

이런 상황을 자초한 자신을 저주했다. 도내티도 저주했다. 무엇보다도 지미 매칸을 저주했다. 어떻게 그럴 수 있었을까? 이 개자식은 모든 것을 알고 있었다. 배신자 지미 매칸의 멱살이라도 쥐고 싶다는 듯이 손이 부르르 떨렸다.

조심스럽게 다시 서재를 둘러보았다. 손을 내밀어 담배를 한 개비 꺼내서는 애무하듯 부드럽게 만지작거렸다. 옛날 광고 문구가 생각났다. '동그랗고, 단단하게, 꽉 차 있습니다.' 이보다 더 진실된 말은 아직 없었다. 담배를 입에 물고는 고개를 뒤로 젖힌 채 잠시 그대로 있었다.

옷장에서 무슨 소리가 들렸던가? 살짝 물건을 움직이는 소리라도? 확실히 없었다. 하지만…….

또 다른 장면이 떠올랐다. 전기에 감전돼 미친 듯이 날뛰던 토끼. 신디가 그 방에 들어간다…….

집중해서 다시 한번 귀를 귀울였지만 아무 소리도 들을 수 없었다. 이제 남은 일은 옷장으로 가서 직접 한 번 열어 보는 일밖에 없다고 생각했다. 하지만 직접 확인하기가 두려웠다. 다시 침실로 돌아왔지만 여전히 잠은 오지 않았다.

아침까지 기분이 좋지 않았지만 식사는 맛이 좋았다. 잠시 망설이다가 그는 다른 사람들처럼 콘플레이크와 스크램블드에그를 먹었다. 뚱한 표정으로 그릇을 비울 때쯤 신디가 잠옷 차림으로 내려왔다.

"리처드 모리슨 씨, 헥토르가 강아지일 때부터 계란은 안 먹었잖아요?"

모리슨은 그냥 투덜대기만 했다. '헥토르가 강아지일 때부터'는, '웃으며 돼지한테 입이라도 맞출 것 같아'라는 말과 함께 신디가 하는 말 중에 제일 멍청하게 들리는 말이었다.

"아직 담배 안 피웠어?" 오렌지 주스를 따르며 아내가 물었다.

"안 피웠어."

"점심 때까지는 피우겠지?" 아내가 장담한다는 듯이 말했다.

"도와주지는 못 하고!" 그는 아내에게 다가가며 불만을 터뜨렸다. "당신처럼 담배를 안 피우는 사람들은 말이야, 다들 그렇게…… . 에이, 그만두자."

아내가 화를 낼 줄 알았는데, 그 대신 의아하다는 눈빛으로 그를 쳐다봤다. "진심이구나. 정말로 진심이야." 아내가 말했다.

"그래." '내가 얼마나 심각한지 당신은 모를 거야.'

"불쌍한 사람." 아내가 그에게 다가오며 말했다. "곧 죽을 것처럼 보여. 그래도 당신이 자랑스러워."

모리슨은 아내를 꼭 껴안았다.

10월, 11월 동안 리처드 모리슨의 생활.

모리슨은 라킨 스튜디오에 다니는 친구와 잭 뎀프시의 술집에 앉아 있다. 친구가 담배를 권한다. 모리슨은 술잔을 쥔 손에 힘을 주며 대답한다. '끊었어.' 친구는 웃으며 말한다. '일주일 이상 가나 한번 보자.'

출근 지하철을 기다리며 모리슨은 《타임》 너머로 건너편의 푸른색 양복을 입은 젊은 남자를 쳐다본다. 요즘 들어 거의 매일 보이는 남자다. 가끔은 다른 곳에서도 보인다. 온드의 가게에서 고객을 만나고 있을 때 지나간다든지, 상점에서 물건을 고를 때 옆에서 다른 물건을 만지작거리고 있기도 하고, 한 번은 골프장에서 모리슨이 속한 팀보다 네 홀 뒤에서 따라온 적도 있었다.

모리슨은 파티에서 취했다. 담배를 피우고 싶었지만 정말 한 대 피울 정도로 취하지는 않았다.

아들을 만나러 가서 만지면 소리가 나는 공을 선물한다. 아들은 침을 흘리며 입맞춤을 퍼붓는다. 이전만큼 역겹지는 않다. 아이를 힘껏 껴안으며 도내티와 그 일당이 자신보다 먼저 깨달았다는 것을 인정한다. 사랑이 그 무엇보다도 치명적인 중독이라는 것을. 낭만적인 이야기는 접어 두자. 실리주의자들은 그 점을 받아들이고 이용할 뿐이다.

모리슨의 몸은 서서히 담배에 대한 욕망을 잃어 가고 있지만 심리적인 욕구, 입에 뭔가 물고 싶은 욕구는 사라지지 않는다. 목

캔디나 이쑤시개. 모두 담배만은 못 하다.

마지막으로 모리슨은 미드타운 터널에서 교통 체증에 걸렸다. 주변에는 암흑뿐. 여기저기서 경적 소리가 들린다. 냄새가 나고 상황은 조금도 나아질 기미가 보이지 않는다. 갑자기 자동차 사물함을 열어 보니 반쯤 뜯긴 담뱃갑이 보인다. 잠시 쳐다보다 한 대를 꺼내 대시보드에 있는 라이터로 불을 붙인다. '무슨 일이 생기면 다 신디 잘못이야.' 그는 애써 자신을 설득하려 했다. 담배는 모두 치워 버리라고 말하지 않았던가.

한 모금 들이켜자 기침이 났다. 한 모금 더 빨아들이니 눈에서 눈물이 났고, 다음엔 어지러우면서 기절할 것 같았다. '지랄 같은 맛이네.' 그는 생각했다.

곧 다른 생각이 이어졌다. '세상에, 내가 지금 뭘 하는 거지?' 뒤에서는 경적이 요란스럽게 울렸다. 앞을 보니 체증이 풀리기 시작했다.

얼른 담배를 재떨이에 비벼 끄고 나서 창문을 열고 환기를 시켰다. 그러고는 화장실에서 맨 처음 몰래 담배를 피운 아이처럼 헛부채질을 해 댔다.

다른 자동차들을 따라 얼른 집으로 돌아왔다.

"신디?" 그가 불렀다. "나 왔어."

대답이 없다.

"신디? 자기 어디 있는 거야?"

전화벨이 울렸다. 급히 달려갔다. "여보세요? 신디?"

"안녕하십니까, 모리슨 씨?" 도내티였다. 활기 찬 사무적인 목소리였다. "상의드릴 일이 생긴 것 같은데 5시에 시간 괜찮으십니까?"

"아내를 데려갔습니까?"

"예, 그렇습니다." 도내티가 여유 있게 웃으며 말했다.

"이봐요, 아내는 그냥 보내 주세요." 모리슨이 더듬거리며 말했다. "다시는 그런 일 없을 겁니다. 실수, 한 번 실수한 것뿐이라고요. 그게 답니다. 딱 세 모금만 빨았고 맛있지도 않았어요."

"유감스러운 일입니다. 그럼 5시에 뵙는 걸로 하겠습니다. 괜찮겠죠?"

"부탁입니다." 모리슨은 눈물이 나오려고 했다. "부탁……"

전화는 이미 끊어진 상태였다.

오후 5시. 접수부에는 비서 외에 아무도 없었다. 비서는 창백하고 어수선한 모리슨의 행색에는 관심 없다는 듯이 환하게 웃어 보였다. "도내티 씨?" 그녀가 인터컴에 대고 말했다. "모리슨 씨가 오셨는데요." 그녀는 모리슨을 보며 고개를 끄덕였다. "들어가 보세요."

도내티는 아무 표시가 없는 방문 앞에 웬 남자와 함께 서 있었다. 남자는 스마일이라고 적힌 스웨터에 38구경 권총을 들고 있었다. 원숭이처럼 생긴 남자였다.

"잘 들으세요." 모리슨은 도내티에게 말했다. "문제를 해결할 방법이 있습니다. 그렇죠? 제가 돈을 내겠습니다. 제가……"

"닥쳐." '스마일' 스웨터를 입은 남자가 말했다.

"다시 만나게 되어 반갑습니다……" 도내티가 말했다. "이렇게 조금 불편한 상황에서 보게 된 게 유감스럽기는 합니다만. 저랑 같이 가시죠. 되도록 빨리 끝내도록 하겠습니다. 사모님께서 다치시는 일은 없을 겁니다……. 이번에는요."

모리슨은 도내티에게 달려들 자세를 취했다.

"진정하시죠." 도내티가 짜증스럽다는 투로 말했다. "소란을 피우면 옆에 있는 정크가 가만 있지 않을 겁니다. 물론 사모님 일은 그대로 진행되고요. 자, 어느 쪽이 나을까요?"

"당신은 반드시 지옥에 갈 거야." 도내티에게 말했다.

도내티가 한숨을 쉬었다. "사람들이 그런 말을 할 때마다 5센트씩만 모았어도 벌써 부자가 되었을 겁니다. 잘 새겨 두세요, 모리슨 씨. 낭만주의자들이 좋은 일을 하려다가 실패하면 사람들은 훈장을 줍니다. 실리주의자들의 경우에는, 일을 성공한다고 해도 돌아오는 건 욕밖에 없죠. 이제 가 볼까요?"

정크가 권총으로 움직이라는 손짓을 했다.

그들을 따라 방으로 들어갔다. 정신이 멍해졌다. 녹색 커튼이 걷혀 있었다. 정크는 계속 권총을 겨누었다. 가스실에 들어가는 증인들도 이와 같은 기분일 거라는 생각이 들었다.

안을 들여다보았다. 아내가 어쩔 줄 몰라하며 앉아 있었다.

"신디!" 모리슨은 비참한 목소리로 아내를 불렀다. "신디, 이 사람들이……."

"당신을 볼 수도 없고 들리지도 않습니다." 도내티가 말했다. "이쪽에서만 보이는 유리니까요. 자, 얼른 합시다. 정말 작은 실수였으니까. 30초면 충분할 것 같은데. 정크?"

정크가 한 손으로 단추를 눌렀다. 권총을 든 다른 손은 그대로 모리슨의 등에 꼭 붙이고 있었다.

그의 인생에서 가장 긴 30초였다.

일이 끝나자 도내티가 모리슨의 어깨에 손을 얹으며 말했다.
"토할 것 같습니까?"

"아뇨." 모리슨이 기어들어 가는 목소리로 말했다. 이마를 유
리에 꼭 붙인 채 다리는 풀려 버릴 것만 같았다. "아닙니다." 뒤
를 돌아보니 정크는 어느새 사라지고 없었다.

"같이 갑시다." 도내티가 말했다.

"어디로 말입니까?" 모리슨이 냉담하게 물었다.

"사모님께 설명을 해 드려야 하지 않겠습니까? 안 그래요?"

"내가 어떻게 아내 얼굴을 보겠습니까. 어떻게 내가……, 내
가……."

"아마 놀라실 겁니다." 도내티가 말했다.

방에 덜렁 놓인 소파에 신디가 힘없이 앉아 울고 있었다.

"신디?" 부드러운 목소리로 불렀다.

아내가 올려다봤다. 눈물로 퉁퉁 부은 눈이었다. "딕?" 아내가
입을 열었다. "딕? 오……오, 세상에……." 그는 아내를 힘껏 껴
안았다. "남자 두 명이었어." 아내가 그의 볼에 대고 이야기했다.
"집에서. 처음엔 강도인 줄 알았는데, 나중엔 강간하려는 줄만 알
았어. 그런데 눈가리개를 씌우더니 어디로 데려 가는 거야…….
그리고……, 그리고 너무 무서웠어……."

"쉿." 그가 말했다. "쉿."

"왜?" 아내가 그를 올려다보며 물었다. "이 사람들이 왜……."

"나 때문이야. 다 이야기해 줄게, 신디……."

이야기를 마치고 잠시 있다가 그가 말을 꺼냈다.

"내가 밉지? 미워해도 당연해."

그는 물끄러미 바닥만 내려다봤다. 아내가 양손으로 그의 볼을 감싸 쥐며 고개를 자기 쪽으로 돌렸다. "아니." 그녀가 말했다. "미워하지 않아."

그는 놀란 표정으로 아내를 쳐다봤다.

"그럴 만한 가치가 있어. 이 사람들도 그냥 용서하자. 감옥에서 자기를 꺼내 준 거나 마찬가지니까."

"정말 그렇게 생각해?"

"어." 아내가 그에게 입맞췄다. "이제 집에 가도 되지? 기분이 훨씬 나아졌어. 아주 좋아졌어."

일주일 후에 전화벨이 울렸다. 목소리를 들으니 도내티였다. "당신 부하들이 실수했군요. 담배 근처에도 간 적 없습니다."

"알고 있습니다. 매듭지어야 할 문제가 하나 있어서요. 내일 오후에 사무실에 들러 주실 수 있을까요?"

"무슨……."

"아니, 심각한 일은 아닙니다. 그냥 서류 정리 정도라고 생각하시면 됩니다. 그리고 승진을 축하드립니다."

"그건 또 어떻게 알았습니까?"

"항상 지켜보고 있습니다." 도내티는 아무렇지도 않다는 듯이 말하고는 전화를 끊어 버렸다.

작은 방에 들어가서 도내티가 말했다. "너무 불안해하지 마십시오. 아무도 해치지 않으니까요. 이쪽으로 잠깐 오시죠."

작고 평범한 목욕탕 저울이 보였다. "이봐요, 체중이 좀 늘기는 했지만……."

"예, 고객 중 73퍼센트가 체중이 늘었습니다. 올라서세요."

모리슨은 시키는 대로 했다. 79킬로그램이었다.

"좋습니다. 내려오세요. 키가 얼마나 되시죠, 모리슨 씨?"

"180센티미터입니다."

"예, 한번 봅시다." 도내티는 주머니에서 작은 플라스틱 카드를 꺼냈다. "뭐, 아주 나쁘다고는 할 수 없을 것 같습니다. 불법 다이어트 약을 처방해 드릴 테니 보조로 같이 한번 써 보세요. 체중 한계를 정해 드리죠, 어디 봅시다……."

그는 다시 카드를 들여다봤다. "82.5킬로그램 정도가 적당한 것 같은데, 어떠세요? 우선 이번 12월부터 매월 초에 오셔서 체중을 재는 걸로 합시다. 물론 미리 전화만 주시면 날짜는 조정할 수 있습니다."

"82.5를 넘으면 어떻게 되는데요?"

도내티는 미소를 지었다. "집에 사람을 보내서 사모님 새끼손가락을 자릅니다." 그가 말했다. "이제 가 보셔도 됩니다. 모리슨 씨, 좋은 하루 보내세요."

8개월 후.

모리슨은 잭 뎀프시의 술집에서 라킨 스튜디오에 다니는 친구를 우연히 만났다. 신디가 '시합용 체중'이라고 부르는 76킬로그램까지 체중을 줄인 상태였다. 일주일에 세 번씩 외근을 하는데 몸매가 가죽 채찍처럼 날렵했다. 그에 비해 라킨의 친구는 축 처진 고양이처럼 보였다.

"세상에, 어떻게 끊은 거야? 난 아내보다 담배에 더 꽉 잡혀서 사는 것 같은데." 친구는 지겹다는 듯이 담배를 비벼 끄며 앞에 있는 스카치를 들이켰다.

모리슨은 생각에 잠긴 듯 친구를 쳐다보다가 지갑에서 작은 명함을 꺼냈다. 둘 사이의 탁자에 명함을 놓으며 말했다. "있잖아. 이 사람들 덕에 인생이 완전히 달라졌거든."

1년 후.

모리슨은 우편으로 청구서를 하나 받았다. 청구서에는 다음과 같이 적혀 있었다.

금연 주식회사.
이스트 46번가 237번지
뉴욕, N.Y. 10017

치료 1회	2,500달러
상담(빅터 도내티)	2,500달러
전기료	50센트
합계	5,000달러 50센트

'이런 개새끼들!' 그는 속으로 말했다. '전기료까지 나한테 청

구하다니……'

"그냥 줘 버리자." 아내가 입맞추며 말했다.

1년 후.

모리슨은 아내와 극장에 갔다가 우연히 지미 매칸을 만났다.
둘은 서로 아내와 함께 인사했다. 공항에서 봤을 때만큼은 아니
었지만 지미는 여전히 좋아 보였다. 지미의 아내는 초면이었다.
행복에 겨운 평범한 여자에게서 풍기는 아름다움이 느껴지는 미
인이었다.

지미의 아내가 손을 내밀자 모리슨은 악수를 했다. 뭔가 이상
하다고 느꼈는데, 연극의 2막을 보다가 갑자기 이유가 생각났다.
그녀의 오른손 새끼손가락이 잘려 나가고 없었던 것이다.

나는 네가 원하는 것을 알고 있다

■

I Know What You Need

"나는 네가 원하는 것을 알고 있어."

엘리자베스는 흠칫 놀라 사회학 책에서 눈을 떼고 올려다보았다. 별 특징 없는 젊은 남자 하나가 녹색 군복을 입고 서 있었다. 예전에 알고 지냈던 사람처럼 낯이 익다는 생각이 언뜻 들었다. 하지만 기시감에 가까운 느낌은 이내 사라져 버렸다. 키는 그녀와 비슷했고 마른 몸에, 움찔거렸다. 말 그대로였다. 사실 움직이지는 않았지만, 피부 속, 보이지 않는 곳에서 움찔거리는 것 같았다. 검은 머리는 더부룩했다. 두꺼운 뿔테 안경 너머로 갈색 눈이 더 커 보였다. 렌즈는 지저분해 보였다. 아니야, 그녀는 처음 보는 것이 확실하다고 생각했다.

"저기요." 그녀가 말했다. "아닌 것 같아요."

"딸기 아이스크림 더블 콘. 맞지?"

그녀가 놀란 눈을 깜빡거렸다. 마음 한구석에 아이스크림이나 먹으면서 잠깐 쉴까 하는 생각이 있었기 때문이다. 그녀는 학생 회관 3층 개인 열람석에서 기말고사 준비를 하고 있었고, 다 끝내려면 아직 한참 남은 참이었다.

"맞지?" 미소를 지으며 그가 재차 물었다. 지나치게 긴장해 흥해 보이기까지 하던 그의 얼굴이 미소를 짓자 야릇한 매력을 발했다. '귀엽다'라는 말이 떠올랐다. 사내를 두고 말하기에 적당한 표현은 아니었지만, 웃을 때는 정말 그랬다. 그럴 생각은 없었는데 그녀의 입술 사이로 미소가 배어 나왔다. 여자한테 말을 걸기에는 연중 최악이라고 할 만한 시점을 택한 이 별난 남자를 머릿속에서 쓸어 내느라 시간을 허비해야 하다니……. 이것은 그녀가 원하는 바가 아니었다. 그녀는 앞으로 『사회학 입문』 열여섯 개의 장을 헤쳐 나가야 했다.

"고맙지만 됐어요." 그녀가 말했다.

"이것 봐, 조금만 더 하다가는 두통이라도 나지 않겠어? 쉬지도 않고 두 시간째 그러고 있잖아."

"그걸 어떻게 알아요?"

"보고 있었어." 그가 곧바로 대답했지만, 이번에는 장난스러운 웃음이 효과가 없었다. 그녀는 이미 머리가 아파 왔다.

"저기, 그만했으면 좋겠어요." 의도했던 것보다 더 예민하게 말이 나왔다. "난 누가 쳐다보는 거 싫어요."

"미안해요." 약간 미안했지만, 그건 길 잃은 개를 보고 느끼는 측은함 같은 것이었다. 사이즈 큰 군복 야전 상의 속에서 그의 몸은 따로 노는 것 같았고……. 그렇지, 그는 양말을 짝짝이로 신었다. 한쪽은 검은색, 한쪽은 갈색. 그녀는 다시 배어 나오는 웃음을 억지로 참았다.

"기말고사가 있어요." 그녀가 부드럽게 말했다.

"그래. 알았어." 그가 말했다.

그녀는 잠깐 동안 멍하니 그의 뒷모습을 바라보았다. 책으로 눈길을 돌렸지만 만남의 여운이 가시지 않았다. 딸기 아이스크림 더블…….

기숙사로 돌아오니 밤 11시 15분이었다. 앨리스는 침대에 누워 닐 다이아몬드를 들으며 『O의 이야기』를 읽고 있었다.

"그런 숙제까지 내 주는 줄 몰랐는데?" 엘리자베스가 말했다.

앨리스가 일어나 앉았다. "사랑하는 엘리자베스 씨, 나의 지평을 넓히고, 나의 지성을 확장하고, 나의……, 리즈?"

"으……웅?"

"내 말 듣고 있니?"

"어, 아니, 미안해. 나……."

"아가씨, 어디서 머리라도 한 대 맞고 온 것 같아."

"오늘 어떤 남자를 만났어. 좀 우스운 사람인데……."

"그래? 훌륭하신 로건 아가씨를 사랑하는 책으로부터 떨어뜨려 놓은 녀석이라……. 좀 쓸 만한 남잔가 본데?"

"이름은 에드워드 잭슨 햄너, 아, 주니어까지 있구나. 키는 작고. 마르고. 머리는 워싱턴 탄생일쯤에나 감은 것 같고. 아, 그리고 양말이 짝짝이야. 하나는 검은색, 하나는 갈색."

"그래도 넌 좀 한다 하는 남자를 좋아하는 줄 알았는데?"

"그런 게 아냐, 앨리스. 학생 회관 3층 싱크 탱크에서 공부하는데 그 사람이 '공부 벌레 휴게실'에 내려가서 아이스크림을 먹자는 거야. 싫다고 하니까, 그냥 조용히 가더라고. 그런데 그 사람 때문에 아이스크림 생각을 하게 되니까, 참을 수가 없는 거야. 결국 그만 접어 두고 잠깐 쉬기로 작정했더니, 글쎄 그 사람이 뚝뚝 녹아 떨어지는 커다란 딸기 아이스크림을 들고 서 있지 뭐니. 양 손에 하나씩 더블로 말이야."

"와, 대단원의 막이 벌써 기대되는걸."

엘리자베스가 코웃음을 쳤다. "그게, 싫다고는 정말 못 하겠더라고. 그래서 그 사람이 잠깐 앉았어. 그런데 얘기를 하다 보니까 작년에 브래너 교수 사회학 수업을 들었다는 거야."

"이 놀라움의 끝은 어디일 것인가, 신의 은총이여! 크리스마스까지 신의 왕국을……."

"글쎄, 들어 봐. 이게 정말 놀랄 이야기라고. 너 내가 이 과목에 얼마나 공들이는지 알지?"

"그럼. 잠꼬대까지 하는데, 정말이야."

"내 평균이 78점이잖아. 장학금 받으려면 80점은 되어야 하고. 그러니까 기말고사에서 적어도 84점은 받아야 되는 거잖아. 그런데, 이 에드 햄너라는 사람 말로는 브래너 교수 기말고사는 매년 거의 똑같다는 거야. 거기다 자기는 직관 능력이 있대."

"그러니까 네 말은, 뭐야. 사진처럼 기억한다는 능력……, 그 사람한테 있다고?"

"그렇다니까. 이것 좀 봐." 그녀는 사회학 책을 펴 글씨 빼곡한 공책 종이 석 장을 꺼냈다.

앨리스가 그것을 받아 들었다. "객관식 문제 같은데?"

"맞아. 에드 말로는 작년 브래너 교수 기말고사래, 토씨 하나

다르지 않은."

앨리스가 시큰둥하게 말했다. "난 못 믿겠다."

"하지만 중요한 건 다 나와 있어!"

"그래도 못 믿겠다." 그녀는 종이를 돌려주었다. "그냥 이 이상한 사람이……."

"이상한 사람 아니야. 그렇게 얘기하지 마."

"알았어. 그 조그만 녀석이 너더러 이거나 외우고 공부는 하지 말라고 사기 치지는 않았겠지?"

"당연하지." 불쾌한 기색이었다.

"그리고 아무리 똑같이 나온다고 해도 그게 도덕적이라고 할 순 없잖아?"

화가 난다는 사실이 뜻밖이었고 말을 아껴야겠다고 생각했지만 이미 엎질러진 물이었다. "도덕적이라는 게 너한텐 중요하겠지, 그럼. 매학기 장학생이니 등록금도 알아서 해결하고. 넌 그냥……. 아냐, 미안해. 그렇게까지 하려던 건 아니었어."

앨리스가 어깨를 으쓱하며 다시 『O의 이야기』를 펴들었다. 그녀는 의식적으로 차분한 표정을 지었다. "아냐, 네 말이 맞아. 내가 상관할 바가 아니지. 그래도 공부는 하는 게 좋잖아……. 그냥 그게 안전하니까."

"당연히 그렇게 할 거야."

하지만 그녀는 거의 에드워드 잭슨 햄너 주니어가 건네준 공책만 들여다보았다.

엘리자베스가 시험을 마치고 강의실을 나왔을 때 그는 로비에 앉아 있었다. 여전히 사이즈 큰 군복 야전 상의를 입고 있었다. 그는 머쓱한 미소를 지으며 일어섰다. "어땠어?"

충동적으로 그녀는 그의 뺨에 입맞췄다. 그렇게 안도감이 든 적이 없는 것 같았다. "나 일등 한 것 같아요."

"그래? 정말 잘됐다. 햄버거 먹을래?"

"그거 좋지요." 그녀는 얼빠진 채 대답했다. 머릿속은 아직 시험으로 가득했다. 거의 단어 하나하나까지 에드가 준 시험 문제 그대로였고 그녀는 잘 헤쳐 나왔다.

햄버거를 먹으며 그녀가 그 자신은 어떻게 시험을 보았는지 물어보았다.

"시험 안 봤어. 우등생 그룹은 특별히 원하지 않는 이상 시험 안 봐도 괜찮아. 난 성적이 괜찮아서 시험 안 봤어."

"그런데 왜 여기 있었어요?"

"네가 어떻게 하는지 봐야 하잖아. 안 그래?"

"에드, 그럴 필요 없어요. 고맙긴 하지만……." 그녀는 그의 눈빛이 편하지 않았다. 그런 눈빛을 본 적 있다. 그녀는 예쁜 학생이었다.

"아냐. 그래도 봐야지." 그가 부드럽게 말했다.

"에드, 고맙게 생각해요. 덕분에 장학금도 탈 수 있을 것 같아. 정말 고마워요. 그런데요, 나 남자 친구 있어요."

"진지한 사이야?" 그는 별것 아닌 듯 말하려 했지만 뜻대로 되지 않았다.

"아주." 그의 말투에 맞추어 그녀가 대답했다. "약혼한 거나 다름없는 사이."

"그 사람은 자기가 운 좋은 사람이라는 것 알까? 얼마나 운이 좋은 사람인지 알고 있을까?"

"나도 운이 좋은걸요." 토니 롬버드를 떠올리며 그녀가 말했다.

"베스." 갑자기 그가 말했다.

"예?" 그녀가 깜짝 놀랐다.

"널 그렇게 부르는 사람 없지?"

"어떻게……, 예. 아무도 그렇게 안 불러요."

"그 사람도?"

"그 사람도……." 토니는 리즈라고 불렀다. 때로는 리지라고 불렀는데, 그건 훨씬 싫었다.

그가 몸을 앞으로 숙였다. "하지만 베스를 제일 좋아하잖아, 그렇지?"

그녀는 당황하는 걸 숨기느라 웃음을 터뜨렸다. "그냥 뭐라고 부르든……."

"신경 쓰지 마." 그는 장난스러운 웃음을 지어 보였다. "난 베스라고 할게. 그게 더 좋아. 자, 햄버거 먹어."

그렇게 3학년이 끝났고, 그녀는 앨리스와 작별 인사를 했다. 둘 사이가 약간 소원해졌고 엘리자베스는 맘이 안 좋았다. 자기 잘못이라고 여겼기 때문이다. 사회학 기말고사 점수가 나붙었을 때 좀 지나치다 싶게 자랑을 하고 다녔던 것이다. 그녀는 97점으로 최고 점수를 받았다.

공항에서 비행기를 기다리며 그녀는 스스로에게, 그래, 3층 개인 열람실에서 벼락 공부하는 것도 비윤리적이기는 마찬가지야라고 말하고 있었다. 벼락 공부도 진짜 공부는 아니니까. 그저 기계적으로 외웠다가 시험만 끝나면 그 내용은 까맣게 잊어버리는 것이니까.

그녀는 지갑 밖으로 삐죽이 나온 봉투를 만지작거렸다. 2,000달러짜리 4학년 장학금 증서. 그녀와 토니는 올 여름 메인 주 부스베이에서 함께 일할 테니까 거기서 번 돈까지 하면 목표 치를 훨씬 넘길 것이다. 에드 햄너 덕분에, 올 여름은 멋질 것이다. 맑은 날의 항해가 계속될 것이다.

하지만 그해 여름은 그녀에게 최악의 계절이었다.

6월은 비가 많이 내렸고, 원유 감산으로 관광업계가 침체되었고, 부스베이 모텔에서 그녀가 번 돈은 재앙에 가까웠다. 설상가상으로 토니는 결혼 문제로 그녀를 답답하게 했다. 자신은 학교 내에, 또는 학교 근처에 일자리를 구할 수 있을 것이고, 그녀는 장학금으로 품위 있게 학위를 받을 수 있다는 것이 그의 말이었다. 그런 생각이 기쁘기는커녕 무섭게 들린다는 사실에 그녀는 놀랐다.

뭔가 잘못되었다.

정확히 무엇이 문제인지는 몰랐지만, 뭔가 좀 부족하고 삐걱거리고 순조롭지 않았다. 7월 어느 늦은 밤, 그녀는 집에서 야단스럽게 울어 댄 적이 있는데 스스로 생각해도 놀라운 모습이었다. 생쥐같이 조그만 룸메이트 샌드라 애커먼이 데이트하느라 집에 없었던 것이 유일한 위안거리였다.

악몽이 8월 초에 찾아왔다. 그녀는 무덤 속에 누워 있었고 움직일 수 없었다. 하얀 하늘에서 비가 내려 그녀의 얼굴에 떨어졌다. 노란색 고강도 안전모를 쓴 토니가 무덤 옆으로 다가왔다.

"결혼하자, 리즈." 무표정한 얼굴로 그녀를 내려다보며 그가 말했다. "결혼하자."

그녀는 말을 하려고, 결혼하겠다고 말하려 했다. 이 끔찍한 진흙 구덩이 속에서 나갈 수만 있다면 무엇을 못 하겠는가? 하지만 그녀는 꼼짝도 할 수 없었다.

"그래. 싫다는 거구나." 그가 말했다.

그가 가 버렸다. 그녀는 움직이려 안간힘을 썼지만 움직이지 못했다.

불도저 소리가 들렸다.

잠시 후 그녀는 물기 찬 흙을 한가득 싣고 오는 샛노란 괴물을 보았다. 운전석에 토니의 무자비한 얼굴이 보였다.

그는 그녀를 생매장하려 했다.

움직일 수도, 소리를 지를 수도 없는 상태에서 그녀는 공포로 얼어붙은 채 바라보기만 할 수밖에 없었다. 구덩이 옆면의 흙이 조금씩 무너져 내렸다.

귀에 익은 목소리가 들렸다. "저리 가! 그녀를 놔둬! 가라고!"

토니가 불도저에서 뛰어내려 달아났다.

커다란 안도감이 그녀를 휘감았다. 할 수만 있다면 소리내 울었을 것이다. 그녀의 구원자가 모습을 드러내고 교회 무덤지기처럼 구덩이 끝에 섰다. 군복 야전 상의를 걸쳐 입고 더벅머리에, 뿔테 안경은 코끝까지 흘러내린 에드 햄너였다. 그가 손을 내밀었다.

"일어나." 그가 부드럽게 말했다. "난 네가 원하는 것을 알고 있어. 일어나, 베스."

그제야 그녀는 일어설 수 있었다. 그녀는 안도감에 흐느꼈다. 그에게 고맙다는 말을 하려 했지만 입안에서만 맴돌 뿐 입밖으로 나오지 않았다. 에드는 그저 부드럽게 미소 지으며 고개를 끄덕일 뿐이었다. 그녀는 그의 손을 잡고 발을 내딛느라 아래를 내려다보았다. 다시 위를 올려다보았을 때, 그녀가 잡고 있는 것은 빨간 불빛을 발하는 눈에 크고 뾰족한 이빨을 드러내고 침을 흘리는 커다란 늑대의 앞발이었다.

그녀는 잠에서 깨어나 꼿꼿이 앉았다. 잠옷은 땀으로 흠뻑 젖었다. 몸은 가눌 수 없이 떨렸다. 따뜻한 물에 목욕을 하고 우유를 한 잔 마셔도 불을 끄면 안정을 찾을 수 없었다. 그녀는 불을 켜 놓은 채 잠이 들었다.

일주일 후 토니가 죽었다.

그녀는 가운을 입은 채 문을 열었다. 토니가 온 줄 알아서였지만, 그와 함께 일하는 동료 대니 킬머였다. 대니는 재미있는 사람이었다. 그녀와 토니, 그와 그의 여자 친구는 두어 번 어울린 적도 있다. 하지만 아파트 2층 그녀의 현관에 서 있는 대니는 심각해 보이는 정도가 아니라 아파 보이기까지 했다.

"대니? 무슨……" 그녀가 말했다.

"리즈, 리즈, 너무 놀라지마. 너……, 아, 세상에!" 그는 때문고 마디가 굵은 손으로 문설주를 내리쳤고, 그녀는 그가 우는 것을 알아챘다.

"대니, 토니 때문에 그래? 무슨 일이……."

"토니가 죽었어. 토니가……." 하지만 그는 허공에 대고 말하고 있었다. 그녀는 정신을 잃었다.

다음 주는 꿈같이 흘러갔다. 짧디짧은 신문 기사와 대니가 하버 모텔에서 맥주를 앞에 놓고 전해 준 이야기를 짜깁기할 수밖에 없었다.

16번 도로의 배수구를 보수하는 중이었다. 길의 일부가 무너져 있어서 토니가 깃발을 들고 교통 안내를 했다. 나이 어린 녀석 하나가 빨간색 피아트를 몰고 언덕을 내려왔다. 토니가 깃발을 흔들었지만 그 녀석은 속도를 줄이지 않았다. 토니는 덤프 트럭 옆에 서 있었기 때문에 피할 곳이 없었다. 피아트를 타고 있던 녀석은 머리가 찢어지고 팔이 부러졌다. 그는 신경이 극도로 예민했지만 정신은 말짱했다. 경찰이 브레이크 라인에 구멍을 여러 개 발견했는데, 과열로 인해 녹아내린 것 같았다. 그의 운전 기록은 최상급이었다. 그저 차가 멈추지 않은 것이다. 그녀의 토니는 가장 드문 형태의 자동차 결함으로 인한 사고에 희생된 것이다. 말 그대로 사고였다.

그녀는 죄책감 때문에 더 큰 충격과 우울에 빠져 들었다. 토니와 어떻게 해야 할지 결정할 기회를 운명은 허락하지 않았다. 그리고 그녀 안의 부정하고 비밀스러운 자아는 그렇게 된 것을 반기고 있었다. 토니와 결혼하기를 바라지 않았으므로……, 그 꿈을 꾸던 날부터.

그녀는 집으로 가기 전날 하루를 앓아누웠다.

홀로 바위에 걸터앉아 한 시간이 지나자 눈물이 흘렀다. 어찌나 격정적으로 흘러내리던지 자신도 놀랐다. 너무 많이 울어 배가 아프고 머리가 욱신거릴 정도였고, 눈물을 그치고 나자 기분이 좋아지기는커녕 기진맥진하고 공허할 뿐이었다.

그럴 즈음 에드 햄너의 목소리가 들렸다. "베스?"

그녀는 목에서 올라온 공포의 쓴맛을 입안 가득 느끼며 꿈에서 본 으르렁거리는 늑대를 보게 되지 않을까 하는 마음으로 두리번거렸다. 그냥 에드 햄너였다. 햇빛에 그을렸고, 군복 야전 상의와 청바지를 입지 않은 그는 이상하리만큼 무방비 상태로 보였다. 그는 깡마른 무릎 바로 위까지 내려오는 빨간 반바지에 바닷바람을 맞는 돛처럼 얇은 가슴 위로 펑퍼짐하게 부풀어 오른 하얀 티셔츠에 고무 샌들을 신었다. 그는 웃지 않았고 햇빛이 안경에 강하게 반사되어 어떤 눈을 하고 있는지 볼 수 없었다.

"에드?" 그녀는 슬픔이 깊어 환상이 보이는 것이려니 생각하며 무심하게 말했다. "정말 당신……."

"그래, 나야."

"어떻게……."

"스코히건에 있는 레이크우드 극장에서 일하고 있었어. 네 룸메이트한테 갔더랬어……. 앨리스, 이름이 앨리스 맞지?"

"맞아요."

"무슨 일이 있었는지 거기서 들었어. 그래서 바로 달려왔지. 가엾은 베스." 그가 고개를 기껏해야 1도 정도 움직이자 햇빛이 안경에서 살짝 벗어났다. 늑대 같다거나 사람을 해칠 것 같은 모습은 찾을 수 없었고, 다만 차분하고 따뜻한 마음을 볼 수 있을 뿐이었다.

그녀는 다시 흐느끼기 시작했고 뜻하지 않게 슬픔에 휩쓸려 약간 비틀거렸다. 그가 안아 주자 괜찮아졌다.

그들은 40킬로미터 떨어진 워터빌의 '침묵의 여인'에서 저녁식사를 했다. 아마도 그녀에게는 꼭 그만큼의 거리가 필요했는지 모른다. 에드의 차, 신형 코베트를 타고 갔는데, 그는 운전을 잘했다. 화려하지도 요란스럽지도 않은, 그녀가 생각했던 그대로였다. 그녀는 아무 말도 하고 싶지 않았고 위로를 받고 싶지도 않았다. 그는 그런 그녀의 마음을 읽는 듯, 조용한 음악이 나오는 라디오만 틀어 놓았다.

그는 그녀에게 물어보지 않고 주문했다. 해물 요리. 배가 고프지 않다고 생각했지만 주문한 음식이 나오자 그녀는 몹시 허기진 듯 먹기 시작했다.

그녀가 다시 고개를 들었을 때 접시는 비었고 그녀는 멋쩍은 웃음을 지었다. 에드는 담배를 한 대 피우며 그녀를 지켜보았다.

"슬픈 계집아이가 저녁을 배불리 먹었네." 그녀가 말했다. "나좀 끔찍하다고 생각하겠어요."

"아니야. 많은 일을 겪었으니까 힘을 되찾아야지. 병에 걸린 것같은 거야, 그렇지?"

"그래요. 그런 거야."

그는 탁자 너머로 그녀의 손을 잡았고, 잠깐 힘을 주었다가 놓아주었다. "하지만 지금은 회복기야, 베스."

"그럴까? 정말 그럴까요?"

"그럼. 자, 말해 봐. 이제 어떻게 할거야?"

"내일 집에 갈 거야. 그 다음엔, 나도 모르겠어요."

"개학하잖아, 안 그래?"

"모르겠어요. 이 일이 있고는, 모든 게 다……, 하찮은 일 같아. 목표라고 생각했던 게 다 사라져 버렸어. 즐거운 일도 없고."

"다시 생길 거야. 지금은 믿기 힘들겠지만, 정말 그렇게 될 거야. 6주만 노력해 봐. 더 좋은 방법이 있는 것도 아니니까." 마지막 말은 질문처럼 들렸다.

"그래요, 맞는 것 같아. 하지만……, 담배 피워도 돼요?"

"그럼. 그런데 박하 향이야. 어쩌지? 미안해."

그녀는 하나를 받아 들었다. "박하 향 담배 안 좋아하는 건 어떻게 알았어요?"

그는 어깨를 으쓱했다. "그냥 안 좋아할 것 같아. 느낌이 그래."

그녀는 미소를 지었다. "당신 재미있는 사람이야, 알아요?"

그는 애매한 웃음을 지었다.

"아녜요, 정말. 다른 누구도 아닌 당신이 나타났다는 거……. 난 아무도 보고 싶지 않다고 생각했거든요. 하지만 당신이어서 정말 기뻐요, 에드."

"때로는 관계없는 사람이랑 있는 것도 괜찮은 일이야."

"바로 그거야, 그런 것 같아요." 그녀가 잠시 말을 멈췄다. "당신 어떤 사람이에요, 에드? 동화 속 후견인 같은 것 말고. 정말 어떤 사람일까?" 그녀는 그 사실이 갑자기 자신에게 중요한 문제가 된 것을 알았다.

그는 어깨를 으쓱했다. "아무도 아니야. 그냥 옆구리에 책 잔뜩 끼고 교정을 어슬렁거리는, 너도 흔히 보는 우습게 생긴 녀석들 중 하나……."

"에드, 당신 우습게 생기지 않았어요."

"아냐, 나 그래." 그가 미소를 지으며 말했다. "학교 다닐 때 여드름은 달고 살았고, 동아리는 들어 볼 생각도 못했고, 사교성이라곤 전혀 찾을 수 없는 아이였어. 그냥 시험 보고 성적이나 받는 기숙사 생쥐 같았지. 그게 다야. 내년 봄에 기업들 와서 면접 보고 하면, 그중에 하나 들어갈 테고, 그러면 에드 햄너는 영원히 사라지는 거야."

"그거 참 안타깝네요." 그녀가 부드럽게 말했다.

그는 웃음을 띠었는데, 그 웃음이 매우 독특했다. 거의 쓴웃음에 가까웠다.

"가족들은 어때요? 지금 사는 곳, 좋아하는 일……."

"다음번에." 그가 말했다. "데려다 줄게. 내일 비행기 타고 멀리 가야 하잖아, 할 일도 많고."

토니가 죽은 후 처음 맞는, 몸속의 태엽을 부서질 때까지 감고 또 감는다는 느낌이 전혀 들지 않는 편한 저녁이었다. 그녀는 잠도 쉽게 올 거라고 생각했지만, 그렇지는 않았다.

작은 의문이 고개를 내밀었다.

앨리스한테서 들었어……, 가엾은 베스.

하지만 앨리스는 스코히건에서 130킬로미터 떨어진 키터리에서 여름을 보냈는데? 레이크우드에는 놀러 갔던 걸까?

코베트, 올해 모델. 비싼 모델. 레이크우드에서 무대 일을 해서는 그렇게 큰돈이 모이지 않을 텐데. 부모님이 부자인가?

먹고 싶은 걸 알아서 주문했어. 하지만 메뉴가 한 가지였다고 해도 배가 고팠으니까 맛있게 먹기는 했을 거야.

박하 향 담배, 그가 잘 자라고 입 맞춘 방식, 꼭 그렇게 해 줬으면 하고 바라던 방식이었지. 그리고……

내일 비행기 타고 멀리 가야 하잖아.

이야기했으니까 집에 가는 건 알았을 거야. 하지만 비행기를 타고 간다는 건 어떻게 알았을까? 장거리라는 건?

그런 의문이 그녀를 괴롭혔다. 그런 의문이 그녀를 괴롭힌 것은 에드 햄너에게 점점 빠져 들고 있기 때문이었다.

나는 네가 원하는 걸 알고 있어.

하강을 명령하는 잠수함 함장의 목소리처럼, 그녀를 맞으며 그가 했던 말이 그녀를 깊은 잠으로 가라앉게 했다.

그는 오거스타 공항에 나오지 않았고, 비행기를 기다리는 동안 그녀는 자신이 실망했다는 사실에 놀랐다. 마치 마약에라도 빠지는 것처럼, 어떻게 그토록 소리 없이 한 사람에게 의지하게 되는지 생각했다. 마약중독자들은 할 때는 하더라도 끊을 때는 끊을 수 있다고 자신을 기만하지만 사실은…….

"엘리자베스 로건." 승무원의 안내 방송이 울려퍼졌다. "하얀색 구내전화를 받으세요."

그녀는 전화기로 달려갔다. 에드의 목소리였다. "베스?"

"에드! 전화해 주니까 참 좋다. 난 혹시나……."

"널 보러 올 줄 알았다고?" 그가 웃었다. "그런 일에 내가 필요하진 않을 거야. 넌 아주 씩씩한 아이니까. 아름답기도 하고. 이 정도는 할 수 있잖아. 학교에서 볼 수 있겠지?"

"어⋯⋯, 그래요. 그럴 것 같아요."

"좋아." 잠깐 침묵이 흘렀다. "널 사랑하니까. 처음 봤을 때부터 말이야."

그녀의 입이 얼어붙었다. 말을 할 수 없었다. 수천 개의 생각이 머릿속을 떠다녔다.

그는 부드럽게 다시 웃었다. "아냐, 아무 말도 하지 마. 지금은 아니야. 다음에 보자. 그때 기회가 있을 거야. 얼마든지 있을 거야. 조심해 가, 베스. 안녕."

그녀의 손에 하얀 전화를 남겨 둔 채, 혼란스러운 생각과 질문을 남겨 둔 채, 그렇게 그는 가 버렸다.

9월.

엘리자베스는 뜨개질이나 하다 나온 사람처럼 옛날 그대로의 학교 생활로 돌아갔다. 기숙사는 물론 앨리스와 함께 썼다. 1학년 때부터, 기숙사 배정 컴퓨터가 그들 둘을 한방에 몰아넣은 후로 줄곧 한방에서 생활했다. 관심사나 성격은 달랐지만 둘은 잘 어울려 지냈다. 앨리스는 화학을 전공했고 평균 학점 3.6을 받는 학구파였다. 엘리자베스는 교육학과 수학을 복수 전공했는데, 앨리스보다 좀더 사교적이었고 책은 조금 덜 봤다.

둘은 여전히 친하게 지냈지만, 여름을 나면서 어딘가 모를 냉기류가 흘렀다. 엘리자베스는 그것이 사회학 기말고사에 대한 의견 차이에서 비롯된 것이라 여겼지만, 이렇다 저렇다 말을 하지

416

는 않았다.

여름에 있었던 일은 꿈처럼 여겨지기 시작했다. 우습긴 하지만 토니가 고등학교 때 알았던 소년 같은 생각이 들 때도 있었다. 그를 생각하는 건 여전히 가슴 아픈 일이어서, 앨리스와는 그 이야기를 하지 않으려 했지만, 가슴이 아프다는 것도 오래된 멍처럼 욱신거릴 뿐, 훤히 드러난 상처의 생생한 고통이라고는 할 수 없었다.

더욱 가슴이 아픈 건 에드 햄너와 통화하지 못했다는 것이었다.

한 주가 지나고, 또 한 주가 지나고, 그렇게 10월이 되었다. 그녀는 학생회에서 주소록을 받아 그의 이름을 찾았다. 별 도움이 되지 않았다. 그의 이름 뒤에는 '밀 가'라는 거리 이름만 나와 있었다. 밀 가는 사실 상당히 긴 거리였다. 그녀는 기다렸고, 데이트 좀 하자는 말을 들어도(그런 일은 흔했다) 모두 거절했다. 앨리스는 눈썹만 치켜뜰 뿐 아무 말도 하지 않았다. 사실 그녀는 6주짜리 생화학 프로젝트에 묶인 상태여서 매일 저녁을 도서관에서 보내다시피 했다. 엘리자베스는 자기 룸메이트가 일주일에 한두 통씩 기다란 흰색 봉투의 우편물을 받는 것을 알게 되었다. 수업을 마치고 기숙사에 돌아오는 건 항상 엘리자베스가 먼저였지만 우편물을 의식하지는 못했었다. 이 사설 탐정은 상당히 조심스러웠다. 봉투에는 발신인의 주소가 적혀 있지 않았다.

인터컴이 울렸을 때 앨리스는 공부하고 있었다. "네가 받아, 리즈. 너한테 온 거 아니겠니?"

엘리자베스가 인터컴으로 다가갔다. "예?"

"남자 하나가 찾아왔는데요, 리즈."

아, 하느님.

"누구죠?" 그녀가 물었다. 신경이 곤두서서, 온갖 핑계를 다 생각해 보았다. 편두통. 그건 이번 주에는 아직 써먹지 않았다.

안내 데스크의 여학생이 유쾌한 목소리로 말했다. "이름이 에드워드 잭슨 햄너래요. 아, 주니어까지." 목소리가 낮아졌다. "양말이 짝짝이예요."

엘리자베스의 손이 가운 깃을 향했다. "아, 하느님. 지금 내려간다고 말해 줘요. 아니, 일 분만 기다리라고 해 주세요. 아니, 몇 분 만, 아셨죠?"

"그래요." 의아하다는 듯한 목소리가 흘러나왔다. "피는 보이지 마세요."

엘리자베스는 옷장에서 바지 한 벌을 꺼냈다. 짧은 데님 치마도 꺼냈다. 머리에 컬을 말고 있다는 것을 알고는 신음했다. 마구 뜯어내기 시작했다.

앨리스는 한마디 말없이 조용히 이 광경을 지켜보았고, 엘리자베스가 방을 나선 후에도 생각에 잠긴 듯 한동안 닫힌 문을 바라보았다.

예전 그대로였다. 달라진 게 없었다. 군복 야전 상의를 입었는데, 여전히 두 사이즈 정도는 커 보였다. 뿔테 안경다리 하나는 절연 테이프로 붙여 놓았다. 청바지는 빳빳한 게 새것 같았는데, 토니가 별달리 신경 쓰지 않고 풍겼던 부드럽고 색 바랜 '있어 보이는' 분위기와는 거리가 멀었다. 그는 또 한쪽은 초록색, 한쪽은 갈색 양말을 신고 있었다.

그리고 그녀는 자신이 그를 사랑한다는 것을 알았다.

"왜 전화 안 했어요?" 그에게 다가서며 물었다.

그는 야전 상의 주머니에 양손을 넣은 채 수줍게 웃었다. "데이트할 시간 좀 주려고 했지. 다른 남자들 좀 만나고 말이야. 뭐 하고 싶은지 생각해 봐."

"뭐하고 싶은지 알 것 같아."

"좋아. 영화 보러 갈래?"

"아무거나." 그녀가 말했다. "아무거나 좋아."

날이 갈수록 남자든 여자든, 말도 필요 없이 그렇게 완벽하게 그녀의 기분이 어떤지, 그녀가 필요로 하는 것이 무엇인지 이해할 수 있는 사람을 만나 본 적이 없다는 생각이 들었다. 둘의 취향은 일치했다. 토니가 「대부」 같은 폭력적인 영화를 즐겼다면, 에드는 코미디나 폭력적이지 않은 드라마를 좋아했다. 그녀의 기분이 가라앉으면 서커스에 데려가 더없이 즐거운 시간을 보내기도 했다. 공부를 함께하기로 했으면 학생 회관 3층에서 배회하기만 하는 것이 아니라 정말 공부를 했다. 춤을 추러 갔을 때는 옛날 춤을 잘 추었는데, 그것도 그녀 맘에 들었다. 둘은 「홈커밍 노스탤지어 댄스 대회」에서 50년대 스트롤 트로피를 타기도 했다. 더욱 중요한 것은, 그녀가 열정적이고 싶어할 때를 그가 잘 알고 있다는 것이었다. 그는 그녀를 함부로 이끌거나 재촉하지 않았다. 여태껏 만나 본 남자들한테서 받았던 느낌은 전혀 느껴지지 않았다. 말하자면 남자들은 몸속에 '섹스 시계'라도 가지고 있는 것 같았다. 제1일, 잘 자라고 입 맞추는 것으로 시작해 제10일, 친구네 아파트를 빌려 하룻밤으로 마무리. 밀 가에 있는 아파트는 에드 혼자서 쓰는 3층짜리 건물이었다. 둘은 거기를 자주 갔지만, 엘리자베스는 어줍잖은 돈 후안의 소굴로 들어간다는 느낌 따위는 전혀 들지 않았다. 그는 강요하지 않았다. 그는 진심으로 그녀가 원할 때, 그녀가 원하는 것을 원하는 것 같았다. 그리고 둘 사이는 그렇게 가까워졌다.

방학이 끝나고 다시 학기가 시작할 무렵, 앨리스는 이상하게 뭔가에 골몰한 듯했다. 저녁을 같이 먹기로 하고 에드가 데리러 오기로 한 날 오후에도 엘리자베스는 커다란 마닐라지 봉투를 책상 위에 올려놓고 눈살을 찌푸리며 내려다보는 룸메이트를 여러 번 힐끗거렸다. 한 번은 물어볼 뻔했지만, 그냥 그러지 않기로 했다. 새 프로젝트라도 생긴 거겠지.

에드가 그녀를 기숙사에 다시 데려다 주었을 때는 눈이 많이 내렸다.
"내일?" 그가 물었다. "우리 집?"
"그래요. 팝콘 만들어 줄게."
"그거 좋지." 그가 그녀에게 입맞췄다. "사랑해, 베스."
"나도 사랑해요."
"우리 집에서 잘래?" 에드가 차분하게 물었다. "내일 밤에?"
"좋아요, 에드." 그녀는 그의 눈을 바라보았다. "당신이 원하는 거라면."

"좋아." 그가 조용히 말했다. "잘 자, 아가씨."

"자기도."

앨리스가 잠들어 있을까 싶어 그녀는 조용히 방에 들어섰다. 하지만 앨리스는 자지 않고 책상 앞에 앉아 있었다.

"앨리스, 괜찮아?"

"얘기 좀 해야겠어, 리즈. 에드에 관해서 말이야."

"무슨 얘기?"

앨리스가 조심스레 말했다. "이 얘기를 다 하고 나면, 우리 다시는 안 보게 될지도 몰라. 나한테는, 그건 아주 많은 걸 포기하는 거야. 그러니까 내 말 잘 들어야 해."

"그러면 얘기 안 하는 게 낫겠다."

"시도는 해 봐야지."

엘리자베스는 처음엔 호기심이었던 것이 분노로 변하는 것을 느꼈다. "너 에드 뒷조사나 하고 다닌 거야?"

앨리스는 그녀를 바라보기만 했다.

"우리 둘, 질투했던 거니?"

"아니야. 너나 네가 하는 데이트를 질투했던 거라면, 벌써 2년 전에 이 방에서 나갔을 거야."

엘리자베스가 혼란스러운 듯 그녀를 바라보았다. 앨리스의 말이 맞다는 것을 알고 있었다. 그녀는 갑자기 무서워졌다.

"에드 햄너에 관해서 이상한 점이 두 가지 있어." 앨리스가 말했다. "첫째, 토니가 죽었다고 나한테 편지 쓰면서 내가 레이크우드 극장에서 에드를 만나 참 다행이라고 했지. 곧장 부스베이로 달려가 너한테 도움을 많이 줬다고. 그런데 나는 에드를 만나지 않았어, 리즈. 작년 여름에 레이크우드 극장 근처에도 간 적 없어."

"하지만……."

"그러면 에드는 어떻게 토니가 죽은 걸 알았을까? 나도 모르겠어. 내가 아는 건 그 얘기를 나한테서 듣지는 않았다는 거야. 두 번째는 그 직관 능력이라는 기억력에 관한 거야. 세상에, 리즈, 에드는 자기가 무슨 양말을 신었는지도 기억 못하는 사람이야."

"그건 전혀 딴 얘기잖아." 리즈가 단호하게 말했다. "그건……."

"에드 햄너는 작년 여름에 라스베이거스에 있었어." 앨리스가 부드럽게 말했다. "7월 중순에 돌아와 페마퀴드의 한 모텔에 묵었어. 부스베이 항 바로 맞은편이야. 마치 자기가 필요할 때까지 기다린 것처럼 말이야."

"말도 안 돼! 그리고 에드가 라스베이거스에 있었다는 건 어떻게 알았어?"

"학기 시작하기 직전에 셜리 디안토니오한테 갔었어. 그 아이, 극장 바로 건너편에 있는 파인스 레스토랑에서 일했거든. 에드 햄너 비슷하게 생긴 사람은 전혀 본 적이 없다는 거야. 그래서 여러 가지 거짓말을 하고 있다는 걸 알게 됐지. 그래서 아빠한테 가서 사정을 얘기하니까 도와주겠다고 하시더라고."

"뭘 어떻게?" 엘리자베스가 머뭇거리며 물었다.

"사설 탐정에 의뢰하는 거."

엘리자베스가 일어섰다. "그만해, 앨리스. 됐어." 그녀는 시내로 들어가는 버스를 잡아타고, 오늘은 에드의 집에 있어야겠다고 생각했다. 어차피 그가 그렇게 말해 주기를 기다리고 있었으니까.

"최소한 알고는 있어." 앨리스가 말했다. "그러고 나서 결정해."

"난 이것만 알면 돼. 그 사람 친절하고 착하고 또……."

"사랑에 눈이 멀었구나, 그렇지?" 앨리스가 쓴웃음을 지으며 말했다. "글쎄, 나도 어쩌다 널 사랑하게 되었는지, 리즈. 그런 생각 안 해 봤니?"

엘리자베스가 고개를 돌리고 한참 바라보았다. "정말 그렇다면 표현 방식이 참 이상하구나." 그녀가 말했다. "그럼 계속해 봐. 네 말이 맞을 수도 있지. 너한테 그 정도는 해 줘야 될 수도 있고. 계속해."

"너, 그 사람 오래전에 알았어." 앨리스가 조용히 말했다.

"내가……, 뭐라고?"

"코네티컷 주, 브리지포트, 119초등학교."

엘리자베스는 멍하니 할 말을 잃었다. 그녀는 가족과 함께 브리지포트에서 6년을 살다가 2학년을 마치고 지금 집으로 이사왔었다. 119초등학교에 다니기도 했다. 하지만…….

"앨리스, 정말이야?"

"그 사람 기억나니?"

"아니, 기억날 리가 없지!" 하지만 그녀는 에드를 처음 보았을 때의 느낌을 기억했다. 그때 들었던 기시감.

"예쁜 아이들은 절대 못난 아이들을 기억하지 못해. 내 생각은 그래. 아마 너한테 반했는지도 모르지. 1학년 때 그 사람이랑 같은 반이었어, 리즈. 교실 뒤쪽에 앉아서 널……, 그냥 바라보기만 했을 거야. 아니면 운동장에서였을 수도 있고. 그 나이에 안경도 끼고 치아교정기도 한 아무것도 아닌 아이라면 넌 기억하지 못할 테지만 그 아이는 분명히 널 기억할 거야."

엘리자베스가 말했다. "또 어떤 게 있지?"

"탐정 사무소에서 그 사람 학교 때부터 추적해 들어갔어. 그 다음에는 사람들 만나서 얘기 듣는 일 정도였지. 이 일을 맡은 탐정 말로는 그가 어떻게 살아왔는지 어떤 점은 이해가 안 가더래. 나도 그래. 어떨 때는 두렵다는 느낌도 들고."

"그렇겠지." 엘리자베스가 빈정거렸다.

"에드 햄너 시니어는 도박 중독자였어. 뉴욕에 있는 유명한 광고 회사에 다녔는데 브리지포트로, 말하자면 도망을 쳐 온 거래. 판돈 큰 포커나 도박 장부에 그 사람 차용증이 없는 데가 거의 없을 정도라고 탐정이 그러더라고."

엘리자베스는 눈을 감았다. "그 사람들, 돈이라면 정말 수단 방법 가리지 않나 보구나?"

"그럴지도 모르지. 어쨌든, 에드 아버지는 브리지포트에서도 곤경에 처했어. 또 도박 때문이었는데, 이번에는 악독한 채권자한테 걸려들었나 봐. 왜 그랬는지 다리고 팔이고 부러졌다는데, 탐정 얘기는 사고는 아닌 것 같더라는 거 아냐."

"또 뭐 없어?" 엘리자베스가 물었다. "아동 학대? 공금 횡령?"

"1961년에 로스앤젤레스에 있는 싸구려 광고 회사에서 자리를 하나 얻었대. 라스베이거스에서 너무 가까운 곳이지. 주말이면 거기 가서 큰 도박을 하기 시작했다고……, 결국엔 잃었다고 하더라고. 그러다가 에드 주니어랑 다니기 시작한 거야. 그러면서 돈을 따기 시작했대."

"너 얘기를 아예 만들어 내고 있구나. 분명히 꾸민 얘기야."

앨리스가 앞에 놓인 종이 뭉치를 톡톡 두드렸다. "여기 다 있어, 리즈. 개중에는 완벽하다고는 할 수 없는 것도 있지만, 탐정이야기는 자기가 얘기해 본 사람들은 전부 거짓말할 이유가 없는 사람들이래. 에드 아버지는 에드를 '행운을 부르는 아이'라고 하곤 했대. 처음에는, 카지노에 어린아이가 들어가는 건 불법이었지만 아무도 못 들어가게 하지는 않았어. 그 사람 아버지는 소문난 호구였거든. 그런데 룰렛에만 열중하기 시작했다는 거야. 그것도 홀수/짝수랑 빨강/검정에만 걸었대. 그해 말에 그 아이는 그 지역 카지노 어디에도 들어갈 수 없게 됐어. 그리고 아버지는 새로운 도박을 찾게 됐지."

"그게 뭔데?"

"주식. 1961년 중반에 햄너 일가가 로스앤젤레스로 처음 왔을 때는 90달러짜리 닭장 같은 월셋집에서 살았고 차는 52년식 셰브롤레였대. 1962년 말이니까, 겨우 16개월 후에는 직장도 그만두고 새너제이에 집도 마련한 거야. 아버지는 신형 선더버드를 탔고 어머니는 폴크스바겐을 몰았대. 그러니까, 조그만 아이가 네바다 주 카지노에 가는 건 불법이지만 주식 거래는 아무도 막을 수가 없었던 거야."

"네 말은 그러니까 에드가……, 그런 능력이……. 앨리스, 말도 안 돼!"

"특별히 어떤 말을 하려는 건 아니야. 아버지에게 필요한 게 뭔지 알고 있었던 게 아니라면 말이야."

나는 네가 원하는 걸 알고 있어.

그 말이 마치 그녀의 귀에 대고 하는 것처럼 들렸고, 그녀는 몸서리를 쳤다.

"어머니는 그 후 6년 동안 여기저기 정신병원을 들락날락했어. 신경쇠약이라고는 하는데, 탐정이 간호사한테 들은 얘기로는 정신병자에 가까웠대. 자기 아들이 악마의 자식이라고 떠들고 다녔다는 거야. 1964년에는 아들을 가위로 찌르기도 했대. 죽이려고 했던 거지. 어머니는……, 리즈? 리즈, 왜 그래?"

"그 상처." 그녀가 중얼거렸다. "한 달 전쯤 밤에 학교 수영장에 간 적이 있어. 어깨에 깊게 팬 상처가 있었어……, 여기." 그녀가 가슴 바로 위에 손을 갖다 댔다. "그 사람 말로는……." 그녀는 올라오는 구역질을 눌러 참았고 가라앉을 때까지 말을 잇지 못했다. "어렸을 때 뾰족한 담에 찍힌 거라고 했는데."

"계속할까?"

"끝까지 해. 못 할 게 뭐 있니? 더 심할 것도 없잖아?"

"어머니는 샌와킨 밸리에 있는 호화로운 정신과 치료소에서 1968년에 돌아왔어. 셋이서 휴가를 갔을 땐데, 101번 고속도로변 야영장에 머물렀대. 아이가 땔감을 주워 모으는데 어머니는 아버지와 함께 탄 차를 몰고는 낭떠러지로 떨어져 버렸어. 에드를 치려고 했던 모양이야. 그때 에드는 열여덟 살이었고, 아버지는 100만 달러어치 주식을 물려줬대. 1년 반이 지나서 에드는 동부로 넘어왔고 우리 학교에 등록한 거야. 이야기는 여기까지야."

"벽장 속에서 해골이 나온 건 아니고?"

"리즈, 이 정도면 충분하지 않아?"

그녀가 벌떡 일어섰다. "자기 가족 얘긴 하지 않았던 게 하나도 이상하지 않구나. 그렇게 그분들을 두 번 죽이는 일을 해야 했니?"

"넌 지금 보이는 게 없어." 앨리스가 말했다. 엘리자베스는 외투를 꺼내 입는 중이었다. "그 사람한테 가는 것 같구나."

"그래."

"그 사람을 사랑하니까."

"맞아."

앨리스가 방을 가로질러 와 그녀의 팔을 잡았다. "그렇게 뚱하고 화난 표정 하지 말고 잠깐만 좀 생각해 볼 수 없니? 에드 햄너는 꿈에서나 가능한 일을 정말 할 수 있는 사람이야. 그 사람은 아버지가 룰렛에서 돈을 딸 수 있도록 했고 주식 투자에서 큰돈을 벌 수 있게도 했어. 마음만 먹으면 뭐든 할 수 있는 거야. 심하진 않지만 정신병일 수도 있어. 예지력이 있을 수도 있고. 잘 모르겠어. 그런 능력을 가지고 있는 사람도 분명히 있을 거야. 하지만 리즈, 네가 그 사람을 사랑하도록 그 사람이 조종했다는 생각든 적 없어?"

리즈가 천천히 그녀 쪽으로 돌아섰다. "그렇게 얼토당토않은 이야기는 태어나서 처음이야."

"그래? 그 사람이 아버지한테 룰렛을 가르쳐 준 거나 너한테 사회학 시험을 가르쳐 준 거나 똑같잖아! 사회학 수업은 받은 적도 없는 사람이야! 알아봤어. 그렇게 접근한 건 네가 그 사람을 진지하게 생각할 수 있는 길이 그것밖에 없었기 때문이야."

"그만해!" 리즈가 울음을 터뜨렸다. 그녀는 손으로 귀를 막았다.

"그 사람은 시험에 대해서도 알았고 토니가 언제 죽는지도 알았고 네가 비행기를 타고 집에 갈 거라는 것도 알았어! 지난 10월처럼 언제 너한테서 물러나 있어야 하는지 네 심리 상태를 전부 알았던 거야."

엘리자베스는 그녀에게서 물러나 문을 열었다.

"제발." 앨리스가 말했다. "제발, 리즈, 내 말 좀 들어. 나도 그 사람이 어떻게 이런 일을 할 수 있는지 몰라. 그 사람이 확실히 알고 있는지도 실은 잘 모르겠어. 너를 해코지하려는 의도는 없을 수도 있지만, 벌써 그렇게 되어 버렸잖아. 네가 원하고 네가 바라는 비밀스러운 부분들을 전부 알아채서 그 사람을 좋아하게 만들었잖아. 그건 사랑이 아니야. 차라리 강간이야."

엘리자베스는 문을 쾅 닫고는 계단을 뛰어 내려갔다.

그녀는 시내로 나가는 마지막 버스를 탔다. 어느 때보다 많은 눈이 내렸고, 버스는 사방으로 흩날리는 눈을 헤치며 다리가 말을 듣지 않는 딱정벌레처럼 어기적거리며 나아갔다. 엘리자베스는 대여섯 명만 탄 버스의 맨 뒷자리에 앉았다. 수천 가지 생각이 머리를 떠나지 않았다.

박하 향 담배. 주식 거래. 디디라는 엄마의 별명을 말하는 태도. 1학년 교실 맨 뒷자리에 앉아 너무 어려 무슨 일인지 알지 못하는 활달한 여자 아이에게 추파를 던지는 조그만 아이…….

나는 네가 원하는 걸 알고 있어.

아냐. 아냐. 아냐. 나는 정말 그 사람을 사랑해!

정말 그럴까? 아니면 언제나 먹고 싶은 걸 주문해 주고, 보고 싶은 영화를 보러 가고, 가고 싶지 않은 곳은 가지 않고, 하기 싫은 일은 하지 않는 사람과 같이 있어 단지 기뻤던 것일까? 그 사람은 그녀가 보고 싶은 것만을 볼 수 있던 일종의 정신적 거울은 아니었을까? 그가 그녀에게 주는 선물은 언제나 마음에 들었다. 날씨가 갑자기 추워져 헤어드라이어를 그렇게 갖고 싶어했을 때도 누가 가져다주었지? 물론, 에드 햄너였어. 싸게 파는 걸 우연히 봤어, 그는 그렇게 말했지. 그녀는, 물론, 기뻐했고.

그건 사랑이 아니야. 차라리 강간이야.

메인 가와 밀 가의 교차로에 접어들자 차가운 바람이 그녀의 얼굴을 할퀴었다. 버스가 부드러운 디젤 엔진 소리를 내며 멀어져 갈 때는 주춤 뒤로 물러섰다. 버스의 미등이 눈발 속에서 짧게 반짝이는 것도 잠시, 곧 사라져 버렸다.

그녀는 그렇게 외로웠던 적이 없었다.

그는 집에 없었다.

그녀는 5분 동안 문을 두드리다 밖에 그냥 서 있었다. 난감했다. 에드가 그녀와 있지 않을 때 무엇을 하는지, 누구를 만나는지 전혀 모른다는 것이 떠올랐다. 그런 것에 대해 얘기해 본 적이 없었다.

아마 포커를 하며 또 다른 헤어드라이어 살 돈을 마련하고 있을지도 몰라.

문득 문설주 위에 열쇠를 두고 다닌다는 사실이 떠올랐다. 발끝으로 서서 문 위를 더듬어 찾았다. 땡그랑 소리를 내며 열쇠가 바닥에 떨어졌다.

그녀는 그것을 집어 들고 문을 열었다.

에드가 없는 집은 사뭇 달라 보였다. 인공적인, 무대 같은 분위기. 외모는 그렇게도 신경을 쓰지 않는 사람이 이렇게 깨끗하고,

그림에서나 볼 듯한 집에 산다는 게 놀라웠다. 자기 자신이 아니라 그녀를 위해 집을 꾸민 것 같을 정도였으니까. 하지만 그것도 다 부질없는 생각이었다. 그렇지 않을까?

함께 공부하거나 텔레비전을 볼 때 앉던 의자가 참 마음에 들었다는 생각이 갑자기 떠올랐다. 골디락에게 아기곰의 의자가 딱 맞았던 것처럼.〈곰 가족이 집을 비운 사이 어린 소녀 골디락이 그 집에 들어가 스프를 모두 먹어 치우고 편히 쉬다 도망가는 이야기〉 그 의자는 참 편안했다. 너무 딱딱하지도 않고, 너무 푹신하지도 않고. 딱 좋았다. 에드와 함께 지내면서 겪었던 모든 일이 그랬다.

거실에서 안으로 통하는 문 두 개가 열려 있었다. 하나는 부엌으로 가는 문, 다른 하나는 침실로 가는 문.

밖에서는 바람이 불어 낡은 아파트 건물에서 삐걱거리는 소리가 났다.

침실에 들어가, 그녀는 놋쇠틀의 침대를 바라보았다. 너무 딱딱하지도 않고 너무 푹신하지도 않은 것이 딱 좋아 보였다. 음험한 목소리가 흘러나오는 듯했다. 너무 완벽한 것 같지 않아?

그녀는 책장으로 다가가 여기저기 제목을 훑어보았다. 그중 하나가 눈에 들어와 책을 꺼내 들었다. 『50년대를 휩쓴 댄스』. 거기만 보았는지 4분의 3쯤 되는 곳이 저절로 펼쳐졌다. '스트롤'이라는 항목에 빨간 유성펜으로 진하게 동그라미 표시를 해 놓았고 여백에는 '베스'라는 글자가 보란 듯이 크게 씌어져 있었다.

이제 가야겠어. 그녀가 중얼거렸다. 지금도 늦지 않았어. 지금이라도 그가 들어온다면 그의 얼굴을 다시는 쳐다보지 못할 거야. 그럼 앨리스의 승리야. 돈 좀 쓴 효과가 있는 거지.

하지만 그녀는 멈출 수가 없었고, 멈출 수 없으리라는 것도 알고 있었다. 너무 많이 와 버린 것이다.

그녀는 벽장으로 다가가 손잡이를 돌리려 했지만 움직이지 않았다. 잠겨 있었다.

있으리라고는 생각하지 않았지만, 다시 뒤꿈치를 들고 벽장문 위를 더듬어 보았다. 손가락 끝으로 열쇠가 느껴졌다. 열쇠를 집어 들자 속에서 이런 목소리가 들려왔다. '이러지 마.' 푸른 수염의 아내가 문을 열고 보게 된 끔찍한 것들이 떠올랐다. 하지만 이미 너무 늦었다. 지금 하지 않으면 앞으로가 편치 않을 것이다. 그녀는 벽장문을 열었다.

진짜 에드 햄너 주니어가 항상 숨기려 했던 게 이런 거구나 는 너무나도 묘한 기분이 들었다.

벽장 안은 엉망이었다. 뒤엉킨 옷가지며 책, 줄 없는 테니스 라켓에, 너덜너덜한 테니스화, 찢어진 책 쪼가리와 리포트가 널브러져 있고, 보쿰 리프 파이프 담배 가루도 쏟아져 있었다. 군복 야전 상의는 한쪽 구석에 걸려 있었다.

그녀는 책 한 권을 들어 눈을 깜빡이며 제목을 보았다. 『황금 가지』. 또 한 권. 『고대 의식, 현대 미스터리』. 또 한 권. 『아이티 부두교』. 그리고 마지막 책은, 케케묵은 가죽 장정에 손을 많이 탔는지 제목이 지워져 거의 알아볼 수 없는, 썩은 물고기 비슷한 냄새가 나는 책, 『네크로노미콘』^{에드 사이먼이 쓴 마법에 관한 유명한 책}이었다. 그녀는 여기저기 펼쳐 보다 숨막힐 듯 놀라 책을 던져 버렸지만, 책 속의 외설적인 장면이 눈앞에 아른거렸다.

우선은 안정을 되찾자는 생각에, 그녀는 군복 야전 상의로 손을 뻗었지만, 주머니를 뒤질 생각까지는 하지 않았다. 하지만 야전 상의를 들어 올리자 무언가가 눈에 들어왔다. 조그만 양철 상자…….

호기심에 그녀는 그것을 집어 들고 이리저리 뒤집어 보았다. 달그락거리는 소리가 났다. 남자 아이가 자기만의 보물을 넣어 둘 법한 상자였다. 상자 바닥 쪽에 '브리지포트 제과'라는 회사 이름이 새겨져 있었다. 그녀는 상자를 열어 보았다.

인형이 제일 위에 있었다. 엘리자베스 인형.

그것을 보자 그녀는 몸이 떨려 오기 시작했다.

인형은 빨간 나일론 조각으로 만든 옷을 입고 있었다. 두세 달 전 에드와 영화를 보러 갔다 잃어버린 스카프였다. 팔은 담배 파이프 소제기로 만들었는데 파란 이끼 같은 것으로 장식을 해 놓았다. 아마도 공동묘지의 이끼이리라. 인형의 머리에는 머리카락도 달려 있었는데, 똑같다고는 할 수 없었다. 머리카락은 새하얀 색이었다. 분홍색 고무 지우개로 만든 머리에 아마 섬유를 붙여 놓았다. 그녀의 머리카락은 모래 빛 금발이었고 인형보다는 굵었다. 인형의 머리카락은 오히려 예전의…….

그녀가 아직 어린아이였을 때의 머리카락과 비슷했다.

그녀는 침을 삼켰다. 목으로 넘어가는 소리가 들렸다. 초등학교 1학년 때, 어린아이들 손에 딱 맞는, 위험하지 않게 날을 만든 조그만 가위를 학교에서 주지 않았던가? 오래전의 어린 남자 아이가, 어쩌면 낮잠 시간에 그녀 뒤로 살금살금 다가와…….

엘리자베스는 인형을 옆으로 놓아두고 다시 상자 안을 들여다 보았다. 파란색 포커 칩이 있었는데, 그 위에 빨간 잉크로 이상한 육각형이 그려져 있었다. 너덜너덜한 신문 부고면⋯⋯, 에드워드 햄너 내외였다. 의미 없는 웃음을 짓는 신문 사진 속의 두 사람 얼굴에 이번에는 관 덮개처럼 검은 잉크로 같은 모양의 육각형 그림이 있었다. 남자 인형 하나, 여자 인형 하나가 더 있었다. 부고 사진과 소름 끼칠 정도로 똑같은 얼굴이었다.

그리고 몇 가지가 더 있었다.

그녀는 손을 더듬어 보았지만 너무 심하게 떨려 상자를 떨어뜨릴 뻔했다. 작은 소리가 그녀의 손을 떠났다.

모형 자동차였는데, 슈퍼마켓이나 장난감 가게에서 사 접착제를 사용해 조립하는 것이었다. 피아트였다. 빨간 칠을 하고 토니의 티셔츠 같아 보이는 천조각이 차 앞에 붙어 있었다.

그녀는 모형 자동차를 뒤집어 보았다. 망치로 밑바닥을 쳤는지 부서져 있었다.

"그래 찾아냈구나, 이 배은망덕한 년."

그녀는 비명을 지르며 자동차와 상자를 떨어뜨렸다. 그의 역겨운 보물들이 바닥에 흩어졌다.

에드가 현관에 서서 그녀를 노려보았다. 그녀는 그렇게 증오로 가득한 사람의 얼굴을 본 적이 없었다.

그녀가 말했다. "네가 토니를 죽였어."

그가 불쾌한 듯 씩 웃었다. "증거라도 댈 수 있을 것 같아?"

"상관없어." 침착한 자신의 목소리에 그녀 스스로도 놀랐다. "이제 알았어. 그리고 다시는 널 보지 않을 거야, 다시는. 그리고 너⋯⋯, 다른 사람한테⋯⋯, 어떤 짓이든 저지르면, 나는 알고 있을 거야. 그리고 나도 가만히 있지는 않을 거야. 어떤 식으로든."

그의 얼굴이 일그러졌다. "고마움을 그렇게 표시하는구나. 네가 원하는 건 뭐든 다 줬어. 다른 사람은 할 수 없는 것들 말이야. 인정해. 난 널 완벽하게 행복하게 해 줬어."

"넌 토니를 죽였어!" 그를 향해 그녀가 소리쳤다.

그는 방 안으로 한 발을 더 들여놓았다. "그래, 하지만 다 널 위한 거였어. 너, 바보 아니니, 베스? 너는 사랑이 뭔지 몰라. 처음 봤을 때부터, 17년도 더 전부터 널 사랑했어. 토니가 그렇게 얘기할 수 있었을 것 같아? 너한테는 어려운 일이 없었지. 너는 예쁘니까. 너는 뭔가가 없다거나, 뭔가가 필요하다거나, 아니면 외롭다는 것에 대해서 생각할 필요가 없었어. 너는 꼭 가져야 하는 걸 가지려고 다른 방법을……, 찾아나설 필요가 없었어. 너한테는 항상 토니 같은 남자가 있었으니까. 너는 그냥 가만히 앉아 방글거리면서 해 달라고만 하면 됐던 거야." 그의 목소리가 높아졌다. "나는 그런 식으로 원하는 것을 얻을 수 없었어. 내가 노력도 안 한 것 같아? 아버지한테는 소용없었어. 아버지는 항상 더 많은 걸 원했어. 부자로 만들어 주기 전에는 잘 자라는 입맞춤을 해 준 적도 없고 안아 준 적도 없어. 엄마도 마찬가지야. 나는 엄마에게 결혼 생활을 돌려줬어. 하지만 그걸로 충분했을까? 엄마는 날 미워했어! 내 옆으로는 오지도 않았어! 나보고 비정상적이라고 했어! 엄마한테 좋은 걸 얼마나 많이 줬는데……. 베스, 그러지 마! 안 돼……, 안 돼!"

그녀는 엘리자베스 인형을 밟고, 발을 비틀어 인형을 뭉개 버렸다. 그녀 안의 무언가가 격정적으로 타오르다 곧 사라졌다. 이제 그가 두렵지 않았다. 그는 그저 젊은 남자의 몸에 깃들인 조그맣게 줄어든 어린아이에 지나지 않았다. 그리고 그의 양말은 짝짝이였다.

"이제 나한테 아무 짓도 못 할 거야, 에드." 그녀가 그에게 말했다. "이제 아니야. 내가 잘못 알고 있니?"

그는 등을 돌렸다. "가." 그가 약하게 말했다. "나가. 하지만 상자는 놔둬. 최소한 그건 놔둬."

"상자는 그냥 둘 거야. 하지만 그 안에 있던 것들은 안 돼." 그녀가 그를 지나 걸어갔다. 그의 어깨가 돌아서서 그녀를 잡기라도 하려는 듯 움찔했지만 이내 다시 구부정한 자세로 돌아왔다.

그녀가 계단을 내려와 2층에 서자, 3층 계단 꼭대기에 서 있던 그가 날카롭게 그녀에게 외쳤다. "그럼 가 버려! 하지만 나 말고 다른 남자한테는 만족할 수 없을 거야! 네 겉모습도 볼품없어지고 네가 원하는 걸 주려고 하는 남자가 없을 때는 나를 떠올릴 거야! 네가 팽개쳤던 것들을 생각하게 될 거야!"

그녀는 계단을 내려가서 눈 속으로 걸어 들어갔다. 얼굴을 스치는 차가운 느낌이 좋았다. 학교까지는 3킬로미터 거리였지만 그녀는 개의치 않았다. 그녀는 걷고 싶었고 추위도 달가웠다. 그렇게 해서 자신이 깨끗해지기를 바랐다.

그에게 이상야릇한 미안함을 느꼈다. 다 자라지 못한 영혼에 엄청난 힘이 숨겨진 조그만 아이. 사람들을 장난감 병정처럼 움직이려던, 사람들이 그렇게 하려 하지 않거나 그런 사실을 알게 되었을 때 분을 이기지 못하고 그들을 짓밟았던 조그만 아이.

그녀는 어땠나? 그가 가지지 못한 것을 가질 수 있었던 것, 그의 잘못도 아니고 그녀가 노력해서 얻었던 것도 아닌 그것은 축복이었을까? 그녀는 앨리스에게 화를 냈던 것을 떠올렸다. 바람직한 것보다는 쉬운 것에 맹목적으로, 질투심에 사로잡혀 매달리기만 할 뿐, 배려하지 않았던, 배려하지 않았던 자신을.

네 겉모습도 볼품없어지고 네가 원하는 걸 주려고 하는 남자가 없을 때는 나를 떠올릴 거야! 난 네가 원하는 것을 알고 있어.

하지만 그녀는 그렇게 작은 것을 원할 만큼 작은 사람일까?

제발, 신이시여, 그렇지 않기를.

학교와 시내를 잇는 다리에 멈춰서 에드 햄너의 마술 조각들을 하나씩하나씩 던져 버렸다. 빨간 칠을 한 피아트를 마지막으로 던졌다. 그것은 흩날리는 눈발 속을 빙글빙글 돌며 떨어지다 시야에서 사라져 갔다. 그녀는 가던 길을 다시 걷기 시작했다.

옥수수 밭의 아이들

■

Children of the Corn

버트는 라디오 볼륨을 한껏 올렸다. 지금 막 말다툼을 시작하려는 분위기에서 그런 일이 생기는 것을 원하지 않았기 때문이다. 정말로 그런 일이 생기지 않기를 바랐다.

비키가 무슨 말을 했다.

"뭐라고?" 그가 소리쳤다.

"낮추라고요! 고막 터지는 거 보고 싶어요?"

그는 목구멍까지 올라온 말을 힘겹게 참으며 볼륨을 낮췄다.

스포츠카에 에어컨을 켜 놨는데도 비키는 매고 있던 스카프로 연신 부채질을 해 댔다. "지금 우리 어디에 있는 거예요?"

"네브래스카."

그녀는 아주 차갑고 감정 없는 표정으로 쳐다보았다. "좋아요, 버트. 우리가 지금 네브래스카에 있다는 것은 알겠어요. 하지만 버트, 도대체 정확히 여기가 어디냐고요?"

"지도책 있잖아. 한번 봐. 지도 볼 줄 몰라?"

"잘났어. 그래서 고속도로에서 빠져나온 거지. 끝도 안 보이는 옥수수 밭이나 보려고 말이야. 참 잘났어요, 버트 로브슨씨."

그는 손가락 마디가 하얗게 변할 정도로 핸들을 세게 움켜쥐었다. 그렇게 꽉 쥐지 않으면 어느새 주먹이 날아가 옆에 앉아 계신 무도회 여왕 출신의 마나님을 한 대 칠 것만 같았다. '결혼은 유지해야지.' 스스로에게 말했다. '그래, 불쌍한 보병들이 전쟁에서 마을을 지키는 마음으로 지켜야지.'

"비키." 그가 조심스럽게 말했다. "보스턴에서 출발할 때부터 고속도로만 2,400킬로미터를 운전했잖아. 당신이 운전하기 싫다고 해서 나 혼자 한 거 아냐, 그리고……."

"싫다고 한 적 없어!" 비키가 흥분하며 말했다. "장거리 운전하면 머리가 아프니까……."

"내가 다른 길 좀 찾아보라고 했을 때 뭐라고 했어? '알았어요, 버트.'라고 했잖아. 그대로 말했잖아, '알았어요, 버트.'라고. 그런데……."

"도대체 무슨 생각으로 당신 같은 사람이랑 결혼했나 싶을 때가 있어."

"딱 두 마디 때문이지."

그녀는 입술이 하얘지면서 잠시 그를 똑바로 쳐다보더니, 지도책을 집어 들고 거칠게 책장을 넘겼다.

고속도로를 벗어난 것은 실수였다고 버트는 후회했다. 부끄러운 일이기도 한 것이, 그전까지는 서로를 거의 인격적으로 대하며 별 탈 없이 잘 달려왔기 때문이다. 그때까지만 해도 이번 여행이, 그러니까 비키의 오빠네 가족을 만나러 간다는 핑계하에, 결혼을 어떻게든 유지해 보려는 사실상의 마지막 시도였던 이번 여행이 성공하는 것처럼 보였다.

하지만 고속도로를 벗어난 다음부터 상황이 다시 나빠졌다. 얼마나 나빠졌냐고? 글쎄, 사실을 말하자면 끔찍했다.

"햄버에서 고속도로를 빠져나온 거예요, 맞죠?"

"그렇지."

"개틀린까진 아무것도 없어요." 그녀가 말했다. "30킬로미터쯤 가면 뭐가 표시돼 있기는 한데, 거기서 뭐 좀 먹을 수 있을라나? 아님, 항상 옳은 당신 계획대로 2시까지 그냥 하염없이 달려야 하는 건지도 모르죠. 어제처럼."

그는 도로에서 눈을 돌려 그녀를 쳐다봤다. "거의 그럴 것 같아, 비키. 내 생각만 하자면 말이야, 여기서 차를 돌려 집으로 가서 당신이 만나고 싶어하는 그 변호사를 보는 게 좋을 것 같아. 이건 도무지……"

그녀가 고개를 돌렸다. 단단히 굳은 표정이 잠시 후 놀라움과 두려움이 가득한 표정으로 바뀌었다. "버트, 앞을 좀 봐요……"

그가 고개를 다시 돌리자마자 뭔가 자동차의 범퍼 아래로 빨려 들어가는 것이 보였다. 잠시 후, 브레이크로 발을 옮길 때 묵직한 물건이 앞바퀴와 뒷바퀴를 차례대로 스치는 것이 느껴졌다. 자동차가 중앙선을 따라 시커먼 타이어 자국을 남기며 급정거를 하면서 덩어리가 다시 앞으로 튀어나왔다.

"개일 거야. 개라고 말해 줘, 비키." 그가 말했다.

그녀의 얼굴빛이 시골집에서 만든 치즈처럼 창백했다. "남자

아이였어. 작은 남자 아이. 옥수수 밭에서 갑자기 튀어나와서……,
결국 이 차가 일을 냈어."

아내는 더듬거리며 차 문을 열고 몸을 기울여 토하기 시작했다.

운전석에 꼿꼿이 앉은 버트는 여전히 핸들을 꼭 부여잡고 있었
다. 꽤 긴 시간 동안 그는 지독한 비료 냄새 외에는 아무것도 느
끼지 못했다.

정신을 차려 보니 비키가 없었다. 사이드 미러를 보니 아내는
누더기처럼 보이는 뒤집어진 덩어리를 향해 비틀거리며 걸어가고
있었다. 평소에는 나름대로 품위를 지키는 여자였지만 지금 그러
한 품위는 온데간데없었다.

'살인이야. 사람들은 그렇게 부르지. 운전 중에 한눈을 판 거야.'

시동을 끄고 차에서 내렸다. 사람 키만큼 자란 옥수수 사이로
가벼운 바람이 불면서, 숨 쉬는 소리 같은 낯선 소리를 자아냈다.
비키는 이제 누더기 앞에 섰다. 그녀가 흐느끼는 소리가 들렸다.

자동차와 아내의 중간쯤에 이르렀을 때 왼쪽에 뭔가 스치는 것
이 보였다. 온통 녹색인 옥수수 밭 사이로 화려한 붉은색이, 페인
트처럼 밝은 붉은색이 잠깐 보였던 것이다.

걸음을 멈추고 옥수수 밭을 돌아봤다. 옥수수가 자라기에는 기
가 막히게 좋은 날씨라는 생각이 들었다(누더기처럼 보이지만 누
더기가 아닌 저 물건에 대한 생각을 떨칠 수 있다면 어떤 다른 생각
이라도 좋았다). 거의 다 자란 것처럼 보이는 옥수수는 곧 수확할
수 있을 것 같았다. 질서정연하게 늘어선 옥수수 사이의 그늘로
숨어 들어가 다시 나오는 길을 찾는 데 온종일을 보내도 좋을 터
였다. 하지만 그 정연함은 바로 그의 앞에서부터 흐트러졌다. 몇

몇 옥수숫대가 부러진 채 한쪽으로 기울어져 있었던 것이다. 저 그림자 뒤엔 뭐가 있는 걸까?

"버트!" 비키가 비명을 질렀다. "와서 안 볼 거예요? 보고 나서 불알친구들한테 네브래스카에서 당신이 한 짓을 이야기해 줘야지, 당신 정말……." 나머지 말은 흐느낌에 묻혀 버렸다. 그녀의 그림자가 그녀 자신의 발밑을 어둡게 둘러쌌다. 거의 정오에 가까운 시간이었다.

옥수수 밭에 들어서자 그림자가 그의 위로 떨어졌다. 붉은색 반점처럼 보였던 것은 피였다. 파리가 날아들어 피를 맛보고 다시 날아가면서 내는 소리가 나직하게 들렸다……. 아마 동료들에게 알려 주러 날아가는 것이겠지. 안쪽으로 들어갈수록 피가 더 많이 묻어 있었다. 이렇게 멀리까지 피가 튀었을 리 없는데? 거기서 그는 자기가 길에서 봤던 물건을 발견했다. 그는 그것을 집어 들었다.

바로 그 지점부터 옥수수 밭의 질서정연함이 흐트러졌다. 옥수숫대 몇 개가 어지럽게 쓰러져 있는데, 그중에 두 개는 완전히 뿌리째 뽑혔다. 그 부분엔 흙이 파헤쳐졌고 거기도 피가 있었다. 옥수수 밭에서 무슨 소리가 들렸다. 그는 가볍게 몸을 떨며 다시 도로로 걸어나왔다.

완전히 히스테리 상태에 빠진 비키는 알아들을 수 없는 말을 그에게 마구 퍼부으면서 울었다 웃었다 했다. 이런 멜로드라마 같은 결말이 될 거라고 누가 예상이나 했던가? 그는 아내를 쳐다보며 자기 자신은 정체성의 위기나 급격한 삶의 변화, 또는 그와 비슷한 일들을 겪지 않았음을 새삼 확인했다. 아내가 미웠다. 그녀의 뺨을 세게 후려쳤다.

비명을 멈춘 아내가 빨갛게 달아오르는 그의 손가락을 쥐며 말했다. "당신, 감옥에 갈 거예요, 버트." 엄숙한 목소리였다.

"내 생각은 좀 다른데." 그가 옥수수 밭에서 찾은 옷 가방을 내려놓으며 말했다.

"이게 무슨……."

"몰라. 저 애가 가지고 있던 거겠지." 그가 길바닥에 고개를 처박고 쭉 뻗은 시체를 가리키며 말했다. 외모만 봐서는 열세 살이 넘지 않을 듯한 소년이었다.

오래된 옷 가방이었다. 갈색 가죽은 너무 닳아서 못 쓸 지경이었다. 가방 둘레는 빨랫줄 두 가닥으로 묶어 놓은 상태였다. 비키가 그중 하나를 풀어 보려고 애쓰다가 매듭에 피가 묻은 것을 보고는 물러섰다.

버트는 무릎을 꿇고 앉아 시체를 천천히 뒤집었다.

"보기 싫어." 비키는 말은 그렇게 하면서도 고개를 돌리지는 못했다. 텅 빈 시선으로 그들을 올려다보는 시선을 마주치자 그녀는 다시 비명을 질렀다. 소년의 얼굴은 지저분했고 극심한 공포로 잔뜩 찌푸린 표정이었다. 소년의 목이 잘려 있었다.

버트는 일어나서 휘청하는 비키를 붙잡아 안았다. "기절하면 안 돼." 차분하게 말했다. "내 말 들리지, 비키? 기절하면 안 돼."

그는 계속 같은 말을 반복했고 마침내 아내도 정신을 차리고 그를 붙잡았다. 어떻게 보면 정오의 도로에서 소년의 시체를 앞에 놓고 춤을 추는 것처럼 보일지도 모를 광경이었다.

"비키?"

"응?" 아내는 그의 셔츠에 대고 말했다.

"차에 가서 자동차 열쇠를 챙겨. 뒷좌석에서 모포랑 내 총도 좀 가져와."

"총?"

"누군가 이 아이 목을 자른 거야. 지금 우리를 지켜보고 있을 지도 몰라."

그녀는 고개를 들고 휘둥그레진 눈으로 옥수수 밭을 쳐다봤다. 그녀의 시선이 닿는 곳까지 길게 펼쳐진 옥수수 밭은 지형에 따라 완만한 곡선을 이루었다.

"벌써 사라지고 없는 것 같긴 하지만, 그래도 만약을 대비해서야. 자, 가서 가져와."

아내는 어색한 자세로 차를 향해 걸어갔다. 뒤를 따르는 그림자는 이 시간에만 따라다니는 어두운 마스코트처럼 보였다. 아내가 차 안을 뒤지는 동안 버트는 소년 옆에 웅크리고 앉았다. 백인 남자, 특이한 점은 없었다. 차에 치인 것은 분명하지만, 스포츠카에 치였다고 목이 잘리지는 않는다. 아무렇게나 서툴게 자른 솜씨였다. 육박전에서 어떻게 해야 하는지 제대로 배운 적이 없는 살인자였다. 하지만 마지막 칼질이 치명적이었다. 이 아이는 옥수수 밭을 가로질러 달렸거나, 아니면 질질 끌려 나왔을 것이다. 이미 사망한 상태였을 수도 있고, 아니었을 수도 있다. 그때 버트 로브슨이 아이를 친 것이다. 자동차에 칠 때까지 살아 있었다고 하더라도, 기껏해야 삼십 초 정도 일찍 죽은 것뿐이다.

비키가 어깨를 쳤고 그는 황급히 일어났다.

아내는 갈색 군용 모포를 왼쪽 팔에 걸치고, 장전된 총을 오른

손에 든 채 고개를 돌리고 서 있었다. 그는 모포를 받아서 도로 위에 펼친 다음, 그 위로 시체를 올렸다. 비키는 숨이 넘어갈 것 같은 신음을 냈다.

"괜찮아?" 그가 올려다보며 말했다. "비키?"

"괜찮아요." 그녀가 목이 졸린 듯한 목소리로 말했다.

그는 모포로 시체를 말아서 들어 올렸다. 끈적끈적한 죽음의 무게가 싫었다. 시체는 모포 안에서 축 처졌고, 그가 잡으려 해 보았지만 이내 미끄러지기만 했다. 그가 다시 한번 자세를 고쳐 잡고 나서 그들은 함께 자동차로 향했다.

"트렁크 좀 열어 봐." 그가 투덜거리듯 말했다.

트렁크에는 여행물품과 옷 가방, 기념품들이 가득했다. 비키가 그 물건들을 뒷좌석으로 옮기자 버트는 그 자리에 시체를 밀어 넣고 트렁크를 닫았다. 안도의 한숨이 나왔다.

비키는 운전석 쪽 문 옆에 서 있었다. 여전히 장전된 총을 든 채였다.

"총은 뒷좌석에 두고 얼른 타."

시계를 봤더니 겨우 15분밖에 지나지 않았다. 거의 한 시간은 된 것처럼 느껴졌다.

"옷 가방은 어떻게 하지?" 그녀가 물었다.

그는 인상주의 그림의 소실점처럼 하얀 차선 위에 그 가방이 놓인 곳으로 다시 걸었다. 너덜더덜해진 손잡이를 잡아 들고는 그대로 잠시 서 있었다. 누가 지켜보는 듯한 느낌이 강하게 들었던 것이다. 책에서 읽은 적이 있는 느낌이었다. 대부분 싸구려 소설이었고, 그는 실제로 그런 느낌이 있을 거라고 믿지도 않았다.

하지만 지금은 달랐다. 옥수수 밭 안에 누가 있는 것만 같았다. 그것도 아주 많이. 저 안에서, 자기들이 남자를 덮쳐서 옥수수 밭으로 끌고 와 목을 딸 때까지 여자가 뒷좌석에서 총을 꺼낼 수 있을지 계산해 보고 있는지도 모르는 일이었다.

가슴이 쿵쾅거렸고, 그는 얼른 달려와 트렁크에 꽂힌 열쇠를 뽑아서 차 안으로 들어왔다.

비키는 다시 울음을 터뜨렸다. 자동차가 움직이고 몇 분이 지나자 사고 지점이 어디였는지도 정확히 알 수 없었다.

"다음 마을 이름이 뭐라고 했지?" 그가 물었다.

"아." 아내가 다시 지도책을 집어 들었다. "개틀린. 십 분 안에 도착할 수 있을 것 같아요."

"경찰서가 있을 만큼 커?"

"아니, 그냥 점으로만 표시돼 있어요."

"순경이라도 있겠지."

얼마 동안 둘은 아무 말이 없었다. 왼쪽으로 곡물 저장소를 하나 지나쳤을 뿐 천지가 옥수수였다. 반대쪽으로는 농사용 트럭조차 다니지 않았다.

"고속도로에서 빠지고 나서 지나간 게 있던가, 비키?"

아내는 잠시 생각해 보는 듯했다. "자동차 한 대랑 트랙터가 있었어요. 교차로에서."

"아니, 이 길에서 말이야. 17번 도로."

"여기서는 없었던 것 같아요." 좀 전 같았으면 비꼬는 말이 이어졌을 것이다. 하지만 지금 아내는 반쯤 열린 차창 너머로 펼쳐진 길과 끝없이 이어진 차선을 바라볼 뿐이었다.

"비키, 그 옷 가방 한번 열어 볼래?"

"중요한 게 있을 것 같아서 그래요?"

"몰라. 뭐 그럴 수도 있겠지."

아내가 매듭을 푸는 동안(무표정하게 입술을 꼭 다물고 어색하게 경직된 그녀의 얼굴을 보고 있으니 닭고기에서 내장을 발라낼 때 어머니가 짓던 표정이 생각났다), 버트는 다시 라디오를 켰다.

계속 들어왔던 음악 채널에서 거의 아무 소리도 들리지 않아서 버트는 빨간 표시를 아래로 천천히 움직였다. 「팜 리포트」. 「벅 오웬스」. 「태미 위네트」. 거의 모든 방송이 멀리서 웅얼거리는 소리처럼 들렸다. 다이얼의 맨 마지막에 이르렀을 때 단어 하나가 스피커에서 들렸는데, 그 소리가 어찌나 크던지 마치 대시보드 아래 스피커의 바로 밑에서 누군가 소리를 지르는 것만 같았다.

"속죄!" 목소리가 울부짖었다.

놀란 버트는 불평했고 비키는 펄쩍 뛰었다.

"오직 새끼양의 피를 통해서만 우리가 용서를 받으리니!"

쩌렁쩌렁 울리는 목소리였다. 버트는 얼른 소리를 낮췄다. 방송국이 가까이 있다, 그렇다. 너무 가까워서……, 그래, 저기에. 지평선까지 이어진 옥수수 밭 끝에 거미 다리처럼 생긴 빨간 삼각탑이 보였다. 라디오 송출탑이었다.

"'속죄'가 진정 중요한 말입니다, 형제 자매 여러분." 이제 대화조로 바뀐 목소리가 말했다. 조금 멀리서 여러 목소리가 함께 "아멘." 하는 소리가 들렸다. "세상으로부터 도피하는 편이 더 낫다고 생각하는 사람들이 있습니다. 마치 세상의 추악함에 물들지 않고도 충분히 일하고 맘 편히 걸어 다닐 수 있다는 듯이 말입니다. 하느님의 말씀이 가르치는 것이 이런 것입니까?"

여러 목소리가 대답했다. "아닙니다!"

"성스러운 예수님!" 전도사가 소리쳤고, 이제 청중들의 목소리도 강하고 힘차게 울렸다. 마치 운전 중에 듣는 록 음악의 비트처럼 느껴졌다. "그것이 바로 죽음의 길임을 언제 알게 될까요? 현세에서의 삶은 저승에서 보상받게 마련임을. 아, 아, 주님께서는 당신의 집에는 방이 많다고 하셨지만, 거기에도 간음한 자를 위한 방은 없음을, 욕심 많은 자를 위한 방은 없음을. 옥수수를 해친 자를 위한 방도 없고, 동성애자를 위한 방도 없으며……."

결국 비키가 한마디했다. "헛소리 땜에 미치겠네."

"남자가 뭐랬지?" 버트가 물었다. "옥수수 뭐라고 했잖아."

"못 들었는데." 두 번째 매듭을 풀면서 아내가 말했다.

"옥수수 뭐라고 했던 것 같은데, 분명히 들었어."

"됐다!" 비키가 말했다. 그녀의 무릎 위에서 옷 가방이 열렸다. 그들은 '개틀린까지 8킬로미터. 우리 아이들을 위해 안전 운전하세요.'라고 적힌 표지판을 지나는 중이었다. 엘크ELKS. 미국의 시민 단체에서 세운 표지판에는 22구경짜리 총알 구멍이 있었다.

비키가 말했다. "양말, 바지 두 벌……, 셔츠……, 벨트……, 이건 타이 같은데……." 아내가 말을 멈추고 금박이 벗겨진 올가미를 들어 보였다. "이게 뭐지?"

버트가 흘끗 돌아봤다. "호파롱 캐시디미국 서부 영화와 소설 속의 인물가 쓰던 물건 같은데."

"이런." 아내가 물건을 내려놓았다. 그녀는 다시 울기 시작했다.

잠시 후 버트가 물었다. "라디오 설교를 듣고 기분이 좀 나아진 거 아니었나?"

"아니. 어릴 때 충분히 많이 들었어요. 내가 이야기했을 텐데."

"당신이 듣기엔 젊은 사람 같지 않아? 설교하는 사람 말이야."

그녀는 허탈해 보이는 웃음을 지었다. "십대인 것 같기는 해, 이상할 것도 없어요. 그게 참 싫은 건데, 아직 생각이 다 자라지 않았을 때 잡으려 하거든. 감정을 최고조로 끌어내는 방법을 아는 사람들이에요. 우리 엄마와 아빠가 데리고 다녔던 그 야외 집회를 봤어야 했어……. 거기 가서 '구원'을 받으라고 했다니까.

어디 보자. 아기 가수. 나이는 여덟 살. 앞으로 나와서 「영원한 그 품에 안겨」를 부르면 아빠는 헌금 접시를 돌리면서 말했지. '이봐요, 좀더 넣지그래. 하느님의 어린 양을 실망시키면 안 되잖아.' 그때 설교자가 나타나는 거지. 반바지 위에 우스꽝스러운 예배복을 입고 나와서 지옥 불과 유황을 이야기하곤 했지. 설교자는 한 일곱 살쯤 됐으려나?"

아내는 불신에 찬 그의 표정을 보며 고개를 끄덕였다.

"둘만 있었던 것도 아니에요. 꽤 많았어. 당시에는 그런 캠프가 아주 인기 있었으니까." 그녀가 내뱉듯이 말했다. "루비 스탬넬이라고, 열 살 된 신앙 치료 신봉자도 있었어요. '자비의 자매들'이라고 불렸지, 아마. 머리에 호일로 된 후광을 만들어 달고 나타났지 뭐예요, 내 참!"

"그건 뭐야?" 그가 아내가 든 물건을 보며 물었다. 비키도 얼른 고개를 내려 가방을 쳐다봤다. 말을 하면서 천천히 기울어진 가방 바닥에서 뭔가 보였다. 버트는 좀더 자세히 보기 위해 몸을 기울였다. 아내가 말없이 물건을 건넸다.

옥수숫대를 엮어서 만든 십자가상이었다. 바짝 마른 옥수숫대에 옥수수 수염으로 짧은 옥수수 속대를 묶어 만든 물건이었다. 알갱이는 거의 다 떨어진 상태였는데, 모양으로 봐서 주머니칼로 하나씩 조심조심 뜯어낸 것 같았다. 남은 알갱이들이 엉성하게나마 노란 부조(浮彫) 십자가상을 표현했고, 옥수수 알갱이로 된 눈은 제자들을 쳐다보듯 먼 곳을 응시했다. 쭉 펼친 팔이나 다리 역시 맨발로 죽음을 맞이한 최후의 예수의 모습이었다. 그 위로 뼛조각처럼 하얀 옥수수 속대로 네 글자가 적혀 있었다. INRI '유대인의 왕 나사렛 예수'라는 뜻의 라틴어 약자. 예수가 못 박힌 십자가 위에 걸린 말.

"대단한 장인 정신인데." 그가 말했다.

"불길해." 아내가 긴장된 목소리로 말했다. "버려요."

"비키, 경찰서에서 필요할지도 몰라."

"왜?"

"글쎄, 이유는 모르겠지만. 아마……."

"그냥 버려요. 그렇게 해 주면 안 돼? 차 안에 이런 물건 두는 게 싫어서 그래요."

"일단 다시 집어넣고, 경찰서에 도착하면 바로 줘 버리자. 약속할게. 괜찮지?"

"당신 하고 싶은 대로 해요!" 그녀가 소리쳤다. "항상 그런 식이잖아."

불편한 마음으로 그는 물건을 다시 옷더미 속으로 던졌다. 옥수수 알갱이로 만든 십자가상의 눈이 자동차의 실내등을 향했다. 다시 가속기를 밟았고, 타이어 뒤로 자갈이 튀었다.

"시체랑 같이 가방 안에 든 것도 다 경찰에 넘기는 거야." 다시 한번 약속했다. "그럼 끝이야."

비키는 대답하지 않았다. 그저 자기 손만 내려다볼 뿐이었다.

2킬로미터 더 달리자 끝없이 이어지던 옥수수 밭이 뒤로 물러나며 농가와 부속 건물들이 나타났다. 쉴 새 없이 마당을 쪼아 대는 지저분한 닭들도 보였다. 창고 지붕에는 색이 바랜 콜라와 껌 광고가 그려져 있었다. "오직 예수만이"라고 적힌 큰 광고판이 보였다. 카페가 달린 정유소도 있었지만, 버트는 중심가라고 할 만한 번화가가 있다면 들어가 봐야겠다고 마음먹었다. 중심가가 없다면 다시 카페로 돌아오면 될 일이었다. 카페를 지나고 나서야 펑크 난 더러운 픽업 트럭 한 대를 빼고는 주차장이 텅 비어 있었다는 생각이 났다.

비키가 갑자기 웃음을 터뜨렸다. 높은 음조의 웃음소리 때문에 버트는 히스테리를 일으킬 것만 같았다.

"뭐가 그렇게 우습지?"

"표지판 말이야." 아내가 숨을 헐떡이며 말했다. "못 봤어요? '성경가'라고 이름 붙인 거. 진심인가 봐. 오, 세상에. 저기 또 있네." 히스테리성 웃음이 다시 나왔다. 아내는 두 손으로 입을 가렸다.

각각의 표지판에는 한 단어만 적혀 있었다. 모래 위에 세운 흰색 지지대에 걸린 표지판이었다. 꽤 오래전에 설치한 것처럼 보였고 흰색 페인트는 색이 바랬다. 버트는 25미터 정도의 간격으로 세워진 그 표지판들을 읽어 보았다.

낮에는…… 구름이…… 밤에는…… 불기둥이…….

"하나 빼먹었네." 아직 웃음을 가라앉히지 못한 비키가 말했다.

"뭐?" 버트가 인상을 찌푸리며 물었다.

"버마 면도 크림." ^{단어를 하나씩 적은 광고판을 차례대로 길가에 세우는 식의 광고로 유명한 제품} 아내는 이제 주먹으로 입을 막으며 웃음을 참아 보려 했지만, 히스테리성 웃음은 맥주 거품처럼 흘러나왔다.

"비키, 괜찮아?"

"괜찮아질 거예요. 여기서 천 킬로미터쯤 벗어나면 말이야, 로키 산맥을 넘어 햇빛 가득한 캘리포니아에 가면 괜찮아질 것 같아."

다른 한 무리의 표지판이 지나갔다. 그들은 말없이 읽었다.

이것을…… 받아…… 먹으라…… 주…… 하느님께서…… 말씀하셨다.

표지판에 적힌 '이것'을 곧장 옥수수일 거라고 생각한 이유는 따로 없었다. 성찬식에서 하는 말인 것 같기는 한데. 교회에 가 본 지 너무 오래되었기 때문에 정확히 기억나지는 않았다. 이 근처에서는 성찬에서 옥수수빵을 사용한다고 해서 이상할 것은 없었다. 그는 비키에게 이런 이야기를 해 보려 했지만, 이내 그만두는 게 더 나을 것이라고 생각했다.

완만한 언덕을 넘으니 아래에 개틀린이 나타났다. 한눈에 들어오는 세 구역은 대공황기를 다룬 영화의 세트장처럼 보였다.

"순경이 있을 거야." 버트가 말했다. 햇빛 아래에서 조는 듯한 소박한 시골 도시의 광경이 왜 두려움을 일으키는지는 알 수 없었다.

제한 속도 50킬로미터라고 적힌 표지판을 지나자, 또 다른 표지판이 나타났다. 먼지가 가득한 표지판에 다음과 같이 적혀 있었다. '개틀린에 들어오고 계십니다, 네브래스카, 아니 그 어느 곳과 비교해서도 가장 훌륭한 작은 도시입니다.'

먼지 낀 느릅나무가 길 양쪽으로 서 있었다. 모두 병든 나무처럼 보였다. 목재 야적장과 주유소를 지났다. '일반 휘발유 35.9, 고급 38.9'라고 적힌 가격표가 뜨거운 오후의 미풍에 살랑거렸다. '트럭용 경유는 뒤쪽으로'라고 적힌 안내판도 보였다.

엘름 가를 지나고, 버치 가를 지나 광장에 도착했다. 길 양옆의 집들은 평범한 목재로 지었는데, 현관의 차양이 모두 내려져 있었다. 기능성만 생각해서 그냥 각지게 지은 건물들이었다. 누렇게 뜬 정원은 생기가 없었다. 저 앞에서 잡종견 한 마리가 천천히 메이플 가 한가운데로 걸어 나왔다. 개는 그들을 잠시 쳐다보다가 코를 앞발에 파묻으며 아예 길 가운데 누워 버렸다.

"그만. 여기서 멈춰요." 비키가 말했다.

버트는 천천히 길 옆으로 차를 댔다.

"돌아가요. 시체는 그랜드아일랜드에 가서 내려도 되잖아. 별로 멀지 않죠? 우리 그렇게 해요."

"비키, 뭐가 문제야?"

"뭐가 문제냐니? 그게 무슨 말이에요?" 아내가 물었다. 목소리가 조금 올라갔다. "아무도 없는 마을이잖아요, 버트. 우리 말고는 아무도 없잖아. 모르겠어요?"

그도 뭔가 느꼈다, 그리고 지금도 느끼고 있다. 하지만…….

"그렇게 보이는 것뿐이야. 소화전이 하나밖에 없을 정도로 작은 마을이니까. 모두들 광장에 나가고 없는 걸 거야, 아님 뭐 할인 행사장이나 빙고 게임에 갔을 수도 있잖아."

"아무도 없다니까." 아내가 단어 하나하나를 강조하며 팽팽히 긴장한 목소리로 말했다. "아까 주유소 못 봤어요?"

"봤어, 목재 야적장 옆에. 그건 왜?" 생각은 딴 곳에, 근처의 느릅나무에 자리를 튼 매미의 낮은 울음소리에 가 있었다. 옥수수 냄새와 먼지 앉은 장미 냄새, 비료 냄새가 났다. 고속도로에서 벗어난 후에 처음으로 도착한 마을이었다. 한번도 와 본 적이 없는 주에 있는 도시(비행기를 타고 지나가 본 적은 있었다). 어딘가 이상한 느낌이 들기도 했지만, 문제가 될 것은 없어 보였다. 저 위에 가면 약국이나 구멍 가게도 있고 「비주」라는 이름의 극장이나 JFK의 이름을 딴 학교도 하나 있을 것이다.

"버트, 안내판에 일반 휘발유는 35.9, 고급은 38.9라고 적혀 있었잖아요. 도대체 언제 가격이에요, 그게?"

"4년쯤 전인 것 같네." 그도 인정했다. "하지만 비키……."

"지금 마을 한가운데 있는데, 자동차가 한 대도 없잖아요! 단 한 대도!"

"그랜드아일랜드는 110킬로미터나 더 가야 돼. 거기까지 시체를 가지고 가는 건 말이 안 되잖아."

"그게 무슨 상관이야."

"이봐, 법원까지만 가자. 그 다음에……."

"싫어요!"

바로 이것이다, 빌어먹을, 이런 것. 우리 결혼이 깨질 수밖에 없는 이유, 요약하자면 결국 이런 것이 문제였다. '싫어 안 해.', '못 하겠어요.'. 좀더 심한 경우에는 '내 마음대로 못 하게 하면 그냥 죽어 버릴 거야.' 같은 말들.

"비키." 그가 말했다.

"여기서 나가고 싶어요, 버트."

"비키, 좀 들어 봐."

"차 돌리고 그냥 가요."

"비키, 그만 좀 해!"

"차를 돌리면 그만할게. 그러니까 이제 가요."

"트렁크에 아이 시체가 있잖아!" 그가 소리쳤다. 아내가 움찔하는 모습에서, 얼굴이 일그러지는 그 모습에서 묘한 기쁨을 느꼈다. 그는 낮은 목소리로 계속 말했다. "목이 잘린 채 길에 내동댕이쳐지고, 내 차에 치이기까지 했잖아. 법원이든 어디든 데려가야겠어. 가서 신고를 해야 된단 말이야. 걸어서라도 고속도로로 돌아가겠다면 가. 중간에 태워 줄게. 하지만 차를 돌려서 그랜드아일랜드까지 110킬로미터를 가자고는 하지 마. 지금 트렁크에 담긴 게 무슨 쓰레기 봉투인 줄 알아? 저 아이도 누군가의 아들일 거 아냐. 아이를 죽인 범인이 멀리 도망가기 전에 신고를 해야 한단 말이야."

"나쁜 새끼!" 아내가 울며 말했다. "내가 지금 당신하고 뭘 하고 있는 거지?"

"나도 몰라. 더 이상은 아무것도 모르겠어. 하지만 상황은 더 나아질 수 있어, 비키."

그는 차를 다시 몰았다. 앞에 있던 개가 타이어 굴러가는 소리에 머리를 들었다가 다시 파묻었다.

광장까지 남은 도로를 마저 달렸다. 플레전트 가와 메인 가가 만나는 지점부터 메인 가는 둘로 나뉘었다. 마을 광장은 잔디가 깔린 공원은 물론 가운데에 작은 공연을 위한 무대까지 갖추었다. 메인 가가 다시 하나로 합쳐지는 반대편 끝에 관공서처럼 보이는 건물이 두 채 있었다. 건물에 '개틀린 자치회'라고 적힌 간판이 보였다.

"저거야." 그가 말했다. 비키는 아무 말이 없었다.

광장을 반쯤 지났을 때 버트는 다시 차를 세웠다. 술집 옆이었다. 개틀린 주점.

"어디 가요?" 버트가 문을 열자 비키가 놀라며 물었다.

"사람들이 모인 곳을 찾아야지. 문에 '영업 중'이라고 적혀 있잖아."

"혼자 두고 가지 마요."

"그럼 같이 가. 누가 잡는다고 그래?"

그가 차 앞으로 가로질러 갈 때쯤 아내도 문을 열고 차에서 내렸다. 아내의 얼굴이 창백한 것을 보고 그도 조금은 불쌍한 생각이 들었다. 절망적으로 창백한 얼굴이었다.

"이 소리 들려요?" 그가 다가가자 아내가 물었다.

"무슨 소리?"

"아무것도 없는 소리. 자동차도 없고 사람도 없어. 하물며 트랙터도 한 대 없잖아요. 아무것도 없다고."

그때 한 블록 너머에서 아이들의 높은 웃음소리가 들렸다.

"아이들 소린데. 당신은 안 들려?" 그가 말했다.

아내가 그를 쳐다봤다. 곤혹스럽다는 표정이었다.

술집 문을 열고 건조하고 방부제 냄새가 가득한 실내로 들어섰다. 바닥에는 먼지가 가득했다. 금속제 내부재는 광택이 죽었고,

천장에 달린 나무 팬도 멈춘 상태였다. 테이블은 비었고 카운터도 마찬가지였다. 하지만 계산대 뒤의 거울이 깨져 있고 또 뭔가가 있었다……. 잠시 후 그는 그것이 무엇인지 알 수 있었다. 생맥주 꼭지가 모두 부서져 있었던 것이다. 카운터를 따라 죽 늘어선 부서진 꼭지들은 무슨 난장판 파티 같았다.

비키의 목소리는 가볍다 못해 부서질 것만 같았다. "그럼 그렇지. 아무나 붙잡고 한번 물어봐요. 실례합니다, 선생님. 죄송하지만……."

"이런, 입 좀 닥쳐." 하지만 공허하고 힘없는 목소리였다. 그들은 술집의 커다란 창문으로 들어오는 햇빛을 받으며 먼지 위에 서 있었고, 그는 다시 누군가 자기를 보는 것 같은 느낌이 들었다. 트렁크에 있는 소년이 생각났고 아이들의 높은 웃음소리도 생각났다. 아무 이유도 없이 어떤 구절이 하나 떠올랐다. 법조계에서 쓰는 말처럼 느껴졌는데, 아무튼 그의 머릿속에서 조금 신비한 느낌으로 반복해서 들렸다. '목격자 없음. 목격자 없음. 목격자 없음.'

카운터 뒤에 압정으로 꽂아 둔 오래된 노란색 카드로 눈이 갔다. '치즈버거 35센트, 세계 최고의 커피 10센트, 딸기 파이 25센트, 오늘의 요리: 그레이비 소스를 곁들인 햄과 매시드포테이토 80센트.'

이 정도 가격의 점심을 마지막으로 먹어 본 게 언제였을까?

대답은 비키가 해 주었다. "이것 좀 봐요." 날카로운 목소리였다. 아내가 벽에 있는 달력을 가리켰다. "12년째 그 싸구려 요리를 먹는 모양인데, 내가 보기에는." 그녀가 웃음을 터뜨렸다.

카운터 너머로 걸어갔다. 두 소년이 연못에서 물놀이를 하고 귀여운 강아지가 아이들 옷을 물어 나르는 사진이 걸려 있고, 그 아래 다음과 같이 적혀 있었다.

'개틀린 목재 공구상. 여러분이 고장내면 우리가 고칩니다.' 1964년 8월에 찍은 사진이었다.

"이해가 안 되네." 그가 물러나며 말했다. "하지만 확실해……."

"확실해!" 아내가 신경질적으로 소리쳤다. "확실, 확실! 그게 바로 당신 문제예요, 버트. 평생 확실하게 살았잖아."

그가 돌아섰고 아내도 뒤를 따랐다.

"어디 가는 거예요?"

"자치회 건물에."

"버트, 왜 그렇게 고집을 피우는 거예요? 이상한 마을이라는 거 당신도 알고 있잖아. 인정 못하겠어요?"

"고집 피우는 거 아니야. 트렁크에 있는 걸 처리하고 싶을 뿐이라고."

둘은 다시 보도로 나왔다. 버트는 마을의 조용함과 비료 냄새 때문에 다시 정신이 드는 것 같았다. 아침에 일어나 옥수수빵에 버터를 바르고 한 입 베어 물면서 이 냄새를 생각하는 사람은 없을 것이다. 햇빛과 비, 인공 비료에 건강한 소의 똥이 뒤섞인 혼합물이었다. 하지만 지금 이 냄새는 어린 시절 뉴욕 주 북부의 시골에서 자라면서 맡아 온 냄새와는 조금 달랐다. 유기 비료에 대해서 뭐라 하든, 농부가 밭에 뿌릴 때는 일종의 향이라고 할 수 있는 그런 냄새가 나게 마련이다. 비싼 향수에 비할 바는 아니지만, 그건 분명히 아니지만 늦은 오후 봄바람에 실려 이제 막 새로

피어나는 들판 위에 퍼질 때는 분명 좋은 느낌을 불러일으키는 것이 사실이다. 그건 겨울이 완전히 끝났다는 의미였고 6주 후면 학교가 문을 닫고 온 세상이 여름 속으로 쏟아져 들어가게 된다는 의미였다. 그의 기억 속에서 그것은 큰조아재비, 클로버, 신선한 흙, 접시꽃, 산딸기 등과 함께 떠오르는 냄새였다.

하지만 여기에는 다른 무언가가 있는 것이 분명하다고 그는 생각했다. 비슷한 냄새였지만 바로 그 냄새는 아니었다. 병적인 습기가 느껴지는 냄새. 죽음의 냄새라고까지 할 수 있었다. 베트남에서 의무병으로 복무했던 그는 그게 어떤 냄새인지 잘 알았다.

비키는 아무 말 없이 차에 앉아서 옥수수 십자가상을 무릎에 놓고 물끄러미 쳐다봤다. 넋을 잃은 것 같은 표정이 마음에 들지 않았다.

"그거 내려놔."

"싫어요." 아내는 쳐다보지도 않고 대답했다. "당신은 당신 하고 싶은 대로 하고 나는 나 하고 싶은 대로 하는 거야."

기어를 넣고 차를 몰아 모퉁이를 돌았다. 죽은 신호등이 머리 위에서 살랑살랑 흔들렸다. 왼쪽에 깔끔한 흰색 교회가 보였다. 잔디가 정리되고, 꽃들이 단정하게 현관 입구까지 심어져 있었다. 버트는 차를 세웠다.

"뭐하는 거예요?"

"가서 살펴봐야지. 10년쯤 된 먼지가 없을 것 같은 건물은 여기밖에 없잖아. 그리고 가서 설교단도 좀 봐야겠어."

아내가 돌아봤다. 잔디밭에 하얀 글씨가 적혀 있었다. '고랑 뒤를 걷는 분의 권능과 자비.' 1976년 7월 24일에 쓴 글씨였다. 지난

주 일요일이다.

"고랑 뒤를 걷는 분이라." 시동을 끄며 버트가 말했다. "이곳에서만 쓰는 알 수 없는 신의 이름 중 하날 거야, 같이 갈래?"

아내는 웃지 않았다. "당신이랑 같이 안 가요."

"좋아, 하고 싶은 대로 해."

"집에서 나온 이후로는 교회에 가지 않았고, 특히 이 교회에는 가기 싫어요. 왜냐하면 이 마을에 있는 게 싫으니까. 버트, 너무 무서워서 미칠 것만 같아요. 그냥 가면 안 돼?"

"얼마 안 걸릴 거야."

"나한테도 키가 있으니까, 버트. 당신이 5분 안에 안 돌아오면, 당신만 남겨 두고 혼자 가 버릴 거예요."

"자, 그럼 몇 분만 기다려요, 아줌마."

"달리 뭘 하겠어요. 당신이 강도처럼 덮쳐서 열쇠를 뺏으려고 하지만 않으면 가만히 있을 거예요. 당신이라면 그러고도 남을 거야."

"그래도 진짜로 그럴 거라고 생각하는 건 아니지?"

"맞아요."

아내의 핸드백은 둘 사이에 놓여 있었다. 그가 재빨리 낚아챘다. 아내는 소리를 지르며 어깨끈을 잡으려고 했지만 그는 얼른 그녀의 손이 닿지 않게 뒤로 뺐다. 뒤지고 자시고 할 것도 없었다. 그는 지갑을 뒤집어 안에 있던 물건을 쏟았다. 휴지와 화장품, 잔돈, 오래된 쇼핑 목록 사이에서 열쇠고리가 반짝였다. 아내가 다시 달려들었지만 그는 가볍게 물리치며 열쇠를 자기 주머니에 집어넣었다.

"그렇게까지 할 필요 없잖아요." 아내가 울면서 말했다. "이리 줘요."

"싫어." 그는 의미 없는 싸늘한 미소를 지었다. "절대 안 돼."

"제발, 버트! 너무 무서워요!" 아내가 손을 내밀었다. 애원하다시피 했다.

"당신은 2분 기다리고 나서 그것도 너무 길다고 생각할 거야."

"안 그래요……."

"그러곤 웃으며 차를 타고 가 버리겠지. '이제 내가 뭘 원할 때 어떻게 해야 하는지 알았겠지.' 라고 생각하며 말이야. 결혼 내내 당신이 했던 게 그거 아냐? 자기를 어떻게 대해야 하는지 가르치겠다는 거."

그는 차에서 내렸다.

"제발, 버트!" 아내가 팔을 뻗으며 소리쳤다. "있잖아요……, 나도 알아요……. 일단 마을을 벗어난 다음에 전화하면 되잖아, 안 그래요? 동전은 많으니까. 나는 그냥……. 그러면 되잖아……, 혼자 두고 가지 마요, 버트. 여기 나 혼자 두고 가지 마요!"

아내의 울음소리를 들으며 문을 닫고, 차에 기대서 손으로 눈을 지그시 누른 채 한동안 서 있었다. 아내는 운전석 창문을 두드리며 계속 그의 이름을 불렀다. 소년의 시체를 맡아 줄 담당자를 찾기만 하면 아내도 생각을 고쳐먹을 것이다. 그럴 것이다.

그는 몸을 돌려 포석이 깔린 길을 따라 교회로 걸어갔다. 길어야 이삼 분, 그냥 한번 둘러보기만 하고 바로 돌아올 생각이었다. 어쩌면 문이 잠겨 있을지도 모른다.

하지만 문은 아주 쉽게 밀렸다. 기름칠이 잘 된 경첩(존경할 만

한 솜씨라고 생각하고는 아무 이유 없이 웃기다는 생각이 들었다)에
서는 아무 소리도 나지 않았다. 서늘하다 못해 추운 느낌이 드는
전실(前室)에 들어섰다. 잠깐 동안 어두운 실내에 적응이 되지 않
았다.

　먼저 눈에 들어오는 것은 먼지가 잔뜩 낀 채 구석에 아무렇게
나 쌓인 나무로 된 글자였다. 그는 호기심에 그쪽으로 다가갔다.
술집에 있던 달력만큼이나 오랫동안 그렇게 방치된 것 같았다.
전실의 다른 물건들은 먼지 한 점 없이 깔끔했는데 유독 그 글자
들만 그랬다. 60센티미터 정도 높이였는데, 커다란 전체의 한 부
분임에 틀림없었다. 그는 모두 열여덟 자인 글자를 카펫에 펼쳐
철자 바꾸기 놀이할 때처럼 맞춰 봤다. 'HURT BITE CRAG
CHAP CS.' 아니다. 'CRAP TARGET CHIBS HUC.' 이것도 아닌
것 같다. 'CHIPS'의 'CH'만 예외였다. 그는 '교회(CHURCH)'라
는 단어를 만들고 나서 남은 단어들을 쳐다봤다. 바보 같은 짓이
었다. 비키는 차 안에서 미쳐 가는데 그는 지금 글자들을 가지고
한심한 짓을 하고 있는 것이다. 일어나서 다시 한번 쳐다봤다. 이
번에는 '침례교(BAPTIST)'라는 글자를 만들어 봤다. 'RAG EC'가
남았다. 두 글자를 바꾸니 '은혜(GRACE)'가 만들어졌다. '은혜로
운 침례교회 GRACE BAPTIST CHURCH'. 건물 앞에 붙어 있어야
할 글자들이었다. 사람들은 이 글자를 뜯어서 한쪽 구석에 아무
렇지도 않게 처박아 둔 후에 건물을 다시 색칠했는지, 이제는 붙
어 있던 흔적도 찾을 수 없었다.

　왜?

　더 이상 은혜로운 침례교회가 아니었다. 그게 이유인 셈이었

다. 그럼 이 교회는 어떤 종파일까? 왠지 모르게 두려운 생각이
든 그는 급히 자리에서 일어나 손에 묻은 먼지를 털었다. 이 사람
들은 왜 글자들을 뜯어냈을까? 장소를 「플립 윌슨의 시사 교회」^영
^{국 BBC 방송국의 코미디쇼 제목}로 옮기기라도 한 걸까?

도대체 무슨 일이 있었던 걸까?

먼지를 마저 털고 나서 안으로 들어가는 문을 열었다. 교회 뒤
쪽, 본당에 들어서니 두려움이 심장을 옥죄는 것만 같았다. 숨을
들이켰지만 이곳의 침묵 속에선 그 소리마저 크게 들렸다.

설교단 뒤에는 거대한 예수의 초상화가 걸려 있었다. 버트는
생각했다. 다른 건 다 제쳐 두고라도 이걸 보면 비키는 분명 비명
을 지를 거야.

그림 속의 예수는 간사한 웃음을 지었다. 눈을 부릅뜨고, 보는
사람을 응시하는 모습에서, 버트는 「오페라의 유령」에 나왔던 론
채니^{무성영화 시대의 영화배우}를 떠올렸다. 검은색으로 그려진 제자들 중에
한 명은(아마도 죄를 지은 자겠지만) 불의 호수로 떨어지는 중이었
다. 하지만 그림에서 가장 이상한 점은 예수가 녹색 머리를 하고
있다는 것이었다……. 자세히 들여다보니 아직 덜 익은 옥수수
더미였다. 서툰 솜씨였지만 나름대로의 효과가 있는 그림이었다.
소질 있는 아이가 그린 벽화 같은 느낌. 그게 구약에 나오는 그리
스도든, 아니면 세속적인 그리스도든 그림 속의 예수는 어린 양을
인도하기는커녕 그냥 잡아서 제물 삼아 버릴 것 같은 인상이었다.

왼쪽에 있는 예배용 의자 앞에 파이프 오르간이 있었는데, 버
트는 처음에는 이상한 점을 발견하지 못했다. 하지만 왼쪽 복도
로 내려가 천천히 엄습하는 두려움을 느끼며 비로소 오르간에 건

반이 없고 음전(音栓)도 뽑혀 나가고 없다는 것을 알았다……. 뿐만 아니라 파이프에는 옥수수 껍질이 가득 차 있었다. 오르간 위에는 정성스레 만든 액자에 '사람의 육성으로 주님을 찬양하는 노래 이외에 어떤 음악도 연주하지 말지어다.' 라고 적혀 있었다.

비키가 옳았다. 뭔가 많이 잘못된 곳이다. 더 이상 볼 것도 없이 비키가 있는 곳으로 돌아가야겠다고 생각했다. 얼른 차에 타서 자치회고 나발이고 되도록 빨리 떠나는 것이 나을 것 같았다. 하지만 좀 찜찜한 기분이 들었다. 사실을 말하자면, 그는 돌아가서 아내의 말이 맞다는 것을 인정하기 전에 해야 할 일이 있다고 생각했다.

길어야 일이 분이면 될 것 같았다.

설교단 쪽으로 걸어가며 생각했다. '항상 사람들이 왕래를 할 텐데 말이야. 이곳에 친척이나 친구들이 있는 주변 도시 사람들도 있을 거 아냐? 네브래스카 주 경찰도 수시로 다니고, 그리고 전기는? 신호등은 죽어 있었다. 12년 동안이나 전기가 들어오지 않았다면 전기 회사에서 그냥 뒀을 리가 없잖아.' 결론을 말하자면 이곳에서 있었던 일은 불가능한 일이었다.

하지만 오싹한 느낌은 지울 수가 없었다.

카펫이 깔린 계단을 올라 설교단으로 가서 반쯤 그늘진 상태로 빛을 받고 있는 예배용 긴 의자를 내려다봤다. 자신의 뒤에 버틴 무시무시하고 비기독교적인 시선의 힘이 느껴지는 것 같았다.

설교대 위에는 커다란 성경이 놓여 있는데「욥기」의 38장이 펼쳐져 있었다. 버트는 그 구절을 읽었다. "그때에 여호와께서 폭풍우 가운데에서 욥에게 말씀하여 이르시되, 무지한 말로 생각을 어둡게 하는 자가 누구냐……. 내가 땅의 기초를 놓을 때에 네가 어디 있었느냐, 네가 깨달아 알았거든 말할지니라." 여호와. 고랑 뒤를 걷는 분. 옥수수 이야기는 이제 그만 좀 했으면 좋겠다.

버트가 성경을 뒤적이자 누군가 속삭이는 듯한 건조한 소리가 났다. 유령이라는 것이 실제로 있다면 그런 소리를 낼 것 같았다. 이런 곳에서라면 유령이 있다는 것을 믿지 않을 수가 없었다. 성경은 일부분이 뜯겨 나간 상태였다. 주로 신약 부분이 그랬다. 누군가 가위를 들고 제임스 1세의 역작¹⁶¹¹년 킹 제임스의 지휘 아래 편찬된 영문판 성경을 고쳐 줘야겠다고 마음이라도 먹었던 모양이다.

구약 부분은 멀쩡했다.

설교단에서 내려오려고 할 때, 그 아래 다른 책이 한 권 놓인 것이 보였다. 그 교회에서 있었던 결혼식이나 견진 성사, 장례식 따위를 기록한 책으로 짐작하고 집어 들었다.

표지에 적힌 글씨 때문에 저절로 얼굴이 찌푸려졌다. 금박으로 어설프게 다음과 같이 적혀 있었다. "그러니 의심하는 마음을 물리치면 대지는 다시 비옥해지리니. 주 하느님의 말씀."

많은 생각들이 떠오르는 것 같으면서도, 뭔가 일관성 있게 정리는 되지 않았다.

첫 장을 펼쳤다. 어린아이가 적은 글씨라는 것을 한눈에 알 수 있었다. 잉크 지우개를 쓴 부분도 있었다. 틀린 철자는 없었지만 아이들 글씨처럼 커다란 것이, 썼다기보다는 그렸다는 표현이 적당할 것 같은 글씨였다. 맨 앞 칸에 다음과 같이 적혀 있었다.

에이머스 디건(리처드), 1945년 9월 4일생   1964년 9월 4일

아이작 렌프루(윌리엄), 1945년 9월 19일생   1964년 9월 19일

제페니어 커크(조지), 1945년 10월 14일생   1964년 10월 14일

메리 웰스(로버타), 1945년 11월 12일생   1964년 11월 12일

예맨 할리스(에드워드), 1946년 1월 5일생   1965년 1월 5일

인상을 찌푸리며 버트는 계속 책장을 넘겼다. 3분의 1 정도 지났을 때 두 번째 칸이 갑자기 끝났다.

레이첼 스티그먼(도나), 1957년 6월 21일생   1976년 6월 21일

모지스 리처드슨(헨리), 1957년 7월 29일생

맬러키 보드먼(크레이그), 1957년 8월 15일생

책은 '루스 클로슨(샌드라), 1961년 4월 30일생'에서 끝났다. 책이 놓인 선반을 보니 두 권 더 있었다. 그중 한 권에는 마찬가지로 "의심하는 마음을 물리치면"이란 문구가 적혀 있고 이름과 생일이 적힌 똑같은 양식이 계속 이어졌다. 1964년 9월 초순쯤에 태어난 사람 중에 9월 6일생 조브 길먼(클레이턴)이 있고, 다음은 바로 1965년으로 넘어가 "이브 토빈 1965년 6월 16일생"이었다. 이 사람은 괄호 안의 이름이 따로 없었다.

세 번째 책에는 아무것도 없었다.

설교단 뒤에 선 채로 버트는 생각에 잠겼다.

1964년에 무슨 일이 있었던 것이다. 종교와 관련된 무슨 일이, 그리고 옥수수와······, 어린아이들까지.

'주여, 곡식에 당신의 축복을 내려 주소서. 예수님의 이름으로

기도합니다. 아멘.'

그러고는 칼을 쳐들고 어린 양을 바친다……, 과연 양이었을까? 아마도 어떤 광신자가 이 모든 것을 해치웠을 것이다. 혼자서, 수백 킬로미터의 옥수수 밭을 사이에 두고 세상과 격리된 채, 혼자서 이 넓고 푸른 하늘 아래에서. 자신을 내려다보는 신의 시선 아래 그랬을 것이다. 이상한 녹색 신, 옥수수의 신, 나이가 들고 굶주린 이상한 신. 고랑 뒤를 걷는 분.

소름이 끼쳤다.

비키, 들어 봐. 에이머스 디건이라는 사람 이야기야. 원래는 리처드 디건이고 1945년 9월 4일에 태어났대. 1964년에 에이머스란 이름을 얻었는데, 잘 알려지지 않은 예언자 이름이지. 그런데 비키, 이 디건이 친구였던 빌리 렌프루, 조지 커크, 로버타 웰스, 그리고 에디 할리스와 함께 말이야, 웃지 마, 어떤 종교를 접하고 나서 부모를 죽여 버린 거야. 친구들도 전부 말이야. 놀랄 일이지 않아? 침대에 누워 있는 부모에게 총을 쏘고 욕실에서 칼로 찌르고, 음식에 독을 타고, 목을 매달고, 창자를 다 꺼냈다고 그러네. 내가 아는 건 거기까지야.

이유는? 옥수수 때문이지. 옥수수가 죽어 가니까. 인간들이 죄를 너무 많이 지어서 옥수수가 죽어 가는 거라고 생각한 거야. 제물이 필요하니까. 옥수수 밭에서 제의를 드렸을 거야, 줄을 맞춰서 차례대로.

그리고 비키, 이건 거의 확실한데, 이 친구들은 열아홉 살까지가 그들이 살 수 있는 한계라고 생각했던 모양이야. 리처드 '에이머스' 디건, 그러니까 우리의 주인공은 1964년 9월 4일, 책에 적힌 날짜에 열아홉 살이 되었는데, 사람들이 그때 이 친구도 죽여 버린 것 같아. 옥수수 밭에서 그를 제물로 바친 거지. 바보 같은 이야기지?

레이첼 스티그먼, 1964년까지 도나 스티그먼이라는 이름으로 지냈던 이 여자를 한번 보자. 6월 21일, 즉 한 달 전에 열아홉 살이 되었다. 7월 29일에 태어난 모지스 리처드슨은 사흘 후면 열아홉 살이 된다. 정작 29일이 되었을 때 그에게 어떤 일이 생길까?

짐작되는 바가 있었다.

버트는 바짝 타오르는 입술을 적셨다.

비키, 또 있어. 이걸 한번 봐. 1964년 9월 6일에 태어난 조브 길먼(클레이턴)이란 친구가 있는데, 그러고 나서 1965년 6월 16일까지는 아무도 없어. 열 달 동안 말이야. 내 생각을 말해 볼까? 부모들을 모두 죽여 버린 거야, 뱃속에 아기가 있는 엄마들까지 하나도 남겨 두지 않은 거지. 난 그랬을 거라고 생각해. 그러다가 '그들' 중 누군가가 1964년 10월에 아기를 가져서 이브를 낳은 거지. 뭐 열여섯이나 일곱 정도 된 소녀였겠지. '이브', 최초의 여성.

그는 다시 장부를 뒤져 이브 토빈이 적힌 부분을 찾았다. 그 아래에 "아담 그린로, 1965년 7월 11일"이라고 적혀 있었다.

이 아이들은 이제 열한 살 정도 됐겠구나 하고 생각했다. 살이 떨렸다. 바깥 어딘가에 이 아이들이 있는 것이다. 어딘가에.

하지만 어떻게 이런 일을 아무도 모를 수가 있었을까? 어떻게 그동안 계속 진행되었을까?

정말 문제의 그 하느님이 살핀 것일까?

"세상에." 버트가 나지막이 혼잣말을 했다. 그때 스포츠카의 경적이 시끄럽게 울렸다. 길게 이어지는 소리.

버트는 설교단에서 내려와 중앙 복도를 달렸다. 바깥문을 밀치고 나오니 오후의 햇살에 눈이 부셨다. 비키가 운전대 위에서 몸을 꼿꼿이 세운 채 양손으로 경적을 누르고 있었다. 그녀의 손이 부들부들 떨렸다. 사방에서 아이들이 몰려오는 중이었다. 그들 중 몇몇은 환하게 웃고 있었다. 모두 칼이나 갈퀴, 파이프, 돌멩이, 망치 등을 들었고, 여덟 살쯤 돼 보이는 아름다운 금발의 소녀 하나는 잭나이프를 쥐었다. 시골에서나 구할 수 있는 흉기들이었다. 총을 든 아이는 한 명도 없었다. 버트는 소리쳐 물어보고 싶었다. 누가 아담이고 누가 이브니? 누가 어머니고 누가 딸이야? 아버지는? 아들은?

'네가 깨달아 알았거든 말할지니라.'

아이들은 대로변의 작은 골목에서, 공원에서, 그리고 한 블록 떨어진 학교 운동장의 교문을 통해 쏟아져 나왔다. 몇몇은 교회 계단에 얼어붙은 채 선 버트를 무관심한 표정으로 쳐다봤고, 몇몇은 자기들끼리 수군대며 손가락질하고 웃었다……. 여느 아이들처럼 예쁜 미소였다.

여자 아이들은 갈색 울로 만든 옷에 색 바랜 햇빛가리개를 쓰고 있었다. 남자 아이들은 퀘이커교의 성직자처럼 모두 검은색 옷에 평평한 테의 동그란 모자를 썼다. 아이들은 광장을 가로질러 버트와 비키의 자동차를 향해 다가가는 중이었고, 그중 몇몇은 마당을 가로질러 1964년까지 '은혜로운 침례교회'였던 건물로 향했다. 한두 명은 손에 닿을 만한 거리까지 접근했다.

"총!" 버트가 소리쳤다. "비키, 총을 꺼내!"

하지만 아내가 두려움 때문에 꼼짝도 하지 못하는 상태라는 것은 이곳 계단에서 봐도 분명했다. 닫힌 창문 때문에 그의 소리를 들을 수나 있는지 의심스러웠다.

아이들이 스포츠카 주변에 모였다. 도끼와 손도끼, 각목, 파이프 세례가 쏟아졌다. 오, 신이시여, 지금 내가 뭘 보고 있는 겁니까? 그는 두려운 생각이 들었다. 은박 부분이 떨어지고, 후드의 장식물도 날아갔다. 칼날이 타이어 옆면을 스치는가 싶더니 곧 차가 그 자리에 주저앉고 말았다. 경적은 부질없이 계속 울렸다. 앞 유리와 옆 유리가 금이 가면서 희미해지더니……, 안전유리가 깨지면서 다시 안이 보였다. 비키는 웅크린 자세로 한 손으로 계속 경적을 울리며 다른 손으로는 얼굴을 가렸다. 어린 손들이 밀려들어 잠금 장치를 더듬어 찾는 것이 보였다. 아내는 미친 듯이 그 손들을 밀어냈다. 경적이 뜸해지더니 결국 완전히 멈추고 말았다.

두들겨 맞아 찌그러진 운전석 문이 열렸다. 아이들이 아내를 끄집어내려고 했지만 그녀는 완강히 핸들을 붙잡으며 버텼다. 그들 중 한 명이 안으로 들어갔다. 한 손에 칼을 든 채, 그리고…….

그제야 최면이 풀린 듯, 그는 넘어질 뻔하며 계단을 내려가 포석 위를 달려 그들에게 다가갔다. 아이들 중 한 명이, 모자 밑으로 빨간 머리를 늘어뜨린 열여섯쯤 돼 보이는 소년이 아무렇지도 않은 듯 그를 향해 돌아섰고 공중에서 뭔가 반짝했다. 버트의 왼쪽 어깨가 뒤로 움찔했고, 그는 잠시 동안 멀리서 펀치를 한 대 맞은 것같이 멍멍했다. 얼마 후에야 고통이 엄습했다. 고통이 어찌나 갑작스럽고 극심한지 온 세상이 회색으로 변하는 것만 같았다.

아직 약간 멍한 상태에서 자신의 팔을 살펴봤다. 잭나이프가 괴상한 종기처럼 팔뚝에 꽂혀 있고, 셔츠 소매가 빨갛게 물들어 갔다. 그는 한참 동안 그렇게 자신의 팔뚝을 쳐다보며 어떻게 잭나이프가 팔뚝에서 자랄 수 있는지 이해해 보려고 애썼다……. 이게 가능한 일인가?

고개를 들었을 때, 빨간 머리 소년이 코앞에 다가와 있었다. 소년은 미소짓고 있었다. 확신에 찬 미소를.

"어이, 거기." 버트가 말했다. 놀란 티가 역력한 갈라진 목소리였다.

"영혼을 하느님께 맡겨야지, 이제 곧 그분 앞에 갈 테니까." 말을 마치자마자 빨간 머리 소년은 버트의 눈을 향해 손을 뻗었다.

버트는 뒤로 물러서며 팔에 꽂혀 있던 잭나이프를 뽑아 빨간 머리 소년의 목을 찔렀다. 핏줄기가 울컥 솟았다. 버트도 피범벅이 되었다. 헐떡대며 빨간 머리 소년은 큰 원을 그리며 돌았다. 팔을 휘저으며 목에 꽂힌 칼을 뽑으려 했지만 쉽지 않았다. 버트는 입을 다물지 못한 채 그 광경을 지켜봤다. 정말로 이런 일이 생길 리가 없었다. 모두 꿈일 것이다. 빨간 머리 소년은 계속 헐떡대며 휘청거렸다.

뜨거운 오후에는 소년이 내는 신음만 들렸다. 나머지는 모두 놀라서 쳐다볼 뿐이었다.

이건 계획에 없던 일이야. 버트는 생각했다. 비키와 나는 계획에 있었을지도 모르지만. 옥수수 밭에서 나온 소년, 도망치려 했던 소년. 하지만 이렇게 그들과 직접 마주칠 줄은 몰랐다. 그는 아이들을 노려봤다. '자, 이제 어때?'라고 소리치고 싶었다.

빨간 머리 소년은 마지막으로 숨을 내쉬고 나서 그 자리에 무릎을 꿇고 쓰러졌다. 잠시 버트를 쳐다보더니 칼을 쥔 손이 풀리면서 소년은 그대로 앞으로 거꾸러졌다.

스포츠카 주위에 모인 아이들 틈에서 작은 한숨 소리가 들렸다. 아이들은 이제 버트를 보았다. 버트도 쳐다봤다. 넋을 잃고 보다가……, 그제야 비키가 사라졌다는 것을 알아차렸다.

"어디 있지?" 그가 물었다. "아내를 어디로 데려간 거야?"

소년들 중 한 명이 피묻은 사냥용 칼로 그의 목을 겨냥하며 톱질하는 동작을 취했다. 아이는 웃고 있었다. 그게 유일한 대답이었다.

뒤쪽 어디선가 좀 나이가 든 듯한 소년의 목소리가 들렸다. 목소리는 부드러웠다. "잡아."

소년들이 그를 향해 다가왔다. 버트는 뒤로 물러섰다. 아이들의 걸음이 빨라지고 버트도 빨리 움직였다. 총, 빌어먹을 총! 손이 닿지 않는 곳에 있었다. 오후의 태양이 교회 정원에 아이들의 그림자를 짙게 드리웠고……, 그는 도로에 내려섰다. 그는 몸을 돌려 달리기 시작했다.

"죽여!" 누군가 소리쳤고, 아이들이 그를 뒤쫓았다.

그는 달렸다. 하지만 생각 없이 달리기만 한 것은 아니었다. 자치회 건물을 그냥 지나쳤다. 그곳은 별로 도움이 되지 않을 것 같았다. 그들이 생쥐처럼 그를 몰아붙일 테니까. 그는 도로를 따라 달렸다. 밖으로 이어진 도로였고, 두 블록만 올라가면 다시 고속도로를 탈 수 있었다. 지금쯤 비키와 함께 달렸을 도로였다. 비키의 말만 들었더라면.

발이 인도로 이어지는 턱에 부딪혔다. 앞에는 상점처럼 보이는 건물들이 몇 채 보였다. 당연히 아이스크림 가게도 있고 비주 극장도 있었다. 먼지가 앉은 간판에는 몇 글자가 떨어진 영화 제목이 붙었다. 교차로를 하나 더 건너자 마을의 끝을 알리는 주유소가 나타났다. 그 너머엔 온통 옥수수 밭이었다. 옥수수의 녹색 물결.

버트는 달렸다. 숨이 차올랐고 칼에 찔린 팔이 아파 왔다. 게다가 흐르는 피 때문에 흔적을 남길 수밖에 없는 상태였다.

달리면서 그는 뒷주머니에서 손수건을 꺼내 셔츠 안에 받쳤다.

그는 달렸다. 인도의 시멘트 바닥이 발에 느껴졌고, 뜨거운 숨이 목까지 차올랐다. 말 그대로 팔이 부들부들 떨렸다. 다음 마을까지 계속 달릴 수 있을까 하는 절망적인 생각이 떠오르기도 했다. 아스팔트 길을 30킬로미터쯤 쉬지 않고 달린다면 가능한 일이었다.

그는 달렸다. 뒤에서 아이들의 소리가 들렸다. 자신보다 열다섯 살이나 어리고 더 빠른 아이들이 점점 더 가까워졌다. 아이들의 발소리가 들렸다. 서로서로 함성을 지르며 달려왔다. 불구경보다 더 재미있어 하는 것 같았다. 아마 두고두고 이 일을 이야기하겠지.

버트는 달렸다.

주유소를 지나 마을의 끝에 거의 도착했다. 숨이 차고 가슴이 울렁거렸다. 인도가 끝나고 이제 남은 일은 한 가지뿐이었다. 그들을 물리치고 목숨을 보전할 수 있는 유일한 기회. 이제 건물도 없고 마을도 없다. 길이 끝나는 곳에서부터 옥수수가 녹색 물결을 일으켰다. 칼날 같은 녹색 잎이 가볍게 떨리는 것이 보였다.

안쪽은 더 깊을 것이다. 사람 키만 한 높이로 늘어선 옥수숫대가
만들어 내는 그늘은 깊고 차가울 것이다.

표지판을 지났다. '당신은 개틀린을 떠나고 있습니다. 네브래
스카에서, 아니 그 어느 곳과 비교해서도 가장 훌륭한 작은 도시
입니다. 언제든 들러 주세요!'

'다시 들르라고?' 버트는 멍하니 생각했다.

결승점을 향하는 달리기 선수처럼 표지판을 지난 그는 왼쪽으
로 몸을 돌려 길을 건넜다. 신발도 벗어 버렸다. 거기서부터 옥수
수 밭이었다. 뒤로 닫히는 옥수수 밭은 녹색 바다의 파도처럼 그
를 삼켜 버렸다. 밖에서는 그의 모습이 보이지 않을 것이다. 갑자
기 안도감이 들면서 그는 숨을 가누었다. 곧 터질 것만 같던 가슴
이 안정되며 숨을 제대로 쉴 수 있었다.

첫 번째 줄을 따라 곧장 달렸다. 머리를 파묻은 상태에서, 넓은
어깨에 스친 옥수수잎이 가볍게 흔들렸다. 20미터쯤 간 후에 이번
에는 오른쪽으로 방향을 돌려 도로와 나란히 달렸다. 아이들이
노란 옥수수 수염 사이로 그의 짙은 머리를 볼 수 없게 하기 위해
몸을 낮췄다. 잠시 후 다시 몸을 돌려 몇 줄 더 안으로 들어갔고
거기서부터는 줄 사이를 아무렇게나 오가며 점점 더 옥수수 밭
깊이 들어갔다.

달리다 넘어져서 이마를 땅에 찧었다. 들리는 소리라고는 자신
의 거친 숨소리뿐이었다. 같은 생각이 계속 머리에 맴돌았다. '담
배를 끊은 게 천만다행이야, 담배를 끊은 게 천만다행이야, 담배
를 끊은 게……'

그때 아이들의 소리가 들렸다. 종종 서로 엉키기도 하며 서로에

게 고함치는 아이들 소리에("야, 여기는 내 줄이야.") 가슴이 뛰었다. 그와 거리를 두고 왼쪽에 있는 아이들은 엉성하게 움직였다.

셔츠에서 손수건을 꺼내 접다가, 상처를 한번 본 후에 다시 집어넣었다. 격렬히 달렸는데도 피는 그대로 멎은 것 같았다.

그렇게 잠시 쉬던 그는, 문득 지금 자신의 기분이 좋다는 것을, 최근 몇 년 새에 몸 상태가 가장 좋다는 것을 알아차렸다……. 팔에서도 힘이 솟는 것 같았다. 열심히 운동한 이후의 느낌, 갑자기 지난 2년 동안 결혼 생활을 무미건조하게 만들었던 작은 악마들과도 한 판 벌일 수 있을 것 같은 생각이 들었다.

그런 생각을 할 때가 아니라고 자신에게 말했다. 지금 목숨이 위태로운 상황이고, 아내는 어디로 잡혀갔는지도 모른다고. 어쩌면 벌써 죽었을 수도 있다. 비키의 얼굴을 떠올리며 지금의 좋은 기분을 바꿔 보려고 했지만 아내의 얼굴이 생각나지 않았다. 대신 목에 칼을 맞은 붉은 머리 소년이 떠올랐다.

이제 코끝에 옥수수 냄새가 느껴졌다. 온통 그 냄새였다. 풀 위로 부는 바람은 사람 목소리처럼 들렸다. 달래는 목소리. 그동안 이 옥수수 밭에서 무슨 일이 있었는지는 모르지만, 어쨌든 지금은 그를 보호해 주는 장소였다.

하지만 그들이 가까이 오고 있다.

등을 구부린 채, 그는 자신이 있는 고랑을 부지런히 달렸다. 중간에 다른 고랑으로 넘어갔다가 다시 넘어오고, 몇 고랑 더 건너가기도 했다. 항상 목소리 왼쪽에서 움직이려고 했지만, 오후가 깊어갈수록 그 상태를 유지하는 것도 힘들었다. 아이들의 목소리가 희미해졌고, 가끔씩은 옥수수가 흔들리는 소리에 아예 묻혀 버리기도 했다. 그는 달리다 멈춰서 귀를 기울이고, 다시 달리는 일을 반복했다. 땅은 단단했고 신발을 벗어 버린 그는 흔적을 거의 남기지 않았다.

한참을 달린 후에 멈춰 보니, 그의 오른쪽에 걸린 태양이 붉게 이글거렸다. 시계를 보니 7시 15분이었다. 태양빛에 물든 옥수숫대는 붉은 황금빛이었고 그림자는 어둡고 깊었다. 그는 머리를 세우고 귀를 기울였다. 석양이 지면서 바람은 완전히 멎은 것 같았고, 꼿꼿이 선 옥수수만이 따뜻한 공기 중에 그 향을 퍼뜨렸다. 만약 아이들이 이 밭 안에 있다면 아주 멀리 떨어져 있거나, 아니면 바로 옆에서 숨을 죽인 채 웅크려 있을 것이다. 버트는 그렇게 오랫동안 아무 소리도 내지 않는 아이들은 없을 거라고 생각했다. 그 결과야 어찌됐든 아이들이 저지른 일은 지극히 유치한 일이라고 여기던 터였다. 아마도 포기하고 집으로 돌아갔을 것이다.

석양을 향해 돌아섰다. 태양은 지평선에 걸린 구름에 걸쳐 있었다. 다시 발걸음을 옮겼다. 태양을 앞에 두고 옥수수 밭을 대각선으로 질러가면 머지 않아 17번 도로에 이를 수 있을 것이다.

팔의 통증도 지금은 거의 즐겁게 느껴질 만한 자극에 지나지 않았고, 여전히 기분이 좋았다. 그 옥수수 밭 안에만 있으면 아무런 죄책감 없이 좋은 느낌을 계속 유지할 수 있을 것 같다는 생각이 들었다. 관계자들을 만나 개틀린에서 일어난 일을 이야기해야 하는 상황이 되면 죄책감이 다시 고개를 들겠지만, 당장의 일은 아니었다.

옥수수에 몸을 기대고, 지금까지 이렇게 주위를 날카롭게 느껴

본 적이 없다고 생각했다. 15분이 지나고 이제 태양은 지평선에 반쯤 걸쳐 있었다. 일정한 간격으로 찾아드는 새로운 지각이 마음에 들지 않았다. 그것은 막연한……, 그래, 막연한 두려움이었다.

머리를 들었다. 옥수수가 흔들렸다.

옥수수가 흔들리는 소리는 얼마 전부터 계속 들렸지만 이제야 뭔가 짚이는 것이 있었다. 바람은 완전히 멎었는데, 어떻게 소리가 나는 거지?

조심스럽게 주변을 둘러봤다. 퀘이커 교도 복장을 한 소년들이 칼을 쥐고 웃으며 나타나기를 기대했지만, 그런 일은 일어나지 않았다. 흔들리는 소리는 계속 났다. 왼쪽이었다.

그는 소리 나는 쪽으로 걸어갔다. 고랑이 그쪽으로 나 있었기 때문에 옥수수를 헤집으며 갈 필요는 없었다. 저 앞에서 고랑은 끝났다. 끝난다고? 아니, 정확히 말하면 탁 트인 공간으로 이어졌다. 소리가 나는 곳은 바로 거기였다.

그는 멈추었다. 갑자기 두려움이 엄습했다.

옥수수 냄새가 넌더리가 날 만큼 지독했다. 고랑은 뜨거운 햇빛을 받았고, 그제야 그는 자신이 땀과 옥수수 부스러기, 그리고 거미줄 같은 옥수수 수염을 잔뜩 뒤집어썼다는 것을 알아차렸다. 벌레가 엉겨 붙는 게 당연할 텐데……, 그런 일은 없었다.

그 자리에 서서 그는 옥수수 밭이 끝나는 곳에 펼쳐진 커다란 공터를 응시했다.

여기는 작은 벌레나 모기, 말파리나 진드기가 없었다. 연애하던 시절에 비키는 진드기를 보고 '항상 차 안에 있는 벌레'라고 불렀다. 그는 갑자기 향수를 느꼈다. 그리고 까마귀 역시 한 마리도 보이지 않았다. 까마귀 한 마리 없는 옥수수 밭이라니 얼마나 이상한가?

햇빛이 완전히 사라지기 직전에 그는 다시 한번 눈을 돌려 왼쪽의 고랑을 둘러보았다. 잎이나 줄기 모두 불가능해 보일 정도로 완벽했다. 노랗게 말라 죽은 잎이나 잎이 뜯겨 나간 부분, 애벌레는 물론 작은 짐승들이 숨어 살 만한 구멍 하나 없었다. 아무 것도…….

눈이 휘둥그레졌다.

'세상에, 잡초라곤 한 포기도 없잖아!'

하나도 없었다. 땅에 뿌리를 내리고 서 있는 것이라곤 옥수수밖에 없었다. 아무 데서나 흔하게 볼 수 있는 잡초들이 한 포기도 보이지 않았다.

버트는 고개를 들었다. 서쪽으로 햇빛이 가물거리고, 층층이 쌓였던 구름도 이제는 뒤로 물러났다. 구름 아래로 황금빛은 천천히 분홍빛이 서린 황토색으로 변해 갔다. 잠시 후면 완전히 어두워질 것이다.

공터로 가서 뭐가 있는지 살펴봐야 할 시간이었다. 이런 장소가 있었던가? 지금까지 옥수수 밭을 질러서 다시 도로로 나간다고 생각하며 달려온 그였다. 그런데 결국 이런 장소에 이르렀다고?

뱃속에서부터 불안함을 느끼며, 그는 고랑을 따라 공터가 시작되는 부분까지 내려갔다. 무엇이 있는지 살펴볼 수 있을 만큼은 빛이 남아 있었다. 비명을 지를 수도 없었다. 그럴 만한 숨이 남아 있지 않았다. 그는 마른 장작 같은 다리로 비틀거렸다. 땀으로 뒤범벅이 된 얼굴에서 눈이 튀어나올 것만 같았다.

"비키." 그가 낮게 내뱉었다. "오, 비키, 세상에……."

아내는 무슨 사악한 트로피라도 되는 것처럼 손이 허리춤에 가고, 발목은 철조망용 철사로 묶인 채 십자가에 매달려 있었다. 네브래스카의 철물점에 가면 1미터에 70센트 주고 살 수 있는 평범한 철사였다. 눈알은 빠져 버렸고, 그 자리에는 대신 옥수수 수염을 가득 채워 놓았다. 비명을 지르듯이 벌린 입에는 옥수수 껍질이 들어 있었다.

그녀 왼쪽에 번들거리는 성가대 복장을 걸친 해골이 걸려 있었다. 허옇게 드러난 턱뼈는 미소를 짓는 듯했고, 텅 빈 눈은 버트를 조롱하듯 쳐다보는 것만 같았다. 한때 '은혜로운 침례교회'를 담당했던 목사가 '그리 나쁘지 않아, 이렇게 악마 같은 옥수수 밭의 아이들에게 제물로 바쳐지는 거 말이야. 모세의 율법에 따라 눈알을 뽑아 버리는 것도 나쁘지는 않아……' 라고 말하는 것 같았다.

성가대 복장을 걸친 해골 옆에 있는 또 하나의 해골은 썩은 파란색 제복을 입었다. 모자가 씌워져 눈을 볼 수는 없었는데, 모자 앞에 붙은 녹색 배지에 '경찰소장' 이라고 적혀 있었다.

그때 뭔가 다가오는 소리가 들렸다. 아이들이 아니라, 그보다 덩치가 큰 뭔가가 옥수수 밭을 지나 공터로 다가오고 있었다. 절대 아이들은 아니다, 절대. 밤에 옥수수 밭에 들어온다는 것은 아이들로서는 엄두도 내지 못할 일이었다. 이곳은 성스러운 곳, '고랑 뒤를 걷는 분' 이 있는 곳이니까.

버트는 몸을 돌려 달아나려 했다. 그가 들어왔던 고랑이 어느새 사라지고 없었다. 닫혀 버린 것이다. 모든 고랑들이 닫혔다.

녀석이 점점 더 가까이 왔다. 옥수수를 헤치며 다가오는 소리가 들렸다. 놈의 숨소리가 들렸다. 설명할 수 없는 두려움이 엄습했다. 녀석이 다가오고 있다. 반대편의 옥수수 밭이 갑자기 어두워졌다, 마치 거대한 그림자에 파묻힌 것처럼.

다가오고 있다.

고랑 뒤를 걷는 분.

녀석이 공터로 넘어왔다. 버트는 거대한 뭔가가 위로 치솟는 것을 봤다…… 축구공만 한 빨간 눈을 가진 녹색 괴물이었다.

어두운 창고에 수년간 처박혔던 마른 옥수수 껍질 냄새가 났다.

그는 비명을 질렀다. 비명은 그리 오래가지 않았다.

잠시 후, 적황색의 둥근 달이 떠올랐다.

옥수수 밭의 아이들은 대낮에 공터에 서서 십자가상에 묶인 두 개의 해골과 시체 두 구를 보았다…… 시체에는 아직 살점이 붙어 있지만 머지않아 해골이 될 것이다. 시간이 되면. 바로 이곳, 네브래스카 한복판, 옥수수 밭, 시간밖에 없는 곳에서.

"보라, 지난밤에 꿈이 있었으니, 주님이 이 모든 것을 나에게 보여 주셨도다."

아이들은, 심지어 맬러키까지 두려움과 궁금함이 뒤섞인 표정으로 아이작을 돌아봤다. 아이작은 고작 아홉 살이었지만, 작년에 데이비드가 옥수수 밭에 들어가 버린 후 선지자 역할을 맡고 있었다. 데이비드는 자신의 생일날, 여름 옥수수 밭의 고랑에 어둠이 떨어질 무렵, 옥수수 밭으로 걸어 들어갔다.

동그란 모자 아래 작지만 엄숙한 얼굴로 아이작이 계속했다.

"꿈속에서 주님은 고랑 뒤를 걷는 그림자로 나타나, 수년 전 우리의 형들에게 하셨던 말씀을 하셨다. 그리고 이 희생에 대해서는 대단히 불만족스러워 하셨다."

아이들은 한숨과 울음이 뒤섞인 소리를 내며 주변의 녹색 벽을 둘러보았다.

"그리고 신께서 말씀하셨다. 내가 너희에게 처형의 장소를 주지 않았더냐, 거기서 희생을 치러야 할 것이라고. 그렇게 너희들에게 유리한 조건을 만들어 주지 않았더냐? 하지만 이 남자는 내 안으로 들어와 불경한 짓을 저질렀고, 결국 내가 직접 희생을 처리해야 했다. 오래전 도망치려 했던 블루 맨과 어리석은 목자에게 했듯이."

"블루 맨……, 어리석은 목자." 아이들은 중얼거리며 서로를 불편하게 쳐다봤다.

"그리하여 지금부터 은혜의 시기를 열아홉에서 열여덟로 내리도록 하겠다." 아이작은 멈추지 않고 계속했다. "그래도 너희는 계속 풍요롭게, 옥수수가 번성하듯 번성해라, 나의 은혜가 아직 너희에게, 바로 너희를 향해 있으니."

아이작이 말을 마쳤다.

맬러키와 조지프를 향해 눈길이 쏠렸다. 무리에서 열여덟 살은 둘뿐이었다. 마을에 몇 명 더 있기는 했다. 모두 합하면 아마 스무 명일 것이다.

아이들은 맬러키의 말을 기다렸다, 제퍼스, '신의 저주 아하스'로 더 잘 알려진 그 아이를 쫓을 때 앞장섰던 맬러키였다. 맬러키는 직접 아하스의 목을 따는 것은 물론, 더러운 육신이 옥수수 밭을 타락시키는 것을 막기 위해 밖으로 던진 장본인이었다.

"하느님의 말씀을 따르겠어." 맬러키가 낮게 말했다.

흔들리는 옥수수 소리가 마치 그 말에 동의하는 한숨소리처럼 들렸다.

앞으로 몇 주 동안 여자 아이들은 더 이상의 사악한 일을 막기 위해 옥수숫대로 십자가상을 만들 것이다.

그리고 약속된 밤이 오면 '은혜의 시기'를 지난 아이들이 옥수수 밭의 공터로 걸어 들어갈 것이다. '고랑 뒤를 걷는 분'의 은혜를 계속 얻기 위해.

"잘 가, 맬러키." 루스가 말했다. 그녀는 쓸쓸한 동작으로 손을 흔들었다. 맬러키의 아이가 자라는 배를 바라보는 그녀의 눈에서 조용히 눈물이 흘렀다. 맬러키는 돌아보지 않았다. 그의 뒷모습은 꼿꼿했다. 이내 옥수수 사이로 그의 모습이 사라졌다.

루스도 여전히 울며 고개를 돌렸다. 이미 옥수수에 대한 증오심을 키우던 그녀였고, 종종 9월의 바싹 마른 옥수수 밭에 횃불을 들고 걸어 들어가는 꿈을 꾸기도 했다. 하지만 여전히 두려운 것도 사실이었다. 바깥 저쪽에서 밤이면 무언가 걸어다니고, 그것은 무엇이든 다 보았다……. 심지어 사람의 마음속에 간직한 비밀까지도.

어둠이 깊어졌다. 개틀린을 중심으로 옥수수가 흔들리며 소리를 냈다. 아주 만족한 듯한 소리였다.

사다리의 마지막 단

■

The Last Rung on the Ladder

어제 카트리나의 편지를 받았다. 아버지와 함께 로스앤젤레스에서 돌아온 지 일주일이 안 되었을 때였다. 델라웨어의 윌밍턴으로 보낸 편지였는데, 벌써 두 번이나 다른 곳으로 이사를 한 후였다. 요즘은 사람들이 참 자주 옮겨 다닌다. 이전 주소 위의 가위표나 '주소 변경' 스티커가 무슨 추궁이라도 되는 것처럼 느껴지는 것이 조금은 우습기도 하다. 편지는 구겨지고 지저분했는데, 한쪽 모서리는 아예 완전히 접혀 있었다. 편지를 읽고 나서야 내가 전화기를 든 채 거실에 서 있다는 것을 알아차렸다. 아버지에게 전화를 걸려던 참이었다. 알 수 없는 두려움을 느끼며 수화기를 내려놓았다. 아버지는 나이가 드신 데다가, 이미 두 번씩이나 심장 발작을 일으킨 적이 있었다. 로스앤젤레스에서 돌아온지 얼마 되지도 않은 지금 전화를 해서 카트리나의 편지 이야기를 해야만 하는 것일까? 아버지는 충격으로 돌아가실 수도 있었다.

그래서 전화를 하지 않았다. 그러고 나니 이야기를 들어 줄 사람이 없었다……. 이런 편지 이야기, 아내나 아주 가까운 친구가 아닌 사람에게 하기에는 지나치게 개인적인 이야기였다. 최근 몇 년간은 친구를 깊이 사귀지 못했고, 아내 헬렌과는 1971년에 이혼한 상태였다. 지금은 크리스마스 카드 정도만 주고받는 사이다. '어떻게 지내? 일은? 새해 복 많이 받아요.'

카트리나의 편지 때문에 한 잠도 자지 못했다. 엽서에 적어 보냈어도 되는 내용이었다. "사랑하는 오빠에게."라는 인사말 다음에는 단 한 문장밖에 적히지 않은 편지였다. 하지만 그 한 문장은 충분히 많은 의미를 담고 있었다. 그 정도면 충분했다.

비행기에서의 아버지 모습이 떠올랐다. 뉴욕에서 서쪽으로 날아가는 동안 5500미터 상공에서 아버지의 얼굴은 늙고 지쳐 보였다. 오마하 상공을 지날 때, 그러니까 기장이 그렇게 안내 방송을 할 때쯤, 아버지가 말씀하셨다. "보기보다 훨씬 멀구나, 래리." 아버지의 목소리에서 느껴지는 무거운 슬픔이 불편했던 것은, 내가 그 슬픔을 이해할 수 없었기 때문이었다. 카트리나의 편지를 받고 나서야 비로소 이해할 것 같다.

우리는 오마하 서쪽 130킬로미터쯤에 위치한 헤밍퍼드홈이라는 곳에서 자랐다. 아버지와 어머니, 여동생 카트리나, 그리고 나. 카트리나는 나보다 두 살 아래였는데, 키티라고들 불렀다. 어릴 때는 예쁜 아이였고, 커서는 아름다운 여인이었다. 심지어 여덟 살 때, 그러니까 헛간에서 사고가 난 그해에도 옥수수수염 같은 그 애의 머릿결은 환하게 빛났고 눈은 언제나 짙은 스칸디나비안 블루였다. 그 눈을 한 번이라도 보기만 하면 어떤 남자든 정신을 못 차릴 것이다.

둘 다 시골 아이로 자랐다고 짐작이 될 것이다. 아버지는 37,000 평의 비옥한 땅에 사료용 옥수수를 재배하며 가축도 길렀다. 모두들 그곳을 '고향'이라고 불렀다. 그 시절에는 모든 길이 먼지투성이의 비포장 도로였고, 제대로 된 도로라고는 80번 주 횡단 도로와 96번 도로가 고작이었다. 마을로 나가려면 사흘 정도 준비를 해야 하는 그런 시절이었다.

지금의 나는 미국 최고의 회사법 변호사 중 한 명이다. 사람들이 그렇게 이야기하는데, 솔직히 말하자면 그들 말이 맞다. 한번은 대기업의 회장이 중역들 앞에서 나를 살인 청부업자로 소개한 적도 있다. 나는 고급 양복을 입고 최고급 가죽으로 만든 구두를 신는다. 세 명의 상근직 보조 변호사를 두고 일하는데, 필요할 때면 열 명이라도 불러 쓸 수 있다. 하지만 어린 시절에는 책을 어깨 너머로 메고 교실이 하나밖에 없는 학교를 향해 먼짓길을 걸어 다녀야 했고, 옆에는 항상 카트리나가 있었다. 언젠가, 봄이었는데, 맨발로 학교에 간 적도 있었다. 아직은 신발을 신지 않았다고 해서 식당이나 가게에서 쫓겨나지 않아도 되는 시절이었다.

나중에 어머니가 돌아가시고 2년 후 아버지마저 직장을 잃고 트랙터를 파는 외판원으로 나섰다. 카트리나와 나는 컬럼비아시티에 있는 고등학교에 다니고 있었다. 그것이 우리 가족의 마지막이었다. 당시에는 그렇게 나쁘다는 생각이 들지 않았다. 아버지는 나름대로 잘 해내셨고, 판매상 자격증을 따더니 9년 전에는 관리직으로 옮기셨다. 나는 미식축구 장학생으로 네브래스카 대학에 들어갔고, 비록 힘들기는 했지만 작전에 따라 공을 차는 것이외에 다른 것도 배울 수 있었다.

카트리나는 어떻게 됐느냐고? 지금 그 아이 이야기를 하려는 것이다.

11월 초의 어느 토요일이었다. 사실대로 말하자면 정확한 연도는 기억이 나지 않는다. 아이젠하워가 대통령이었다는 것은 분명하다. 어머니는 컬럼비아시티의 시장에, 아버지는 이웃집에(가장 가까운 이웃이 10킬로미터는 떨어져 있었다.) 농기구 수리를 도와주러 가고 없었다. 일하는 아저씨가 있었는데, 그날따라 도무지 볼 수가 없었고, 결국 아버지는 한 달도 못 되어 그 아저씨를 내보냈다.

아버지는 가시기 전에 나에게 할 일을 주고 가시며(키티가 해야 할 일도 조금 있었다.) 일을 마치기 전에는 놀면 안 된다고 하셨다. 하지만 그리 오래 걸리지는 않았다. 때는 11월이었고, 한 해 농사는 이미 다 끝난 상태였다. 그해에도 대풍이었다. 다시는 그런 일이 없었지만.

그날 일은 또렷하게 기억한다. 하늘엔 구름이 잔뜩 끼었고, 춥지는 않았지만, 곧 추워지려는 낌새는 있는 날씨, 이제 곧 서리나 얼음, 눈과 진눈깨비를 맞이해야 한다는 것을 느낄 수 있는 날씨였다. 들판은 황량했다. 짐승들도 동작이 굼뜨고 활기가 없었다. 그날따라 이전에는 한 번도 느낄 수 없었던 어떤 기운이 집 안을 맴도는 것 같았다.

그런 날씨에 있기에는 헛간만 한 곳이 없었다. 우선 따뜻해서 좋았고, 건초와 짐승의 털, 그리고 말똥 냄새가 뒤섞인 기분 좋은 냄새가 가득하고, 지붕 밑에서는 헛간에 둥지를 튼 새들이 내는 신비로운 소리도 들렸다. 고개를 들면 지붕의 갈라진 틈으로 들어오는 11월의 빛이 마치 내 이름을 부르는 것처럼 느껴지기도 했다. 흐린 가을날엔, 그보다 더 근사한 놀이는 없었다.

헛간 3층의 들보에 사다리가 하나 있었는데, 바로 바닥까지 이어지는 사다리였다. 오래되고 낡아서 부모님은 우리가 오르지 못하게 했다. 뜯어내 버리고 튼튼한 새 사다리를 달겠다고 아버지는 어머니에게 수천 번도 더 약속했지만, 시간이 날 때마다 항상 다른 일이 생기곤 했다……. 이웃집에서 농기구를 수리하는 것도 그런 일들 중의 하나였다. 아니면 일꾼이 나오지 않는다든지.

사다리는 모두 마흔세 단이었다. 키티와 나는 너무 자주 세어 봤기 때문에 이제 외우고 있었다. 그 쓰러질 듯한 사다리를 오르면 건초가 가득한 헛간 바닥에서 21미터 정도 높이에 있는 들보에 이른다. 들보를 따라 옆으로 열두 걸음 정도 가면, 무릎이 떨리고 발목이 아프면서 입안이 바짝바짝 타는데, 거기가 건초 더미 바로 위가 된다. 그곳에서 점프를 하면, 죽음과 같은 순간적인 짜릿함과 함께 21미터 아래 푹신한 건초 더미 위로 떨어진다. 달콤한 건초 냄새, 그렇게 다시 태어나는 여름 냄새와 함께 쉬면서 어느새 기분은 한여름 속으로 되돌아가는데, 그 느낌이란……. 나사로 _{예수에 의해 죽음에서 소생한 인물}의 기분이 그랬을까? 그 기분을 한 번 느끼고 나면 다가오는 가을도 그런대로 받아들일 수 있을 것 같았다.

물론 금지된 일이었다. 만일 부모님께 들키기라도 하는 날엔 어머니는 찢어지는 소리를 지르고, 아버지는 회초리를 들었을 것이다. 우리가 자랄 만큼 자랐다는 것도 아무 소용이 없었다. 사다리, 부드러운 건초 더미 위의 사다리까지 가기 전에 들보에서 균형을 잃고 떨어지면 딱딱한 헛간 바닥에 완전히 박살이 나기 때문이었다.

하지만 도저히 그 유혹을 거부할 수가 없었다. 지키는 사람만 없으면…… 더 말할 필요는 없겠지.

그날도 시작은 다른 날과 같았다. 기대와 두려움이 뒤섞인 달콤한 느낌. 우리는 사다리 아래에 서서 서로를 마주 보았다. 키티는 높은 깃이 달린 옷을 입었고, 그 짙은 눈은 평소보다 더 반짝거렸다.

"먼저 해." 내가 말했다.

키티가 즉각 맞받아쳤다. "자신 있으면 먼저 해 봐."

내가 금방 말했다. "여자가 남자보다 먼저 하는 거야."

"위험한 상황에서는 안 그래." 동생이 새침하게 시선을 내리깔며 말했다. 헤밍퍼드에서 둘째가라면 서러운 말괄량이라는 것을 모르는 사람이 없었다. 항상 이런 식이었다. 하기는 하지만, 먼저 하지는 않으려 들었다.

"좋아." 내가 말했다. "간다."

그때 나는 열 살이었고, 어찌나 말랐던지 몸무게가 40킬로그램 남짓이었다. 여덟 살이었던 키티는 나보다 9킬로그램 정도 더 가벼웠다. 사다리는 항상 그 자리에 있었고, 우리는 그 사다리가 항상 우리를 지켜줄 거라고 믿었다. 뭐, 그런 생각 때문에 개인이든 국가든 문제를 겪게 마련이지만.

그날 느낄 수 있었다. 높이 오를수록 먼지 긴 헛간의 공기가 조금씩 흔들리기 시작했다. 언제나 그랬듯이, 반쯤 올라갔을 때쯤, 만약 떨어지면 어떻게 될지를 머릿속에 그려 봤다. 나는 멈추지 않고 올랐고 마침내 대들보를 잡고 올라가 아래를 내려다봤다.

키티의 얼굴, 고개를 들고 나를 쳐다보는 그 얼굴은 그저 하얀 타원형으로만 보였다. 색 바랜 체크무늬 셔츠와 청바지를 입은 동생은 인형 같았다. 내 머리 위, 처마 밑에서는 제비가 밝게 지저귀고 있었다.

다시, 말이 저절로 나왔다.

"어이, 거기 아래!" 내가 불렀다. 날리는 왕겨와 먼지를 지나 목소리가 동생에게 전해졌다.

"어이, 거기 위!"

나는 일어섰다. 잠시 몸이 앞뒤로 흔들렸다. 언제나 그렇듯이 밑에서는 느낄 수 없었던 어떤 공기의 흐름이 갑자기 생기는 느낌이 들었다. 중심을 잡으려고 팔을 벌리고 몸을 조금 움직일 때 내 가슴이 뛰는 소리가 들렸다. 한번은, 제비가 얼굴 가까이 날아오는 바람에 거의 중심을 잃을 뻔했던 적이 있는데, 그때의 공포가 다시 살아나는 것 같았다.

하지만 이번은 달랐다. 마침내 무사히 건초 더미 위까지 이동할 수 있었다. 이제 아래를 내려다봐도 그렇게 무섭지 않았다. 가장 기대되는 순간. 발을 떼고 허공으로 몸을 던졌다. 일부러 코를 막고, 언제나 그렇듯이, 갑자기 다시 찾아온 중력에 몸이 빨려 드는 것처럼 수직으로 떨어지면서, '아냐, 실수야, 다시 돌려줘.' 라고 소리치고 싶은 생각이 들었다.

총알처럼 건초 더미 위에 떨어지면, 그 달콤하고 먼지 긴 냄새가 피어올랐다가 마치 거대한 파도처럼 천천히 다시 내려앉았다. 언제나처럼, 코에선 콧물이 흘렀고 놀란 쥐 한두 마리가 더 깊이 몸을 숨기는 소리가 들렸다. 그러고는, 설명할 수는 없지만 다시 태어나는 느낌이 들었다. 언젠가 키티도 건초 더미에 다이빙을 하고 나면 몸이 새로 바뀌는 것 같은 느낌이 든다고 한 적이 있었다. 무슨 말인지 알 것 같기도 하고 모를 것 같기도 해서 그때는 어깨를 으쓱하고 말았지만, 편지를 받고 난 지금은 나 역시 그렇게 생각한다.

마치 수영이라도 하듯이 건초 더미를 헤치며 다시 헛간 바닥으로 나왔다. 바지 안과 셔츠에 건초가 가득했다. 신발 속이나 팔꿈치도 마찬가지였고, 머리카락이 건초 부스러기투성이인 것은 말할 것도 없었다.

그때쯤 동생은 사다리의 중간쯤을 오르고 있었다. 금발의 꽁지머리가 먼지 사이로 비치는 빛을 받으며 어깨 언저리에서 찰랑거리며 올라가는 것이 보였다.

다른 날에는 햇빛이 비쳤겠지만, 그날은 동생의 머리가 제일 밝게 빛났다. 그 위에서 반짝거리는 것이라고는 동생의 그 꽁지머리밖에 없었다.

사다리가 앞뒤로 흔들리는 것이 마음에 들지 않는다고 생각했던 것 같다. 그렇게까지 느슨했던 적은 없었다.

동생이 들보에 도착했다. 나보다 훨씬 높은 곳에. 이제 내가 작아졌고, 휘날리는 왕겨 사이로 동생의 목소리가 들릴 때면 올려든 나의 얼굴이 타원형처럼 보일 것이다.

"어이, 거기 아래!"

"어이, 거기 위!"

동생이 들보 끝을 따라 걸었다. 건초 더미 위에 도착하는 것을 보고서야 마음이 놓였다. 언제나 그랬다. 동생이 더 차분하고…… 어린 여동생에게 쓰기에는 이상하게 들릴지도 모르지만, 운동 신경도 더 좋았다.

동생이 일어섰다. 낡은 신발 끝으로 선 채 팔을 앞으로 내밀었다. 그렇게 동생은 뛰어내렸다. 절대 잊을 수 없는 일, 어떻게도 묘사할 수 없는 일이 있다. 어떻게든, 전할 수는 있겠지만…… 어떤 식으로든. 하지만 그 어떤 묘사로도 그 아름다운 광경을 완벽하게 전할 수는 없다. 얼마나 완벽한지, 내 인생에서 몇 안 되는 진실의 순간, 말 그대로 진실의 순간. 아니, 나는 전할 수가 없다. 글이 됐든, 말이 됐든 나는 그 광경을 제대로 전할 재주가 없다.

잠시 동안 동생은 그렇게 공중에 매달린 것처럼 보였다. 마치 3층 높이에만 불어 대는 그 신기한 공기의 흐름에 떠받들린 것처럼, 네브래스카에서는 절대로 볼 수 없는 황금빛 깃털을 가진 제비 같았다. 그게 바로 내 동생 키티였다. 팔을 뒤로 젖히고 등을 구부린 그 모습이란, 그 순간만은 동생이 얼마나 사랑스럽던지!

잠시 후 동생은 건초 더미에 떨어져 보이지 않았다. 동생이 떨어진 자리에서 왕겨와 함께 웃음소리가 피어올랐다. 동생이 사다리를 오를 때 얼마나 위험해 보였는지에 대해서는 그새 잊어버렸고, 어느새 나 자신이 반쯤 다시 오르고 있었다.

다시 한 번 날고 싶었지만, 언제나처럼 두려움이 나를 덮쳤다. 나는 우아하게 나는 대신 탄환처럼 떨어졌다. 키티처럼 아래에 있는 건초 더미를 믿고 우아하게 뛰어내리는 것은 나로서는 불가능한 일이었다.

얼마나 오래 그렇게 놀았을까? 기억나지 않는다. 하지만 열 번 남짓 다이빙을 하고 나서 바깥의 날씨가 달라졌다는 것을 알아차렸다. 부모님이 예정대로 돌아오시면 온통 왕겨투성이인 우리들을 발견할 것이고…… 그건 우리가 한 짓을 고스란히 실토하는 것이나 다름없었다. 동생과 나는 각각 한 번씩만 더 하기로 했다.

먼저 사다리를 오르면서, 발 밑의 사다리가 흔들리는 것을 느꼈고 오래된 못이 삐걱거리는 소리도 들었다. 처음으로 정말, 지금까지와는 다른 무서움이 덮쳤다. 아직 절반도 오르지 않은 상태였다면 다시 내려갔을 것이고, 그와 함께 그날의 놀이도 끝이 났을 것이다. 하지만 들보가 더 가까웠고, 거기가 더 안전할 것 같았다. 위에서 세 번째 단을 밟자 못 소리가 더 커졌고 나는 두려운 나머지 몸을 부들부들 떨었다. 너무 많이 와 버린 것이 분명했다.

그때 들보가 손에 닿았고, 체중을 그쪽으로 옮겼다. 차갑고 불쾌한 땀이 흐르는 이마에 마른 나뭇가지가 닿았다. 이제 게임은 더 이상 재미가 없었다.

나는 얼른 건초 더미 위로 뛰어내렸다. 낙하할 때의 그 즐거움도 느낄 수 없었다. 아래로 떨어지면서, 나는 밑에 있는 것이 부드러운 건초 더미가 아니라 딱딱한 바닥이라면 어떨까 상상했다.

다시 헛간 바닥으로 나왔을 때 키티는 사다리 중간쯤을 서둘러 오르는 중이었다. 나는 소리쳤다. "어이, 내려와! 안전하지 않단 말이야!"

"괜찮을 거야!" 동생은 확신에 찬 목소리로 대답했다. "내가 오빠보다 가볍잖아."

"키티……."

나는 말을 마치지 못했다. 그때 사다리가 부서졌으니까.

썩은 나무가 부서지는 소리였다. 나는 소리쳤고, 키티는 비명을 질렀다. 내가 너무 많이 와 버렸다고 생각했던 바로 그 지점에 동생이 매달려 있었다.

동생이 디디고 있던 사다리의 단이 부서지면서 사다리가 양쪽으로 벌어졌다. 완전히 부서져 버린 사다리는, 잠시 생각에 잠겨 있다가 이제 움직일 때가 되었다고 결심한 무슨 벌레, 사마귀나 '사다리 벌레' 처럼 보였다.

그렇게 사다리는 부서졌다. 떨어진 파편들이 바닥에 부딪히면서 바닥에서 먼지가 일었고, 놀란 소들이 걱정스럽게 울어 댔다. 그중에 한 마리는 뒷발로 우리 문을 차기까지 했다.

키티는 아주 높은, 찢어지는 듯한 비명을 질렀다.

"오빠, 오빠, 도와줘!"

나는 어떻게 해야 하는지 알고 있었다. 즉시 그쪽을 쳐다봤다. 끔찍하게 무서웠지만, 정신을 잃을 정도는 아니었다. 20미터 정도 위에 있는 동생은 청바지를 입은 다리로 비등댔고 그 위로 헛간에 사는 제비가 종알댔다. 나는 무서웠다. 그렇지. 그리고, 나는 아직도 서커스의 공중 곡예를 못 본다. 텔레비전 중계라고 해도 말이다. 볼 때마다 울렁거린다.

하지만 내가 어떻게 해야 한다는 것은 알고 있었다.

"키티!" 나는 소리쳤다. "꼭 붙잡고 있어! 꼭 잡아!"

동생은 시키는 대로 했다. 더 이상 다리를 허우적대지도 않고 얌전하게 매달렸다. 동생은 멈춰 버린 공중그네에 매달린 곡예사처럼 그 작은 손으로 썩은 사다리의 마지막 단을 꼭 붙잡고 있었다.

나는 건초 더미로 달려가 건초를 양손 가득 집어 와서 바닥에 뿌렸다. 다시 건초 더미로 가고, 다시 가고, 다시 가고……

그 다음은 정말 기억이 나지 않는다. 건초가 코에 걸려서 재채기를 멈출 수가 없었다는 것밖에. 나는 계속 달렸고, 사다리가 놓여 있던 자리에 건초를 쌓았다. 아주 작은 건초 더미였다. 건초 더미를 한 번 보고, 위에 매달린 동생을 한 번 보고, 무슨 만화에나 나오는 우스꽝스런 광경으로 보일 장면이었다.

왔다 갔다, 왔다 갔다……

"오빠, 더는 못하겠어!" 동생이 절박한 목소리로 외쳤다.

"키티, 해야만 해! 꼭 붙잡고 있어야 돼!"

계속 갖다 날랐다. 건초가 허리 아래까지 쌓였다. 계속 날랐다. 이제 건초 더미는 얼굴 높이까지 쌓였다. 하지만 우리가 뛰어내리던 건초 더미는 7미터 반 정도 깊이의 건초 더미였다. 다리 정도만 부러진다고 해도 다행이라고 생각했다. 완전히 빗나가면 죽을지도 몰랐다. 계속 갖다 날랐다.

"오빠, 사다리! 사다리가 부서져!"

사다리가 동생의 몸무게를 버티지 못하고 천천히 부서지는 소리가 들렸다. 동생은 다시 미친 듯이 다리를 허우적댔고, 그런 식으로 몸을 흔들어 대면 건초 더미 위에 떨어질 수가 없었다.

"안 돼!" 나는 소리쳤다. "안 돼, 그러지 마! 그냥 손만 놓으면 돼! 손 놔, 키티!"

더 이상 건초를 나르기에는 이미 늦어 버렸다. 그냥 운에 맡기는 것 말고는 더 이상 할 수 있는 일이 없었다.

내가 말을 마치자마자 동생은 손을 놓고 아래로 떨어졌다. 칼이 떨어지는 것처럼 곧장 떨어져 내렸다. 나는 동생이 그렇게 영원히 떨어지는 줄만 알았다. 금발의 꽁지머리가 머리 위로 치솟았다. 동생은 눈을 감았고, 얼굴은 사기그릇처럼 창백했다. 하지만 비명은 지르지 않았다. 동생은 마치 기도할 때처럼 두 손으로 입을 꼭 감싸 쥐고 있었다.

건초 한가운데 떨어졌다. 마치 폭탄이라도 터진 것처럼 사방으로 건초가 날려 건초 더미에 가려 동생은 보이지 않았고 동생의 몸이 바닥에 떨어지는 소리가 들렸다. 그 소리, '쿵' 하는 그 소리에 몸이 부르르 떨렸다. 아주 큰 소리, 감당할 수 없을 만큼 큰 소리였다. 하지만 봐야만 했다.

그제야 울음을 터뜨린 나는 달려가 건초 더미를 파헤쳤다. 내 뒤로 건초 더미가 쌓여 갔다. 먼저 청바지가 보이고, 색 바랜 셔츠와…… 키티의 얼굴이 나타났다. 죽은 사람처럼 창백하고 눈은 꼭 감은 얼굴이었다. 동생이 죽었다, 얼굴을 보자마자 동생이 죽었다는 것을 알았다. 눈앞이 아득해졌다. 11월의 어둠. 그 어두운 회색 세계에서 눈에 띄는 색깔이라고는 동생의 금빛 꽁지머리밖에 없었다.

그리고, 동생이 눈을 뜨자 파란색 눈동자가 보였다.

"키티?" 나는 믿을 수 없다는 듯이 꺽꺽거리는 목소리로 동생을 불렀다. 목에 건초 부스러기가 걸린 것도 같았다. "키티?"

"오빠?" 동생이 어리둥절한 표정으로 물었다. "내가 살아 있는 거야?"

동생을 건초 더미에서 꺼내 와락 껴안았다. 동생도 내 목에 팔을 둘렀다.

"살았구나." 내가 말했다. "살았어, 살았어."

동생은 왼쪽 발목이 부러진 것에 그쳤다. 컬럼비아시티에서 온 피더슨 선생님은 아버지와 나와 함께 헛간에서 나오면서 지붕 쪽을 한참이나 쳐다봤다. 사다리의 마지막 단은 아직도 비스듬히 기울어진 채 못에 걸려 있었다.

선생님은 꽤 오랫동안 그곳을 쳐다봤다. "기적입니다." 내가 모아 놓은 건초 더미를 발로 차며 그가 아버지에게 말했다. 그러고는 자신의 낡은 자동차를 타고 사라져 버렸다.

아버지가 내 어깨를 툭 쳤다. "목재 창고로 가자, 래리." 차분한 목소리였다. "가서 뭘 할지는 알고 있겠지?"

"예, 아버지." 나는 작은 목소리로 말했다.

"내가 한 대씩 때릴 때마다, 동생을 살려 주셔서 감사하다고 하느님께 말해야 한다."

"예, 아버지."

그렇게 우리는 목재 창고로 갔다. 나는 많이 맞았다. 얼마나 맞았는지, 일주일 동안 밥도 서서 먹고, 2주 동안 쿠션을 놓고 의자에 앉아야만 했다. 아버지가 그 붉고 거친 손으로 내려칠 때마다 나는 하느님께 감사하다고 말했다.

큰 목소리로, 아주 큰 목소리로 말했다. 마지막 두 댄가 세 대를 맞을 때만 빼고, 아버지도 내가 말하는 것을 들으셨을 것이다.

부모님은 잠자리에 들기 전에 동생을 볼 수 있게 해 주셨다. 동생 방의 창문 밖에 작은 새가 한 마리 앉아 있던 것이 기억난다.

붕대가 친친 감긴 동생의 발이 선반 위에 올려져 있었다.

동생은 나를 오랫동안 쳐다봤다. 어찌나 사랑스럽게 쳐다보는지 내가 불편할 지경이었다. 이윽고 동생이 입을 열었다. "오빠, 오빠가 건초를 갖다 놓은 거지."

"어, 내가 그랬어." 나는 퉁명스럽게 대답했다. "다른 방법이 없잖아? 사다리는 한 번 부서지면 다시 오를 수가 없으니까."

"오빠가 뭘 하고 있는 건지 몰랐어." 동생이 말했다.

"당연하지! 너 바로 밑에 있었으니까, 빌어먹을!"

"밑을 볼 수가 없었어." 동생이 말했다. "너무 무서워서 계속 눈을 감고 있었으니까."

나는 놀란 눈으로 동생을 쳐다봤다.

"몰랐다고? 내가 뭘 하는지 몰랐단 말이야?"

동생이 고개를 가로 저었다.

"그럼 내가 뛰어내리라고 해서…… 그냥 시키는 대로 한 거야?"

동생이 고개를 끄덕였다.

"키티, 어떻게 그럴 수가?"

동생은 그 깊고 푸른 눈으로 지그시 나를 쳐다봤다. "오빠가 뭔가 해 놨을 거라고 믿었으니까." 동생이 말했다. "우리 오빠니까, 오빠가 지켜 줄 거라고 알았어."

"키티, 얼마나 위험했는데."

나는 손으로 얼굴을 가렸다. 동생이 일어나서 손을 내리고 볼에 뽀뽀를 했다. "그런 거 몰랐어." 동생이 말했다. "오빠가 밑에 있다는 것만 알았어. 아함, 졸리다. 내일 봐, 오빠. 깁스를 해야 된대. 피더슨 선생님이 그랬어."

동생은 한 달 조금 못 되게 깁스를 하고 다녔고, 같은 반 아이들은 하나도 빠짐없이 거기에 자기 이름을 적었다. 심지어 나한테도 서명하라고 했다. 깁스를 떼어내자, 그것으로 헛간 사고도 끝이었다. 아버지는 아주 튼튼한 사다리를 새로 달았지만, 나는 다시는 들보 위에 올라가 뛰어내리지 않았다. 내가 알기로는 키티도 마찬가지였다.

그게 끝이었지만, 어떻게 보면 아직 완전히 끝난 것은 아니었다. 아흐레 전, 키티가 로스앤젤레스의 보험 회사 건물 꼭대기 층에서 뛰어내리기 전까지는 끝난 것이 아니었던 모양이다.

《L. A. 타임스》의 기사가 지금 내 지갑에 들어 있다. 아마도 평생 지니고 다닐 것 같다. 하지만 기억하고 싶은 사람의 사진이나 정말 인상 깊었던 공연의 티켓, 또는 월드 시리즈 입장권을 지니고 다니는 것과는 다른 이유에서이다. 나에게 그 신문 기사는 내가 지고 다녀야만 하는 무거운 짐 같은 것이다. 「콜걸 투신 자살」이 그 기사의 제목이다.

우리는 어른이 되었다. 의미 없는 일들을 제외하고 나면 내가 아는 것은 그게 전부다. 동생은 오마하의 상경 계열 대학으로 진학할 예정이었지만, 고등학교를 졸업하던 그해 여름에 미인 대회에서 수상한 다음 법률가와 결혼을 해 버렸다. 좀 짓궂은 농담처럼 들린다. 그렇지? 나의 키티.

내가 법과 대학원에 다닐 때 동생은 이혼했고, 나에게 장문의 편지를 써 보냈다. 열 장 정도 되는 그 편지에서 동생은 결혼 생활이 어땠는지, 얼마나 엉망이었는지, 그리고 아이라도 있으면 조금 더 나았을지도 모르겠다고 적었다. 동생은 자기한테 와 줄 수 있냐고 물었다. 하지만 법과 대학원에서 일주일 수업을 빼먹는 것은 인문학부에서 한 학기를 통째로 빼먹는 것만큼이나 치명적인 일이었다. 법대생들은 무슨 경주용 개처럼 쉬지 않고 달려 나갔으니까. 잠깐 흐름에서 낙오하면 그걸로 영원히 끝장이었다.

로스앤젤레스로 이사한 동생은 재혼했다. 그 결혼마저 깨졌을 때 나는 법과 대학원을 마친 상태였다. 다시 편지가 날아왔다. 좀 더 짧아졌지만, 훨씬 더 비참한 편지였다. 다시는 그 (결혼이라는) 회전목마에 오르지 않을 거라고 했다. 결혼은 족쇄라고, 뭘 잡으려면 말에서 뛰어내려 이마가 깨지는 수밖에 없는데, 공짜로 타는 대가가 그런 거라면 누가 그걸 타려고 하겠냐고 했다. '추신. 와 줄 수 있어, 오빠? 오랫동안 못 본 것 같은데.'

나는 답장에서 가고 싶지만 그럴 수 없다고 했다. 업무 강도가 상당한 직장에 자리를 잡았는데, 아직 말단이라서 일만 죽어라 하는 상황이라고 했다. 일을 접어 두었다가 나중에 만회하려면 일 년은 족히 걸릴 거라고 했다. 그게 내가 쓴 긴 답장의 내용이었다. 온통 나의 일에 관해서만 적었던 그 편지.

나는 항상 동생의 편지에 답장을 했다. 하지만 정말 동생이 쓴 편지라는 것은 믿을 수가 없었다. 앞에서도 말했듯이, 건초 더미가 저 아래 있다는 것을 믿지 못했던 것과 비슷했다……. 그 건초 더미 때문에 내가 죽지 않고 살았다는 것을 깨닫기 전에는 믿지 못했다. 나는 편지지 맨 아래에 '키티'라고 서명한 상심한 여인이 내 동생과 동일 인물이라는 것을 믿을 수가 없었다. 내 동생은 금발의 꽁지머리를 한, 아직 가슴도 나오지 않은 소녀였다.

먼저 편지를 끊은 것은 동생이었다. 크리스마스 카드와 생일 카드만 보내왔는데, 답장은 아내가 대신 해 주었다. 그러다 아내와 이혼한 후에는 완전히 잊고 지냈던 것이다.

다음 해의 크리스마스와 생일에는 옮긴 주소로 카드가 날아왔다. 처음 카드를 받았을 때는 '아하, 키티한테 이사했다고 말해야겠군.' 하고 생각했지만, 행동에 옮기지는 못했다.

하지만, 앞에서도 말했듯이, 그런 것은 아무 의미도 없는 일들이었다. 중요한 것은 우리는 어른이 되었고, 동생이 보험 회사 꼭 대기에서 뛰어내렸다는 사실뿐이다. 키티는 거기에 항상 건초 더미가 있을 거라고, '오빠가 뭔가 해 놨을 거라고' 믿는 아이였다. 중요한 건 바로 그것뿐이다. 그리고 동생의 편지.

요즘은 사람들이 참 자주 옮겨다닌다. 이전 주소 위의 가위표나 '주소 변경' 스티커가 무슨 추궁이라도 되는 것처럼 느껴지는 것이 조금은 우습기도 하다. 동생은 편지 겉봉의 왼쪽 위에 투신하기 직전까지 살았던 주소를 적어 놓았다. 반뉘스에 있는 근사한 아파트였다. 아버지와 나는 함께 그곳에서 동생의 물건을 챙겼다. 주인 아주머니는 좋은 분이었다. 아주머니는 키티를 좋아했다고 말했다.

편지에는 동생이 죽기 2주 전의 소인이 찍혀 있었다. 이사만 하지 않았더라면 훨씬 더 빨리 나에게 전해졌을 것이다. 동생은 기다리다 지쳤던 모양이다.

오빠,

요즘 들어 자주 생각하는 건데…… 오빠가 건초 더미를 쌓기 전에 사다리의 마지막 단이 부러져 버렸더라면 더 나았을지도 모른다는 생각이 자꾸 들어.

사랑하는 키티

그래, 동생은 기다리다 지쳐 버린 것이 틀림없었다. 동생은 내가 다 잊어버린 줄 알았을 거라고 짐작하는 것보다는 이렇게 믿는 것이 덜 아팠다. 동생이 그렇게 생각했을 거라고는 믿고 싶지 않았다. 그게 사실이라면 죄책감을 벗을 수가 없을 테니까.

그렇게 정리를 하고 나서도 요즘 들어 쉽게 잠이 오지 않는 이유는 설명할 수가 없다. 눈을 감고 잠을 청할 때마다 동생이 헛간 3층에서 떨어지는 모습이 보인다. 짙은 푸른색 눈을 커다랗게 뜨고, 몸을 구부린 채 팔을 뒤로 한껏 젖힌 자세로 떨어지는 동생의 모습이.

동생은 거기에 항상 건초 더미가 있을 거라고 믿는 아이였다.

꽃을 사랑한 남자

The Man Who Loved Flowers

1963년 5월 어느 이른 저녁, 젊은 남자가 주머니에 손을 넣은 채 뉴욕 3번가를 기운차게 걸었다. 공기는 부드럽고 산뜻했으며, 하늘은 파란색에서 땅거미의 차분하고 아름다운 보라색으로 서서히 어두워져 갔다. 이 도시를 사랑하는 사람들이 많았는데, 이런 밤은 그런 사랑을 불러일으키는 요인 중 하나였다. 식료품점과 세탁소와 레스토랑 앞에 서 있는 사람들 모두 미소를 짓는 것 같았다. 낡은 유모차에 식료품 봉투 두 개를 싣고 가던 할머니가 젊은 남자를 보고 방긋 웃으며 인사했다. "오늘 따라 멋있게 보이는걸." 젊은 남자는 그녀에게 미소를 살짝 지으며 손을 흔들어 보였다.

그녀는 걸음을 옮기며 생각했다. '사랑에 빠진 게로군.'

그는 꼭 그런 모습이었다. 밝은 회색 정장에, 셔츠 맨 위의 단추는 잠그지 않았고, 약간 풀어헤친 얇은 타이, 짧게 자른 검은 머리, 하얀 얼굴에 연청색 눈. 비범한 인상이라고는 할 수 없지만, 1963년 5월, 이 거리, 이렇게 따스한 봄날 저녁의 그는 아름다웠고, 그 할머니도 봄에는 누구나 아름다울 수 있다는 달콤한 향수에 잠깐 젖었던 것이다……. 꿈속에 그리던 연인을 만나 저녁을 먹고, 춤을 추기 위해 서둘러 길을 가는 사람이라면 누구나 말이다. 봄은 향수가 슬픔으로 바뀌지 않는 유일한 계절이다. 할머니는 그 젊은이에게 말을 붙인 것이 즐거웠고, 그가 다시 손을 들어 답례한 것이 즐거웠다.

젊은 남자는 63번가를 건넜다. 내딛는 걸음은 가벼웠고 입술에는 여전히 옅은 미소를 머금었다. 길 중간에 노인이 꽃으로 가득 찬 짧은 초록색 수레 옆에 서 있었다. 꽃은 노란색이 대부분이었다. 노란 수선화와 만개한 크로커스. 카네이션과 온실 재배한 월계꽃도 있었는데 노란색과 흰색이 주종을 이루었다. 그는 과자를 먹으며 수레 모서리에 올려놓은 커다란 라디오를 듣고 있었다.

라디오에서는 아무도 귀 기울여 듣지 않는 불쾌한 뉴스가 쏟아져 나왔다. 쇠망치 살해범이 여전히 활개를 치고 있다, JFK가 베트남(뉴스를 읽는 작자는 '바이트넘'이라고 발음했다)이라는 아시아의 조그만 나라 상황을 예의주시하고 있다고 발표했다, 신원을 알 수 없는 여자가 이스트 강에서 발견되었다, 시 정부가 마약과 한창 전쟁하는 가운데 대배심이 마약 범죄 조직 두목을 기소하는 데 실패했다, 러시아가 원폭 실험을 했다 운운. 어느 것도 현실 같지 않았고, 어느 것도 중요한 것 같지 않았다. 공기는 따스하고 달콤했다. 배가 볼록한 남자 둘이 제과점 밖에 서 있었다. 봄은 이제 여름과 경계에 있었고, 이 도시에서 여름은 꿈의 계절이었다.

꽃 가판대를 지나치자 불쾌한 뉴스 소리도 차차 잦아들었다. 그는 머뭇거리며 뒤를 돌아보다, 다시 생각해 보았다. 코트 주머니에 손을 넣어 그 안에 든 것을 다시 만지작거렸다. 잠시 그의 얼굴이 어찌할 바를 모르는 듯, 쓸쓸한 듯, 거의 무엇엔가 정신을 빼앗긴 듯 싶더니, 주머니에서 손을 빼며, 예의 기대에 가득 찬 표정으로 돌아왔다.

그는 미소를 머금은 채 꽃 가판대로 발길을 돌렸다. 꽃을 선물해 그녀를 기쁘게 해 주고 싶었다. 그는 전혀 부자라고 할 수 없었으므로 작은 선물밖에 할 수 없었지만 깜짝 선물을 줄 때 놀라움으로 밝게 빛나는 그녀의 눈을 보는 것이 좋았다. 사탕 한 박스. 팔찌. 노마가 가장 좋아한다는 것을 알고 있으니까, 가끔씩은 발렌시아 오렌지 한 봉투.

"이보게, 젊은 친구." 회색 정장을 입은 남자가 돌아와 수레에 담긴 꽃을 이리저리 훑어보는 것을 보고 꽃 파는 노인이 말했다. 그 노인은 대략 예순여덟 살 정도로 보였고, 따뜻한 저녁임에도 찢어진 회색 니트 스웨터에 보들보들한 소재로 만든 모자를 썼다. 얼굴에는 주름살이 지도처럼 펼쳐졌고, 움푹 들어간 눈에, 손에는 담배를 들었다. 하지만 그 역시 젊은 시절의 봄날이 어떠했는지를 사랑에 빠져 활개 치고 다니지 않은 곳이 없던 젊은 시절을 기억해 냈다. 노인은 평소에는 심술에 찬 얼굴이었지만, 이 사람이 어떤 상황에 처했는지 명백해 보인다고 생각해, 식료품을 싣고 가던 할머니처럼, 이제 미소를 살짝 지었다. 노인은 헐렁한 스웨터에 떨어진 프레즐 비스킷 부스러기를 쓸어 내며 생각했다. 이 녀석 뭔가에 홀려 앓고 있다면, 지금이라도 적절한 치료가 좀 필요하겠군.

"꽃 얼마나 하죠?" 젊은 남자가 물었다.

"1달러에 한 다발 예쁘게 만들어 주지. 그 월계꽃 말일세. 온실에서 키운 거야. 그건 좀 비싼데, 한 송이에 70센트 받지. 여섯 송이 사면 3달러 50센트에 주고."

"비싸네요." 젊은 남자가 말했다.

"싼 게 비지떡이라네. 젊은 양반. 어려서 어머니한테 그런 것도 안 배웠나?"

젊은 남자가 빙긋 웃었다. "그렇게 말씀하신 것 같네요."

"그럼 그렇지. 안 했을 리가 있나? 빨간 것 둘, 노란 것 둘, 하얀 것 둘, 이렇게 여섯 송이로 해. 그 이상 없다네. 아무 여자한테나 향기 맡아 보라고 한번 해 봐. 다들 아주 좋아한다고. 나뭇잎도 옆에 같이 해서 말이야. 좋다고. 아니면 1달러에 한 다발짜리로 하던가."

"여자라고요?" 젊은 남자가 여전히 미소를 머금은 채 물었다.

꽃 파는 노인이 담뱃재를 하수구에 털고 다시 미소를 지으며 말했다. "젊은 양반, 5월에 자기 혼자 좋자고 꽃을 사는 사람은 없다네. 그건 자연의 법칙 같은 거야. 무슨 말인지 알겠나?"

젊은 남자는 노마를, 그녀의 행복과 놀란 눈과 부드러운 미소를 떠올리며 고개를 약간 끄덕였다. "저도 그 법칙대로인 것 같은데요?"

"당연히 그렇겠지. 뭘로 하겠나?"

"글쎄요, 뭐가 좋을까요?"

"그럼 내 생각을 말해 주지. 이것 봐! 상담료까지 공짜잖나?"

젊은 남자가 미소를 지으며 말했다. "공짜라고는 그것밖에 없는 것 같은데요."

꽃 파는 노인이 말했다. "공짜라서 불만인 것 같구먼. 좋아, 젊은 양반. 어머니 드릴 거라면, 한 다발을 사게. 수선화, 크로커스, 백합을 섞어서 말이야. 어머니가 이런 말씀으로 초를 치지는 않으시겠지. '아이고, 아가야, 꽃 참 좋구나, 얼마나 줬니, 저런, 그렇게 비싸단 말이냐, 그렇게 헛돈 쓰면 안 된다는 것도 모른단 말이냐?'"

젊은 남자가 고개를 뒤로 젖히며 웃었다.

노인이 말했다. "하지만 애인이라면, 사정이 약간 다르지, 자네도 알겠지만 말이야. 월계꽃을 갖다 주면 거들떠보지도 않을 거야, 무슨 말인지 알겠나? 이봐! 애인은 담박에 자네 목을 끌어안을 거라고……"

"월계꽃으로 할게요." 젊은 남자가 말했다. 이번에는 꽃 파는 노인이 웃을 차례였다. 두 남자가 이쪽을 바라보며 미소 지었다.

그중 하나가 말했다. "이봐, 젊은 친구! 결혼 반지 싸게 살 생각 없나? 내 반지를 줄 테니까 말이야……. 더 갖고 있기 싫거든."

젊은 남자가 픽 웃으며 검은 머리를 깊이 쓸어 넘겼다.

꽃 파는 노인은 월계꽃 여섯 송이를 꺼내, 가지를 약간 쳐내고, 물을 끼얹은 후, 커다란 원뿔형 포장을 씌웠다.

"오늘 밤은 여러분이 바라던 꼭 그런 날씨 같습니다."

라디오에서 흘러나온 말이었다.

"맑고 따뜻하죠. 온도는 섭씨 20도 안팎이고요, 혹시 낭만적이신 분들이라면, 지붕에 올라 별 보기 딱 좋은 날입니다. 더 멋진 뉴욕, 이 밤을 즐기십시오!"

꽃을 파는 노인은 종이 포장이 겹치는 부분을 스카치테이프로 붙이고 물에 설탕을 좀 타 넣으면 꽃이 좀더 오래간다는 말을 애인에게 전하라고 젊은 남자에게 말했다.

"그렇게 말할게요." 젊은 남자가 말했다. 그는 5달러짜리 지폐를 꺼냈다. "감사합니다."

"그저 내 할 일을 하는 거라고, 젊은 양반." 1달러 25센트를 거슬러 주며 노인이 말했다. 그의 미소가 약간 슬퍼졌다. "날 위해 입맞춤 한 번 해 주라고."

라디오에서는, 포 시즌스가 「셰리」를 부르기 시작했다. 젊은 남자는 거스름돈을 주머니에 넣고, 뭔가에 주의를 기울이는 듯, 갈망하는 듯 눈을 크게 뜨고, 3번가에 밀려왔다 쓸려 가는 삶들을 돌아보기보다는 자기 안, 자기 앞의 일을 기대하며 가던 길을 다시 걷기 시작했다. 하지만 그의 눈길을 끄는 것도 있었다. 엄마가 아기를 유모차에 태우고 가는데, 아기 얼굴이 아이스크림 범벅이 되어 우스웠다. 꼬마 여자아이 하나는 노래를 부르며 줄넘기를 했다. "베티와 해리가 나무에 올라, 키이이이스! 맨 처음 사랑을 하고, 그 다음 결혼을 하고, 지금은 헨리가 유모차를 끌어요!" 빨래방 앞에서는 임신한 여자 둘이 담배를 피우며 배를 서로 비교했다. 전자 제품 상점 쇼윈도 앞에는 남자들이 여럿 모여 1,000달러가 넘는 거대한 칼라 텔레비전을 구경했다. 텔레비전에서는 야구 경기가 한창이었는데, 선수들 얼굴이 모두 초록색으로 보였다. 야구장 바닥은 희미한 딸기 빛이었고, 뉴욕 메츠가 필라델피아 필리스를 6대 1로 이긴 가운데 9회 초가 진행 중이었다.

그는 꽃을 손에 들고, 길을 계속 걸었다. 빨래방 앞에 있던 두 여자가 이야기를 잠시 멈추고는 종이에 싼 꽃을 들고 자기들 앞을 지나는 그를 부러운 눈길로 지켜보는 것은 느끼지 못했다. 그들이 꽃을 선물받은 것은 이미 오래전 이야기였다. 그는 젊은 교통경찰이 3번가와 69번가 교차로에 차를 세우고 호루라기를 불어 길을 건너라고 신호하는 것을 보지 못했다. 경찰은 젊은 남자의 얼굴에 가득한 꿈 같은 표정을 약혼한 후 최근에 부쩍 자주 꺼내보는 손거울을 통해 바라보았다. 그는 사춘기 소녀 둘이 앞을 지나쳐 가다 서로를 붙잡고 키득거리는 것을 알지 못했다.

73번가에서 그는 오른쪽 길로 들어섰다. 이 거리는 약간 어두웠고, 적갈색 사암 건물이 늘어섰고, 이탈리아 이름을 단 반지하 레스토랑이 여럿 있었다. 세 블록 위쪽 희미한 가로등 아래에서 야구 놀이를 하는 모습이 보였다. 젊은 남자는 거기까지 가진 않았다. 반 블록 정도를 가다 그는 좁은 골목길로 접어들었다.

이제 별들은 사라졌고, 희미한 빛만 부드럽게 흘렀다. 골목길은 어둡고 그늘졌고, 희미한 윤곽의 쓰레기통이 늘어섰다. 이제 젊은 남자 혼자였다. 아니, 꼭 그렇지는 않았다. 길게 우는 짐승 소리가 자줏빛 어둠 속에서 흘러나왔고, 젊은 남자는 미간을 찌푸렸다. 그것은 수코양이의 사랑 노래였지만 듣기 좋은 구석은 전혀 없었다.

그는 걸음을 늦추며, 시계를 들여다보았다. 8시 15분이었고 노마가 이제 막……

그녀가 갑자기 눈에 들어왔다. 짙은 파랑 바지에 세일러 블라우스를 입어 그의 마음을 아리게 하는 그녀가 마당을 지나 그에게 다가오고 있었다. 그녀를 처음 보는 것은 늘 놀라운 일이었고, 늘 달콤한 충격이었다……. 그녀는 너무나 어려 보였다.

이제 그의 미소는 모두 소진된 듯, 사라져 버렸다. 그의 발걸음이 빨라졌다.

"노마!" 그가 말했다.

그녀가 고개를 들어 웃음을 지었다……. 하지만 그들이 가까이 서는 순간, 미소가 사그라졌다.

그의 미소는 약간 떨렸고, 그는 순간 불안을 느꼈다. 세일러 블라우스를 입은 그녀의 얼굴에서 갑자기 표정이 사라졌다. 날은 이제 더욱 어두워졌다……. 그가 사람을 잘못 본 것일까? 물론 아니다. 분명히 노마였다.

"너 주려고 꽃 가져왔어." 행복한 안도감에 취한 그가 종이 포장을 그녀에게 건넸다.

그녀가 꽃을 잠시 바라보더니 미소를 지었다. 그리고 그에게 다시 돌려주었다. 그녀가 말했다.

"감사합니다만, 잘못 보셨어요. 제 이름은……."

"노마." 그가 속삭였다. 그는 내내 들고 다녔던 짧은 손잡이가 달린 망치를 코트 주머니에서 꺼내 들었다. "너 주려고 산 거야, 노마……. 항상 널 주려고……, 전부 널 주려고."

그녀는 뒤로 물러섰다, 얼굴은 하얗게 질렸고, 입은 공포로 인해 벌어져 있었는데, 그녀는 노마가 아니었고, 노마는 죽었으니까, 노마는 십 년 전에 죽었으니까, 하지만 그것도 중요한 건 아닌 것이 그녀가 비명을 질렀기 때문인데, 그래서 그는 비명을 못지르게 하려고, 비명을 그치도록 하기 위해 망치를 휘둘렀고, 그

508

가 망치를 휘두르자 들고 있던 꽃들도 떨어졌고, 종이 포장이 풀어져 활짝 열렸고, 빨강, 하양, 노랑 월계꽃이 찌그러진 쓰레기통 옆으로 흩어져 떨어졌는데, 그곳은 고양이들이 어둠 속에서 이상한 사랑을 나누는 곳이었고, 사랑의 비명을 지르며, 비명을, 비명을.

그는 망치를 휘둘렀고 그녀는 비명을 지르지 않았지만, 그녀는 노마가 아니라서 비명을 질렀던 게 아닐까. 하긴 아무도 노마가 아니었고, 그는 망치를 휘둘렀고, 망치를 휘둘렀고, 망치를 휘둘렀다. 그녀는 노마가 아니었고 그는 망치를 휘둘렀는데, 이로써 그는 여섯 번째로 망치를 휘둘렀다.

얼마가 지났는지 모르겠지만 그는 망치를 코트 안주머니에 다시 집어넣고 자갈길 위에 볼품없이 퍼진 어두운 그림자로부터, 쓰레기통 옆에 흩어진 월계꽃으로부터 물러섰다. 그는 등을 돌려 좁은 골목길을 빠져나왔다. 이제 어둠이 완전히 깔렸다. 야구 놀이를 하던 녀석들은 모두 들어가 버렸다. 정장에 핏자국이 있다고 해도 이런 어둠 속에선, 이렇게 따스하고 늦은 봄밤에는 보이지 않을 것이고, 그녀의 이름은 노마가 아니었지만 그는 자신의 이름이 무엇인지는 알고 있었다. 그것은……, 그것은…….

사랑.

그의 이름은 사랑이었고, 노마가 그를 기다리기에 그는 이 어두운 거리를 걷는다. 그리고 그는 그녀를 만날 것이다. 언젠가 머지않아.

그는 미소 짓기 시작했다. 73번가를 걷는 그의 발걸음이 가벼워졌다. 중년 부부가 자기 집 계단에 앉아 머리는 쳐들고, 눈은 먼 곳을 바라보고, 입가에는 미소를 살짝 비치며 지나가는 그를 바라보았다. 그가 부부 앞을 지날 때 아내가 말했다. "당신한테선 저런 느낌이 나질 않으니 어떻게 된 일이죠?"

"응?"

"아니에요." 그녀는 회색 정장을 입은 젊은 남자가 번져 오는 어둠 속으로 사라지는 것을 바라보며 봄날보다 아름다운 것이 있다면 그것은 젊은 사람들의 사랑일 거라고 생각했다.

도로를 위해 한 잔

■

One for the Road

　10시 15분, 허브 투클랜더가 이만 문을 닫아야겠다고 생각할
즈음, 멀끔한 코트를 입고 허연 얼굴에 초점 잃은 눈을 한 남자
하나가 팰머스 마을 북부에 있는 '투키네 선술집'에 뛰어들었다.
날짜는 1월 10일, 대개의 사람들이 지키지도 못할 새해 결심 따위
는 잊어버리고 맘 편히 사는 데 익숙해질 즈음이었고 문 밖에는
북동풍이 미친 듯이 불어 댔다. 눈은 해가 지기 전에 이미 15센티
미터나 쌓였는데 어두워지자 눈발이 더욱 거세어졌다. 우리는 빌
리 래리비가 제설차를 몰고 지나가는 것을 두 번 보았는데, 두 번
째 지나갈 때는 투키가 달려 나가 맥주를 한 잔 건넸다. 우리 어
머니라면 그걸 보고 순수한 온정의 발로라고 말했을 텐데. 한창
때 어머니가 투키네 맥주를 얼마나 마셨는지 알 만한 사람은 모
두 알았다. 빌리는 중앙로에 쌓인 눈은 치우고 있지만 주변 도로
는 이미 폐쇄되었고 다음 날 아침까지는 상황 변동이 없을 것이

라고 말해 주었다. 포틀랜드 지역 라디오˙방송은 눈이 30센티미터는 더 쌓일 것이고, 시속 65킬로미터에 이르는 강풍이 쌓인 눈을 다시 흩날려 버릴 거라고 예보했다.

바에서는 투키와 내가 단둘이 앉아 처마에 부딪히는 바람 소리를 들으며, 바람에 화롯불이 춤추는 것을 지켜보았다. 투키가 말했다. "도로를 위해 한 잔, 부스. 이제 문 닫아야겠어요."

그는 나에게 한 잔을 따랐고 자기 잔에도 한 잔을 따랐다. 그때 문이 부서질 듯 열리더니 낯선 사람이 비틀거리며 들어왔다. 어깨며 머리며 눈이 쌓인 것이, 과자 공장 설탕 더미에서 구르다 온 사람 같았다. 열린 문으로 모래처럼 가는 눈이 바람에 날려 들어왔다.

투키가 그에게 냅다 소리를 질렀다. "문 닫아요! 뭐 하자는 거요, 지금?"

나는 그렇게 겁을 집어먹은 표정을 한 사람을 본 적이 없다. 그는 오후 내내 불 붙은 쐐기풀을 먹어 댄 말 같았다. 그의 눈동자가 투키에게 모였다. "우리 집사람……, 우리 딸……." 그 말과 함께 그는 정신을 잃고 바닥에 고꾸라졌다.

투키가 말했다. "이런, 어떻게 된 거야? 문 좀 닫아 줄래요, 부스?"

나는 문 쪽으로 걸어가 문을 닫았다. 들이닥치는 바람에 문을 닫기는 쉬운 일이 아니었다. 투키는 무릎을 꿇고 앉아 그 친구의 머리를 들어 올리고 볼을 툭툭 쳤다. 다가가 보니 실로 가관이었다. 얼굴은 불이라도 난 것처럼 빨갰고, 군데군데 회색 얼룩이 있었는데, 나처럼 우드로 윌슨 미국의 28대 대통령. 1913년부터 1921년까지 재임 시절부터 메인 주에서 살아 본 사람이라면 그런 회색 얼룩은 곧 동상을 의미한다는 것을 알 것이다.

투키가 말했다. "기절했어요. 뒤쪽 바에 가서 브랜디 좀 갖다줄래요?"

나는 브랜디를 들고 돌아왔다. 투키는 그 친구의 코트를 벗겨 놓았다. 의식이 약간 돌아온 상태였다. 눈은 반쯤 떴고 뭐라고 중얼거렸지만 소리가 작아 알아들을 수는 없었다.

"뚜껑에 따라 줘 봐요." 투키가 말했다.

"뚜껑 가지고 되겠어?" 그에게 물었다.

투키가 말했다. "그건 거의 다이너마이트 급이에요. 무리가 가게 해선 안 된다고요."

나는 뚜껑에 술을 따르고 투키 쪽을 보았다. 그가 고개를 끄덕였다. "쭉 부어 보세요."

그의 입에 술을 부었다. 혼자 보기 아까운 장면이었다. 그 남자는 온몸을 부르르 떨더니 기침을 하기 시작했다. 얼굴이 더 빨개졌다. 반쯤 열려 있던 눈꺼풀은 커튼을 젖히듯 단번에 말려 올라갔다. 나는 사뭇 놀랐지만, 투키는 커다란 아기를 다루듯 그를 앉혀 놓고 등을 토닥토닥 두드렸다.

그가 토악질을 하기 시작하자 투키는 다시 그를 두드려 주었다.

그가 말했다. "좀 더 해 주세요. 그 브랜디, 효과가 있군."

그 남자는 기침을 좀 더 했지만 확실히 잦아드는 기색이었다. 이제야 좀 그를 제대로 볼 수 있었다. 도시 사람이고, 맞아, 보아하니 보스턴 남쪽 어디 출신인 것 같은데. 비싸지만 얇은 아동용 장갑을 꼈다. 손에 회백색 얼룩이 좀더 있을지 모르지만, 손가락을 잃지 않은 것만도 다행이었다. 코트는 꽤 비싸 보였다. 그만큼 비싼 건 본 적이 없지만 한 300달러 되려나? 그는 또 조그만 부츠를 신었는데 발목까지 오지도 않았다. 발가락이 괜찮을지 걱정이 들었다.

"좀 나아졌어요." 그가 말했다.

투키가 말했다. "좋아. 이쪽 화로 옆으로 오겠소?"

그가 말했다. "저희 집사람이랑 딸, 아직 밖에 있어요……. 저 폭풍 속에요."

투키가 말했다. "당신 들어오는 걸 보니 식구들이 집에 앉아 텔레비전이나 보고 있을 것 같지는 않더군. 화로 옆에 앉아도 여기 바닥처럼 얘기하기는 좋다고. 거들어 봐요, 부스."

일어서기는 했지만, 신음소리가 희미하게 흘러나왔고 고통으로 입 꼬리를 내리고 있었다. 나는 다시 그의 발가락이 궁금했고, 도대체 무엇 때문에 뉴욕에서 남부 메인 주까지 북동쪽에서 불어오는 거센 눈 폭풍을 맞으며 차를 몰고 와야 했는지 궁금했다. 그의 아내와 딸은 그보다 따뜻하게 갖춰 입었는지도 걱정이 됐다.

우리는 그를 화로 옆으로 데려와 1974년에 돌아가실 때까지 투키 여사께서 그토록 아끼시던 흔들의자에 앉혔다. 이곳은 대부분 투키 여사께서 가꾼 곳이다. 《다운 이스트》나 《선데이 텔레그램》에도 기사가 났고 한번은 《보스턴 글러브》 일요 특집면에도 기사가 실린 적이 있다. 커다란 나무 바닥은 못질 하나 하지 않고 그대로 이어 붙였고, 단풍나무 바에, 옛날식 헛간 서까래가 드러난 천장, 무지막지하게 큰 돌로 만든 화로까지, 이곳은 정말 '바'라고 하기에는 남다른 면이 있었다. 《다운 이스트》에 기사가 나오자 투키 여사는 여러 가지 생각을 떠올리고, 투키네 쉼터나 투키네 휴게소로 이름을 바꾸고 싶어 했다고 한다. 나는 그 말들에 미국 식민지 건설 시대 같은 느낌이 있다는 것을 인정하지만 그냥 단순한 옛날식 이름인 투키네 선술집이 더 좋다. 그리고 오늘처럼 수많은 겨울밤을, 투키와 나 단둘이 앉아, 스카치 워터나 맥주 몇 병을 마시며 보냈다. 아내 빅토리아는 1973년에 죽었고 투키네는 째깍째깍 죽음이 다가오는 소리가 묻힐 만큼 다른 소리를 많이 들을 수 있는 곳이었다. 투키와 나 단둘이 있어도 충분했다. 이곳이 투키네 휴게소였다면 지금 같은 느낌이 들지는 않았을 것이다. 말도 안 되는 것 같지만 사실이 그렇다.

남자는 화로 옆에 앉자마자 더욱 심하게 몸을 떨었다. 무릎을 감싸 안은 채 이빨을 부딪히며 떨었고, 코끝에서는 맑은 콧물 몇 방울이 흘러나왔다. 15분만 더 있었어도 죽었을 거라고 생각하는 것 같았다. 눈이 문제가 아니라, 차가운 바람이 문제였다. 그래서 체온이 떨어지는 것이다.

"도로는 놔두고 어디로 간 거요?" 투키가 물었다.

"여……여기서 하……한 시……십 킬로미터 나……나……남쪽……이오." 그가 말했다.

투키와 나의 눈길이 마주쳤다. 갑자기 나는 오한을 느꼈다. 온몸이 오싹해졌다.

투키가 다그쳤다. "정말이오? 이 눈 속에서 10킬로미터를 왔단 말이오?"

그가 고개를 끄덕였다. "마……마을을 지날 때 분명히 계기판 주행 기록계를 확인했어요. 표지판대로 가는데…… 처……처제를 보러 가는 길이었어요……, 컴벌랜드에요. 처음 가 보는 거였어요……. 우린 뉴저지에서 왔어요."

뉴저지라……. 뉴요커보다 더 멍청한 사람이 있다면 그 사람은 필경 뉴저지 출신이다.

"10킬로미터라고, 확실한 게요?" 투키가 다그쳤다.

"예, 확실해요. 갈림길을 발견했는데 길이 없어졌어요……. 거기는……."

투키가 그를 붙잡았다. 이글거리는 화롯불에 비친 투키의 얼굴은 창백하고 긴장한 듯했고, 본래 나이 예순여섯보다 십 년은 더 들어 보였다. "우회전을 했소?"

"예, 우회전이오. 집사람이……."

"표지판은 봤소?"

"표지판이오?"

그는 투키를 멍하니 올려다보며 코끝을 쓱 닦았다.

"분명히 봤죠. 그렇게 설명을 들었거든요. 조인트너 가에서 예루살렘 롯을 지나 295번 도로로 들어가라고요." 투키를 바라보던 그가 눈길을 나에게 돌렸다가 다시 투키를 바라보았다. 밖에서는 바람이 처마에 부딪히며 윙윙거리기도 하고 신음 비슷한 소리를 내기도 했다. "오른쪽이 아니었나요, 아저씨?"

"예루살렘 롯이라고?" 투키가 말했지만 목소리가 너무 낮아 잘 들리지 않았다. "오, 하느님."

"뭐 잘못됐나요?" 그 남자가 말했다. 목소리가 높아졌다.

"뭐 잘못됐나요? 그러니까 도로가 없어졌지만 제 생각엔……, 마을이 있다면 제설차가 작업을 하고 있을 테고……. 또 전……."

그는 거의 기가 죽어 있었다.

투키가 낮은 목소리로 말했다. "부스, 전화 좀 해 보세요. 보안관한테 전화하세요."

뉴저지에서 온 이 멍청이가 말했다. "당연하죠. 그렇게 해야겠지요. 하지만 무슨 문제가 있는 거죠? 귀신이라도 본 것처럼 그러시잖아요."

투키가 말했다. "예루살렘 롯에 귀신은 없소, 선생. 차 안에서 꼼짝 말고 있으라고 했나요?"

"당연히 그렇게 말했죠. 정신은 멀쩡하다고요." 상처 받은 목소리였다.

글쎄, 나한테 그렇게 인정받긴 힘들걸?

내가 그에게 물었다. "이름이 뭐요? 보안관한테 말해야 해요."

"럼리요. 제라드 럼리." 그가 말했다.

그는 다시 투키와 이야기를 했고, 나는 전화기 쪽으로 갔다. 전화기를 들었지만 신호음이 들리지 않았다. 끊김 버튼을 두어 차례 눌러 보았다. 아무 소리도 들리지 않았다.

그들 옆으로 돌아왔다. 투키는 제라드 럼리에게 브랜디 한 모금을 주었고, 그는 이번에는 훨씬 더 부드럽게 넘겼다.

"자리에 없어요?" 투키가 물었다.

"전화가 불통이야."

"이런, 제기랄." 투키가 말했다. 우리는 서로를 쳐다보았다. 밖에서는 눈발을 창문에 흩뿌리며 바람이 세차게 불었다.

투키를 바라보던 럼리가 나에게 눈길을 돌렸다가 다시 투키를 바라보았다.

"그럼, 두 분 중에 차 있으신 분 없으세요?" 그가 물었다. 목소리에 다시 근심이 가득했다. "히터를 틀려면 엔진을 켜 놓아야 해요. 기름은 4분의 1밖에 없었고, 한 시간 삼십 분이 걸렸으니까……, 이봐요, 대답 좀 해 보라고요!" 그가 벌떡 일어서 투키의 셔츠를 잡았다.

"선생, 당신 손이 머리랑 따로 노는 것 같소, 지금." 투키가 말했다.

럼리는 자기 손을 보다, 투키를 보고 손을 놓았다. "메인이라고……." 그가 중얼거렸다. 누군가의 어머니에게 욕이라도 하는 소리 같았다. 그가 말했다. "좋아요. 제일 가까운 주유소가 어디죠? 주유소에는 견인차가 있을 테니까……."

"팔머스 센터에 있는 주유소가 제일 가깝지. 여기서 5킬로미터 정도 되고." 내가 말했다.

"고맙습니다." 그는 약간은 비꼬는 투로 말하고, 코트 단추를 채우며 문 쪽을 향했다.

"하지만, 열지는 않았을 거요." 내가 말을 이었다.

그는 천천히 돌아서 우리를 쳐다보았다.

"무슨 말씀을 하시는 거죠, 아저씨들?"

"팔머스 센터 주유소는 빌리 래리비라는 사람이 하는 건데 빌리는 지금 차를 몰고 나와 눈을 치운다는 말을 하는 거요, 이 멍청한 양반아. 그러니 된통 혼나기 전에 이리 와 앉는 게 어떻겠소?" 투키가 침착하게 말했다.

돌아와 앉았지만 그는 겁을 집어먹어 제정신이 아닌 것 같았다. "그러니까 당신들 아무것도……."

투키가 말했다. "나는 아무 말도 하지 않았소. 선생은 얘기를 마저 해요. 얘기를 다하고 잠깐 쉬면, 그때 생각해도 되니까."

그가 물었다. "이 마을은 어디죠, 예루살렘 롯인가요? 도로는 왜 없어졌죠? 불빛도 전혀 없던데요?"

내가 말했다. "예루살렘 롯은 2년 전에 불타 없어졌지."

"다시 짓지 않고요?" 그는 믿을 수 없다는 표정이었다.

"보셨다시피."

나는 투키를 바라보았다. "그래서 어떻게 할 생각인가?"

"거기 뒤서는 안 되죠." 그가 말했다.

나는 투키에게 다가갔다. 럼리는 창 밖 눈 내리는 밤을 내다보며 안절부절못했다.

"일이 터져 버렸으면 어쩌지?" 내가 물었다.

투키가 말했다. "그럴 수도 있죠. 하지만 아직은 확실하지 않으니까. 선반에 성경이 있어요. 교황 메달 아직 하고 있죠?"

나는 셔츠에서 십자가를 꺼내 그에게 보여 주었다. 나는 회중파 집안에서 나고 자랐지만, 예루살렘 롯 근처에 사는 사람들은 대부분 뭔가를 지니고 있었다. 십자가, 성 크리스토퍼 메달, 로사리오 같은 것. 2년 전, 10월의 암울한 한 달 동안 그곳에 좋지 않은 일이 일어났기 때문이다. 때로, 늦은 밤, 투키의 화로 주위에 정규 멤버만 몇 명 남을 때면, 그 일에 대해 이야기를 나눈다. 그 일 이후에 대해 이야기한다는 것이 오히려 맞는 말이다. 예루살렘 롯 사람들이 하나 둘씩 사라지기 시작했던 것이다. 처음에는 몇 명, 그 다음에 또 몇 명, 그러다 한꺼번에 모두. 학교가 문을 닫았다. 1년 내내 마을은 비어 있다시피 했다. 아, 몇 사람은 마을로 들어오기도 했다. 이 고귀한 종자처럼 대체로 다른 주에서 넘어온 멍청한 놈들이었다. 아마도 땅값이 쌌기 때문이 아닐까 하는 생각이 든다. 하지만 그들도 오래 버티지는 못했다. 들어오고 한두 달 지나면 많은 사람들이 다시 떠나갔다. 나머지는……, 그러니까, 사라져 버렸다. 그러다 마을이 홀라당 타 버렸다. 길고 건조한 가을 끝 무렵이었다. 사람들은 조인트너가를 내려다보는 언덕 위 마스텐 하우스에서 불이 시작했다고들 했지만, 실은 지금까지 아무도 원인을 모른다. 손 한번 써 보지 못하고 그렇게 사흘을 타 들어갔다. 그 이후 잠깐 동안은 괜찮아진 것 같았다. 그러다 다시 일이 벌어졌다.

나는 '흡혈귀'라는 말을 하는 것을 한 번밖에 듣지 못했다. 정신 나간 싸구려 트럭 운전사 리치 메시나라는 사람이 그날 프리포트를 출발했다가 투키네에 들렀는데, 술도 거나하게 취해 있었다. "이런 답답하긴." 그 괄괄한 양반이 소리를 질렀다. 모 바지에 격자무늬 셔츠를 입고 가죽을 덧댄 부츠를 신었는데, 일어서면 9척 장신이었다. "그렇게 겁이나 집어먹고 아무 말들 못하는 거야? 흡혈귀! 모두들 그걸 생각하고들 있는 거 아냐? 이런 똥통에 머리를 박아도 시원찮을 바보들아! 영화 보고 벌벌 떠는 어린애들하고 똑같은 놈들이잖아! 예루살렘 롯에서 무슨 일이 있었는지 알아? 얘기해 줄까? 얘기해 줄까?"

"얘기해 봐, 리치." 투키가 말했다. 일순간 술집 안에 적막이 흘렀다. 화로의 장작 타는 소리까지 들릴 정도였고, 밖에는 11월의 보드라운 빗방울이 어둠 속에서 흩날렸다. "발언하시지요."

리치 메시나가 우리에게 말했다. "그냥 들개 한 무리가 있을 뿐이야. 그것밖에 없다고. 그냥 그거뿐인데 그럴듯한 유령 이야기 좋아하는 아줌마들 때문에 이렇게 된 거야. 왜? 80달러만 걸어 봐. 너희들 그렇게 무서워하는 그 유령의 집에 뭐가 있는지 밤이라도 새우고 올 테니까. 어때? 돈 좀 걸어 볼 사람 없어?"

아무도 나서지 않았다. 리치는 입이 걸었고 취하면 막무가내였을뿐더러 그가 죽더라도 눈물을 흘려 줄 사람은 아무도 없었다. 하지만 해가 떨어진 예루살렘 롯에 그가 들어가는 것을 보고 싶어 하는 사람은 없었다.

리치가 말했다. "이런 꽉 막힌 사람들 봤나. 내 차 셰비 트렁크에 십자가만 네 개가 있어. 그거면 팔머스든, 컴벌랜드든, 아니면 예루살렘 롯이든 어딜 가도 괜찮다고. 그럼 나 혼자 간다."

그는 문을 꽝 닫고 나가 버렸고 잠깐은 누구 하나 입을 여는 사람이 없었다. 잠시 후 레이몬트 헨리가 나직이 입을 열었다. "이제 아무도 리치 메시나를 다시 보지 못할 거야. 아, 하느님." 엄마 무릎에서부터 감리교도로 자란 레이몬트가 십자성호를 그었다.

"술 깨면 정신 차릴 거야." 투키가 말했지만 그리 편한 목소리는 아니었다. "문 닫을 때쯤엔 돌아올 거야. 그냥 농담이었다고 하면서 말이야."

하지만 맞은 쪽은 레이몬트였다. 그 이후 리치를 본 사람은 아무도 없었다. 그의 아내는 주 경찰에게 남편이 수집상을 혼내 주겠다고 플로리다 주에 간 것으로 안다고 말했지만, 진실을 말하는 것은 그녀의 눈, 두려움이 비치는 해쓱한 그 눈이었다. 얼마 지나지 않아 그녀는 로드아일랜드로 이사를 가 버렸다. 아마도 그녀는 어두운 밤 리치가 나타나 그녀를 쫓아올 거라고 생각했는지도 모른다. 나는 리치가 정말 그러지 않았을 거라고 말하지 못하겠다.

이제 투키는 나를 보았고 나는 투키를 보며 셔츠에 십자가를 다시 넣었다. 나는 내 생전 그렇게 늙고 겁에 질린 기분이 된 적이 없다.

투키가 다시 말했다. "그냥 거기 놔둘 순 없어요, 부스."

"그래, 알아."

우리는 조금 더 서로를 보고만 있었다. 그러다 그가 팔을 뻗어 내 어깨를 잡았다. "당신 좋은 사람이에요, 부스." 나를 부추기기에 충분한 말이었다. 칠순만 넘으면, 사람들은 자신이 남자라는 사실을, 또는 자신이 과거에 남자였다는 사실을 잊어버리는 것 같다.

투키가 럼리에게 걸어가 말했다. "나한테 사륜 구동 스카우트가 있어요. 그걸 꺼내 오지."

창문 앞에 있던 그가 급히 돌아서 투키를 화난 표정으로 바라보았다. "이럴 수가, 이봐요, 왜 진작 말하지 않았어요? 쓸데없는 짓 하느라고 이렇게 십 분을 허비했단 말입니까?"

투키가 나지막이 말했다. "선생, 입 좀 닥치시오. 그래도 계속 말을 해야겠거든 저런 빌어먹을 눈보라 속에서 눈도 안 치운 길 쪽으로 누가 들어섰는지 생각 좀 해 보라고."

그는 뭐라고 말하려 하다가 그냥 입을 다물었다. 그의 볼이 발그레 달아올랐다. 투키는 차고에 있는 자동차를 꺼내러 밖으로 나갔다. 나는 바 밑에서 크롬 플라스크를 찾아 브랜디를 채워 넣었다. 이 밤이 가기 전에 그게 꼭 필요할 것 같았다.

메인의 눈보라⋯⋯, 그것을 겪어 본 적 있는가?

눈이 많이도 내리는데, 가늘기까지 한 것이 모래가 날리는 것 같고, 차나 트럭에 부딪히는 소리도 모래가 부딪히는 소리 같다. 상향등도 못 켜는데, 내리는 눈에 빛이 반사돼 열 걸음 앞도 분간이 안 되기 때문이다. 내가 특히 싫어하는 것은 바람이다. 갑자기 소리를 지르며 불어오기 시작할 때는 눈이 날리는 방향만도 수백 갈래에, 그 소리는 세상의 온갖 증오와 고통과 공포가 뒤섞인 것처럼 들린다. 눈 폭풍의 중심에는 죽음, 하얀 죽음, 또는 죽음 이상의 무언가가 있다. 셔터를 내리고 문을 잠그고 침대에 갖가지 포근한 것들을 쌓아 그 속에 들어간 것처럼 아무 소리도 들리지 않는 것이다. 운전을 할 때는 그만큼 상황이 나빠진다. 게다가 우리는 예루살렘 롯으로 곧장 들어가고 있다.

"좀더 서둘러 주실 수 없어요?" 럼리가 물었다.

내가 말했다. "반은 얼어 죽어 온 사람이⋯⋯, 그래 그렇게 서두르다 또 걸어가고 싶단 말씀인가?"

그는 원망하는 눈초리로 나를 쳐다보았지만 아무 말도 하지 않았다. 우리는 고속도로를 시속 40킬로미터 속도로 천천히 달렸다. 빌리 래리비가 이 길의 눈을 고작 한 시간 전에 치우고 지나갔다는 것이 믿어지지 않았다. 15센티미터가 넘는 눈이 쌓여 있었고, 계속해서 더 쌓였다. 전에 없이 센 바람이 스카우트를 흔들어 댔다. 헤드라이트를 켜도 소용돌이치는 눈보라 외에 아무것도 보이지 않았다. 다른 차는 한 대도 보이지 않았다.

십 분 정도가 지나 럼리가 외쳤다. "이봐요! 저게 뭐죠?"

그는 내가 앉은 쪽을 가리켰다. 나는 죽어라 앞만 보았다. 고개를 돌렸지만 그림자만 보일 뿐, 너무 늦었다. 축 늘어진 형체가 차 뒤쪽 어두운 눈발 속으로 사라지는 것을 본 기분이 들었지만, 그저 상상일 수도 있었다.

"뭐였지? 사슴인가?" 내가 물었다.

투키가 떨리는 목소리로 말했다. "그런 것 같아요. 하지만 그 눈……, 눈이 빨갰어." 그가 나를 바라보았다. "밤에는 사슴 눈이 그렇게 보이나요?" 거의 우는 소리 같았다.

"어떻게도 보일 수 있지." 내가 말했다. 그 말이 사실일 수도 있지만, 수없이 차를 타고 가다 수많은 사슴을 보았어도 빨간 눈을 한 사슴은 본 적이 없었다.

투키는 아무 말도 하지 않았다.

십오 분 정도 흐른 후, 길 오른편 눈 더미가 그리 높지 않은 곳에 다다랐다. 제설차가 분기점을 지나면서 제설기를 약간 들어주었던 모양이다.

"여기서 우회전을 했던 것 같아요. 표지판이 안 보이는데……." 럼리가 말했지만, 자신 있는 어조는 아니었다.

"여기가 맞아." 투키가 대답했다. 전혀 그답지 않은 목소리였다. "표지판 지지대 꼭대기만 보여."

"아, 그러네요." 안심한 듯 럼리가 말했다. "저기요, 투크랜더 씨, 아까 좀 급하게 굴었던 거 용서하세요. 춥기도 하고 걱정도 되고 바보 같은 생각이 이백 개는 드는 거예요. 두 분 모두에게 정말 감사드립니다……."

"식구들이 차에 타기 전에는 부스한테고 나한테고 고마워할 필요 없어요." 투키가 말했다. 사륜 구동으로 기어를 조정하고 눈더미를 헤치며 예루살렘 롯을 지나 295번 도로를 향하는 조인트너가에 들어섰다. 차의 진흙받이에서 눈이 날려 올랐다. 차 뒤쪽이 부서지는 것 같았지만 헥토르_{호메로스의 일리아드에 등장하는 트로이의 왕. 전세가 기울어도 절망하지 않는 용감한 영웅}는 저리 가라는 듯 눈 속을 계속해서 달려나갔다. 그는 운전대를 돌리며 중얼거리기도 하면서 앞으로 나아갔다. 헤드라이트 불빛에 희미한 타이어 자국이 잠깐 보이다 다시 사라지곤 했는데, 럼리의 차바퀴 자국인 듯했다. 럼리는 몸을 앞으로 기대고 자기 차를 찾고 있었다. 갑자기 투키가 말했다.

"럼리 씨."

"뭐 있어요?" 그가 투키 주위를 둘러보았다.

"이쪽에 사는 사람들은 '예루살렘 롯'에 미신 같은 게 있어요." 투키가 말했다. 쉽게 말하는 것 같았지만 그의 입에 긴장이 흐르는 것, 그의 눈이 좌우로 왔다 갔다 하는 것이 보였다. "당신 식구들이 차 안에 있다면, 뭐, 괜찮지. 우리 차에 태워서 바로 돌아가. 내일이 되고 눈보라도 그치면, 빌리 역시 눈 더미 속에 처박힌 당신 차를 기꺼이 꺼내다 줄 거요. 하지만 식구들이 차에 없다면……."

럼리가 날카롭게 말을 끊었다. "차에 없다니요? 왜 차에서 나오겠어요?"

투키는 거기에 대답하지 않고 하려던 말을 계속했다. "식구들이 차에 없다면 말이오. 우리는 차를 돌려 팔머스 센터로 가서 보안관을 부를 겁니다. 이런 눈 폭풍 속을, 그것도 밤에 돌아다니는 것은 어차피 말이 되지 않으니까 말이오. 그렇지 않소?"

"차에 있을 겁니다. 차 말고 어디 가 있을 수 있겠어요?"

내가 말했다. "한 가지 더요. 럼리 씨. 누군가를 보게 되더라
도, 절대 말을 해서는 안 돼요. 우리한테 말을 걸더라도 말이오.
아시겠소?"

아주 천천히 럼리가 말했다. "도대체 어떤 미신입니까?"

누가 대답을 하기도 전에 투키가 말했다. "다 왔어요."

'내가 뭐라고 대답했을지는 오직 신만이 아실 것이다.'

우리는 대형 메르세데스 뒤쪽으로 다가갔다. 차 덮개는 휘날리
는 눈에 모두 덮였고, 차 왼편으로도 눈이 붙어 있었다. 하지만
미등은 들어와 있었고 배기구로 가스가 흘러나오는 것이 보였다.

"어쨌든 기름은 떨어지지 않았나 보네요." 럼리가 말했다.

투키가 차를 대고 비상 브레이크를 채워 놓았다. "럼리 씨, 부
스가 한 말을 기억해야 해요."

"예, 그럼요." 하지만 그는 아내와 딸 외에는 아무것도 생각할
수 없었다. 그런 태도를 탓할 수 있는 사람은 없을 것이다.

"준비됐어요, 부스?" 투키가 나에게 물었다. 그는 나를 응시하
고 있었다. 계기판 불빛에 비친 회색 눈이 결의에 차 보였다.

"그런 것 같아." 내가 말했다.

차에서 내리자 우리는 바람에 휩싸였고 날리는 눈이 얼굴에 와
부딪혔다. 럼리가 바람을 맞으며 몸을 굽히고 앞장섰다. 등 뒤로
멀끔한 코트가 휘날리는 것이 바람을 맞는 듯 같았다. 투키 차의
전조등과 그의 차 미등으로 두 개의 그림자가 드리워졌다. 내가
그의 뒤를 따랐고, 한 발 뒤에 투키가 섰다. 트렁크 앞까지 왔을
때 투키가 나를 붙잡았다.

"가게 두세요." 그가 말했다.

"제이니! 프랜시!" 럼리가 외쳤다.

"괜찮아?" 그가 운전석 문을 열고 몸을 차 안으로 기울였다. "괜찮은……."

그가 죽은 듯이 멈춰섰다. 바람이 무거운 차 문을 그의 손에서 빼앗아 활짝 열어젖혔다.

거센 바람의 외침 소리 사이로 투키가 말했다. "이런 제기랄, 부스. 또 일이 터진 것 같아요."

럼리가 돌아서 우리 쪽을 향했다. 크게 뜬 눈에 겁먹은 얼굴로 그는 어찌할 바를 몰랐다. 갑자기 그가 쏟아지는 눈을 헤치고 우리를 향해 달려들다 미끄러져 넘어질 뻔했다. 나 따위는 안중에 없다는 듯 밀쳐 내고 투키를 붙잡았다.

그가 으르렁거렸다. "어떻게 알았어요? 어디 있어요? 이게 어떻게 된 거예요?"

투키가 손을 뿌리치며 그를 밀쳐냈다. 그와 나는 메르세데스 안을 들여다보았다. 차 안은 따뜻했지만 오래갈 것 같지는 않았다. 노란색 연료 부족 경고등이 들어왔다. 그 큰 차는 텅 비어 있었다. 바비 인형이 바닥에 떨어졌고 아이의 스키 파카가 뒷자리에 구겨져 있었다.

투키는 손으로 얼굴을 감싸 쥐었다……. 그리고 그는 자리에서 사라졌다. 럼리가 그를 잡아 밀어 눈 더미 위로 넘어뜨린 것이다. 럼리의 얼굴은 하얗게 질리고 사나웠다. 입은 쓴 것을 뱉지는 못하고 어쩔 수 없이 씹는 것처럼 씰룩댔다. 그는 손을 뻗어 파카를 집어 들었다.

"프랜시의 코트인가?" 그가 중얼거렸다. 그러고는 큰 소리로 울부짖었다. "프랜시의 코트야!" 그는 털이 달린 조그만 모자를 가슴에 부여잡고 돌아섰다. 그는 믿지 못하겠다는 듯 멍한 눈으로 나를 바라보았다. "딸아이가 코트도 안 입고 나갔을 리가 없어요, 부스 씨. 왜…… 왜…… 얼어 죽어 버릴 텐데……."

"럼리 씨……."

그는 그 파카를 놓지 않고, 내 앞을 비틀거리며 지나가더니 소리를 질렀다.

"프랜시! 제이니! 어디 있어? 어디 있는 거야?"

나는 투키에게 손을 내밀어 일어서는 것을 도와주었다. "괜찮은……."

"난 괜찮아요. 저 사람 붙잡아야 돼요, 부스."

우리는 최선을 다해 그의 뒤를 쫓았지만 눈이 엉덩이까지 쌓인 곳도 있어 생각처럼 빨리 뛰지는 못했다. 하지만 그가 멈춰선 덕에 따라잡을 수 있었다.

"럼리 씨……." 투키가 그의 어깨에 손을 얹으며 말했다.

럼리가 말했다. "이 길이야. 이 길로 간 거야. 보세요!"

우리는 바닥을 내려다보았다. 우리는 일종의 구덩이에 들어와 있었고, 바람은 머리 바로 위로 불었다. 두 종류의 발자국이 났는데, 하나는 컸고 하나는 작았다. 그마저도 눈이 쌓여 갔다. 오 분만 늦었어도, 발자국은 남지 않을 것이었다.

그는 바닥을 보며 걷기 시작했고, 투키는 그를 잡아끌었다. "안 돼! 안 돼요, 럼리!"

럼리가 사나운 얼굴을 들어 투키를 보더니 주먹을 꽉 쥐었다. 주먹 쥔 손을 뒤로 약간 들어 올렸지만……, 투키의 얼굴에서 무엇을 보았는지 주저했다. 투키를 바라보던 그는 눈길을 나에게 돌렸다가 다시 투키를 바라보았다.

우리가 멍청한 아이들이라도 되는 양 그가 말했다. "얼어 죽을 거예요. 무슨 말인지 모르겠어요? 딸아이는 외투도 입지 않았고 이제 겨우 일곱 살이라고요……."

투키가 말했다. "어디 있는지 알 수 없어. 저 발자국을 따라갈 수도 없어. 바람 한 번 불면 다 없어질 텐데."

"어쩌자는 겁니까? 경찰을 부르러 가는 동안 얼어 죽을 거예요! 프랜시랑 집사람이랑 둘 다요!" 럼리의 목소리는 높고 신경질적이었다.

투키가 말했다. 그의 눈이 럼리의 눈을 잡아끌었다. "벌써 얼어 죽었을 수도 있어요. 얼어 죽었거나, 아니면 더 안 좋을 수도 있고."

럼리가 중얼거렸다. "무슨 말이죠? 똑바로 말하란 말이야, 빌어먹을! 말해 봐요!"

투키가 말했다. "럼리 씨, 이 마을엔 뭔가가 있소……."

하지만 결국 그 말을 입 밖에 낸 것은 나였다. 내가 그 말을 하게 될 줄은 정말 몰랐다. "흡혈귀가 있어요, 럼리 씨. 예루살렘 롯엔 흡혈귀가 득시글거려요. 이해하기 어려운 줄은 알지만……." 그가 나를 쳐다보는 눈치가 정신이라도 나가지 않았느냐는 듯했다. 그가 중얼거렸다. "미쳤어. 당신들 미쳤어." 그는 등을 돌리고 서서, 손을 동그랗게 오므려 입에 갖다 대고, 소리 질렀다. "프랜시! 제이니!" 그는 버둥거리며 앞으로 걸어나갔다. 그의 값비싼 코트 밑단까지 눈이 쌓였다.

나는 투키를 바라보았다. "이제 어떡하지?"

"쫓아가 봐야죠." 투키가 말했다.

내린 눈에 머리카락이 뭉친 모양이, 정말 약간은 미친 사람 같았다. "저 사람 그냥 저렇게 내버려둘 수는 없어요, 부스. 당신은 그럴 수 있어요?"

"아니, 그럴 순 없지." 내가 말했다.

그래서 우리는 눈길을 헤치며 최선을 다해 럼리를 뒤쫓아 걷기 시작했다. 하지만 그와의 간격은 점점 더 벌어졌다. 그는 알다시피, 아직 젊었다. 그는 황소처럼 눈밭을 헤치며 발자국을 뒤쫓았다. 관절염이 다시 나를 심하게 괴롭히기 시작해 발을 자꾸 내려다보며 생각했다. 조금만 더, 조금만 더, 가 보는 거야, 제기랄, 가 보는 거야…….

나는 눈을 맞으며 양다리를 벌리고 선 투키에게 달려갔다. 그는 머리를 떨구고 양손으로 가슴을 누르고 있었다.

"투키. 괜찮은가?" 내가 말했다.

투키가 손을 내저으며 말했다. "난 괜찮아요. 저 사람 옆에 있어야 돼요, 부스. 녹초가 되면 우리가 왜 그랬는지 알 거예요."

언덕에 올라서서 보니 럼리가 아래쪽 바닥에 서서 필사적으로 발자국을 찾고 있었다. 불쌍한 사람 같으니, 식구들을 찾기는 힘들어 보였다. 아래쪽 그가 서 있는 곳에서는 바람을 온전히 맞아야 했다. 한 시간은 고사하고 삼 분만 지나도 발자국은 지워 없어질 노릇이었다.

그는 고개를 들고 어둠 속을 향해 소리를 질렀다. "프랜시! 제이니! 대답 좀 해 봐!" 절박한 그의 외침에는 공포가 서려 있어

안타까웠다. 대답 대신 들리는 것은 화물 기차 지나가는 소리 비슷한 바람 소리뿐이었다. 그를 비웃는 소리처럼 들리기까지 했다. 뉴저지 신사 양반, 멋진 차에다 낙타 모피 코트 입은 당신네 식구들은 내가 좀 데려갔다네. 데려가면서 발자국은 모두 지워 버렸다네. 아침이면 냉장고에 넣어 둔 딸기처럼 깔끔하게 얼었을 거라네.

투키가 바람 소리 너머로 외쳤다. "럼리! 이봐요, 흡혈귀든 괴물이든 아무것도 무섭지 않다고 했소만, 이건 좀 생각해야 해요! 당신 지금 상황을 더 안 좋게 만들고 있다고! 그러니까 지금부터는……."

대답이 들려왔다. 어둠 속에서 조그만 은종이 딸랑거리듯 사람 소리가 들려왔고, 내 가슴은 호수에 뜬 얼음처럼 얼어붙었다.

"제리……, 제리, 당신이야?"

럼리는 소리 나는 쪽으로 내달렸다. 키 작은 잡목림의 어두운 그림자로부터 그녀가 유령처럼 나타났다. 그녀는, 그래, 도시의 세련된 여성이었고, 세상에서 가장 아름다운 사람인 것처럼 보였다. 그녀에게 다가가 무사해서 얼마나 다행인지 모르겠다고 말을 붙여 보고 싶을 정도였다. 그녀는 묵직한 초록색 외투를 입었는데, 판초라고들 하는 물건 같았다. 외투가 이리저리 바람에 춤을 췄고, 검은 머리는 12월의 개울처럼, 한겨울의 추위로 얼어붙기 직전의 개울처럼 사나운 바람에 출렁거렸다.

나는 그녀에게 한 걸음 다가섰던 것 같다. 투키가 거칠지만 따뜻한 손길로 내 어깨를 잡았던 것을 보면. 그리고 여전히 나는……, 뭐라고 표현할 수 있을까? 그녀를, 목과 어깨 주위로 초록색 판초가 펄럭이는 그토록 아름다운 그녀를, 월터 드 라 메어 영국 시인. 소설가의 시에 나오는 아름다운 여성처럼 이국적이고 묘한 매력을 가진 그녀를 열망했다.

럼리가 울부짖었다. "제이니! 제이니!" 그는 쌓인 눈을 헤치며 어렵게 그녀에게 다가가 손을 내밀었다.

투키가 소리쳤다. "안 돼! 안 돼, 럼리!"

그는 우리 쪽은 보지도 않았다……. 하지만 그녀는 보았다. 그녀는 우리를 올려다보고 씩 웃었다. 그런 그녀의 모습을 보고, 나는 열망과 동경이 무덤처럼 차가운, 수의 속 유골처럼 하얗고 고요한 공포로 바뀌는 것을 느꼈다. 사실 처음 나타났을 때부터 그녀의 눈에서 음침한 빨간빛이 비치는 것을 보기는 했다. 그것은 사람의 눈이라기보다는 늑대의 눈이었다. 이를 드러내고 웃을 때는 이가 얼마나 길어졌는지 똑똑히 보였다. 그녀는 이제 사람이 아니었다. 진작에 죽은 몸이었지만 어떤 이유에선지 이 어둡고 무시무시한 폭풍 속에서 소생한 것이었다.

투키가 그녀에게 십자 성호를 그려 보였다. 그녀가 움찔하며 물러섰다……. 하지만 우리를 보고 다시 씩 웃었다. 우리는 너무 멀리 왔고, 너무 무서웠다.

내가 중얼거렸다. "안 돼! 막을 수 없을까?"

"너무 늦었어요, 부스!" 투키가 냉정하게 말했다.

럼리가 그녀 앞에 다다랐다. 눈에 뒤덮인 모습이 마치 유령 같았다. 그는 그녀에게 손을 내밀었다……. 그는 비명을 지르기 시작했다. 어린아이처럼 비명을 지르던 그 모습…… 꿈에서 다시 들릴 듯한 소리였다. 그는 물러서려 했지만 그녀의 팔이, 눈처럼 하얗게 드러난 그녀의 맨팔이 뻗어 나와 그를 잡아챘다. 고개를 꼿꼿이 세우고 있다가 와락 덮치는 그녀의 모습이 보였다.

투키가 쉰 소리로 말했다. "부스! 여기서 빠져나가야겠어요!"

우리는 달렸다. 생쥐처럼 달아났다고 할 수 있겠지만, 그날 밤 그곳에는 그렇게 말할 사람도 없었으리라. 우리는 왔던 길을 되돌아 달아나다 넘어지고, 미끄러지다 다시 일어나 달렸다. 그녀가 그 웃음을 웃으며, 그 빨간 눈으로 우리를 쏘아보며 쫓아오나 싶어 자꾸 뒤를 돌아보았다.

자동차로 돌아온 투키는 몸을 굽히고 가슴을 움켜잡았다. 극심한 공포에 사로잡혀 내가 말했다. "투키! 무슨 일이……."

"수명이 한 오 년은 줄었어요. 조수석에 앉혀 줘요, 부스. 그리고 빨리 빠져나가요."

나는 코트 밑으로 팔을 집어넣고 그를 부축해 어렵게 차에 태웠다. 그는 머리를 기대고 앉아 눈을 감았다. 그의 피부는 창백한 노란색으로 변해 있었다.

나는 트럭 앞쪽을 돌아 운전석으로 잰걸음을 놀리다 갑자기 나타난 어린 여자아이와 부딪힐 뻔했다. 그 아이는 운전석 문 바로 옆에 서 있었고, 땋은 머리에 노란색 얇은 드레스만 입고 있었다.

그 아이가 높고 명쾌한 음성으로, 아침 안개처럼 달콤한 목소리로 말했다. "할아버지, 우리 엄마 좀 찾아 주실 수 있어요? 엄마가 없어졌는데 너무 추워서……."

내가 말했다. "애야, 차에 타야겠구나. 네 어머니는 말이다……."

하던 말을 끝마칠 수가 없었다. 여태껏 살면서 기절할 뻔한 적은 그때가 처음이었다. 아이는 거기, 눈 위에 서 있었는데 발자국이 어느 방향으로도 나지 않았다.

럼리의 딸 프랜시가 다시 나를 올려다보았다. 그 아이는 이제 겨우 일곱 살이었고, 앞으로도 영원히 일곱 살로 남을 것이다. 아이의 조그만 얼굴은 시체처럼 소름 끼치도록 하얬고, 눈은 빨갛고 말간 것이 그 속으로 빨려 들어갈 것 같았다. 아이의 턱 밑으로는 바늘에 찔린 듯한 두 개의 상처가 보였다. 상처 끝 부분은 무섭게 문드러져 있었다.

아이가 나에게 손을 내밀며 미소를 지었다. 아이의 목소리가 간드러졌다. "안아 주세요, 할아버지. 뽀뽀해 드릴게요. 그 다음에 할아버지가 우리 엄마를 찾아 주세요."

나는 그러고 싶지 않았지만, 달리 어떻게 할 수도 없었다. 나는 허리를 굽히고 팔을 내밀었다. 아이가 입을 살짝 벌렸고, 분홍빛 입술 안쪽으로 조그만 송곳니가 보였다. 그녀의 턱으로 밝고 투명한 것이 비쳤는데, 희미한 공포 속에 나는 그것이 침이라는 것을 알았다.

아이는 내 목에 작은 손을 둘렀다. 나는 생각했다. 그래, 뭐가 그리 나쁘겠어? 그렇게 나쁘진 않을 거야. 지나고 보면 그렇게 끔찍하진 않을 거야. 그때 자동차에서 검은 물체가 날아와 아이의 가슴을 때렸다. 빛이 번쩍하다 금세 사라졌고, 이상한 연기 냄새가 났다. 아이는 쉿 소리를 내며 뒤로 물러섰다. 아이 얼굴이 일그러져 분노와 증오와 고통으로 얼룩진 여우 얼굴처럼 변했다. 아이는 슬금슬금 옆으로 걸음을 옮기더니……, 사라져 버렸다. 한때 아이가 있던 자리에 사람 모양 비슷하기도 한 눈덩이가 있었다. 바람이 불자 눈덩이도 날려 없어졌다.

투키가 속삭였다. "부스! 지금이에요, 빨리!"

나는 급히 움직였다. 하지만 그가 아이에게 던졌던 것을 챙겼으니 그렇게 서두른 것도 아니었다. 그의 어머니가 물려주신 두에이 성경이었다.

얼마 전 일이었다. 나는 이제 좀더 나이가 들었고, 그때 나는 겁쟁이는 아니었다. 허브 투크랜더는 2년 전 세상을 떴다. 그는 밤에, 평화롭게 떠났다. 선술집은 그 자리에 그대로 있다. 워터빌에서 온 어떤 남자와 그의 아내가 가게를 인수했다. 좋은 사람들이고, 가게는 거의 그대로 유지하고 있다. 하지만 자주 가지는 않는다. 투키가 없는 지금은 어쨌든 좀 다르다.

예루살렘 롯은 언제나 그랬던 것처럼 거의 변한 게 없다. 다음날 보안관이 기름도 떨어지고, 배터리도 방전된 럼리의 차를 찾아냈다. 투키도 나도 그에 대해서는 아무 말도 하지 않았다. 뭐라고 말할 수 있었을까? 지금도 가끔은 히치하이커나 캠핑 나온 사람들이 스쿨야드힐이나 하모니힐 공동묘지 근처에서 사라지곤 한다. 비나 눈을 맞아 퉁퉁 붇고 색은 바랜 배낭이나 책들만 발견이 되곤 한다. 하지만 사람은 발견되지 않는다.

나는 아직도 눈 폭풍 있던 그날 밤 일로 악몽을 꾼다. 그 여자는 거의 나오지 않고 대체로 안아 달라고 팔을 내밀며 미소 짓던 그 조그만 아이가 나타난다. 아이는 나에게 뽀뽀를 해 주려고 한다. 하지만 나는 나이가 많아 꿈은 금방 끝난다.

조만간 남부 메인을 여행할 사람이 있을지 모르겠다. 시골 풍경이 아름다운 곳이다. 음료수라도 한 잔 하러 투키네 선술집에 들를 수도 있다. 좋은 곳이다. 가게 이름도 그대로다. 그러니 목을 축일 것은 축이되, 북쪽으로 멈추지 말고 지나가라는 것이 내가 해 주고 싶은 충고다. 무슨 일이 있어도, 예루살렘 롯으로 빠지는 길은 들어서지 말기를.

특히 해가 지고 나서는.

거기 어딘가에 조그만 여자아이가 있다. 아이는 잘 자라고 뽀뽀를 해 줄 사람을 아직도 기다릴 것이다.

방 안의 여인

■

The Woman in the Room

문제는 이것이었다. 그가 할 수 있을까?

그로서는 알 수가 없었다. 아는 것이라고는 어머니가 가끔씩 그 것을 씹곤 했다는 것, 끔찍한 오렌지 맛 같은 그 맛 때문에 얼굴을 찌푸렸던 것, 그리고 아이스 캔디의 막대기를 잘게 씹을 때 나는 소리와 비슷한 소리가 났다는 것뿐이었다. 하지만 이건 다른 약……, 젤라틴 캡슐이다. 겉포장에는 '다르본 콤플렉스'^{소염 진통제의} ^{상품명}라고 적혀 있었다. 어머니가 약을 넣어 두는 서랍에서 그것을 찾은 그는 손안에서 만지작거리며 생각했다. 병원으로 다시 돌아 가야만 했을 때 의사가 주었던 약, 잠이 오지 않는 밤에 쓰는 약 이었다. 서랍은 마치 부두교 주술사의 신비한 치료약이나 되는 것처럼 가지런히 정리된 온갖 처방전으로 가득했다. 서양 사람들 의 마술 주머니^{gris-gris, 그리그리는 서아프리카 잠비아 사람들이 몸에 달고 다니는 작은 가죽 주머니를} ^{말한다. 이 부적이 악마 또는 재앙을 피하게 한다고 믿는다. 앞의 부두교와 관련지어 읽을 수 있다}인 셈이

537

다. '속성 좌약'도 있었다. 평생 좌약이라고는 써 본 적이 없는 그는 열을 내려 보겠다고 미끌미끌한 물건을 항문에 집어넣는다는 생각만으로도 몸이 아파 오는 것 같았다. 항문에 뭘 쑤셔 넣는 것은 아무리 생각해도 품위 없는 짓이었다. 마그네슘 유제, 관절염 진통제, 지사제. 끝이 없었다. 그 약들을 보면 그동안 어머니의 병이 어떻게 진행되었는지를 알 수 있었다.

하지만 이 알약은 다르다. 회색 젤라틴 캡슐이라는 점에서는 보통 다르본과 비슷하지만, 이 알약은 훨씬 큰 것, 죽은 아버지가 항상 말 거시기 알약이라고 부르곤 했던 약이다. 포장에는 아스피린 350그레인, 다르본 100그레인이라고 적혀 있는데, 그가 전해 준다고 해도 어머니가 이걸 씹을 수 있을까? 어머니가? 집은 그럭저럭 굴러갔다. 냉장고는 되다 안 되다 하고, 난로에 불도 들어왔다 말았다 한다. 벽시계의 뻐꾸기는 때마다 못마땅하다는 듯이 나와서 시간을 알려 준다.

어머니가 죽고 나면, 살림을 완전히 걷어치우는 것은 그와 형의 일이 될 것이다. 어머니가 죽고 나면, 그렇지. 집 전체가 그렇게 말하는 것 같다. 어머니는

루이스턴에 있는 센트럴 메인 병원 312호에 있다. 부엌으로 가 직접 커피를 끓일 수도 없을 만큼 고통이 심해지자 그곳으로 옮겼다. 가끔 찾아갈 때면, 어머니는 자신도 모르는 사이에 눈물을 흘리곤 했다.

엘리베이터는 끼기긱 소리를 내며 올라간다. 그는 파란색 엘리

베이터 보증서를 살펴본다. 끼기긱 소리가 나든 안 나든, 보증서에는 엘리베이터가 안전하다고 되어 있다. 병원에 온 지 이제 3주가 되었는데 오늘 코르토토미^{척추 신경 절단술(코르도토미, cordo-tomy)을 잘못 들은 화자가} 소리 나는 대로 적은 것라는 수술을 한다고 했다. 철자가 맞는지는 모르겠지만 아무튼 그렇게 들렸다. 의사는 코르토토미 수술은 목을 통해 바늘을 뇌까지 집어넣는 수술이라고 했다. 바늘을 찔러 넣어서 오렌지 씨를 빼내는 것하고 비슷하다고도 했다. 바늘이 고통의 원인이 되는 지점에 도달하면, 바늘 끝에서 나온 무선 신호가 그곳을 터뜨린다는 것이다. 텔레비전의 전원을 뽑는 것과 비슷했다. 수술을 하고 나면 배에서 자라는 암이 더 이상 속을 썩이지 않는다고 했다.

그 수술 과정을 생각하는 것은 항문 안에서 좌약이 녹는 것을 생각할 때보다 더 그를 불편하게 한다. 사람의 머리 속에 전선을 넣는다는 내용의, 마이클 크라이튼이 쓴 소설 『터미널 맨』이 떠오른다. 크라이튼에 따르면 꽤나 끔찍한 장면이다. 믿을 만한 이야기다.

엘리베이터 문이 3층에서 열리고 그가 걸어 나온다. 전체 병원 건물 중에서도 비교적 낡은 구역인 그곳에서는 시골 장터에서 토사물 위에 뿌리는 땀에 전 톱밥 냄새가 난다. 알약은 자동차의 조수석 수납장에 놓고 왔다. 여기에 오기 전에 아무것도 마시지 못한 그다.

벽은 두 가지 색으로 칠해 놓았는데, 아래쪽이 갈색이고 위쪽은 흰색이다. 그는 흰색과 갈색의 대비보다 더 기운 빠지게 하는 것은 분홍색과 검은색의 대비뿐일 거라고 생각한다. 병원 복도는 마치 크고 길쭉한 사탕 같다. 그 생각에 웃음이 나면서도 메스껍다.

두 복도가 T 자로 만나는 엘리베이터 앞에 식수대가 있다. 그가 항상 짐을 내려놓고 쉬는 자리다. 여기저기에 널브러진 병원 집기들이 낯선 놀이터의 장난감처럼 보인다. 쇠로 된 측면에 고무 바퀴가 달린 들것은 코르토토미 수술을 위해 환자를 수술실에 데리고 갈 때 사용한다. 그는 어디에 쓰는 물건인지 모르는 커다랗고 동그란 물건도 있다. 다람쥐 쳇바퀴처럼 생긴 물건이다. 이동식 받침대에 달린 두 개의 병은 살바도르 달리의 몽환적 그림에 등장하는 젖꼭지처럼 보인다. 간호사들이 있는 한쪽 복도 끝에서, 웃음소리와 함께 커피 향기가 풍긴다.

그는 물을 마시고 나서 어머니가 있는 병실로 천천히 걸어간다. 병실 안의 상황을 보기가 두렵고, 어머니가 주무시고 계셨으면 하는 생각이 든다. 주무시고 계시다면 깨우지 않을 작정이다.

모든 병실의 문 위에는 사각형의 작은 등이 붙어 있는데, 환자가 호출 단추를 누르면 거기에 빨간 불이 들어온다. 통로에는 환자들이 느릿느릿 오간다. 모두 병원에서 주는 속옷 위에 싸구려 환자복을 입은 채다. 목 둘레가 둥글고 파란색 가는 줄무늬가 들어간 환자복이다. 병원 속옷은 '조니'라고 부른다. 조니는 여자들이 입으면 봐줄 만했지만, 무릎까지 오는 드레스나 슬립 같은 모양 때문에 남자들이 입으면 참 이상해 보인다. 남자 환자들은 항상 갈색의 인조 가죽 슬리퍼를 신고, 여자 환자들은 꼰 장식이 있는 니트 슬리퍼를 선호한다. 어머니도 그런 슬리퍼를 두 켤레 가지고 있는데, 당신은 그 슬리퍼를 '노새'라고 부른다.

환자들을 보고 있으니 「살아 있는 시체들의 밤」이라는 공포 영화가 생각난다. 그들은 모두 천천히 걷는다. 누군가 마요네즈 병 뚜껑을 열어서 내용물이 질척질척 흘러나올 때처럼, 그 환자들도 몸의 어딘가에 나사가 풀린 것만 같다. 지팡이를 짚고 다니는 환자도 있다. 복도를 천천히 왔다 갔다 하는 그들의 모습이 무섭지만, 한편으로는 조금 품위 있어 보이기도 하다. 그것은 특별한 목적 없이 천천히 걷는 사람의 걸음걸이, 교모에 가운까지 챙겨 입고 강당에 모여드는 대학생의 걸음걸이다.

영매들이 들을 법한 음악이 라디오에서 흘러나오고, 떨리는 가수의 목소리가 들린다. 블랙 오크 아칸소의 「짐 대디」였다. ("어서 가요 짐 대디! 어서 짐 대디!" 느릿느릿 복도를 걸어가는 사람들 사이로 남자 가수의 가성이 발랄한 비명을 지른다.) 토크쇼 진행자가 금방 산성 용액에 담갔다 꺼낸 깃털 펜 같은 목소리로 닉슨 대통령에 대해 이야기하는 것도 들리고, 폴카 리듬에 가사는 불어인 노래도 들린다. 루이스턴은 여전히 불어를 쓰는 마을이고, 이곳 사람들은 술집에서 치고 받고 싸우는 일만큼이나 아이리시 댄스를 즐긴다.

그는 어머니의 병실 앞에서 잠시 쉰다. 그리고

흥분된 마음을 가눌 수 없었던 그는 술을 먹기로 했다. 비록 엘라빌 _{뇌신경 조직의 통증을 치료하는 데 쓰이는 약 이름}에 찌든 지금의 어머니는 알아차리지 못하겠지만, 그래도 어머니 앞에서 술 취한 모습을 보인다는 것이 좀 부끄럽기도 하다. 엘라빌은 암 환자들에게 죽음에 대한 두려움을 조금이라도 줄여 주기 위해 주는 약이다.

병원에 오기 전 오후에 소니의 가게에서 여섯 개들이 맥주 두 팩을 사서는 아이들과 함께 어린이 대상 프로그램을 봤다.「세서미 스트리트」를 보면서 세 병,「로저 아저씨」를 보면서 두 병,「일렉트릭 컴퍼니」를 보면서 한 병, 그리고 저녁 먹으면서도 한 병을 마셨다.

나머지 다섯 병은 차에 두었다. 레이먼드에서 루이스턴까지는 302번 도로와 202번 도로를 타고 오면 35킬로미터 정도 되는 거리였는데, 오는 동안 맥주는 한두 병을 제외하고는 멀쩡했다. 어머니에게 전할 물건을 챙겨 오느라 맥주는 그대로 두고 왔으므로, 다시 가서 한 반병 정도 마시고 계속 취한 상태로 있는 것도 괜찮을 것 같았다.

덕분에 밖에서 오줌도 한 번 눴다. 오늘 한 일 중에 제일 시원한 일이었다. 그는 항상 건물 옆의 주차장에 차를 세웠다. 바퀴 자국에 차가운 11월의 먼지가 가득했고, 차가운 밤 공기 때문에 불알이 잔뜩 움츠러들었다. 병원 화장실에서 오줌을 누는 것은 병원에서 겪는 일 전부를 압축한 것과도 같았다. 간호원을 부를 때 쓰는 호출기가 변기 옆에 있는 것은 물론, 금속 손잡이가 45도 각도로 붙어 있고, 세면대 옆에는 소독약이 든 분홍색 병이 놓여 있다. 불길한 느낌이 안 들 수가 없는 장소였다.

집에 가서 마셔야겠다는 생각은 전혀 들지 않았다. 남은 맥주들은 집에 있는 아이스박스에 그대로 있었다. 여섯 병이 남았을 때, 그는 일이 이렇게 끔찍할 줄 알았더라면 절대로 병원에 오지 않았을 것이었다. 우선 떠오른 생각은 '어머니는 오렌지가 아니야.'라는 생각이었고, 다음은 '이젠 정말 돌아가시는구나.'라는 생각이었다. 어머니는 마치 아무것도 없는 허공을 달리는 기차를 잡아타려는 사람 같았다. 어머니는 침대에 누운 채 혹사당하는 중이다. 눈을 움직이는 것을 제외하고는 꼼짝할 수 없지만, 무슨 일인가가 벌어지는 몸 안은 혹사당하고 있다. 으깬 오렌지 같은 어머니의 목에는 머큐로크롬 비슷한 약품이 묻어 있고, 왼쪽 귀밑에 붕대가 대어 있다. 그 자리로 의사는 휘파람을 불며 무선 바늘을 찔러 넣고, 질병의 원인과 함께 운동 신경의 60퍼센트 정도를 덜어냈다. 어머니가 어린이들의 그림 연습책에 나오는 '예수님 눈 같은 눈을 들어 그를 쳐다본다.

"오늘 저녁에는 안 봤으면 했다. 조니, 몸이 좋지가 않아. 내일은 좀 나아질 것 같지만."

"어디가 안 좋으세요?"

"가려워. 온몸이 다 가렵다. 다리는 잘 오므려져 있지?"

어머니의 다리가 제대로 오므려져 있는지 볼 수 없다. 그저 구겨진 시트 밑에서 V자로 치켜들려 있을 뿐이다. 병실은 너무 덥고, 다른 환자는 없다. 그는 생각한다. '다른 사람들은 왔다가 나가는데, 어머니는 영원히 그 자리로군. 세상에!'

"다리는 오므려져 있어요, 어머니."

"좀 내려 줄래, 할 수 있겠지, 조니? 내려 주고 나서 그냥 가. 이렇게 옴짝달싹 못하고 지내는 건 평생 처음이다. 전혀 움직일 수가 없어. 코가 가렵구나. 정말 비참하지 않니? 코가 가려운데

닦지도 못한다는 게?"

그는 어머니의 코를 닦어 준 다음 시트 밑으로 허벅지를 잡고 다리를 내려 준다. 한 손으로도 힘들이지 않고 두 다리 모두를 내릴 수 있다. 그리 큰 손도 아니었는데. 어머니는 신음소리를 내고, 그 두 볼엔 눈물이 흘러내린다.

"엄마?"

"다리 좀 내려 줄래?"

"방금 했어요."

"어, 그럼 됐다. 내가 우는 것 같구나. 네 앞에서 우는 모습을 보이기는 싫었는데. 여기서 나갔으면 좋겠다. 여기서 나갈 수만 있으면 무슨 일이든 할 것 같아."

"담배 피실래요?"

"먼저 물이나 좀 줄래, 조니? 지금 오래된 감자 칩처럼 바짝 말라 버린 것 같구나."

"그래요."

그는 빨대가 붙은 어머니의 물잔을 가지고 밖으로 나와 구석에 있는 식수대로 간다. 다리에 탄력 붕대를 감은 뚱뚱한 남자가 천천히 지나간다. 그는 가는 줄무늬의 환자복을 입지 않고, 허리 뒤로 '조니' 병을 쥐고 있다.

식수대에서 물을 채운 다음 312호 병실로 돌아온다. 어머니는 울음을 그친다. 어머니가 빨대에 입을 갖다 대는 모습을 보고 있자니 언젠가 관광 홍보 영화에서 본 낙타가 생각난다. 어머니의 얼굴에는 뼈만 앙상하다. 어머니에 대한 기억 중 가장 생생한 것은 그가 열두 살 때의 기억이다. 외할아버지와 외할머니를 돌보기 위해서 어머니와 함께 그와 형 케빈이 메인 주로 이사를 했을 때였다. 늙으신 외할머니는 침대에 누워만 계셨다. 고혈압 때문에 정신이 흐릿해졌고, 엎친 데 덮친 격으로 앞을 못 보게 되어 버렸던 것이다. 행복한 86세 생일. 아직 끝이 아니었다. 외할머니는 하루 종일 침대에 누워만 계셨다. 제정신이 아닌 데다 앞을 보지도 못하고, 큰 기저귀에 고무줄 팬티를 입고, 아침에 뭘 먹었는지도 기억 못하면서 역대 대통령 이름은 아이젠하워까지 줄줄이 외웠다. 그렇게 삼대가 한 집에 모여 살던 집이 오늘 그가 약을 찾으러 갔던 그 집이었다(물론 외할아버지와 외할머니는 두 분 다 오래전에 돌아가셨다). 열두 살 때 그는 항상 아침 식탁에서 음식 불평을 했다. 무엇이 특히 마음에 안 들었는지는 기억이 나지 않지만, 뭔가 있었다. 외할머니의 오줌 싼 기저귀를 빨아서 낡은 세탁기에서 탈수를 하던 어머니는 그의 불평에 뒤돌아서며 기저귀를 털었다. 축축하고 무거운 기저귀가 펼쳐지며 그가 먹던 시리얼 그릇을 엎으면, 시리얼이 파란 티들리윙크tiddlywinks. 작은 원반의 한쪽 끝을 눌러 튕겨 올려서 멀리 놓아 둔 컵 따위에 넣는 놀이 장난감처럼 온 식탁 위로 흩어졌고, 두 번째 기저귀는 그의 등에 와서 맞았다. 아프지는 않았지만 입에서 기절할 것 같은 비명이 튀어나왔고, 지금 이 병실의 침대 위에 쭈그러든 채 누운 어머니는 그를 때리며 소리쳤다. "입 다물지 못해? 지금 네 몸에서 입이 제일 커. 그러니까 거기 맞춰서 몸이 자랄 때까지 꼭 다물고 있어." 말 중간중간에도 할머니의 기저귀는 계속 날아왔고(으악!), 내가 하려던 말은 비명에 파묻혀 사라지고 말았다. 하고 싶은 말을 할 수 있는 기회는 없었다. 그날 이후로 열두 살짜리가 자신이 살고 있는 곳에 대해 가진 나쁜 인상을 제대로 고쳐 주는 데는 할머니의 젖은 기저귀로 패는 것이 제일 좋다는 것을 알았다. 그 일이 있고 나서 자신의 생각을 똑바로 말하는 것을 다시 익히는 데 4년이나 걸렸다.

어머니는 물을 마시다가 몇 번 목이 막힌다. 약을 주러 온 그지만 그 모습을 보니 무서운 생각이 든다. 담배를 피겠냐고 다시 한 번 물어본다. 어머니가 대답한다.

"괜찮다면 한 대 줘라. 그리고 넌 그만 가 봐. 아마 내일은 좀 나아지겠지."

그는 침대 옆 탁자에 흩어진 담뱃갑에서 한 개비를 꺼내 불을 붙인다. 엄지와 검지 사이에 끼워서 가까이 가져가니 어머니는 필터를 물기 위해 입술을 삐죽이 내민다. 입에서 연기가 조금씩 흘러나온다.

"예순이나 먹어서 아들이 쥐어 주는 담배를 다 피는구나."

"전 괜찮아요."

어머니는 조금 연기를 내뿜다가 다시 필터를 문다. 너무 오래 물고 있는 것 같아서 눈을 들어 어머니의 눈을 보니 감고 있었다.

"엄마?"

어머니가 눈을 뜬다. 눈빛이 희미하다.

"조니?"

"예."

"언제 왔니?"

"조금 전에요. 이제 가 봐야겠네요. 주무세요."

"으음……."

재떨이에 담배를 비벼 끄고 병실에서 조용히 물러 나오면서 생각한다. 그 의사를 만나 봐야겠어. 이런 제길, 이런 짓을 한 의사를 만나 봐야겠어.

엘리베이터를 타면서는 '의사' 라는 단어가, 어느 정도 일에 익숙해지기만 하면 '사람' 이라는 단어와 같은 뜻이 되는 것인지도 모른다는 생각이 든다. 의사는 잔인해져야만 하고, 그에 따라 특별한 인간성을 얻게 된다는 것을 인정하고 나면 말이다. 하지만.

"오래 못 견디실 것 같아."

저녁에 동생에게 말한다. 서쪽으로 110킬로미터쯤 떨어진 앤도버에 사는 동생은 일주일에 한두 번 병원에 들를 뿐이다.

"그래도 고통은 좀 덜해졌지?"

동생이 묻는다.

"몸이 가렵대."

알약은 외투 주머니에 들어 있다. 아내는 자고 있고, 그는 약을 꺼내 본다. 어머니의 빈집, 한때는 그들 모두 외할머니와 같이 살았던 바로 그 집에서 훔쳐온 물건이다. 그는 마치 행운의 부적이라도 되는 듯이 약상자를 이리저리 돌리며 말한다.

"그럼 좋아진 거야." 동생에게는 항상 모든 것이 더 좋아진다. 마치 삶이란 것이 원래 최고의 정점을 향해 점점 더 나아지는 것이라고 생각하는 사람처럼. 그 점이 그와 동생이 다른 점이다.

"마비 증세가 있어."

"지금 그게 중요해?"

"물론 중요하지!"

그가 소리친다. 구겨진 시트에 덮인 어머니의 다리가 생각난다.

"케빈, 곧 돌아가실 분이야."

"아직 돌아가신 건 아니잖아."

그 사실이 그를 두렵게 한다. 이제 대화는 계속 겉돌기만 하고 전화 회사 돈 벌게 해 주는 것뿐이지만, 핵심은 그것뿐이다. 어머니가 아직 돌아가시지는 않았다는 것. 허리에 환자 번호표를 붙이고 병상에 누워서, 복도에서 들려오는 유령 소리 같은 라디오를 들을 뿐이지만, 그리고

이제 시간과 싸움이라고 의사는 말한다. 빨간 모래 같은 수염이 난 덩치가 큰 사람이다. 190센티미터 정도 되는 키에 어깨도 떡 벌어졌다. 어머니가 잠이 들자 의사는 그를 복도로 데리고 간다.

의사가 말한다.

"보시다시피, 코르토토미 같은 수술에서는 운동 신경의 일부가 제거되는 것을 피할 수가 없습니다. 어머님 같은 경우에는 지금 왼손을 조금 움직이시는데요, 아마 2주에서 4주 정도 후에는 오른손도 움직이실 수 있을 것 같습니다."

"걸으실 수도 있겠죠?"

의사는 생각에 잠긴 듯 복도 천장을 올려다본다. 체크무늬 셔츠 위로 수염이 흘러내린 모습에서 엉뚱하게도 앨저넌 스윈번^{빅토리아 시대 영국 시인}의 모습이 떠오른다. 이유를 대라면 할 말은 없었지만 아무튼 그렇다. 이 의사는 가난했던 스윈번과는 모든 면에서 정반대인 사람인데.

"아뇨, 그건 불가능할 겁니다. 너무 많은 것을 잃으셨어요."

"그럼 남은 생 동안 침대에 누운 채로 지내셔야 하는 건가요?"

"그렇게 생각하는 것이 좋을 것 같습니다. 예."

미워하는 것이 당연하다고 생각했던 이 의사에 대한 존경심이 일어나는 것 같다. 역겨운 느낌이다. 아주 간단한 사실에 대해서도 존경심을 가져야 한단 말인가?

"그런 식으로 얼마나 사실 수 있을까요?"

"그건 알 수가 없습니다. (정답이었다.) 종양이 한쪽 신장을 막고 있어요. 다른 쪽은 정상인데, 종양이 거기까지 막아 버리면 아마 잠이 드실 겁니다."

"요독성 코마 말인가요?

"예."

의사가 조금 조심스럽게 대답한다. '요독성'이라는 병리학 전문 용어는 일반적으로 의사나 의학 연구자들만 쓰는 단어다. 할머니도 똑같은 증세로 돌아가셨기 때문에 조니는 그 단어를 알았다. 할머니는 암을 앓지는 않으셨다. 그냥 신장이 꽉 막혀서, 오줌이 배 속에서 가슴까지 차 올라 잔뜩 부푼 상태에서 돌아가셨다. 할머니는 집에 있는 침대에서 저녁 무렵에 돌아가셨다. 노인들이 종종 그러는 것처럼 입을 벌린 채 주무시는 게 아니라, 그러니까 코마 상태에서 주무시는 것이 아니라 정말 돌아가신 것이 아닐까 하고 맨 먼저 의심했던 사람이 바로 조니였다. 할머니의 눈에서 가는 눈물 줄기가 흘러내렸다. 이빨이 다 빠진 채 푹 들어간 입은 속을 파 버린 토마토 같았다. 계란 샐러드를 담으려고 파 놓았다가 며칠 동안 부엌 선반에 그냥 내버려 둔 토마토. 소년이었던 그는 화장용 거울을 할머니의 입에 대 보았다. 몇 분이 지나도 거울에 김이 서리지 않고 할머니의 토마토 같은 입이 그대로 보이자 어머니를 불렀다. 지금 모든 것이 잘못돼 가고 있는 것과 반대로, 그때는 모든 일이 정상적으로 돌아가는 것 같았다.

"아직 고통스럽다고 하십니다. 그리고 가렵대요."

의사는 오래된 정신병원 만화에 나오는 의사처럼 자기 머리를 톡톡 두드린다.

"환자 스스로 고통을 상상하고 있습니다. 그래도 고통은 고통이죠. 아마 어머니 본인에게는 실제 고통으로 느껴질 겁니다. 그래서 시간이 중요한 거예요. 어머님은 지금 시간을 초나 분, 또는 시간 단위로 계산하지 못하십니다. 지금부터 새로 하루, 일주일, 한 달, 이런 식으로 익혀야만 해요."

그는 건장한 몸집에 수염까지 기른 이 남자의 말이 무슨 뜻인지 안다. 그리고 겁이 난다. 그때 벨이 가볍게 울리고, 더 이상 의사를 붙들고 있을 수가 없다. 의사는 능숙한 기술자다. 시간에 대해서 이야기할 때도 그는 마치 낚싯대 잡듯이 쉽게 개념을 잡아내는 것이다. 이 의사에게는 그렇게 쉬운 일일지도 몰랐다.

"어머니한테 더 해 줄 수 있는 것이 없을까요?"

"거의 없습니다."

그는 진지하게 대답한다. 그렇게 하는 것이 옳다고 생각하는 사람 같다. 아무튼 이 의사는 '헛된 희망을 갖게' 하는 부류는 아니다.

"코마보다 더 나쁜 상태가 될 수도 있는 건가요?"

"물론 그럴 수도 있습니다. 어머님 같은 경우에는 정확한 예측을 할 수가 없어요. 몸 안에 식인 상어를 한 마리 풀어 놓고 있다고 생각하시면 됩니다. 몸이 좀 부풀 수도 있어요."

"부푼다고요?"

"배가 부풀었다 내려앉았다 하는 과정이 반복될 수 있습니다. 하지만 미리 걱정할 일은 아니죠."

지금으로서는

의사들은 별 문제가 되지 않을 것 같다. 하지만 그게 아니면? 그들이 나를 잡으면 어쩌지? 안락사 혐의로 법정에 서기는 싫다. 처벌을 받지는 않겠지만, 그런 일로 시달릴 이유가 없다. 그는 '어머니 살해'라는 제목의 신문 머릿기사를 떠올리고는 쓴웃음을 짓는다.

주차장에 앉아서 손에 쥔 약을 이리저리 돌려 본다. '다르본 콤플렉스' 아직 질문이 떠나지 않는다. '할 수 있을까? 해야만 하는 걸까?' 어머니는 말씀하셨다. "여기서 나갔으면 좋겠다. 여기서 나갈 수만 있으면 무슨 일이든 할 것 같아." 동생은 어머니를 자기 집으로 모시겠다고, 병원에서 돌아가시게 하지는 않겠다고 했다. 병원에서도 어머니가 나갔으면 하는 눈치였다. 새로운 약을 처방하면서부터 어머니는 계속 소란을 피워 댔다. 코르토토미 수술을 받고 나흘이 지났고, 이 병원의 의사들 중에는 아주 간단한 '암 절제술'을 완벽하게 해낸 사람이 아직 없었기 때문에, 병원에서는 어머니를 어디 다른 곳으로 보내고 싶어 했다. 지금 상황에서 암을 다 덜어 내고 나면 남는 것은 머리와 다리뿐이겠지만.

어머니에게 시간이란 어떤 것일까 하고 생각해 본다. 아마도 성질 고약한 고양이가 가지고 놀도록 마루 위에 풀어 헤쳐 놓은 실타래처럼, 더 이상 어떻게 손을 써 볼 수 없는 것이 아닐까. 낮에도 312호 병실, 밤에도 312호 병실. 사람들이 호출 버튼에 실을 연결해서 어머니의 왼손 집게손가락에 묶었다. 이제 어머니에게는 변기가 필요할 때 손을 뻗어 버튼을 누를 만한 힘도 없었다.

어차피 소변이 마렵다는 것도 느끼지 못하는 상태였으므로, 버튼을 누르고 말고 하는 게 중요한 문제는 아니다. 어머니의 몸도 시골 장터의 톱밥 더미와 다를 것이 없다. 소변을 볼 때는 침대 위에서 배만 살짝 움직인 채 그대로 처리했고, 냄새를 맡고서야 자신이 소변을 보고 있다는 것을 알 수 있었다. 57킬로그램 정도 나가던 몸무게도 36킬로그램으로 떨어졌고, 근육은 아이들 가방에 붙이는 장난감처럼 축 늘어진 채 머리에 붙은 헐렁한 가방일 뿐이었다. 동생 집에 간다고 해서 달라질까? 그는 살인을 저지를 수 있을까? 그게 살인이라는 것을 안다. 자신을 낳아 준 생명체를 없애려고 시도하는 의식 있는 태아를 다룬 레이 브래드버리의 초기 소설에 나오는 주인공처럼, 가장 나쁜 살인, 어머니 살해. 일이 어떻게 되든 그는 책임을 피할 수 없을 것이다. 어머니가 직접 낳은 자식은 그뿐이다. '삶을 바꿔 준 아기'. 동생은 어머니가 어느 미소 띤 의사에게서 더 이상 아이를 가질 수 없다는 진단을 받고 나서 입양한 아들이다.

그리고 지금 어머니의 배 속에서 자라는 암은 말하자면 두 번째 아이, 어쩌면 그의 어두운 쌍둥이 동생인 셈이다. 그의 삶과 어머니의 죽음이 같은 곳에서 시작된다. 두 번째 녀석이 이미 느리고 어설프게 시작한 일을 그라고 못할 이유가 어디 있나?

어머니가 상상으로 느끼는 고통을 덜어 주려고 아스피린을 살짝 전하는 일은 자주 있었다. 어머니는 병원 서랍 안의 목 아플 때 먹는 캔디 포장 안에 아스피린을 넣어 두었다. 서랍에는 사람들이 보내 온 회복을 바라는 카드와, 이제 쓸모 없어진 돋보기 안경도 같이 있었다. 의치는 삼켜 버릴까 봐 의사들이 뺀 모양이었다. 어머니는 혀가 하얗게 될 때까지 아스피린을 빨기만 했다.

물론 약을 주는 것은 어려운 일이 아니다. 세 알이나 네 알이면 충분할 것이다. 다섯 달 동안 체중의 3분의 1이 빠져 버린 여인이 복용하는 아스피린 1400그레인과 다르본 400그레인.

그가 약을 가지고 있다는 것은 아무도 모른다. 동생도 모르고, 아내도 모른다. 312호 병실의 다른 병상에 새로운 환자가 들어온다고 해도 그건 걱정할 일이 아니다. 안전하게 피할 수 있을 것이다. 하지만 그것이 최선의 방법이 아니라는 점은 분명하다. 만일 방 안에 다른 환자가 있다면 그가 선택할 수 있는 방법은 사라져 버리는 셈이었고, 그는 그 사실을 하늘의 뜻으로 받아들일 수밖에 없을 것이다. 그는 생각한다.

"오늘은 좋아 보이시네요."

"그래?"

"예, 기분은 좀 어떠세요?"

"어, 썩 좋지는 않아. 오늘은 썩 좋지는 않아."

"오른손을 움직일 수 있겠어요?"

어머니가 이불 밖으로 손을 들어 보인다. 그렇게 손가락을 편 채 눈앞에서 잠시 들고 있다가 곧 내린다. 그가 엄지손가락을 들어 보인다. 그가 웃자, 어머니도 따라 웃는다. 그가 묻는다.

"오늘 의사는 만나 봤어요?"

"응, 아까 왔어. 매일 와 주는 게 참 좋아. 물 좀 줄래, 존?"

빨대가 붙은 물병에서 물을 조금 준다.

"이렇게 자주 와 줘서 참 좋구나, 존. 착한 아들이야."

어머니는 다시 운다. 다른 병상은 비어 있다. 야속하게도 비어 있다. 가끔씩 파랗고 하얀 가는 줄무늬가 들어간 환자복을 입은 환자들이 복도에 지나간다.

문은 반쯤 열려 있다. 어머니에게서 조심스럽게 물잔을 받아들자 바보 같은 생각이 든다. '이 물잔은 반이나 빈 걸까, 아니면 반이나 찬 걸까?'

"왼손은 좀 어떠세요?"

"어, 아주 좋아."

"어디 봐요."

어머니가 왼손을 들어 올린다. 어머니는 왼손잡이였고, 아마 그런 이유 때문에 코르토토미의 치명적인 후유증에서 회복되는 것도 빨랐다. 어머니는 주먹을 쥐고, 손가락을 구부리고, 심지어 가볍게 소리를 내 보기도 한 후에 다시 이불에 내려놓는다. 그가 엄지손가락을 들어 보이지만, 어머니는 불평한다.

"하지만 감각이 없어."

"잠깐만 뭐 좀 확인해 볼게요."

그는 옷장을 열고, 어머니가 병원에 들어올 때 입고 온 코트 주머니에서 지갑을 찾는다. 도둑에 대해서는 광적일 만큼 조심스러웠던 어머니는 손가방을 직접 보관했다. 병원에서 일하는 청소부들은 모두 도둑질 선수들이라서, 손에 닿는 것은 죄다 집어가 버린다는 이야기를 들은 모양이었다. 새로 생긴 병동에 입원한 환자가 신발 안에 넣어 두었던 500달러를 잃어버렸다는 이야기를 들었다고 했다. 그 이야기를 해 주었던 같은 병실의 환자는 퇴원하고 없었다. 어머니는 최근 들어서 여러 가지 면에서 편집증적인 모습을 자주 보였는데, 심지어는 한밤중에 침대 밑에 웬 남자가 숨어 있다는 이야기를 한 적도 있었다. 그런 증세는 부분적으로는 병원에서 어머니에게 시험하는 약 때문에 생긴 것이었다. 병원에서는 그도 대학생 때 먹어 본 적이 있는 벤제드린 각성제를 두통약처럼 보이게 만들어서 처방했다. 간호사들이 있는 자리를 지나 복도 끝에 있는 캐비닛에 가면 언제든지 얻을 수 있는 약이었다. 그 약을 먹으면 기분이 날아갈 것처럼 좋아질 수도 있고, 한없이 가라앉을 수도 있다. 죽음도 그럴 것이다, 아마. 따뜻한 담요 같은 안락사. 현대 과학의 신비.

어머니의 침대로 돌아와서 손가방을 펼쳐 보인다.

"여기서 뭐든 집으실 수 있겠어요?"

"글쎄다, 조니……."

그는 다그치듯이 말한다.

"한번 해 보세요. 저를 위해서."

어머니의 왼손이 고장난 헬리콥터처럼 이불 위로 천천히 올라왔다가는 잠시 후 떨어지고, 손가방에서는 휴지 한 장이 떨어진다. 그가 소리친다.

"잘했어요! 아주 잘하셨어요."

하지만 어머니는 고개를 돌려 버린다.

"작년에는 이 손으로 접시가 가득 담긴 수레를 두 개나 끌었는
데."

일을 해야만 한다면, 지금이 바로 적기다. 방은 덥지만 그의 이
마에 흘러내리는 땀은 차갑다. 그는 생각한다. '아스피린을 달라
고 하시면 안 줘야겠지. 오늘 밤은 안 돼.' 하지만 오늘이 아니면
앞으로는 절대로 불가능하다는 것을 알고 있다. 좋아.

어머니가 반쯤 열린 문을 흘긋 쳐다본다.

"약 좀 줄 수 있겠니? 조니."

항상 그렇게 물어본다. 어머니는 병원에서 처방해 주는 약 이
외에는 복용하면 안 되는 상태다. 체중이 너무 많이 줄어서 몸을
다시 만들어야 하기 때문이다. 대학교 때 마약에 절어 살던 친구
들의 표현을 빌리자면 '헤비급'이 되어야 한다. 면역 능력이 떨어
져서 손톱만큼의 양으로도 치명적인 효과를 미칠 수가 있고, 정
해진 양에서 한 알만 더 먹어도 생사가 위태로워질 지경이다. 사
람들은 마릴린 먼로가 바로 그렇게 죽었다고 했다.

"집에서 약을 좀 가져왔어요."

"그랬니?"

"아픈 게 좀 덜할 거예요."

그는 약을 어머니에게 내민다. 어머니는 이제 아주 가까이 있
는 글씨만 겨우 읽을 수 있다. 어머니가 커다란 글씨를 보고 얼굴
을 찌푸리며 말한다.

"다르본은 전에도 먹어 봤는데, 잘 안 들었어."

"좀더 강한 거예요."

약에서 눈을 뗀 어머니가 그를 올려다보면서 총기 없는 목소리로 말한다.

"그래?"

그는 바보같이 웃을 뿐, 아무 말도 하지 못한다. 처음 여자랑 잤을 때와 비슷했다. 친구의 자동차 뒷좌석에서였는데, 집에 돌아온 그에게 어머니가 무슨 좋은 일이 있느냐고 물었을 때 지금처럼 바보 같은 웃음을 지어 보였다.

"내가 씹을 수 있을까?"

"잘 모르겠어요. 일단 한번 해 보세요."

"그래. 사람들이 못 보게 좀 가려 줘."

그는 약병을 열고 속에 있는 플라스틱 마개까지 연다. 마개 아래에 있던 솜뭉치도 집어낸다. 어머니가 고장난 헬리콥터 같은 그 왼손으로 직접 약병을 열고 솜을 집어낼 수 있을까? 사람들이 믿어 줄까? 알 수가 없다. 어쩌면 그들은 믿지 않을지도 모른다. 아니, 어쩌면 신경도 쓰지 않을 것이다.

약병을 흔들어 여섯 알을 손바닥에 꺼낸다. 자신을 지켜보는 어머니의 얼굴을 쳐다본다. 너무 많다는 것은 어머니도 모를 리가 없다. 어머니가 무슨 말이라도 하면, 당장 약을 치우고 대신 관절염 통증 치료제나 한 알 줄 생각이다.

바깥에 간호사가 지나갈 때 그의 손이 흔들리면서 회색 알약이 서로 부딪혔다. 간호사는 문을 열고 코르토토미 환자가 어떤지 살펴보지는 않았다.

어머니는 아무 말도 하지 않고, 그저 평범한 약(만일 그런 약이

있다면)을 볼 때처럼 손안의 약을 물끄러미 쳐다볼 뿐이다. 하기
는, 특별한 의식을 싫어하시는 분이다. 어머니는 자신이 주인공
인 행사에서도 샴페인을 터뜨리지 않으려 할 것이다.

"여기 있어요."

그는 아주 자연스러운 목소리로 말하며 첫 번째 알약을 어머니
의 입에 넣어 준다.

어머니는 젤라틴이 녹을 때까지 생각에 잠긴 듯한 표정으로 우
물거리다가 얼굴을 찌푸린다.

"맛이 지독하죠? 그만……."

"아니, 그렇게 나쁘지 않다."

약을 하나 더 준다. 그리고 또 하나. 어머니는 마찬가지로 생각
에 잠긴 듯한 표정으로 약을 씹는다. 네 번째 알약을 줄 때 어머
니가 그를 보며 미소를 지었고, 그는 노랗게 변한 어머니의 혀를
보며 두려움을 느낀다. 지금 어머니의 배를 치면 약을 토하게 할
수 있을지도 몰랐다. 하지만 할 수가 없다. 어머니를 때리는 일은
차마 할 수가 없다.

"다리가 오므려져 있는지 좀 봐 줄래?"

"약부터 드세요."

다섯 번째 약을 준다. 그리고 여섯 번째. 그제야 어머니 다리가
오므려져 있는지 살펴본다. 다리는 괜찮다. 어머니가 말한다.

"이제 좀 자야겠다."

"예, 가서 물 가져올게요."

"넌 항상 착한 아들이었어, 조니."

그는 약병을 어머니의 손가방에 넣고, 플라스틱 마개는 침대

시트에 그냥 둔다. 열린 손가방까지 어머니 옆에 놓고 나서 생각한다. '어머니가 손가방을 달라고 해서 드린 거야. 손가방을 가지고 와서 열어 드린 다음에 병실을 나온 거지. 필요한 게 있으면 직접 꺼낼 수 있다고 말씀하셨거든. 옷장에 다시 넣을 때는 간호사를 부르면 된다고도 하셨어.'

밖으로 나온 그는 물을 받는다. 식수대 위에는 거울이 붙어 있었고, 그는 혀를 내밀어 거울에 비추어 본다.

다시 병실로 돌아오자, 어머니는 두 손을 다소곳이 모은 채 잠들어 있다. 굵게 튀어나온 혈관이 아무렇게나 퍼진 손이다. 그가 입맞출 때 어머니의 눈이 눈꺼풀 밑에서 가늘게 떨릴 뿐, 떠지지는 않았다.

'됐다.'

아무 느낌이 없다. 기분이 좋지도 나쁘지도 않다.

병실을 나올 때 다른 생각이 든다. 그는 다시 어머니 옆으로 가서는 약병을 꺼내 셔츠에 문질러 닦는다.

대신 어머니의 손가락을 약병에 대고 누른다. 그런 다음 약병을 원래 있던 자리에 두고 나서는 뒤도 돌아보지 않고 재빨리 병실을 나온다.

집에 돌아온 그는 전화를 기다리면서 어머니께 한 번 더 입을 맞춰 드리지 못하고 온 것을 아쉬워한다. 그렇게 기다리는 동안, 그는 텔레비전을 보면서 물을 많이 마신다.

스티븐 킹을 어떻게 읽을 것인가?

대중 문학과 본격 문학의 경계에 서 있는 작가

　스티븐 킹(Stephen King, 1947~)은 흔히 공포 소설의 대가로 알려져 있고, 그래서 '호러 킹'이라고 불린다. 그러나 그가 사실은 찰스 브록든 브라운(Charles Brockden Brown)과 에드거 앨런 포(Edgar Allan Poe)로부터 시작되는 미국 고딕 소설의 면면한 전통 위에 서 있으며, 대중 작가이지만 동시에 본격 작가로서도 손색없는 진지하고 중후한 주제 의식을 가진 소설가라는 사실은 잘 알려져 있지 않다. 그런 의미에서 스티븐 킹은 대중 소설과 고급 소설 사이의 경계를 해체하는 포스트모던 시대의 대표적 작가라고 할 수 있을 것이다.

　과연 2003년에 타계한 비평가 레슬리 피들러(Leslie A. Fiedler)는 스티븐 킹을 "심리적 공포의 근원을 탐색하는 작가이자 포의 진정한 후계자"라고 불렀으며, 2002년 미국의 어느 고급 서평지는 스티븐 킹이야말로 "토머스 하디, T. S. 엘리엇, J. R. R. 톨킨, 그리고 셰익스피어의 전통을 잇는 작가"라고 평했다. 스티븐 킹은 또 몇 년 전, 그해의 최우수 단편에 주는 '오 헨리 상(O. Henry Award)'을 수상했으며, 2003년에는 미국에서 가장 권위 있는 문학상으로 평가받는 '전미 도서상(National Book Award)' 재단이 '미국 문단에 탁월한 공헌을 한 공로'로 그에게 영예의 메달을 수여했다. 그리고 이로써 사실상 대중 작가·본격 작가 논쟁에 종지부를 찍었다. 이제 스티븐 킹은 그 상을 수상한 선배 작가들인 아서 밀러, 솔 벨로, 존 업다이크, 필립 로스, 토니 모리슨 등과 어깨를 나란히 하는 본격 작가가 되었다.

물론 여전히 스티븐 킹을 본격 작가로 인정하려 하지 않는 고급 문화주의자들과 보수주의자들은 있다. 그 대표적인 사람으로 헤럴드 블룸(Harold Bloom)이 있는데, 그는 스티븐 킹의 작품에서 "아무런 문학적 가치나 미학적 성취나 독창적 지성의 흔적을 찾을 수 없다."라고 말한다. 만일 그게 사실이라면 블룸은 시대의 변화를 잘 모르고 있거나, 비평가로서의 안목이나 감식안이 전혀 없는 셈이 된다. 그러나 사실은 그런 이유에서라기보다는, 보수주의자 블룸이 보기에 서구의 정전이나 고급 문화나 순수 문학을 인정하지 않고 문화적·문학적 다양성과 대중성을 추구하는 현재의 변화가 못마땅하고, 바로 그러한 맥락에서 스티븐 킹을 폄하한다고 생각하는 편이 더 정확할 것이다. 실제, 서구 정전주의자인 블룸은 얼마 전 《뉴스위크》와 가진 인터뷰에서 "오늘날 문학 연구는 문화 비평이라는 놀랄 만한 쓰레기에 장악되었다."고 개탄한 적이 있었다.

『예술의 사회사(*The Social History of Art*)』의 저자인 아르놀트 하우저(Arnold Hauser) 또한 "진지하고 까다로운 고급 예술은 불안을 야기시키고 충격과 고통을 주는 반면, 대중 예술은 불안을 진정시키고 삶 속에서 부딪히는 고통스러운 문제들을 피하게 해 주며, 적극적인 자세와 긴장, 비판 및 자기반성을 자극하는 대신 소극적인 자세의 자기도취에 빠져들도록 부추긴다."라고 말하고 있다. 그러나 이러한 시각은 예술이란 지고하고 순수해야만 한다고 보았던 모더니즘적 사고와 크게 다르지 않다는 점에서 이미 상당 부분 그 유효성을 상실한 주장이라고 할 수 있다. 오늘날 문학 이론은 예술이 과연 왜 불안을 야기시키고 충격과 고통을 주어야만 하는지에 대해 근본적인 의문을 제기하며, 예술이란 그와 반대로 인간에게 위로와 격려를 주어야 한다고 생각하기 때문이다(이청준 역시, 문학의 역할이란 어두운 밤 산길에서 만난 나그네에게 위로와 격려를 주는 것과도 같다고 말한다).

또 대중 예술은 적극적 비판과 자기반성 대신 소극적인 자기도취에 빠져들도록 부추긴다는 견해도(아도르노와 호르크하이머 같은 프랑크푸르트학파 역시 대중문화를 '대중 기만(mass deception)'이라고 표현했다) 사실은 대중을 무시하는 다분히 모더니즘적 시각에서 비롯된 단순화의 오류라고 할 수 있다. 오늘날 대중은 예전과 달리 비교적 높은 지적 수준에 올라 있으며 충분한 자기 비판력도 갖추고 있기 때문이다. 영국 학자 앤터니 이스트호프(Antony Easthope) 역시 『문학 연구에서 문화 연구로(Literary into Cultural Studies)』라는 저서에서, 고급 문학과 대중 문학의 경계란 사실 얼마나 임의적인가를 잘 보여 주고 있다. 스티븐 킹은 바로 그 경계선상에 위치해 있는 주목할 만한 작가이다.

스티븐 킹의 문학 세계 — 공포 소설들

스티븐 킹을 논하면서 가장 기본이 되는 것은, 그의 소설이 단순한 공포 소설이 아니라 사실은 포의 괴기 소설들처럼 진지하고 예술적인 주제를 탐색하고 있으며, 심지어는 순수(고급) 문학처럼 "불안을 야기시키고 충격과 고통을 주며, 적극적인 자세와 긴장, 비판 및 자기반성"까지도 자극한다는 점이다. 그리고 그 과정에서 그는 인간 심리의 원초적 두려움을 건드린다. 그리고 때로는 공포와는 별 상관 없는 것처럼 보이는 진지한 본격 소설이나, 독자와 저자의 관계 및 글쓰기 문제를 성찰한 순수 소설을 쓰기도 한다. 바로 그 점이 고등학교 영어 교사(미국의 영어 교사는 곧 영문학 교사를 의미한다) 출신의 스티븐 킹과 삼류 공포 소설 작가의 차이점이며, 그를 '미국 문단에 크게 공헌한 작가'로 인정받게 해 준 이유일 것이다.

브라이언 드 팔마 감독이 당시로서는 신인 배우였던 시시 스페이식과 존 트라볼타를 기용해 영화로 제작함으로써 더욱 화제가 된 스티븐 킹의 첫 장편 소설 『캐리(*Carrie*)』(1974)는 자신을 놀리는 학교 친구들과, 광신적이고 가학적인 어머니 사이에서 심리적 괴로움을 겪는 극도로 내성적인 백인 소녀 캐리 화이트의 이야기다. 캐리는 소심하고 착하지만 자신을 학대하는 어머니와, 자신을 '기형(畸形)'으로 취급해 조롱하는 급우들을 향해 은밀한 증오심을 키워 나간다. 그녀는 첫 생리를 겪으며 텔레파시적 염력을 갖게 되는데, 그녀의 그러한 능력은 그녀가 분노하면 할수록 더욱 강해진다.

캐리가 다니는 유원 고교는 히치콕 감독의 「사이코」에 나오는 음산한 베이츠 모텔을 연상시킨다. 캐리를 놀리던 학생들이 선생님에게 혼이 난 후, 착한 급우인 수지 스넬은 캐리를 동정해 자신의 남자 친구로 하여금 캐리를 졸업 무도회에 데리고 가게 하지만, 앙심을 품은 나쁜 급우인 크리스 하겐슨은 그 무도회에서 캐리에게 공개 망신을 주려고 음모를 꾸민다. 크리스는 남자 친구를 꼬드겨 졸업 무도회의 무대에서 캐리의 머리 위로 돼지 피가 쏟아지도록 장치하고, 이윽고 돼지 피를 뒤집어쓴 캐리는 격분해 자신의 강력한 염력으로 무도장의 사람들을 무차별 살해한다.

『캐리』는 미국의 비인간적이고 왜곡된 청교도주의적 전통(어머니)과, 그 반대편에 서 있는 천박하고 타락한 물질주의(학교 급우들)가 정상적으로 성장할 수도 있었을 사람을 어떻게 비정상적이고 파괴적으로 만드는가 극명하게 보여 주는 강력한 사회 비판 소설이다. 킹이 보는 그 두 그룹은 모두 비인간적이고 가학적이어서, 그 둘 사이에 위치한 사람의 인간성을 철저하게 왜곡하고 파괴한다. 캐리는 바로 그러한 사회적 상황의 산물이며, 그런 의미에서 미국 사회의 어두운 면이 산출해 낸 부정적 결과의 한 상징이라고 할 수 있다.

물론 미국이 만들어 낸 그러한 산물들은 프랑켄슈타인의 괴물처럼 자신의 창조자들에게 처절한 복수를 감행하고, 그러한 기형아를 만들어 낸 사회는 자신들의 잘못에 응분의 처벌을 받게 된다. 그래서 이 소설의 결말은 파괴적이고 암울하고 처절하기까지 하다. 캐리는 바로 우리가 만들어 낸 부정적 산물이며, 스티븐 킹이 현대 사회에 던지는 엄숙한 경고장이기 때문이다.

스티븐 킹이 그 다음 해인 1975년에 출간한 『세일럼스 롯(Salem's Lot)』은 일견 뉴잉글랜드의 한 마을에 출몰하는 흔한 흡혈귀 이야기처럼 보인다. 그러나 이 소설 또한 인간 교류가 단절된 현대 사회에 대한 저자의 심오한 성찰과 강력한 사회 비판으로 읽을 수 있다. 그리고 이 소설에는 앞으로 스티븐 킹이 즐겨 소설의 배경으로 사용하게 될 주요 모티프가 등장한다. 즉 사람들이 서로 단절된 채 살고 있는, 그래서 악의 힘이 파고 들어갈 여지가 있는 뉴잉글랜드 시골의 어느 조그만 마을, 그리고 드디어 고개를 들기 시작하는 악에 대항해 싸우며 다시 한번 인간 교류의 회복을 시도하는 이성적이고 선량한 사람들이 바로 그것이다.

그래서 이 소설에는 각기 다른 문제점들과 감추어진 비밀과 드러나지 않은 악(惡)을 가슴에 품은 채 살고 있는 사람들이 등장하며, 마을 전체의 분위기 또한 그러한 특성을 잘 드러내고 있다. 홀연 이 마을에 나타나 사람들의 피를 빨고 파멸시키는 흡혈귀는 그런 상황이 만들어 낸 필연적인 결과인지도 모른다. 그래서 이 소설 속의 흡혈귀는 이미 신앙을 잃어버린 신부의 십자가를 전혀 두려워하지 않는다. 흡혈귀의 흡혈은 왜곡된 인간 교류의 상징이다. 진정한 교류는 남의 피를 빨아먹음으로써 자신의 생명을 유지하는 것이 아니라, 자신의 피를 남에게 나누어 줌으로써 남을 살리는 것일 것이다.

1983년에 저자 스티븐 킹은 다음과 같이 말했다. "『세일럼스 롯』에서 진짜 무서운 것은 흡혈귀들이 아니라 대낮의 텅 빈 마을입니다. 옷장에 뭔가가 숨어 있고, 침대 밑이나 트레일러들의 콘크리트 더미 속에 시체들이 들어 있는 마을 말입니다. 내가 그 소설을 쓰고 있는 동안, 텔레비전에서는 워터게이트 사건 청문회가 계속되고 있었지요. 하워드 베이커는 이렇게 말하곤 했지요. '내 알고 싶은 건 당신이 무엇을 알고 있었고, 언제 알았느냐는 것이오.' 그 말은 강박관념처럼 나를 사로잡았고 내 마음속에 오랫동안 남아 있었습니다. 이 소설을 쓰는 동안 저는 내내 감추어진 비밀과 백일하에 드러난 비밀에 대해 생각하고 있었습니다." 그렇다면 『세일럼스 롯』은 워터게이트로 상징되는 추하고 어두운 비밀을 간직한 마을, 그 사악한 힘이 모습을 드러내는 과정, 그리고 그러한 악을 지켜보고 싸우는 사람들(화자인 작가를 포함해서)에 대한 통렬한 사회 비판 소설이라고 할 수도 있을 것이다.

『세일럼스 롯』은 텔레비전 영화(토비 후퍼 감독, 1979년)로도 제작되었는데, 원작의 음산하고 암울한 분위기를 최대한 살려, 시청자들로 하여금 뼛속 깊은 고독과 단절과 두려움을 경험하게 해 주었다. 정작 무서운 것은 흡혈귀가 아니라, 흡혈귀를 불러들인 마을 사람들의 완벽한 단절과 어두운 비밀이라는 저자의 말은 『세일럼스 롯』이 단순한 공포 소설이 아니라, 중후한 예술적 주제를 가진 뛰어난 문학 작품이라는 사실을 잘 증명하고 있다.

스티븐 킹이 1977년에 쓰고 스탠리 큐브릭 감독이 잭 니콜슨을 기용해 영화로 만든 『샤이닝(The Shining)』도 역시 고립되고 단절된 상황이 어떻게 인간을 악하게 변화시키는지를 성찰한 탁월한 소설이다. 버몬트 주의 교사이자 작가인 잭 토런스는 가족과 함께 겨울 동안 오버룩 호텔의 관리인 노릇을 하기로 하고 호텔에 도착한다. 눈 때문에 접근이 불가능해 겨울에는 폐쇄되는 이 호텔은 완벽하게 고립되고 단절된 상황의 상징이며, 그 속에서 겨울을 지내는 잭과 그 가족은 점점 더 교류를 잃어 간다. 그런 상황과 인간 관계 속에서 사악한 유령과 악의 힘이 출몰하는 것은 너무나 당연하다.

호텔의 유령들에게 홀려 점점 더 미쳐 가던 잭은 이윽고 아내 웬디와 아들 대니를 살해하려고 날뛰기 시작한다. 이 소설에서 진정으로 무섭고 두려운 것은 사랑하는 남편이자 아버지가 가족을 살해하려는 미친 살인자로 변해 가는 과정이다. 사실 이 세상에서 가장 무서운 것은 자신과 제일 가까운 가족이나 연인이 갑자기 전혀 다른 사람이 되어 자기를 해치려고 할 때일 것이다. 믿었던 사람에 대한 불신과 배신감이야말로 인간에게는 어쩌면 가장 무섭고 두려운 것일지도 모른다. 그런 의미에서 『샤이닝』은 고립되고 단절되어 가는 현대인의 문제점을 예리하게 지적한 뛰어난 초자연적 심리 스릴러라고 할 수 있다.

스티븐 킹을 유명하게 해 준 또 하나의 공포 소설이 바로 『펫 공동묘지(Pet Sematary)』(1983)이다. 학교 교사인 루이스 크리드는 가족과 함께 어느 한적한 시골 마을로 이사 온다. 그 마을에는 죽은 생명체를 묻으면 다시 살아난다는 인디언 공동묘지가 있다. 아들의 고양이가 트럭에 치여 죽자 루이스는 고양이를 인디언 공동묘지에 묻는다. 그러나 다시 살아 돌아온 예전과 똑같은 고양이가 아니라 전혀 다른 사악한 존재라는 사실이 드러난다. 그러다가 자신의 어린 아들도 트럭에 치여 죽자, 비탄에 빠진 크리드는 이웃이 경고함에도 아들의 시체를 '펫 공동묘지'에 묻는다. 이윽고 어느 날 밤 죽은 아들이 다시 살아 돌아온다. 그러나 돌아온 것은 이미 예전의 아들이 아니었고, 영혼이 없는 살인자였다.

메리 램버트 감독이 만든 동명 영화 역시 아들을 잃은 아버지의 비통한 심정과 아들을 다시 살려내고 싶은 부모의 간절한 마음을 잘 묘사하고 있으며, 그 결과로 발생하는 섬뜩한 공포를 생생하게 표출해 내고 있다. 그래서 이 영화에는 "때로는 죽는 것이 더 낫다"라는 광고 카피가 씌어져 있다. 『펫 공동묘지』에서도 스티븐 킹은 다시 한번, 이 세상에서 가장 두려운 것이 바로 가족 사이의 불신과 단절이라는 주제를 제시하고 있다.

스티븐 킹의 문학 세계 ── 본격 소설들

스티븐 킹의 소설 중에는 전혀 무섭지 않으면서도 작품성이 높은 것들도 있는데, 그런 작품들은 대개 좀더 차원 높은 심리적 두려움을 다루고 있다. 예컨대 『미저리(Misery)』(1987)는 독자들과 비평가들에 대한 작가들의 은밀한 두려움을 그린 소설이다. 어느 날 눈길에 미끄러져 교통사고를 당한 연애 소설 작가 폴 셸던(이 이름은 유명한 대중 작가 시드니 셸던을 연상시킨다)은 전직 간호사이자 열렬한 독자인 애니 윌크스에게 구조된 후 그녀의 외딴 집에 포로가 되어 갇힌다. 폴 셸던은 그동안 미저리 채스틴이라는 여주인공이 등장하는 일련의 연애 소설을 써 왔으나, 이제는 좀더 진지한 소설을 써 보기 위해 미저리가 죽는 것으로 처리하고, 대신 자전적인 소설을 쓰려고 한다.

그러나 미저리와 자신을 동일시하며 살아온 애니는 미저리가 죽는 설정에 반발해, 폴이 쓴 자전적 소설 원고를 불태우도록 강요하며 그를 자신의 집에 감금한다. 열렬했던 독자 애니는 이제 작가 폴에게 악몽 같은 비평가가 된 것이다. 편집증 환자인 애니가 얼마든지 살인할 수 있다는 사실을 알게 된 폴은 자기가 미저리(미저리는 주인공 이름이면서 동시에 '고통' 또는 '비참'이라는 의미의 보통명사이기도 하다)를 다시 살려내는 순간, 애니가 자신을 죽이리라는 사실을 깨닫게 된다. 저자가 살아 있으면 언젠가는 미저리를 죽일 수도 있기 때문이다.

그런 의미에서 소설 『미저리』는 작가와 독자의 문제, 대중 소설과 순수 소설의 문제, 그리고 글쓰기의 문제에 심층적으로 성찰한 뛰어난 작품이다. 우선 작가는(특히 대중 작가)는 독자들을 늘 의식해야 하기 때문에 독자들로부터 결코 자유롭지 못하다. 특히 작가가 변신을 꾀하거나 실수로 균형을 잃어 사고가 발생하면, 그 작가는 곧 독자들의 감시와 비난과 위협을 받게 된다. 그런 의미에서 폴 셸던이 당하는 교통사고와, 간호를 빙자한 작가의 감금은 대단히 상징적이다.

또 대중 작가가 진지한 문학을 산출하게 위해 대중 문학을 포기하고 새로운 시도를 꾀하는 경우에도, 저자는 즉시 독자들의 비난의 대상이 되며, 독자들은 저자에게 소설을 어떻게 쓸 것인지 까지 지시한다. 애니 역시 폴에게 자신이 원하는 대로 소설을 다시 쓸 것을 명령한다. 이러한 상황은 궁극적으로 작가 스티븐 킹이 보는 이 시대의 글쓰기 풍경이자 작가들이 처해 있는 난처한 딜레마이며, 대중 문학과 순수 문학의 경계에 있는 스티븐 킹의 자기 성찰이기도 하다.

결국 폴은 애니의 폭력과 감시에서 벗어나 악몽의 세계로부터 다시 현실로 돌아온다. 그러나 독자의 집에 감금되어 겪은 악몽 같은 '미저리' 때문에 아마도 그는 그리 쉽게 여주인공 미저리를 죽이지는 못할 것이다. 그래서 진지한 소설 쓰기나 자전적 소설 쓰기를 포기하고, 여전히 대중 소설 작가로 남게 되는지도 모른다. 폴은 애니의 집에 감금되어 있는 동안 비로소 작가의 상황과 글쓰기의 의미에 대해 성찰할 수 있는 기회를 갖게 된다. 저자의 죽음이 선언되고, 독자의 중요성이 부상하는 이 시대에 『미저리』는 저자와 독자·비평가의 관계, 그리고 대중 문학과 순수 문학의 관계를 성찰한 훌륭한 문학 작품이라고 할 수 있다. 제임스 칸과 캐시 베이츠가 각기 폴 셸던과 애니 윌크스 역을 맡은 영화 「미저리」 역시 원작을 잘 살렸으며, 애니 역을 맡았던 캐시 베이츠는 아카데미 여우주연상을 수상했다.

『사계(*Different Seasons*)』(1982)에 실려 있는 중편 「리타 헤이워스와 쇼생크 탈출(*Rita Hayworth and the Shawshank Redemption*)」 또한 특이한 형태의 심리적 공포를 다루고 있다. 이 소설에 나타나는 공포는 '체제에 길듦의 공포'이다. 예컨대 쇼생크 감옥에서 50년을 보낸 브룩스는 가석방되기보다는 감옥에 남아 있기를 원하며, 막상 가석방된 후에는 사회에 적응하지 못하고 오히려 교도소 생활을 그리워하다가 끝내 자살하고 만다. 모순적이게도, 그에게는 자유로운 바깥세상보다는 오십여 년을 살아온 교도소가 훨씬 더 자유롭고 의미 있는 곳으로 느껴졌던 것이다. 바깥세상에 대한 브룩스의 그와 같은 두려움은 사실 소름 끼치는 체제 적응의 결과이다. 그것은 인간을 순응시키는 모든 체제의 가공할 만한 힘을 은유적으로 보여 준다는 점에서 진정한 공포가 된다.

회계사 앤디 듀프레인은 아내와 정부 살해 혐의로 체포되어 종신형을 선고받고 쇼생크 감옥에 수감된다. 거기에서 그는 역시 종신형으로 복역 중인 레드라는 흑인 죄수와 친구가 된다. 앤디는 자신의 특기를 살려 교도소장의 뇌물 돈 세탁을 해 줌으로써 간수들의 신임을 얻기도 하고, 상급 기관에 끈질긴 청원을 넣어 교도소에 도서관을 만들기도 한다. 그는 또 죄수들에게 모차르트 음악(「피가로의 결혼」)을 들려줌으로써 삶의 의욕을 불어넣어 준다.

앤디는 19년 동안 감옥에서 살면서 자신의 방에 매 시대를 대표하는 여자 배우의 사진을 붙여 놓는다. 처음에는 리타 헤이워스의 사진을, 나중에는 마릴린 먼로의 사진을, 그리고 다시 라켈 웰치의 사진을 벽에 붙여 놓는다. 자신의 무죄가 입증될 기회가 있는데도 돈 세탁의 증거 인멸을 위해 자기를 영원히 가두어 두려는 교도소장의 음모를 눈치 채자, 그는 어느 날 홀연 교도소에서 사라진다. 교도소장이 여자 배우의 사진을 찢어 내자 그 벽 속으로 굴이 뚫려 있다. 지난 19년 동안 앤디는 자유를 포기하지 않고 내내 굴을 팠으며, 그동안 구멍 뚫린 벽을 여배우들의 사진으로 막아 놓았던 것이다. 그런 의미에서, 자신의 감방 벽에 붙여 놓은 여자 배우의 사진은 그에게 희망의 상징이었다.

앤디는 교도소장이 불법으로 세탁한 돈을 모두 가로채 중남미로 가서, 나중에 가석방된 레드와 만나 새로운 삶을 시작한다. 앤디는 닫힌 곳에서 탈출함으로써, 자신에게 내려진 종신형과 체제순응을 거부하고 자유의 세계로 걸어 나간다. 그런 의미에서 이 작품의 진정한 주인공은 종신 복역수 레드이며, 앤디는 자유를 향해 그의 눈을 뜨게 해주는 텍스트의 역할을 하고 있다고 볼 수 있다.

『돌로레스 클레이본(*Dolores Claiborne*)』은 스티븐 킹이 1992년에 발표한 소설이다.

뉴잉글랜드의 어느 섬 마을에서 베라 도노반이라고 하는 돈 많은 과부가 사고로 사망한다. 사고 현장의 유일한 목격자이자 용의자인 돌로레스 클레이본은 오랫동안 베라의 수발을 들던 하녀로서 이미 과거에도 자신의 남편을 죽였다는 의심을 받은 적이 있는 인물이었다. 돌로레스는 자신의 무죄를 입증하기 위해 29년 동안 함구하고 있던 비밀들을 털어놓는다. 과거, 돌로레스의 어린 시절, 멋모르고 결혼한 남자는 무능하고 무지한 술주정뱅이로서, 상습적으로 아내를 구타했음은 물론, 돌로레스가 평생 하녀일을 해서 모은 돈 3,000달러를 가로챘으며, 심지어는 막 고등학교에 입학한 자신의 딸까지도 성추행하는 파렴치한이었다. 과부인 베라 도노반은 그 사실을 알자, 자기도 그랬다는 암시를 주며 그런 남자는 죽여야 한다고 돌로레스를 부추긴다. 드디어 분노한 돌로레스는 일식이 일어나던 날, 자신을 폭행하러 쫓아오는 남편을 마른 우물로 유인해 빠뜨려 죽인다.

만일 태양이 남성의 상징이라면, 해가 가려지는 일식은 여성의 순간일 것이다. 바로 그 여성의 순간에 그녀는 불행과 악의 화신인 남편을 제거한다. 돌로레스가 딸의 이름을 그리스 신화에 등장하는 달의 여신인 셀리나라고 지은 이유도 사실은 바로 그런 맥락에서일 것이다.

돌로레스가 과연 남편을 살해한 것인지에 대해서는 물론 법적

_인 논란이 있을 수 있다. 그러나 돌로레스의 인고의 목적과 희망은 오직 딸 셀리나에게 대학 교육을 시키고 그 섬으로 상징되는 속박의 생활에서 빠져나가게 해 주는 것뿐이었다. 딸 셀레나가 남성의 폭력적 억압에 짓눌려 온 자신의 전철을 밟지 않도록 해 주는 것, 그것만이 돌로레스가 원하는 유일한 것이었다. 그리고 그것을 위해서라면 그녀는 자신의 목숨까지도 바칠 준비가 되어 있었다. 자신의 딸만은 자신과 같은 불행한 생활에서 벗어나게 해 주려고 했고, 그러기 위해 폭군 같은 아버지를 제거한 어머니의 마음을 딸인 셀리나가 비로소 이해했음을 암시하는 에필로그로 작품은 끝맺음을 한다.

주인공이 과거로부터 부름을 받고 다시 옛날로 되돌아가서 현재 자신을 괴롭히고 있는 문제의 근원과 대면해 그것을 극복하고 다시 현재로 돌아오는 것은 미국 문학의 고전적인 장치다. 예컨대 에드거 앨런 포의 『어셔 가의 몰락』에서도 주인공은 옛 친구의 편지를 받고 과거로 돌아갔다가 현재로 다시 되돌아온다. 또 허만 멜빌의 『모비 딕』의 주인공 이슈미얼도 삶의 원초적 근원인 바다로 돌아갔다가 거대한 흰 고래와 대면한 후 살아남아 다시 육지로 돌아온다. 그리고 토머스 핀천의 『제49호 품목의 경매』에서도 여주인공 에디파 마스는 어느 날 과거로부터 날아온 편지를 받고 모험을 떠나 놀라운 사실을 발견하게 된다. 과거로 돌아가 겪는 경험은 물론 그들의 삶을 바꾸어 놓는다.

스티븐 킹의 소설에서도 과거는 언제나 현재의 근원이 되고, 당면 문제의 열쇠와 해답이 묻혀 있는 곳이다. 셀리나 역시 바쁜 도시 생활 중 연락을 받고 과거로 돌아간다. 그런 의미에서 보면

『돌로레스 클레이본』의 진정한 주인공은 셀리나라고 할 수 있을 것이다.

스티븐 킹이 쓴 마흔 편의 장편 소설은 그동안 모두 35개국에서 33개 언어로 번역되었으며, 약 70개의 영화나 텔레비전 영화 및 미니 시리즈로 제작되었다. 그는 공포 소설의 기법을 빌려 인간의 심층 심리를 통한 사회 비판을 훌륭하게 수행해 왔다. 그래서 전미 도서상 위원회 의장인 닐 볼드윈은 "스티븐 킹의 소설은 미국 문학의 위대한 전통 위에 서 있으며 그의 작품에는 심오한 도덕적 진실이 들어 있다."는 찬사를 보내고 있다. 판타지 소설과 과학 소설과 공포 소설의 양식을 빌려 소설의 새로운 영역을 개척해 온 스티븐 킹은 문학을 위협한다는 영상 매체에까지 강력한 영향력을 행사함으로써, 소설이 죽어 가는 이 시대에 소설의 르네상스를 주도해 나가고 있다.

스티븐 킹의 소설들은 무서우면서도 재미있다. 그의 소설들은 언제나 인간 심층의 어두운 면을 탐색하며, 무의식 속에 감추어진 비밀과 두려움의 근원을 드러내기 때문에 강렬한 호소력으로 독자들을 사로잡는다. 그러면서도 그의 소설들은 모두 진지하고 무거운 예술적 주제를 갖고 있다. 바로 그것이 그가 말초적인 공포심만을 자극하는 아류 공포 소설 작가들과 다른 점이다. 그는 공포로 가득 찬 오늘날의 현실 세계를 가장 예리하게 통찰하고 잘 묘사하는 천재적인 작가이다.

미국 흑인 작가 리처드 라이트(Richard Wright)는 소설 『미국의 아들(Native Son)』의 서문에서 "오늘날 포가 살아 있다면 호러

(horror)를 만들어 낼 필요가 없었을 것이다. 호러가 그를 만들어 냈을 것이기 때문이다."라는 유명한 말을 했다. 그렇다면 스티븐 킹은 오늘날 끔찍한 우리 현실의 공포가 만들어 낸 현대의 '포'인지도 모른다.

— 김성곤, 서울대학교 영문과 교수 · 한국현대영미소설학회 회장

옮긴이 | 김현우

연세대학교 영어영문학과를 졸업한 후 동대학원 비교문학 석사 과정을 수료했다. 현재 EBS 교육방송 PD로 활동하고 있다. 우리말로 옮긴 책으로는 『웬디 수녀의 유럽 미술 산책』, 『드림캐처』, 『두첸의 세계명화비밀탐사』 등이 있다.

스티븐 킹 걸작선 5

스티븐 킹 단편집 - 옥수수밭의 아이들

1판 1쇄 펴냄 2003년 11월 21일
1판 19쇄 펴냄 2023년 1월 11일

지은이 | 스티븐 킹
옮긴이 | 김현우
발행인 | 박근섭
편집인 | 김준혁
펴낸곳 | 황금가지

출판등록 | 2009. 10. 8 (제2009-000273호)
주소 | 06027 서울 강남구 도산대로 1길 62 강남출판문화센터 5층
전화 | **영업부** 515-2000 **편집부** 3446-8774 **팩시밀리** 515-2007
홈페이지 | www.goldenbough.co.kr

도서 파본 등의 이유로 반송이 필요할 경우에는 구매처에서 교환하시고
출판사 교환이 필요할 경우에는 아래 주소로 반송 사유를 적어 도서와 함께 보내주세요.
06027 서울 강남구 도산대로 1길 62 강남출판문화센터 6층 민음인 마케팅부

© 황금가지, 2003. Printed in Seoul, Korea

ISBN 978-89-8273-805-0 04840
ISBN 978-89-8273-800-5 04840(세트)

㈜민음인은 민음사 출판 그룹의 자회사입니다.
황금가지는 ㈜민음인의 픽션 전문 출간 브랜드입니다.